Nebelwüste
JIL´QUANOR
Isdyr
Port Enthis
Fjordküste
THORAM
Buccan Túm
Miros
Kristallsee
Thyma
Rus Laerd
Tholus
Wald von Sharedor
Quellenveste
Burg Maharir
Alim
Falkenschlucht
Duressul
Tempel der Schwarzen Spiegel
Ellsmere
Raxa
Steinbrüche von Amyr Jibbeth
Ger Iena
Wasserfälle von Kesting
Evanis
Gipfelmassiv des Panrir Alié
Roynéar
Perikhor
Zeldans Rast
BENARIS
Quinlan
Cym
Cyr
Timish
Fluss Benar
Straße der Giganten
Castael
YANTOSI
Regandhas-Gebirge
KHEDIRA
Wald von Atordar
Mandeth
Fürstin-Jolissa-See
Fluss Lin
Loreshom
KALAMANCA
Spiegeltempel
Sieben Mühlen
Queres
Regis
Jakobsburg
Rivini
Corris
Yant
Elis Rast
Spiegeltempel
USKAJA
Reshan Julis
LARANGVA
Alegowu
Ebenholzwald
Ufardi
Adlerklippen
Blütenküste
Insel Sendell
ELISONDO
KHELGARDS-LAND
Dharquan
Keilsee
Hohe Nefs
Spiegeltempel
Xaldas
Spiegeltempel
Rus Avantoc
Spiegeltempel
Khera
Queamandeh-Gebirge
Ymbod
Lyand (Elis Finhar)
Fluss Ruád
Festung Sark (Elis Sarkorr)
Wanis Redyr
Blutsümpfe
Tal von Hamaria
Moranshir (Elis Aénor)
Dhan Miktr
KHORAT
Wald von Mae Thim
Xark
Ebene von
Vier Schwestern (Elis Aénor)
Qema
Zeladus
Yonnisfeld
Spiegeltempel
Tempel der Schwarzen Spiegel
Süd Sümpfe
Quenda
N
W
O
S

Siri Lindberg
Nachtlilien

Siri Lindberg

Nachtlilien

Roman

Piper München Zürich

Entdecke die Welt der Piper Fantasy:

Piper-Fantasy.de

FSC
Mix
Produktgruppe aus vorbildlich bewirtschafteten Wäldern und anderen kontrollierten Herkünften
Zert.-Nr. GFA-COC-001262
www.fsc.org
© 1996 Forest Stewardship Council

ISBN 978-3-492-70215-7

Karte: Daniel Ernle
Satz: Satz für Satz. Barbara Reischmann, Leutkirch
Druck und Bindung: Pustet, Regensburg
Printed in Germany

Für Nina K.

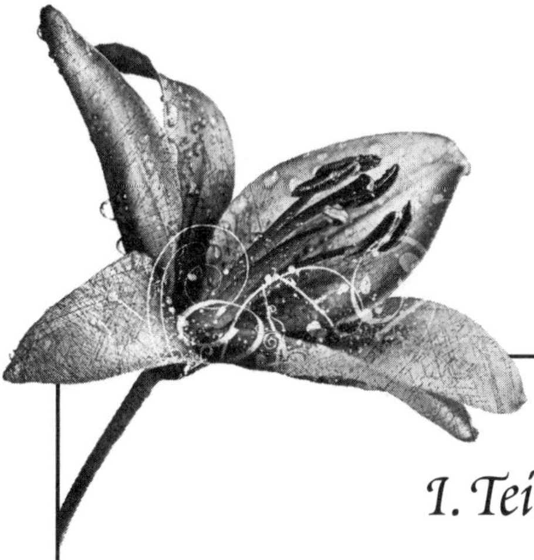

I. Teil

Schwarze Spiegel

Stein und Silber

Der Tag, an dem Jerushas Leben zersplitterte, begann strahlend.

Ihre Statue der Göttin Shimounah war fertig. Endlich, nach fast einem Jahreslauf; noch nie hatte sie so lange an einer Skulptur gearbeitet. Mit kritischem Blick ging Jerusha noch einmal um die Frauengestalt herum, die um eine Haupteslänge größer war als sie selbst, und betrachtete sie im klaren, scharfen Licht der Morgensonne. In den letzten Wochen hatte sie jeden Fingerbreit mit immer feineren Bimssteinen geschliffen und anschließend poliert, bis der Marmor diesen ganz besonderen samtigen Schimmer hatte. *Eigentlich kenne ich diese Skulptur besser als meinen eigenen Körper.* Jerusha lächelte schief über den seltsamen Gedanken.

Eine Stelle an Shimounahs Unterarm war noch ein wenig zu rau. Jerusha nahm sich einen handgroßen, in Leder eingenähten Kieselstein, tauchte ihn in einen Eimer mit Wasser und polierte die Stelle noch einmal, bis die Sonne hoch am Himmel stand. Schließlich fühlte sich auch der steinerne Arm seidenweich an, als sie mit den Fingerkuppen darüber strich. Fast wie die Haut eines Menschen.

Ein tiefes Glücksgefühl durchströmte Jerusha. Sie richtete sich auf, streckte die schmerzenden Schultern und goss das Schleifwasser schwungvoll ins Gebüsch. Erst jetzt nahm sie die Geräusche der Tempelbaustelle wieder wahr: rechts von ihr, wo die anderen Bildhauer arbeiteten, der helle Klang von Eisen auf Stein, das Prasseln und Klicken davonspritzender Steinsplitter. Etwas weiter weg wuchtige Schläge, mit denen die Steinmetze Keile in einen Marmorblock trieben, um ihn zu spalten. Der jaulende Gesang einer Seilwinde, mit der eine fertige Skulptur zur Fassade hochgehievt wurde. Darunter mischte sich lautstarkes Fluchen – Goram TeRulius nannte Alef, einen seiner Lehrlinge, einen dreimal verwünschten Hundskopf. Es war einer seiner milderen Ausdrücke.

Und jetzt musste sie sich seinem Urteil stellen. TeRulius war der Erste Baumeister des Tempels, sein Wort galt. Jede einzelne Skulptur, jedes Relief musste von ihm begutachtet und für gut befunden werden.

Langsam setzte sich Jerusha in Bewegung. Goram TeRulius arbeitete gemeinsam mit seinem Lehrling und zwei Steinmetzen an einem der beiden lebensgroßen Greifen aus Sandstein, die den Eingang des Ghaliltempels bewachen sollten. Den Adlerkopf des Wesens hatte TeRulius schon fein herausgearbeitet, doch die Umrisse des hinteren Körpers und der Flügel waren erst grob zu erkennen. Es würde sicher noch bis Mittherbst dauern, bis der Greif vollendet war.

Jerushas Lederschuhe knirschten auf den Steinsplittern, die um die Figur verstreut lagen. Hier hätte Alef längst einmal fegen müssen. Sie stellte sich neben den Greifen und wartete, bis der Baumeister sie bemerkte und seine Arbeit unterbrach, um sich ihr zuzuwenden. Dann zwang sie sich, mit fester Stimme zu sprechen. »Goram, ich bin fertig.«

»So?«, knurrte Goram und legte Eisen und Fäustelhammer aus der Hand. Es war ein heißer Tag, sein Haar und sein Bart waren dunkel von Schweiß und Steinstaub. »Hat ja auch lange genug gedauert! In der Zeit, die du an dieser Shi herumgehämmert hast, hätte Zigg einen ganzen Altar herausmeißeln können.«

»Hat er aber nicht«, brüllte Zigg, der rothaarige Vorarbeiter, aus fünf Menschenlängen Höhe vom Tempelgerüst herunter. Er spuckte einen gut durchgekauten Klumpen Aertiskraut hinunter in den Staub. »Lass die Kleine in Ruhe, Goram. Zumindest, bis du selbst gesehen hast, was bei ihrem Gehämmer rausgekommen ist.«

Jerusha verschränkte die Arme und verkniff sich einen bissigen Kommentar. Zigg war ein netter Kerl und meinte es gut, aber sie hasste es, wenn irgendjemand sich berufen fühlte, sie in Schutz zu nehmen. *Und wenn er etwas von diesem widerlichen Zeug auch nur in die Nähe meiner Statue spuckt, dann ziehe ich ihm einen Spitzmeißel über den Schädel!*

Es sprach sich schnell herum, dass Jerusha fertig war. Kurz darauf versammelten sich alle fünfzig Bildhauer und Steinmetze, die am Tempel mitarbeiteten, um Jerushas Statue. Jerusha versuchte eine gleichgültige Miene aufzusetzen, doch ihre Knie fühlten sich so weich an, dass sie sie kaum noch trugen. Ihre Shimounah war ein Experiment. Es war üblich, die Tochter des Mondes in prächtigen Gewändern darzustellen, geheimnisvoll und schön. Doch Jerusha hatte sich dafür entschieden, sie nach ihrer Verbannung aus dem Götterhimmel zu zeigen, gebeugt, in den Kleidern einer Magd. Alles hatte Shimounah verloren, den Mann, den sie liebte, ihr Kind, ihren Stolz. Und nun las sie die Nachricht, dass ihre Verbannung aufgehoben war; das war genau der Moment, den Jerusha hatte einfangen wollen. Ein kleiner Drache – der Bote, der ihr die Nachricht überbracht hatte – wand sich vorwitzig um die Beine der Göttin.

Schweigend betrachteten die Männer die schimmernde weiße Statue. Wieso sagte niemand ein Wort? Jerusha konnte den Ausdruck auf ihren Gesichtern nicht deuten. Es war so still, dass sie das Pfeifen einer Rotamsel in den Bäumen hören konnte und das leise Flappen eines Sonnensegels, das über der offenen Werkstatt gespannt war. Jerushas Knie wurden noch weicher. *Sie gefällt ihnen nicht! Vielleicht wird Goram darauf verzichten, sie überhaupt aufstellen zu lassen. Marmor für zehn Silber verdorben. Womöglich muss ich ihm das Geld zurückgeben!*

In diesem Moment räusperte sich Goram. Seine Stimme klang nüchtern und sachlich. »Nicht allen wird sie gefallen. Aber, Ghalils Schande, dieses Gesicht! Lebendiger geht's nicht mehr.«

»Ja, da kriegt man glatt 'ne Gänsehaut«, meinte Ressec, einer der anderen jungen Bildhauer. Er klang fast schon ehrfürchtig, und jetzt nickten auch die anderen. Als sie Jerusha ansahen, waren ihre Blicke anders, respektvoller als zuvor.

Terémio war mit dem Spalten des Marmorblocks fertig. Jetzt kam er breitbeinig heran; seine Gehilfen folgten ihm auf den Fersen wie ein Rudel gehorsamer Hunde. Terémio war Jerushas ehemaliger Lehrherr, und noch immer fuhlte es sich seltsam an, dass sie jetzt beide im gleichen Dienst standen und gleichberechtigt Seite an Seite arbeiteten. Andererseits war das kein großer Zufall, denn in der Gegend gab es weit und breit keine andere Arbeit für ihre Zunft. Die wenigen Tempelbaustellen zogen sogar Wanderarbeiter aus den anderen Fürstentümern Ouendas an.

Unwillkürlich straffte sich Jerusha, als Terémio auf sie zukam. Es war eine harte Lehrzeit gewesen bei ihm. Er hatte sie jede geplante Figur so lange zeichnen lassen, bis ihre Finger wund und sämtliche Kerzen heruntergebrannt waren. Keinen einzigen falschen Schlag mit dem Meißel, den die Bilderhauer gewöhnlich Eisen nannten, hatte er ihr durchgehen lassen. *Der Stein bestraft dich, wenn du leichtsinnig bist. Genauigkeit und Geduld, das wird der Stein dich hoffentlich noch lehren!*

Ganz langsam schritt Terémio um die Shimounah herum, betrachtete sie aus jedem Winkel. Dann verzog sich sein zerfurchtes Gesicht zu einem Lächeln. »Du hast gefunden, was in diesem Block verborgen war. Die Leute werden von weit her kommen, um es zu sehen. Breas' Unglück war unser Glück, scheint mir.«

Die anderen widersprachen nicht, und Jerusha fühlte, wie ihr Gesicht heiß wurde vor Stolz. Breas war ein erfahrener Bildhauer, der die Figuren von Shimounah und Xatos hätte übernehmen sollen, während für eine junge Meisterin wie Jerusha die Kleinarbeit am Dachfries vorbehalten geblieben wäre. Doch dann war Breas einmal zu oft berauscht zur Arbeit erschienen und vom Gerüst gestürzt.

»Hab Breas neulich besucht«, sagte Zigg zu Goram. »Sein Arm ist wieder ganz, hat er gesagt, aber seine linke Hand wirkt ziemlich steif, und er säuft mehr Schlangenmilch, als gut für ihn ist. Lass die Kleine auch den Xatos machen.«

»Das würde die Große tatsächlich gerne«, entfuhr es Jerusha. Noch im gleichen Moment bedauerte sie, dass sie den Mund nicht gehalten hatte. Schon der Versuch, jemandem einen Auftrag wegzunehmen, war eine hässliche Sache. Außerdem tat Breas ihr leid. Für die Arbeit am Stein brauchte man in jeder Fingerspitze Gefühl, schon eine leichte Verletzung konnte bedeuten, tagelang zu niederen Arbeiten abkommandiert zu werden. Wenn er tatsächlich eine steife Hand zurückbehielt von seinem Unfall, war seine Laufbahn als Steinmetz vorbei. Wahrscheinlich endete er als Bettler.

Goram sagte nichts zu Ziggs Vorschlag, blickte nur nachdenklich drein. Xatos, der stolze Kriegergott, der rastlose Wanderer, war eine schwierige Aufgabe – und im Gegensatz zu Shimounah eine sehr *unweibliche.* Wahrscheinlich traute Goram ihr nicht wirklich zu, dem Stein auch eine solche Gestalt zu entlocken. *Und um ehrlich zu sein, ich bin mir selbst nicht ganz sicher, ob ich es schaffen würde,* ging es Jerusha durch den Kopf.

Es war ein peinlicher Moment, und Jerusha war froh, als sich jetzt Gorams Lehrling Alef schüchtern zu Wort meldete. »Diese Shi. Mir kommt sie irgendwie bekannt vor«, meinte er.

Die anderen lachten und schlugen ihm auf den Rücken. »Soso, vellecht hat Shi doch nok ein paar Liebhaber aus unser Welt gehabt, warst du etwis dabei?«, rief Welkar, ein muskulöser Arbeiter aus Larangva, dessen Akzent Jerusha manchmal kaum verstand.

Alef wurde rot bis zu den Haarwurzeln – und Jerusha blickte verlegen zur Seite. Sie hatte viele junge Frauen beobachtet und gezeichnet, als sie die Figur der Shimounah entworfen hatte. Hoffentlich kam niemand darauf, dass sie eine Weberin aus einem der Nachbarorte als Vorbild verwendet hatte.

»Aber jetzt mal im Ernst, der Drache ist ein Schwachpunkt«, meldete sich ein älterer Steinmetz, ein Wanderarbeiter aus dem Fürstentum Yantosi, zu Wort. »So ein winziges Vieh, sieht aus wie ein Schoßtier. Das kann man doch nicht ernst nehmen, Mädchen! Drachen sind mächtig und hundertmal größer.«

Jerusha zuckte mit den Schultern. »Woher wisst Ihr das? Schon mal einen gesehen?«

»Wenn ich schon mal einen gesehen hätte, stünde ich jetzt nicht hier«, sagte der Steinmetz schroff. Er und die anderen Bildhauer gingen zurück an ihre Arbeit, und wenig später klang die Melodie ihres Hämmerns wieder über die Tempelbaustelle.

Es war zu spät, um jetzt noch mit der Aufstellung der Shimounah zu beginnen. Morgen war noch genug Zeit, sie auf ihren Sockel zu hieven, der bereits fertiggestellt war und am richtigen Platz vor dem Tempel stand. Nach einem Seitenblick auf Goram entschied Jerusha, zur Feier des Tages heute früher heimzugehen. Sie musste unbedingt ihrem Verlobten Dario davon erzählen, was die anderen über ihre Statue gesagt hatten. Beim Gedanken an Dario wurde ihr Herz ganz leicht. Manchmal hatte sie das Gefühl, dass er allein sie und ihre Arbeit verstand. Vielleicht, weil er selbst eine alte Kunst beherrschte – und natürlich, weil er sie liebte. Nur noch drei Wochen bis zur Hochzeit, dann gehörten sie für immer zusammen.

Ach, das Leben ist schön!

»Bis morgen, Winib beschütze euch«, rief Jerusha fröhlich in die Runde, und ein paar Grüße schollen zurück. Sie warf noch einen letzten Blick auf die kantige Silhouette des halb fertigen Tempels. Noch wirkte er wie ein fünfeckiger Felsen aus hellem Sandstein, und die Lichtung um ihn herum war eine staubige Ebene voller Werkstätten und Steinblöcke und Holzgerüste. Dort, wo gerade nicht gearbeitet wurde, wucherte das Unkraut. Doch seit der Tempel sein kupferglänzendes Dach bekommen hatte und die Türme an seinen Außenseiten vollendet waren, ahnte man, was für ein Kleinod mitten im Wald er einmal sein würde.

An diesem Tag sah Jerusha ihn für lange Zeit das letzte Mal.

⋆ ⋆ ⋆

Kein Fuhrwerk in Richtung Loreshom kam vorbei, niemand nahm sie mit. Jerusha ärgerte sich nicht darüber, sondern schulterte das Bündel mit ihren Sachen und schritt auf dem breiten Schotterweg fröhlich aus. Ihre Gedanken schweiften zur Hochzeit, zu dem, was es noch alles zu organisieren gab. *Zum Glück hat Kianna mein Kleid schon fast fertig – nur noch eine Anprobe, dann ist es perfekt!* Jerusha gefielen die weiten, eleganten Ärmel, das Sonnengelb der Seide und die Goldstickereien am Ausschnitt. Es war Kiannas Hochzeitsgeschenk.

»Das Kleid passt ganz wunderbar zu deinen dunklen Haaren«, hatte Kianna bei der letzten Anprobe geschwärmt. »Prächtig. Wenn du dir das nicht ansiehst, werde ich dich für immer hassen!«

Jerusha hatte gelacht und sich schließlich zu einem kurzen Blick in den Spiegel überreden lassen. Und obwohl sie sich schnell wieder abgewandt hatte, konnte sie Kianna nur zustimmen. Das Kleid war herrlich. Kein Wunder, Kianna war nicht nur ihre Freundin, seit sie schlammbeschmiert im Teich herumgewatet waren und Frösche gefangen hatten, sondern inzwischen eine der besten Schneiderinnen der Gegend. Ihr Markenzeichen waren die kecken kleinen Hüte, mit einer Feder verziert, die sie selbst anfertigte.

Jerusha wanderte über die Hügel von Mandeth, auf denen hellgraue, schwarzköpfige Kehanoschafe weideten. An den Rändern des Weges blühte wie in jedem Nachfrühling überall gelbes Schnabelkraut und verbreitete seinen süß-würzigen Duft. Hin und wieder trabte ein berittener Bote vorbei, und einmal überholte Jerusha eine in dicke Röcke gewandete Bauersfrau. Dann nahm sie die letzte Biegung, und die ersten schilfgedeckten Häuser von Loreshom lagen vor ihr. Sie marschierte am Festplatz vorbei, an der Schänke, die einmal ihrem Vater gehört hatte, überquerte dann den Lint – der gerade wenig Wasser führte – und bog am Dorfweiher zu ihrem Haus ab. Sollte sie direkt zu Dario gehen? Nein, erst wollte sie sich waschen und umziehen; der Steinstaub hing rund um den Tempel überall in der Luft, er drang in die Nase und legte sich auf die Haare, bis sie steif und unansehnlich waren.

Der kleine Hof, in dem sie mit ihrer Familie wohnte, war aus einfachem grauem Feldstein gemauert. Ein unfähiger Baumeister hatte das Dach so weit herabstehend entworfen, dass man im oberen Stockwerk nur gebückt stehen konnte und einem im Winter herabrutschender Schnee unweigerlich in den Kragen fiel, wenn man vor dem Eingang stand.

Jerusha stieß die quietschende Holztür auf. »Heda, ich bin's«, rief sie und ließ sich ihren Beutel von der Schulter gleiten. Im Inneren des Hauses war es dämmrig, weil die Fenster so winzig waren, und ein muffiger Geruch nach alten Wolldecken hing in der Luft. Jerusha rümpfte die Nase und ließ die Tür offen. Kein Wunder, dass Dario sie ungern besuchte und es lieber sah, wenn sie zu ihm kam.

Fast lautlos schlurfte ihre Mutter aus den Schatten hervor. Ihr Blick war leer, ihre dunklen Locken matt und glanzlos, ihr Gesicht blass. Alles wie immer. »Bitte geh heute nicht mehr weg«, sagte sie unvermittelt. »Großmutter kommt später noch vorbei, und sie hat dir etwas zu sagen. Es ist wichtig.«

Längst war Jerusha jede Lust vergangen, von ihrer Statue der Shimounah zu erzählen. Nun spürte sie Zorn in sich aufflammen. »Tut mir leid, ich habe andere Pläne«, sagte sie kühl. »Ich will zu Dario, es gibt eine Menge vorzubereiten. Außerdem ist Großmutter noch nicht da, eine Weile kann es bestimmt warten, oder?«

Ihre Mutter schien Jerushas Zorn nicht einmal zu bemerken, oder er war ihr gleichgültig. »Ich richte das Abendessen, kümmer du dich um deine Aufgaben.«

Zu Jerushas Pflichten gehörte es, Wasser vom Brunnen zu holen, Brennholz zu hacken sowie morgens und abends die Hühner zu füttern. Nach einem harten Tag, an dem ihr Arme und Rücken von der Arbeit schmerzten, war das eine Quälerei, doch Jerusha lehnte sich nicht dagegen auf. Es gab eine viel bessere Lösung. Und die bog gerade um die Ecke.

»Shani!«, jubelte ihre kleine Schwester Liriele und lief Jerusha leichtfüßig entgegen, den Eibenholzbogen noch in der Hand und einen mit Pfeilen viel zu vollgestopften Köcher über der Schulter. Langbeinig wie ein Fohlen war sie, und jetzt – mit zwölf – schon ebenso groß wie Jerusha. *Wahrscheinlich wird sie mich bald um einen halben Kopf überragen*, dachte Jerusha. Dann warf sich Liri auch schon in ihre Arme, und fast hätten sie beide das Gleichgewicht verloren.

»Na, gut getroffen heute?«, lachte Jerusha.

»Ja, hat ganz gut geklappt.« Liri setzte ein betont gleichmütiges Gesicht auf. Jerusha wusste, dass Liri untertrieb – die KiTenaros waren fast alle berühmte Bogenschützen, und Liri hatte dieses Talent geerbt. Ihre Augen waren unglaublich scharf, und sie verfehlte selten ihr Ziel. Leider kam dabei selten etwas für den Kochtopf heraus, weil sie in Tränen ausbrach, wenn sie ein totes Tier sah.

»Ich habe eine gute Idee – hast du Lust, mit mir zusammen Wasser zu holen?« Diesmal war es Jerusha, die gleichgültig tat.

»Eigentlich nicht. Ich muss noch üben, einmal hatte ich einen Pfeil im roten Ring, das passiert mir sonst nicht.«

»Ich habe heute mit Alef gesprochen.«

»Du hast mit Alef gesprochen?« Liris Augen leuchteten auf. »Erzähl! Erzähl mir alles!«

»Und, holst du mit mir Wasser?«

»Na klar. Komm, wir gehen gleich los.«

Jede nahm zwei Eimer, dann machten sie sich auf den Weg zum Dorfbrunnen. Andächtig lauschte Liri, als Jerusha erzählte, was Alef zur Statue der Shimounah gesagt hatte. Woran er selbst gerade arbeitete. Was er zur Brotzeit dabeigehabt hatte. Nur wie Goram Alef genannt hatte, ließ Jerusha lieber aus. Als Jerusha wirklich gar nichts mehr einfiel, was sie noch über den faulsten Lehrling der Tempelbaustelle erzählen konnte, war die Zinkwanne im ersten Stock gefüllt und das hölzerne Wasserfass in der Küche auch. Schnell zog sich Jerusha aus und ließ sich mit angehaltenem Atem in das kalte Wasser gleiten. Prustend tauchte sie wieder auf, spülte schnell ihre Haare aus und knetete ein paar Tropfen selbstgepresstes Nachtlilienöl hinein.

Ein Dutzend der seltenen Nachtlilien wuchsen ausgerechnet hinter dem Haus der KiTenaros, und Jerusha hegte sie schon seit ihrer Kindheit. Die handgroßen, elegant geschwungenen Blüten waren von einem tiefen Schwarz mit einer Ahnung von Violett darin, die Farbe des Himmels, wenn das letzte Abendrot gerade daraus geschwunden ist. Nur nachts dufteten sie, und dann hielt jeder, der noch an ihrem Haus vorbeikam, einen Moment lang inne. Es war ein süßer und doch herber Duft; Jerusha fand, dass die Blüten wie eine wunderbare und zugleich traurige Erinnerung rochen. Als sie Liri einmal gefragt hatte, woran sie der Duft erinnere, hatte sie gesagt: »Sie riechen so wie die Luft nach einem Gewitter, nur noch schöner.«

War eine ihrer Nachtlilien verblüht, pflückte Jerusha sie vorsichtig, presste Blüte und Samen aus und vermischte den Tropfen violetter Flüssigkeit, der dabei entstand, mit Mandelöl; dabei blieb der Duft erhalten. Schon oft hatten Frauen aus der Umgebung sie gefragt, ob sie etwas davon haben könnten, doch Jerusha hatte früh gelernt, wie man solche Bitten mit einem freundlichen Lächeln ablehnte. Und es war sinnlos, Samen der Nachtlilien zu verschenken – sie weigerten sich, an einem anderen Ort zu wachsen.

Frisch gebadet und frierend lief Jerusha die Treppe wieder nach unten. Ihre Mutter hatte den Maisbrei fertig, ein paar Gemüsestücke waren darin. Liri und Jerusha aßen beide hastig; Liri wollte zu ihren Zielscheiben zurück und Jerusha endlich zu Dario. Ihre Arbeit im Haus war erledigt: Brennholz war noch genug da und das Füttern der Hühner hatte sie bei Liri vor Kurzem gegen ein Alef-Porträt aus gebranntem Ton eingetauscht.

Gerade als sie aus dem Haus gehen wollte, kam Kala KiTenaro, ihre Großmutter, herein. Sie war eine hochgewachsene Frau, doch da sie gebückt ging, wirkte sie kleiner. Ihre schulterlangen grauweißen Haare lugten unter der Lederkappe hervor, die sie immer trug. Im Halbdunkel des Eingangs sah Jerusha ihre trüben Augen. Erloschen, dachte Jerusha manchmal. Irgendwann ist das Lebensfeuer in ihnen erloschen. Auf einmal hatte sie es noch eiliger, wegzukommen. Doch ihre Großmutter ergriff sie am Arm, faltig und trocken fühlte ihre Hand sich an. »Ich habe dir etwas zu sagen, Jerusha.«

»Später. Bitte.« Vorsichtig entzog sich Jerusha ihrem Griff. »Dario wartet auf mich. Ich bin bald zurück.«

Mit schnellen Schritten ging sie den Pfad entlang, der zu Darios Haus führte; es lag ein wenig außerhalb, am Rand der Craunenwälder. Kaum zu glauben, dass er und sein Bruder erst seit einem knappen Jahreslauf in Loreshom wohnten. Jerusha erinnerte sich noch gut daran, wie sie zum ersten Mal von ihnen gehört hatte. Irini, die sich für alle Neuigkeiten im Dorf zuständig fühlte, berichtete mit blitzenden Augen, dass zwei junge Männer aus dem Familienclan der WiTanek auf der Durchreise in der Schänke haltgemacht hatten; sie suchten einen Ort, an dem sie eine Goldschmiedewerkstatt eröffnen könnten.

»Stell dir vor, sie haben dieses Bildnis in Ton, das du mal von Lulé gemacht hast, in der Gaststube gesehen«, erzählte Irini und brüllte zwischendurch ihrem Sohn Xander zu, er solle gefälligst aufhören, seinem armen Frosch Nüsse ins Maul zu stopfen. »Und das Beste ist«, Irinis Stimme senkte sich zu einem dramatischen Flüstern, »sie haben gefragt, wer der Künstler sei und ob sie ihn kennenlernen könnten!«

Wider Willen fühlte sich Jerusha geschmeichelt, dass den Fremden die Skulptur, in der sie die zerfurchten Züge der Wirtin verewigt hatte, aufgefallen war. Doch obwohl sich die beiden tatsächlich in Loreshom niederließen, sah Jerusha sie lange Zeit nur von Weitem. Sie wusste wenig mehr über sie, als dass sie Dario und Laric hießen. Und den anderen Dorfbewohnern ging es ähnlich. Was natürlich dazu führte, dass das ganze Dorf rasend neugierig war auf die Fremden und ihre geheimnisvolle Werkstatt. Hin und wieder trafen gut gekleidete Boten bei den WiTaneks ein, manche von ihnen mit dem Wappen eines Fürstenhofs auf dem Wams. Sie holten dick in Tücher verpackte Waren ab und ritten wieder davon. Hinter ihnen schloss sich die Tür der Werkstatt wieder und verbarg, was darin geschah.

Dann kam der Tag des Frühlingsfests, mit dem in jedem Jahreslauf die Weidesaison begann. Jerusha und Kianna feierten es in Reth Elshak, wo sie beide jede Woche Waren – Kiannas selbst angefertigte Kleidung und Jerushas Küchenutensilien aus Stein – auf dem Markt verkauften. Vor einem lichtblauen Himmel flatterten überall bunte Bänder im Wind, und der Geruch nach frisch gebackenem Malzbrot lag in der Luft. Jerusha lachte übermütig und zog Kianna mit sich, als der verkleidete Wolf die Kinder durch die Straßen jagte. Sie aßen die traditionelle Rahmsuppe mit Sauerlauch und tanzten, dass ihre Röcke flogen.

Während Kianna gerade von einem der jungen Männer aus Reth Elshak umhergewirbelt wurde, sichtete Jerusha Dario, den jüngeren und hübscheren der beiden WiTanek-Brüder. Den mit dem hellbraunen Lockenkopf. Locker und entspannt stand er am Rand der hölzernen Tanzfläche, flirtete beiläufig mit dem Schwarm junger Frauen um ihn herum … und lächelte plötzlich, als ihre Blicke sich trafen. Kurz darauf tauchte er neben ihr auf.

»Wohlstand dem Clan …«, murmelte er vergnügt.

»Und Treue dem Earel«, ergänzte Jerusha den Gruß, wie es Sitte war; dann wartete sie neugierig darauf, was er zu sagen hatte.

»Jetzt lernen wir uns endlich einmal kennen. Ich habe mich schon lange darauf gefreut.« Er wusste, wer sie war. Offensichtlich hatte er schon Erkundigungen über sie eingezogen. Das gefiel ihr. »Das hättest du schon früher haben können«, sagte Jerusha und grinste ihn an. »Aber ihr wolltet ja noch eine Weile die geheimnisvollen Fremden bleiben, oder?«

Dario lachte, überrascht über ihre Dreistigkeit. »Das hatten wir eigentlich nicht vor, wir wollten uns nur in Ruhe einleben.«

Sie blieben nebeneinander stehen und unterhielten sich immer weiter. Über Loreshom, über Stein und Silber, über die Liebe. Darios sanfte braune Augen ruhten aufmerksam auf ihrem Gesicht, er hörte ihr mit allen Sinnen zu, ließ sich von nichts ablenken. Jerusha merkte nicht mehr, wie die Zeit verging. Ab und zu tanzten sie, wenn die beiden rot und gelb gekleideten Fiedler eine besonders mitreißende Melodie spielten. Danach nahmen sie ihr Gespräch wieder auf, als hätten sie es keinen Atemzug lang unterbrochen.

Es war der Beginn des romantischsten Sommers, den Jerusha je erlebt hatte.

Und jetzt war wieder Frühling.

Darios und Larics Haus war ein zweistöckiger Steinbau und gut in Schuss. Jerusha pochte an die metallbeschlagene Tür und hörte den Widerhall im Inneren des Hauses. Es dauerte eine Weile, bis Dario öffnete. Er wirkte abwesend, sein Blick war nach innen gewandt. Doch als er sie sah, lächelte er, zog sie an sich und drückte die Nase in ihr Haar – er liebte den Duft des Nachtlilienöls. »Wie schön, dich zu sehen! Kannst du kurz warten? Ich habe gerade einen Spiegel in Arbeit.«

Jerusha nickte, setzte sich auf einen Schemel am Rand der Werkstatt und lehnte sich mit dem Rücken gegen einen der schweren, hölzernen Arbeitstische. Sie hatte damals schnell erfahren, dass keineswegs beide WiTaneks Goldschmiede waren – das war nur das Handwerk des schweigsamen, oft etwas düster blickenden Laric. Dario selbst war Spiegelmacher. Das gehörte zu den Dingen, die Jerusha an ihrem Verlobten nicht besonders mochte. Auch jetzt fühlte sie sich unwohl, während sie Dario zusah, wie er mit raschen, geschickten Bewegungen Flüssigkeiten aus verschiedenen Fläschchen auf das flache Glas des zukünftigen Spiegels träufelte. Ein ätzender Geruch breitete sich in der Werkstatt aus, und Jerusha hielt die Luft an. *Wie gut, dass meine eigene Berufung mich meist unter freien Himmel führt!*, ging es ihr durch den Kopf. *Oder in eine Werkstatt, in der es nur nach Steinstaub und dem Metall der Werkzeuge riecht.*

Vorsichtig regelte Dario seinen Spiritusbrenner; die Flamme fuhr hoch und erhitzte die Schale mit dem neuen Spiegel darin. Gebannt beobachtete Dario, wie ein silbriger Schleier auf dem Glas erschien, und murmelte dabei Worte, die Jerusha nicht verstand – es klang wie eine fremde Sprache. Kein Zweifel, er hatte völlig vergessen, dass sie da war.

Jerusha ließ den Blick durch den Raum schweifen, über die Holzregale mit Arbeitsgeräten, die vielen Flaschen verschiedener Größe und Farbe, die sorgfältig an der Wand angelehnten und mit Filz gepolsterten Glasscheiben. Überall leere Rahmen, die meisten wohl von Laric gefertigt. Manche waren aus herrlich gemasertem und geschnitztem Holz mit Einlegearbeiten aus edlen Metallen. Andere bestanden aus Gold oder Silber und waren mit Edelsteinen verziert.

Der Schemel war hart, und Jerusha verlagerte ihr Gewicht, um bequemer zu sitzen. Dabei fiel ihr auf dem Arbeitstisch eine kaum handhohe Waage auf, mit höchster Kunstfertigkeit aus Silber gehämmert – hatte Laric sie gemacht? *Niedlich, die winzigen Gewichte.* Sie nahm eins davon in die Hand, um auszuprobieren, wie schwer es war, doch sie ließ es erschrocken wieder fallen, als Darios Stimme den Raum durchschnitt. »Nicht! Nichts anfassen bitte!«

Erschrocken wandte sie sich zu ihm um. In Darios Augen stand heiße Wut. Auf einmal war er ihr fremd und ein wenig unheimlich.

»Entschuldige«, sagte Jerusha verlegen. *Warum habe ich das getan? Ich weiß doch längst, wie empfindlich Dario ist, wenn es um seine Werkstatt geht!* Im Reich ihres Verlobten herrschte äußerste Sauberkeit und eine Ordnung, die Jerusha zu Anfang fast schon unnatürlich vorgekommen war. Doch Dario hatte ihr erklärt, wie wichtig Reinheit beim Spiegelmachen war. Jedes Stäubchen, jedes Haar konnte einen gerade entstehenden Spiegel ruinieren und hässliche schwarze Flecken auf seiner Oberfläche hinterlassen. Doch anscheinend war Sauberkeit Dario zur zweiten Natur geworden, denn auch die Wohnräume wirkten immer frisch geputzt.

Zum Glück war der Ärger schnell vergessen, schon lächelte Dario wieder. »Bin gleich fertig«, sagte er, und ein paar Atemzüge später kam er in heiterer Stimmung zu ihr. Anscheinend war mit dem neuen Spiegel alles gut gegangen.

Jerusha entspannte sich und ließ zu, dass Dario ihre Hand nahm und sie aus der Werkstatt hoch zu den Wohnräumen geleitete. Zu spät sah sie, dass an der Wand des Treppenhauses ein großer, gerade erst fertiggestellter Spiegel mit einem Rahmen aus rotbraunem Silvanidaholz hing. Jerusha versuchte daran vorbeizuhuschen, doch auf einmal trat Dario zu ihr, umarmte sie von hinten und hielt sie fest. Genau vor dem Spiegel.

»Du bist hübsch, nein, *schön* bist du!«, murmelte er, sein Mund dicht an ihrem Ohr. »Du musst dich nicht verbergen, niemals musst du das. Schau dich doch an!«

Einen Moment lang zwang Jerusha sich, hinzusehen. Die junge Frau, die ihren Blick erwiderte, war schlank und nicht besonders groß, beinahe hätte man sie zierlich nennen können. Ihren runden Armen sah man die Kraft nicht an – nur ihre schwieligen Hände, die Fingernägel kurz wie die eines Mannes, verrieten etwas über ihre Arbeit. Vorsichtig ließ Jerusha ihren Blick weiterwandern. Zu den dunkelbraunen Locken, die ihr knapp über die Schultern reichten, ihren nachtblauen

Augen, die von dichten Wimpern umgeben waren, ihrem ebenmäßigen, ovalen Gesicht.

Es war fast das gleiche Gesicht, in das Jerusha blickte, wenn sie heimkam und ihre Mutter sah.

Mit einem jähen Ruck riss Jerusha sich los und stürmte nach oben.

»He!«, rief Dario und folgte ihr, sie hörte seine schnellen Schritte auf der Treppe. »Bei Cerak, was ist denn in dich gefahren?«

Jerusha ließ sich auf einer Ecke des Diwans nieder und schlang die Arme um die Knie. Langsam beruhigte sich ihr Herzschlag. Ihr war peinlich, was geschehen war. »Ich mag es nicht, wenn du mich festhältst.«

Vorsichtig berührte Dario ihr Gesicht mit den Fingerspitzen, blickte ihr in die Augen. »Kommt nicht wieder vor«, sagte er mit treuherzigem Blick. »Habe ich dir eigentlich schon gesagt, wie sehr ich mich freue, dass du noch vorbeigekommen bist? Wie war dein Tag am Tempel?«

Jerusha seufzte tief und spürte, wie sich die Spannung in ihrem Körper löste. Endlich, endlich konnte sie davon erzählen, dass ihre Figur der Göttin fertig war und was die anderen Bildhauer gesagt hatten. Aufmerksam lauschte ihr Dario und nickte ab und zu. »Das ist herrlich!«, sagte er schließlich, und seine Augen strahlten. »Habe ich dir nicht gleich gesagt, die anderen werden am Ende akzeptieren, dass du die Shimounah anders darstellst? Wann darf ich zum Tempel kommen und sie mir selbst ansehen?«

Jerushas gute Laune kehrte zurück. Sie redeten noch eine Weile, und Dario erzählte von einem Auftrag des Fürsten Eli Naír AoWesta, der über das benachbarte Benaris herrschte. Er hatte gleich zwei verschiedene, reich verzierte Spiegel bestellt. Doch dann fiel Jerusha ein, dass ihre Großmutter ihr noch etwas mitteilen wollte, und sie verabschiedete sich mit einem langen Kuss von Dario. Laric konnte sie nicht Lebewohl sagen, er war noch immer nirgends in Sicht. Er war ein so stiller und scheuer Mensch, dass sie oft das Gefühl hatte, er gehe allen Besuchern aus dem Weg. *Vielleicht schreckt er beim ersten Pochen an der Tür kaninchengleich auf und schießt davon in irgendein Versteck.* Der Gedanke brachte Jerusha zum Lächeln.

Als sie heimkam, war Liri schon zu Bett gegangen. Mutter und Großmutter saßen schweigend am Esstisch in der Stube und blickten auf, als Jerusha hereinkam.

»Du bist spät dran«, sagte ihre Großmutter. »Setz dich.«

Jerushas gute Laune verpuffte. Etwas im Gesicht ihrer Großmutter verriet ihr, dass die Angelegenheit wirklich ernst war. Wortlos setzte Jerusha sich und faltete die Hände vor sich auf dem Tisch. War es doch ein Fehler gewesen, erst zu Dario zu gehen und sich nicht gleich anzuhören, was Kala zu sagen hatte? Egal. Jetzt war sie hier.

Wieder die brüchige, dünne Stimme ihrer Großmutter: »Du bist jetzt einundzwanzig Sommer alt, Jerusha. Es ist Zeit, dass du es erfährst. Ganz besonders jetzt, vor deiner Hochzeit. Dario muss es wissen, bevor er sich für dich entscheidet.«

»Was meinst du damit?« Jerusha war beunruhigt. *Meine Familie hat mir etwas verschwiegen? Und was hat das alles mit Dario zu tun, er hat sich doch längst für mich entschieden! Die Hochzeit soll in drei Wochen stattfinden, das Fest ist geplant, die Gäste sind geladen!* Sie fühlte eine leise Panik in sich hochdämmern.

»In bester Absicht haben wir gewartet«, sagte ihre Mutter müde. »Wir wollten warten, bis du alt genug bist, um es zu verstehen – uns zu verstehen.«

Klingt eher nach Feigheit. Jerusha spürte, wie sie wütend wurde. »Sagt mir jetzt bitte, was los ist!«

Ihre Großmutter und ihre Mutter tauschten einen Blick, dann sprach ihre Großmutter weiter. »Gut. Ich weiß, es muss sein.« Sie holte tief Luft. »Jerusha, über den Frauen der KiTenaros liegt seit zwei Generationen ein Fluch. Wir sind dazu verdammt, die Männer zu verraten, die wir lieben.«

Jerusha war nicht mehr fähig, sich zu bewegen. Sie spürte das raue Holz unter ihren Händen, die Schwere ihres Körpers, die Luft, die in ihre Lungen hineinströmte und wieder hinaus. »Falls das ein Versuch ist, mich von dieser Hochzeit abzubringen, dann wird er scheitern«, sagte sie heiser. »Ich weiß, dass ihr Dario nicht besonders mögt, auch wenn ich den Grund nicht kenne. Aber erstens bin ich nicht so leichtgläubig, wie ihr denkt, und zweitens ist es schändlich, dass ihr überhaupt versucht, mir so etwas …«

Jerusha brach ab. Denn der verblüffte Ausdruck auf den Gesichtern der beiden Frauen zeigte deutlich, dass sie auf einer falschen Fährte war.

Und dass ihre Großmutter nichts anderes ausgesprochen hatte als die furchtbare Wahrheit.

* * *

Langsam und widerwillig schlug Kiéran die Augen auf. Es musste früher Morgen sein. War es schon hell draußen? Er wusste es nicht, wieder ließen ihn seine Augen im Stich. Schwärze war um ihn, nichts als Schwärze. Und wie immer in den letzten Tagen war ihm, als stürze er, falle immer weiter; und es gab nichts, woran er sich festhalten konnte …

Kiéran merkte, dass er den Atem in kurzen Stößen hervorpresste, und versuchte sich zu entspannen. Verzweifelt konzentrierte er sich auf das, was er spürte. Selbst der Schmerz war willkommen, doch der war längst nicht mehr so brennend wie zu Anfang und taugte kaum noch als Ablenkung. An seiner Hüfte und am linken Arm war nur noch ein unangenehmes Pochen, das sich ertragen ließ; auch die Wunden an der linken Seite seines Gesichts fühlten sich nicht mehr so an, als habe jemand ein Messer in seiner Wange stecken lassen. Solange er nicht den Fehler machte, sich zum Schlafen auf die Seite zu legen.

Vielleicht werde ich nie erfahren, wie ich jetzt aussehe. Einer der giftigen Gedanken hatte es geschafft, sich in seinen Kopf zu schleichen, und schon stand Kiéran nur einen Schritt vom Abgrund entfernt. Mühsam zwang er sich, seinen Geist leer zu wischen wie die große Holztafel im Strategiezimmer, auf der sie immer mit Holzkohle Truppenbewegungen skizziert hatten in den atemlosen Stunden vor einem Gefecht. Ob er das noch einmal erleben würde?

Nicht nachdenken. Bloß nicht nachdenken. Kiéran sandte alle Aufmerksamkeit in seine Fingerspitzen. Er ließ eine seiner Hände über die kratzige Decke tasten, die nach Angst und feuchter Wolle roch durch den Schweiß seiner Albträume. Ließ sie an der schmalen Matratze entlanggleiten, deren Füllung bei jeder Bewegung leise knisterte und eine nach Heu und Kräutern duftende Wolke aussandte. Seine andere Hand schob sich nach oben, über die glatten, eng zusammengefügten Steine der Außenwand. Es gab kein Fenster, so viel wusste er schon, doch von oben spürte er einen Luftzug auf der Haut, es musste eine Lüftungsklappe unter dem Dach geben.

Da – der Gong. Sein tiefer, satter Ton hallte durch den ganzen Tempel, der Weckruf für alle Bewohner. Aber eine Morgenspeise gab es noch lange nicht. Jetzt würden die Novizen und Priester eine stille Zwiesprache mit dem geheimnisvollen Etwas halten, das sie verehrten und dessen Namen Kiéran schon fast wieder vergessen hatte. Ach ja, *Oscurus.* Was auch immer das war. Es hatte irgendetwas mit den Schwarzen Spiegeln zu tun, denen der Tempel gewidmet war.

Kiérans Gedanken eilten zur Quellenveste – der Burg des AoWesta-Clans – und zu dem, was seine Kameraden jetzt wohl taten. Kurz vor der Morgendämmerung war Ablösung: Die Morgenwache rückte gerüstet und bewaffnet aus, um ihren und Kiérans Dienstherren, Fürst AoWesta, zu beschützen; die Nachtwache kehrte müde in die Baracken zurück. Dort drängten sich die anderen Mitglieder der Terak Denar – der Elitetruppe des Fürsten – sicher gerade gähnend in den Waschräumen. Kiéran selbst war um diese Zeit normalerweise schon in Uniform gewesen, auf dem Weg zur ersten Besprechung mit seinem Kommandanten Xen TeRopus und den anderen Offizieren.

Und hier? Nichts zu tun. Nur Leere. Stille. Schwärze. Wieso nur ließen seine Leute ihn nicht holen? Sie hätten längst hier eintreffen müssen! Das Gefecht an der Grenze zu Thoram, bei dem er verletzt worden war, war schon sieben Tage her, wenn er richtig gezählt hatte. Kiéran hatte von den Priestern erfahren, dass die Terak Denar danach in aller Eile abgezogen waren, anscheinend wurden sie an einem anderen Ort des Fürstentums gebraucht. Trotzdem, sieben Tage waren mehr als genug Zeit, um ein paar Leute auf die Suche nach ihm zu schicken. Oder ihm wenigstens irgendeine Nachricht zu senden. *Selbst wenn keiner unserer Leute mitbekommen hat, dass die Priester mich in Sicherheit gebracht haben, was ist mit meiner Botschaft an Xen? Da steht doch drin, was geschehen ist und wo ich bin! Hat er sie womöglich nicht erhalten?*

Langsam und vorsichtig richtete sich Kiéran auf. Er hielt es nicht mehr länger aus auf seinem Krankenlager. Vorsichtig schwang er die Beine zur Seite und stellte die Füße auf die kühlen Steinplatten des Bodens. Sobald er sich bewegte, begann sein Schädel wieder zu schmerzen, ihm wurde schwindelig. Kiéran unterdrückte ein Stöhnen, stützte den Kopf in die Hände und wartete, bis es wieder etwas besser wurde. Der Krieger, der ihn erwischt hatte, musste mit voller Wucht zugeschlagen haben. Ein Wunder, dass sein Helm das ausgehalten hatte. Und doch war irgendetwas zerbrochen in seinem Kopf, sonst würden seine verdammten Augen ja mitspielen. Bestimmt brauchten sie nur etwas Zeit, dann erholten sie sich wieder; andererseits, waren sieben Tage nicht Zeit genug?

Vielleicht bin ich für immer blind. Der Gedanke brannte durch ihn hindurch, so heftig, dass er es nicht schaffte, ihn wegzuschieben. Kiéran ballte die Fäuste und biss die Zähne so fest zusammen, dass die Muskeln und Sehnen an seinem Hals hervortraten.

Ein metallisches Geräusch ließ ihn zusammenzucken. Jemand hatte die Tür geöffnet. Leise Schritte, das Schaben von Bastsohlen auf Steinboden.

»Gelobt sei das Oscurus, möge seine Kraft nie versiegen!«, begrüßte ihn eine heitere Stimme. Gerrity, einer der Novizen. Kiéran mochte ihn. Er war ein ehemaliger Taschendieb, der das bequeme Leben im Tempel genoss. Seine Frömmigkeit und sein Fleiß hielten sich in Grenzen, was bedeutete, dass er sich häufig Zeit nahm, mit Kiéran zu plaudern.

Kiérans Anspannung löste sich. Er wandte den Kopf der Stelle zu, an der er die Tür vermutete. »He, Gerrity, ist jetzt nicht stille Besinnung dran oder so was?«

»O ja, dieses ständige Meditieren ist lästig wie Flir. Aber die Wände sind dick, hier hört uns niemand. Und, wie geht's heute?«

Kiéran versuchte sich an einem Draufgängergrinsen. »Bestens. Ich werde gleich aufspringen und irgendwelche Heldentaten vollbringen.«

Gerrity musste lachen. »Sind alle Terak Denar so schlechte Lügner?« Er machte sich daran, Kiérans Wunden zu reinigen und die Verbände zu wechseln. »Immerhin scheint dein Ross – dieser schwarze Teufel – wieder ganz gesund zu sein, jedenfalls hat er heute Morgen so oft ausgetreten, dass er fast seinen Verschlag zerlegt hätte.«

»Er braucht Bewegung. Reitet ihn jemand?«

»Bist du wahnsinnig? Das traut sich keiner. Nicht mal Zarius. Aber er behauptet natürlich, es sei gegen die Ehre, das Pferd eines anderen zu nehmen.«

Au, verdammt. Am meisten schmerzte es, wenn der Gesichtsverband abgeschält wurde. Zum Glück hatte Gerrity geschickte Finger; die waren ihm in seinem früheren Beruf bestimmt nützlich gewesen.

»Ich werde heute mal bei ihm vorbeigehen«, sagte Kiéran und seufzte. Wenn Reyn schlechte Laune hatte – und das war nach sieben Tagen im Stall völlig normal –, dann war es selbst für seinen Herrn ein Risiko, zu ihm zu gehen. »Frag euren geschätzten Stallmeister, warum bei Xatos' Rache er mein Pferd nicht auf die Weide lässt.«

»Das kann ich dir auch so sagen. Zarius hat Angst, dass das Vieh einfach über den Zaun hüpft und sich davonmacht.«

Keine unbegründete Sorge. Reyn konnte springen wie ein Hirsch. Und Kiéran hatte keine Ahnung, wie hoch die Koppeln des Tempels eingezäunt waren.

Ein schwappendes Geräusch verriet Kiéran, dass der Novize gerade frisches Wasser in seinen Waschtisch geschüttet hatte. Dann ein Rascheln. »Hier ist frische Kleidung, eine unserer Roben. Der Erste Priester Dinesh schickt seine Grüße. Ach ja, und er lässt fragen, ob du dich schon imstande und geneigt fühlst, an der Ertüchtigung teilzunehmen.«

»Teilnehmen wohl kaum«, sagte Kiéran. Ertüchtigung nannte sich das morgendliche Kampftraining. Denn die Priester des Schwarzen Spiegels waren ein wehrhafter Orden; sie wussten sich zu verteidigen und halfen den umliegenden Dörfern, wenn diese von feindlichen Truppen oder Plünderern überfallen wurden. Tägliche Übungen mit der Waffe waren Pflicht, ebenso wie bei den Terak Denar. Schon seit Tagen lauschte Kiéran aus der Entfernung dem Klang von Stahl auf Stahl, seine Ohren hatten längst erkannt, mit welchen Waffen die Priester kämpften, welche Qualität ihre Übungsschwerter hatten und wie viele Menschen sich an der Ertüchtigung beteiligten. Er schätzte, dass mehr als zwanzig Priester sich jeden Tag zu den Übungsstunden versammelten.

»Ja, ich weiß, deine Augen.« Auf einmal klang Gerrity verlegen. »Aber ich glaube, wir könnten trotzdem eine Menge von dir lernen. Seit Meister Kermac an einer Geschwulst gestorben ist und Otris übernommen hat, ärgern sich alle über die schlechte Ertüchtigung. Und du warst schließlich …«

»Ja«, unterbrach ihn Kiéran schroff. Er wollte das nicht hören. Ein eisiges Kribbeln kroch in ihm hoch bei dem Gedanken, wieder auf einem Kampfplatz zu stehen. Besser, er schob diesen Moment der Wahrheit noch ein wenig hinaus, bis er wieder etwas sehen konnte, selbst wenn es nur Licht und Schatten war. »Bitte sag Priester Dinesh – sag ihm, dass ich noch nicht bereit bin.«

»Mach ich.« Gerrity klang enttäuscht.

»Viel mehr würde mich diese Zeremonie der Schwarzen Spiegel interessieren.«

»Ah! Verstehe ich. Aber leider – vergiss es. Diese Geheimnisse hüten die Priester wie bissige Hunde. Noch nie habe ich einen Fremden bei der Zeremonie gesehen.«

»Trotzdem. Ich könnte Dinesh einfach mal fragen.« Kiéran wusste selbst nicht genau, warum er nicht lockerließ. So wichtig war ihm die Sache eigentlich gar nicht.

»Tu das. Wenn ein einfacher Erdenwurm wie ich, der noch nicht das Arithón trägt, dumm nachfragt, dann wird er leicht zu zwei Wochen

Dienst bei den stinkenden Fledermauskäfigen verdonnert. Aber du bist ein Gast, vielleicht ergeht es dir besser.«

»Das Arithón?«

»Ein Ding aus geschliffenem Metall, das die Priester auf der Stirn tragen. Es wird bei der Priesterweihe verliehen. Kann's dir ja leider nicht zeigen, es ist recht schön. Schwarzes Metall mit silbernen Symbolen.«

Zum Glück war Gerrity inzwischen fertig mit dem Wechseln der Verbände. Kiéran bedankte sich und tastete auf dem Bett nach der Robe, er spürte den festen Stoff zwischen den Fingern. An den Rändern verlief eine Borte mit rituellen Stickereien, anscheinend Schriftzeichen. Die Säume der Robe fühlten sich eigenartig wulstig an. »Was ist das hier?«

»Da ist Eulengras eingenäht«, gab Gerrity bereitwillig Auskunft. »Stellt den richtigen Fluss der Energien sicher.«

Kiéran hob die Augenbrauen. Sollte er dieses Ding wirklich tragen? Es würde sich eigenartig anfühlen und sehr fremd. Aber er hatte keine Wahl. Der größte Teil seiner Uniform der Terak Denar war unrettbar hinüber, nur der dunkelrote Lederpanzer mit den stachelförmigen Stufen an den Schultern hatte das Gefecht überstanden und lag jetzt in einer Ecke der Kammer. Auch die dunkelroten Unterarmmanschetten mit den eingearbeiteten, nach außen zeigenden Metallstacheln waren unbeschädigt. Den eingedellten Helm mit dem Relief eines wütend knurrenden Wolfs hatte er als Andenken behalten. Keine Ahnung, wie sie es geschafft hatten, ihm das Ding vom Kopf zu ziehen. Zum Glück war er bewusstlos gewesen.

»Ach ja, es ist nicht zufällig eine Nachricht für mich eingetroffen?«, fragte Kiéran beiläufig. »Von Fürst AoWesta oder den Terak Denar?«

»Nein, nichts.«

»In Ordnung«, sagte Kiéran nur. »Danke, Gerrity.« Regungslos blieb er auf dem Bett sitzen, bis er die Tür zufallen hörte.

Bald. Bald würden sie ihn zurückholen. Er musste nur ein wenig Geduld haben.

Und jetzt besuchte er besser Reyn, bevor ein Unglück geschah.

Der Fluch

Die ganze Situation kam Jerusha unwirklich vor. Bei einem flüchtigen Blick durchs erleuchtete Fenster der KiTenaros hätte man denken können, dass hier Großmutter, Mutter und Tochter spät in der Nacht vertraut am Esstisch beisammensaßen. Erst auf den zweiten Blick wäre demjenigen vielleicht aufgefallen, wie verkrampft ihre Haltung war.

»Der Fluch ist meine Schuld«, sagte Jerushas Großmutter. Ihr Gesicht war verzerrt wie durch einen in ihrem Inneren wütenden Schmerz, und ihre Hände krümmten sich auf der Tischplatte wie Klauen. »Ich habe ihn über uns gebracht, vor langer Zeit, als deine Mutter noch ein Kind war.«

»Aber wie kann das sein?«, flüsterte Jerusha. »Ich dachte, Flüche seien wie ein Gewitter – Blitz und Donner und dann wieder blauer Himmel. Harte Worte, die nichts weiter bedeuten und höchstens die Seele verletzen.«

»Das dachte auch ich. Aber es gibt Flüche, die sehr mächtig sind. Und so stark, dass sie von der Mutter auf die Tochter und die Enkeltochter übergehen. Ich habe es selbst nicht geglaubt. Bis ich es erlebt habe.«

»Also bin auch ich verflucht?«

»Ja. Dich wird es treffen. Und Liri. So wie es bisher alle Frauen der KiTenaros getroffen hat.«

»Was bedeutet das?« Jerusha merkte, dass ihre Stimme laut geworden war, doch es war ihr egal. »Was soll das heißen, Verrat? Meinst du damit, dass ich meinen Mann betrügen werde? Völlig irrsinnig. Das kann ich nicht glauben!«

»Es ist nicht irrsinnig«, sagte ihre Mutter müde. »Schieb es nicht weg. Das wird dir auch nicht helfen.«

Jerusha starrte sie an und begann zu ahnen, warum ihre Mutter nur noch in Gleichgültigkeit dahindämmerte. War dieser Fluch für das

Zerwürfnis zwischen ihren Eltern verantwortlich gewesen? Das Ergebnis jedenfalls, das kannte sie. Ganz plötzlich war es vorbei gewesen mit dem Glück in der Familie, als habe eine riesige Hand es einfach weggewischt, während Jerusha mit Kianna am Teich spielte. Schon kurz darauf war ihr Vater fortgegangen, und alle schwiegen und sahen sich seltsam an, wenn Jerusha verstört fragte, wieso.

»Erzähl mir, was passiert ist«, sagte Jerusha zu ihrer Großmutter und zwang sich dabei zu einem ruhigeren Ton. »Wie hast du den Fluch über uns gebracht? Vielleicht ist es ja nur Zufall, dass unserem Clan so viel Schlimmes geschehen ist. Pech. Schicksal. Kann das nicht sein?«

»Ich berichte dir, wie alles begann. Dann urteile selbst.« Die Stimme ihrer Großmutter klang brüchig, und Jerusha ging zum Wasserfass, um ihr und ihrer Mutter etwas zu trinken zu holen. Nach einem Schluck wirkte Kala wieder etwas kräftiger. »Damals hatten wir eins der prächtigsten Gasthäuser von Benaris, die *Faunenmühle*. Fenvar – dein Großvater, du kanntest ihn ja noch – und ich. Die KiTenaros waren ein mächtiger Clan damals, und mein Vater war sein Oberhaupt, der Earel; einmal im Jahr versammelten sich alle unsrigen in der *Faunenmühle*, vier Dutzend Menschen aus der ganzen Gegend.«

Schon jetzt wunderte sich Jerusha. *Wieso in Benaris? Stammen die KiTenaros von dort? Aber warum leben sie dann jetzt im Fürstentum Kalamanca, südlich von Benaris?* Neu war ihr auch, dass ihr Clan einmal groß und mächtig gewesen war. Sie kannte kaum ein Dutzend Verwandte, und keiner von ihnen besaß auch nur einen Hauch von Reichtum oder Macht. Seit vor einem Jahreslauf Jerushas Großonkel Barmín gestorben war, hatten die KiTenaros nicht einmal mehr einen Earel, und das war wirklich eine Schande.

»Zwei Tage vor diesem Ereignis war ich natürlich sehr beschäftigt damit, alles vorzubereiten, Speisen und Getränke zu beschaffen und so weiter. Und Fenvar dachte, wie so oft in dieser Zeit, nicht daran, mitzuhelfen – er ging in die Berge und ich musste mit meinen Kindern, dem Koch, einem Stallknecht und einer Magd alles alleine schaffen. Kurz, ich war nicht in bester Stimmung.« Ihre Großmutter seufzte. »Doch es lag nicht nur an mir. Auch dieser Fremde im grauen Umhang war von Anfang an sehr schwierig. Er behauptete, der Wein sei saurer als Essig und das Essen ein Fraß für die Hunde. Gleichzeitig war er sehr galant zu mir, machte mir Komplimente zu meinem Aussehen und küsste sogar meine Hand. Es war mir unangenehm, aber ich tat das alles mit einem Scherz ab und ließ neuen Wein bringen, den besten im Keller.

Doch der Fremde war nicht zufrieden und meinte, vermutlich seien die Gästezimmer unbewohnbar und voller Läuse. Da wurde ich wütend und sagte ihm, wenn es ihm hier nicht passe, dann könne er ja weiterziehen, wir bräuchten ihn und seinesgleichen nicht.«

Jerusha ahnte, worauf das alles hinauslief. Doch sie wollte ihre Großmutter nicht unterbrechen. Auch ihre Mutter hörte schweigend zu, sie hielt die Augen geschlossen, als sei sie tief in sich versunken.

»Nein, sagte er, es sei schon spät, er wolle nicht weiterziehen, vielleicht würde es sich hier ja doch aushalten lassen. Hätte ich es nur dabei bewenden lassen, hätte ich nur!« Das Gesicht ihrer Großmutter verzerrte sich. »Doch jetzt war ich schon wütend und sagte, mein Mann komme bald heim, und dann würde er den Fremden aus dem Gasthaus jagen wie einen räudigen Kater. Als der Fremde einfach sitzen blieb, ohne mich noch weiter zu beachten, rief ich den Koch und den Stallknecht und sagte ihnen, sie sollten den Kerl rauswerfen. Sie versuchten, den Mann an den Armen zu packen, und dabei fiel der Blauwein um, der Umhang des Fremden war über und über besudelt. Jetzt geriet der Fremde in Wut. Er schleuderte Lundis und Mik zu Boden, einfach so, und dann wandte er sich mir zu.«

Die Lampe auf dem Tisch flackerte, und Ruß schlug sich auf dem Glas nieder. Doch keine von ihnen bewegte sich, um den Docht herunterzudrehen.

»Jetzt war der Fremde wieder ruhig, gefährlich ruhig«, erzählte Kala. »Er sagte, ich würde noch bereuen, was geschehen sei. Mir sei nicht klar, wie mächtig er wäre, aber das sei keine Entschuldigung. Ich erwiderte – bei Shimounah, hätte ich nicht einfach schweigen können! Ich erwiderte …« Ihre Großmutter stockte, fuhr dann fort. »Mein Mann Fenvar KiTenaro sei auch sehr einflussreich und würde ihm schon noch zeigen, wie man sich in einem Gasthaus benehme. Da lächelte der Fremde auf eine ganz seltsame Art und sagte: ›Richte deinem Mann einen schönen Gruß von mir aus! Fortan wird es das Schicksal aller Frauen deiner Familie sein, die Männer zu verraten, die sie lieben. Und du selbst wirst den Anfang machen.‹«

»Und was dann?«

»Dann ging er, ohne zu bezahlen. Er schwang sich auf sein Pferd – es war ein prächtiger Schimmel, das weiß ich noch – und war schon nach kurzer Zeit im Dunkel verschwunden. Ich habe nie erfahren, wer er war. Vielleicht ein Magier, ich weiß es nicht.«

Eine Weile herrschte düstere Stille in dem kleinen Wohnraum.

Draußen war es windig; ein Zweig wurde immer wieder ans Fenster geweht, es klang so, als klopfe jemand. Schließlich ertrug Jerusha es nicht mehr, sie stürmte nach draußen, knickte den Zweig ab und warf ihn in die Dunkelheit. Sie hatte das Gefühl, keine Luft mehr zu bekommen. Jerusha lehnte sich gegen den rauen Putz des Hauses und fühlte ihr Herz gegen die Rippen hämmern. Am liebsten wäre sie nicht wieder hineingegangen, doch sie wusste, dass sie sich den bitteren, traurigen Schluss der Geschichte anhören musste. Denn diese Geschichte war schon lange auch die ihre, ohne dass sie es je geahnt hätte.

Ein paar Atemzüge später saß sie wieder ihrer Großmutter gegenüber und hörte schweigend zu.

»Natürlich tat ich die Worte des Fremden ab, ärgerte mich nur eine Weile und hatte wieder mehr als genug mit dem Betrieb der *Faunenmühle* zu tun. Zum Glück kam Fenvar schon am nächsten Tag zurück, und das Clantreffen verlief so gut, als hätte Alicanda es gesegnet. Um ganz ehrlich zu sein, ich fürchtete den Fluch auch deshalb nicht, weil es zwischen Fenvar und mir nicht gut lief. Hätten wir uns getrennt, ich hätte zu dieser Zeit nur mit den Achseln gezuckt. So dumm war ich! Denn wir lieben ja nicht nur unsere Gatten.«

Von den Schlafräumen oben kam ein leises Geräusch, und Jerushas Mutter zuckte zusammen, hob wachsam den Kopf. Sie und Jerusha tauschten einen Blick. War Liri wach geworden, machte sie etwa lange Ohren, um mitzubekommen, was sie besprachen? Jerusha war nicht sicher, ob das so schlecht wäre. *Vielleicht hat sie ebenso ein Recht darauf, es zu hören, wie ich. Nein, sie hat gerade einmal zwölf Sommer gesehen, vielleicht ist sie tatsächlich zu jung dafür.*

Ihre Mutter ging die knarrende Stiege hoch, sah kurz nach Liri. Und gab dann lautlos Entwarnung: Das Mädchen schlief.

»Ich hatte nicht an meinen Sohn Thimmes gedacht«, fuhr ihre Großmutter fort. »Gerade achtzehn Sommer zählte er damals, und er war mir eine große Freude. Zu dieser Zeit hatte er gerade Ärger. Er hatte sich mit ein paar Gleichgesinnten zusammengetan und wütete gegen die Tyrannei der Fürsten AoWestas; er fand, sie gäben dem Volk zu wenige Freiheiten und beuteten es aus, wo sie nur könnten. Und wirklich, es war schlimm damals, viel schlimmer als heute. Thimmes und seine Freunde hatten einen Protest formuliert, in dem sie einen Neuanfang forderten, und das Ganze an die Tür eines Zunfthauses genagelt. Wenn diese Freiheiten nicht gewährt würden, solle das Volk die AoWestas stürzen, hatten sie geschrieben. Wild und stark und jung und manchmal ohne jede Vernunft waren er und seine Freunde damals!«

»Ich kann mir vorstellen, dass die AoWestas nicht begeistert waren«, sagte Jerusha gepresst.

»Nicht begeistert? Sie waren außer sich. Und als sie nach den Urhebern des Protests forschten, klopften sie auch an unsere Tür. Als sie fragten, ob unser Sohn damit etwas zu tun habe, ob er es ausgeheckt habe, hörte ich mich ›Ja‹ sagen, ich weiß heute noch nicht, was mir dieses Wort entrissen hat. Die Soldaten sahen mich seltsam an, sie konnten wohl kaum glauben, dass ich das so einfach zugeben würde. Ich versuchte noch, die Tür zuzuschlagen, aber nun zögerten sie nicht länger, drängten mich beiseite und stürmten unser Haus.« Kalas Mund bebte, und es dauerte einen Moment, bis sie weitersprechen konnte. »Thimmes wehrte sich verzweifelt, aber die Soldaten schlugen mit Eisenstangen auf ihn ein und brachen ihm schließlich beide Arme, um seinen Widerstand zu überwinden. Sein Gesicht, seine Kleidung, alles war voller Blut. Ich weinte und weinte, und am schlimmsten war Thimmes' Blick, als er – noch als sie ihn mitnahmen – erfuhr, dass ich ihn verraten hatte. Das werde ich nie vergessen. Es war das letzte Mal, dass ich ihn sah. Er wurde erst gefoltert und dann hingerichtet.«

Tränen rannen aus den Augen ihrer Großmutter, zogen glänzend feuchte Spuren über ihre Wangen, tropften auf den Tisch. Jerusha nahm ihre zitternde Hand, hielt sie fest. Und blickte unwillkürlich hinüber zu ihrer Mutter. Wie alt war sie gewesen, als sie das miterlebt hatte? Kein Wunder, dass sie heute nur noch ein grauer Schatten war.

Ich hatte also mal einen Onkel, ging es Jerusha durch den Kopf. *Warum haben sie nie von ihm gesprochen? Wäre es zu schmerzhaft gewesen?*

Ein paarmal setzte ihre Großmutter zum Sprechen an, doch ihre Lippen bebten so stark, dass sie kein Wort mehr herausbrachte. Schließlich stand sie vom Tisch auf, ging zu der Holzbank unter dem Fenster und setzte sich dorthin, die Hände im Schoß gefaltet, den Blick auf den Boden geheftet. Jerusha ging zu ihr, legte ihr den Arm um die Schultern, doch ihre Großmutter ließ nicht einmal erkennen, ob sie das überhaupt bemerkte.

Schließlich kehrte Jerusha an den Tisch zurück und setzte sich ihrer Mutter gegenüber. Als sie den Kopf hob, trafen sich ihre Blicke, und das Lampenlicht ließ die braunen Augen ihrer Mutter einen Moment lang aufglühen. Sie saß aufrechter als zuvor, und einen flüchtigen Moment lang wirkte sie stolz und selbstbewusst. Jerusha bekam eine Ahnung davon, wie sie früher gewesen sein musste. Wieder war sie erschrocken darüber, wie ähnlich sie sich sahen. *Sieht Mutter ein jüngeres Ich in mir, wenn sie mich so anblickt?*

Einen Moment lang maßen sie sich schweigend. Dann begann ihre Mutter Myrial zu erzählen.

»Ich mache es kürzer«, sagte sie hart. »Es ist traurig genug. Ich wusste nichts von dem Fluch; als er ausgesprochen wurde, war ich gerade im Vorratskeller der *Faunenmühle* und schleppte zwei Krüge Wein nach oben. Und Mama – deine Großmutter Kala – erzählte uns nichts davon. Aber wir drei Töchter spürten ihn alle: Sarial, Rikiwa – die kleine Rikki nannten wir sie meistens – und ich.«

Jerusha nickte. Ihre Tante Sarial war die Zwillingsschwester ihrer Mutter gewesen. Irgendwann hatte Jerusha erfahren, dass sie gestorben war, doch über die Ursache war nie geredet worden. Von Rikiwa hatte ihre Mutter noch seltener gesprochen.

»Wir waren alle hübsche, lebhafte Mädchen und heirateten jung«, fuhr ihre Mutter fort. »Aber das Ende kam bald. Sarial ließ sich mit einem fahrenden Sänger ein, obwohl ihr Mann ihre große Liebe war. Ihr Gatte ertappte sie, tötete den Sänger und verstieß Sarial. Sie brachte sich um. Kalas Schwester und meinen Cousinen erging es ebenfalls schlecht, eine von ihnen verlor durch das, was der Fluch ihr antat, den Verstand, die anderen das Herz.«

So ist das also gewesen. Und du? Was ist mit dir und Vater geschehen? Jerusha wollte es fragen, doch ihr Mund fühlte sich staubtrocken an, und ihre Zunge lag so starr in ihrem Mund, als sei sie aus Holz geschnitzt.

Nein, ihre Mutter weinte nicht. Doch auf einmal waren ihre Augen wieder so tot und leer wie zuvor. So, wie Jerusha es kannte. »Dein Vater Josuan war der Mann, den ich liebte, Jerusha. Der Einzige – es gab keinen anderen für mich. Wir waren glücklich. Und doch habe ich versucht, ihn umzubringen. Gerade auf der Welt war Liri damals, als es passierte, und du warst neun. Ich habe das nicht gewollt, und ich kann es mir nicht erklären. Es wird dich sicher nicht wundern, dass Josuan mir nicht glaubte. Er ging davon, sobald er wieder gesund genug war, und von meinem Leben ist nicht viel geblieben.«

»Wie? Wie hast du es versucht?«, fragte Jerusha, und sie hörte selbst, dass ihre Stimme kraftlos klang, kaum hörbar. »Ihn zu töten?« Sie konnte sich beim besten Willen nicht vorstellen, wie ihre Mutter mit einem Messer in der Hand auf ihren Vater einstach. Hatte sie versucht, ihn zu ersticken? Oder ihm Gift ins Essen gemischt?

Doch ihre Mutter schüttelte den Kopf, verweigerte die Antwort.

Immerhin, Jerushas Vater hatte überlebt. Einmal im Jahreslauf – immer dann, wenn Jerushas Mutter gerade Verwandte besuchte – kam er noch immer in Loreshom vorbei. Groß und blond war er und Liriele so ähnlich, dass es wehtat. Und so war es auch immer Liri, mit der er zusammen lachte und spielte, die er an sich drückte und herumwirbelte. Woran dachte er, wenn er das kleine dunkel gelockte Mädchen anblickte, das sich höflich im Hintergrund hielt? Daran, wie ihre Mutter auf ihn losgegangen war?

Mühsam versuchte Jerusha, ihre Gedanken zu ordnen und gleichzeitig ihre Tränen zurückzuhalten. »Als du ihm von dem Fluch erzählt hast, hat er es auch dann nicht geglaubt?«

»Nein.« Das bittere Lachen, das ihre Mutter ausstieß, ließ Jerusha schaudern wie ein kühler Luftzug in ihrem Nacken. »Er glaubt ja nicht mal daran, dass es noch Drachen oder Greifen gibt. Ich aber habe welche gesehen, nicht nur einmal, und ich habe ihm auch davon erzählt. Doch die Wahrheit hat ihren eigenen Geschmack. Wem sie nicht mundet, der verschmäht sie einfach.«

Jerusha hatte das Gefühl, jetzt nichts Weiteres mehr ertragen zu können. Sie musste jetzt allein sein und nachdenken. Schweigend beobachtete ihre Mutter sie, als Jerusha aufstand und zur Tür ging. Doch dann fiel Jerusha noch etwas ein, und sie zögerte, drehte sich um. »Und was ist aus meiner dritten Tante geworden?«, wollte sie fragen, doch einen Moment lang musste Jerusha in ihrem Gedächtnis nach dem Namen suchen, den sie noch nicht oft gehört hatte. »Rikiwa?«

»Sie ist die Einzige, die verschont geblieben ist«, sagte ihre Mutter und fügte trocken hinzu: »Was vielleicht daran liegt, dass sie keine Männer liebt, sondern Frauen.«

* * *

Jerusha hatte sich nur schnell einen Umhang übergeworfen, aber nicht daran gedacht, eine Laterne mitzunehmen. Blindlings, ohne bestimmtes Ziel, taumelte sie durch die Dunkelheit, die schwach von einem Halbmond erhellt wurde. *Kein Zweifel, den Fluch gibt es wirklich. Gnädige Shimounah, ich muss es Dario sagen! Er muss es wissen, und zwar bald. Vielleicht lacht er nur darüber. Vielleicht bekommt er Angst. Unsere Hochzeit? Vielleicht gibt es keine. Und wir können unseren Freunden nicht mal sagen, warum. Niemand darf es wissen. Ich könnte die Blicke nicht ertragen, und das Mitleid, und ich müsste ohne Liebe leben bis zu meinem Tod, weil kein Mann wagen würde, sich mit mir einzulassen.*

»Lady Jerusha. Eine gute Nacht wünsche ich Euch.«

Jerusha erschrak, ihr Gedankenstrom stockte und entglitt ihr. Vor ihr löste sich eine Gestalt aus der Dunkelheit und kam langsam auf sie zu; der herbe Geruch von Eichenteer stieg Jerusha in die Nase. Doch auch ohne diesen hätte sie schon gewusst, wer da kam. Nur Gorias redete sie mit *Lady* und *Ihr* an, und so mancher im Dorf machte sich darüber lustig. Gorias war für die Eichen verantwortlich, die in den Sümpfen etwas außerhalb des Ortes gediehen, und ritzte ihre fast schwarze, zerfurchte Rinde an, um ihren Saft zu gewinnen. Auch jetzt konnte sie im Licht des Mondes erkennen, dass er in jeder Hand einen der schweren, klebrigen Teereimer trug, selbst in der linken, die verkrüppelt war, als sei sie ihm irgendwann verdorrt.

»Bringt Ihr die Ernte ein, jetzt noch?« Jerusha versuchte ein Lächeln. Sie mochte Gorias, seine Gelassenheit und die Art, wie er oft zum Mond und zu den Sternen hochblickte, völlig versunken in den Anblick, der sich ihm bot. Lange hatte sie selbst sich nicht für das interessiert, was am Himmel vorging, und auf den Sternguckausflügen, die ihr Lehrer Laristus für seine Schüler organisierte, war sie nur durch ihr Gähnen aufgefallen. Doch während ihrer Lehre hatte sie einmal bis spätabends an einer Figur gearbeitet, um sie zu vollenden. Als sie heimgehen wollte – als Letzte –, war sie in eine Grube auf dem Baugelände gefallen, aus der sie aus eigener Kraft nicht herauskam. Nachdem sie ihre schlechten Augen ausgiebig verflucht hatte und die erste Panik vorbei war, hatte sich die ganze Sache als gar nicht so schlimm erwiesen. Jerusha hatte sich auf den Rücken gelegt und die Sterne betrachtet, auf einmal fielen ihr deren Namen wieder ein. Und sie sah nicht mehr langweilige verstreute Lichtpünktchen dort oben, sondern ein gewaltiges Bild, das einen Sinn ergab, das voller verborgener Muster steckte. Ein Bild purer Schönheit.

»Wieso sollte ich nicht auch jetzt die Ernte einbringen? Es ist doch eine herrliche Nacht.« Gorias lächelte. In manchen Momenten wirkte er wie ein Jüngling, obwohl er sicher schon vierzig Sommer gesehen hatte. »Und Ihr?«

»Ich …« Jerusha wollte irgendwas sagen, doch die Worte blieben in ihrem Hals stecken, und auf einmal stürzten Tränen aus ihren Augen. Verlegen wandte sie sich ab und wollte weiterhasten, doch Gorias legte ihr eine nach Teer riechende Hand auf den Arm.

»Es ist schlimm, nicht wahr?«

Jerusha nickte und schaffte es nicht, ihm ins Gesicht zu sehen.

»Nichts ist endgültig, Lady Jerusha. Nichts, bis auf den Tod.« Jerusha wunderte sich, warum Gorias auf einmal so eindringlich sprach.

»Ich werde daran denken«, sagte Jerusha, und anscheinend war Gorias damit zufrieden, denn mit einem vollendet höflichen Gruß wanderte er weiter in die Dunkelheit, in Richtung seiner Kate.

Jerusha beschleunigte ihre Schritte, denn jetzt wusste sie, wohin sie wollte. In den Craunenwald, zu dem Hügel, den sie seit einigen Jahresläufen *Fir Evarn* nannten, den Hügel der Gesichter. Dort würde sie garantiert niemand stören, und dafür war Jerusha verantwortlich. Als Mädchen hatte sie auf der Kuppe des Hügels sechs Bäume entdeckt, die sich im Kreis gegenüberstanden. Begeistert hatte sie in jeden Baum auf Schulterhöhe ein Gesicht geschnitzt, Männer und Frauen, deren Züge ihr gerade so in den Sinn kamen. Es ergab einen schönen Effekt, wie die Gesichter sich anblickten, fast sah es so aus, als hielten die Bäume dort auf dem Hügel eine Versammlung ab. Doch die Bewohner von Loreshom hatten sich entsetzt gezeigt, die Baumgesichter waren ihnen unheimlich. Nur knapp war Jerusha einer Anklage wegen schädlicher Hexerei entgangen.

Es fiel ihr auch in der Dunkelheit nicht schwer, den Weg zu finden, sie kannte den Craunenwald gut. Sie war oft hier unterwegs und schleppte abgefallene Äste heim – das harte, gelbliche Holz der Craunen brannte hervorragend. Auch im Wald Kulmesnüsse zu sammeln war ein Jedermannsrecht und im Herbst immer ein großer Spaß für Liri und sie.

Da waren sie schon, ihre Bäume. Sie waren gewachsen in den letzten Jahresläufen, und jetzt schienen die Gesichter auf Jerusha herabzublicken. Jerusha ließ ihre Hand voller Zuneigung über das verwitterte Holz gleiten, breitete dann ihren Umhang auf dem Boden aus und setzte sich; mit dem Rücken lehnte sie sich gegen einen der Stämme. Von den Hügeln wehte ihr ein kühler Wind, der nach Regen roch, ins Gesicht – doch sie spürte es kaum.

Muss ich einfach lernen, damit zu leben? Nein, nein, nein – es muss einen Ausweg geben! Irgendein Magier wird wissen, wie man diesen

Fluch unschädlich machen kann. Wenn nötig gebe ich ihm alles, was ich habe. Sonst wird Liri, mich und unsere Kinder nur Schmerz und Tod und Leid erwarten.

Dieser Fremde. Wer war er gewesen? Wieso hatte er die Macht, einen solch starken Fluch auszusprechen? Ihre Großmutter hatte recht, er musste ein Magier sein, einer der Zauberer aus Uskaja vielleicht. Und ein edles Pferd hatte er gehabt. Das deutete auf einen wohlhabenden, einflussreichen Mann hin.

Jerusha fröstelte und schlang die Arme um ihren Körper. Hilfloser Zorn wallte in ihr auf. *Nur ein Bastard der übelsten Art spricht wegen einer solchen Lappalie wie einem Streit im Wirtshaus einen Fluch aus, der über Generationen reicht! Nichts habe ich diesem Kerl getan, nichts! Ich will einfach nur hierbleiben und Dario heiraten und eine Menge Skulpturen erschaffen.*

Jerusha wusste nicht, wie viel Zeit vergangen war, als sie schließlich aus ihren düsteren Gedanken auftauchte und merkte, dass sie völlig durchgefroren war. Sie wunderte sich, dass Grísho noch nicht aufgetaucht war. Vielleicht hatte er gemerkt, dass etwas nicht stimmte, und wollte sie nicht stören. Sonst begrüßte er sie oft, wenn sie allein unterwegs war; hatte sie Gesellschaft, hielt er sich fern. Denn er wusste, was die meisten Menschen von Schattenspringern wie ihm hielten. Es hieß, sie raubten einem die Seele. Und da es in dieser Ecke von Kalamanca aus irgendeinem Grund viele Schattenspringer gab, waren die meisten Leute ohnehin nervös genug in der Dämmerung.

»Grísho?«, rief Jerusha leise, doch als keine Antwort kam, beschloss sie, sich auf den Heimweg zu machen. Aus ihren verworrenen Gedanken hatte sich schließlich ein einziger herausgeschält: Sie musste sich auf den Weg machen und versuchen, Hilfe zu finden. Es ging nicht, einfach hierzubleiben und abzuwarten, was geschehen würde. Doch Jerusha wusste, dass es ein schwerer Weg war, den sie gehen musste. Würde Dario überhaupt mitkommen wollen? Im schlimmsten Fall musste sie ohne ihn auskommen und alleine reisen, wahrscheinlich mehrere Monde lang. Zum Tempel konnte sie vorerst nicht zurück, ein anderer Bildhauer würde sich über den Marmorblock freuen, aus dem der Xatos erstehen sollte. Gleich morgen früh musste sie Goram TeRulius Bescheid geben, dass sie nicht mehr zur Arbeit kommen würde. Sie mochte sich kaum vorstellen, was für ein schrecklicher Schwall von Flüchen über den Tempelbau hereinbrechen würde.

Es kostete sie Überwindung, zum zweiten Mal an diesem Abend an die Tür der WiTaneks zu klopfen. Als sich im Haus nichts rührte, packte Jerusha auf einmal namenlose Angst, und sie begann, mit der flachen Hand und aller Kraft gegen die Tür zu hämmern. War er etwa nicht da? Aber er musste da sein, sie musste mit Dario sprechen! Jetzt und sofort! Und nichts wünschte sie sich mehr, als von ihm in den Arm genommen zu werden.

Nach einer endlos langen Zeit spähte Dario verschlafen und mit verstrubbeltem Haar aus dem Fenster des oberen Stockwerks. »Ach, du bist es. Was bei allen Göttern ist los?«

»Ich muss mit dir reden«, sagte Jerusha.

Dario war ärgerlich, dass sie ihn geweckt hatte, das merkte sie an der kurzen Umarmung und der Art, wie er sich gleich darauf umdrehte und voranging, die Treppe hinauf in den Wohnraum. »In Ceraks Namen, jetzt sag mir, was los ist!«

Es fiel Jerusha unglaublich schwer, ihm von dem Fluch zu berichten. Mit unbewegtem Gesicht hörte Dario zu, als Jerusha wiederholte, was ihr Mutter und Großmutter erzählt hatten. Als sie geendet hatte, seufzte er und meinte: »Was für eine Karrenladung Schweinedung! Du wirst mir also Unglück bringen? Bestimmt kann man das verhindern.« Er überlegte. »Und ich weiß auch schon, wie. Ich habe nämlich gerade einen Spiegel für Xiranthar gefertigt. Kennst du ihn?«

Jerusha schüttelte den Kopf. Auf einmal fühlte sie sich bleiern müde, die wilde Energie von vorhin war verschwunden. »Wer ist das?«

»Ein Magier aus Uskaja. Einer der Besten. Vielleicht schafft er es sogar selbst, den Fluch zu lösen. Und wenn nicht – er kennt viele Leute. Möglicherweise auch denjenigen, der eurem Clan geschadet hat. Ich wette, der Bastard hat längst vergessen, dass er mal in eurem Wirtshaus schlecht gespeist hat und ist bereit, den Fluch wieder zu lösen.«

»Falls er überhaupt noch lebt«, wandte Jerusha ein. »Vergiss nicht, es ist alles lange her.« Sie wusste nicht, ob sie beeindruckt oder erschrocken sein sollte, dass ihr Verlobter für solche mächtigen Magier arbeitete. Doch eher beeindruckt. Und froh, dass vielleicht alles nicht so schlimm war wie gedacht. Jerusha fühlte, wie ihre aufgewühlten Gedanken sich beruhigten.

»Wie bald kannst du diesen Kerl fragen?«

»Ich schicke ihm gleich morgen eine Botschaft. Und jetzt mach dir bitte keine Sorgen mehr und geh ins Bett, du siehst aus, als würdest du jeden Moment zusammenbrechen. Willst du hierbleiben?«

Seit sie verlobt waren, konnte niemand mehr dagegen Einwände erheben, wenn sie die Nacht zusammen verbrachten. Doch an diesem Abend spürte Jerusha, wie sich etwas in ihr dagegen sträubte. »Nein, lieber nicht. Meine Mutter wird sich Sorgen machen, wenn ich nicht zurückkomme. Nach all dem, was sie und Großmutter mir erzählt haben.« Außerdem zog etwas sie zurück zu Liri. Sie wollte bei ihrer kleinen Schwester sein, ihren ruhigen Atem hören, während sie schlief. Sicher sein, dass ihr nichts geschah. Etwas, vor dem eine ruhige Hand und ein guter Bogen sie nicht beschützen konnten.

* * *

»Ich bin's.« Kiéran hatte sehr leise gesprochen, doch er wusste, dass Reyn ihn längst gesehen und gewittert hatte. Und tatsächlich, der Hengst donnerte nicht mehr mit den Hufen an die Wände seines Verschlags. Kiéran hörte ihn schnauben. Ob er sich schon näherte? Durch die weiche Streu, die den Hufschlag dämpfte, war es schwer zu sagen.

»Es ist Thar, dieser verdammte Schmied, der mir die Pferde scheu macht.« Es war die Stimme des Stallmeisters Zarius. »Ich weiß, die Messer zu fertigen ist wichtig für den Tempel, die Dinger sind ja berühmt in ganz Ouenda, aber ständig zieht der Rauch hier herüber, das hält kein Mensch aus, von so einem armen Tier ganz zu schweigen, und dieses Gehämmer! Schrecklich. Dabei ist gerade Minitte so nervös.«

Seit er hier war, plapperte dieser Mann drauflos, der Wortschwall nahm kein Ende.

Schweigend hob Kiéran die Hand, und zum Glück begriff der Stallmeister und hielt endlich den Mund.

Das Geräusch eines Pferdes, das näher kam. Kiéran fühlte sich schrecklich unsicher. Um ihn herum war nichts als Dunkelheit. *Wie soll ich erkennen, wie Reyn dreinblickt und die Ohren stellt, wie er sich bewegt, ob er gleich schnappen wird? Ich könnte Zarius fragen. Nein, auf keinen Fall! Lieber lasse ich mich von Reyn beißen.*

»Los, komm her, Schwarzer«, sagte Kiéran, streckte die Hand aus und rechnete fast damit, dass er es bereuen würde. Seine Finger streiften über glattes Fell, dann spürte er den nach Heu riechenden Atem, den Reyn ihm entgegenblies, und weiche Nüstern drückten sich gegen seinen Arm. Der Hengst zupfte nur einmal kurz mit den Zähnen an seinem Ärmel, aber das wirkte eher spielerisch.

Einen Moment lang konnte Kiéran kaum sprechen, während er Reyn streichelte. Ein Freund an diesem düsteren Ort, wie viel das wert war. Sein Schwert war auf dem Schlachtfeld geblieben, wahrscheinlich prahlte jetzt einer der Männer aus Thoram damit. Womöglich Cerdus Maharir persönlich. Nein, der nicht, angeblich war auch er schwer verletzt worden. Vielleicht einer seiner Truppenführer. Wahrscheinlich würde AoWesta ihm ein neues gutes Schwert schenken, wenn er zurückkam – aber wohl kaum noch mal eines aus Sternenstahl, die waren zu selten.

»Euer Hengst ist ein prächtiges Tier«, wagte Zarius jetzt zu sagen. »Aus der Zucht von Tinad'alshar?«

»Ja. Und er weiß es zu schätzen, wenn man sich gut um ihn kümmert«, sagte Kiéran freundlich, aber mit Nachdruck. »Ihr werdet ihn ab jetzt auf die Weide führen?«

»Natürlich.« Zarius zögerte. »Wenn wir ihn vielleicht als kleine Gegenleistung zu ein paar Stuten lassen könnten? Ich glaube, Iwella wird bald rossig.«

»Gut, warum nicht? Er hat schon ein paar schöne Fohlen gezeugt.« Sollte Reyn ruhig seinen Spaß haben.

Nach der Mittagsvesper, in der immer einer der Priester heilige Schriften rezitierte, begannen die Arbeitsdienste. Es war eine Zeit, in der sich Kiéran besonders nutzlos fühlte. Vielleicht konnte er jetzt, wo er wieder auf den Beinen war, irgendwo mithelfen – sogar in der Küche mit anzupacken wäre eine nette Abwechslung. Ein hoher Offizier der Terak Denar beim Kartoffelschälen – warum nicht? Es sah ihn ja niemand aus der Quellenveste dabei. Und er war richtig gut darin, in seinen ersten beiden Jahren bei der Truppe war er oft genug dazu abkommandiert worden. Doch Kiéran hatte den Verdacht, dass seine Hilfe in der Küche gar nicht erwünscht war, der Dienst dort war laut Gerrity bei den Novizen sehr beliebt. Es war die einzige Zeit, in der sie der eisernen Disziplin des Tempels entfliehen konnten – nach der Vesper schollen regelmäßig Lachstürme herumalbernder Novizen aus der Küche, und keiner der Priester schritt ein.

Zuerst musste er jetzt aber dringend eine weitere Nachricht an Xen TeRopus, seinen Kommandanten, abschicken. Wenn er genau darüber nachdachte, war seine erste Botschaft arg gekritzelt gewesen, vielleicht hatte niemand sie lesen können. Besser wäre gewesen, er hätte sie jemandem im Tempel hier diktiert. Oder konnte sie irgendwie verloren gegangen sein? Womöglich dachten Santiago, Tarxas und die Rautenführer seiner Truppe – der Escadron Blau –, er sei von den Soldaten aus Thoram gefangen genommen worden.

»Soll ich Euch auf dem Rückweg geleiten?«, fragte Zarius, doch Kiéran winkte ab und machte sich alleine auf den Weg von den Ställen zum Hauptgebäude. Doch es war schwieriger, als er gedacht hatte. Immer wieder kam er vom gepflasterten Pfad ab und spürte weiche Erde unter seinen Schuhen. Wahrscheinlich lief er in einem irren Zickzackkurs, hoffentlich sah ihm dieser Zarius nicht hinterher. Er war froh, als er schließlich die Steinmauern des Tempels unter seinen Fingern spürte, um ein Haar hätte er sich die Stirn daran angeschlagen. Den ganzen Tag schon lief er gegen irgendwelche Wände.

»Habt Ihr etwas vergessen?« Die verwunderte Stimme von Zarius.

Verdammt, ich bin im Kreis gelaufen!

»Ich wollte Euch nur noch sagen, dass Ihr Reyn nicht zu viel Hafer geben solltet, dann wird er sicher ruhiger.«

»Ja, natürlich.« Das klang leicht beleidigt. Wahrscheinlich hielt der Kerl ihn für einen kompletten Idioten. Jeder, der mit Pferden zu tun hatte, wusste, dass sie mit dem Hafer knapp gehalten werden mussten, wenn sie kaum Bewegung bekamen.

Kiéran drehte um und ging mit vorsichtigen Schritten weiter. Doch schon nach kurzer Zeit berührten seine Hände hüfthohe Sträucher. Wo war er denn jetzt? Er hatte keine Ahnung mehr, wo sich der Eingang zum Hauptgebäude befand. Hilflose Wut auf sich selbst stieg in ihm auf. Verirrt! Auf diesem kurzen Weg. *Xatos' Rache, wenn ich doch nur sehen könnte! Ein kurzer Blick würde genügen, dann wüsste ich, wo ich bin.*

»Sucht Ihr den Weg zum Tempel, Kiéran SaJintar?« Eine weiche, angenehme Stimme und der Geruch nach Kräuterkaramellen: Das war Rinalania, die Zweite Priesterin und Heilerin des Tempels.

»Das Gelände ist ein bisschen unübersichtlich hier«, murmelte Kiéran und spürte, wie Rinalania ihn am Ellenbogen ergriff und sanft in eine bestimmte Richtung lenkte. Was für eine Demütigung! Aber er konnte noch froh sein, dass es nicht der geschwätzige Stallmeister gewesen war, der ihn hatte retten müssen.

»Ich muss auch zu meinen Räumen im Hauptgebäude, wir können zusammen gehen«, sagte die Priesterin freundlich. »Wartet, hier draußen ist ein gutes Licht, da kann ich mir Eure Augen genauer ansehen. Könnt Ihr schon etwas Helligkeit erkennen?«

»Nein, kein bisschen«, sagte Kiéran niedergeschlagen. Er spürte die Frühlingssonne warm auf dem Gesicht, doch keiner ihrer Strahlen durchdrang die Dunkelheit.

Rinalanias Stimme klang von schräg unten zu ihm herauf, anscheinend war die Zweite Priesterin kleiner als er. Das überraschte ihn nicht; selbst die meisten Terak Denar überragte er. Doch im Gegensatz zu vielen seiner Kameraden sah er nicht wirklich aus wie ein Elitekämpfer, seine Kraft steckte in der sehnigen Geschmeidigkeit seines Körpers, nicht in beeindruckenden Muskeln. Noch immer gab es hin und wieder Gegner, die ihn unterschätzten, bis es zu spät war.

Er beugte sich zu Rinalania hinab, und jetzt betrachtete sie wohl prüfend seine Augen. Ob sie noch so aussahen wie früher? Eine eigenartige Farbe hatten sie, eine Art helles Braun – Goldbraun hatte Marielle es genannt. Sein Haar war weitaus dunkler, fast schwarz; so wie bei Offizieren vorgeschrieben hielt er es kurz geschnitten.

»Ich sehe keine Veränderung«, sagte Rinalania schließlich. »Wie erstaunlich, dass man Euren Augen die Verletzung nicht ansieht. Sogar die Pupille verändert sich, wenn Licht hineinfällt.«

»Dann könnte es doch sein, dass die Sehkraft wieder zurückkommt, oder?«

»Es tut mir wirklich, wirklich leid, Kiéran.« Sie nannte ihn zum ersten Mal beim Vornamen, und das machte ihm Angst. Verzweiflung stieg in ihm auf. »Gibt es denn noch Heilkräuter, die etwas bewirken könnten? Ich habe gehört, ein Sud aus Wiesensternkraut und Kulmenrinde …«

»Ja, natürlich, ja, das können wir noch ausprobieren.« Jetzt klang Rinalania fast erleichtert und er ahnte ihre Gedanken. *Lassen wir ihm diesen Strohhalm der Hoffnung! Helfen wird es kaum, aber immerhin schadet es auch nicht.* »Es ist wirklich ein hartes Schicksal, das Ihr erleidet. Wir hatten vor einem Mond ein halbes Dutzend Verletzte aus dem Dorf zur Genesung hier, aber keiner war so schwer getroffen wie Ihr.«

Kiéran zuckte die Achseln. »Wenn ich mich jemals darüber beschwere, dürft Ihr mich auslachen. Ich habe reichlich Blut von anderen vergossen, bevor ich selbst dran war.«

Auch wenn er keinen Wert auf ihr Mitleid legte, so redete er doch gerne mit Rinalania, sie klang ein bisschen wie Marielle. Hilflose Sehnsucht nach Milly, nach ihrem unbeschwerten Lachen, überfiel ihn. Ganz klar sah er sie vor seinem inneren Auge, die kurzen, strubbeligen blonden Haare, ihr hübsches herzförmiges Gesicht. Weil sie so groß und schlank war, hatte sie von ihren Freunden – die alle ebenso von edler Geburt waren wie sie – den Spitznamen *Giraffe* mitbekommen. Doch Kiéran gefiel es, dass er sie küssen konnte, ohne sich allzu weit herabzubeugen, und ihr Körper war biegsam wie ein Weidenzweig in seinen Armen. Sie wollten heiraten, sobald er zum Tar-Kommandanten – dem stellvertretenden Befehlshaber – ernannt worden war, und Xen TeRopus hatte angedeutet, dass das unmittelbar bevorstand.

Bevorgestanden hatte.

Auf einmal war Kiéran mulmig zumute.

Marielle und ihre Eltern lebten in Yantosi, ein gutes Stück von hier entfernt, doch längst musste seine Nachricht sie erreicht haben; ihre Antwort würde sicher bald eintreffen. Vorsichtig hatte er angedeutet, dass er nicht mehr sehen konnte, und sofort versichert, dass das bestimmt vorübergehend war. Er hatte eine kurze Vision davon, wie Marielle sich sofort aufs Pferd schwang, um zu ihm zu eilen und ihm beizustehen. Wie würde sie es aufnehmen, dass es jetzt erst einmal vorbei war mit ihren gemeinsamen Ausflügen? So manchen Tag waren sie auf der ebenso spaßigen wie vergeblichen Suche nach Drachen in den Bergen herumgewandert und hatten immerhin schöne Aussichten gefunden. Diese Kletterpartien würde er vermissen, weniger dagegen die langweiligen Ghalilzeremonien mit ihren Eltern und die Bewirtungen mit ganzen Bergen von Fiudi. Warum hatte er eigentlich nie den Mut aufgebracht, ihnen zu beichten, dass er zwar gerne Süßes aß, aber ausgerechnet dieses klebrige Konfekt aus Milch und Fruchtsaft hasste? Er galt doch sonst als einer, den nichts schreckte.

Seine Gedanken schweiften zurück zu dem Tag vor fünf Jahresläufen, an dem er Marielle kennengelernt hatte, auf einem entsetzlich langweiligen, steifen Empfang für Abgesandte. Durch irgendeinen Zufall stand das blonde Mädchen neben ihm, sie waren die einzigen jungen Leute im ganzen Saal, und spontan hatten sie begonnen, sich respektlose Bemerkungen über die würdevollen Anwesenden und die Zeremonie zuzuflüstern – natürlich mit völlig unbewegten Gesichtern.

»Kiéran? Ich fragte gerade, ob Ihr Euch in Eurem Quartier wohlfühlt. Einen eigenen Waschtisch und Abort haben neben dem Krankenzimmer nur die Räume der hochrangigen Priester.«

Verlegen räusperte sich Kiéran. »Verzeiht mir, Rinalania. Ja, das Quartier ist perfekt. Trotzdem hoffe ich, dass ich es nicht mehr lange in Anspruch nehmen muss.«

»Das würde mich für Euch freuen.« Ein eigenartiger Ton klang in ihrer Stimme mit. Was sollte das heißen? Wunderten sich die Priester ebenso wie er, dass sich sein Dienstherr nicht um Kiérans Schicksal zu scheren schien? Auf einmal verging Kiéran die Lust auf jede weitere Unterhaltung. Er war froh, als er endlich wieder allein war. Außerdem hatte er hämmernde Kopfschmerzen, so schlimm wie nie zuvor.

Von der Archivarin Yllsa hatte er sich einige Blatt Pergament geholt, und nun versuchte er halbwegs gerade Zeilen darauf zu bringen. Doch es klappte nur sehr schlecht. Zweimal fegte er Pergament und Kohlestifte in einem Wutanfall auf den Boden und musste sie auf Händen und Knien wieder zusammensuchen. Nein, diesmal würde er kein solches Gekritzel abschicken. Schließlich überwand Kiéran sich und fragte die Archivarin, ob er ihr etwas diktieren dürfe. Im Kopf hatte er sich längst die passenden Worte für seine Botschaft zurechtgelegt. Bloß keinen zu gereizten Ton anschlagen, seine Kameraden sollten nicht merken, wie viel es ihm ausmachte, hier festzusitzen. Morgen würde er den Hüter der tempeleigenen Fledermäuse bitten, die Nachricht auf den Weg zu bringen. Sein Geld reichte nicht mehr für einen berittenen Boten.

Der Gong kündigte die Zweite Meditation und wenig später die Abendspeisung an. Gerrity brachte Kiéran seine Portion in die Kammer.

»Wurzelsuppe mit einigen Brocken Hammel darin«, kündigte er an und stellte die Schale lautstark auf den Tisch. »Den Hammel haben uns Leute aus dem Dorf gebracht. Wenn man sie so reden hört, kennt ihre Dankbarkeit uns gegenüber keine Grenzen, aber wenn bei ihnen geschlachtet wird, kriegen wir auffällig oft die alten und gebrechlichen Tiere ab. Rinalania muss mal wieder ein ernstes Wörtchen mit ihnen reden.«

»Na ja, dann hoffen wir mal, dass euer Koch das Vieh lange genug gesotten hat.« Trotz allem musste Kiéran grinsen.

»Wie ist denn das Essen bei euch, den Roten Wölfen? Kriegt ihr einen besseren Fraß vorgesetzt?«

Kiéran erinnerte sich an das letzte, hastige Mahl im Feldlager mit seinen Kameraden. So kurz vor einem Gefecht bekam außer Santiago kaum jemand viel herunter. »Nein, aber immerhin hat mich Fürst AoWesta regelmäßig an seine Tafel eingeladen. Hm, lass mich mal nachdenken, das letzte Mal gab's als Vorspeise Palmblütensuppe mit Rahm und dann mit Nüssen und Wildkräutern gefüllten Braten in einer Blauweinsoße.«

Gerrity stöhnte. »Und jetzt soll ich mich über den blöden Hammel freuen?«

»Tut mir leid«, sagte Kiéran mit ehrlichem Bedauern.

Keine zehn Tage war es her, dass er mit dem Fürsten gespeist hatte. Es kam Kiéran vor wie gestern. Sein Fürst Eli Naír hatte ihm auf die Schulter geklopft, seine Worte klangen ihm noch im Ohr: »Kiéran, wenn alle meine Roten Wölfe so wären wie du, dann müsste ich niemanden fürchten und die Kriegsherren aus Thoram schon gar nicht. Ihr werdet sie zurückjagen über die Grenze, nicht wahr?«

Die Terak Denar hatten es tatsächlich geschafft und Cerdus Maharir davongejagt; ohne ihr Eingreifen hätten AoWestas Truppen eine bittere Niederlage erlitten. Doch es sah nicht so aus, als sei der Fürst für diesen Sieg besonders dankbar. Es war ein harter Kampf gewesen, und so viele waren gefallen. Gelfus. Vanden. Wyvar. Odrim. Yatric. Auf einmal war in Kiérans Mund ein widerlicher, saurer Geschmack. Wieso tat er sich eigentlich leid? Er hatte Glück gehabt. Immerhin lebte er noch. *Hoffentlich ist Santiago nichts passiert! Die Ungewissheit ist eigentlich das Schlimmste. Ist vielleicht sogar Xen getötet worden, herrscht in der Truppe Chaos? Das würde vielleicht erklären, warum ich keine Antwort bekomme.*

Am Abend zogen sich die Priester und Novizen wie immer tief ins Innere des Tempels zurück und vollzogen dort die Zeremonien des Schwarzen Spiegels. Ein doppelter Gongschlag kündigte sie an, und Kiéran hörte hastige Schritte und geflüsterte Gespräche, als sämtliche Bewohner seinem Ruf folgten. Erregung und Ehrfurcht schienen in der Luft zu liegen.

Bewegungslos lag Kiéran auf seinem Bett und starrte ins Nichts. Und wieder schien er in die Dunkelheit hineinzustürzen, oder war es die Dunkelheit, die auf ihn herunterstürzte? Schließlich hielt er es nicht mehr aus; er schob sich von seinem Bett und tastete sich an der Wand entlang. Ja, da war das Wandregal, glatt geschliffenes Holz, dort der Metallhaken, an dem sein zerfetzter Umhang befestigt war, auf dem Boden lag der Brustpanzer, jetzt war er fast an der Tür angelangt. Hatten die Priester abgeschlossen, um ihn während der Zeremonie in seinen Räumen zu halten? Nein, die Klinke ließ sich herunterdrücken.

Seine Hand zögerte auf dem glatten Metall. War es eine Falle oder eine Chance? Hatten sie mit Absicht oder aus Dummheit darauf verzichtet, ihn einzuschließen?

Kiéran spürte, wie etwas in ihm erwachte, etwas wie Neugier oder Kampfgeist, eine Spur von Lebendigkeit. Um diese Zeit war es draußen schon dunkel, die Zeremonie fand nie vor Sonnenuntergang statt; und von Gerrity wusste er, dass es im Tempel selbst nur wenige Lampen und Fackeln gab. Vielleicht konnte er versuchen, im Schutz dieser Dunkelheit etwas näher an den Zeremoniensaal heranzukommen? Es interessierte ihn immer mehr, was darin vorging und was es mit diesen Schwarzen Spiegeln auf sich hatte.

Die Wände waren leicht gewölbt, der Gang verlief in einem Halbkreis. Anscheinend war das Gebäude rund. Hier, nahe der Außenwand, befanden sich die Wohnkammern der Priester; viele Stunden hatte er schon damit zugebracht, ihren alltäglichen Verrichtungen zuzuhören. Kiéran ließ seine Fingerspitzen leicht an der Wand entlangstreifen und bewegte sich durch den Gang. Seine weichen Lederschuhe machten kaum ein Geräusch auf den Steinen. Hin und wieder blieb Kiéran stehen, lauschte aufmerksam und sog die Luft ein. Niemand war in der Nähe, er hörte keine Schritte und kein Atemgeräusch, nur von fern drang ein Wiehern aus den Ställen. Es klang nicht nach Reyn.

Ein kühler Luftzug kam aus dem Spalt unter einer Tür hervor. Ging es hier nach draußen? Einige Schritte weiter roch er den Qualm einer Fackel, spürte ihre Hitze. Er umging die Stelle sorgfältig, um sich nicht daran den Kopf zu stoßen oder seine Haare in Brand zu setzen. Dafür prallte er kurz darauf gegen einen Hocker, den jemand im Gang stehen gelassen hatte. Grelle Schmerzen schossen durch sein verletztes Bein, und es dauerte eine Weile, bis er es schaffte, weiterzugehen.

Stimmen erklangen aus den Tiefen des Gebäudes. Ein Raunen, ein Vibrieren. Gesang. Kiéran bewegte sich lautlos in diese Richtung und bog in einen Gang ab, der von der Außenmauer wegführte, ins Innere hinein. Immer deutlicher wurden die Stimmen. Der Zeremoniensaal konnte nicht mehr weit entfernt sein.

Kiéran versuchte sich einzureden, dass er keineswegs spionierte, dass es kein Vertrauensbruch war, den er hier beging. Er wollte nur frische Luft schöpfen. Hatte ihm schließlich niemand verboten, oder?

Von einem Moment auf den anderen begann die Dunkelheit um ihn herum zu wogen, zu schwingen. Kiéran fühlte sich, als stehe er auf dem Deck eines Schiffs, das vom Sturm gebeutelt wurde. Ihm wurde schwindelig, und eine leichte Übelkeit stieg in ihm auf. Schnell lehnte er sich gegen die Wand und drückte den Rücken gegen den kühlen Stein. Lieh sich die Kraft der Mauern, die vielleicht schon seit Jahrtausenden hier standen. Doch das half nichts. Die Wellen brandeten gegen ihn und verformten die Dunkelheit, die ihn umgab. Bunte Schleier wogten vor seinen Augen, es war wunderschön und beängstigend zugleich. *Was bei Xatos' Rache ist hier los? Was passiert mit mir?*

Kiéran drehte sich um, krallte sich mit beiden Händen in den Stein. Und dann geschah es. Vor seinen Augen traten Schemen hervor, etwas hellere Linien auf dunklerem Grund. Kiérans Herz machte einen Sprung, als er begriff, was das war. Es waren die Umrisse der Steine dicht vor seinem Gesicht! Atemlos betastete er die Steine, verglich das, was er fühlte, mit dem, was er sah. Wilder Jubel erfüllte ihn.

Der Gesang, der an seine Ohren drang, wurde lauter, schwoll an zu einem mächtigen Brausen. Eine einzelne Stimme schwang sich daraus hervor, tief und klar. Kiéran wusste, dass er die Sprache kannte, doch er hatte sie lange nicht mehr gehört. Es dauerte einen Moment, bis er sie erkannte. Es war Lingua Rejna, die Königssprache; sein Vater hatte sie Kiéran früh gelehrt, noch vor der Alten Handelssprache. Doch die Wände waren zu dick, er verstand nur hin und wieder ein paar Worte. *Feld des Blutes ... geht ... Atem der Dunkelheit ... Mondlicht ... im Schacht eines Brunnens ...*

Doch das alles war nicht wichtig. Längst nicht so wichtig wie das Wunder, dass er wieder sehen konnte! Ein Teil von ihm wollte es genießen, es bis zur Neige auskosten – doch ein anderer Teil, sein Instinkt, brüllte ihn ohne Unterlass an. *Was auch immer hier vorgeht, es ist stärker als du! Verschwinde, mach schon, sonst wird deine Seele davongerissen wie ein welkes Blatt auf einem reißenden Strom!*

Kiéran bewegte sich nicht. Was war, wenn er jetzt floh? Würde er dann zurückfallen in die tiefe Dunkelheit? Würden die Umrisse verschwinden, die wogenden Farben? Allein der Gedanke daran war unerträglich. Aber vielleicht würden sie ihm auch erhalten bleiben, vielleicht war er jetzt geheilt und brauchte seine Schwäche nicht mehr zu fürchten.

Wie auch immer – geh! Geh jetzt, schnell!, schrie sein Instinkt. Widerstrebend entschied sich Kiéran, dem Rat zu folgen... und merkte, dass er nicht mehr imstande war, sich zu bewegen. Er befahl seinen Beinen, zu rennen, seinen Armen, sich von der Wand abzustoßen, doch nichts geschah. Kiéran öffnete den Mund zu einem Schrei, doch der Laut wurde ihm aus dem Mund gesogen, kein Ton kam hervor. Die Zeit dehnte sich, eine Unendlichkeit zog vorbei, und dann war um ihn herum wieder Dunkelheit, vollkommene Schwärze. Er sah nichts mehr!

Zum zweiten Mal hatte er alles verloren.

Kiéran wollte seine Qual herausbrüllen, sein ganzer Körper zog sich zusammen zu diesem einen Schrei. Doch nichts brach die Stille um ihn herum.

»Ihr hättet das nicht tun sollen.« Eine gebildete Stimme, perfekt akzentuiert und wohlklingend.

Kiéran fuhr zusammen.

⋆ ⋆ ⋆

Als sie sich am Dorfweiher trafen, sah Jerusha an Darios Haltung und Gesichtsausdruck sofort, dass er schlechte Nachrichten hatte.

»Xiranthar sagt, er kann uns nicht helfen.« Dario setzte sich neben sie ans Ufer und legte Jerusha den Arm um die Schultern. »Seiner Meinung nach ist kein Magier in Ouenda mächtig genug, um einen solchen Fluch auszusprechen. Auch er selbst kenne die Formel dafür nicht. Er hat angedeutet, dass es möglicherweise ein maskierter Gott oder Halbgott war, der deine Großmutter besucht haben könnte.«

Jerushas Verzweiflung kehrte zurück. »Ein Gott! Aber können Götter so rachsüchtig, so kleinlich sein? Und das würde heißen, dass sie tatsächlich ab und zu unter den Menschen wandeln!«

Auch Dario wirkte ratlos. »Natürlich können sie rachsüchtig sein. Denk doch nur an Shimounah und wie sie von den anderen Göttern verbannt wurde. Dabei war ihr einziges Verbrechen, Ghalil zu lieben, einen Menschen.«

Plötzlich musste Jerusha an die eigenartigen Worte des alten Gorias denken. *Nichts ist endgültig, Lady Jerusha. Nichts, bis auf den Tod.* Und ihre Entscheidung stand fest.

»Dario, ich muss fort«, sagte Jerusha leise. »Ich muss versuchen, diesem Fluch auf die Spur zu kommen. Irgendwie muss ich es schaffen, ihn zu lösen. Vorher können wir nicht heiraten.«

»Was soll das heißen, du musst fort?« Darios Lippen waren schmal geworden. »Wo willst du hin? In den Götterhimmel oder was? Und wie lange soll ich hier ohne dich bleiben? Das ist doch verrückt!«

»Bitte, Dario – mach es mir nicht noch schwerer. Wir verschieben die Hochzeit ja nur ein wenig.«

»Also, wohin willst du?«

Es klang so schroff, dass Jerusha Tränen in ihren Augen prickeln fühlte. Doch trotzig weigerte sie sich, sie fließen zu lassen. »Ich habe heute noch mal mit meiner Großmutter gesprochen, ganz in Ruhe. Sie konnte den Fremden nicht sehr gut beschreiben, weil die Kapuze seines Umhangs sein Gesicht verborgen hat, doch ein paar Hinweise habe ich. Ich will in der Gegend um die ehemalige *Faunenmühle* herumfragen, ob jemand sich an diese Nacht und an den Fremden erinnert. Und dann ist da noch etwas: Nachdem der Fluch gesprochen war, ist ganz in der Nähe auf einem Felsen eine seltsame Inschrift aufgetaucht. Meine Großmutter meint, es habe etwas mit dem Fluch zu tun. Ich will mir das selbst ansehen.«

Dario wirkte noch nicht recht überzeugt, doch immerhin mäßigte er jetzt seinen beißenden Ton. »Wo hat eure Familie früher gelebt?«

»In Quinlan; das ist in Benaris, nahe der Straße der Giganten. Acht Tagesreisen etwa von hier entfernt. Meine Großmutter sagt, sie wollte damals weg vom Ort des Unglücks, sie hat die *Faunenmühle* verkauft, und hier in Loreshom haben uns Verwandte aufgenommen.«

»Acht Tagesreisen? Das ist weit.« Dario seufzte. »Hin und zurück sind das schon ein halber Mond. Wir müssten die Hochzeit wirklich verschieben. Und das alles nur, weil deine Großmutter dir irgendeine alte Fabel erzählt hat.«

Jerusha verlor die Geduld. »Verdammt, Dario, es ist keine alte Fabel, und das ist dir genauso klar wie mir, sonst hättest du Xiranthar gar nicht erst gefragt. Wenn wir nichts tun, dann …«

Dario wirkte verärgert, vielleicht fühlte er sich von ihr bloßgestellt. »Tja, dann? Vielleicht passiert einfach gar nichts.«

»Willst du das wirklich riskieren?«

»Moment, und diese acht Tage, das sind Tagesreisen zu Pferde, oder? Deine Familie hat kein Pferd.« Eine Spur von Verächtlichkeit hatte sich in Darios Ton geschlichen, und Jerusha spürte Röte in ihre Wangen steigen. Nein, ein Pferd hatten sie keins, und auch sonst nicht viel. Mit dem einstigen Reichtum der KiTenaros war es vorbei, zu schwer hatte der Fluch ihren Clan getroffen.

»Ich dachte, vielleicht könntest du mir das Geld geben, um eins zu kaufen.« Die Bitte fiel Jerusha schwer. Aber schließlich war Dario wohlhabend, und er war ihr Verlobter, was sollte dagegen sprechen?

»Vergiss es«, sagte Dario hart. »Ich möchte nicht, dass du weggehst. Wenn du ein Pferd willst, dann wirst du es dir selbst kaufen müssen. Oder leih dir eins. Das wird aber niemand machen, weil jeder hier seinen Gaul selber braucht.«

Eigentlich hatte sie ihn fragen wollen, ob er mit ihr kommen würde. Doch erst war es nicht der richtige Moment gewesen, und jetzt war ihr nicht mehr danach zumute.

»Herzlichen Dank für dein Verständnis«, fauchte Jerusha, sprang auf und klopfte Gras und Erde von ihrem Rock. Ohne einen Blick zurück marschierte sie davon. Nie hätte sie gedacht, dass Dario sie so im Stich lassen würde! Hatte er denn kein Interesse daran, dass der Fluch gelöst wurde, der immerhin auch ihn betraf? Vielleicht nahm er die ganze Sache noch immer nicht richtig ernst.

»Wenn du auf diese blödsinnige Reise gehst, dann wenigstens bewaffnet und nicht allein, sonst ist es viel zu gefährlich, Jerusha! Nimm jemanden mit«, rief Dario ihr nach.

Jerusha drehte sich noch einmal um. Na gut! »Kommst *du* mit mir?«

Er zögerte, doch dann schüttelte er den Kopf. »Ich würde es tun. Aber ich habe gerade so viele Aufträge.«

Ohne ein weiteres Wort wandte sich Jerusha um und ging zu ihrem Haus zurück. Dort holte sie als Erstes ihre lederne Börse hervor und sah nach, wie es um ihre Ersparnisse bestellt war. Gar nicht so schlecht, dort klimperten drei Silber, zehn Dag und sieben Ulder. Andererseits brauchte sie mindestens einen Silber für die Hochzeitsfeier, denn ihr wurde langsam klar, dass Dario wahrscheinlich ihren Anteil an den Kosten des Fests einfordern würde. Womöglich fand er das nicht einmal seltsam. Außerdem würde sie Liri und ihrer Mutter Geld dalassen müssen, damit sie in der Zeit, in der Jerusha nichts verdiente, halbwegs versorgt waren – dafür legte sie einen weiteren Silber und fünf Dag auf die Seite.

Jetzt war nicht mehr viel übrig. Ein Pferd bekam man nicht für weniger als acht Dag, das hieße, sie hätte kaum noch etwas für Unterkunft und Verpflegung übrig. *Verdammt seien Dario und sein Geiz!*, dachte Jerusha und hielt dann erschrocken inne, weil ihr bewusst wurde, dass sie gerade ihren zukünftigen Mann verfluchte. Nein, nie wieder würde sie gedankenlos vor sich hin fluchen, nicht einmal, wenn ein Riss im Stein ihr die Skulptur ruinierte!

Mit Bitterkeit im Herzen ging Jerusha zu dem Schuppen, in dem sie ihre eigene kleine Bildhauerwerkstatt eingerichtet hatte. Ein paar ältere Werke, die sie ohne Auftrag angefertigt hatte, standen dort und hatten schon ein wenig Staub angesetzt. Die um Futter bettelnde Katze, ein Falke und ein paar Gesichter, die sie als Kind aus dem weichen Flussstein geschabt und gefeilt hatte. Ein paar Studien von Händen in verschiedenen Gesten. Auf einem niedrigen Regal waren einige Tonmodelle aufgereiht, darunter auch Shi mit dem Drachen; Jerusha fertigte immer erst ein kleines Modell, bevor sie eine wichtige Stein- oder Bronzeskulptur begann. Aber auch drei größere Arbeiten standen im

Schuppen: Zwei Liebende aus schwarzem Vulkanstein, die sich in unendlicher Zärtlichkeit verbunden waren; die Konturen ihrer Körper flossen ineinander. Liris Gesicht im Profil beim Bogenschießen, kurz bevor sie den Pfeil von der Sehne schwirren ließ; zum ersten Mal war es Jerusha gelungen, ihre klare Konzentration in diesem Moment einzufangen. Sie hatte einen hellen Kalkstein verwendet, um Liris strubbelige blonde Haare gut wiedergeben zu können.

Eine Gruppe von spielenden Kindern; damals hatte Jerusha zum ersten Mal Marmor ausprobiert und festgestellt, dass das Zeug unglaublich hart war, und die Splitter, die sich bei der Arbeit am Stein lösten, messerscharf. Weil sie sich den teuren Stein nicht leisten konnte, hatte sie nachts eine Schubkarre voll aus einem Steinbruch nahe Ehandu geklaut. Gut, dass das nie herausgekommen war. Eigentlich war es ganz lustig gewesen; sie hatte sich für den Raubzug das Gesicht schwarz bemalt und ihr altes Hemd mit Eichenteer eingerieben. Es hatte funktioniert, der Wachhund war mit eingekniffenem Schwanz vor ihr geflüchtet.

Alle anderen Skulpturen hatte sie schon verkauft. Die Gestalt eines lauernden Xhers aus schwarz-grünem Granit hatte ihnen ein neues Dach beschert; das alte war ungefähr so dicht gewesen wie ein Sieb. Leider hatte sie für den Xher auch vier Monde gebraucht, denn Granit war eins der härtesten Gesteine überhaupt, und zudem hatte sie nicht viel Zeit gehabt, um neben ihrer Arbeit am Tempel daran weiterzumachen.

Zum Glück gab es im Dorf jemanden, der als Käufer für Skulpturen infrage kam. Jerusha verlor keine Zeit und machte sich auf den Weg zu ihm.

Pacuro JiLardem war Ortsvorsteher von Loreshom, ein gewitzter alter Bauer, der Probleme freundlich und gelassen regelte und dabei gar nicht daran dachte, die Hände aus den Hosentaschen zu nehmen. Pacuro war ein begeisterter Sammler. Seine Frau Zhara hatte sich regelmäßig aufgeregt, wenn er neue Stücke ins Haus brachte, während sie gerade kurz nicht aufgepasst hatte. Die beiden hatten sich wilde Wortgefechte geliefert, und ein paarmal waren sogar Wurfgeschosse von innen durch die Fenster geklirrt. Anschließend konnte man Pacuro dabei beobachten, wie er betrübt die Scherben durchharkte, um sein neuestes Stück wiederzufinden. Seit Zhara tot war, ging Pacuro fast täglich mit geschulterter Spitzhacke auf Wanderschaft durch die Umgebung des Dorfs, denn seine neueste Leidenschaft war es, den Boden nach Überbleibseln alter Schlachten zu durchwühlen.

»Sieh dir das mal an, Jerusha«, sagte er, nachdem er sie in sein großes, seit mindestens zwei Sommern ungeputztes Haus gebeten hatte, und präsentierte ihr stolz eine vom Rost zerfressene Speerspitze. »Habe ich heute erst gefunden.«

Jerusha versuchte, das Ding schön zu finden, aber es gelang ihr nicht so recht. »Äh, ja, sehr interessant«, versicherte sie Pacuro und büßte es mit einer Führung durch den Rest seiner Sammlung. Er hatte sogar ein uraltes, seltsam geformtes Schwert entdeckt, und sein Paradestück war ein erstaunlich gut erhaltener Brustpanzer. Darüber hinaus hatte er noch Dutzende von metallnen Knöpfen, fast fünfzig Pfeilspitzen und Einzelteile von Kettenhemden.

»Wieso liegt hier eigentlich so viel von dem Zeug im Boden?«, wunderte sich Jerusha.

Pacuro vergrub die Hände noch tiefer in den Taschen. »Viel weiß ich auch nicht darüber. Nur, dass hier, an den Ufern des Lint, eine schreckliche Schlacht stattgefunden haben muss, vor sehr, sehr langer Zeit. Und nicht alle der Teilnehmer waren Menschen.«

Ein Schauer überlief Jerusha. »Wer war denn da noch?«

Wortlos zeigte er ihr eine vollendet elegante, silberne Pfeilspitze, die von Gravuren bedeckt war. Reflexe liefen über ihre Oberfläche, als Pacuro sie im Licht drehte und wendete. »Eliscan, glaube ich. Sieh dir das Ding doch an – es ist wahrscheinlich ein paar tausend Jahresläufe alt, sieht aber aus wie neu. So etwas kann kein Mensch schmieden, nicht mal der gute Andros, mein verehrter Schwiegersohn, der sich so viel drauf einbildet, was er alles zustande bringt.«

Fasziniert nahm Jerusha die Pfeilspitze in die Hand. Schön wie ein Kunstwerk war sie. Jerusha wusste nicht viel über die Eliscan; es hieß, sie seien doppelt so groß wie der größte Mensch und schön von Gestalt, bis auf ihre Augen, die wie Feuer loderten. Kein Sterblicher vermöge ihnen im Kampf zu widerstehen, da sie magische Fähigkeiten besäßen. Soweit bekannt, lebten sie im benachbarten Reich Khorat und vollzogen dort abscheuliche Zeremonien, bei denen das Herausreißen von Herzen bei lebendigem Leibe eine wichtige Rolle spielte.

Wie seltsam, dass diese widerlichen Geschöpfe solche herrlichen Dinge erschaffen haben, ging es Jerusha durch den Kopf.

»Ach ja, wenn wir schon darüber sprechen, wer etwas zustande bringt«, versuchte sie ihn auf ihr eigenes Anliegen zu lenken. »Ich wäre jetzt bereit, ein paar meiner Arbeiten zu verkaufen. Gesehen hast du sie ja schon.«

»Na endlich!« Pacuros runzeliges Gesicht verzog sich zu einem breiten Lächeln. »Aber wieso? Brauchst du Geld?«

»Ja, ich muss auf eine Reise gehen und würde gerne ein Pferd und das Zaumzeug dazu kaufen.« Jerusha war entschlossen, nicht viel mehr zu verraten.

»Hm.« Pacuro rieb sich die Nase. »Ist jetzt zufällig auch dieses Porträt der Bogenschützin zu haben?«

Das hatte Jerusha fast erwartet. »Vergiss es, Pacuro. Das ist nicht irgendeine Bogenschützin, sondern meine Schwester! Ich würde mir mieser vorkommen als ein Haufen Entenkot, wenn ich Liris Bildnis verkaufen würde.«

»Gut, dann nehme ich die Marmorkinder. Wie viel willst du dafür haben?«

Jerusha zwang sich, »Zwei Silber« zu sagen. Das war ein stolzer Preis, aber sie brauchte das Geld, und Pacuros Clan gehörten fast sieben Höfe im Dorf, die im letzten Jahr alle eine gute Ernte eingefahren hatten. Doch Pacuro war ein gewitzter Händler, und es dauerte eine Weile, bis sie sich auf ein Silber und vier Dag geeinigt hatten. »Aber, weißt du was, wir können uns auch auf ein Silber plus ein Pferd verständigen«, schlug Pacuro vor. »Mein Vetter hat eine Stute gekauft, die er eigentlich vor die Kutsche spannen wollte, aber sie dreht jedes Mal durch, wenn er es auch nur versucht, und er will sie wieder loswerden.«

Oje, das klang nach einem schwierigen Ritt. Doch vier Dag waren ein sehr guter Preis, und Jerusha wusste, dass sie es sich nicht leisten konnte, abzulehnen. Vielleicht konnte sie das Pferd nach ihrer Rückkehr zu einem besseren Preis in Reth Elshak wieder verkaufen. Und so wurde sie Besitzerin von Amadera, einer fuchsfarbenen Stute mit langen Beinen und freundlichem Blick – jedenfalls, solange man ihr keine Kutsche zeigte.

Ohne noch länger zu zögern, begann Jerusha ihre Sachen zu packen und in die neu erworbenen Satteltaschen zu stopfen. Sie überlegte, ob sie ihren Langbogen aus Eschenholz und einen Köcher mit Pfeilen mitnehmen sollte, so wie Dario es ihr geraten hatte. In ihrer Kindheit hatte ihr Großvater Fenvar, ein berühmter Bogenschütze, begonnen, sie in seiner Kunst zu unterrichten. Doch schon nach wenigen Tagen hatte er mitten in einer Übung kühl festgestellt: »Du hast schlechte Augen«, und war ohne ein weiteres Wort gegangen. Danach hatte ihre Mutter sie jeden Tag nach der Dorfschule weiter unterrichtet und sie so lange üben lassen, bis Jerusha völlig instinktiv schoss. Doch das glich nur geringfügig aus, dass sie auf größere Entfernungen einfach nicht scharf sah.

Ach, was soll's, dachte Jerusha schließlich und hängte sich den Bogen über die Schulter. *Ich muss eben nah genug herankommen, bevor ich schieße.*

Sie bat das junge Paar vom Hof nebenan, Nicojem und seine schwangere Frau Bylla DoAland, ein Auge auf Liri zu haben und dafür zu sorgen, dass sie die Dorfschule nicht schwänzte, so wie ihre nichtsnutzige Schwester damals. Auch Kianna versprach, nach dem Rechten zu sehen.

Ihre Freundin konnte es anscheinend nicht fassen, dass Jerusha das Dorf verließ. »Die Hochzeit verschieben, und das, obwohl Dario dagegen ist! Ich hoffe, du weißt, was du tust. Und du willst mir wirklich nicht sagen, warum?« Mit einer fahrig wirkenden Geste rückte sie ihren Lieblingshut, den eine bunt gefärbte Fasanenfeder zierte, zurecht. Er thronte gerade auf einer Statuette von Kianna, die Jerusha aus Alabaster gefertigt und ihrer Freundin zum Namenstag geschenkt hatte.

»Es tut mir leid«, sagte Jerusha niedergeschlagen. »Aber es geht nicht.«

Kianna sah nicht sehr besänftigt aus. »Hier ist dein Kleid, es ist fertig. Wickele es gut ein, damit die Motten nicht drankommen.«

Jerusha umarmte Kianna fest und raffte vorsichtig das Seidenkleid zusammen, um es zu Hause in einem Schrank zu verstauen.

Die Nacht, die folgte, war schlimm – Angst und Zweifel krochen in Jerusha hoch und hielten sie Stunde um Stunde wach. *Tue ich das Richtige? Soll ich nicht doch lieber warten bis nach der Hochzeit und dann erst losreiten? Das ist doch alles völlig überstürzt.* Erst am nächsten Morgen kehrte ihre Entschlossenheit zurück. Warten und hoffen war nicht der richtige Weg.

Amadera war fertig gesattelt, und nun standen sie alle vor dem kleinen Hof der KiTenaros; ihre Mutter hielt die Zügel der Stute, während Jerusha sich von Liri verabschiedete. Ihre Mutter wirkte so gleichgültig wie sonst auch, und ihre Großmutter war in stumme Trauer versunken. Jerusha hatte nicht das Gefühl, ihnen nahe zu sein. Bei Liri war das anders. Ihre kleine Schwester weinte.

»Passt du für mich auf die Nachtlilien auf?«, flüsterte Jerusha ihr zu, als sie sich umarmten, und Liri nickte. »Natürlich. Jeder, der versucht, sie zu pflücken, bekommt einen Pfeil zwischen die Rippen!«

Liri wusste, wohin Jerusha ritt. Ohne ihre Mutter zu fragen, hatte Jerusha entschieden, dass Liri ein Anrecht darauf hatte, die Wahrheit zu erfahren – schließlich betraf der Fluch auch sie. Jerusha war erstaunt gewesen, wie gefasst Liri reagiert hatte. Vielleicht hatte sie schon vor langer Zeit gespürt, dass etwas bei den KiTenaros nicht stimmte.

Auch Dario hatte sich vor dem Hof eingefunden, und nun schloss er Jerusha in die Arme. »Entschuldige, dass ich mich so unverzeihlich benommen habe«, flüsterte er ihr ins Ohr. »So etwas wird nie wieder vorkommen. Glaub mir, ich schäme mich!«

»Solltest du auch«, sagte Jerusha, und erst nach kurzem Zögern erwiderte sie seinen Kuss.

»Ich habe ein Abschiedsgeschenk für dich.« Dario drückte ihr einen kleinen Gegenstand, der in graue Seide eingewickelt war, in die Hand. Jerusha packte ihn aus, doch ihr Lächeln schwankte und wäre beinahe erloschen, als sie sah, was es war. Ein kleiner Handspiegel mit graviertem Silberrahmen. Meinte er das ernst? Erst zwang er sie, eine ihrer Skulpturen zu verkaufen, und jetzt machte er ihr ein so teures Geschenk! Noch dazu einen Spiegel – sie war sicher, dass sie ihn die meiste Zeit in seiner Seidenhülle lassen würde. Und hatte er nicht daran gedacht, dass es unklug war, etwas Wertvolles mit auf eine solche Reise zu nehmen? Es würde ihr doch nur gestohlen werden.

»Bitte benutz ihn, ich glaube, es wäre gut für dich«, sagte Dario, und seine sanften Augen ruhten auf ihr. »Und komm bitte möglichst bald zu mir zurück.«

»Ich versuch's«, erwiderte Jerusha mit einer Spur von Kühle und hob die Hand zum Abschied. Dann stieg sie auf, schnalzte mit der Zunge und trieb Amadera an. Gehorsam setzte sich die Stute in Bewegung und trug sie aus Loreshom hinaus.

Eine wilde Mischung von Gefühlen durchflutete Jerusha. Eine so große Reise, ihre erste. Schon oft hatte es sie gelockt, ferne Fürstentümer zu besuchen und Länder, die hier im Dorf noch nie jemand gesehen hatte. Jetzt würde sie zumindest mal nach Benaris kommen.

Wie schade, dass der Anlass ein so scheußlicher ist, dachte Jerusha grimmig und ließ Amadera lostraben.

Schatten

Kiéran stellte fest, dass er sich wieder bewegen konnte, doch er wusste selbst, dass eine Flucht jetzt keinerlei Sinn mehr machte.

»Wir wussten, dass Ihr da wart, und das hat die Zeremonie gestört«, fuhr die Stimme fort, auf einmal war sie schneidend scharf. »Ich musste sie abbrechen lassen.«

Kiéran erkannte die Stimme. Sie gehörte Dinesh, dem Ersten Priester des Tempels. Gerrity hatte schon einiges über ihn erzählt, und so konnte sich Kiéran vorstellen, wer ihm jetzt in der Dunkelheit gegenüberstand: ein breitschultriger Mann mit kantigem Gesicht und kurzem graubraunem Haar; einer seiner Vorderzähne war schräg abgebrochen.

Langsam erholte sich Kiéran, sein Kopf wurde wieder klar. Er atmete tief durch und richtete sich auf. »Das tut mir leid, und es war nicht meine Absicht.«

»Ich weiß.« Dineshs Stimme wurde etwas sanfter. »Beinahe hättet Ihr einen hohen Preis dafür bezahlt. Das Oscurus ist eine alte und mächtige Kraft. Wahrscheinlich hat Euch die Robe gerettet; die eingestickten Worte formen einen Schutzzauber, und auch das Eulengras hat seine Bedeutung.«

Wider Willen war Kiéran fasziniert. »Ich habe etwas von dieser Kraft gespürt. Sie brachte die Dunkelheit zum Wogen.« Hoffnung packte Kiéran, entriss ihm die Worte förmlich. »Einen Moment lang war es so, als könnte ich sehen. Hat das Oscurus die Macht, mir meine Augen zurückzugeben?«

»Ich warne Euch noch einmal, Kiéran SaJintar. Versucht nichts auf eigene Faust, überlasst es den Priestern, Euch zu helfen. Aus gutem Grund sind die meisten Besucher, die uns hier beehren, eher bemüht, den Zeremoniensaal zu meiden.«

Dinesh wich einer Antwort aus. War das ein gutes oder ein schlechtes Zeichen? Hatte Kiéran es sich vielleicht nur eingebildet, diese Linien, diese Wogen aus Licht zu sehen? Nein, hatte er nicht. Doch auch die Gefahr, die er gespürt hatte, war anscheinend real gewesen.

»Das klingt, als sei es zu meinem eigenen Besten, die Zeremonie nicht mitzuerleben«, sagte Kiéran vorsichtig und lehnte sich mit dem Rücken gegen die Wand. Er hörte ein paar Gänge weiter Schritte; die Priester verließen den Saal. Doch durch diesen Gang kam niemand; vielleicht hatte Dinesh die anderen gebeten, sie unter vier Augen sprechen zu lassen.

»Gut möglich, Meister SaJintar. Zumindest im Moment noch.«

»Im Moment noch?«, echote Kiéran und zog die Augenbrauen hoch.

»Einige – und gar nicht mal wenige – der Verwundeten, die wir hier zur Gesundheit zurückführen, entscheiden sich anschließend, im Tempel zu bleiben. Sich zu Priestern weihen zu lassen und das Arithón zu tragen. Es ist möglich, dass das auch Euer Weg ist.« Vielleicht spürte Dinesh seine Skepsis, denn er fügte hinzu: »Keine Sorge, Priester des Schwarzen Spiegels zu sein bedeutet nicht etwa, dass Keuschheit oder eine völlige Abkehr von der Welt von Euch erwartet würde. Nur die Bereitschaft, den Regeln des Tempels zu folgen und die Kräfte des Oscurus zu bewahren. Dafür habt Ihr teil am Mysterium der Zweiten Ebene, aus dem auch die Götter ihre Kraft schöpfen.«

War das etwa der Preis der Genesung, wurde von ihm erwartet, dass er sich nach der Heilung voller Dankbarkeit dem Kult weihte? Kiéran hatte längst herausgefunden, dass nur etwa dreißig Menschen im Tempel lebten, obwohl er Platz für beinahe hundert bot. Viele Kammern standen leer. »Das wird nicht möglich sein – ich habe Fürst AoWesta Gefolgschaft geschworen«, wich Kiéran aus.

Dinesh schwieg, und Kiéran konnte sich denken, was ihm durch den Kopf ging. *Eine Gefolgschaft lässt sich aufkündigen.* Doch der Erste Priester sprach es nicht aus; vielleicht ahnte er, wie Kiéran dann reagiert hätte. Kiéran entschied sich, das Thema zu wechseln.

»Ich dachte bisher, dass nur die Eliscan und dergleichen Wesen über solche starken magischen Kräfte verfügen. Entstammt das Oscurus einer nichtmenschlichen Macht?«

»Nein!« Es klang scharf wie ein Peitschenknall. »Die widerwärtigen Geschöpfe Khorats haben nichts, aber auch gar nichts damit zu tun. Schon vor Jahrtausenden haben wir sie zurückgedrängt und daran gehindert, ganz Ouenda zu erobern. Damals war unser Orden noch weitaus stärker als jetzt.«

Dinesh setzte sich in Bewegung, er schritt durch die Gänge zurück zum Eingangsbereich. Kiéran versuchte der Richtung seiner Stimme zu folgen und neben ihm zu gehen. Doch das war nicht einfach, und er streifte den Arm des Ersten Priesters, wäre fast gegen ihn geprallt. Wie peinlich! Eilig tastete Kiéran wieder nach der Wand, um die Finger daran entlanggleiten zu lassen. Das half ihm, einen geraden Weg einzuhalten.

Kiéran fand es erstaunlich, dass seine Tat nach dem einen scharfen Verweis des Ersten Priesters anscheinend vergessen und vergeben war. Hätte ein Novo der Terak Denar sich etwas Vergleichbares zuschulden kommen lassen, wären ihm einige äußerst unangenehme Strafdienste sicher gewesen. Nun gut, wenn Dinesh die Sache auf sich beruhen lassen wollte, umso besser.

»Vielleicht habt Ihr jetzt eine Ahnung davon bekommen, warum die Schwarzen Spiegel ein Mysterium sind, dem ich mich schon seit vielen Jahresläufen widme«, sagte Dinesh, er verlor kein Wort über Kiérans Schwierigkeiten, geradeaus zu gehen. »Sie zu erforschen ist meine Lebensaufgabe. In diesem Tempel ruhen Aufzeichnungen, die bis zum Anbeginn der Zeit zurückreichen. Ich versuche sie zu sichten und aus ihnen zu lernen.«

Kiéran nickte langsam. Das passte mit dem zusammen, was Gerrity erzählt hatte. *Im Archiv, da verbringt er manchmal den halben Tag und liest einfach, Stapel von Büchern um sich herum, eins dicker als das nächste. Das muss man gesehen haben, wie zärtlich der die Dinger anfasst!*

»Ich begreife noch nicht ganz, wie das alles zusammenhängt. Das Oscurus und die Schwarzen Spiegel.«

»Die Spiegel sind der sichtbare Teil des Oscurus, durch sie ist es uns Menschen möglich, seine Energie zu erschließen und einen Blick in das Wesen der Dinge zu werfen.«

Doch es war nicht nur das, was Kiéran interessierte. »Wie seid Ihr eigentlich hier gelandet, Dinesh? Oder ist das eine Frage, die sich nicht schickt?«

»Eigentlich schon.« Dinesh klang amüsiert. »Aber Ihr bekommt trotzdem eine Antwort. Ich entstamme einer edlen Familie; der Name meines Clans tut hier nichts zur Sache. In meinem achtzehnten Sommer ritt ich mit Verwandten und Verbündeten von unserer Heimat Ufardi zu einem wichtigen Treffen in der Nähe von Rus Laerd.«

»Lasst mich raten. Ihr seid nie dort angekommen.«

»Genau. Wir kamen an diesem Tempel der Schwarzen Spiegel vorbei, und ich wurde neugierig, was sich hinter den Mauern verbergen möge. Nun, ich bekam eine kleine Ahnung davon und blieb.«

Soso, Dinesh stammte also aus Larangva, dem Fürstentum an der Küste des Südlichen Meeres; an seiner Art zu reden merkte man das nicht. Ein warmes Gefühl durchflutete Kiéran. In seiner Erinnerung nahm das lebensstrotzende Larangva, das für seine Hafenstädte, Silberschmieden und Obstplantagen bekannt war, einen besonderen Platz ein; von seinem zehnten bis zu seinem fünfzehnten Sommer hatte er dort gelebt. Diese Zeit hatte sein Leben geformt, im Guten wie im Schlechten. Doch dann war sein Vater – ein Abgesandter Yantosis – in eine andere Gegend beordert worden. Und wieder einmal hieß es Abschied nehmen, wie schon so oft. Nie zuvor war ihm das so schwergefallen.

Kiéran zwang sich, die Erinnerung wegzuschieben, und konzentrierte sich wieder auf Dinesh. »Wie haben Eure Verwandten reagiert? Es muss ein Schock gewesen sein für sie.«

»Sie versuchten mich erst durch Überredung, dann mit Zwang zurückzuholen.« Dinesh seufzte. »Es gab ein Gefecht. Doch die Priester setzten sich durch, und ich durfte bleiben. Das ist nun zwanzig Jahresläufe her.«

Kiéran hob die Augenbrauen. Die Priester hatten es geschafft, dem Angriff eines mächtigen Familienclans zu trotzen?

Mit einem Moment Verzögerung merkte Kiéran, dass Dinesh stehen geblieben war. »Wir sind jetzt vor dem Archiv. Ich werde noch eine Weile alte Schriften studieren. Findet Ihr selbst zu Eurem Quartier zurück?«

Kiéran war verblüfft; aber es gefiel ihm, dass Dinesh ihn nicht wie einen Krüppel behandelte. »Ja, das schaffe ich schon.«

»Dann wünsche ich Euch eine gute Nachtruhe. Und glaubt mir, wir suchen wirklich nach einem Weg, Euch zu helfen.«

Widerstreitende Gefühle zerrten an Kiéran. Gab es tatsächlich eine Chance für ihn? Zumindest erschien das jetzt nicht mehr unmöglich. Aber wie hoch war der Preis für diese Hoffnung?

Egal. Dineshs Worte waren aufrichtig, und das war genug für den Augenblick.

»Danke«, sagte Kiéran ruhig. »Das weiß ich zu schätzen.«

* * *

Jerusha überlegte, ob sie noch einen Umweg durch Mandeth machen sollte, um sich von Goram TeRulius zu verabschieden. Nötig war das nicht, sie hatte ihm schon eine Nachricht zukommen lassen. Und schließlich entschied sie sich dagegen, noch einmal beim Tempel vorbeizureiten. *Es würde wehtun. Sehr. Ich will nicht sehen, wie dort alles ohne mich weitergeht.*

Stattdessen ritt sie nach Nordwesten. Sie hatte vor, sich über Selwys der Fähre über den Benar zu nähern, der sich nur ein paar Meilen weiter zum riesigen Fürstin-Jolissa-See erweiterte. Wenn sie sich beeilte, konnte sie übersetzen und ihre erste Nacht fern von daheim schon in Benaris verbringen. Eigentlich unfassbar, dass sie noch nie jenseits der Grenze gewesen war.

»Verehrteste, wenn Ihr nicht so schnell reiten würdet, käme ich viel leichter mit«, ertönte plötzlich eine Stimme direkt neben ihrem Ohr.

Jerusha ruckte vor Schreck an den Zügeln, Amadera machte einen Satz, und ihre Reiterin wäre um ein Haar würdelos heruntergefallen. »Grísho! Wo steckst du?«

»In diesem erfrischenden Morgenschatten. Und so schön groß ist er. Sind Pferde nicht herrliche Tiere?« Grísho machte sich nicht die Mühe, eine eigene Silhouette zu bilden, sondern erlaubte sich den Witz, den Schatten von Amaderas Maul für sich sprechen zu lassen.

Jerusha lächelte. »Absolut. Und ein sprechendes Pferd wollte ich schon immer. Aber noch lieber hätte ich mit dir geplaudert, als ich auf dem Fir Evarn saß.«

»Bist du sicher? Mir schien, du wolltest allein sein, meine Liebe.«

»Stimmt auch wieder. Sehr rücksichtsvoll. Weißt du Bescheid über den Fluch?«

»Nicht in allen Einzelheiten, nur hier und da habe ich ein paar Worte aufgeschnappt. Du weißt, die Höflichkeit hält mich davon ab, eure geschätzten Wohnstätten zu besuchen.«

»Das ist edel und gut von dir. Nicht jeder mag Schattenspringer im Haus, auch wenn sie keinen Dreck machen.« Jerusha war froh, dass sie Grísho rechtzeitig abgewöhnt hatte, mit dem Schatten *ihres* Mundes zu sprechen. Doch andere Geschöpfe seiner Art waren sicher nicht so rücksichtsvoll, und sie hätte gewettet, dass genau das ihnen den Ruf eingebracht hatte, Besessenheit hervorzurufen.

»Hättest du etwas dagegen einzuwenden, wenn ich dich begleite? Ohne dich wäre es ein wenig eintönig in Loreshom.« Zwei bittend gefaltete Hände sprossen aus Amaderas Schatten hervor.

Jerusha fühlte sich von Grísho keineswegs besessen, sondern freute sich über seine Gesellschaft. »Willst du es dir wirklich antun, dich in meinen winzigen Mittagsschatten zu zwängen, wenn nichts anderes da ist?«

»Ich weiß deine Sorge zu schätzen, aber das ist nicht nötig. Du willst schließlich zur Straße der Giganten, und ich habe mir sagen lassen, dass die Bäume dort ihrem Namen gerecht werden. Wahrscheinlich sind ihre Schatten fett wie gemästete Ochsen.«

»Grísho, du verstehst nichts von gemästeten Ochsen.«

»Nein, dafür aber etwas von Schatten.«

»Immerhin, du wirst mir nichts von meinem Proviant wegessen.«

»Es muss einmal gesagt werden: Das, was ihr Essen nennt, ist eine ausgesprochen widerliche Angewohnheit.«

Dieser Angewohnheit wollte Jerusha gerne treu bleiben. Doch obwohl ihr Magen knurrte, legte sie, als die Sonne am höchsten stand, nur eine kurze Pause ein und knabberte ein getrocknetes Malzbrot. Sie standen auf einer kleinen Anhöhe, von hier aus konnte Jerusha ins Grenztal hinunterblicken. Wie eine breite Silberader zog sich der Benar durch die Landschaft. Jedes Jahr trat er über die Ufer, was eine Plage für die Bewohner der umliegenden Dörfer war, aber auch ein Segen, denn der Schlamm machte das Tal ungeheuer fruchtbar. Wenn Jerusha die Augen zusammenkniff, dann konnte sie zumindest raten, was dort unten alles auf den Feldern wuchs. Das sah nach Frühlingsweizen und Saftwurz aus, und an diesen Stangen rankten sich bestimmt Pristanbohnen hoch.

Im Osten, über dem Fürstin-Jolissa-See, quollen Wolken in die Höhe, die verdächtig nach Regen aussahen. »Heute Abend gönne ich mir ein Bett in einem Gasthaus«, sagte Jerusha zu Grísho und kratzte sich den Zikastich, eine Erinnerung an den Weiher in Loreshom. Sie konnte froh sein, dass der Zika sie nur am Bein erwischt hatte. Die kleinen schwarzen Biester wurden wild, wenn jemand den Grashalm mit ihrer Wohnkugel daran berührte, und natürlich hatte sie genau das versehentlich getan.

Es war ein ungewohntes Gefühl, die Schotterstraße durch die Ohren eines Pferdes hindurch zu sehen. Aber es war auch ein gutes Gefühl – ja, richtig gut. Heute Abend würde sie keine schmerzenden Füße haben. Als sie ins Tal hinab ritt, wurde es immer wärmer, und Jerusha band ihren Umhang hinter sich an den Sattel. Der Wind bauschte ihre vorne geschnürte Bluse mit den weiten Ärmeln. »Grísho«, sagte Jerusha und seufzte. »Ich glaube, es gefällt mir, unterwegs zu sein. Ist das eine Sünde?«

»Wahrscheinlich schon. Soweit ich mitbekommen habe, nennt ihr doch sowieso alles, was euch Spaß macht, Sünde.«

Freundlich, aber gelangweilt winkten die Grenzsoldaten Jerusha durch. Zwischen Kalamanca und Benaris herrschte schon seit vielen Jahresläufen Frieden. Kalamanca war ein ruhiges, bäuerliches Fürstentum, und die rundliche Muria UlPorím, die es regierte, hasste Streitigkeiten. Zwar galt das weitaus größere, reiche Benaris, dessen Kernland die weiten Flussebenen des Benar waren, als schwieriger Nachbar. Doch seit einiger Zeit wurden die AoWestas von den Kriegsherren Thorams in Atem gehalten, daher war ihr Interesse an eigenen Eroberungen derzeit gering.

Das Floß wurde an Seilen über den Fluss gezogen; vier kräftige Männer mit schweißglänzenden Oberkörpern sorgten dafür, dass sich die hölzerne Plattform ihren Weg zum anderen Ufer bahnte. Es war eine Menge los, und geduldig wartete Jerusha am Ufer, bis sie und Amadera dran waren mit der Überfahrt. Eine Stimme an ihrem Ohr flüsterte nervös: »Pardon, meine Liebe, aber gibt es nicht noch einen anderen Weg? Einen, der nicht über dieses nasse Zeug führt?«

»Warum?«, flüsterte Jerusha zurück. »Das Floß macht einen wunderbaren Schatten.«

»Aber das Wasser! Es *schimmert!*«

»Leider müssen wir den Benar irgendwann überqueren, und bis zur nächsten Brücke ist es eine halbe Tagesreise. Ich weiß ja, dass du dich sogar vor Pfützen gruselst, aber wenn du wirklich mit mir mitwillst ...«

Gríshos Stöhnen verlor sich im Wind, und an einem ganz leichten Flimmern der Luft sah Jerusha, dass er von ihrem Schatten in den eines Flößers sprang. Entweder war er jetzt eingeschnappt, oder dort war die Überfahrt weniger unangenehm. Sehr leicht fiel ihm der Sprung, wenn Schatten sich berührten; es ging zur Not aber auch, wenn bis zu einer Armlänge Abstand dazwischen lag. Weiter kam er nicht. Deshalb lebten viele Wesen seiner Art in Wäldern; dort flossen die Schatten ineinander und boten den ganzen Tag über Schutz.

In den langen Schatten des Sonnenuntergangs tummelte Grísho sich am liebsten, und in der Nacht sammelte er neue Kraft. Jerusha gönnte es ihm, begann aber selbst, nach einem Gasthaus Ausschau zu halten. Schließlich fand sie eine kleine Schänke mit Zimmern über dem Gastraum. Es war hier wohnlicher als bei ihr daheim; die Laken rochen, als seien sie frisch gewaschen und in der Sonne getrocknet worden. Jerusha konnte sogar ohne Aufpreis ein Bad aushandeln – sie hatte das Gefühl, genauso intensiv nach Pferd zu riechen wie Amadera selbst. Sie hatte versucht, der Stute als Belohnung für die treuen Dienste einen Apfel zu spendieren, doch den hatte sie verschmäht. Dafür stellte sich heraus, dass sie ganz verrückt nach Nüssen war.

Bevor sie einschlief, wandten sich Jerushas Gedanken Dario zu. Sie hatte Sehnsucht erwartet und fand keine in sich. *Wie seltsam*, ging es ihr durch den Kopf. *In Loreshom kommt es mir oft vor, als könne ich ohne ihn nicht leben. Vielleicht reicht ein Tag der Trennung noch nicht, um jemanden zu vermissen. Oder es liegt daran, dass er sich vor der Abreise schlimmer benommen hat als ein Utz.*

Es war der Gedanke an Liri, der an ihrem Herzen zerrte. Daheim standen ihre Betten nebeneinander, und nie schliefen sie ein, ohne kurz den Arm auszustrecken, sich an der Hand zu nehmen und die Göttin Alicanda um schöne Träume zu bitten.

Hätte sie versucht, so etwas mit Grísho zu tun, wäre er wohl aus dem Lachen kaum herausgekommen. Er verstand nicht, warum Menschen fast die Hälfte eines Tageslaufs mit geschlossenen Augen herumlagen.

Vielleicht erkläre ich es ihm irgendwann noch mal, dachte Jerusha, während sie wegdämmerte.

* * *

Kiéran begann, die Zeit des nachmittäglichen Arbeitsdienstes in der Waffenkammer zu verbringen. Er schnitzte Griffe für frisch geschmiedete Messer, polierte Klingen und ölte Schwerter ein. Das waren alles Tätigkeiten, bei denen er mit den Händen sehen konnte, und die altvertrauten Gerüche nach Waffenöl, Leder und Metall waren ihm ein Trost. Am dritten Tag griff er peinlicherweise voll in die Klinge eines Dolches, doch zum Glück konnte Rinalania die Blutung schnell stoppen.

»Noch eine Kräuterkaramelle dazu als kleinen Trost?«, fragte sie schelmisch, und Kiéran musste lachen. »Ja, warum nicht«, meinte er und steckte sich ihre Gabe gleich in den Mund. »Warum habt Ihr eigentlich immer welche dabei?«

»Ehrlich gesagt esse ich sie selber gerne, aber vor allem sind sie für die Kinder im Dorf«, erzählte Rinalania. »Die kriegen ja sonst nie was

Süßes und müssen schon so schwer auf den Feldern arbeiten. Ich mache die Karamellen selbst, und wer weiß, vielleicht werden wir irgendwann auch dafür berühmt – und nicht nur für unsere Messer mit der blattförmigen Klinge.«

»Wäre jedenfalls schön«, meinte Kiéran und schlenderte mit seiner frisch verbundenen Hand in die Waffenkammer zurück. *Wieder eine Verletzung. Diesmal erfinde ich aber keine Geschichte dazu*, ging es ihm durch den Kopf, und er musste grinsen. Als Novo – jung und einsam, ein schüchterner Diplomatensohn unter lauter muskelbepackten Draufgängern – hatte er behauptet, die lange Narbe über seinen Rippen stamme von einem Schwertduell. In Wirklichkeit war er mit sechzehn auf einem frisch gewischten Boden ausgerutscht und auf die eigene Waffe gefallen, die er vergessen hatte wegzuräumen.

Am Nachmittag, als Kiéran mit verbundener Hand weiterarbeitete, besuchte ihn Gerrity wieder. »He, Roter Wolf! Ich verstehe nicht, warum du dir die Mühe machst und den halben Tag hier schuftest. Dabei könntest du doch auf der faulen Haut liegen und es dir gut gehen lassen.«

Kiéran drehte den Kopf seiner Stimme zu. »Meinst du das ernst? In meiner Kammer herumzuhocken ist ungefähr so spannend, wie einem Eiszapfen beim Schmelzen zuzuhören.«

»Also wenn das so ist, ich hätte da eine Beschäftigung für dich.« Kiéran fragte sich, warum Gerrity auf einmal so verschmitzt klang. »Ich kenne die eine oder andere Kunst, die im Leben nützlich ist, wenn du weißt, was ich meine.«

»Ich kann's mir fast denken.« Kiéran war dankbar dafür, dass Gerrity es meistens schaffte, ihn aufzuheitern. »Aber will ich das wirklich lernen?«

»Glaub mir, du willst. Kannst die Jungs und Mädels aus deinem Regiment – oder wie auch immer man das nennt – damit überraschen. Zum Beispiel, indem du eine verschlossene Tür bezwingst.«

Kiéran versuchte sich den Gesichtsausdruck seines Kommandanten Xen TeRopus vorzustellen, wenn Kiéran vor seinen Augen mit Metallstäbchen an einem Türschloss herumfummelte. »Hm. Bei den Terak Denar ist die übliche Methode dafür eher ein gezielter Axthieb.«

»Ich weiß, ihr seid harte Burschen und so. Das heißt, du willst nicht?«

»Doch«, sagte Kiéran und war selbst überrascht über seine Antwort. »Wann fangen wir an?«

»Na also. Guter Junge. Wie wär's mit der Zeit während der Meditationen und nach der Abendspeisung? Dann kannst du am Nachmittag weiter Zeit in deinem Metallwarenladen hier verbringen.« Und dann war er auch schon weg, wahrscheinlich musste er zur Unterweisung der Novizen, die fand ungefähr zu dieser Zeit statt.

Kiéran arbeitete weiter und verlor dabei das Gefühl für die Zeit. Die Klinge war fast perfekt in ihrer kühlen Glätte, als der Gestank von Fledermausdreck hereingeweht wurde – wo kam der denn her? Einen Wimpernschlag später wusste er es. »Is 'ne Nachricht gekommen für Euch«, verkündete die tiefe, ein wenig brüchige Stimme von Uram, dem Hüter der Fledermäuse.

Eine Nachricht für ihn? Es durchfuhr ihn wie ein Feuerstoß. Sofort legte er die Klinge weg und streckte die Hand aus. Uram legte ihm den Streifen hinein. Schmal war das Ding, aber seidenweich, ein teures Material. Unwillkürlich hob Kiéran es an die Nase, um daran zu riechen – in letzter Zeit ertappte er sich öfter dabei, dass er in der Gegend herumwitterte wie ein Jagdhund. Doch das Ding roch nur ein bisschen nach Pergament, nach Urams feuchten, schwitzigen Händen und nach Fledermaus.

»Steht ein Absender darauf?«, fragte Kiéran, doch anscheinend war Uram schon fortgegangen, er hörte nur noch seine Schritte, die sich entfernten.

Kiéran hätte schreien können vor Hilflosigkeit. Hier war sie endlich, eine Nachricht für ihn – nach zehn Tagen! – und er konnte sie nicht einmal lesen. Von wem sie wohl war? Von Marielle, von AoWesta, von Xen? Er hielt den Pergamentstreifen so fest in der Hand, dass er ihn beinahe zerdrückte. Schnell überlegte er, zu wem er gehen konnte. Rinalania war in einem der Nachbardörfer unterwegs, um neue Nahrungsmittel für den Tempel zu beschaffen und Bauernkinder mit Kräuterkaramellen zu beglücken. Dinesh war gerade in seiner Kammer und meditierte, um sein Ich zu läutern und sich tief in sich selbst zu versenken. Das war, wie Kiéran inzwischen wusste, für die Priester eine wichtige Übung, damit die Kraft des Oscurus in ihnen erhalten blieb. Ihn dabei zu stören, kam nicht infrage. Kiéran überlegte weiter. Die Versuchung war groß, einfach den erstbesten Novizen zu fragen, aber was war, wenn vertrauliche Dinge in der Botschaft standen? Nein. Aber wie wäre es mit Yllsa, der Archivarin? Sie hatte schon einmal angeboten, ihm vorzulesen. Doch er war zu stolz gewesen, anzunehmen – obwohl er Bücher fast so heftig vermisste wie sein Schwert.

Kiéran stand auf und machte sich auf den Weg zum Archiv.

* * *

Wer hatte behauptet, dass Reisen Spaß macht? Sie selbst konnte es unmöglich gewesen sein. Seit vier Tagen regnete es schon. Wasser troff von Jerushas schwerem, vollgesogenem Umhang, von ihren Haaren, vom Zaumzeug. Der Matsch war an manchen Stellen der Straße so tief, dass die Stute bis zu den Fesseln darin versank und kaum vorwärts kam.

Schatten gab es keinen, und Grísho war inzwischen so schwach, dass sie sich nur noch nachts unterhalten konnten, wenn er durch die Dunkelheit etwas zu Kräften kam. Um ihn überhaupt mitnehmen zu können, hatte sie eine kleine Öllampe an Amaderas Sattelhorn befestigt, deren jämmerlicher Schein kaum eine Armlänge weit reichte; natürlich warf sie auch keinen besonders guten Schatten. Jerusha hatte schon fast für acht Ulder Lampenöl verbrennen müssen. Das hatte sie jetzt davon, dass sie ihn mitreisen ließ!

Erstaunlicherweise kam sie trotzdem recht gut voran. Sie war schon an Timish und Elkaréd vorbei und auf dem besten Weg nach Quinlan. Dort stand die ehemalige *Faunenmühle*. Hoffentlich konnte sie bei Tante Rikiwa übernachten; Jerushas Vorrat an Münzen schmolz bedenklich zusammen.

Im Gasthaus *Zum silbernen Krug* nahm sie das billigste Zimmer, eine winzige Kammer im Keller direkt neben den nach Lauge riechenden Waschräumen. Das Abendessen würde aus feuchtem Malzbrot mit Käse bestehen, den Resten ihres Proviants. Wenigstens ein Gewürzbier wollte sie sich dazu gönnen. Nachdem sie ihr Gepäck im Zimmer verstaut hatte, stieg Jerusha die Treppen hinauf in die Gaststube. Immerhin, dort war es warm, im großen offenen Kamin loderte ein Feuer. Ein leiser Seufzer aus dem Nichts verriet ihr, dass Grísho die tanzenden Schatten zu schätzen wusste.

»Was darf's sein?« Der Wirt war ein dünner, langnasiger Mann, der eine abgewetzte Lederschürze trug. Als Jerusha ihn um ein Gewürzbier bat, sah er sie ganz seltsam an. Was glotzte er so? Gab es das Zeug hier in Benaris nicht? Wenn nicht, dann war das ein Skandal, es gab nichts Besseres, um sich aufzuwärmen.

»Verzeiht mir, aber wart Ihr schon mal in dieser Gegend?«, sagte der Wirt und hörte endlich auf, sie anzustarren.

»Ich war noch nie hier«, gab Jerusha zur Auskunft.

»Darf ich Euch dann nach Eurem Woher und Wohin fragen? Und verratet Ihr mir vielleicht, wie Euer Name lautet?«

Solche Auskünfte wurden in den Gasthäusern so gut wie immer erwartet, doch diesmal zögerte Jerusha dabei. Noch immer hatte der Mann einen eigenartigen Blick. Vielleicht hätte sie doch eine andere Unterkunft wählen sollen. »Mein Name ist Jerusha KiTenaro, ich reise gerade nach Quinlan. Das ist eine Tagesreise von hier, oder?«

Sie bekam keine Antwort. Ungläubig sah sie, dass dem Wirt die Röte in die Wangen stieg. »Habe ich's mir doch gedacht«, murmelte er.

»Was gedacht?«

Ein kurzes Händeklatschen, dann noch eins, diesmal ungeduldiger. »Miko – eine Portion Braten, Brot und Butter, aber hurtig! Und den 34er Blauwein!«

Diesmal starrte Jerusha ihn ungläubig an. »Ich wollte doch gar keinen Wein.«

Ohne Umschweife zog der Wirt einen Stuhl heran und setzte sich. Was sollte das denn? Vorsichtig verschränkte Jerusha die Arme. *Bis hierher und nicht weiter, Meister!* Zum Glück schien der Wirt jetzt zu verstehen, dass er sie vielleicht etwas überrumpelt hatte. »Entschuldigt. Es war so lange kein KiTenaro mehr bei uns. Ich habe so lange darauf gewartet, dass ihr zurückkommt. Du musst die Tochter von Myrial sein, oder?«

»Ähm, ja – und wer seid Ihr?«

»Ich bin Dendelio OrTanek. Ich war ein dünner, schüchterner Küchenjunge in der *Faunenmühle*. Oh, das war ein prächtiger Hof, weit schöner als der *Silberne Krug*.« Eine verächtliche Geste, die den Raum umspannte. »Und Eure Familie! Kala war immer so freundlich zu mir! Sie schickte mich zurück in die Schule und gab mir sogar noch Geld mit. Dabei wollte ich nichts weiter, als in der Küche helfen. Um bei Myrial zu sein.« Verlegen wandte er den Blick ab. »Sie war hübsch wie eine Nymphe. Immer zu einem Streich aufgelegt, und doch oft sehr ernsthaft. Wie geht es ihr heute?«

Ihre Mutter? Immer zu einem Streich aufgelegt? Kein Zweifel, die Vergangenheit war eine völlig andere Welt. »Nicht sehr gut«, sagte Jerusha vorsichtig und fragte sich, wie viel sie diesem Fremden erzählen sollte. »Ich glaube, sie hat das mit ihrem Bruder und ihrer Zwillingsschwester nicht verkraftet.« Von diesen Ereignissen wusste er wahrscheinlich. Kein Grund, auch noch den Mordversuch ins Spiel zu bringen, sonst saß sie noch bis Mitternacht hier und versuchte zu erklären, was eigentlich nicht zu erklären war.

»Das war schlimm. Ja. Ich glaube, ich werde sie mal besuchen.«

»Gute Idee«, sagte Jerusha. Dann sagte sie nichts mehr, denn gerade wurde ein Teller mit Braten und frisch gebackenem Brot vor ihr auf den Tisch gestellt. Es wäre eine schwere Sünde gewesen, das alles kalt werden zu lassen.

Erst als sie den letzten Rest Soße aufgewischt hatte, war sie wieder in der Stimmung zu reden. »Wem gehört die *Faunenmühle* heute eigentlich?«

»Ich weiß es nicht. Es ist eine Schande. Ihr werdet es ja selbst sehen.«

Mehr war ihm dazu nicht zu entlocken, und leider war er an dem Unglücksabend auch nicht im Gasthof gewesen und hatte den Fremden nicht miterlebt. Schade. Doch immerhin hatte er interessante Dinge über ihre Verwandtschaft zu erzählen. Zum Beispiel, dass ihr Großvater Fenvar – Earel und somit Clanherr, ein so mächtiger, wie die KiTenaros ihn lange nicht mehr gesehen hatten – Gast mehrerer Fürsten gewesen war. Dass es ihm gelungen war, einen Greifen zu zähmen. Oder dass ihr Cousin Galtael zehnmal hintereinander das berühmte Treffen der Bogenschützen in Parthus gewonnen hatte. Bis er sich weigerte, weiterhin teilzunehmen, weil die Veranstaltung ihn langweilte.

»Ein Greif – eins dieser Mischwesen, die wie eine Kreuzung aus Adler und Löwe aussehen?« Jerusha staunte. »Habt Ihr ihn mal gesehen?«

»Einmal nur. Ich wäre vor Furcht fast gestorben.« Dendelio lächelte schief. »Aber ich glaube, meistens haben sie sich in den Bergen getroffen.«

»Kennt Ihr auch mein Tante Rikiwa?«

»Ja, natürlich, sie lebt noch immer in der Nähe der *Faunenmühle,* mitten zwischen den Giganten. Sie ist zurzeit fast die Einzige, die das wagt. Und es sind nicht nur Xher, vor denen sich die Leute fürchten – habt ihr Xher in Kalamanca?«

Jerusha schüttelte den Kopf. Nein, von diesen Raubtieren gab es in Kalamanca fast keine mehr. Sie lauerten in Bäumen oder geduckt im hohen Gras auf Beute, durch ihr grünsilbernes Fell perfekt getarnt. Ihre Pfoten spürten jede Erschütterung des Bodens, und ihren riesigen

Ohren, die sie beim Lauern seitlich anlegten, entging kein Geräusch. War ihre Beute nah genug herangekommen, brachen die Xher ihr mit einem schnellen Sprung das Genick.

Dendelio seufzte. »Es ist auch ein Problem, dass in diesem Jahreslauf mehr Waldkondorküken ausgeschlüpft sind als sonst, und sie alle brauchen reichlich Futter, um zu wachsen – muss ich noch mehr sagen?«

»Nicht wirklich«, meinte Jerusha. Ihre Mutter hatte sie vor diesen riesigen Vögeln gewarnt. Nur die größten Bäume konnten ihre Nester tragen, deshalb gab es besonders viele Waldkondore an der Straße der Giganten. Jede ihrer grau-weiß gestreiften Schwingen maß eine Menschenlänge, und ihr handlanger Schnabel war messerscharf.

Doch Dendelio war noch nicht fertig. »Im Herbst hat es meinen Hund erwischt, und vor einem Mond wäre ich beinahe selbst dran gewesen, als wir am Waldrand Kräuter suchten. Also nimm dich in Acht.«

»Mach ich«, versprach Jerusha. »Und jetzt wäre ein bisschen Schlaf willkommen, ich sage Lebewohl für heute. Möge Euer Clan gedeihen!«

Als sie gähnend die Treppe hinabstieg und die Tür zu ihrer Kammer öffnete, stellte sie fest, dass ihr gesamtes Gepäck verschwunden war. Das Zimmer wirkte, als habe es lange Zeit niemand betreten. »Ghalils Schande, was soll das?«

Jemand tauchte hinter ihr auf. Ein Junge mit breiten Schultern, auch er trug eine Küchenschürze. »Sucht Ihr Eure Sachen? Der Meister hat gesagt, ich soll sie nach oben bringen. Ins beste Zimmer, das unter dem Dach.« Ihm war die Neugier darauf anzusehen, was an dieser jungen Frau denn so Besonderes war. Sollte sein Meister es ihm erzählen. Jerusha war dafür viel zu müde.

Das Dachzimmer war herrlich. Ein geschnitztes Holzbett, dessen Matratze so weich war wie Schwanenfedern. Auf dem Boden ein Teppich aus Kehanowolle, der sich wunderbar unter den bloßen Füßen anfühlte, und an einer Seite des Zimmers ein Waschtisch aus Porzellan mit einer Kanne heißen Wassers.

Ausnahmsweise fand Jerusha es gar nicht so übel, eine KiTenaro zu sein.

* * *

Das Archiv musste ein riesiger Raum sein, denn Stimmen hallten dort lange nach. Doch Kiéran hatte keine Ahnung, wie es darin aussah. Für ihn bestand das Archiv aus einer Dunkelheit, in der überall dort, wo er es am wenigsten erwartete, harte und eckige Dinge im Weg standen: Regale, Stehpulte, Tische mit dicken Folianten darauf, kübelartige Behälter, in denen senkrecht ein Dutzend Pergamentrollen steckten, Bücherstapel. *Xatos' Rache,* dachte Kiéran verbittert, *so viele sicher faszinierende Werke, und ich kann kein einziges davon lesen!*

»Hallo?«, rief er und umklammerte die Nachricht. Gerade hier durfte er das Ding nicht verlieren, er sah sich schon hilflos tastend auf dem Boden herumsuchen.

»Ah, seid gegrüßt, Kiéran.« Yllsa klang wohltuend freundlich und ausgeglichen. »Was gibt es Neues?«

»Genau das würde ich auch gerne wissen. Ich habe eben eine Nachricht bekommen.« Zu spät fiel Kiéran auf, dass er Yllsa nicht einmal gegrüßt hatte. Doch die Archivarin schien es ihm nicht übel zu nehmen, und sie begriff sofort, was er wollte.

»Kein Problem. Darf ich?«

Kiéran hörte das leise Schaben von Pergament, das entfaltet wird. Nur durch lange Übung schaffte er es, die wilde Mischung von Gefühlen, die durch ihn hindurchtobte, nicht auf seinem Gesicht zu zeigen.

»Sie ist von einer Marielle MiTinho«, berichtete Yllsa, und ein freudiger Schock durchfuhr Kiéran. Er lauschte andächtig, als Yllsa zu lesen begann:

»Mein Liebster,

mit Schrecken habe ich deine letzte Nachricht gelesen. Wie furchtbar, dass dieser Kampf an der Grenze eine solche Katastrophe war und es dir schlecht geht! Es muss ein Albtraum sein, nichts zu sehen. Ich konnte zwei Nächte lang nicht schlafen, so sehr hat mich der Gedanke daran gequält.«

Ja, es war ein Albtraum. Einer, der nie endete – und schon gar nicht nach zwei Nächten. Kiéran atmete tief durch.

»Meiner Familie geht es gut, Tillon hat seine Ausbildung an der Akademie in Uskali begonnen, und ich widme mich gerade den Vorbereitungen für den Großen Ball. Bisher sind meine Entwürfe sehr gut angekommen und fast zehn Damen haben die Kleider geordert, kannst du dir das vorstellen? Nun sind die Schneiderinnen Tag und Nacht beschäftigt, um sie rechtzeitig fertigzustellen.

Um mit der Suche nach einem echten Fabelwesen voranzukommen, habe ich inzwischen einen Experten beauftragt. Leider hat es trotzdem nicht geklappt, dieser Experte war wohl nur ein Betrüger, und ich war sehr enttäuscht.«

Kiéran war irritiert. Millys Leben ging so weiter wie gewohnt – war das alles, was sie ihm zu sagen hatte?

War es nicht, wie sich gleich herausstellte. Schon las Yllsa weiter.

»Mein Vater sagt übrigens, dass wir die Verlobung wahrscheinlich annullieren müssen, und ich fürchte, er hat recht. Du wirst viel Pflege brauchen in den nächsten Jahresläufen, und ich weiß nicht, ob ich mir das zutraue. Ich bin sicher, du hast dafür Verständnis. Es tut mir so leid.«

Yllsa brach ab. Ein verlegenes Schweigen schob sich zwischen sie.

Kiéran schaffte es kaum zu sprechen, seine Lippen fühlten sich taub an. »Steht noch etwas in der Nachricht?«

»Äh, ja, es kommt noch ein Abschiedsgruß.«

»Lest weiter. Bitte.«

»Ich vermisse dich und wünsche dir alles Gute. Wohlstand dem Clan und Treue dem Earel! Deine Milly.«

»Danke, dass Ihr mir vorgelesen habt.« Kiéran erhob sich und ging mit steifen Schritten in die Richtung, in der er den Ausgang vermutete.

»Moment, hier ist der Brief. Wollt Ihr ihn nicht mitnehmen?« Yllsa klang ein wenig hilflos.

»Nein. Tut mir einen Gefallen und verbrennt ihn. Am besten mit dem anderen Abfall.«

Kiéran knallte die schwere Tür des Archivs hinter sich zu. Er atmete schwer, und seine Augen prickelten. Er marschierte zu seiner Kammer, und zum Glück begegnete ihm auf dem Weg niemand. Am liebsten hätte er das Regal zertrümmert, den Waschtisch umgestoßen, die Faust gegen die Wand gedonnert, die heugefüllte Matratze mit dem Schwert in tausend Fetzen zerlegt. Doch dann presste er sich doch nur mit dem Rücken gegen die kalte Steinwand und ließ sich daran herabsinken, bis er auf dem Boden hockte. Er schlang die Arme um die Knie und legte den Kopf darauf.

Wieso habe ich nie gemerkt, was für ein Mensch sie ist? Bei allen Göttern, habe ich mir diese Magie zwischen uns nur eingebildet? Anscheinend hat sie nicht mal darüber nachgedacht, herzukommen. Vielleicht war ich für sie nie mehr als der brillante, junge Elitekämpfer, der ihr die Chance bietet, an den Hof der AoWestas zu gelangen und dort mit ihren Kleiderentwürfen die feine Gesellschaft zu beeindrucken.

Auf einmal war ihm kalt, aber er hatte nicht die Energie, sich den Umhang zu holen. Am liebsten wäre er nie wieder aufgestanden.

Lange blieb er dort sitzen, und dem Gong, der zur Abendspeisung rief, schenkte er keine Beachtung. Erst spät in der Nacht, lange nach der Zeremonie des Schwarzen Spiegels, als tiefe Stille herrschte im Tempel, stand er auf. Unfassbar, noch immer ließen sie seine Tür unverriegelt, selbst nach dem Zwischenfall bei der Zeremonie. Wieso vertrauten sie einem Roten Wolf wie ihm? Er wusste, dass nur draußen vor dem Tempel zwei bewaffnete Priester patrouillierten, drinnen war alles unbewacht. Lautlos verließ er seine Kammer und streifte durch die Gänge. Von Gerrity wusste er, dass sie zu dieser Zeit in Dunkelheit getaucht waren, niemand würde ihn sehen. Und er selbst brauchte kein Licht mehr.

Mit Vergnügen hätte er es jetzt mit einem Dutzend Soldaten aus Thoram aufgenommen. In den letzten Tagen hatte er in seiner Kammer begonnen, seinen Körper mit Übungen zu kräftigen, und nun fühlte er sich fast wieder so geschmeidig und kraftvoll an wie zuvor. *Pflege! Ich – Pflege! Ist ja auch wahnsinnig anstrengend, mir ab und zu vorzulesen. Das hätte sie wohl gerade noch geschafft.*

Niemand war hier, außer ihm selbst. Und ein paar Wesen, die zu seinen Füßen durch den nächtlichen Tempel huschten und hin und wieder ein Piepsen ausstießen, fast zu hoch für menschliche Ohren. Kiéran tastete sich vor zur Waffenkammer – sie war nicht abgeschlossen – und beschaffte sich ein paar Wurfsterne. Dann stand er bewegungslos in einem der Säle und wartete, bis er das Trappeln winziger Pfoten hörte. Mit aller Kraft schleuderte er den Stern in diese Richtung und wartete auf das schrille Fiepen eines verletzten Nagers. Doch es gab nur ein hartes *Klenk*, als der Stern von der Wand abprallte, und Kiéran hörte, wie die Ratte sich hastig davonmachte. Es dauerte eine Weile, bis er den Wurfstern wiederfand.

Die ganze Nacht lang jagte er und traf jedes Mal daneben.

Ein Symbol im Stein

Ja, es war schlimm.

Jerusha wickelte ihren endlich getrockneten Umhang enger um sich und betrachtete das, was von der *Faunenmühle* übrig war. Das zweistöckige Hauptgebäude mit seinen vielen kleinen Giebeln musste einmal prachtvoll gewesen sein, doch nun war das Dach eingesackt und an vielen Stellen bröckelte der Putz, sodass das nackte Mauerwerk sichtbar war. Sämtliche Glasscheiben waren verschwunden, und Jerusha vermutete, dass die Dörfler sie mitgenommen hatten; Glas war teuer, und viele Leute hatten nur gewachstes Papier vor ihren Fenstern, um den Winterwind abzuhalten.

»Hat deine Mutter nicht gesagt, dass jemand die *Faunenmühle* erworben hat?« Das raue Flüstern Gríshos.

»Doch, hat sie. Aber genügend Menschen haben mitbekommen, was den KiTenaros widerfahren ist. Danach haben sie den Ort des Unglücks wahrscheinlich gemieden, und das Gasthaus musste schließen.«

»Viel Geld hat deine Familie scheinbar nicht dafür bekommen – sonst hättet ihr, mit Verlaub gesagt, eine schönere Heimstatt in Kalamanca kaufen können.«

Jerusha seufzte. »Wie wahr.«

Würgekraut überwucherte die ganze linke Seite des Gebäudes und hüllte es in einen grünen Mantel; noch ein oder zwei Jahresläufe, dann war hier nur noch ein grüner Berg zu sehen, und vielleicht war das der freundlichere Anblick.

Hier war es also geschehen. Hier hatte der Fluch ihre Familie getroffen. Jerusha versuchte, das, was ihre Großmutter beschrieben hatte, in sich lebendig werden zu lassen. Und einen Moment lang sah sie den Hof hell erleuchtet und prächtig vor sich, bereit für das Clantreffen; vor dem Eingang war ein lebhaftes Kommen und Gehen von gut gekleideten Gästen, während ihre noch gesattelten Reitpferde in den Innenhof geführt wurden. Doch jedes Mal, wenn Jerusha versuchte, den eigenartigen Fremden in dieses Bild einzufügen, scheiterte sie. Nur die verschwommene Vorstellung einer Gestalt, die von einer Kapuze verhüllt die Stufen hinaufschritt, gelang ihr. Sie wusste einfach noch zu wenig über ihn. Hoffentlich konnte Rikiwa ihr mehr erzählen.

Um das ganze Haus herum wuchs hohes, stacheliges Flir. Jerusha band ihr Pferd vor dem Gebäude an – die dafür vorgesehenen Eisenringe in der Mauer waren noch vorhanden –, dann bahnte sie sich zu Fuß den Weg durch das Unkraut zu den Dienstgebäuden und Ställen. Hinter dem Haupthaus lag ein großzügiger Innenhof, doch auch die Ställe waren in schrecklichem Zustand und sahen ebenso wie das Hauptgebäude aus, als würden sie jeden Moment einstürzen. Also kein Erkundungsgang durch die Innenräume.

Die Flirsamen krallten sich an ihre Kleidung, und Jerusha fluchte. Es würde eine höllische Arbeit werden, das Zeug wieder abzukriegen.

Ihre Großmutter hatte ihr genau beschrieben, wo der Stein stand, auf dem die seltsame Inschrift aufgetaucht war. Jerusha band Amadera wieder los und führte sie den Pfad entlang zum Bach, der einmal die Mühle angetrieben hatte, bevor sie zum Gasthaus umgebaut worden war. Sie musste nicht lange am Ufer entlanggehen, um den Felsen zu finden. Es war ein unregelmäßig geformter Granitblock, der hüfthoch am Ufer aufragte, grün-gelblich gefleckt an den Stellen, wo Moose und Flechten wuchsen. Jerusha sah das eigenartige Symbol sofort. Amadera senkte den Kopf, begann das saftiggrüne Gras abzurupfen, und Jerusha überließ sie sich selbst. Mit dem Bogen über der Schulter hockte Jerusha sich vor den Felsen und begann mit den bloßen Fingern, den Bewuchs abzukratzen. Es dauerte nicht lange, das verwitterte Symbol freizulegen. Lange betrachtete sie das Zeichen, das so viele Sommer alt war. Es bestand aus einem halben Kreis, in den von der rechten Seite ein eigenartiger Buchstabe hineinragte – es sah ein bisschen aus wie ein schräges Z, an das sich ein geschwungenes S anschloss.

Jerusha ließ die Fingerspitzen über das Symbol wandern. »Was meinst du, Grísho, könnte der Fremde das gemacht haben?«

»Welche andere Möglichkeit gibt es? Das Zeichen war am nächsten Tag da, hat sie erzählt.«

»Ich verstehe nur nicht, wie er es angestellt hat. Er wird ja kaum Eisen und Schlägel dabeigehabt haben. Und mir erscheint es sehr seltsam, dass er sich die Zeit dazu genommen haben soll.« Der Block bestand aus Granit, einem Stein für die Ewigkeit, der einem Bildhauer stolzen Widerstand leistete.

»Vielleicht hat er es *vorher* gemacht, um Zeugnis davon abzulegen, dass er hier gewesen ist«, wisperte der Schatten, der sie begleitete.

Jerusha runzelte die Stirn. »Oder er hat das Zeichen auf magische Art entstehen lassen.«

Vielleicht war der, der den Fluch gesprochen hatte, tatsächlich ein Gott, und dies hier ist sein Zeichen, dachte sie erschöpft. Sie kannte das Symbol nicht, und das, obwohl Terémio sie viele Götterzeichen gelehrt hatte – fast einen halben Jahreslauf lang hatte sie während ihrer Lehrzeit tagtäglich irgendwelche Inschriften meißeln müssen.

Gerade als sie sich herumdrehen wollte, kreischte Grísho plötzlich auf, und erschrocken warf sich Jerusha alles andere als elegant hinter den Granitblock. Große weißgraue Schwingen strichen über sie hinweg, und eine Klaue zerfetzte den Stoff an ihrem Arm. Wütend riss sich Jerusha ihren Eschenbogen von der Schulter. Wie von selbst legten ihre Finger einen Pfeil ein, zog ihr rechter Arm kraftvoll die Sehne nach hinten. Der Pfeil schwirrte davon und traf sein Ziel. Der riesige Vogel über ihr kreischte auf. *Na also, geht doch,* dachte Jerusha mit einem Anflug von Stolz und ließ gleich den nächsten Pfeil folgen.

Von irgendwoher waren noch zwei weitere Waldkondore aufgetaucht, und sie griffen aus verschiedenen Richtungen an. Jerusha duckte sich hinter den Stein; fast ohne zu zielen, schickte sie einen weiteren Pfeil nach oben. Da sie ihren Armschutz nicht trug, schnalzte die Bogensehne schmerzhaft gegen ihren Unterarm, und diesmal ging ihr Pfeil daneben. Was daran lag, dass Jerusha erschrocken ihrer Stute nachblickte, die gerade in Panik davongaloppierte. Einen Moment später war nur noch das Trommeln ihrer Hufe zu hören.

»Amadera!«, brüllte Jerusha ihr hinterher und stellte gleich darauf fest, dass die großen Raubvögel es ernst meinten. Schon wieder stießen sie auf sie herab, und dass einer von ihnen vom Himmel getrudelt war, schien sie nicht weiter zu schrecken.

Jerusha rannte los, zurück zur *Faunenmühle* – ein paar große Silvanidabäume gaben ihr Deckung, bis sie die Ställe erreicht hatte. Keuchend warf sich Jerusha ins dunkle, modrig riechende Innere und knallte die Tür hinter sich zu. Durch ein Astloch spähte sie nach draußen. Drei Kondore waren es jetzt, durch die Farbe ihrer Federn hob sich ihre Gestalt kaum vom trüben Himmel ab.

Langsam beruhigte sich Jerushas rasender Herzschlag. Sie wandte sich von den Raubvögeln ab und ließ ihren Blick durch das Innere des Stalls schweifen. Er war durch hölzerne Trennwände in Verschläge für die Pferde der Reisenden aufgeteilt worden. Auf dem Steinboden lag noch immer eine Schicht Stroh, und in einer Ecke moderten ganze Ballen Heu vor sich hin. Die Balken der Stalldecke waren von unzähligen hellen Spinnweben bedeckt.

»Immerhin, wir waren gewarnt«, wisperte Grísho, sein Seufzer klang wie ein Windhauch. »Dieser Wald ist kein guter Ort für Menschen.«

»Mein ganzes Gepäck ist weg«, sagte Jerusha fast ein wenig ungläubig. Amadera war über alle Berge, die kam garantiert nicht wieder. Damit waren auch ihre Satteltaschen, all ihr Proviant und die Ersatzkleidung verloren. Zum Glück war das an ihrem Arm nur ein Kratzer, aber die Tunika konnte man nicht mal mehr verschenken. Jerusha hatte größtes Verständnis dafür, dass auch Waldkondore ihren Nachwuchs irgendwie versorgen mussten, aber doch bitte nicht auf ihre Kosten! Sie hatte keine Ahnung, wie sie hier wieder herauskommen sollte. Die Vögel hatten es sich auf dem Baum gemütlich eingerichtet und wirkten, als hätten sie es überhaupt nicht eilig.

»Ich versuche herauszufinden, wo Amadera abgeblieben ist«, meinte Grísho, und dann wurde es still im alten Pferdestall – bis zu dem Moment, in dem das Flüstern begann. Und in dem Jerusha auffiel, dass einige der braunen Stangen im Dachgebälk des Stalls gar nicht aus Holz bestanden. Dass sie gerade begannen, sich zu regen, sich zu recken. *Verdammt – das da oben sind keine Spinnweben, sondern Nistfäden von Hunderthändern!*

Halb fasziniert, halb angewidert beobachtete Jerusha, wie die raupenähnlichen, braunpelzigen Wesen zu ihr herunterkrochen. Die größten waren so lang wie ihr Arm, und jedes von ihnen hatte zwar keineswegs hundert, aber immerhin zwanzig Handpaare, winzig und rosig wie die Finger eines Säuglings. Es war ein faszinierender Anblick, wie all diese Hände beim Klettern zupackten und losließen, sich von einer Wand abstießen oder sich flach ausbreiteten, wenn es ein Stück Wand oder Boden zu überqueren galt.

Jetzt war einer der Hunderthänder bei Jerusha angekommen und betrachtete sie aus seinen Stielaugen. »Beschuch!«, nuschelte er; winzige Hände griffen nach Jerushas Tunika und klammerten sich fest. »Freude welch!«

»Wurrrde schon langweilisch«, gurrte ein anderer, und sein kleiner, lippenloser Mund öffnete und schloss sich wie das Maul eines Fischs.

Niemand, den Jerusha kannte, mochte Hunderthänder – vor allem deshalb, weil sie Dinge mitgehen ließen, die ihnen nicht gehörten, und weil es eine widerliche Arbeit war, die klebrigen Fäden ihrer Nistkokons aus dem Dachboden eines Hauses zu entfernen. Außerdem konnten sie gefährlich werden, wenn man sie reizte.

Von vierzig dieser Wesen umgeben zu sein, fühlte sich nicht sonderlich gut an. Vorsichtig zog Jerusha sich etwas zurück, bis sie mit dem Rücken an einer der hölzernen Trennwände stand. »Freut mich, dass ihr Gäste zu schätzen wisst, aber ich bin eigentlich nur auf der Durchreise. Mein Name ist Jerusha KiTenaro, ich ...«

»KiTenaro!« Mindestens fünfzehn der Hunderthänder schrien es gleichzeitig, und Jerusha presste sich die Hände auf die Ohren, weil der Klang ihrer Stimmen so schrill geworden war wie eine Diamantsäge. Ihr Fell hatte sich zu einem grellen Gelb verfärbt. Am liebsten wäre Jerusha geflüchtet, doch das hätte die Waldkondore garantiert in beste Stimmung versetzt.

»Ihr kennt meinen Clan?« Jerusha versuchte es mit einem Lächeln.

»Schulden habt ihr noch bei unsch, Schulden große!« Ein besonders großes Hunderthändermännchen reckte vorwurfsvoll die Stielaugen. »Lohn esch es gibt jetzt endlich? Wir wünschen Gold, wir wünschen Edelstein.«

Jerushas Lächeln geriet zur Grimasse. Sie hatte schon davon gehört, dass manchmal ein Clan Schulden anhäufte und diese dann an irgendeinem bedauernswerten Mitglied hängen blieben. »Ich kann euren Ärger verstehen, wirklich sehr gut kann ich den verstehen«, sagte sie in beruhigendem Ton. »Und falls ich jemals eine Handvoll Edelsteine übrig haben sollte, seid ihr die allerersten, die etwas abbekommen. Versprochen.«

»Jetscht!«, murrten die Hunderthänder und zogen den Kreis um sie enger. Dutzende von Händen reckten sich ihr entgegen, ballten sich zu winzigen Fäusten. Überall öffneten sich Mäuler, sodass Jerusha die nadelspitzen Zähne darin bewundern konnte. Wahrscheinlich reichte ein falsches Wort, und der ganze Schwarm fiel über sie her.

»Jetzt geht aber nicht.« Ganz langsam drehte Jerusha die Handflächen nach oben. »Oder seht ihr hier irgendwo Reichtümer?«

Ein Hunderthänder marschierte über ihre Finger, wahrscheinlich um zu prüfen, ob sie wirklich leer waren. Mehrere andere machten sich daran, in die Taschen ihrer Tunika zu klettern und sie zu durchwühlen. Das gefiel Jerusha nicht sonderlich, doch sie rührte sich nicht und zwang sich zu Geduld.

»Nischt drin«, murmelte eins der Wesen enttäuscht.

»Habe ich euch doch schon erklärt. Man sagt mir noch nicht mal nach, dass ich ein Herz aus Gold oder Augen wie Saphire habe.« Jerusha lächelte schief. »Das hat alles meine Schwester abgekriegt.«

Das sorgte für eine gewisse Verwirrung und die Forderung, sie möge doch bitte sofort ihre Schwester herbringen.

»Leider nicht zu machen«, sagte Jerusha und verschränkte die Arme vor der Brust. Nur für den Fall, dass irgendjemand nachsehen wollte, ob nicht auch ihr Herz irgendein Edelmetall hergab.

Die Hunderthänder schienen sich wieder etwas zu beruhigen, einige wechselten sogar wieder die Farbe hin zu einem hellen Braun. Ganz langsam wagte Jerusha, sich zu entspannen. »Jetzt mal von Anfang an. Was sind das überhaupt für Schulden? Was habt ihr für meinen Clan getan?« Sie konnte sich nicht vorstellen, was ein Schwarm Hunderthänder sich für Verdienste erworben haben sollte. Flaschen aus dem Keller in die Gaststube hochtragen, das ging vielleicht noch, aber sie bezweifelte stark, dass dieses gierige Pack die Geduld aufbrachte, mit seinen zahlreichen Händen ein Zimmer zu reinigen.

»Geputzt wir haben. Aufgepascht wir haben.« Übellaunig richtete sich der große Hunderthänder vor ihr auf. »Auf eure Wohnhöhle. Nach dem Rechten sehen wir. Seit dreißig Schommern!«

»Ihr seht nach dem Rechten?«, echote Jerusha ungläubig. Das passte nicht wirklich zu der Ruine, die sie gerade besichtigt hatte. »Hättet ihr dann nicht vielleicht verhindern können, dass die Leute Glasscheiben aus den Fenstern herausbrechen? Nett wäre auch gewesen, wenn ihr ab und zu das Würgekraut heruntergezupft oder ein paar Waldkondore vertrieben hättet.«

Verlegenes Händescharren. »Aber dasch Kraut schieht doch hübsch ausch«, wagte ein junger Hunderthänder einzuwenden. »Und durch die Scheiben kommt jetscht viel mehr frische Luft alsch vorher!«

Jerusha seufzte, und auf einmal war es ihr, als spräche Liri in ihr. *Du schimpfst die falschen, Shani. Die Hunderthänder können nichts dafür – es ist der Fluch, der all das angerichtet hat.* »Ich bin sicher, ihr schätzt es sehr, wenn durch die Baumkronen, in denen ihr übernachtet, der Schneewind fegt. Aber glaubt mir, es gibt nur eine *sehr* kleine Handvoll Menschen mit ähnlichen Vorlieben. Wer hat euch denn den Auftrag erteilt, auf die *Faunenmühle* aufzupassen?«

Nach viel Gestotter und dem Raufen von braunen und gelben Pelzhaaren stellte sich heraus, dass damals vor dreißig Sommern ein kleines Mädchen – wahrscheinlich Jerushas Mutter Myrial – den Hunderthändern zugerufen hatte, sie sollten gefälligst vor ihrem eigenen Nest kehren. »Na ja, und das Nest unscher war immer hier, genau hier. Also wir haben gekehrt, wirklich fleißig gekehrt«, versicherte der große Hunderthänder, und Jerusha bildete sich ein, dass er jetzt einen leicht beunruhigten Blick hatte. »Dreißig Schommer lang, und was ist jetzt mit Lohn dem?«

Plötzlich taten diese Wesen ihr leid. Auf ihre seltsame Art hatten sie anscheinend wirklich versucht, hier nach dem Rechten zu sehen, und Jerusha konnte verstehen, dass sie enttäuscht waren von der Rückkehr der lange erwarteten Erbin.

Behutsam versuchte Jerusha den Hunderthändern beizubringen, dass es sehr wahrscheinlich nicht so gemeint gewesen war mit dem Auftrag. »Tut mir wirklich leid. Aber ich hätte sowieso kein Geld dabeigehabt. Und ich muss jetzt wirklich gehen. Noch viel Glück, erfreuliches Klettern und Nisten, oder was auch immer ihr gerne macht. Lebt wohl, und tausend Dank für alles!«

Erleichtert machte sich Jerusha aus dem Staub. Erst als sie den Hof schon halb überquert hatte, fielen ihr die Waldkondore wieder ein.

Da war es jedoch leider ein wenig zu spät.

* * *

Kiéran schaffte es irgendwie, der Bibliothekarin eine kühle Antwort auf Marielles Brief zu diktieren. Jeder Gedanke an Milly war ein ziehender Schmerz tief in seinem Inneren. *Sie ist noch zu jung, sie kann mit so etwas nicht umgehen,* versuchte er sich einzureden. *Es hat sie überfordert, was mit mir passiert ist.* Doch es half nichts. Zu jung? Marielle hatte zweiundzwanzig Sommer gesehen, sie war nur zwei Jahresläufe jünger als er selbst.

Gerrity war der Einzige, dem er von Millys Brief erzählte. Sein Freund war entsetzt. »Sie will einfach so die Verlobung annullieren lassen? Aber das ist eine Beleidigung für deinen ganzen Clan!«

»Wahrscheinlich könnten die SaJintars von ihr Schadenersatz fordern. Aber was soll das bringen?« Kiéran starrte in die undurchdringliche Dunkelheit, die ihn umgab, und fühlte sich auf einmal sehr erschöpft, müde bis auf die Knochen. »Womöglich bietet unser Earel den MiTinhos einen anderen jungen Mann aus unserem Clan als Ersatz für mich an, nur damit diese Verbindung zustande kommt, und ich brauche dir wohl nicht zu sagen, wie ich das fände.«

Gerrity seufzte und legte ihm kurz die Hand auf die Schulter.

Es war der zwölfte Tag nach dem Gefecht. Noch immer keine Nachricht von AoWesta oder den Terak Denar. Was war los in der Quellenveste? Kiéran machte sich immer mehr Sorgen. Doch niemand im Tempel hatte etwas von einem größeren Angriff auf die AoWestas oder einem Umsturz gehört. Nicht einmal Rinalania, die durch ihre Abstecher in die Nachbardörfer viele Neuigkeiten zu hören bekam.

Inzwischen begannen sich die Tage zu ähneln: Arbeit in der Waffenkammer oder den Werkstätten. Unterricht in der Kunst, Türschlösser zu knacken. Besuche bei Reyn. Gespräche mit Yllsa, Rinalania und Dinesh; vielleicht würde er irgendwann bereit sein, seinen Stolz beiseitezuschieben und Yllsa zu fragen, ob sie ihm aus den vielen Büchern etwas vorlesen könnte. Kiéran hasste sich und sämtliche Bewohner der Quellenveste dafür, dass er sich inzwischen im Tempel der Schwarzen Spiegel eingelebt hatte. Aber verwundert war er darüber nicht. Er hatte schon als Kind lernen müssen, sich schnell neuen Umgebungen anzupassen.

Regelmäßig suchten ihn heftige Kopfschmerzen heim. Und noch immer loderte die Wut in ihm, die Flamme schlug immer höher. Fast jede Nacht war er mit den Wurfsternen unterwegs. Inzwischen traf Kiéran sogar ab und zu. Doch danach fühlte er sich noch schlechter als zuvor. *Was soll das, dass du deinen Zorn an Wesen auslässt, die dir nichts getan haben?*, stichelte eine Stimme in seinem Inneren, und Kiéran wusste, dass sie recht hatte. Und doch machte er weiter.

Es war eine dieser Nächte, irgendwann zwischen Mitternacht und der Dämmerung. Kiéran stand ganz still und lauschte mit allen Sinnen, die Hand wurfbereit erhoben. Dunkelheit umgab ihn, tief und undurchdringlich, und er verschmolz mit ihr.

Doch etwas brach seine Konzentration. Das Geräusch einer Tür, die sich öffnete, die sorgfältig und leise wieder geschlossen wurde. Schritte, die sich auf ihn zubewegten. Kiéran roch das heiße Öl einer Lampe.

Schweigend wartete Kiéran darauf, dass sich offenbarte, wer da kam.

»Ich mache mir Sorgen um Euch, SaJintar«, sagte die Stimme von Dinesh.

Sorgen! Da ist er anscheinend der Einzige. Kiéran stieß ein heiseres Lachen aus. »Weil ich mich in ein Wesen der Nacht verwandeln könnte?«

»Weil Ihr kein Ziel mehr habt. Und ein Mensch wie Ihr kann alles erreichen, wenn er ein Ziel hat. Ich spüre den starken Willen in Euch.«

Langsam ließ Kiéran die Wurfsterne sinken. Das mochte sein. Aber was hatte es ihm genutzt? Eine Frau, die er flüchtig kannte, hatte ihn einmal gewarnt, dass sein Erfolg den Neid der Götter erregen könnte. War es das, was geschehen war? Und wenn ja, warum hatten die Götter ihn hier stranden lassen, in einem Tempel der Schwarzen Spiegel? »Was sollte Eurer Meinung nach mein Ziel sein? Als Blinder so gut klarzukommen, wie es nur irgendwie geht? Das ist keine Zukunft für mich.«

»Ich weiß, Ihr würdet Euch lieber selbst zerstören, Kiéran. Aber das werde ich nicht tatenlos mit ansehen.«

»Was berührt Euch das? Es ist *mein* Leben.«

»Solche Worte hätte ich eher aus dem Mund eines Jünglings erwartet, nicht aus dem eines Mannes, der vierundzwanzig Sommer gesehen hat.« Jetzt klang Dineshs Stimme missbilligend. »Und wenn ich es recht verstanden habe, gehört Euer Leben nicht Euch selbst. Ihr habt Euch den AoWestas verschworen, das habt Ihr mir selbst gesagt.«

»So ist es.« Unwillkürlich straffte Kiéran die Schultern. Blind oder nicht, noch war er ein Terak Denar, ein Roter Wolf. Bis sein Fürst ihn offiziell aus seinen Diensten entließ.

»Hört mir zu. Es mag sein, dass AoWesta so dumm ist, auf Euch zu verzichten. Wir jedoch wüssten Euch zu schätzen. Normalerweise muss jeder, der in den Tempel eintritt, ein Noviziat von drei Jahresläufen bestehen. Für Euch könnten wir diese Zeit auf zwei Jahresläufe verkürzen, und Ihr hättet von Anfang an die Privilegien eines Priesters.«

Ich bin kein Priester, Dinesh, und ich werde nie einer sein. Doch etwas hielt Kiéran davor zurück, es auszusprechen.

»Wir werden sehen«, sagte er nur, hängte sich die Wurfsterne vorsichtig an den Gürtel und verabschiedete sich mit einem knappen Kopfnicken von Dinesh. Dann tastete er sich in seine Kammer zurück.

Wie immer dauerte es lange, bis er einschlafen konnte. Da waren zu viele Dinge in seinem Kopf, die ihm keine Ruhe ließen. *Er hat recht, dieser Priester. Ich bin dabei, mich selbst zu zerstören.* Zum ersten Mal gestand er sich ein, dass die Gedanken an den Tod für ihn immer lockender geworden waren in den letzten Tagen. Dass er tatsächlich darüber nachgedacht hatte, ob er weiterleben wollte. Dass er schon in Versuchung gewesen war, eins dieser Messer aus der Waffenkammer zu nehmen.

Doch irgendetwas in ihm klammerte sich ans Leben. *Ja, verdammt, ich habe Angst davor, weiterzuleben und in die Quellenveste zurückzukehren. So, wie ich jetzt bin. Aber ich glaube, es muss sein. Vielleicht ist das mein neues Ziel. Mich auf den Rückweg zu machen, und das, was mich am Ziel erwartet, zu ertragen. Danach kann ich Frieden finden.*

Vielleicht auch hier. Im Tempel.

* * *

»Ganz vorsichtig. Ja, so. Bis du ein ganz leises Klicken hörst.« Es war die Zeit der Ersten Meditation. Gerrity kauerte dicht neben ihm, Kiéran konnte die Küchendünste riechen, die aus seiner Robe aufstiegen. Anscheinend hatte er geholfen, die Morgenspeise zuzubereiten.

»Da war doch schon ein Klicken.«

Gerrity lachte leise. »Mir scheint, du bekommst allmählich so scharfe Ohren wie ein Xher. Gut, dann müsste es jetzt eigentlich aufgehen. Zieh mal.«

Kiéran zog die dünnen Metallhaken aus dem Schloss und drückte die Klinke. Die Tür schwang ihm entgegen. Gerrity gluckste vor Vergnügen, und Kiéran klopfte ihm triumphierend auf den Rücken. Doch er merkte, dass Gerrity dabei fast unmerklich zusammenzuckte.

»Was ist los?«

»Ach, nichts«, sagte Gerrity etwas zu schnell.

»Blödsinn. Du bist verletzt, stimmt's? Hast du was abgekriegt bei der Ertüchtigung?«

»Na ja, ein bisschen.« Gerrity lachte wieder, doch diesmal klang es nicht echt. »Noch nie hat jemand behauptet, dass ich ein sonderlich begabter Krieger bin. Aber die Klopperei gehört halt dazu hier, und ich geb mir Mühe. Gestern hatte ich einfach Pech. Kommt vor.«

Kiéran runzelte die Stirn. Er war bei den Terak Denar für die Ausbildung verantwortlich, und solche Probleme kannte er nur zu gut.

»Erzähl«, sagte er.

Das leise Klirren von Metall erklang, als Gerrity die Schlüsseldrähte auf den Boden legte. »Meistens übe ich mit Aincar oder Neraia, beides auch Novizen. Kennst du Aincar schon? Er meditiert gerne und ist viel bei den Pferden, weil er der vierte Sohn eines Bauern ist und Heimweh hat. Ich mag ihn. Und Neraia auch, sie ist ziemlich ruhig. Nur leider – gestern sollte ich nicht mit ihnen, sondern mit Farnek üben. Der schlägt so hart zu, dass ich nachher grün und blau bin. Er bildet sich was drauf ein und freut sich, wenn er mir Angst einjagen kann. Leider ist er sehr stark und wild auf die Kämpfe.«

Von dieser Sorte gab es auch bei den Terak Denar ein paar. Kiéran nickte. »Und euer Fechtmeister? Warum greift er nicht ein? Das wäre eigentlich seine Aufgabe.«

Ein tiefer Seufzer. »Das Problem ist, Farnek ist sein Lieblingsschüler.« Gerrity zögerte. »Äh, sag mal, könntest du mir vielleicht irgendwie helfen? Ich weiß nicht, vielleicht durch ein paar Hinweise oder indem du Farnek so fertig machst, dass er zwei Tage lang nicht aufstehen kann? Oder so was. Ich meine, immerhin bist du ein Elitekämpfer und so.«

Kiéran spürte, wie sein ganzer Körper starr wurde. »Leider bin ich jetzt blind, wie du vielleicht schon mitbekommen hast. Wenn ich Pech habe, bin ich derjenige, der von Farnek verprügelt wird.« Bitterkeit stieg in ihm auf, und heiße Wut auf das Schicksal. Die Demütigungen schienen kein Ende zu nehmen. Würde das immer so weitergehen?

Schluss jetzt. Hier geht es ausnahmsweise mal nicht um dich. Kiéran zwang seine Gedanken weg von seinen eigenen Problemen und hin zu Gerritys. »Wahrscheinlich wäre es die beste Lösung, wenn ich mal ernsthaft mit eurem Fechtmeister rede und mit ihm bespreche, wie man mit Farnek umgehen könnte.«

Ein langes Schweigen, dann wieder Gerritys Stimme. »Ja, vielleicht. Tja, schade. Ich werde schon irgendwie klarkommen.«

Diesmal blieb Gerrity nicht lange, und Kiéran wusste, dass er seinen Freund enttäuscht hatte.

Eine halbe Ewigkeit lag Kiéran auf seinem Bett und versuchte sich davon zu überzeugen, dass er vernünftig gehandelt und Gerrity einen guten Rat gegeben hatte. Dann stieß er einen leisen Fluch aus und rollte sich von der Liege. Xatos' Rache, das ging nicht! Er musste zumindest bei der Ertüchtigung auftauchen und sich selbst einen Eindruck davon verschaffen, was geschah. So gut das mit seinen verbliebenen Sinnen eben ging.

Kiéran überlegte, ob er die Robe tragen sollte oder doch lieber seinen Lederpanzer. Wenn er Glück hatte, beeindruckten die Insignien der Terak Denar diesen Farnek. Es konnte aber genauso gut sein, dass das Gegenteil der Fall war. Vielleicht war die Chance auf einen leichten Sieg über einen von AoWestas Elitekämpfern eine große Verlockung. Also doch lieber die Robe, die erinnerte nicht ständig daran, wer und was er war.

Zum Glück blieb noch etwas Zeit vor der Ertüchtigung. Der Bart, der ihm in den Tagen seiner Krankheit gewachsen war, musste weg, Kiéran fühlte sich nicht wohl damit. Und dann wollte er sich noch in Ruhe aufwärmen und lockern. Nur für alle Fälle. Rucco, der Haus- und Hofmeister des Tempels, lieh ihm ein Rasiermesser und die Paste dazu. Aber es war eine Quälerei, sich ohne Spiegel zu rasieren, und kostete Kiéran mehr Zeit, als er eingeplant hatte. Die Narben auf der linken Seite seines Gesichts machten die Sache noch komplizierter. Wie schwer war er verunstaltet? Er hatte noch immer keine Ahnung. Vielleicht war es gut, dass es zu keinem Wiedersehen mit Marielle mehr kommen würde. Mitleid und Abscheu zugleich zu ertragen schaffte er nicht, beides für sich genommen war schon schlimm genug.

Als er mit der Rasur fertig war, hatte er sich ein paarmal geschnitten, und hier und da standen sicher noch Stoppeln. Jetzt würde er zu spät und mit blutverschmiertem Gesicht zur Ertüchtigung gehen müssen. Auch das Aufwärmen fiel aus. Egal. So furchterregend, wie er jetzt aussah, würde sowieso niemand mit ihm kämpfen wollen.

Es war ein sonniger Tag, doch es wehte eine kühle Brise. Kiéran hob das Gesicht in den Wind, er genoss die Berührung auf seiner Haut und die klare Luft, die nach Tau und Gras roch. Wo es zum Übungsplatz ging, wusste er längst. Schon von Weitem hörte er den Klang der stumpfen Metallschwerter, mit denen trainiert wurde.

Kiérans Füße wollten sich einfach nicht mehr vorwärts bewegen. *Es wird in einer Katastrophe enden. Zu früh. Es ist noch zu früh! Ich werde mich lächerlich machen.*

Doch er zwang sich, weiterzumarschieren, und dann ging der gepflasterte Weg auch schon in Sand über. *Angekommen.* Mit heftig klopfendem Herzen stellte sich Kiéran an den Rand des Sandplatzes und wandte das Gesicht den Kämpfern zu. Er hörte, wie die Schläge der Novizen und Priester zögerlich wurden, schließlich verstummten. Sie hatten ihn gesehen. Jetzt war es zu spät, wieder zu verschwinden und sich in seiner Kammer zu verkriechen.

Stiefel knirschten im Sand. Jemand kam schnell näher.

»Wohlstand dem Clan«, sagte die Stimme eines jungen Mannes. »Ihr beehrt uns? Mein Name ist Otris, ich bin Fechtmeister dieses Tempels.«

Der Mann klang außer Atem. Anscheinend nahm er selbst an der Ertüchtigung teil. Das war reichlich dumm von ihm, denn es nahm ihm die Zeit, Haltung und Schlagabtausch der Teilnehmer genau zu prüfen und zu korrigieren.

»Treue dem Earel«, erwiderte Kiéran den Gruß höflich, ohne sich seine Gedanken anmerken zu lassen. »Der Erste Priester Dinesh hat mich eingeladen, der Ertüchtigung beizuwohnen, und das wollte ich mir nicht entgehen lassen. Ich denke, ich sehe einfach ein wenig zu.«

Zusehen? Kiéran spürte, wie verwirrt Otris war. Vielleicht fragte er sich jetzt, ob Kiéran überhaupt blind war. Äußerlich sah man es seinen Augen ja nicht an. »Äh, ja. Gerne. Wir üben gerade Abwehrmanöver.«

»Vielleicht könntet Ihr mir die Namen der Kämpfer nennen, von rechts nach links?«

»Natürlich.« Otris' Stimme klang fragend, doch dann ratterte er die Namen herunter. »Neraia mit Eristan, Zarius mit Uram, Lil Tori mit Thar.«

Seit Kiéran sich nichts mehr notieren konnte, war er gezwungen, sich auf sein Gedächtnis zu verlassen. Jetzt konzentrierte er sich mit aller Kraft darauf, sich die Namen und vor allem auch ihre Reihenfolge einzuprägen. Wenn er auch nur einen davon vergaß, wurde es nutzlos, dass er sich überwunden hatte hierherzukommen.

»Qaran mit Rinalania, Gerrity mit Farnek.«

Aha. Der arme Kerl musste tatsächlich wieder mit Farnek üben. Wie Gerrity wohl dreinblickte – war er überrascht, Kiéran hier zu sehen? Freute er sich, war er misstrauisch?

»Weiter! Die Abwehrübung!«, kommandierte Otris jetzt, und der Klang von aufeinandertreffenden Schwertern ertönte wieder.

Langsam und konzentriert schritt Kiéran die Reihen der Übenden ab, die Hände hinter dem Rücken verschränkt. Jetzt musste er neben Neraia und Eristan stehen. Einer der Übungspartner schien ein wenig schüchtern zu sein, zögerlich in der Verteidigung, aber flink. Wahrscheinlich das Mädchen. Ihr Partner – Eristan, der Zweite Schmiedemeister – war deutlich erfahrener, sicher und fest waren seine Schläge, aber er schonte die junge Novizin, gab ihr die Gelegenheit, Zuversicht zu gewinnen. Hin und wieder gab Eristan ihr einen kurzen Hinweis oder machte Neraia eine Bemerkung. Ein gutes Paar.

Zarius mit Uram – hier wurde ernsthaft gefochten, und beide hielten sich gut. Aber hin und wieder gab es einen Misston, wenn die Schwerter schräg zusammenprallten. Anscheinend vergaß Uram, die Klinge zu drehen, wenn er sie zur Verteidigung hochzog. Sollte er es ihm sagen? Vielleicht später, unter vier Augen. Wenn er die Übenden ganz offen korrigierte, würde Otris zu Recht wütend werden, weil sich Kiéran dann so verhielt, als sei er der Fechtmeister.

Jetzt musste er gleich neben Gerrity und Farnek sein. Kiérans Neugier war geweckt. Ja, man hörte sofort, dass die beiden keine guten Partner waren. Gerritys Schläge waren hastig und furchtsam, er hatte ganz deutlich Angst, verletzt zu werden. Doch genau daran, an Schmerzen und den eigenen Tod, durfte man während eines Kampfes nicht denken, sonst war man verloren.

Farnek drosch drauflos, als gebe es kein Morgen. Dabei war seine Technik eher plump, soweit Kiéran das beurteilen konnte. Es klang, als würde hier Holz gehackt.

Kiéran schaffte es nicht, noch länger zu schweigen. »Farnek, vielleicht wäre es besser, wenn Ihr weniger Kraft einsetzt. Im Gefecht würdet Ihr Euch so viel zu schnell verausgaben.«

Farnek schnaubte und ließ einen noch wuchtigeren Schlag folgen. Kiéran hörte Gerrity aufkeuchen.

»Es liegt kein Ruhm darin, einen unterlegenen Gegner zu quälen«, sagte Kiéran, und diesmal gab er seiner Stimme die eisige Schärfe, die er sich für besonders begriffsstutzige Novos aufsparte. Das schien selbst Farnek zu beeindrucken, denn es wurde still. Doch dann hörte Kiéran ihn ausspucken. »Mir scheint, da heult ein zahnloser Wolf«, sagte er mit rauer, aber selbstbewusster Stimme.

Hastige Schritte, anscheinend bemühte sich Otris, so schnell wie möglich an die Seite seines Lieblingsschülers zu gelangen. »Was geht hier vor? Farnek, was genau hast du eben gesagt?«

Farnek wiederholte seine Bemerkung mit sichtlichem Genuss, und diesmal hatte es jeder gehört. Schockiertes Schweigen senkte sich über das Feld. Kiéran wusste, dass er eigentlich keine Wahl hatte, als Farnek zum Duell zu fordern. Na wunderbar!

Er hätte noch einen letzten Versuch machen können, die Situation zu entschärfen, doch er spürte in sich, dass er es gar nicht wollte. Vielleicht hatte er genau das gebraucht, einen Feind aus Fleisch und Blut. Unvermittelt war er in heiterer Stimmung.

»Diese Worte bedürfen der Sühne«, sagte er, wie das Ritual es vorschrieb. »Bleibt die Wahl der Waffe mir überlassen?«

Ein Raunen erhob sich auf dem Kampfplatz.

Die Seele der Wälder

Wie furchtbar weh ihr alles tat. Ihr Arm und ihr rechtes Knie schmerzten besonders heftig, und auch ihr Kopf fühlte sich nicht besonders gut an. Die Waldkondore fielen ihr wieder ein, und mühsam öffnete Jerusha die Augen. Die Welt um sie herum schien zu wackeln und zu tanzen, doch schließlich konnte sie ihre Umgebung deutlicher erkennen. Wie seltsam, die Kondore waren weg, und auch die *Faunenmühle* war nirgends zu sehen. *Was für ein schöner Traum,* ging es Jerusha durch den Kopf. Sonnenlicht schien zwischen gewaltigen Stämmen hindurch, zog leuchtende Speere durch die kühle grüne Dämmerung des Waldes. Zehn Männer zusammen hätten diese Bäume nicht umfassen können, und ihre Wurzeln reichten sicher bis ins Herz der Welt, in Tiefen, die kein Mensch je erblickt hatte. Ihre Rinde war von Runzeln durchzogen, und hoch, hoch oben erkannte Jerusha Äste und Blätter, jung und frisch. Sie hatten die Farbe des Frühlings.

Rechts von ihr ragte ein mit Farnen bewachsener Felsen auf, an dem ein kleiner Wasserfall herabrieselte. Und dort oben saß eine Frau. Nein, eher ein Mädchen. Ungläubig hob Jerusha ein wenig den Kopf und versuchte, genauer hinzusehen – doch anscheinend hatte sie selbst im Traum schwache Augen.

Manches konnte sie trotzdem erkennen. Das Mädchen war völlig nackt. Seine weiße Haut leuchtete durch das Braun und Grün des Waldes, und sein Körper war so vollkommen wie eine Statue. Ganz ruhig saß es auf dem Felsen, und sein unverwandter Blick aus moosgrünen Augen begleitete Jerusha. Eine unscheinbare, getigerte Katze strich um die Knöchel des Mädchens.

Jerusha wurde wieder schwindelig, sie musste kurz den Kopf nach hinten sinken lassen. Als sie das nächste Mal hinsah, war das Mädchen verschwunden, obwohl Jerusha keine Bewegung bemerkt hatte. Was war das gewesen, eine Erscheinung?

Und doch, sie träumte nicht. Sie lag auf einer Art Bahre, die zwischen zwei Balken hing; die Enden schleiften über den Boden, sodass sie immer wieder durchgeschüttelt wurde. Gezogen wurde die Trage von einem Pferd, sie hörte das Pochen der Hufe, die kleinen Steine, die bei jedem Schritt wegrollten. Ihr Körper war in Decken gewickelt. Jerusha versuchte sich zu bewegen und stellte fest, dass Lederriemen ihren Körper auf der Bahre hielten. Doch ihre Hände waren frei, und vorsichtig hob sie die Rechte, tastete nach ihrer Schulter. Da war ein Verband, und ihr Bein schmerzte auch heftig.

»Meine Liebe, das war ausgesprochen beängstigend vorhin«, hauchten die Schatten in ihr Ohr. »Zum Glück waren Leute auf der Straße unterwegs, ich konnte sie alarmieren.«

»Ich danke dir, Grísho«, flüsterte Jerusha. Es strengte sie an, zu sprechen. Sie wollte ihn fragen, was danach geschehen war, wohin sie jetzt gebracht wurde, doch schon hörte sie den leisen Befehl einer fremden Stimme und das Pferd hielt an. Eine Frau beugte sich über sie, und ihr Gesicht erschien Jerusha so vertraut, dass sie sofort wusste, wer es sein musste. Diese dunklen Locken! Anscheinend hatten viele der KiTenaro-Frauen sie geerbt. Doch Shimounah sei Dank, die Augen dieser Frau waren lebendig und voller Energie. Ihre Seele hatte den Fluch überstanden! Dankbarkeit erfüllte Jerusha, und enorme Aufregung. Diese unbekannte Frau war ihre Tante Rikiwa, die Schwester ihrer Mutter – sofort kamen ihr tausend Fragen in den Sinn, doch sie hielt sich erst einmal zurück.

»Keine geringe Überraschung, meine Nichte so kennenzulernen«, sagte Rikiwa, und auf ihrem schmalen Gesicht erschien ein Lächeln. »Ein paar Leute aus dem Dorf haben dich gefunden und erraten, dass du eine KiTenaro bist, da haben sie mir Bescheid gesagt. Wie fühlst du dich?«

»Mies«, sagte Jerusha.

»Kein falsches Heldentum – gut so. Wir sind bald da, meine Hütte steht in diesem Tal, nur noch einen kurzen Marsch entfernt.« Seltsam, ihre Tante schien die Waldkondore nicht zu fürchten, sie hielt nicht einmal nach ihnen Ausschau.

Als sie vor der kleinen, aus Feldsteinen gemauerten Hütte angekommen waren, half Rikiwa ihr von der Bahre und stützte sie, sodass Jerusha sich langsam und hinkend hinein bewegen konnte. Jerusha warf noch einen Blick zurück und stellte erfreut fest, dass Amadera sie gezogen hatte. »Wo hast du sie gefunden?«

»Sie lief am Fluss herum. Das arme Tier war völlig verängstigt. Zum Glück konnte ich sie schnell beruhigen und einspannen. Sonst wäre es ein schwerer Rückweg geworden.«

»Einspannen?« Verblüfft musterte Jerusha ihr Pferd. »Sie hat sich ganz ohne Protest einspannen lassen?« Als ihre Tante nickte, dämmerte Jerusha, dass der alte Pacuro ihr mit Absicht für wenig Geld ein gutes Pferd mitgegeben hatte. Ahnte er, was für sie auf dem Spiel stand? Wahrscheinlich schon. Welche Frau verschob schon ohne guten Grund ihre Hochzeit?

Erstaunt sah Jerusha sich in der Hütte um und musterte die geschnitzten Holzmöbel, die viel zu wuchtig wirkten für den kleinen Raum, die über dem Herd aufgehängten großen Pfannen und Töpfe, das Bild eines kupferfarbenen Drachen, das kostbar gerahmt fast die Hälfte einer Wand einnahm. »Alles aus der *Faunenmühle*, nicht wahr?«

»Mein gesamtes Erbteil«, sagte Rikiwa mit einem Achselzucken. »Obwohl ich das meiste verkauft habe, mochte ich mich von ein paar Sachen nicht trennen. Das Bild hing früher im großen Gastraum, einer unserer Vorfahren hat es gemalt.« Sie half Jerusha, sich auf das schmale Bett zu legen. »So. Ruh dich aus. Ich mach uns einen Cayoral.«

Doch das, was sie vorhin gesehen hatte, ließ Jerusha keine Ruhe. »Da war ein Mädchen, sie saß einfach dort und hat mich beobachtet. Sie hatte eine Katze dabei.«

Ihre Tante stutzte, auf einmal waren ihre Augen schmal. »Du hast eine Iilon Eori gesehen? Erstaunlich, dass sie sich dir gezeigt haben. Wahrscheinlich waren sie neugierig. Und sie wissen, dass sie von den KiTenaros nichts zu befürchten haben.«

Eine KiTenaro. Jerusha lauschte in sich hinein und fand verworrene Gefühle. Noch immer hatte sie keine Ahnung, was es wirklich bedeutete, eine KiTenaro zu sein. »Wer sind die Iilon Eori? Waldnymphen?«

»Das Wort bedeutet *Seele der Wälder.* Jede von ihnen ist Hüterin eines bestimmten Baumes und ihm verbunden bis in den Tod.«

»Kennst du sie gut?«

»Ja, ich kenne sie gut«, sagte Rikiwa. Schweigend erhitzte sie auf einem alten, gusseisernen Ofen Wasser. Der Geruch nach Cayoral, einem Gewürztee, erfüllte die kleine Hütte.

Jerusha versuchte, die Schmerzen in ihrer Schulter und ihrem Bein nicht zu beachten, und beobachtete Rikiwa. Ihre Tante, die Frauen liebte. Rikiwas Körper war schlank und sehnig; sie trug eine mit herrlichen Mustern bestickte schwarze Bluse, Hosen und leichte Lederstiefel. Zu ihrer Überraschung fand Jerusha Rikiwas Gesicht mit seinen klaren, fast strengen Linien schön, und in den Augen ihrer Tante lag eine ruhige Kraft, die ihr gefiel.

»Willst du nicht wissen, warum ich gekommen bin?«, fragte Jerusha leise und nahm einen Schluck Cayoral.

»Ich kann es mir denken«, sagte Rikiwa, setzte sich auf den Rand des Bettes und reichte ihr die Tasse. »Eigentlich hätte ich gedacht, dass du schon viel früher kommen würdest. Aber Myrial und Kala haben sich jetzt erst überwunden und es dir erzählt, oder?«

»Ja. Sie haben lange gewartet. Zu lange, wie ich finde. Mein Herz ist vergeben.«

»Dann kann es jederzeit geschehen, dass der Fluch dich trifft. Du hast nicht mehr viel Zeit. Hast du den Stein gesehen?«

»Weißt du, was das Symbol bedeutet?«

»Nein. Niemand kennt es. Doch eins weiß ich inzwischen – es ist nicht das Einzige in Ouenda.«

Aufgeregt versuchte Jerusha, sich auf einen Ellenbogen zu stützen. Heißer Cayoral schwappte ihr über die Hand. »Wo sind die anderen?«

»Eins habe ich durch Zufall entdeckt, an einer Hauswand in Cyr – das ist in Yantosi. Das andere befindet sich angeblich auf einem Stein in Rus Laerd. Das ist in Benaris, fast an der Grenze zu Thoram.«

»So weit weg! Sahen die Zeichen genauso aus wie unseres?«

Rikiwa zuckte die Achseln. »Das in Cyr schon, doch anscheinend war es schon sehr alt, und das Haus war verlassen. In Rus Laerd war ich nicht, mir hat nur jemand davon erzählt. Deshalb weiß ich auch nicht, was für eine Geschichte dahintersteckt. Ob es auch ein Fluch ist, oder vielleicht ein Segen.«

Ein Segen, ha! Sehr wahrscheinlich. »Kannst du mir erzählen, was du in dieser Nacht gesehen hast?«, fragte Jerusha. »Als dieser Fremde in der *Faunenmühle* war.«

Rikiwa schloss die Augen, während sie sich erinnerte. Jerushas Blick wanderte von ihrem Gesicht zu ihren Händen – lang und schmal und kräftig waren sie, und fast so schwielig wie ihre eigenen.

Schließlich begann Rikiwa zu erzählen. »Ich sah ihn schon, als er am Eingang stand. Dunkel gekleidet war er, und ich dachte, er müsse reich sein – warum, weiß ich nicht mehr. Nein, stimmt nicht. Ich habe gesehen, wie er draußen Wevey Geld zugeworfen hat, und der Kleine hat es wirklich nötig gehabt, seine Eltern konnten ihm nicht mal ein Paar

Schuhe kaufen.« Sie schwieg einen Moment, bevor sie weitersprach. »Der Fremde blickte auf mich herab und strich mir über die Haare. Er trug Handschuhe aus weichem Leder. Ich konnte kaum den Blick von ihm abwenden. Seine Haare waren blond, ein sehr helles Blond. Er hatte so schöne grüne Augen, und seine Stimme klang wie das Rauschen der Bäume.«

Jerusha wagte kaum zu atmen. Sie hätte sich nicht träumen lassen, dass Rikiwa den gefährlichen Fremden aus so großer Nähe gesehen hatte. Vielleicht hatte es sie geschützt, dass sie noch ein Kind gewesen war – vier Jahresläufe jünger als ihre Schwester Myrial.

»Doch als ich hörte, wie er sich bei Mutter beschwerte, fand ich ihn nicht mehr nett, und irgendwie bekam ich ein bisschen Angst vor ihm. Ich überlegte, ob ich in den Wald gehen sollte, aber das durfte ich nicht mehr, wenn es schon dunkel wurde. Also verzog ich mich nach oben. Deswegen habe ich das Handgemenge nicht miterlebt und auch nicht, wie der Fluch gesprochen wurde.«

Grüne Augen. Dunkle Kleidung. Eine wohlklingende Stimme. Konnte das ein Gott gewesen sein? Aber wenn ja, welcher? Xatos, Sohn der Sonne, sicherlich nicht, die Beschreibung passte überhaupt nicht auf ihn. Vielleicht Cerak, der Sohn des Mondes, der Gott der Dunkelheit – er sollte schwierig und eigensinnig sein. Auch Jerusha hatte ihn schon angerufen, denn er war nicht nur Schutzpatron der Gärtner, sondern auch aller Künstler. Oder gar Jaeso, Sohn der Sterne? Er war großzügig und reich, aber einsam. Jaeso galt als der Schutzpatron der Händler.

Mit Verspätung begriff Jerusha, was Rikiwa gesagt hatte. »Du hast überlegt, ob du in den Wald gehen solltest?«, wiederholte sie ungläubig. »Obwohl es schon dunkel wurde?«

»Ja.« Rikiwas ruhiger Blick richtete sich auf sie, und Jerusha fiel auf, dass auch ihre Augen grün waren, sie hatten das tiefe Grün der Wälder, in denen sie lebte. »Ich spielte schon damals viel lieber mit den Iilon Eori als mit anderen Kindern. Das machte meiner Mutter Angst. Aber sie sind nur wirklich gefährlich, wenn jemand einen Baumfrevel begeht. Dann träumt derjenige davon, dass die Nymphen einen Haufen Blätter über ihn werfen, und am nächsten Morgen findet seine Familie ihn im Bett, erstickt.«

Jerusha war sprachlos. Und das hatte Rikiwa keine Angst gemacht?

Doch bevor sie fragen konnte, hatte Rikiwa sich schon abgewandt und starrte aus dem Fenster. »Auch auf eine andere Art sind sie gefährlich«, fuhr sie beiläufig fort. »Denn wer einmal von einer Nymphe verführt wurde, der taugt nicht mehr für irdische Frauen, er bleibt sein Leben lang allein und sehnt sich nach dem zurück, was er erfahren durfte. Meinem Cousin Gerion ist das passiert. Jeder Clan, der an der Straße der Giganten siedelt, hat so einige der Ihren verloren.«

Die Iilon Eori vereinigten sich mit Menschen? Ein Schauder überlief Jerusha. Und noch einmal musterte sie Rikiwa, als sehe sie sie zum ersten Mal. Wie groß war die Versuchung gewesen – war sie der Grund, warum ihre Tante jetzt hier lebte, allein im Wald? Sie wusste, dass sie nie den Mut aufbringen würde, Rikiwa danach zu fragen.

Stattdessen sprachen sie über die Familie, und Jerusha konnte endlich einige der vielen Fragen stellen, die ihr in den Sinn gekommen waren, als sie die Schwester ihrer Mutter zum ersten Mal gesehen hatte.

»Myrial und ich, wir fühlten uns nie sehr eng verbunden«, erzählte Rikiwa. »Die Zwillinge waren immer zusammen, und ich gehörte nicht richtig dazu. Es gab jedes Mal ein großes Gemurre, wenn die beiden auf mich aufpassen sollten. Dafür habe ich ihnen Streiche gespielt, so viele mir eingefallen sind.« Ein verschmitztes Lächeln. »Auch meine Mutter und ich waren uns nie sehr nah. Sie hatte so viel mit dem Gasthof zu tun, die meiste Zeit spielten wir Kinder alleine.«

Jerusha war fasziniert. »Hat denn Mutter – Myrial – dir in den letzten Jahresläufen ab und zu geschrieben? Oder warum herrscht dieses Schweigen zwischen euch?«

»Viel zu sagen hatten wir uns nie, und mit den Jahren sind wir uns noch fremder geworden. Aber sag mir bitte trotzdem, wie geht es ihr?«

Sie redeten, bis Jerushas Kraft versiegte.

»Genug geredet. Schlaf jetzt.« Rikiwas Stimme war energisch, das war kein Vorschlag, sondern ein Befehl. »Du hast die Wächter herausgefordert, und jetzt musst du dich davon erholen. Wer soll denn sonst diese Reise fortsetzen, die so wichtig ist für uns alle?«

Jerusha nickte. Es erschien ihr unendlich verlockend zu schlafen.

»Die Katze, die du gesehen hast, war übrigens Vilma«, hörte Jerusha noch, bevor sie die Augen schloss. »Sie hat deiner Mutter gehört, in unserer Kindheit. Normalerweise wäre sie längst tot. Es ist schon oft vorgekommen, dass die Nymphen uns die Katzen abspenstig gemacht haben. Sie lagen schnurrend auf dem Arm einer Iilon Eori, und das war meist das letzte Mal, dass ein Mensch sie gesehen hat. Immerhin, dadurch leben sie wesentlich länger.«

Jerusha war viel zu müde, um sich noch darüber zu wundern. Ihre

Kraft reichte gerade noch dafür aus, Dario eine kurze Nachricht zu schreiben und sie Rikiwa zum Abschicken zu geben, dann schloss sie die Augen und schlief ein.

* * *

Ein Duell? Der Fechtmeister murmelte ein paar schwache Worte des Protests, und Rinalania versuchte höflich ihr Entsetzen auszudrücken, doch niemand hörte zu.

»Ja, soll er die Waffe wählen«, meinte Farnek nach kurzem Zögern. Es klang, als sei es ihm nicht recht. Doch wahrscheinlich war auch ihm klar, dass sein Sieg ruhmlos sein würde, wenn er seinem blinden Gegner nicht einmal diese Chance gab.

Kiéran überlegte schnell. Schwert? Besser nicht, bei einer Waffe mit so großer Reichweite lagen alle Vorteile bei Farnek, und das Risiko, verletzt zu werden, war groß. Gerade wenn jemand derart in der Gegend herumdrosch wie dieser Novize. »Ich wähle das Messer.«

Irgendjemand drückte ihm ein Übungsmesser aus geschliffenem Holz in die Hand, dann hörte er Gerritys aufgeregte Stimme flüstern: »Möge Xatos über dich wachen!«

»Sag mir schnell, wie das Übungsfeld aussieht«, raunte Kiéran. »Wie groß ist es? Irgendwelche Hindernisse? Abschüssiger Boden?«

»Nein, ganz eben und flach, zehn Menschenlängen in jeder Richtung, überall Sand.«

Kiéran wusste, dass er immerhin eine kleine Chance hatte, dieses Duell zu überstehen. Seit er nichts mehr sah, schienen seine Ohren mit jedem Tag schärfer geworden zu sein. Er hörte viele Dinge, die ihm vorher einfach entgangen waren – das Gleiten von Fingern auf Pergament, den Atem eines Menschen, der einen halben Raum entfernt stand, den schnellen Flügelschlag eines Falken, der in der Nähe des Tempels jagte. Alles war wichtig – die Bewegung der Luft auf seiner Haut; das, was seine Fingerspitzen ihm meldeten; die flüchtigen Gerüche, die an seiner Nase vorbeiwehten. Manchmal kam es ihm vor, als ginge er jetzt viel achtsamer durchs Leben als früher.

Jetzt standen er und Farnek sich auch schon gegenüber. Kiéran duckte sich leicht und hielt das Messer locker in der Hand. Jeder Muskel seines Körpers war angespannt, doch in seinen Geist war Ruhe eingekehrt. Wie vertraut sich das alles anfühlte. Als stände er im Innenhof der Quellenveste – nur ein weiteres Übungsgefecht unter schwierigen

Bedingungen. *Verbundene Augen diesmal, Kiéran,* konnte er Xen fast sagen hören. *Tu dein Bestes und mach uns Ehre!*

Kiéran lauschte und wartete. Bisher hatte er keine Ahnung, wo genau Farnek stand. Doch der Novize verriet sich bald. Als er angriff, warnte das Knirschen des Sandes Kiéran, und er wich auf Verdacht hin nach links aus. Er spürte einen Luftzug, als Farnek ihn passierte, und setzte sofort nach. Sein Messer traf etwas, und Otris rief mit förmlicher Stimme: »Erstes Blut!« Die Priester und Novizen murmelten überrascht.

Es ist zu laut, dachte Kiéran beunruhigt. Wenn Farnek jetzt wieder losschlug, würde er es nicht rechtzeitig hören.

Und Farnek zögerte nicht lange, er stürzte sich sofort wieder auf ihn. Kiéran bemerkte es eine Winzigkeit zu spät und spürte, wie das Holzmesser seine Robe durchbohrte. Verdammt.

Doch er ließ sich davon nicht ablenken, sondern nutzte die Gelegenheit. Jetzt wusste er, wo Farnek war. Geschmeidig wie eine Raubkatze folgte er ihm, als er sich nach dem Stoß wieder zurückziehen wollte, und stach zu. Farnek grunzte vor Schmerz. *Recht geschieht es ihm. Zahnloser Wolf! Es sind schon Männer für harmlosere Bemerkungen getötet worden.*

Gerrity jubelte laut, der Dummkopf. Dadurch hörte Kiéran Farneks Angriff nicht, und den nächsten Treffer kassierte er. Gleichstand.

Inzwischen war es leicht, festzustellen, wo der Novize war. Farnek atmete schwer, wahrscheinlich vor Aufregung. Normalerweise hätte Kiéran ihn jetzt nicht ausruhen lassen, doch selbst anzugreifen war ohne Augenlicht zu schwierig. Also musste er zulassen, dass Farnek sich erholte, und auf dessen nächsten Schritt warten.

Diesmal warnten ihn die Zuschauer, einen Moment lang schienen sie den Atem anzuhalten. Sofort warf sich Kiéran in den Sand und rollte ab. Doch noch während er auf dem Boden war, merkte er, dass es ein schwerer Fehler gewesen war. Als er wieder hochkam, hatte er in der Dunkelheit völlig die Orientierung verloren und wusste nicht mehr, wo er war und wo sein Gegner sich befand. Eine Hand entrang ihm das Messer und packte ihn am Arm, versuchte ihn herumzureißen. Kiéran wusste, dass er jetzt gleich einen Dolch an der Kehle haben würde. Er spannte seinen ganzen Körper an und riss sich mit einer heftigen Drehung los. Durch den Schwung wurde Farnek davongeschleudert und landete krachend auf dem Boden. Mit zwei Sätzen war Kiéran bei ihm und drückte den Novizen mit seinem Körper nieder.

Elegant war das nicht gewesen. Santiago hätte wahrscheinlich gefragt, ob er versuche, Großwildjäger zu spielen. Egal. Er hatte gesiegt.

»Was geschieht hier? Wie darf ich das verstehen?« Dineshs Stimme klang mindestens so scharf wie Kiérans vorhin. »Meister SaJintar, ich bitte Euch, nicht zu grob mit meinen Novizen umzugehen. Im Gegensatz zu Euch lernen sie ihr Handwerk erst noch.«

Tja, Euer armer kleiner Novize hat angefangen, dachte Kiéran, doch er stand einfach nur auf und klopfte sich den Sand ab. Er wollte sich nicht noch einmal von Dinesh vorwerfen lassen, kindisch zu argumentieren. Stattdessen sagte er: »Wird nicht wieder vorkommen.«

»Na gut. Dann folgt mir bitte. Es gibt Neuigkeiten, die Euch betreffen.«

Trotz der blauen Flecken, die morgen seinen Körper zieren würden, fühlte Kiéran sich besser als seit Tagen. Nie hätte er gedacht, dass er überhaupt noch kämpfen konnte. Er hatte ja nicht mal den Mut gehabt, es auszuprobieren. Jetzt hatte Farnek ihn dazu gezwungen, und Kiéran war ihm dankbar dafür. Er streckte die Hand aus, um ihm aufzuhelfen, doch die einzige Antwort war ein heiseres Flüstern dicht hinter seinem Ohr.

»Irgendwann wird der räudige Wolf mal nicht merken, dass ich da bin – und dann wird ihm das Fell abgezogen.«

»Na, da bin ich aber gespannt«, sagte Kiéran trocken, hob die Hand zum Abschied und folgte Dinesh zurück zum Tempel.

Dineshs Zimmer war mit wertvollen Möbeln eingerichtet; der Stuhl, auf dem Kiéran saß, war aus schwerem Holz, Sitzfläche und Rückenlehne waren aus geprägtem Leder. Wenn Kiéran es richtig ertastet hatte, liefen die Armlehnen in geschnitzte menschliche Gesichter aus. Doch all das interessierte Kiéran gerade wenig. Er konzentrierte sich voll und ganz auf Dinesh.

»Ich habe es Euch bisher nicht erzählt, doch es gibt mehrere Wege, die Macht der Schwarzen Spiegel zu nutzen. Man kann beispielsweise einen Tropfen Spiegelsubstanz entnehmen und sie in ein Amulett einlassen. Das schwächt den Spiegel, und mehr als zehn solcher Tropfen im Jahreslauf zu entnehmen, ist schädlich für ihn. Doch in diesem Jahreslauf haben wir erst zwei Amulette angefertigt.«

Kiéran spürte, wie eine ungeheure Aufregung in ihm hochstieg. Er packte die Armlehnen des Stuhls fester. »Was genau wollt Ihr damit sagen?«

»Ich habe in den letzten Tagen in alten Schriften geforscht und mit den Priestern anderer Tempel Erfahrungen ausgetauscht.« Kiéran hörte ein Lächeln in Dineshs Stimme. »Meiner Meinung nach ist es möglich. Ein solches Amulett könnte Euch die Sehkraft zurückgeben.«

Auf einmal fühlte sich Kiéran schwach, fast schwindelig. Wenn es wirklich klappte, was Dinesh ihm da anbot, dann hieß das, er konnte sein Leben fortsetzen wie zuvor. Doch er traute sich kaum, daran zu glauben. »Wie kann man einem Spiegel Tropfen entnehmen?«

»Die Schwarzen Spiegel bestehen nicht aus Glas, sondern eher aus einer Art Flüssigkeit. Und wenn man nur wenig von ihr entnimmt, wächst sie sozusagen nach, wenn man sie auf die richtige Art hegt. Auf diese Art kann man auch neue Spiegel erschaffen – man nimmt einen Tropfen, fügt ihn auf eine Silberplatte und wartet, bis er sich ausdehnt und die Platte bedeckt. Das dauert allerdings viele Jahresläufe.«

Wie schade, dass er noch keine Gelegenheit gehabt hatte, einen dieser Schwarzen Spiegel zu sehen. Es war bestimmt ein lohnender Anblick. »Wäre es nicht gefährlich für mich, die Kraft des Oscurus mit mir herumzutragen?«

»Soweit wir wissen, nicht. Doch es darf nicht mehr als ein Tropfen sein. Eine größere Menge Spiegelsubstanz zu beherrschen gelingt nur Priestern.«

Eine wichtige Frage musste er noch stellen, obwohl er wusste, dass sie Dinesh vielleicht verärgern würde. »Und was wird als Gegenleistung für das Amulett von mir erwartet? Muss ich in den Orden eintreten?« Wenn das der Fall war, dann stand er vor der härtesten Entscheidung seines Lebens.

Dinesh zögerte lange, sehr lange. Dann erklärte er: »Ich werde nicht von Euch fordern, dass Ihr ein Priester des Schwarzen Spiegels werdet. Das sagte ich Euch bereits. Menschen zu einem bestimmten Lebensweg zu zwingen, rächt sich.«

Kiéran war in der Stimmung, diesem Ersten Priester die Füße zu küssen. Aber das ließ er dann doch besser sein. Stattdessen stand er auf und beugte den Kopf vor Dinesh, wie er es bisher nur vor dem Fürsten selbst und seinem Kommandanten getan hatte. »Das ist eine weise Entscheidung«, sagte er so förmlich wie möglich, um das Beben in seiner Stimme zu verbergen. »Jetzt weiß ich, dass Xatos wahrhaftig mit mir ist. Er selbst muss mich in diesen Tempel geführt haben. Wann könntet Ihr das Amulett anfertigen lassen?«

»Wir brauchen ein paar Tage zur Vorbereitung. Aber zu Dragetag in der nächsten Woche ist es so weit, und Ihr werdet nach Sonnenuntergang bei der Zeremonie des Schwarzen Spiegels dabei sein. Wenn Qaras, unser Bewahrer, keine Einwände erhebt.«

Wer war eigentlich Qaras, und welche Rolle spielte der Bewahrer im Tempel? Kiéran hatte noch nie mit ihm zu tun gehabt, er schien ihm still wie ein Schatten und genauso wenig greifbar. Nur einmal hatte Kiéran ihn mit anderen Priestern reden hören; er hatte eine monotone Stimme, sprach schnell und eindringlich. Doch Kiéran hatte keine Gelegenheit mehr, Dinesh nach ihm zu fragen, denn seine Audienz beim Ersten Priester war beendet.

Gerrity berichtete er zuerst von der guten Nachricht; allen anderen wollte Kiéran es noch nicht erzählen. Doch Gerrity reagierte seltsam. »Ich habe mir schon fast gedacht, dass sie so etwas bei dir versuchen wollen. Ich hoffe, du wirst glücklich.« Das klang eher melancholisch.

»Du hast mir gar nicht gesagt, dass so was geht. Keiner hat es mir gesagt!« Kiéran war ärgerlich. Dabei hätte ihm allein die Hoffnung schon viel bedeutet.

»Wir lassen es nicht gerade vom Ausrufer verkünden, was die Amulette bewirken können. Dinesh rückt die Dinger nur ungern raus. Stell dir vor, er hätte entschieden, dass dir keins gewährt wird, und du hättest es mitgekriegt.« Wahrscheinlich verzog Gerrity jetzt das Gesicht. »Du hättest ihn unter Garantie umgebracht, mit bloßen Händen wenn nötig. Oh, wie du es Farnek gezeigt hast, wumps, das war einfach göttlich. Man hätte Eintritt verlangen können.«

Kiéran grinste. »Falls ich keine Zukunft mehr bei den Terak Denar habe, kann ich ja so mein Geld verdienen. Schade nur, dass ich mir jetzt im Tempel einen Feind gemacht habe.«

»Warum interessiert dich das noch? Sobald du das Amulett hast, gehst du, und wahrscheinlich sehen wir dich nie wieder.« Jetzt klang Gerrity wirklich traurig.

»Blödsinn. Die Quellenveste ist nur wenige Tagesreisen entfernt. Es wird sich bestimmt eine Gelegenheit finden, euch zu besuchen.«

»Das fände ich sonnig. Trotzdem, wir müssen uns ranhalten, um bis zu deinem Abschied deine Ausbildung noch ein wenig weiterzuführen. So, hier sind die Schlüsseldrähte und das ist das schwierigste Schloss hier im Tempel – los geht's!«

Kiéran hatte erwartet, dass die letzten Tage im Tempel quälend langsam vergehen würden, doch so war es nicht. Er nahm jetzt täglich an der Ertüchtigung teil. Otris erhob keine Einwände, wenn er ab und zu einem Novizen oder Priester einen Ratschlag erteilte. Die Priester rissen sich darum, gegen Kiéran im Messerkampf anzutreten, und immerhin schafften es sowohl Thar, der Schmiedemeister, als auch Lil Tori, eine junge Priesterin, ihn zu besiegen.

»Nimm's nicht übel, ich habe ganz gezielt ausgenutzt, dass du blind bist«, sagte ihm Thar. »Und vor unserer Lil Tori zittert sowieso jeder, besonders wenn sie mit ihren zwei Schwertern und zu Pferde kämpft.«

Thars direkte Art gefiel Kiéran. Wie schade, dass er nicht öfter in der Schmiede vorbeigegangen war, wo Thar – wie er von Gerrity gehört hatte – jeden Tag riesige Krüge Kräutertee leerte und alle anschnauzte, die es wagten, anderer Meinung zu sein als er selbst. Jetzt lohnte es sich kaum noch, morgen war schon die alles entscheidende Zeremonie. Dafür besuchte er am Nachmittag Reyn, der gerade auf der Weide war und sich garantiert mit dem zarten Sommergras den Bauch vollschlug. »Bald geht's wieder los, Schwarzer«, sagte Kiéran lächelnd und klopfte seinem Hengst den Hals. »Und wehe, du wirfst mich ab.«

Reyn hatte natürlich nichts Besseres zu tun, als den Ärmel von Kiérans Robe zu zerfetzen. Kiéran fluchte. *Ich muss ihm diese Schnapperei wirklich abgewöhnen, sonst wird meine Schneiderrechnung auf Dauer schockierend.*

Als es schließlich so weit war und die Zeremonie bevorstand, fühlte sich Kiéran nervöser als vor einem schwierigen Gefecht. Rinalania ließ ihm ein besonderes Gewand bringen und holte ihn in seiner Kammer ab; sie war sehr ernst. »Wenn du möchtest, berichte ich dir während der Zeremonie, was geschieht. Wäre doch schade, wenn du gar nichts mitbekommst.«

Kiéran zögerte. »Aber stört es nicht alles, wenn du mir ständig etwas zuflüsterst?«

In ihrer Stimme war ein Lächeln, und ein Hauch von Kräuterkaramellen wehte ihn an. »Du weißt ja gar nicht, *wie* leise ich flüstern kann. Also was ist, soll ich?«

»Rinalania, du bist einfach ein Schatz.«

Ja, das war sie, und wahrscheinlich eine der stärksten Frauen, die er je getroffen hatte. Er musste daran denken, was Gerrity ihm über sie erzählt hatte. Sie war Gerberin gewesen, was Kiérans Meinung nach eine der übelsten Berufungen war, die Ouenda zu bieten hatte. Außer harter Arbeit an den Bottichen mit stinkenden Häuten, an der Seite eines gleichgültigen Mannes, hatte sie nicht mehr viel vom Leben zu erwarten gehabt, zumindest schien es so. Denn nach dem Tod ihres jüngsten Kindes hatte Rinalania sich von einem Tag auf den nächsten entschieden, ihr Leben der Heilkunst zu widmen. Mithilfe eines Darlehens, das ihr Clan ihr gewährte, hatte sie die Lehrzeit an der berühmten Akademie von Reshan Julis bewältigt. Und danach eine neue Heimat im Tempel der Schwarzen Spiegel gefunden.

Respektvoll betrat Kiéran an Rinalanias Seite den Großen Saal und öffnete sich ganz für die Eindrücke, die ihm seine Sinne zutrugen. Der Raum musste gewaltig sein, das hörte Kiéran an der Art, wie seine Schritte auf dem polierten Steinboden klangen. Es war kühl darin und roch nach einem aromatischen Rauch. Kiéran und Rinalania hielten sich nahe an der hinteren Wand; seine ausgestreckte Hand berührte Säulen aus kunstvoll behauenem Stein. Es waren schon einige Menschen anwesend, doch Kiéran konnte nicht erraten, wer sie waren, denn niemand sprach.

»Auf dem Boden zeigt ein Mosaik die Positionen, die die Priester, der Bewahrer und der Chronist einnehmen müssen«, hauchte Rinalania, und selbst das schien schrecklich laut in dieser Stille. »Der Bewahrer selbst steht vor einer senkrechten Steinwand, die mit eingemeißelten Zitaten aus den Alten Schriften bedeckt sind. Ihm gegenüber befindet sich der Erste Priester, er ist derjenige, der alle Gesänge und Beschwörungen und Rituale kennt. Die anderen Priester umgeben die beiden in einem doppelten Halbkreis – die Priester im inneren Kreis und die Novizen und geringeren Mitglieder des Tempels im äußeren.«

Kiéran nickte, allmählich konnte er sich vorstellen, was um ihn herum vorging. »Ist Qaras schon da?« Kiéran lauschte neugierig, ob er die monotone Stimme des Bewahrers irgendwo hörte.

»Nein, natürlich nicht – er kommt als Letzter und bringt den Schwarzen Spiegel mit, den er in seiner Obhut hat.«

Kurz darauf begann die Zeremonie. Dineshs Stimme erhob sich in einem Gesang, dessen Worte so uralt waren, dass Kiéran sie nicht entschlüsseln konnte. Die Priester setzten an bestimmten Stellen ein, ein mächtiger Chor aus Frauen- und Männerstimmen, der im Großen Saal widerhallte wie in einer gewaltigen Höhle. Manche der Gesänge waren kompliziert ineinander verwoben, sicher dauerte es eine Weile, bis die Novizen das gelernt hatten. Dann sang Neraia alleine einen Teil des Rituals, ihre Stimme war hoch und klar und kräftig. Kiéran staunte darüber, wie gut sie war; selbst bei Hofe hatte er noch nicht viel Vergleichbares gehört.

»Qaras hält den Spiegel mit beiden Händen, er selbst darf nicht sprechen, sondern muss die Kraft durch sich hindurchlenken«, flüsterte Rinalania. »Jetzt!«

Die Stimmen der Priester sanken zu einem Murmeln herab, und die Wörter begannen sich zu wiederholen, immer und immer wieder. Eine Gänsehaut überlief Kiéran. Was geschah nun? Selbst Rinalania schien jetzt nicht mehr ansprechbar, und er wagte nicht, sie zu stören.

Ein eigenartiges Kribbeln durchlief ihn, er spürte etwas. Und schon begann die Dunkelheit wieder zu wogen, riss ihn mit. Trotzig stemmte sich Kiéran gegen das Schwindelgefühl, das ihn erfasste. Es gelang etwas besser als das letzte Mal, doch dann traf ihn die nächste Welle, und er musste sich gegen eine Säule lehnen, um nicht zu stürzen.

»Der Schwarze Spiegel ist nicht mehr flach«, stieß Rinalania tonlos hervor. »Wellen tanzen darauf. Unsere Gedankenkraft bringt den Spiegel zum Schwingen. Normalerweise würde jetzt der Chronist festhalten, was die Muster zeigen, und daraus Wahrheiten erkennen. Doch diesmal ist es anders. Jetzt wird der Erste Priester – oh! Ein Tropfen!«

Von einem Atemzug zum nächsten wurde es still im Großen Saal des Tempels, nur der Klang der Stimmen schien noch einen Moment lang nachzuhallen.

Was ist?, wollte Kiéran fragen, doch er brachte kein Wort heraus. Er spürte Rinalanias Hand auf seinem Arm, wieso schob sie ihn voran? Anscheinend sollte er vortreten. Warum, bei allen Göttern, sagte sie nichts mehr? Orientierungslos schritt Kiéran in die Dunkelheit hinein, jetzt blieb ihm nichts anderes übrig, als den Priestern zu vertrauen. Doch er konnte kaum gehen, alle seine Sinne spielten verrückt. *Meine Füße stehen nur einen Fingerbreit vor dem Abgrund!*

Ich falle. Ich falle! ICH FALLE!

Kiéran konzentrierte sich mit aller Kraft auf seine Füße, die entgegen seines Gefühls sicher und fest auf dem Steinboden standen.

Die Gesänge schwollen wieder an, brausten durch ihn hindurch wie ein mächtiger Strom, wie das Tosen eines Wasserfalls. Eine Berührung. Jemand auf seiner linken Seite strich über seine Hand, sanft und andächtig. Dann von rechts das gleiche Gefühl. Kiéran ließ es geschehen, und einen Moment lang beruhigte sich sein Geist. Doch dann berührten Finger seinen Hals, und Kiéran reagierte instinktiv. Seine Hand fuhr hoch und umklammerte mit eisernem Griff das Handgelenk des Unbekannten vor ihm.

»Kiéran«, sagte die Stimme des Ersten Priesters ruhig. »Seid bereit, das Amulett zu empfangen.«

Verlegen löste Kiéran seinen Griff und zwang sich, seinen Körper zu entspannen. Diesmal ließ er es zu, dass Dinesh ihm die Lederschnur mit dem Amulett um den Hals legte.

»Passt gut darauf auf – kein Mensch bekommt mehr als eins davon in seiner Lebenszeit.«

Das Amulett fühlte sich glatt und schwer und warm an um seinen Hals. Atemlos wartete Kiéran darauf, dass etwas geschah.

Er hob den Kopf. Noch immer war es finster um ihn, sehr finster. Doch dann erkannte er Linien, feine leuchtende Linien in dieser Dunkelheit. Umrisse. Sein Herz hämmerte. Er konnte die Säulen erkennen, das Mosaik des Bodens, Gestalten! Es klappte, er konnte wieder sehen! Nur schade, dass es so dunkel war hier drinnen.

Eine Hand ergriff die seine, zog ihn sanft zum Ausgang des Saales. Schon ein paar Atemzüge später stand Kiéran im Bogengang des Tempels und wandte sich der Person zu, die ihn aus dem Saal geführt hatte.

Und schrie auf.

Blinde Wut

An Jerushas zweitem Tag bei Rikiwa flatterte ein Teodésh, ein Botenvogel, auf den Fenstersims. »Ich glaube, das ist für dich«, sagte Rikiwa, und aufgewühlt vor Freude löste Jerusha die Nachricht vom Bein des Botenvogels. Sie war von Dario. Endlich! Noch nie hatte sie eine Nachricht von Dario erhalten; da sie im gleichen Dorf lebten, war es nicht nötig gewesen, sich zu schreiben. Taktvoll zog ihre Tante sich zurück; sie verbrachte ohnehin viel Zeit draußen und sagte nie, wohin sie ging. Manchmal kam sie durchgeschwitzt und blass zurück. Trotz ihrer Neugier fragte Jerusha nicht, wo Rikiwa gewesen war.

Als Jerusha den Brief entrollte, war sie erschrocken über die krakelige, unsichere Schrift, in der er verfasst war. Sie hatte nicht geahnt, dass das Schreiben Dario so schwerfiel. Schnell überflog sie die wenigen Zeilen.

Meine Liebe,
sicher geht es dir schon wieder gut; Vogelkrallen sind längst nicht so gefährlich wie die Klauen eines Xher. Ich habe Cerak um Heilung für dich gebeten. Wie interessant, was du über den Fremden in Erfahrung gebracht hast!
Benutzt du auch wirklich den Spiegel? Ich habe ihn schließlich eigens für dich gefertigt.
Ich denke jede Stunde an dich und sehe deiner baldigen Rückkehr mit Freuden entgegen.
Dein dir versprochener
Dario

Jerusha faltete den Brief zusammen und ließ ihn auf dem Küchentisch liegen. Es klang nicht, als sorge sich Dario sonderlich um sie, wieso tat er ihre Verletzungen einfach so ab? Jetzt war es noch ein wenig schwieriger geworden, ihn zu vermissen. Vielleicht war es ganz gut, dass sie die Hochzeit aufgeschoben hatte – konnte man sich in einem einzigen Jahreslauf überhaupt richtig kennenlernen? Anscheinend nicht.

Als ihre Tante zurückkehrte, hatte Jerusha den Brief bereits im Ofen verbrannt. Keine von ihnen erwähnte die Nachricht. Stattdessen aßen sie zusammen und sprachen dabei wieder über die Familie und den Clan der KiTenaros, als gelte es, das lange Schweigen in diesen wenigen Tagen wettzumachen. Doch diesmal fiel es Jerusha nicht leicht, sich auf das Gespräch zu konzentrieren – dazu war das Essen einfach zu gut. Es gab eine scharf gewürzte Pastete, einen Salat aus Waldkräutern und frisches Pfannenbrot, in Schmalz gebacken und mit ein wenig Salz bestreut.

»Das war köstlich«, seufzte Jerusha und lehnte sich in ihrem schweren geschnitzten Stuhl zurück.

»Ehrensache«, sagte Rikiwa und lächelte. »Ich habe schon mit fünf Jahren auf einem Hocker am Herd gestanden und für die Gäste gekocht. Manchmal hat mich meine Mutter mit den Worten vorgestellt: ›Und das hier ist Rikki KiTenaro, die kleinste Meisterköchin Ouendas.‹«

Jerusha lachte. Allmählich wurde die vergangene Zeit lebendiger in ihr, konnte sie sich das Leben in der *Faunenmühle* deutlicher vorstellen. »Und musstest du auch nähen lernen und all die anderen Dinge, die sich für Mädchen schicken?«

»Natürlich.« Rikiwa strich ihre bestickte Bluse mit der Hand glatt. Fremdartig und wunderbar wirkten die Muster darauf. »Hier siehst du, was dabei herausgekommen ist. Ich träume diese Muster, und wenn ich aufwache, zeichne ich sie sofort auf, damit ich sie nicht vergesse.«

»Vielleicht sind sie ein Geschenk der Iilon Eori«, sagte Jerusha leise.

»Wer weiß. Sie haben mir schon so vieles geschenkt. Zum Beispiel haben mich meine Eltern schon sehr früh von der Schule genommen, weil ich das meiste, was die Lehrer mir dort beibringen wollten, schon instinktiv wusste. Aber ich kann selbst nicht erklären, wie das sein konnte.«

Als sei es ihr fast ein wenig peinlich, darüber zu sprechen, stand Rikiwa auf und begann, das Geschirr abzuwaschen. Jerusha beeilte sich, ihr zu helfen, und dachte darüber nach, wie es ihr selbst wohl ergangen wäre, wenn sie hier statt in Loreshom aufgewachsen wäre.

Am dritten Tag war Jerushas Bein so weit geheilt, dass sie wieder reiten konnte. Und auch ihr Arm fühlte sich endlich besser an; sie konnte ihren Bogen heben, ohne vor Schmerzen aufzuschreien. *Jetzt fehlt mir nur noch die Übung*, dachte Jerusha und brachte mit Kohle eine runde Markierung an einem alten Holzpfosten an, maß dreißig Schritt ab und konzentrierte sich. Es machte ihr keine Mühe, die Sehne zu spannen; ihr rechter Arm war kräftig durch die Arbeit am Stein. Als sie ihre Pfeile losgejagt hatte, sah Jerusha erstaunt, dass sich alle in der runden Markierung drängten.

»Du bist eine KiTenaro«, sagte Rikiwa schlicht.

»Tja, das bin ich wohl«, meinte Jerusha und musste lächeln. Das glattpolierte Eschenholz des Bogens fühlte sich gut an in ihrer Hand; ihr Körper erinnerte sich an das jahrelange, beständige Üben. Wieso nur hatte sie es nicht weitergeführt?

Ihre Tante selbst hatte einen Langbogen aus dunklem Holz mit silbernen Einlegearbeiten; er war größer als Jerushas Bogen, und um ihn zu spannen, brauchte man mehr Kraft, als Jerusha aufbieten konnte. Fasziniert sah sie zu, wie Rikiwa aus hundert Schritt Entfernung genau in die Mitte von Jerushas Kohlemarkierung traf. Selbst Liri wäre das schwergefallen. Ach, Liri – Jerusha sehnte sich nach ihr, mehr als nach Dario. Sie dachte daran, wie Liriele ihr um den Hals fiel, auch wenn sie nur einen oder zwei Tage weg gewesen war, und einen Moment war Jerushas Sehnsucht nach ihrer kleinen Schwester so stark, dass es ihr fast schien, als müsse Liri jeden Moment durch die Tür treten.

Nachdem sie Liri einen langen Brief geschrieben und ihn mit einem Botenvogel abgeschickt hatte, starrte Jerusha traurig aus dem Fenster und fühlte sich unfähig, etwas zu unternehmen. *Jetzt würde ich so gerne mit ihr zusammen den berühmten Apfel-Yannis-Kuchen der KiTenaros backen, Kulmesnüsse sammeln, Xaddu spielen – doch am meisten fehlt es mir, wie wir oft stundenlang in unseren Betten gelegen und geredet haben, statt zu schlafen.*

Es gab nur einen Weg, das Heimweh zu überwinden – Ablenkung. Sie musste weiterreisen. Vollbringen, was sie sich vorgenommen hatte, und dann so schnell wie möglich nach Loreshom zurückkehren.

Rikiwa schien zu spüren, dass sie bald aufbrechen wollte und musste.

»Vielleicht hast du dich gefragt, wohin ich in den letzten Tagen immer wieder gegangen bin«, meinte sie, und auf einmal fiel Jerusha auf, dass sie müde wirkte. »Ich habe die Zeit damit verbracht, Fragen zu stellen. Und ein paar Antworten habe ich tatsächlich bekommen, von Wesen, die so alt sind wie die Welt selbst.«

»Von Wesen, die – von wem?«

»Frag nicht. Es ist besser, wenn du es nicht weißt. Wichtig ist für dich, was ich herausgefunden habe. Du musst nach Norden reiten, bis zu den Grenzen von Benaris. Dort, in dem Ort Tholus, lebt eine Frau namens Jikena Pir.« Ihre Tante zögerte. »Man wollte mir nicht sagen, wer genau sie ist, aber angeblich kennt sie sich mit Flüchen aus, und vielleicht kann sie dir helfen. Ich hätte ihr schon eine Nachricht geschickt, doch das wird nicht viel helfen, fürchte ich. Sie soll sehr stolz sein. Wer eine Bitte oder Frage hat, muss selbst zu ihr kommen.«

»Ich danke dir«, sagte Jerusha.

Ja, es sah fast so aus, als führe das Schicksal sie nach Norden. Sie hatte schon geahnt, dass ihre Reise sich noch eine Weile hinziehen würde.

Bevor sie sich verabschiedete, wagte sie noch einen Abstecher auf die Straße der Giganten, während Rikiwa unterwegs war. Jerusha behielt ihren Bogen schussbereit über der Schulter, doch sie sah keinen einzigen Waldkondor – vielleicht, weil sie jetzt unter Rikiwas Schutz stand? – und auch Nymphen waren nicht in Sicht. Ehrfürchtig legte Jerusha eine Hand auf die Rinde eines Baumes, der so dick war wie ihr ganzes Haus in Loreshom, und blickte hoch zur Krone, die in schwindelerregender Höhe prangte. Aus diesem Wald stammte also ihr Clan. Es war ein Ort wie kein anderer. Und doch fühlte es sich nicht wie eine Heimat an – ihre zumindest war es nicht und würde es auch nicht mehr werden.

Als sie weiterging, hielt Jerusha den Blick auf den Boden gerichtet. Schließlich hatte sie einen Stein gefunden, der ihr zusagte; ein grünlicher, kristalliner Maresit, etwa kopfgroß. Maresit ließ sich willig formen – das war gut, weil sie nicht viel Zeit hatte.

Im Schuppen hinter Rikiwas Hütte fand sich Werkzeug, das halbwegs für ihre Zwecke taugte, und frohgemut legte Jerusha los. Als Rikiwa am späten Abend zurückkam, war das Geschenk fertig.

Auf Rikiwas herbem Gesicht breitete sich ein Lächeln aus, als sie die Skulptur der Nymphe mit der Katze in die Hand nahm und darüberstrich. »Du hast ihren Geist eingefangen«, sagte sie. »Ich sehe sie vor mir, so wie du sie erblickt hast. Ich danke dir, Jerusha. Sie wird mich an dich erinnern. Wirst du wiederkommen?«

»Auf jeden Fall«, sagte Jerusha, und dann umarmten sie sich zum ersten Mal.

Als sie losritt, strahlte der Himmel in einem tiefen Blau, und Jerusha war ebenso guter Dinge wie Amadera und Grísho. Er sprang von ihrem Schatten zu dem eines Baumes, an dem Jerusha vorbeiritt; wahrscheinlich bewegte er sich parallel den Pfad entlang, denn hin und wieder sah sie einen dieser Schatten seltsame Bewegungen vollführen. »Mit Verlaub gesagt, deine Tante ist eine erstaunliche Frau«, verkündete seine Stimme – sie kam schon wieder aus einer anderen Richtung. »Ich war sehr in Versuchung, mit ihr zu sprechen.«

Darüber wunderte sich Jerusha kaum. »Hättest du ruhig tun können, glaube ich. Schattenspringer gehören noch zu den harmloseren Wesen, mit denen sie per Du ist. Und warum genau hast du damals angefangen, mit *mir* zu sprechen?«

»Die pure Neugier, meine Liebe. Ich gelte als sehr verschroben unter meinesgleichen, weil ich mich für Menschen interessiere. Und du wirktest wie jemand, der nicht gleich schreiend wegläuft, wenn das Nichts mit ihm spricht.«

»Und ich bin doch schreiend weggelaufen.«

»Ja, aber dann bist du wiedergekommen.«

»Nicht nur Schattenspringer können neugierig sein, mein Lieber.«

Oft dachte Jerusha darüber nach, wer diese Jikena Pir war. Ein seltsamer Name! Welchem Clan gehörte sie an, und warum benutzte sie den Namen ihres Clans nicht? Vielleicht kam sie aus einem der Länder, die an Ouenda grenzten, aus Thoram, Jil'quanor oder Khedira. Was war so Besonderes an ihr, dass ihre Tante es für geraten hielt, sie quer durchs ganze Fürstentum zu ihr zu schicken?

Jerusha wählte den Weg, der sie an Roynéar und am Bergmassiv des Panrir Alié vorbeiführte, stieß dann bei Evanis wieder auf den Benar und folgte seinem Flusstal in Richtung der Quelle. Immer weiter nach Norden. Hier, im Herzen des fremden Fürstentums, war nichts mehr wie gewohnt: Die Menschen kleideten sich anders, es gab andere Speisen, und in manchen Dörfern verstand Jerusha kaum ein Wort, wenn die Leute den Mund aufmachten. Das Wappen der AoWestas – Quelle und Schwert – war allgegenwärtig. Doch Jerusha irritierte es noch deutlich mehr, dass alles hier so teuer war.

»Wir müssen ab jetzt draußen übernachten«, kündigte Jerusha seufzend an und kramte ihre Landkarte aus der Satteltasche. »Sonst reicht das Geld nicht mal bis zu den Wasserfällen von Kesting, geschweige denn bis ganz in den Norden von Benaris.«

Die erste Nacht im Freien war die schlimmste. Noch wurde es sehr kühl, sobald die Sonne unter den Horizont sank, und es war schwieriger als erwartet, ein Feuer bis zum Morgen in Gang zu halten. Fünfmal musste sie neues Holz nachlegen; als sie endlich einnickte, kroch ihr ein Käfer in den Nacken, und Jerusha fuhr hoch, um ihn abzustreifen.

Heute ist der Tag, an dem eigentlich meine Hochzeit gewesen wäre, dachte Jerusha und kniff die Lippen zusammen. *Wer auch immer mir diesen Fluch beschert hat, ich würde ihn jetzt gerne an der Gurgel packen und ihm sagen, was ich von ihm halte!*

»Meine Liebe, du hast wirklich wundervolle Schatten unter den Augen heute«, schwärmte Grísho bei Sonnenaufgang, und Jerusha murmelte: »Die werden morgen bestimmt noch ein bisschen dunkler sein.«

Amadera bekam nur noch wenig Hafer, dafür gab Jerusha ihr mehr Zeit zu weiden und knackte ihr jeden Tag eine Handvoll Nüsse. Jerusha selbst aß nicht mehr viel, an manchen Tagen bestand ihre ganze Verpflegung aus einem halben Pfannenbrot und einer Handvoll sonnengelber, heimlich in einem Garten gepflückter Kaschuggen, kleiner gelber Früchte, aus denen oft Saft gemacht oder Schnaps gebrannt wurde. Doch obwohl sie eisern sparte, ging ihr schließlich in der Gegend von Daressal das Geld aus. Nach einem wenig erfreulichen Blick in ihre Börse lehnte sich Jerusha ratlos gegen einen großen Stein, an dem ein Wegweiser die Richtung nach Rus Laerd und zur Quellenveste wies. »Tja, was jetzt, Grísho? Mein Pferd kann ich nicht verkaufen, sonst komme ich nicht weiter. Und hier gibt es keine Steinbrüche in der Nähe, wo ich mir ein paar Dag verdienen könnte. Es war ausgesprochen dämlich von mir, nicht in Evanis Station zu machen.«

»Wieso? In der Gegend ist viel zu viel Wasser!«

»Abgesehen davon, dass Menschen Evanis als wunderschöne Stadt empfinden, leben dort ein paar reiche Clans, vielleicht hätte ich ein paar Aufträge für Porträts bekommen. Bestimmt hätten die Leute dort sich sogar Marmor leisten können.« Jerusha konnte die Sehnsucht in ihrer Stimme nicht ganz unterdrücken. Marmor zu formen war einfach herrlich und viel befriedigender, als in grobem Sandstein oder Travertin zu arbeiten. Er war ein Stein für die Ewigkeit.

»Du wolltest eben weiter, meine Liebe. Wie wäre es mit der Quellenveste? Dort leben eine Menge Leute mit reichlich Geld, vermute ich.«

»Die Quellenveste?« Jerusha überlegte, schüttelte dann jedoch den Kopf. »Die liegt zwar in der richtigen Richtung, ist aber zu weit weg. Bis dahin bin ich dürr wie ein Gerippe und könnte den Fäustelhammer nicht mehr heben, selbst wenn mir jemand einen Auftrag erteilt.

Nein, was mir vorschwebt, ist zum Beispiel eine Anstellung in einem Gasthaus.«

»Ah, ich verstehe! Du willst an alte Traditionen deiner Familie anknüpfen und dir vorstellen, du servierst gerade in der *Faunenmühle.*«

»Blödsinn«, sagte Jerusha und scheuchte Grísho spielerisch aus ihrem Schatten. »In Gasthäusern suchen sie immer nach fleißigen Mädchen. Im Vergleich mit der Arbeit am Stein ist es sicher ein Klacks, so ein paar Krüge zu stemmen. Auf diese Weise kann ich genug Geld verdienen, um weiterreisen zu können.«

Und genau so machte sie es.

* * *

Was Kiéran sah, war kein Gesicht, wie er es kannte. Es war ein Schatten, nur eine Winzigkeit heller als die Dunkelheit, die ihn noch immer umgab. Seine Umrisse waren leuchtende Linien. Augen, Nase und Mund besaß es nicht. Um die ganze seltsame Gestalt zog sich eine Art azurner Lichtkranz wie der blaue Schimmer auf gehärtetem Stahl. Jetzt bewegte sich die Gestalt, griff mit einem geisterhaften Arm nach ihm. Entsetzt stolperte Kiéran einen Schritt zurück.

»Alles in Ordnung?«, sagte das Wesen mit Rinalanias Stimme.

»Nein«, stieß Kiéran hervor, er wich der Berührung aus und taumelte den Gang entlang. Nach ein paar Schritten begann er zu rennen. Er brauchte die Finger nicht mehr an der Wand entlangzuführen, er sah deutlich, wo die Wände begannen und endeten, auch die kleinen Unebenheiten des Bodens. Doch dort, wo die Fackel in der Wandhalterung steckte, erkannte er nur die Umrisse des Metallrahmens. Keine Spur von Helligkeit. Er roch den Rauch, doch das Licht der Fackel blieb ihm verborgen.

Es fühlte sich an, als griffen kalte Klauen nach ihm. Kiéran rannte weiter. Zum Archiv. Er musste es wissen. Jetzt. Sofort!

Die metallne Tür war nicht verschlossen, und Kiéran stemmte sich grob mit der Schulter dagegen, sodass sie vor ihm aufschwang. Ein schneller Blick in die Runde – ja, da waren sie, die Regale, die Tische, die Bücherstapel, endlich sah er mit eigenen Augen, was ihm so oft Abschürfungen und blaue Flecken beschert hatte. Schwer atmend griff Kiéran nach einem Buch, irgendeinem Buch, schlug es mit zitternden Händen auf – und blickte auf eine flimmernde Fläche, auf der er mit Mühe undeutliches Gekrakel erkennen konnte. Dabei spürte er an der

Art, wie sich das Pergament und der geprägte Ledereinband anfühlten, dass er ein prächtiges Werk hielt, handgedruckt und in mühsamer Arbeit illustriert. Was darin geschrieben stand, würde er wahrscheinlich nie erfahren. Wie Säure brannte die Enttäuschung in ihm.

»Rattendreck!«, brüllte Kiéran und schleuderte das Buch zu Boden. Er zerrte ein anderes Werk aus dem Regal, schlug es auf, erkannte nichts darin und warf es beiseite.

»Das, was du da gerade an die Wand geknallt hast, war Dichtung aus Khelgardsland und stammt aus dem Achten Zeitalter. Ich fürchte, der Einband ist hinüber.« Kiéran hatte nicht gewusst, wie Yllsa klang, wenn sie wütend war. Ihre Stimme wurde tief und kehlig dabei.

Dann war auch Dinesh da, eine Gestalt mit einem intensiven, rötlich orangefarbenen Strahlenkranz und blendend hellen Glanzlichtern darauf. »Ganz ruhig, Kiéran. Ihr braucht Zeit, um Euch daran zu gewöhnen, das ist alles. Kommt mit, wir reden darüber, und ich erkläre Euch, wie Ihr mit dem Geschenk des Oscurus umgehen könnt.«

»Das ist alles?«, schrie Kiéran, und die furchtbare Wut, die schon so lange in ihm schwelte, brach hervor, ließ sich nicht mehr bändigen. »Ich sehe alles und nichts, Menschen sind Geister und Bücher ein Nichts! Was soll das bedeuten? Erst habt Ihr mir Hoffnung gemacht, und jetzt das! Ihr habt mich betrogen, das ist es doch. Wahrscheinlich werde ich die Welt jetzt für immer so sehen, wie dieses verdammte Oscurus sie wahrnimmt, oder?«

»Ich fürchte schon.« Dineshs Stimme klang bedauernd, aber nüchtern. »Ich weiß, im Moment fällt es Euch schwer, es zu schätzen, dass Ihr Euch jetzt selbst orientieren könnt. Aber wir alle …«

»Kein einziges Mal werde ich mehr die Sonne sehen können. Das ist kein Geschenk, das ist ein Fluch! Wahrscheinlich ist es in Wahrheit ein Dämon, dem ihr huldigt!«

Auch Dinesh klang jetzt ärgerlich. »Es ist kein Dämon! Wir Priester des Schwarzen Spiegels sind Hüter der alten Mächte, das ist unsere Aufgabe.«

Doch Kiéran hörte nicht mehr zu, er ließ die Worte von sich abgleiten wie Wassertropfen vom Gefieder eines Falken. Mit schnellen Schritten hastete er zu seiner Kammer zurück. Diesmal folgte ihm niemand.

Kiéran machte sich daran, seine Sachen zu packen. Er riss sich die Robe vom Leib und streifte sich das einfache Leinenhemd über, das er in den ersten Tagen seiner Krankheit getragen hatte und das jetzt gewaschen und gefaltet im Schrank lag. Weg mit der Tempelkleidung, sie gehörte nicht zu ihm. Zum Glück war die graue Uniformhose halbwegs heil geblieben, ebenso die Stiefel und der Umhang. Mit der Geschicklichkeit langer Übung legte er seinen Lederpanzer an, doch er hatte kaum die Geduld, die Schnallen zu schließen. Den zerbeulten Helm konnte er an Reyns Sattel befestigen. Dann war er auch schon fertig, sehr viel mehr Besitztümer hatte er hier nicht.

Es war inzwischen Mitternacht, doch das war gleichgültig, mit seiner neuen Sicht würde er Nacht und Tag sowieso nur mit Mühe unterscheiden können. Und Pferde sahen gut im Dunkeln. Kiéran marschierte zum Pferdestall, um Reyn zu satteln.

Dort wartete schon jemand auf ihn. Im ersten Moment dachte Kiéran, dass der Schatten Zarius sein musste; doch an den vogelgleich ruckartigen Bewegungen erkannte er Gerrity. Als sein Gesicht – ein leeres, dunkles Oval, von einem dünnen violetten Strahlenkranz umgeben – sich ihm zuwandte, schauderte Kiéran, und er schloss die Augen, um es nicht sehen zu müssen. Jetzt hörte er nur noch Gerritys Stimme, alles war wie zuvor, und die völlige Dunkelheit erschien ihm fast schon vertraut.

»Jetzt heißt es also Lebewohl sagen«, sagte Gerrity niedergeschlagen. »Es tut mir wirklich leid, dass alles so gekommen ist. Ich dachte wirklich, dass Dinesh dich warnen würde.«

»Nein. Hat er nicht«, erwiderte Kiéran schroff. »Vielleicht hätte ich auch genauer nachfragen müssen. Und jetzt ist es zu spät.«

»Du kannst es wieder abnehmen, das Amulett. Aber dann verlierst du die Sicht wieder.«

Kiéran antwortete nicht. Schwer und warm lag das Amulett auf seiner Brust. Zum ersten Mal hob er die Hand, um es zu betasten. Es war aus einem glattpolierten Metall gefertigt, nur am Rand verlief eine winzige, kreisrunde Schriftzeile. In der Mitte hatte es eine kleine Erhebung. Wahrscheinlich befand sich dort der Tropfen Spiegelflüssigkeit, auf irgendeine magische Art befestigt.

Kiéran wandte sich Gerrity zu, auf einmal spürte er einen Anflug von Wehmut. »Xatos schütze dich. Und danke für alles.«

»Pass auf dich auf.« Gerrity streckte die Hand aus, und sie umfassten gegenseitig ihre Ellenbogen, sodass ihr Unterarm eine Linie bildete. Der Brudergruß.

»Ich soll dir noch etwas geben. Von Dinesh. Es soll dir ein Andenken sein an deine Zeit hier, und vielleicht kann es dir einmal helfen.«

Kiéran sah, dass Gerrity ihm etwas entgegenstreckte, einen schmalen Gegenstand, und mit seinen neuen Augen sah er die Umrisse eines Messers. Mit den Fingerspitzen strich Kiéran über die Klinge mit der unverwechselbaren schmalen Blattform und dem tief eingeprägten Zeichen des Schwarzen Spiegels. Es war eins der Tempelmesser, für deren Anfertigung die Priester berühmt waren. Vielleicht hatte Kiéran den Griff während seiner Arbeit in der Waffenkammer sogar selbst geschnitzt.

Kiéran steckte das Messer in seinen Gürtel. »Richte Dinesh und Rinalania meinen Dank aus«, sagte er und hatte zum ersten Mal ein schlechtes Gewissen wegen der Art, wie er sich verhielt. Doch dann hörte er Reyn wiehern, und der Drang, dem Tempel den Rücken zu kehren, wurde übermächtig. Schnell sattelte er den Hengst, den er nur als schwachen Schatten sehen konnte, einen Strahlenkranz hatte er nicht. Dafür nahm Kiéran ihn umso stärker mit seinen anderen Sinnen wahr: Reyns großen, warmen, nach Heu riechenden Körper, dessen Hufe auf dem Kopfsteinpflaster des Hofs Funken zu schlagen schienen, seine schiere Ausstrahlung von Stolz und Kraft. Der Hengst schnaubte und riss immer wieder unruhig den Kopf hoch; er spürte wohl, dass etwas nicht stimmte.

Kiéran schwang sich auf seinen Rücken. Der Hengst bäumte sich auf, doch Kiéran war darauf vorbereitet und brachte ihn schnell wieder unter Kontrolle. Er lenkte ihn auf die Handelsstraße nach Osten, dann warf er noch einen kurzen Blick zurück. In diesem gedrungenen Klotz von einem Tempel hatte er also die letzten Wochen verbracht! Staunend sah er, dass die Mauern silbrig schimmerten wie fließendes Wasser. Vielleicht gab es nur eine Handvoll Menschen, die sie je so gesehen hatten. Plötzlich ahnte Kiéran, warum die Priester nur so wenige Wachen aufstellten, warum sie sich aus seiner Sicht so sorglos verhielten. Sie geboten über eine Macht, die jedem bewaffneten Angreifer überlegen war.

Reyn zerrte heftig an den Zügeln, er wollte rennen – und jetzt durfte er endlich. Kiéran gab ihm den Kopf frei und beugte sich dicht über seinen Hals, als sie über die menschenleere Handelsstraße galoppierten. Es war ihm fast schon unheimlich, wie schnell sie den Ort Daressal passierten, an dem er mit seinen Gefährten gegen Cerdus Maharir gekämpft hatte. Den Ort, an dem sein Leben zerfallen war. Schon nach ein paar Momenten hatten sie ihn hinter sich gelassen. Wiedererkannt hatte Kiéran ihn sowieso nicht – alles sah so anders aus, so furchtbar fremdartig. Häuser waren für ihn nur noch düstere Umrisse, und

Landschaften konnte er fast nicht sehen. War das da eine Wiese oder doch nur schwarzer Nebel?

Kühl strömte die Dunkelheit über ihn und Reyn hinweg, und nur die Augen einer Eule folgten ihnen noch eine Weile.

* * *

Er ließ Reyn so lange galoppieren, wie dieser wollte; es dauerte fast eine Stunde, bis er sich ausgetobt hatte und bereit war, in Trab zu fallen.

Kiéran war entsetzlich müde, und er sehnte sich danach, zu schlafen und für eine Weile alles zu vergessen – seine unheimlichen neuen Augen, den hässlichen Abschied aus dem Tempel, seine schwierige Zukunft. Er brauchte lange, um einen guten Platz für die Nacht zu finden. Schließlich fand er etwas, das er als kleines Wäldchen erkannte, und als er auf eine Kulmesnuss trat, wusste er auch, welche Bäume dort wuchsen. Sehen konnte er die Nüsse nicht. Gegenstände aus Metall dagegen, zum Beispiel das Tempelmesser, zeichneten sich als blasse Umrisse ab wie Schatten in einer mondhellen Nacht.

Kiéran konzentrierte sich auf das Gefühl der Luft, die ihn umströmte, um zu erkennen, auf welcher Seite er im Windschatten der Bäume war. Schließlich hatte er eine gute Stelle gefunden, und nachdem er Reyn versorgt hatte, machte er es sich unter einer Kulme halbwegs bequem und rollte sich in seinen Umhang. Oft genug hatte er auf Patrouille so geschlafen.

Einen Sonnenaufgang gab es für ihn nicht. Er wachte erst auf, als er die Geräusche von Ochsenkarren auf der Handelsstraße hörte. Mit knurrendem Magen saß Kiéran im taufeuchten Gras, aß ein paar Kulmesnüsse vom letzten Jahr, die er mehr durch Zufall ertastet hatte, und blickte hinab auf eine Schar von farbgesäumten Schatten, die über die Straße zog. Waren das wirklich ganz gewöhnliche Menschen, die ihren alltäglichen Geschäften nachgingen? Ja, es musste so sein. Er scheute noch davor zurück, ihnen zu begegnen. *Vielleicht kann ich sie gar nicht als normale Menschen begreifen, so wie sie für mich jetzt aussehen. Und was werden sie an mir spüren, werden sie vor mir zurückschrecken? Werden sie merken, dass ich noch immer irgendwie blind bin?*

Es gab nur einen Weg, es herauszufinden. Seinen nächsten Abend würde er in einem Gasthaus verbringen.

* * *

»Du willst also hier arbeiten.« Der junge Wirt des *Tanzenden Hirschen* betrachtete Jerusha abschätzend von oben bis unten und strich sich durch seine spärlichen Haare.

»Ich weiß, ich sehe nicht sehr kräftig aus, aber das täuscht«, meinte Jerusha und versuchte es mit einem Lächeln.

»Hm, das geht schon, glaube ich. Aber eine Magd muss auch noch andere Qualitäten haben, Mädel. Zum Beispiel die hier.« Grinsend wölbte er die Hände vor der Brust. »Und damit ist es bei dir nicht so gut bestellt.«

Jerusha spürte, wie sie rot anlief. Sie kämpfte gegen den Drang an, sich einfach umzuwenden und davonzugehen. *Nein, so schnell gebe ich nicht auf. Verdammt, ich brauche das Geld!* »Beurteilt Ihr Eure Knechte denn auch danach, was sie in der Hose haben?«, fragte sie in unschuldigem Ton und fügte einen kecken Augenaufschlag hinzu.

Der Wirt musste lachen; Jerusha wusste, dass sie gewonnen hatte.

»Na gut. Ich probier's mir dir. Fünf Dag pro Woche, dazu freie Kost und Unterkunft für dich und deinen Gaul. Trinkgelder gehören dir. Kannst du gleich anfangen? Geh zu Brin in die Küche, der hat einen Schlüssel zu den Vorratsräumen und gibt dir die Sachen, die du anziehen sollst. Und damit du's gleich weißt, wenn du einen Kerl mit aufs Zimmer nimmst, dann bekommt das Gasthaus ein Viertel von dem Geld als Anteil.«

Einen Moment lang verschlug es Jerusha die Sprache. Vielleicht sollte sie doch besser ein paar Meilen weiterreiten und in einem anderen Gasthaus nach Arbeit fragen. »So was mache ich nicht.«

»Ja, ja, schon in Ordnung. Nur, ich hab's dir gesagt, für alle Fälle. Ein Viertel für uns, der Rest für dich.«

Geh doch dahin, wo die Eisenfresser wohnen, Mistkerl! »Ich schaue dann mal bei Brin vorbei«, sagte Jerusha und machte sich auf den Weg in die Küche.

Brin war ein rundlicher Khelgarder mit einem verbitterten Zug um die Mundwinkel. Er murmelte einen Gruß und drückte ihr ihre neue Arbeitskleidung in die Hand. Als Jerusha die Sachen in ihrer Kammer anprobierte, war sie nicht begeistert: Zwar war der Rock knöchellang, doch das vorne geschnürte Oberteil war so geschnitten, dass die Gäste von ihren Brüsten eine Menge zu sehen bekommen würden. Das forderte Missverständnisse heraus. Jerusha verzog den Mund und hakte sich den Rock zu.

Brin wies sie an, Bänke und Boden mit Sand zu scheuern und danach Krüge abzuspülen. Vorratskisten mussten geschleppt, frisches Wasser geholt, Gemüse und Lammfleisch für den Eintopf im großen Kessel gehackt werden. Das alles war langweilig, brachte Jerusha aber nicht ins Schwitzen. Weniger angenehm waren Brins Blicke. Sie merkte, dass er ihre Rückseite eingehend musterte, wenn sie sich bückte, um eine Gemüsekiste zu heben. Aber egal. Sollte er doch. Nach ein paar Tagen hatte sie sich bestimmt daran gewöhnt.

Am späten Nachmittag trafen die ersten Gäste ein, luden ihr Gepäck in den Kammern ab, die ihnen zugewiesen wurden, und kamen dann in die Gaststube. Da es im großen Kessel schon seit einiger Zeit brodelte, durchzogen appetitliche Düfte den *Tanzenden Hirschen*. Jerusha knurrte der Magen, sie hatte an diesem Tag erst einen Apfel und ein Stück Jakobsburger Wurst gegessen. Doch obwohl Brin ihre hungrigen Blicke sicherlich bemerkte, scherte er sich nicht darum und bot ihr nichts von dem Eintopf an. Darum bitten wollte Jerusha nicht. Wenn sie Pech hatte, lief es hier so, dass die Knechte und Mägde sich erst am Ende des Tages nehmen durften, was die Gäste übrig ließen. Nur die Götter wussten, ob sie bis dahin durchhalten würde.

Die Gäste waren ein bunt gemischtes Völkchen. Drei raue Kerle aus dem gebirgigen Fürstentum Khelgardsland, einer sehr armen Gegend, in der eine Handvoll Clans die Erz- und Edelsteinminen kontrollierten. Einer der drei Männer war ein *Welshar*, er hatte das typische schmale Gesicht und die spinnenfingrigen Hände. Neugierig beobachtete Jerusha ihn aus den Augenwinkeln. Sie wusste wenig über die Welshar, nur, dass sie berühmte Kletterer waren, aber als nicht ganz menschlich galten.

Weniger unheimlich war ihr ein anscheinend wohlhabendes Ehepaar aus Kalamanca; Jerusha erkannte ihren Akzent sofort, und ein Anflug von Heimweh streifte sie.

»Willkommen«, sagte sie herzlich. »Wie schön, heimatliche Stimmen zu hören. Seid Ihr gerade aus Kalamanca angereist?«

Doch die Frau im edel bestickten Samtkleid musterte sie nur von Kopf bis Fuß und wandte sich dann ab. »Sag ihr, sie soll Blauwein bringen«, meinte sie zu ihrem Mann.

»Bring uns Blauwein, Mädchen«, wiederholte ihr Mann gehorsam wie ein Schaf und blickte Jerusha resigniert an.

»Sehr wohl«, sagte Jerusha förmlich und zog sich zurück. Wahrscheinlich kamen die aus Jakobsburg, der Hauptstadt; dort konnten die Leute angeblich sehr hochnäsig sein. Oder lag es daran, dass sie jetzt nur eine Magd war, und eine recht offenherzig gekleidete noch dazu? Eine Bildhauerin, von der sie sich eine Skulptur erwarteten, hätten die beiden garantiert mit mehr Respekt behandelt.

Jerusha fragte Brin, wo der Blauwein war, und holte eine Flasche davon aus dem Keller. Das Paar ließ sie noch dreimal laufen, weil ihnen die Sorte nicht genehm war. Zum Glück waren die Khelgarder pflegeleichter. Dankbar versenkten sie ihre Löffel in den heißen Eintopf und redeten leise miteinander. Und Brin ließ es sich natürlich nicht nehmen, seinen Landsleuten den Kattis – einen Schnaps aus Kaschuggen – selbst zu bringen.

Nach und nach tauchten noch ein paar Einheimische aus Daressal und den Dörfern der Umgebung auf und versammelten sich in gut gelaunten, lautstarken Gruppen um die Tische. Es war eine Qual, ihnen das duftende Lammgericht zu servieren und selbst keinen Bissen davon probieren zu dürfen. *Ich muss mich einfach überwinden und Brin darum bitten, dass ich auch etwas essen darf, auch wenn's nur ein Stück altes Pfannenbrot ist,* dachte Jerusha. Doch jedes Mal, wenn sie Brin sah, wollten ihr die Worte nicht über die Lippen kommen. Und schon riefen die Einheimischen wieder nach mehr Met, und sie musste zum Fass laufen.

»Warum rennst du denn so schnell weg, schöne Maid, bleib doch noch ein wenig«, rief einer der Männer und versuchte, sie auf seinen Schoß zu ziehen.

»Aber nur, wenn einer deiner Kumpels dafür an meiner Stelle das Essen serviert«, gab Jerusha zurück und riss sich los. Ein anderer aus der Gruppe versuchte schnell noch, sie in den Hintern zu kneifen, doch Jerusha konnte ausweichen. Grölendes Gelächter. Jerusha zwang sich, gute Miene dazu zu machen; wenn sie hier die Stammgäste verprügelte, hatte sie im *Tanzenden Hirschen* keine Zukunft.

Inzwischen war auch der Wirt wieder aufgetaucht und half ihr sogar beim Servieren und Abräumen. Wohlwollend nickte er ihr zu, anscheinend fand er, dass sie ihre Arbeit ordentlich machte.

Als es draußen schon längst dunkel war, kam noch ein weiterer Gast. Jerusha hörte ein schrilles Wiehern und die ruhige Stimme eines Mannes, der sein Pferd besänftigte. Kurz darauf kam der Fremde herein. Er blieb lange an der Tür stehen und ließ den Blick durch den Raum schweifen, als wisse er nicht so recht, ob er wirklich bleiben wolle. Jerusha warf ihm nur einen kurzen Blick zu; sie war gerade dabei, verschütteten Met aufzuwischen. Eine klebrige Angelegenheit und auf der

Höhe von fünf Paar dreckigen Stiefeln besonders unschön. Doch als der Mann sich doch noch den Weg in die Gaststube bahnte, musterte sie ihn genauer.

Der Neuankömmling war hochgewachsen und schlank, beinahe hager. Er hatte kurze, dunkelbraune Haare, eine gerade Nase und ein etwas spitzes Kinn. An der einen Seite seines Gesichts verliefen mehrere Narben bis hoch zu den Haaren, und doch fand Jerusha, dass der Fremde gut aussah. Unter dem dunkelroten Umhang war er einfach gekleidet, in ein schlichtes helles Leinenhemd, Hosen und Stiefel. Er trug kein Schwert, und das wunderte Jerusha, denn die Art, wie er sich bewegte, war die eines Kämpfers. *Geschwind und zäh wie ein Wolf*, kam es ihr in den Sinn.

»He, bist du taub, Mädel? Mehr Met!«, brüllte jemand sie an. Jerusha schrak zusammen.

»Kommt sofort«, entgegnete sie schnell und eilte davon.

Zu viel Stolz

Der Mann mit den Narben setzte sich an einen der hinteren Tische in der Nähe des Kamins; von dort aus konnte er den ganzen Raum im Auge behalten. Nachdenklich, fast staunend ließ er den Blick durch den Raum schweifen.

»Was darf's sein?«, fragte ihn Jerusha. Der Mann blickte zu ihr hoch, ohne sofort zu antworten, und das Licht der Flammen fing sich in seinen goldbraunen Augen. Freundliche Augen waren es, sie wirkten nicht so hart und abschätzend wie die der Kerle am Tisch daneben. Und immerhin war der Ausschnitt von Jerushas Mieder nicht das erste, was der Neuankömmling musterte – eine nette Abwechslung an diesem Abend.

»Etwas zu essen, bitte. Was Ihr gerade im Haus habt. Und ein Gewürzbier«, sagte er.

»Ach, das ist lustig, ich mag Gewürzbier auch«, entfuhr es Jerusha, und sofort war es ihr peinlich. Was interessierten diesen Mann die Vorlieben seiner Bedienung? Doch er nickte nur, und ein kleines Lächeln schlich sich auf sein Gesicht. Dieses Lächeln gefiel Jerusha, es machte sie zu Komplizen.

»Kommt sofort«, sagte Jerusha und bewegte sich auf einem Zickzackkurs in Richtung Küche, um die Tische und die nach ihr grabschenden Hände herum. Ihr war schwindelig vor Hunger. Wie spät war es eigentlich? Wann schloss dieses verfluchte Gasthaus endlich? Und wann waren die Bediensteten endlich dran mit ihrer Mahlzeit? Im Kessel war nicht mehr viel drin, verdammt, womöglich bekam sie gar nichts mehr davon ab! Dann sah's nach trockenem Brot aus.

Vorsichtig trug sie einen Teller mit dem Lammeintopf und das Gewürzbier zu dem hinteren Tisch, doch als sie beides vor den Mann stellen wollte, wurde ihr wieder schwindelig, und sie setzte den Teller härter ab, als sie beabsichtigt hatte. Prompt schwappte er über. Jetzt wären eigentlich wortreiche Entschuldigungen fällig gewesen, sie hätte in die Küche rennen müssen, um einen Lappen zu holen. Doch einen Moment lang konnte Jerusha einfach nur auf diese braune Lache starren, ihr Kopf war vollkommen leer und ihr Körper wollte einfach nicht mehr gehorchen.

»Was ist los?« Die ruhige Stimme des Fremden.

»Ich …«, Jerusha stockte.

»Krank? Nein, Ihr habt Hunger, stimmt's? Kommt, setzt Euch. Der Eintopf reicht für zwei.«

Jerusha fühlte sich so schwach, dass sie einfach gehorchte und sich auf den Stuhl neben dem Fremden sinken ließ. Er schob ihr den Teller zu, ohne auf die verschüttete Suppe zu achten, und drückte ihr den Löffel in die Hand. War das ein Traum? Egal. Jerusha begann zu essen, und das Lamm schmeckte himmlisch, zart und würzig.

»He, was soll *das* denn?« Die entgeisterte Stimme des Wirts. Wahrscheinlich konnte er nicht fassen, dass seine Magd einem Gast die Suppe wegaß. Jerusha konnte ihn gut verstehen. Sie selbst konnte es auch noch nicht recht glauben.

»Diese Dame leistet mir ein wenig Gesellschaft«, sagte der Fremde. »Ihr habt doch sicher nichts dagegen?«

Der Wirt stutzte, und plötzlich hellte sich sein Gesicht auf. »Natürlich nicht«, sagte er mit einer schnellen Verbeugung, und nun war er es, der hin- und hereilte, um die anderen Gäste zu bedienen.

Jerusha verging der Appetit. Lief das so? Hatte sie gerade irgendetwas zugestimmt? Erwartete der Kerl, dass sie nachher mit ihm aufs Zimmer kam? Schließlich hatte auch er gesehen, wie sie gekleidet war.

Sie wandte sich dem Mann zu, suchte nach Worten. »Nur damit es klar ist … ich bin keine, äh …«

»Keine Sorge«, sagte der Mann ruhig. »Alles ohne Bedingungen. Einfach nur ein Geschenk. Ich weiß, wie das ist, wenn man Hunger hat.«

Verlegen merkte Jerusha, dass sie mehr als die Hälfte des Tellers geleert hatte. Sie legte den Löffel hin und schob den Eintopf zurück. »Danke. Das hat mich gerettet.«

Wieder dieses kleine Lächeln. »Sonnig. Dann kann es mich wohl auch noch retten.«

Ohne Umstände nahm er den Löffel zurück, und innerhalb kürzester Zeit war der Rest der Suppe verschwunden.

»Keine Sorge, ich verlange jetzt nicht auch noch, dass Ihr mit mir das Gewürzbier teilt.« Jetzt, mit etwas im Magen, war Jerusha wieder nach Scherzen zumute. Eigentlich hätte sie aufstehen müssen, doch es war schöner, neben diesem eigenartigen Mann sitzen zu bleiben. Er strahlte Gelassenheit aus, und Kraft. Aus irgendeinem Grund vermutete sie, dass er ein Earel war – Oberhaupt eines Clans –, doch er trug keine Insignien, die das bestätigten.

»Ihr habt doch sowieso nichts verlangt«, sagte der Fremde. »Ich glaube, Ihr leidet an der gleichen Krankheit wie ich – zu viel Stolz.« Wieder richteten sich seine goldbraunen Augen auf sie, und ihr fiel auf, dass etwas an ihnen eigenartig war. Es war, als blickten seine Augen sie nicht nur an … sondern in sie hinein.

»Ja«, sagte Jerusha, und diesmal war sie es, die lächelte. »Ich glaube, das stimmt.«

Sie stand auf. Ihre Arbeit war noch nicht beendet. Doch es gab etwas, das sie zuvor unbedingt wissen wollte. »Wie heißt Ihr?«

»Kiéran, aus dem Clan SaJintar. Und Ihr?«

»Jerusha KiTenaro.«

Der Name seines Clans kam ihr vage bekannt vor. Aus Benaris und Kalamanca stammte er nicht. Womöglich aus Yantosi? Jerusha wusste nicht viel über dieses Fürstentum, nur, dass es dicht bewaldet und von Schluchten und Seen durchzogen war; angeblich bedeute Yantosi in einer alten Sprache einfach nur *Tiefwald*. Oder kam er aus dem Küstenreich Larangva? Wie ein Khelgarder sah Kiéran nicht aus, die Männer aus den Bergen waren gedrungener, nicht so groß und schmal wie er.

Wieso interessiert dich das eigentlich?, forderte Jerusha sich heraus. *Er ist ein Gast wie jeder andere. Morgen wird er abreisen, und du siehst ihn nie wieder.* Doch als sie wieder an die Arbeit ging, wollte das Lächeln nicht mehr von ihrem Gesicht weichen. Es hatte gutgetan, nicht wie eine Magd behandelt zu werden. Nicht mal geduzt hatte er sie.

Den Rest des Abends behielt Jerusha Kiéran unauffällig im Auge. Er saß noch eine Weile in der Gaststube, bestellte aber nichts mehr; dann sprach er kurz mit dem Wirt, schulterte sein Gepäck und ging langsam die Treppe hoch zu den Kammern, immer eine Hand am Holzgeländer. Also übernachtete er hier. Wer er wohl war? Ein Händler? Ein Bote? Ein Söldner?

Mit einem Seufzer der Erleichterung hörte Jerusha schließlich, dass der Wirt die letzte Runde ausrief. Kurz darauf war die Gaststube leer, und Jerusha schnappte sich einen Besen, um den Boden noch ein letztes Mal an diesem Abend zu fegen. Doch als sie aufblickte, sah sie, dass der Wirt vor ihr stand. Er hatte die Arme vor der Brust verschränkt, und sein Blick kündigte Unheil an. »So, Mädel, und jetzt erklärst du mir mal, was hier vorgeht. Wieso bist du nicht mit dem Kerl hochgegangen? Erst lässt du dich von ihm einladen, und dann lässt du ihn sitzen. Da ist uns ordentlich Geld durch die Lappen gegangen!«

Erst konnte Jerusha es nicht glauben, dann stieg heftiger Zorn in ihr auf. Sie schleuderte den Besen in eine Ecke. »Ich höre wohl nicht recht! Wenn ich gewusst hätte, was für ein widerlicher Wurm Ihr seid, hätte ich einen weiten Bogen um dieses Rattenloch von einer Schänke gemacht!«

Immerhin, er blickte erschrocken drein. Jerusha stürmte nach oben, um sich die geliehene Kleidung vom Leib zu reißen und ihre eigenen Sachen anzuziehen. Atemlos vor Wut packte sie die Satteltaschen und rannte wieder herunter, um Amadera zu holen. Hoffentlich hatte die wenigstens ein bisschen Hafer bekommen, sonst hatte Jerusha den ganzen Tag lang buchstäblich umsonst geschuftet!

Amadera döste zufrieden in ihrer Box, ein Heuhalm hing ihr aus dem Maul, und in einem Eimer war noch ein Rest Getreide. Die Stute spitzte erstaunt die Ohren, als ihre Herrin in den Stall gestürmt kam, und fegte ein paarmal irritiert mit dem Schweif. Jerusha hatte schon herausgefunden, dass ihr Pferd es hasste, wenn jemand fahrig oder nervös mit ihm umging. Also zwang sie sich zur Ruhe, und zum Dank ließ sich Amadera geduldig satteln und in den Hof führen.

Kurz darauf war Jerusha wieder unterwegs.

Um diese Uhrzeit war niemand mehr auf der Straße, den sie fragen konnte, welcher Weg nach Tholus der beste war. Auf ihrer Karte stand im Nordosten nur *Wald von Sharedor.*

»Das wird dir gefallen, mal wieder ein Wald«, sagte sie ins Nichts – sie hatte keine Ahnung, ob Grísho gerade in der Nähe war. Doch es kam keine Antwort.

* * *

Kiéran brauchte lange, um einzuschlafen. Wie gut es ihm getan hatte, mit dieser jungen Frau zu reden! Er hatte sie nur als Schatten gesehen, viel mehr als die Umrisse ihres Körpers konnte er nicht erkennen, doch das war weniger schlimm gewesen als erwartet. Vielleicht deshalb, weil sie all seine Sinne angesprochen hatte. Klar und deutlich erinnerte er sich an ihren Nachtliliienduft. An ihre Aura, die sonnengelb und dunkelblau strahlte. An ihre Stimme, die nach einem Sommertag klang, leicht und froh. Und das, obwohl es ihr gerade nicht gut ging. Das hatte nicht zuletzt ihre Aura verraten, die Art, wie sie immer schwächer wurde. Was genau mit ihr los war, hatte er dann schließlich ohne diese Hilfe erraten.

Jerusha KiTenaro …

Er freute sich schon darauf, sie am nächsten Morgen wiederzutreffen. Vielleicht würde er ihr dann erzählen, dass er vor zehn Jahresläufen – am Hof von Fürst Ceruscan in Yantosi – Ijema KiTenaro getroffen hatte. Eine außergewöhnliche Frau, die ihn damals beeindruckt hatte. Warum diente ihre Verwandte als Magd in einem so üblen Gasthof wie diesem? Verkaufte sie ihren Körper? Hoffentlich nicht, das hatte sie nicht verdient.

Auch sein Magen war es, der ihn wachhielt. Auf einen Nachschlag des leckeren Eintopfs hatte er verzichten müssen, sonst hätte das Geld nicht mehr für die Übernachtung gereicht. Egal. Es war die Sache wert gewesen.

Kiérans Gedanken kehrten zu den Nachtlilien zurück. Sie waren selten, aber ein paarmal hatte er schon welche gesehen. Seiner Meinung nach waren es faszinierende Blumen mit herrlichem Duft, doch er hatte nie versucht, eine davon für Marielle zu pflücken – das brachte angeblich Unglück, und sie verdorrten sowieso über Nacht, selbst wenn man sie sofort ins Wasser stellte. Und manche Leute schienen Nachtlilien ohne Grund zu hassen und zertrampelten sie, wenn sie irgendwo welche sahen.

Kiéran hatte den Wirt darum gebeten, ihn bei Sonnenaufgang zu wecken, und zum Glück dachte der Mann daran. Kiéran wusch sich schnell und packte seine wenigen Besitztümer zusammen, dann lief er mit federnden Schritten die Treppe hinunter. Es gab frisches Malzbrot mit Käse und geräuchertem Flussfisch als Morgenspeise – doch es war nicht Jerusha, die servierte. Kiérans gute Laune verpuffte. Wo war sie? Vielleicht hatte sie in der Küche und im Keller zu tun. Doch obwohl er absichtlich langsam aß, tauchte sie nicht auf.

»Wo ist eigentlich das nette Mädchen, das gestern bedient hat?«, fragte er den Wirt schließlich.

»Nettes Mädchen? Diese Sumpfnatter hat mich einfach im Stich gelassen. Soll sie doch ins Bett steigen, mit wem sie will, meinetwegen mit dem ganzen Dorf! Ich selber hätte ja keinen Ulder dafür ausgegeben, dass sie es mit mir treibt.«

Also doch, dachte Kiéran, und in seinem Inneren war ein seltsames Gefühl, eine Leere, die er zuvor nicht gespürt hatte. Er nickte wortlos und zahlte seine Unterkunft. Dann sattelte und zäumte er Reyn, der zum Glück etwas ruhiger geworden war durch den langen, harten Ritt gestern. Schließlich gelang es Kiéran sogar, das Mädchen aus seinen Gedanken zu verdrängen. Etwa drei Tage noch bis zur Quellenveste, wenn er weiter in diesem Tempo vorankam. Wie würde Xen reagieren, wenn er seinen Escadrán so unerwartet erblickte, praktisch von den Toten auferstanden?

Keine übertriebene Vorfreude. Erst musst du überhaupt bis zur Quellenveste kommen. Die Gegend, durch die er jetzt ritt, war berüchtigt – immer wieder wagten hier Truppen aus Thoram den Vorstoß nach Benaris. Und nicht einmal den AoWestas gelang es, den Wald von Sharedor zu sichern.

Reyn zerrte gutgelaunt an den Zügeln, und Kiéran ließ ihm seinen Willen. Zum Glück kannte sich Kiéran in dieser Gegend gut aus, und er wusste, welche Straße wohin führte. Andernfalls hätte er sich durchfragen müssen – er konnte keinen der Wegweiser mehr lesen. Wenn er sich ganz und gar konzentrierte, konnte er einzelne Buchstaben erkennen, aber es hätte eine Ewigkeit gedauert, einen ganzen Ortsnamen zu entziffern.

Sie preschten über die Landstraße in Richtung Rus Laerd, wandten sich dann nach Südwesten, in Richtung der Quellenveste. Kiéran war gespannt, ob er Truppen begegnen würde. Praktisch wäre es schon. Dann konnte er mit ihnen reisen, was bedeutete, dass er vor Angriffen sicher war und außerdem das lästige Problem der Verpflegung wegfiel.

Als sie gerade einen kleinen Ort passiert hatten, galoppierte Reyn an einer einzelnen Reiterin vorbei. Im letzten Moment merkte Kiéran, dass er ihre Aura von irgendwoher kannte. Er zügelte Reyn, und der Hengst warf protestierend den Kopf hoch. Mit etwas Mühe hinderte Kiéran ihn daran zu buckeln und klopfte ihm den Hals, als er nachgab und anhielt.

Tatsächlich, die Reiterin war Jerusha!

Auf einmal war Kiéran verlegen. Was sollte er jetzt sagen? *Schönes Wetter heute?* oder *Ihr seid aber schnell abgereist!* und *Wieso habt Ihr Euch nicht mal verabschiedet?* Wie lächerlich. Sie kannten sich schließlich überhaupt nicht.

Doch Jerusha nahm ihm die Entscheidung ab. »Ihr seid es!«, rief sie, und auf einmal leuchtete ihre Aura intensiv auf. Was bei allen Göttern bedeutete das? Dass sie sich freute? Anscheinend, er hörte es auch in ihrer Stimme. Und er spürte ein Echo dieser Freude in sich. Wie schön, dass sie sich noch einmal getroffen hatten. Welche wohlwollende Göttin das wohl arrangiert hatte? Shimounah vielleicht?

»Ein herrliches Pferd habt Ihr da«, sagte Jerusha und lachte auf. »Aber um ein Haar hättet Ihr mich über den Haufen geritten.«

»Tut mir leid«, sagte Kiéran. Zum Glück schritt Reyn jetzt ruhig dahin, er hatte sich schon ein wenig ausgetobt. »Seid Ihr schon lange unterwegs? Wohin wollt Ihr?«

»Nach Tholus. Dort wohnt jemand, den ich in einer wichtigen Angelegenheit um Hilfe bitten möchte.« Er hörte an ihrer Stimme, dass sie nicht weiter darüber sprechen wollte, und fragte nicht nach. Was für eine Art von Hilfe brauchte sie? Sein erster Gedanke war, dass vielleicht eine bezahlte Nacht unerwünschte Folgen gehabt hatte. Doch das war ein Problem, für das jede skrupellose Heilerin eine Lösung wusste, dafür musste sie nicht bis nach Tholus reiten.

»In den nächsten Tagen will ich durch den Wald von Sharedor, danach geht's weiter nach Tholus«, fuhr Jerusha fort.

Sie sagte das so unschuldig und ahnungslos, dass es Kiéran kurz die Sprache verschlug. »Durch den Wald von Sharedor? Allein?«, sagte er dann. »Oder schließt Ihr Euch später noch einer Reisegruppe an?«

»Nein, wieso?«

Anscheinend wusste sie es wirklich nicht. Was für ein Glück, dass er sie rechtzeitig eingeholt hatte. »Sharedor ist berüchtigt für die abtrünnigen Magier, die sich darin verbergen. Die Gegend ist so zerklüftet und dicht bewaldet, dass sie nur schwer zu kontrollieren ist. Und wenn Soldaten nach den Magiern suchen, dann verschwinden die Kerle einfach über die Grenze nach Thoram, bis die Luft wieder rein ist.« Kiéran sprach aus bitterer Erfahrung. Diese Magier zu stellen war die einzige Mission, bei der die Terak Denar rundweg versagt hatten.

»Warum sind die Magier eigentlich gefährlich? Es ist ja kein Verbrechen, sich von der Akademie loszusagen.«

»Es interessiert niemanden, was die Leute von Tir'han Quedys über diese Abtrünningen denken.« Kiéran lächelte grimmig. »Das Problem ist, dass sie manche Reisende, die sie allein erwischen, abfangen und ihnen die Lebenskraft rauben – mehr brauchen sie nicht, um in Sharedor zu existieren, Nahrung ist für sie dann unnötig. Doch für die Opfer endet es oft tödlich.«

Jerusha schwieg einen Moment lang, dann sagte sie leise: »Ich wusste nicht, dass es so etwas gibt. Dagegen sind Pfeile kein großer Schutz, oder?«

»Pfeile?«, hätte Kiéran fast gefragt, doch dann bemerkte er, dass sie einen Bogen über der Schulter trug. Er hatte das Ding schlicht übersehen, er sah es nur als schmale violette Linie in der Dunkelheit.

»Bitte reitet nicht alleine da durch«, sagte Kiéran eindringlich. »Am besten, Ihr wartet am Waldrand, bis eine größere Gruppe vorbeikommt und schließt Euch dieser an. Das kann allerdings ein oder zwei Tage dauern, im Moment ist auf der Straße hier nicht viel los.«

Sie schwieg kurz. »Ja, das werde ich wohl tun«, sagte Jerusha dann.

Gleich würden sie sich verabschieden. Und wahrscheinlich nie wiedersehen. Reyn ruckte schon wieder an den Zügeln, er wollte weiter.

»Wenn Ihr möchtet, begleite ich Euch.« Moment, was hatte er da eben gesagt? Wenn er zur Quellenveste wollte, dann war das ein Umweg! Es war nicht seine Aufgabe, Beschützer einsamer junger Frauen zu spielen. Außerdem war er alles andere als sicher, ob er zum Beschützer taugte. Gegen einen Magier konnte ein einzelner Soldat fast nichts ausrichten. Und Kiéran hatte ja nicht einmal ein Schwert. Ganz abgesehen davon, dass er noch immer so gut wie blind war. Seltsam – er wollte nicht, dass sie das wusste.

Jerusha ließ sich Zeit mit der Antwort. Er konnte sich denken, was ihr durch den Kopf ging. Wahrscheinlich erschien es ihr als keine besonders gute Idee, sich mit irgendeinem Kerl zusammenzutun, den sie erst seit ein paar Stunden kannte. Das konnte auf eine ganz andere Art gefährlich werden als die Hindernisse im Wald von Sharedor. Und Kiéran wusste, dass er zurzeit nicht allzu vertrauenerweckend aussah.

Doch dann sagte Jerusha plötzlich: »Ja, ich glaube, das wäre schön. Liegt es denn auf Eurem Weg?«

»So gut wie«, log Kiéran. Ungebeten drängte sich der Gedanke in seinen Geist, dass sie sich von ihm vielleicht gute Geschäfte erhoffte. Würde sie am nächtlichen Lagerfeuer versuchen, sich ihm anzubieten? Sie konnte ja nicht wissen, dass er keinen rostigen Ulder mehr in der Tasche hatte. *Schluss jetzt*, dachte Kiéran wütend und zwang sich, nicht mehr daran zu denken. Und auch nicht daran, dass er schon seit vielen Monden keine Frau mehr gehabt hatte.

»Wie erkennt man eigentlich diese Magier?«, fragte Jerusha.

»Tja, das ist das Problem.« Kiéran zuckte die Schultern. »Meistens sieht man es ihnen nicht an. Man kann niemandem vertrauen in diesem Wald.«

Und wieso vertraute *sie* ihm? Nur, weil sie gestern das Essen miteinander geteilt hatten?

Sie ritten noch immer nebeneinander. Reyn war zwar ein Schurke, aber er war auch die Disziplin eines Regiments gewohnt – er duldete es, dass Kiéran ihn auf gleicher Höhe mit dem anderen Pferd hielt.

Kiéran war gespannt, wie ihm der Wald von Sharedor erscheinen würde. Normalerweise wirkte er wie eine dunkle Mauer am Horizont.

Diesmal konnte Kiéran ihn kaum erkennen, und er wirkte sehr viel weniger einschüchternd. Na, hoffentlich war das ein gutes Zeichen.

Sharedor

Jerusha hatte keine Ahnung, warum sie einfach Ja gesagt hatte. Vielleicht, weil dieser Mann sich bestens in der Gegend auszukennen schien. Und vielleicht, weil es sich einfach gut anfühlte, bei ihm zu sein.

Mit ihm zu reiten bedeutete zwar, dass sie in nächster Zeit kaum mit Grísho reden konnte, doch das musste eben warten.

Wiesen und Weiden wichen Bäumen. Niedrige, buschige Kiefern drängten sich zwischen hoch aufragenden Craunen und Lybaren mit dichten Kronen. Ein Teppich aus Nadeln, die im letzten Herbst abgefallen waren, bedeckte den Boden und dämpfte den Hufschlag ihrer Pferde. Jetzt ritten sie aufwärts. Felsgrate ragten aus dem Wald auf, und der Weg wand sich zwischen Klippen hindurch. Es roch nach Moos und feuchtem Stein. Die Wolken hingen tief an diesem Tag, und Nebelfetzen wehten zwischen den Baumwipfeln hindurch. Zum Glück gab es trotzdem noch genug Schatten, Grísho würde sie begleiten können.

»Was soll ich tun, wenn ich etwas Verdächtiges bemerke?«, fragte Jerusha nervös. Sie warf einen Seitenblick auf Kiéran. Er wirkte wachsam, seit sie den Wald betreten hatten, und ließ die Umgebung nicht aus den Augen.

»Abhauen. Zieht Eurem Pferd den Bogen über die Kruppe, bis es durchgeht. Dann habt Ihr eine Chance, rechtzeitig außer Reichweite zu kommen.«

Er knotete die Zügel zu einer Schlaufe, um beide Hände frei zu haben, dann holte er aus seinem Reisebündel einen eigenartigen, dunkelroten Panzer mit Stacheln an den Schulterstücken und begann, ihn sich während des Reitens umzuschnallen. Der Panzer hatte die gleiche Farbe wie Kiérans Umhang, und langsam wurde Jerusha klar, dass das Teile einer Uniform waren.

»Hilft vielleicht nichts, ist eher Gewohnheit«, meinte er.

Nun ließ sich Jerushas Neugier nicht länger bezähmen. »Wer bist du? Ich meine – was?«

»Ein Terak Denar.«

»Im Ernst?« Mit gemischten Gefühlen blickte Jerusha ihn an. Sie hatte schon von ihnen gehört, den legendären Elitekämpfern der Fürsten von AoWesta. Doch sie wusste nicht genug über sie, um beurteilen zu können, welche Rolle sie in Benaris spielten. Waren sie Leibwächter, besonders gut ausgebildete Soldaten, Todesschwadron, Assassinen? Ihr kam wieder in den Sinn, was ihre Großmutter erzählt hatte. Waren es Terak Denar gewesen, die ihren Sohn Thimmes – Jerushas Onkel – aufgespürt und hingerichtet hatten?

»Aber was ist passiert? Wieso bist du allein unterwegs? Das ist nicht üblich, oder?« Plötzlich fiel Jerusha auf, dass sie ihn duzte, und sie spürte die Hitze in ihr Gesicht steigen. Hoffentlich nahm er es ihr nicht übel.

Doch er blickte sie nur von der Seite an. Schätzte er gerade ab, wie viel er ihr erzählen konnte? »Tja, eigentlich hatte ich gerade so was wie ein paar freie Tage. Allerdings unfreiwillig. Ich bin bei einem Gefecht verletzt worden, und meine Leute mussten mich zurücklassen. Jetzt versuche ich, mich meinem Regiment wieder anzuschließen.«

Daher also die Narben, dachte Jerusha. *Es muss furchtbar gewesen sein. Zurückgelassen? Sehr ungewöhnlich.* Doch der Ton, in dem er das alles erzählt hatte, ermutigte nicht, weiter nachzufragen.

»Und du, wie hat es dich in diesen Gasthof verschlagen?«

Jerusha zuckte die Schultern. »Ich hatte nichts mehr zu essen und brauchte das Geld. Aber es war nicht gerade die beste Erfahrung meines Lebens.«

»Kann ich mir vorstellen«, murmelte Kiéran.

Sie wollte ihm sagen, wie wichtig es für sie gewesen war, dass er gestern zu ihr gehalten hatte. Doch das Schweigen, das sich zwischen sie geschoben hatte, schien auf einmal undurchdringlich.

Wenig später kam ihnen ein Trupp von etwa zehn Kaufleuten und ihren Gehilfen entgegen; das Rattern ihrer Karren und das Schnauben der Zugochsen waren schon von Weitem zu hören. Als sie näher kamen, sah Jerusha Angst in den Augen der Männer und Frauen. *Angst vor uns? Wie eigenartig. Sie haben Glück – wir sind keine Magier in Verkleidung. Oder fürchten sie sich vor Kiéran? In dieser Uniform und auf seinem Hengst sieht er aus wie Xatos persönlich.*

Doch das Gegenteil war der Fall, die Kaufleute wirkten erleichtert, als sie Kiéran sahen.

»Wie weit noch bis zum Waldrand, Roter Wolf?«, rief ein breitschultriger, in Leder gekleideter Mann, wahrscheinlich der Führer der Kolonne. Er marschierte vor einem Wagen, der bis oben hin mit Fässern und Säcken beladen war. Die eisenbeschlagenen Räder waren fast so hoch wie ein Mensch, langsam holperten sie über den Boden, der von Wurzeln durchzogen war.

Kiéran hob grüßend die Hand. »Eine halbe Tagesreise – ihr habt's bald geschafft. Ist irgendwas Besonderes vorgefallen?«

»Nichts. Nur ein Achsenbruch, und der war keines Magiers Schuld. Jaeso sei mit euch!«

»Danke! Xatos schütze eure Reise.«

Mittags rasteten sie auf einer kleinen Lichtung. Amadera und Kiérans Hengst begannen sofort zu weiden. Das beruhigte Jerusha. Sicher würden sie spüren, wenn jemand sich näherte – Amadera hatte auch vor ihr gemerkt, dass die Waldkondore kamen. Seit damals wurde die Stute jedes Mal nervös, wenn sie bemerkte, dass ein Raubvogel in der Nähe war.

Bewundernd musterte Jerusha Kiérans Rappen, der Amadera um mehr als zwei Handspannen überragte; sein Fell schimmerte wie ein Rabenflügel. »Kann ich ihn streicheln?«

»Besser nicht«, sagte Kiéran schnell. »Er beißt. Und geh nicht zu dicht hinter ihm vorbei. Für Reyn ist es Ehrensache, Ärger zu machen, wo es nur geht.«

»Ich glaube, ihr seid zwei Kämpfer und nicht nur einer«, scherzte Jerusha, doch zu ihrer Überraschung ging Kiéran nicht auf ihren lockeren Ton ein. »Das stimmt. Im Gefecht ist er für mich so etwas wie ein zusätzlicher Arm, und er hat mir schon mindestens einmal das Leben gerettet.«

Jerusha wartete ab, ob Kiéran aus seinen Satteltaschen Proviant zum Vorschein bringen würde. Doch er tat nichts dergleichen, trat nur auf der Wiese etwas Gras nieder und legte seinen Umhang darüber. »Hier. Dann ist es nicht so feucht und wir können uns auf den Boden setzen.«

Das war nett von ihm, doch ein bequemer Sitzplatz war nicht gerade das, was Jerushas Gedanken beherrschte. »Äh, du hast nicht zufällig etwas zu essen dabei?«, fragte sie verlegen.

»Eine Prise Salz. Und du?«

Jerusha zuckte mit den Schultern. »Ein oder zwei Brotkrumen und einen Zipfel Jakobsburger Wurst.«

»He, du hast mehr als ich.«

Plötzlich mussten sie beide lachen. Es fühlte sich gut an, und auf einmal war alles wie am Abend zuvor. Nur dass sein Lächeln jetzt breiter und herzlicher war.

»Zwei Vagabunden zusammen auf der Landstraße«, meinte Kiéran, noch immer lächelnd. »Was meinst du – schaffst du es, einen Hasen oder eine Taube zu schießen? Und dann sollten wir versuchen, Wasser zu finden.«

»Was ist, wenn sie uns in der Zwischenzeit die Pferde stehlen?«

»Der Kerl, der Reyn zu stehlen versucht, tut mir jetzt schon leid.«

Nebeneinander pirschten sie durch den Wald. Jerusha trug den Bogen schussbereit, mit aufgelegtem Pfeil. »Pass auf – Zika!«, flüsterte Jerusha, als sie sah, dass Kiéran dabei war, mit dem Bein eine Wohnkugel zu streifen. Er nickte dankbar und wich aus.

Am Rande einer Lichtung sahen sie ein kleines Rudel Shannahirsche, die noch ihren dichten, dunkelbraunen Winterpelz trugen. Sie standen bis zum Bauch im hohen Gras, und während die Weibchen fraßen, hielt der Bock – leicht zu erkennen an den spiralig gedrehten Hörnern – Wache.

»Sieh mal!« Jerusha kauerte sich vorsichtig auf den Boden, um die Tiere nicht zu verjagen, und kniff die Augen zusammen, um sie zu einem schärferen Bild zu zwingen.

»Was? Wo?« Kiéran blickte in die falsche Richtung, schaute schräg an den Shannas vorbei.

»Da. Am Waldrand. Shannas.«

Doch sie hatte nicht den Eindruck, dass er die Tiere sah. Und begeistert wirkte er auch nicht. »Selbst wenn du nur eins schießt, ist das zu viel Fleisch, wir werden nur einen kleinen Teil mitnehmen können. Außerdem schmeckt Shanna doch erst, wenn man es eine Woche lang in Grünwein einlegt.«

»Ghalils Schande, bist du verwöhnt. Na gut. Ich glaube, da im Unterholz sitzt noch ein Hase. Den krieg ich.«

Und so war es, auch wenn sie dazu zwei Pfeile brauchte. Ebenfalls ein Glücksfall war es, dass sie auf dem Rückweg zu den Pferden nicht nur einen Bach, sondern auch eine Stelle mit Sauerlauch fanden. »Na also«, sagte Jerusha und bückte sich, um ein paar der zarten Blätter zu pflücken. »Damit können wir den Hasen füllen, dazu noch deine Prise Salz, und das Mittagsmahl ist gerettet.«

»Was ist denn da?« Kiéran blickte suchend auf dem Boden herum.

Jerusha zeigte ihm die Blätter und deutete auf die Stelle, wo sie wuchsen. »Sauerlauch. Das Zeug, aus dem sie die Frühlingssuppe brauen. Sag bloß, du kennst es nicht!«

»Nein«, sagte er kurz angebunden, ging weiter in Richtung des Lagers – und marschierte dabei geradewegs über die Sauerlauchbüschel.

»He!« Ärgerlich machte sich Jerusha daran, wenigstens den Rest der Blätter zu retten. *Was ist los mit diesem Mann? Manchmal wirkt er ganz normal, und furchtbar nett noch dazu, und im nächsten Moment ist er wieder seltsam und verschlossen. Ich werde nicht schlau aus ihm! Vielleicht war es doch ein Fehler, sein Angebot anzunehmen und mit ihm zu reisen.*

Schweigend bereitete sie den Hasen vor, während Kiéran versuchte, ein Feuer in Gang zu bekommen. Sorgfältig gab er den ersten kleinen Flämmchen mit seinem Körper Windschatten und fütterte sie mit Ästchen und trockenen Rindenstücken. »Au, verdammt!«, hörte Jerusha ihn fluchen, anscheinend hatte er sich verbrannt. Zum zweiten Mal schon.

Jerusha schüttelte ratlos den Kopf.

Der Braten wurde köstlich. Jerusha aß mit Genuss und leckte sich danach heimlich das Fett von den Fingern. Doch es störte sie, dass Kiéran in bitterem Schweigen versunken war, anscheinend war er aus irgendeinem Grund wütend.

»Na gut«, sagte Kiéran schließlich. Er hatte auf einem umgestürzten Baumstamm eine Menschenlänge von ihr entfernt gesessen, doch jetzt stand er auf. »Ich glaube, es ist besser, wenn ich dir die Wahrheit sage. Du hättest es sowieso bald gemerkt, so, wie ich mich anstelle.«

»Was denn gemerkt?« Ein Schauder überlief Jerusha. Sie waren allein hier und um sie herum lag meilenweit Wald. *Bitte, bitte, jetzt nur keine üblen Überraschungen!* Auf einmal konnte Jerusha kaum noch fassen, wie naiv sie gewesen war. Was in aller Welt hatte sie bewogen, allein mit diesem Mann zu reisen? Er hatte freundliche Augen, na und, das konnte täuschen. Er konnte hier mit ihr machen, was er wollte, und sie hatte keine Ahnung, wie sie ihn daran hindern sollte.

Kiéran blickte zu Boden. Es dauerte eine Weile, bis er schließlich zum Sprechen ansetzte. »Ich bin blind«, sagte er schlicht.

»*Was?*«

»Na ja, nicht ganz blind, aber so gut wie. Umrisse von Menschen und Gegenständen kann ich erkennen. Aber viele Dinge bleiben mir verborgen. Natürlich kenne ich Sauerlauch, ich habe mir sogar mal nach drei Portionen den Magen daran verdorben. Aber ich sehe das Zeug einfach nicht. Und das Feuer auch nicht.«

Jerusha war erleichtert, dass er nichts Schlimmeres zu gestehen hatte. Sah aus, als habe sie sich doch nicht in seinem Charakter getäuscht. Auf einmal wurde ihr manches klar – es war nicht seine Schuld gewesen, dass er den Sauerlauch in den Boden gestampft hatte. Doch wie hatte er sie eigentlich auf der Straße wiedererkannt, an der Stimme?

Kiéran wandte sich ab. »Wahrscheinlich hätte ich es dir gleich sagen sollen, und dann hättest du dir sicher noch einmal überlegt, ob ich dich wirklich begleiten soll. Es tut mir leid.«

»Man sieht es deinen Augen nicht an«, war alles, was Jerusha auf Anhieb einfiel.

»Ja. Das hat man mir gesagt.«

»Kannst du *mich* denn sehen? Weißt du, wie ich aussehe?«

»Ehrlich gesagt, ich habe nicht die blasseste Ahnung, ob du hübsch bist oder hässlich wie ein Utz.« Kiéran klang verlegen.

»Wie ein Utz?« Jerusha musste lachen. Und wunderte sich darüber, wie frei und leicht ihr auf einmal zumute war. Hier war endlich ein Mensch, der sie nie nach ihrem Aussehen beurteilen würde. Für den es keine Rolle spielte, wem sie ähnlich sah, weil er es ohnehin nicht wahrnehmen konnte. Das war herrlich!

Kiéran sagte nichts, blickte nur starr in den Wald hinein. Seine Haltung war verkrampft. Sofort tat es Jerusha leid, dass sie gelacht hatte; hoffentlich hatte er das nicht falsch verstanden. Sie ahnte, wie schwer es für ihn – einen Terak Denar! – war, diese Schwäche zu akzeptieren. Vielleicht war es jetzt an ihr, ihm etwas zu geben.

»Doch, ich hätte mich sehr wohl dafür entschieden, mit dir zu reisen«, sagte sie. »Und wie wäre es, wenn wir uns jetzt wieder auf den Weg machen? Bis zum anderen Ende des Waldes ist es noch ein ganzes Stück.«

Die Anspannung in seinem Körper löste sich wieder etwas. »Ja. Lass uns losreiten. Hat keinen Sinn, länger in Sharedor zu verweilen als nötig.«

»Übrigens«, schob Jerusha verlegen nach. »Ich habe auch schwache Augen. In größerer Entfernung sieht alles aus, als hätte jemand Farbe auf eine Leinwand gekleckst. Ich schlage vor, wir weisen uns einfach gegenseitig darauf hin, wenn uns irgendetwas Verdächtiges auffällt.«

»In Ordnung«, sagte Kiéran und schwang sich in Reyns Sattel. »Dafür, dass du schlecht siehst, schießt du übrigens verdammt gut.«

Etwas hatte sich verändert zwischen ihnen. Sie gingen anders miteinander um. Kiéran wirkte entspannter, lachte sogar noch einmal über einen Witz. Es hatte ihm offensichtlich gutgetan, ihr sein Geheimnis zu offenbaren. Und was war mit ihr? Sollte sie ihm von dem Fluch erzählen, der sie und ihre Familie bedrohte, der ihr Leben und das von Dario ins Unglück stürzen würde, wenn sie nichts unternahm? Nein. Sie wusste zwar selbst nicht, warum, aber es widerstrebte ihr.

Erschrocken wurde ihr klar, dass sie schon den ganzen Tag lang nicht an Dario gedacht hatte.

Einen Moment lang war sie verwirrt und betroffen. Sie musste ihm einen Brief schreiben, heute noch! Jerusha versuchte in sich heraufzubeschwören, wie es sich anfühlte, in Darios Armen zu liegen, mit ihm zusammen auf der Wiese am Fir Evarn zu sitzen, mit ihm über einen Tanzboden zu wirbeln. Es gelang, und die Panik in ihr flaute ab.

»Ist es sicherer, die Nacht durchzureiten, oder können wir rasten?«, fragte sie Kiéran.

Zu ihrer Erleichterung sagte er: »Besser, wir rasten und halten abwechselnd Wache. Sonst fallen wir morgen vor Müdigkeit vom Pferd und sind erst recht eine leichte Beute.«

Sie fanden ein Nachtlager am Waldrand, wo es reichlich trockene Äste gab, die für ein Feuer taugten, und frisches Wasser in einem nahen Bachlauf. Geschickt legte Kiéran den Pferden Fußfesseln an, damit sie sich selbst Futter suchen konnten, aber nicht zu weit wegwanderten. Während Jerusha Tinte und Feder auspackte und in sich die richtigen Worte für Dario suchte, ließ Kiéran sie taktvoll in Ruhe. Ein regelmäßiges scharfes Knacken verriet ihr, dass er mit dem Fuß Äste für ihr Feuer zusammenstutzte.

Lieber Dario!
Ich habe einen halben Tag lang in einem Gasthaus gearbeitet und bin dann geflüchtet, weil der Wirt mich für eine Hure gehalten hat. Jetzt reise ich mit einem völlig fremden Mann, der mich beschützen will, aber es wahrscheinlich nicht kann, durch den Wald von Sharedor, der angeblich von abtrünnigen Magiern wimmelt.

Nein, das konnte sie nicht schreiben! Jerusha zerriss das Blatt. Übermorgen würde sie Dario schreiben, mit der guten Nachricht, dass ihr im gefährlichen Wald von Sharedor nichts passiert war.

* * *

Das Abendessen bestand aus Sauerlauchsuppe und Quellwasser. Kiéran war zufrieden damit. Er genoss die Wärme des unsichtbaren Feuers auf seinem Gesicht und wunderte sich darüber, wie ausgeglichen er sich fühlte, ausgerechnet im Wald von Sharedor. Konnte es daran liegen, dass er wieder unterwegs war? Er mochte das Reisen, es war ein wichtiger Teil seines Lebens. Oder lag es an ihr, an Jerusha? Ja, auch das. Sogar zu einem sehr großen Teil.

Xatos' Rache, du wirst dich in Schwierigkeiten bringen, wenn du sie noch näher an dich heranlässt, dachte er. Bisher hatte er nur schlechte Erfahrungen mit käuflichen Mädchen gemacht. Es gab einige von ihnen, auch sehr hübsche, die sich gezielt an die Terak Denar heranmachten – weil der legendäre Ruf der Kämpfer sie anzog, aber auch, weil Fürst AoWesta seine Elitetruppe gut entlohnte. Kiéran hatte diesen Mädchen verboten, sich den Leuten seiner Escadron vor einem Gefecht zu nähern. Was seine Leute nach den Kämpfen taten – nun, das war ihre eigene Sache.

Er selbst hatte ein einziges Mal der Versuchung nachgegeben, den Namen des Mädchens hatte er längst vergessen. Natürlich bekam Santiago Wind davon, und prompt hatte es Streit gegeben. »Warum bei allen Göttern hast du das gemacht? Das ist doch abstoßend – ich hätte nicht gedacht, dass auch du so mit Frauen umgehst wie die anderen!« Santiago selbst war schwer verliebt in ein Mädchen aus seinem Heimatdorf und schrieb ihm lange poetische Briefe; er ließ sich nicht davon beirren, dass sich die anderen Terak Denar über ihn lustig machten.

»Zumindest habe ich dafür gebüßt«, hatte Kiéran nur gesagt. Die schöne Fremde hatte einen juwelenbesetzten Dolch mitgehen lassen, den ihm Fürst Eli Naír geschenkt hatte.

Doch Jerusha war ganz anders; sie hatte nichts von diesen Mädchen an sich. Und es schien sie kaum zu interessieren, dass er ein Terak Denar war. Er wurde immer neugieriger auf sie.

Gemeinsam saßen sie vor dem Feuer, keine Armlänge voneinander entfernt. Wieder einmal teilen wir etwas, dachte Kiéran und fühlte sich seltsam berührt davon.

»Du kommst aus Kalamanca, nicht wahr?«, sagte er. »Vermisst du deine Familie?«

Sie erzählte von ihrer Schwester Liri, ihrer Mutter, den Menschen aus dem Ort, in dem sie lebte. Nur ob es dort einen Mann gab, der ihr etwas bedeutete, sagte sie nicht.

»Kalamanca ist das einzige Fürstentum Ouendas, in dem ich noch nicht gelebt habe«, erzählte Kiéran schließlich und wunderte sich darüber, wieso ihre Aura so strahlend hell aufleuchtete.

»Tatsächlich? Für mich ist das die allererste Reise. Wo warst du denn überall?«

Aha, Fernweh! »Geboren worden bin ich in Thoram; mein Vater war damals als offizieller Abgesandter Yantosis dort.«

»In Thoram?!«

Kiéran nickte und zog eine Grimasse. »Mitten im Feindesland. Auch damals war es schon ziemlich schlimm dort, und Fürst Ceruscan ließ meinen Vater bis zum letzten Moment die Verhandlungen vor Ort führen. Nach zwei Jahresläufen mussten meine Eltern schließlich mit mir fliehen, sonst wären wir wahrscheinlich im Kerker von Wardak Maharir gelandet, Cerdus Maharirs Vater.«

»Kannst du dich an die Flucht noch erinnern?«

»Ganz dunkel. Sie haben versucht, es mir als großes Abenteuer zu verkaufen. Aber schon damals wusste ich, dass irgendwas nicht stimmte. Um ein Haar hätte ich im entscheidenden Moment losgeplärrt.«

»Aber du hast es nicht gemacht.«

»Weil meine Mutter mir eine Zuckerstange in den Mund gesteckt hat.«

Jerusha musste lachen. »Immerhin, das mit dem Losplärren würde dir heute nicht mehr passieren.«

»Aber Zuckerstangen mag ich immer noch«, sagte Kiéran und grinste. »Als Nächstes wurde mein Vater nach Elisondo geschickt, ins Land der Blauen Wolken. Weißt du, wo das ist?«

Zu seinem Erstaunen nickte Jerusha. »Ja, in der Dorfschule hatten wir einen guten Lehrer. Elisondo liegt weit im Süden, jenseits des Meeres. Stimmt es, dass dort die wilden Tiere so zahm sind, dass man sie streicheln kann? Dass es zwar Besitz gibt, aber jeder über alles verfügen darf?«

Kiéran nickte und erinnerte sich daran, wie unbeschwert er damals alles ausgeliehen hatte, was er gerade zum Spielen haben wollte. Vom Reitpony bis zum Kochtopf. Wie der Kodex des Gemeinsamen Nutzens wirklich funktionierte, hatte er erst nach und nach gelernt. »Das mit den Tieren stimmt. Weil das Leben jeden Wesens in Elisondo als heilig gilt, haben die Tiere keinen Grund, scheu zu sein. Aber das mit dem Besitz begann sich schon damals allmählich zu ändern.«

»Wie schade. Und wo warst du dann?«

»In Larangva und dann kurz in Khelgardsland, bis mein Vater wieder an den Fürstenhof von Yantosi zurückgerufen wurde«, sagte Kiéran. Doch er achtete kaum darauf, was er sagte. Irgendetwas Seltsames geschah gerade, und all seine Sinne schrien Alarm. Um die Stelle herum, an der er das Feuer vermutete, tanzte ein silbriger Schatten. Er bildete Formen, die nicht zufällig aussahen, und manchmal wirkten sie sogar wie die Parodie einer menschlichen Gestalt. Was bei allen Göttern konnte das sein?

»Was ist?«, flüsterte Jerusha.

»Ich weiß es nicht genau. Siehst du irgendetwas Ungewöhnliches um das Feuer herum?«

»Nein, nichts. Und was siehst *du*?« Ihre Aura flackerte und wurde schwächer, als sie es sagte. Er hatte keine Ahnung, was das zu bedeuten hatte.

»So eine Art Schatten. Nur hell.« Kiéran warf einen schnellen Blick auf die Pferde, die in der Nähe grasten; sie waren ganz ruhig, hatten nicht einmal die Köpfe gehoben. Vorsichtig streckte Kiéran die Hand aus, versuchte an den Schatten heranzukommen. Doch er glitt weg, kam dann kurz wieder und war mit einem Sprung erneut verschwunden. Es wirkte fast, als versuche er Kiéran zu narren. Kiéran hatte ein schlechtes Gefühl bei der ganzen Sache. War dieser silbrige Schatten eine Methode, mit der die Magier sie ausspionierten? Wenn ja, dann hatten sie bald Ärger zu erwarten.

Er wollte gerade ankündigen, dass er die erste Wache übernehmen würde, als Jerusha ihm zuvorkam. »Wäre es in Ordnung, wenn ich als Erste Wache halte?«

Das kam ihm seltsam vor, denn ganz offensichtlich war sie müde. Eben hatte sie kaum ein Gähnen unterdrücken können. Oder lag das daran, dass er sie gelangweilt hatte? Eher nicht. Sie hatte andere Gründe. Und er hätte zu gerne gewusst, welche.

»Ja, gut«, sagte er. »Aber weck mich gleich, wenn etwas Ungewöhnliches geschieht. Und halt das Feuer niedrig. Besser, wir machen nicht zu viele Leute auf uns aufmerksam.«

Kiéran dachte gar nicht daran, zu schlafen.

Kiéran wünschte ihr eine gute Nachtruhe, dann bastelte er sich ein Kopfkissen aus Gras, das beneidenswert weich aussah, und rollte sich in der Nähe des Feuers in seinen Umhang.

Jerusha setzte sich ein Stück von ihm entfernt auf einen umgestürzten Baumstamm und warf noch einmal einen Blick auf Amadera und Reyn, die dösend am Rand der Lichtung standen. Am liebsten hätte sie noch ein paar Aststücke aufs Feuer gelegt, sie fror schon wieder elendig. Außerdem wäre es schön gewesen, mit dem warmen gelben Licht die Dunkelheit zurückzudrängen. Jenseits des Lichtscheins erstreckte sich eine schwarze Unendlichkeit, die schwer zu ertragen war.

Jerusha zog ihren Umhang enger um sich. Das Knacken des Feuers und das Rauschen der Baumkronen im Wind waren die einzigen Geräusche, die an ihre Ohren drangen. Hin und wieder drehte der Wind kurz, und eine Rauchfahne wehte ihr ins Gesicht. Jerusha unterdrückte einen Hustenreiz. Schlief Kiéran schon? Sie rief ihn, ganz leise – keine Antwort. Na also. So leise wie möglich stand Jerusha auf und ging ein Stück weiter, damit ihre Stimme ihren Begleiter nicht aufweckte. »He, wo bist du?«, flüsterte sie.

»Meine Liebe, das wurde aber auch Zeit«, wisperte es aus der Schwärze zurück. »Ich habe es kaum noch geschafft, den Mund zu halten. Dieser Wald ist furchtbar! Die Schatten sind völlig *falsch!*«

»Was meinst du damit?«

»An vielen Stellen habe ich das Gefühl, dass jemand eingreift, alles so formt, wie es ihm gefällt. Wahrscheinlich diese Magier. Immerhin, gemeine Andere Wesen scheint es hier nicht zu geben.« Grísho seufzte tief und veränderte seine Gestalt, bis er einen Atemzug lang groß und klobig aussah wie ein Eisenfresser. »Nur ein paar Hunderthänder habe ich gesehen, aber die sind ja vor allem lästig.« Schon zerflossen Gríshos Umrisse wieder und verschmolzen mit Jerushas Schatten, den das Mondlicht geschaffen hatte.

Jerusha war nicht wohl zumute. Wenn die Magier Sharedor so stark kontrollierten, wussten sie dann schon, dass sie und Kiéran hier waren? »Und, was hältst du von Kiéran?«

»Ich glaube, er hat mich tatsächlich erblickt. Blind, haha! Er weiß noch gar nicht, was er alles sehen kann. Besser, ich halte mich fern von ihm. Es wäre ausgesprochen unvorteilhaft, wenn er versuchen würde, mich zu vernichten.«

»Schattenspringer können vernichtet werden?« Jerusha hob die Augenbrauen.

»Ja, aber ich verrate nicht, wie – je weniger Leute es wissen, desto besser. Dann kommt niemand auf dumme Gedanken.«

»Kiéran würde nicht versuchen, dich zu vernichten.«

»Bist du sicher? Er ist ein Krieger. Es liegt in seiner Natur, Dinge zu vernichten. Aber mir scheint, du magst ihn.«

Jerusha wollte den Kopf schütteln, es trotzig abstreiten, doch die Lüge mochte ihr nicht über die Lippen kommen. *Es stimmt. Ich mag ihn sehr. Und gerade deswegen hoffe ich, dass wir bald wieder getrennte Wege gehen.* Sie öffnete den Mund, um es zu gestehen, und spürte plötzlich, wie jemand sie von hinten packte. Vor Schreck und Überraschung wollte Jerusha aufschreien, doch eine Stimme flüsterte: »Kein Wort. Du würdest doch nur versuchen, eine Formel zu sprechen. Aber glaub mir, das wäre dein Tod.«

Lebenskraft

Kiérans Körper roch nach Rauch und Erde, und sein Arm umfasste ihren Körper wie eine eiserne Klammer. Ihre Füße berührten kaum noch den Boden, so fest hielt er sie im Griff. An ihrem Hals spürte sie eine Messerklinge. Waren das die letzten Atemzüge ihres Lebens? Und sie bekam schon jetzt kaum noch Luft vor Angst. Ghalils Schande, wieso nur hatte sie ihm vertraut! Und das, obwohl sie wusste, dass er ein Terak Denar war. Geübt im Töten.

»Es war von Anfang an eine Falle, richtig?« Enttäuschung und Wut klangen in seiner Stimme mit. »Du hast darauf gezählt, dass ich anbiete, mit dir zu reisen. Wahrscheinlich hättest du sehr bald versucht, meine Lebenskraft zu nehmen, Rattendreck, und dabei mochte ich dich. Sehr sogar.«

Falle? Lebenskraft? Was bei allen Göttern meint er damit? Die Worte hallten in Jerushas Kopf wider und fanden kein Echo … bis sie sich daran erinnerte, was er ihr am Waldrand erzählt hatte, und alles einen Sinn ergab. Er musste gehört haben, dass sie mit Grísho gesprochen hatte, mit einem Geschöpf der Dunkelheit. Er hielt sie für eine abtrünnige Magierin! Und sie konnte nicht widersprechen. Sollte sie es versuchen, bekam sie die Kehle durchgeschnitten. *Nein, nein, nein! Es darf nicht so enden, nein, so nicht!*

Ein heiseres Flüstern, das sich mit dem Rauschen der Baumkronen verwob. »Sie ist keine Magierin. Jedenfalls nicht dass ich wüsste.«

Grísho! Jerusha fühlte sich ganz schwach vor Erleichterung. Doch Kiérans Griff verstärkte sich eher noch. »Sag mir, wer du bist. Und wenn du dich näherst, dann …«

Jerusha ahnte, was Grísho jetzt tat. Er zeigte sich, bildete eine Gestalt. Einen Schatten ohne Ursprung, geformt nach seinem Willen aus der Dunkelheit. Und nur Shimounah selbst wusste, wie Kiéran darauf reagieren würde.

»Ein Schattenspringer bin ich. Und deine Lebenskraft will ich nicht, dafür habe ich keine Verwendung.«

»Aber vielleicht für meine Seele.« Seine Stimme klang rau vor Anspannung. »Hast du die von Jerusha schon verschlungen?«

Also steckte auch er bis zum Kragen voller Vorurteile gegen Schattenspringer! »Meine Seele ist immer noch genau dort, wo sie schon immer war«, zischte Jerusha und rammte ihm den Absatz ihres Stiefels auf die Zehen. »Und jetzt lass mich los, verdammt noch mal, Kiéran SaJintar. Sonst trete ich dir als Nächstes dahin, wo es *wirklich* wehtut!«

Plötzlich war sie frei, das Messer verschwunden. Jerusha wankte, wäre beinahe gestürzt. Sie wandte sich um, und dann blickten sie und Kiéran sich an. Erschrocken darüber, was fast geschehen wäre. Kiéran sah genauso erschüttert aus wie sie, und er atmete schwer. »Bei allen Göttern, Jerusha, es tut mir leid.«

Dabei mochte ich dich. Sehr sogar. Auf einmal musste Jerusha die Augen abwenden, sie schaffte es nicht mehr, seinem Blick zu begegnen. Wahrscheinlich hätte er das nie gesagt, wenn er nicht kurz davor gewesen wäre, sie umzubringen. Am besten, sie zwang sich, es wieder zu vergessen.

Ganz langsam setzte sich Jerusha auf einen Stein. »Es war auch mein Fehler. Wahrscheinlich hätte ich es dir sagen müssen. Doch Grísho legt normalerweise keinen Wert darauf, dass andere Menschen von seiner Existenz wissen. Ich habe ihn nur kennengelernt, weil er neugierig war.«

»So ist es«, wisperte Grísho. »Bis ein andermal, meine Liebe.« Seine Gestalt verschmolz mit der Nacht und war verschwunden.

Wortlos saßen sie nebeneinander in der Dunkelheit. Einmal bewegte sich Kiéran, um die Glut anzufachen, und Jerusha zuckte zusammen.

»Hast du Angst vor mir?«, fragte Kiéran rau.

»Ja«, flüsterte Jerusha. Doch das hatte nichts damit zu tun, dass er sie eben so erschreckt hatte. Es war eine Art von Angst, die ihr neu war. Angst vor dem, was er in ihr auslöste. Sie traute sich nicht zu, ihm das zu erklären.

»Es tut mir so leid. Ich hätte es besser wissen müssen.«

»Macht nichts«, sagte Jerusha, plötzlich kampflustig. »Du bist einfach deinem eigenen Rat gefolgt, hier in Sharedor niemandem zu vertrauen. Glaubst du wirklich, jemand kann einem Menschen die Seele nehmen?«

»Wieso nicht?« Er nahm die Herausforderung an. »Was ist denn die Seele? Ein Teil von uns, ein wenig greifbarer Teil, aber er ist irgendwo vorhanden. Seinen Verstand kann man verlieren, sein Gedächtnis, sein Herz, seine Lebenskraft, warum nicht auch die Seele?«

Jerusha zog die Augenbrauen hoch. »Tja, aber was genau sollte man mit einer fremden Seele anfangen? Sie eignet sich nicht dafür, die eigene auszupolstern. Als Maskottchen ist sie vielleicht noch ganz lustig. Und womöglich könnte sie unter Göttern oder irgendwelchen finsteren Fabelwesen als Tauschware dienen. Aber darüber hinaus?«

»Eine Seele als Maskottchen.« Kiéran lachte auf. »Tolle Idee. Obwohl, es gibt einige Leute, deren Seele eher in den Giftschrank gehört. Habt ihr auch ein paar von der Sorte in eurem Dorf?«

Für den Rest der Nacht gab es kein Schweigen mehr zwischen ihnen, wild sprangen sie von einem Thema zum nächsten, und Jerusha vergaß völlig, dass sie vorhin noch müde gewesen war. Der prachtvolle Sternenhimmel über ihnen musste diesmal ganz ohne ihre Bewunderung auskommen.

⋆ ⋆ ⋆

Als der Morgen dämmerte, schreckte Jerusha auf. Also war sie doch irgendwann eingeschlafen. Ein dunkelroter Umhang war über sie gebreitet. Verlegen kroch sie darunter hervor, tastete nach ihrer Wasserflasche und sah, dass Kiéran bewegungslos am Rand des Lagers stand, er schien zu lauschen. Alarmiert richtete sich Jerusha auf. Sie bemerkte, dass Reyn und Amadera den Kopf gehoben hatten.

Nach ein paar Momenten hörte Jerusha es selbst. Schreie. Die Rufe einer Frau!

»Klingt, als sei da jemand in Schwierigkeiten«, sagte Kiéran nüchtern. »Ich fürchte, wir müssen nachsehen.«

»Ja«, stimmte Jerusha schweren Herzens zu und nahm hastig einen Schluck. Das Wasser war eiskalt von der Nacht. »Vielleicht ist ihre Gruppe überfallen worden. Es muss in unserer Nähe passiert sein.«

»Nicht unbedingt. Kann sein, dass sie schon eine Weile herumirrt.« Kiéran war schon dabei, seinen Rappen zu satteln und ihn von den Fußfesseln zu befreien. Schnell hängte sich Jerusha Bogen und Köcher um und machte auch Amadera bereit.

Reyn warf den Kopf hoch und tänzelte, nach der langen Nachtruhe war er wieder voller Tatendrang. Kiéran hatte Mühe aufzusteigen und bedachte sein Pferd mit ein paar saftigen Flüchen, in denen mehrere Götter vorkamen. Dann wandte er sich Jerusha zu. »Denk dran – wenn dir irgendetwas verdächtig erscheint, gib Amadera die Sporen. Nicht auf mich warten, in Ordnung? Ich hole euch schon wieder ein.«

Jerusha nickte. Ihr Mund fühlte sich trocken und pappig an. Sie hätte gerne einen Haselzweig gekaut, um ihre Zähne zu reinigen, doch dazu war jetzt keine Zeit.

Schon nach einem kurzen Ritt hatten sie die Frau gefunden. Es wäre schwer gewesen, sie zu verfehlen, sie irrte im Zickzack über die Waldstraße. Sie war etwa so alt wie Jerushas Mutter und sah schrecklich aus – ihr gelbes Kleid war verdreckt und zerrissen, hier und da sah Jerusha Blutspuren. Auch ihre Schuhe hatte sie verloren.

»Was ist geschehen?«, fragte Jerusha erschrocken. Der verstörte Blick der Frau ging Jerusha ans Herz. So hätte sie selbst enden können, wenn sie allein in den Wald von Sharedor geritten wäre!

»Sie haben uns überfallen«, schluchzte die Frau. »Wir waren zu viert, aber alle meine Begleiter sind tot. Ich konnte entkommen, ich weiß auch nicht mehr, wie. Das war vor zwei Tagen. Bitte!«

»Wir helfen Euch! Wartet, ich habe Verbandszeug dabei!« Jerusha ließ sich von Amaderas Rücken gleiten und begann, in ihrer linken Satteltasche zu kramen. Hier musste doch irgendwo ihr kleines Reisemedicum mit den getrockneten Kräutern und Essenzen sein.

Die Frau schwankte und brach in die Knie; ihre wirren grauen Haare fielen ihr ins Gesicht. Erschrocken wollte Jerusha zu ihr eilen, um ihr zu helfen, doch Kiérans Stimme hielt sie auf. »Fass sie nicht an!«, sagte er eindringlich. »Ich bin mir nicht sicher, ob das alles echt ist.«

Jerusha hielt inne. Ihr wurde bewusst, dass sie kaum eine Menschenlänge von der Frau entfernt war. Und dass sie jetzt auf dem Boden stand. Bis sie wieder aufgestiegen war, konnte es zu spät sein.

* * *

Kiéran wusste selbst nicht genau, warum er der Frau misstraute. Vielleicht, weil ihre Aura so heftig flackerte, dass er sich abwenden musste, weil ihm schwindelig wurde. Er hielt Reyn am kurzen Zügel und überlegte, ob er das Messer ziehen sollte.

Ihm fiel auf, dass Reyn den Kopf in eine ganz andere Richtung wandte, keineswegs der Frau zu. Schnell drehte sich Kiéran um – und stieß einen unterdrückten Fluch aus. Dort war noch ein Mensch auf der Straße. Konnte es sein, dass er zur Gruppe der Frau gehört hatte? Nein, sie hatte gesagt, dass alle ihre Begleiter tot waren. War dieser Kerl dort für das Massaker verantwortlich?

»Jerusha«, sagte er gepresst. »Da auf der Straße. Der Mensch. Beschreib ihn mir.«

Erschrocken fuhr Jerusha herum und starrte die Straße entlang. »Ghalils Schande, der sieht aber seltsam aus!«

»Wie genau?«, drängte Kiéran. Es war schrecklich frustrierend, solche Dinge selbst nicht erkennen zu können.

»Ähm, der Mann ist groß und dürr. Er hat graublonde lockige Haare und einen Bart, den er mal wieder stutzen müsste. Soweit ich von hier aus erkennen kann, sehen seine Augen ein bisschen rot und entzündet aus, aber das komischste ist, dass er eine bestickte blaue Bluse trägt, die eher zu einer Frau passen würde. Dazu einen breiten Lederhut, Langhosen aus Leder und Sandalen. Ist ja eigentlich noch zu kühl für Sandalen.« Jerusha zögerte, und ihre Stimme veränderte sich. Hörte sich auf einmal beklommen an. »Kiéran ...«

»Was?«, fragte er, und sein Herz krampfte sich zusammen.

»Sein Blick ... Kiéran, ich glaube, wir sollten uns jetzt aus dem Staub machen.«

Doch das ging nicht. Wenn die alte Frau keine Magierin war, dann durften sie sie nicht im Stich lassen. »Steig auf«, befahl Kiéran knapp, und Jerusha zog sich rasch in Amaderas Sattel. »Und jetzt los – so schnell du kannst!«

»Und du?« Sie zögerte, warf einen Blick auf die alte Frau.

»Ich bleibe hier.«

Der Mann war noch etwa fünf Menschenlängen entfernt. Scheinbar selbstvergessen schlenderte er auf der Straße entlang, als sei er auf dem Weg zu einem Picknick und habe noch viel Zeit.

Doch Kiéran beachtete ihn nicht mehr. Es war die Frau, die er im Blick behielt. Ganz langsam hob sie den Kopf, und als sie den Mann auf der Straße sah, veränderte sich ihre Aura, flammte auf einmal silbrig-kühl auf. Als Kiéran diesmal ihre Stimme hörte, überlief ihn ein Schauder.

»Du schon wieder«, fauchte sie in Richtung des Mannes. »Pack dich, verschwinde, Oriol. Diese Beute gehört mir!«

Jerusha schrie auf, und Amadera jagte los wie ein Pfeil, der von der Sehne schnellt. Kaum einen Atemzug später galoppierte Reyn aus dem

Stand an, schon nach zwei Sprüngen hatte er die Stute überholt. Die Straße führte mitten zwischen Bäumen hindurch, die lange nicht mehr gestutzt worden waren, und Kiéran beugte sich vor, damit er nicht durch niedrig hängende Äste aus dem Sattel geholt wurde. Doch Jerusha dachte zu spät daran. Sie blickte sich gerade nach den Magiern um, als sie gegen einen Ast prallte und rücklings vom Pferd geschleudert wurde. Eine eisige Welle der Furcht jagte durch Kiéran. *Hoffentlich hat ihr das nicht sämtliche Knochen gebrochen. Und selbst wenn nicht – gleich zwei Magier warten schon auf uns.*

Er zügelte seinen Hengst und ließ sich gleichzeitig von seinem Rücken gleiten. Schlecht gelaunt trabte Reyn mit baumelnden Steigbügeln weiter; wahrscheinlich wollte er hinter Amadera her, die einfach weitergeprescht war. »Treuloses Biest«, murmelte Kiéran und hastete zu Jerusha hinüber. Zum Glück richtete sie sich gerade stöhnend auf, anscheinend hatte sie nur ein paar Abschürfungen. Sogar ihr Bogen war noch ganz, echte Wertarbeit aus Benaris. »Es ging alles so schnell. Plötzlich lag ich unten – war das ein Zauber?«

»Nein, nur ein Ast«, sagte Kiéran trocken. Er blickte sich kurz um; die Frau hielt sich zurück. Anscheinend hatte sie sich schon halb damit abgefunden, dass Oriol ihr wieder einmal die Beute abjagen würde. Der Magier stand nun direkt vor ihm, keine zwei Menschenlängen entfernt. Kiéran trat zwischen ihn und Jerusha.

»Oh, ein Edelmann«, spottete der Magier. »Immer schön die Dame beschützen, was?«

»Dafür muss man kein Edelmann sein, es reicht auch, wenn man ein Idiot ist«, gab Kiéran grimmig zurück. »Und du, warum hast du es nötig, hier im Wald so jämmerlich zu leben wie eine Laus im Bärenpelz? Was ist passiert in Tir'han Quedys, dass dich die Akademie nicht mehr mag?«

»Ich? Oh, ich war ihnen nicht genehm, von Anfang an nicht.« Ein beiläufiges Lachen. »Und du, Roter Wolf, wo hast du dein Schwert gelassen? Fühlst du dich nicht nackt ohne das Ding?«

Der Kerl redete viel. Das war gut. Irgendwo würde sich schon ein Ansatzpunkt finden lassen, ein Hebel. »Doch«, sagte Kiéran. »Kannst du mir eins herzaubern?«

Oriol lachte noch einmal. Er streckte eine magere Hand aus, die in der blauen Rüschenbluse wahrscheinlich völlig lächerlich aussah, und Kiéran hörte etwas auf die Schotterstraße klirren. Tatsächlich, ein Schwert, ein Zweihänder. Kiéran war auf der Hut, als er es aufhob und schwang – tatsächlich, das Metall fühlte sich eisig kalt an und verbrannte seine Haut. Hastig schleuderte Kiéran es wieder von sich. Vor seinen Augen schmolz das Schwert in sich zusammen, löste sich in silbrigglänzende Tropfen auf und verschwand.

»Ich habe mal gehört, dass sie einen in Tir'han Quedys rausgeworfen haben, weil er zwar sehr talentiert, aber zu wild war«, sagte Kiéran. »Weil die Lehrer nicht mit ihm zurechtkamen. Warst du das?« Es entsprach nicht ganz der Wahrheit, tatsächlich war derjenige wegen Gaunereien und Erpressungen seiner Mitschüler von der Akademie geflogen. Aber die andere Version entsprach sicher mehr dem Selbstbild dieses Oriol.

Und tatsächlich, zum ersten Mal wirkte er interessiert. »Kann sein. Vielleicht, vielleicht auch nicht.«

Kiéran erwiderte nichts, und schon nach wenigen Momenten konnte Oriol der Versuchung nicht widerstehen. »Sie haben schnell gemerkt, dass ich ihnen überlegen war. Und wer mag das schon?«

»Haben sie dir denn eine echte Chance gegeben?«

»Nein.« Oriols Stimme klang hasserfüllt. »Im dritten Jahreslauf war Schluss.« Er spuckte auf den Boden. Die Spucke traf einen Stein, der zu brodeln begann wie eine siedende Flüssigkeit. Kiéran achtete darauf, dass er seine Füße in sicherer Entfernung hielt.

»Was für eine Schande«, meinte er. »Ich habe gehört, dass sie in Khedira gute Magier suchen; und die Akademie hat dort keine Macht. Aber vielleicht bereitet es dir ja mehr Freude, ab und zu eine Händlerin zu töten. Daher die Kleider, stimmt's?«

»Geht dich nichts an, Idiot«, brummte Oriol gereizt und streckte wieder die Hand aus. Ein Blitz aus purem Schmerz traf Kiéran, raste brennend durch ihn hindurch. Er krümmte sich vor Qual, und seine Füße trugen ihn nicht mehr, ließen ihn einfach im Stich. Der Boden raste heran, doch Kiéran fühlte den Aufprall kaum. Viel schlimmer war, dass sich seine Muskeln so heftig verkrampften – es fühlte sich an, als wollten sie seinen Körper zerreißen. Noch ein paar Momente, und es würde nicht mehr viel Lebenskraft übrig sein, die Oriol ihm noch nehmen konnte!

Irgendwo in weiter Ferne hörte er Jerusha aufschreien. Ein Pfeil jagte an Kiéran vorbei und traf Oriol mitten in die Brust. Als hätte das den Magier abgelenkt, ließen die Schmerzen ein wenig nach, und Kiéran kam mühsam wieder auf die Beine. Gerade rechtzeitig, um beobachten zu können, wie Oriol sich milde interessiert den Pfeil aus der

Brust pflückte. Eine kurze Formel, und der hölzerne Schaft verwandelte sich in etwas anderes. Was war das, diese rote Linie, die sich dort über den Boden schlängelte? Verdammt, eine Viper! Sie kroch zielstrebig auf Jerusha zu. Doch dort kam sie nicht an – Kiéran stellte der Viper einen Fuß in den Nacken und brach ihr das Genick.

Immerhin, er konnte wieder stehen, auch wenn er noch ein wenig schwankte. »Wo waren wir stehen geblieben? Ach ja, die Akademie. Ich kenne einen Weg, wie du dich rächen kannst. Interessiert?«

Oriol senkte die Hand. Kiéran hätte zu gerne gewusst, wie er dreinblickte. Vermutlich misstrauisch. »Ja«, sagte er knapp. »Sag es mir. Dann lasse ich euch laufen. Vielleicht.«

»Nein.« Kiéran schüttelte den Kopf, auch wenn es ihm schwerfiel, weil sich sein Hals anfühlte, als hätte irgendwer daraufgetreten. Und zwar mindestens einer der riesigen Eisenfresser, die in Khelgardsland mit bloßen Händen das Erz aus den Bergen scharrten und verzehrten. »Kein Geschäft. Entweder ihr lasst uns in Ruhe, du und das Weib da, oder du erfährst es nie.« Ein Teil seiner selbst staunte, wie kühl und ruhig er über sein und Jerushas Leben verhandelte. Der Trick war, nicht daran zu denken, was auf dem Spiel stand.

»Na gut«, knurrte Oriol nach einer Weile. Doch seine Aura flackerte, als er es sagte, und inzwischen ahnte Kiéran, dass das eine Lüge verriet.

»Und falls du darüber nachdenken solltest, dein Wort nicht zu halten – wenn ich tot bin, funktioniert die Sache nicht«, schob Kiéran nach.

»Rattendreck, jetzt komm endlich zum Punkt! Ich gebe euch mein verdammtes Wort!« Jetzt brüllte Oriol, und Kiéran wusste, dass er besser etwas lieferte, und zwar schnell. Schade nur, dass sein letzter Besuch in Tir'han Quedys eine Ewigkeit her war. Und zu allem Übel hatten sie ihm dabei die Augen verbunden. Kurz, er brauchte noch ein paar Momente mehr, um sich etwas auszudenken.

Zum Glück hatte Oriol gerade andere Probleme.

»Das meinst du doch nicht ernst, dass du die laufen lassen willst!«, kreischte die Magierin. »Gib sie mir, wenn du sie nicht willst! Ich brauch die Kraft. Und diesmal bin ich dran.« Plötzlich zückte sie ein handlanges Ding, das wie das Horn eines Fabelwesens aussah. Kiéran hatte keine Ahnung, wie es für Jerusha wirkte, doch für ihn schimmerte es bläulich. Kiérans Herz schlug einen Salto. War das eine magische Waffe?

Übel gelaunt drehte Oriol sich zu der Magierin um und streckte die Hand nach ihr aus. Etwas geschah, was Kiéran nicht erkennen konnte, dann begann die Magierin zu schreien. Ihr ganzer Körper leuchtete in einem grünlichen Licht auf, und nun konnte er sehen, wie irgendeine Macht ihr erst die Haut wegätzte und dann das Fleisch – es schmolz dahin wie Wachs in der Sonne, darunter kamen weißliche Sehnen und Knochen zum Vorschein. Mit einem widerlichen Geräusch brach ihr Körper auf der Waldstraße zusammen. Xatos' Rache, und sie lebte immer noch! Der Ton ihrer Stimme war so schrill, dass er Kiéran durch den Schädel zu sägen schien.

Auch Jerusha schrie. Doch es klang nicht nach Panik, sie wollte ihm etwas mitteilen. »Es war ein Lichtblitz, Kiéran!«, brüllte sie. »*Ein Lichtblitz!*«

Kiéran begriff sofort. Ein Blinder konnte diesen Blitz nicht sehen – hoffentlich bedeutete das auch, dass diese magische Waffe bei ihm nicht wirkte. Er warf sich in Richtung dessen, was von der Magierin übrig war, rollte unfassbar schlecht ab und bekam trotzdem das bläulich leuchtende Horn zu fassen. Dann stürzte er sich auf Oriol – mit all der wilden Wut, die sich in ihm aufgestaut hatte. Natürlich hatte das Ganze mindestens drei Atemzüge gedauert. Genug Zeit für Oriol, sein tödliches magisches Licht zu entfesseln, das so viel mächtiger war als der reine Schmerz.

Kiéran bemerkte den Blitz nicht einmal. Und Oriol blieb wahrscheinlich kaum Zeit für einen verblüfften Blick, bevor das Horn ihn durchbohrte.

»Tja, eigentlich habe ich nicht viel Lust, ihm auch noch ein Grab zu schaufeln«, sagte Kiéran und klopfte sich die Hände an der Hose ab. »Was meinst du, sollen wir die beiden hierlassen als Fraß für die Krähen? Vorher ziehen wir sie natürlich von der Straße, sonst wird den Reisenden übel, die hier vorbeikommen.«

Keine Antwort. Ein kurzer Blick auf ihre schwache Aura genügte, dann war ihm klar, dass Jerusha gerade nicht in der Verfassung war, solche Dinge zu diskutieren. Vermutlich hatte sie noch nie einen Menschen sterben sehen, und schon gar nicht auf solche Art. Behutsam nahm er sie in die Arme, und sie sträubte sich nicht dagegen. Kiéran sagte nichts, strich Jerusha einfach nur übers Haar – lockig war es und roch nach Nachtlilien. Er schloss die Augen und atmete ihren Duft ein. Nach einer Weile ließ Jerushas Zittern nach. Kiéran fühlte sich ihr so nah, dass es ihm Angst machte. Es war ihm unendlich egal, dass sie ein käufliches Mädchen war. Mit aller Macht kämpfte er gegen den Wunsch an, sie zu küssen.

»Kiéran«, sagte sie schließlich, schien um die richtigen Worte zu kämpfen. »Was genau seid ihr Terak Denar? Ich dachte, ihr würdet nur kämpfen. Doch beinahe hättest du ihn allein mit Worten besiegt.«

»Eher nicht unser Spezialgebiet«, gab Kiéran zu und verstaute das Horn in seinem Reisegepäck. Schon beim Kampf hatte er bemerkt, dass es innen zum Teil ausgehöhlt worden war, anscheinend hatte es jemand als Trinkbecher benutzt. »Aber mein Vater hat mich damals oft genug zu Verhandlungen mitgenommen. Manchmal fand ich das zum Gähnen langweilig. Aber ich muss wohl doch was gelernt haben dabei.«

* * *

War das der Fluch, der sich bewahrheitete? In Gedanken hatte sie Dario schon verraten. Wenn sie Kiéran anblickte, dann durchzog Wärme ihren ganzen Körper. Wenn sie an ihn dachte, lächelte sie, fast ohne es zu merken. Vorhin hatte sie sich nichts mehr gewünscht, als dass Kiéran sie in die Arme nahm. Und er hatte es getan.

Es darf nicht weitergehen! Nicht nur, weil ich Dario versprochen bin. Wenn ich mich in Kiéran verliebe, wird der Fluch auch ihn treffen. Und das darf nicht geschehen. Das darf nicht sein!

»He, sieh mal, wer da kommt«, sagte Kiéran heiter und deutete auf zwei Pferde, die sich im Trab näherten. »Ich glaube, Reyn hat jemanden mitgebracht.« Tatsächlich, der Rappe schien Amadera auf die Menschen zuzudrängen.

»Also brauchen wir nicht zu Fuß zu gehen.« Jerusha zwang sich zu einem Lächeln und griff nach Amaderas Zügeln, um sie einzufangen. Das kastanienbraune Fell der Stute war dunkel vor Schweiß.

Der große Hengst lief zu Kiéran und drückte die Stirn gegen dessen Brust. Lachend ließ sich Kiéran einen Schritt zurückschubsen und klopfte seinem Rappen den Hals. »Na, Schwarzer. Hab ich mir's doch gedacht, dass du nicht einfach so abgehauen bist. He, du Mistvieh, lass meinen Ärmel in Frieden!«

Ob Kiéran sich darüber wunderte, dass seine Reisegefährtin so still war, während sie weiterritten? *Noch einen Tag bis zum Waldrand, dann heißt es Lebewohl,* ging es Jerusha durch den Kopf. *Dann werde ich ihn sicher bald vergessen. Er hat mich beeindruckt, das ist alles. Einen Mann wie ihn trifft man eben nicht alle Tage.*

»Ich glaube nicht, dass sich die Magier trauen, uns noch mal anzugreifen«, brach Kiéran schließlich das Schweigen. »Bin gespannt, ob jemand in der Quellenveste weiß, was das für ein komisches Horn ist, das ich erbeutet habe. Ach ja, was ich schon längst fragen wollte – wie hast du eigentlich diesen Schattenspringer kennengelernt?«

Sie redeten eine Weile über Grísho, dann zog sich Jerusha wieder in sich selbst zurück. *Dario hätte mich nicht zwingen sollen, die Skulptur zu verkaufen. Das hat unserer Liebe einen Knacks gegeben. Wieso war er so stur, wieso hat er mir nicht einfach geholfen? Wenn man sich liebt, muss man sich aufeinander verlassen können.*

Ungebeten drängte sich ein Gedanke dazwischen. *Kiéran würde mich nie im Stich lassen.* Wieder stand ihr das Bild vor Augen, wie er sich zwischen sie und den Magier gestellt hatte. Wie er der Viper das Genick gebrochen hatte, ohne einen Moment zu zögern. Ob Dario den Mut dazu gehabt hätte?

Wütend auf sich selbst presste Jerusha die Lippen zusammen. *Das ist ein Riesenunterschied! Ein Soldat wie Kiéran ist die Gefahr gewohnt.*

Erst als sie am frühen Abend im Windschatten eines hohen Felsens ihr Lager aufschlugen, vergaß Jerusha ein paar Momente lang ihre Sorgen. Ein paar Steine waren von dem Felsen abgebröckelt, sie waren von einem herrlich glänzenden Schwarz. Fasziniert kletterte Jerusha oberhalb ihres Lagers herum und brach ein paar weitere Brocken heraus, um sie zu untersuchen. Sie drehte einen der Steine in den Händen und versuchte zu erkennen, nach was für einer Skulptur er rief. Auf Anhieb gab ihre Phantasie keine Antwort, aber das eilte ja nicht. Sie würde ein paar schöne Stücke mitnehmen und sich später mit ihnen beschäftigen.

»Hier war vor langer Zeit mal ein Vulkan«, erzählte sie Kiéran. »Wahrscheinlich zogen sich Feuerströme über diese ganze Gegend. Später ist dann der Wald von Sharedor über die Reste des Vulkans gewachsen.«

»Woher weißt du das alles?« Kiéran wirkte verblüfft.

»Die Steine erzählen es. Fühl mal, hier.« Sie gab ihm einen der schwarzen Brocken, die sie aufgehoben hatte. »Er stammt aus einem Vulkan. Mit Stein kenne ich mich aus, ich bin Bildhauerin.« Jerusha wunderte sich ein wenig, dass er sich bisher so gar nicht dafür interessiert hatte, was ihre Berufung war.

»Du bist, äh, was?«

»Bildhauerin«, wiederholte Jerusha ungeduldig. »Du weißt, was das ist, oder? Ich forme Skulpturen. Aus Stein, Ton, Bronze. Solche Dinge eben. So was Ähnliches wie ein Steinmetz, nur zuständig für die feineren Sachen.«

»Ich weiß, was Bildhauer machen.« Ganz langsam setzte sich Kiéran auf einen Felsen, schüttelte den Kopf und stützte das Gesicht in die Hände. »Kann es sein, dass der Wirt des *Tanzenden Hirschen* wütend auf dich war? Er hat mir eine Menge böswilligen Unsinn über dich erzählt. Und ich war so blöd und habe es auch noch geglaubt.«

Ein schrecklicher Verdacht dämmerte in Jerusha herauf. »Moment mal, was genau hat dieser Widerling gesagt? Natürlich war er wütend auf mich! Nach einem Tag in dieser scheußlichen Absteige habe ich ihm gesagt, was ich von ihm halte, und bin weitergeritten.«

Kiéran war aufgestanden, rastlos ging er umher. »Er hat gesagt, dass du – verdammt, nein, ich wiederhole das jetzt nicht!« Er schlug mit der flachen Hand gegen den Stamm einer Craune.

Jerusha begriff trotzdem, was er meinte, und sie spürte, wie ihr Gesicht heiß wurde vor Scham und Zorn. »Du hast die ganze Zeit gedacht, dass ich eine käufliche Frau bin? Wieso hast du mich nicht einfach *gefragt?* Dachtest du, ich lüge dich an?« Wutentbrannt schleuderte Jerusha den Stein, den sie hielt, gegen die Klippe. Splitter flogen in alle Richtungen, und die Pferde rissen erschrocken die Köpfe hoch.

»Was genau hätte ich dich fragen sollen? Wie viel eine Nacht mit dir kostet? Wie viele Männer du an dem Tag schon gehabt hast? Wie sich so was anfühlt? Verdammt, da ist es doch leichter, ein halbes Dutzend Eisenfresser zu köpfen!« Jetzt brüllte Kiéran ebenfalls.

»Kann ich mir vorstellen, dass dir das leichter fällt! Deine Berufung ist es schließlich, Leute in Stücke zu hacken!«

»Ich finde es nicht viel besser, den ganzen Tag Steine zu klopfen!«

Was für ein Idiot! Brodelnd vor Wut hängte sich Jerusha den Bogen über die Schulter und marschierte in den Wald hinein, der ihr Lager umgab. »Ich gehe jagen. Vielleicht wärst du so gütig, währenddessen ein wenig trockenes Holz für unser Feuer zu suchen.«

Doch sie hörte seine schnellen Schritte hinter sich, er kam ihr nach. »Denk nicht mal daran, allein da raus zu gehen!« Kiéran griff nach ihrem Arm, doch Jerusha schüttelte seine Hand ab.

»Ach, du bist unverwundbar?«, knurrte er. »Xatos' Rache, wir sind immer noch in Sharedor, und durch den Krach, den wir gemacht haben, weiß inzwischen jeder, dass wir hier sind.«

Er hat recht. Jerusha blieb stehen und zwang sich, einmal tief durchzuatmen. Sie blickte hoch, sah ihm voll ins Gesicht – und wünschte gleich darauf, sie hätte es nicht getan, denn das Gefühl, das sie dabei durchlief, war zu stark. Jedes Detail seiner Züge schien ihr vertraut, wie konnte das sein nach dieser kurzen Zeit? Seine schönen braunen Augen, die so wenig sahen und doch so viel, die rechte Augenbraue, die ein klein wenig anders geschwungen war als die linke, die klaren Linien seiner Nase und seines Kinns, der kleine dunkle Fleck etwas oberhalb seiner Lippen, seine verstrubbelten dunkelbraunen Haare, die Art, wie sich die Narben auf der linken Seite seines Gesichts kreuzten.

»Stimmt, das mit der Jagd war keine gute Idee«, sagte sie und spürte, dass ihre Wut schon fast verraucht war. »Ich könnte dir helfen, Feuer zu machen, und dann könnten wir …«

»Ich brauche keine Hilfe«, unterbrach er sie mit gepresster Stimme. Dann wandte er sich um, ging zum Lager zurück und begann, die schwarzen Vulkansteine zu einer Feuerstelle zusammenzuschichten.

Schweigend übernahm es Jerusha, Holz für das Feuer zu sammeln und auf die richtige Länge zusammenzustutzen. Aus dem Augenwinkel beobachtete sie, wie er sich mit dem Feuer abmühte, das er nicht erkennen konnte, doch sie bot ihm nicht noch einmal ihre Unterstützung an. Stattdessen lauschte sie unruhig in den Wald hinein. Würden die Magier sich nach dem Zwischenfall mit Oriol tatsächlich von ihnen fernhalten, oder würden sie noch einmal angreifen? Doch als nichts geschah, legte sich ihre Furcht allmählich wieder.

Ich hatte kein Recht, ihm das alles vorzuwerfen. Jerusha spürte, wie ihr Gewissen sich regte. *Angelogen habe ich ihn zwar nicht, aber ich habe ihm eine Menge verschwiegen. Dario. Meine Verlobung. Den Fluch.*

Sie ging zu ihm und stellte sich neben ihn. »Hör zu, es tut mir leid. Ich habe gerade eine Menge Blödsinn geredet. Du kannst nichts dafür. Überhaupt nichts.«

Kiéran blickte hoch und richtete sich dann langsam auf. »Komm her«, sagte er sanft.

Jerusha trat einen Schritt näher. *Er wird mich küssen.* Panik quoll in ihr hoch, denn nichts wünschte sie sich sehnlicher. Und gerade deswegen durfte es nicht sein!

Instinktiv schüttelte Jerusha den Kopf; sie bekam kein Wort heraus. Sie wandte sämtliche Willenskraft auf, die sie noch besaß, und drehte sich um. Wandte sich ab von ihm.

Kurz darauf hörte sie, wie er mit Reyn sprach, und merkte, dass er seinen Hengst sattelte. Er würde gehen. Irgendwie hatte sie es gewusst.

Seine Worte aus dem Gasthaus kamen ihr wieder in den Sinn. *Ich glaube, Ihr leidet an der gleichen Krankheit wie ich – zu viel Stolz.*

Jetzt hielt Kiéran inne. Aber nicht, um sie anzusehen – er blickte in den Wald hinein. Jerusha spürte, wie ihre Eingeweide sich vor Furcht verknoteten. Doch es waren keine Magier, die sich näherten, das hörte sie kurz darauf selbst. Es war der Hufschlag vieler Pferde, der durch den Wald hallte. Kiéran band Reyns Zügel an einen Baum und warf sich seinen dunkelroten Umhang über die Schultern, dann hasteten er und Jerusha zur Straße.

Es war ein Trupp Soldaten, die grau-blaue Uniformen mit dem Wappen der AoWestas trugen, Quelle und Schwert. In disziplinierter Formation ritten sie über die Waldstraße, immer drei Soldaten nebeneinander. Als sie Kiéran und Jerusha sahen, zügelten sie ihre Pferde, erstaunte Ausrufe ertönten. Einer der Männer, dessen Umhang goldene Rangabzeichen zierten, hob die Hand zum Gruß und lenkte sein Pferd vor Kiéran. »Sir! Meine Leute stehen zu Eurer Verfügung. Darf ich fragen, in welcher Mission Ihr unterwegs seid, Escadrán?« Jerusha beachtete er gar nicht.

»Keine besondere Mission, Leutnant«, sagte Kiéran und erwiderte den Gruß beiläufig. »Wohin seid Ihr unterwegs?«

»Wir kehren von einer Patrouille zurück zur Quellenveste. Keine besonderen Vorkommnisse. Braucht Ihr Unterstützung, Sir?«

»Ja. Diese Dame hier benötigt eine Eskorte in Richtung Tholus – drei oder vier Männer dürften reichen. Ich selbst erbitte Erlaubnis, mich Eurer Patrouille anzuschließen; mein Weg führt ohnehin zur Quellenveste.«

»Erlaubnis erteilt, Sir. Es ist uns eine Ehre.« Der Leutnant salutierte, dann rief er ein paar Namen, und vier Männer lösten sich aus der Gruppe. Das war wohl die Eskorte.

»Ich hole nur kurz meine Sachen«, sagte Jerusha, doch ihre Füße wollten kaum gehorchen. Es ging alles so schnell. Viel zu schnell!

»Mein Pferd ist auch noch auf der Lichtung. Bis gleich.« Kiéran grüßte die Soldaten, drehte sich um und ging in den Wald zurück.

Jerusha war so nervös, dass sie es nicht schaffte, Amaderas Sattelgurt festzuziehen. Wortlos trat Kiéran neben sie und übernahm es für sie. An der Art, wie seine Finger nach dem Gurt tasteten, merkte sie, dass er ihn nicht sah; doch jemand, der Kiéran nicht kannte, hätte wahrscheinlich nichts davon bemerkt.

»Was erwartet dich in der Quellenveste?«, fragte sie ihn leise. Anscheinend war er ein hoher Offizier, doch würde ihm das jetzt noch etwas nutzen?

Er wandte den Kopf. Was sah er, wenn er sie so anblickte? Vielleicht würde sie es niemals erfahren. »Was mich erwartet? Ich weiß es nicht.«

»Du wirst es schaffen. Ob blind oder nicht.«

Kiéran nickte. »Pass auf dich auf, Jerusha«, sagte er, und einen flüchtigen Moment lang spürte sie seine Hand auf ihrer Wange. »Xatos schütze dich, wohin deine Reise auch führen mag.«

Eine Zeit lang nahmen Truppe und Eskorte noch den gleichen Weg. Jerusha sah zu, wie Kiéran und der Leutnant nebeneinander ritten und sich unterhielten. Dann gabelte sich die Waldstraße, und die Patrouille bog in Richtung Quellenveste ab. Jerusha ritt mit der Eskorte geradeaus. Kurz wandte sich Kiéran um, hob die Hand zum Gruß.

Dann war er weg.

Mühsam versuchte Jerusha, ihre Tränen zurückzuhalten; sie wollte nicht vor diesen Soldaten weinen. Doch schließlich gab sie es auf. Sollten die Kerle doch denken, was sie wollten!

Die Quellenveste

Es schmerzte schlimmer als ein Schwerthieb, Abschied von Jerusha nehmen zu müssen. Wieso hatte er ihr nicht gesagt, dass er sie wiedersehen wollte? Nein. Sie hatte ihn abgelehnt, das war deutlich genug gewesen! Er musste versuchen, sie ebenso aus seinem Kopf zu verbannen wie Marielle. Was für ein Fluch Gefühle sein konnten.

Bildhauerin war sie also. Ja, geglaubt hatte er es ihr sofort. Allein, wie sie diesen Vulkanstein in den Händen gedreht hatte – wie ein kostbares Kleinod. Aber, Xatos' Rache, warum reiste eine Bildhauerin quer durch Ouenda? Wahrscheinlich würde er es nie erfahren.

Wie er ihre Wange berührt hatte. Wie ihre Aura aufgeleuchtet hatte dabei. *Nein, verdammt, jetzt denk nicht daran!*

Kiéran lenkte seine Gedanken zurück zu dem, was vor ihm lag, und zu Leutnant Tarquin, der neben ihm ritt. Durch ihn hatte Kiéran endlich erfahren, warum die Terak Denar nach dem Gefecht mit Cerdus Maharir so schnell wieder verschwunden waren. AoWesta hatte sie dazu abkommandiert, einen Aufstand von Elementarwesen nahe Raxa beizulegen. Feuernymphen waren außer Kontrolle geraten, nachdem irgendein Dörfler sich erdreistet hatte, eins der ewigen Feuer zu löschen.

»Aber inzwischen sind meine Kameraden doch längst zurück, nicht wahr?« Kiéran gab seiner Stimme einen gleichmütigen Klang. »Oder ist sonst noch etwas passiert?«

»Ja auf die erste Frage, nein auf die zweite«, sagte Tarquin. Er wirkte, als platze er gleich vor Neugier. Doch er wusste genau, dass Kiéran erst einmal seinem Kommandanten Bericht erstatten musste, bevor er jemand anderem gegenüber erwähnen durfte, was er erlebt hatte.

Noch in der gleichen Nacht gelangten sie aus dem Wald heraus und lagerten am Rande eines Dorfes. Doch bis zur Quellenveste war es noch ein Stück. Erst am übernächsten Abend, als die Sonne bereits untergegangen war, sah Kiéran in der Ferne etwas, das aus der Ebene hervorragte wie ein roh geschliffener Edelstein, eingebettet in eine Fassung aus Nebel und Rauch. Im ersten Moment war er verwirrt, doch dann wurde ihm klar, dass er mit seinen neuen Augen die gewaltigen Mauern und Türme der Quellenveste sah und den See, der sie umgab.

»Na, da ist sie ja«, meinte Kiéran und spürte, wie schnell sein Herz schlug. Heimweh? Furcht? Wahrscheinlich beides. »Keine zehn Meilen mehr, dann sind wir daheim.«

»Die Quellenveste? Wo?« Tarquin zügelte sein Pferd und hob die Fackel, die er trug. »Um ehrlich zu sein, ich sehe gar nichts, Sir. Es ist dunkel wie im Bauch einer Kröte.«

»An den Mauern haben sie einige Fackeln draußen, die sieht man weithin«, behauptete Kiéran, und dann hielt er lieber den Mund. Tarquin sah ihn sowieso schon seltsam von der Seite an. Nur Xatos wusste, was er über den Vorfall erzählen würde.

Kurz vor der Veste gabelte sich die Straße, und nach einem freundlichen Abschiedsgruß ritt Tarquin mit seinen Leuten weiter zur Garnison in Vestanus. In diesem Ort, der sich an die Burg anschmiegte wie eine Katze an den Kachelofen, lebten die meisten Menschen, die in der Quellenveste arbeiteten. Die Terak Denar selbst waren innerhalb der Mauern untergebracht, und so ritt Kiéran weiter und lenkte Reyn auf den breiten, gepflasterten Weg, der zur Veste selbst führte.

Ein paar Schritt vom Ufer des Sees entfernt zügelte er den Hengst, um mit seinen verbliebenen Sinnen herauszufinden, welches das Tor Ost war. Die sechseckige Wasserburg hatte zwei Tore, doch nur Tor Ost war um diese Zeit noch für Reisende geöffnet.

Kühle Luft, die nach stehendem Wasser und Algen roch, wehte Kiéran entgegen, und ein paar Stechmücken umschwirrten ihn. Einer alten Legende nach hatte Rorgar der Starke hier, an der Quelle des Benar, eine besonders erquickende Rast gemacht und ausgerufen: »Dieser Ort wird mir Glück bringen. Hier soll meine Burg stehen, jetzt und in alle Ewigkeit!« *Muss im Winter gewesen sein, als es grade keine Mücken gab*, dachte Kiéran.

Doch es war natürlich auch eine kluge strategische Entscheidung gewesen, die Veste direkt über der Quelle zu bauen. Dadurch besaßen die AoWestas stets sichere Wasservorräte, auch im Fall einer Belagerung. Dass sie den mächtigen Strom des Benar an seinem Ursprung kontrollierten, hatte ihrer Macht im Laufe der Jahrhunderte sicher nicht geschadet. Ein dunkler Punkt dieser glanzvollen Geschichte war, dass die Herrscher der Veste einmal dem eigenen Volk gedroht hatten, die Quelle und damit den Fluss auf seiner ganzen Länge zu vergiften. Doch diese Idee lag, Xatos sei Dank, viele Jahresläufe zurück und war im Kopf von Zelonius AoWesta entstanden, der ganz offensichtlich geisteskrank gewesen war und mit dem es ein schlimmes Ende genommen hatte.

Vor Kiéran ragten die Außenmauern der Wasserburg auf; er blickte hoch zu den beiden Wachtürmen, die er von hier aus erkennen konnte. Dahinter zeichneten sich in eigenartig leuchtenden Linien das Haupthaus, die Wohngemächer und der Zweite Turm ab. Ob noch Licht in den Fenstern war? Das verrieten ihm seine neuen Augen nicht.

Da war schon Tor Ost. Kiéran lenkte Reyn über die Brücke, seine Hufe klapperten auf den Holzbohlen. Die Zugbrücke war gesenkt, doch vier mit Lanzen und Schwertern bewaffnete Wachen waren am Eingang postiert. Kannte er sie? Schwer festzustellen, auch sie waren nur Schatten mit ausdruckslosen Gesichtern. Kiéran hob die Hand zum Gruß. »Escadrán SaJintar. Ich bin aus Daressal zurückgekehrt und bitte darum, die Veste betreten zu dürfen.«

»Gestattet«, sagte eine vertraute Stimme – aha, Keresh, einer der gewöhnlichen Wachsoldaten. »Ghalils Schande! Kiéran! Aus Daressal? Beiß mich doch 'nen Skraeling! Hab gedacht, du wärst tot oder, hm …«

»Ich fühle mich gerade ziemlich lebendig«, sagte Kiéran und fragte sich, was Keresh noch hatte sagen wollen.

»Dann ist's ja bestens.« Der Wachsoldat klang verlegen. »Soll ich dich jemandem ankündigen?«

»Nicht nötig. Ich gehe gleich zu TeRopus.«

Reyn schnaubte ungeduldig und warf so heftig den Kopf nach vorn, dass Kiéran beinahe die Zügel aus der Hand gerissen wurden. Der Wachsoldat wich einen Schritt zurück. »Na, wie ich sehe, ist dein Schwarzer auch noch quicklebendig.«

»Na klar, den wirft doch sowieso nichts um«, gab Kiéran zurück, ließ sich von Reyns Rücken gleiten und führte ihn am kurzen Zügel über den sandbedeckten Vorplatz, dann rechts zu den Ställen der Terak Denar. Mehrere Menschen kamen einige Schritte entfernt an ihm vorbei, zögerten kurz und gingen dann rasch weiter. Kiéran hatte keine Ahnung, wem er da über den Weg gelaufen war, und er wusste auch nicht, wie er es herausfinden sollte. Das machte ihn unsicher – und er hasste diese Unsicherheit aus ganzem Herzen.

Lass sie. Wenn sie mich nicht ansprechen, dann muss mich auch nicht interessieren, wer sie sind. Kiéran zwang sich, nicht mehr in Richtung der Gestalten zu blicken. Eisern starrte er geradeaus, während er Reyn in den Stall führte. Friedlich ließ sich der Hengst absatteln. Kiéran holte ihm ein paar Armvoll Heu, gab ihm einen Klaps auf die Kruppe und marschierte quer über das Übungsgelände zum Hauptgebäude. Auf einmal hatte er es eilig. *Jetzt haben sie keine Wahl mehr. Sie müssen mir Rede und Antwort stehen.*

Seine Füße berichteten ihm, dass er den gepflasterten Hof betreten hatte. Instinktiv wandte er sich noch einmal um, bevor er das Gebäude betrat. Und ertappte ein halbes Dutzend Gestalten dabei, dass sie sich ihm zugewandt hatten, wahrscheinlich starrten sie ihn an. Verlegen eilten sie weiter.

Die Flure waren leer, dafür hörte Kiéran heiteres Stimmengewirr aus dem Wolfsbau, wie die Messe des Regiments genannt wurde. Einen Moment blieb er vor der Tür stehen und lauschte. Seltsam, er fühlte sich wie ein Fremder an diesem vertrauten Ort, er hatte nicht einmal das Bedürfnis, die Hand auf die Klinke zu legen. Schon nach wenigen Augenblicken setzte er seinen Weg fort, und seine Erinnerung ergänzte, was er nicht mehr sah. Er ging vorbei an der bronzenen Statue eines wütenden knurrenden Wolfs in der Eingangshalle und stieg die vom Tritt vieler Stiefel blankpolierten Stufen hoch bis zum Quartier von Xen TeRopus im zweiten Stock. Sein Arm kam ihm bleischwer vor, als er die Hand hob, um anzuklopfen. Fast sofort öffnete sich die Tür vor ihm.

Eine hochgewachsene Gestalt mit intensiver, tiefblauer Aura stand ihm gegenüber. Das musste Xen TeRopus sein, einer der ganz großen Kommandanten der Terak Denar. Klar stand sein Äußeres vor Kiérans innerem Auge. Das schmale, markant gutaussehende Gesicht, Xens graue Haarmähne, der lange Hals mit dem ausgeprägten Adamsapfel, seine großen, knochigen Hände, von denen die rechte nur noch drei Finger besaß. Der breite geprägte Ledergürtel aus Dharquan, der völlig regelwidrig seine Uniform ergänzte.

Kiéran verbeugte sich und merkte, dass er sich über das Wiedersehen freute.

»Kiéran«, sagte Xen TeRopus und stieß einen tiefen Seufzer aus. »Ich hatte gehofft, dass Ihr kommen würdet.«

»Ihr habt es gehofft«, wiederholte Kiéran verständnislos. Auf einmal war die Wut zurück, flammte wieder hell in seinem Inneren. Er wollte Antworten – und zwar jetzt!

Xens Quartier roch nach alten Karten, nach Waffenöl und feuchtem

Uniformstoff. Mit einer Handbewegung forderte Xen ihn auf, sich zu setzen. Kiéran suchte sich einen der schlichten Stühle aus, die sich um den Tisch scharten.

»Wer hat mitbekommen, dass Ihr zurückgekehrt seid?«, fragte Xen und goss aus einer Karaffe Flüssigkeit in zwei Gläser. Kiéran schnupperte an seinem Glas, ehe er einen Schluck nahm: der bittersüße Geruch von Kattis. Natürlich. Mal wieder das widerliche Zeug aus Khelgardsland.

»Keine Ahnung. Praktisch jeder, glaube ich. Ich bin mitten über den Hof gegangen. War das ein Fehler?«

»Ich glaube nicht. Aber das ist schwer einzuschätzen. Warten wir ab, wie der Fürst und seine Leute reagieren werden.«

Was sollte das? Was ging hier vor? Kiéran musste tief durchatmen, um sich zu beruhigen. »Dachtet Ihr, ich sei tot? Habt Ihr vielleicht meine Nachrichten nicht erhalten? Ich habe nie eine Antwort bekommen.« Ein schrecklicher Verdacht dämmerte in Kiéran herauf. Hatten womöglich die Priester des Schwarzen Spiegels seine Botschaften abgefangen? Hatten sie nur so getan, als nähmen sie Anteil an seinem Schicksal, während sie in Wahrheit seinen Geist formten und bearbeiteten, um ihn zu einem ihrer Priester zu machen?

Doch Xens Worte durchschnitten seinen Gedankengang. »Hier auf diesem Tisch liegen Eure Nachrichten. Und gleich daneben meine Antworten.«

Kiéran öffnete den Mund, doch kein Wort kam heraus. *Sie haben die ganze Zeit gewusst, dass ich lebe. Sie haben die ganze Zeit gewusst, wo ich bin.* »Ihr habt die Antworten nicht abgeschickt?«

»Genau. Es wurde mir untersagt.«

Xatos' Rache, dachte Kiéran und stürzte seinen Kattis herunter. Untersagt! Es gab nicht viele Menschen in Benaris, die dem Kommandanten der Terak Denar etwas verbieten konnten.

»Aber vielleicht beginne ich lieber beim Anfang.« Xen TeRopus stand auf, ging zum Fenster und blickte einen Moment hinaus auf den Übungsplatz. Dann zog er die Vorhänge zu; der staubige Geruch nach altem Samt stieg Kiéran in die Nase. »Wenn wir die regulären Truppen nicht gerade noch rechtzeitig verstärkt hätten, wäre keiner mehr lebend aus Daressal rausgekommen. Selbst wir hatten eine Menge Verletzte. Es war eine kalkulierte Entscheidung, Euch erst mal im Tempel zu lassen – jemand mit schweren Kopfverletzungen sollte nicht reisen, nicht mal auf einer Trage.«

»So weit klar«, sagte Kiéran; er wusste, dass seine Stimme nun sehr kühl klang. »Und dann?«

»Dann kam Eure Nachricht, in der Ihr mitteiltet, dass Ihr blind seid. Weil ich wusste, dass der Fürst Wert darauf legen würde, es unverzüglich zu erfahren, habe ich es ihm noch am gleichen Tag berichtet. Ich war selbst erstaunt, als er sagte, es sei noch nicht der rechte Zeitpunkt, Euch holen zu lassen.« Xen TeRopus' Stimme war ausdruckslos geworden. »*Noch nicht*, sagte er. Jedes Mal gab es einen guten Grund. Ich habe ihm gesagt, dass wir keinen der Unsrigen im Stich lassen. Natürlich nicht, hat er mir versichert.«

»Ich verstehe«, sagte Kiéran hart und schenkte sich noch einen Kattis ein. Nach dem zweiten Glas schmeckte es sogar erträglich. »Ein kaputtes Spielzeug ist nicht mehr interessant.«

Es war angenehm gewesen, in der Gunst des Fürsten zu stehen. Doch selbst ganz zu Anfang war ihm klar gewesen, dass es damit irgendwann vorbei sein würde.

»Ich fürchte, es steckt mehr dahinter als das. Ihr wart nie ein Mensch, der Wert darauf gelegt hat, von allen gemocht zu werden. Hat mir immer gefallen an Euch. Aber Ihr solltet herausfinden, welche Feinde Ihr habt. Und zwar bald.«

»Mir war nicht klar, dass es Feinde solchen Kalibers sind.«

»Seid nicht naiv, Kiéran. Wer so schnell aufsteigt wie Ihr, hat fast ohne eigenes Zutun eine Menge Gegner.«

Es irritierte Kiéran, dass Xen nach Dinesh nun schon der zweite war, der ihm vorwarf, kindisch oder naiv zu sein. »Was ist eigentlich mit meinem alten Posten?« Auf einmal kam es ihm lebenswichtig vor, Bescheid zu wissen. War er noch Escadrán oder nicht?

»Was ist eigentlich mit Euren Augen?«, fragte TeRopus stattdessen und verschränkte die Arme. »Ich fürchte, das ist etwas, was wir klären müssen. Und zwar jetzt.«

Kiéran hatte sehr wohl gemerkt, dass sein Kommandant ihn vom ersten Moment an sehr genau beobachtet hatte. Sicher war ihm keine Bewegung, keine Geste, keine Regung entgangen. Kiéran wusste, dass er sich gut geschlagen hatte; sogar das Glas hatte er beim ersten Versuch richtig gegriffen. Und doch konnte er jetzt nicht lügen. »Ich sehe noch immer sehr schlecht. Umrisse und Bewegungen kann ich erkennen, aber das war's auch schon.« Besser, wenn niemand etwas von dem Amulett erfuhr; sonst schrie gleich jemand etwas von Hexerei, und er bekam noch mehr Ärger, als er sowieso schon hatte.

Ein Schweigen, schwer wie eine Eisenplatte, schob sich zwischen sie.

»Ehrenhafte Entlassung aus dem Dienst wäre der übliche Weg«, sagte Xen nüchtern. »Einem Dutzend unserer Leute musste ich es nach diesem verdammten Gemetzel in Daressal sagen, und ich wünschte, es wären ein paar mehr gewesen, denn die anderen sind tot. Kiéran, ganz ehrlich, es gibt schlimmere Schicksale als das eines Veteranen. Keiner unserer Ehemaligen muss Not leiden.«

»Ich will das verdammte Geld nicht«, sagte Kiéran gepresst. »Ich weiß, dass es für die vorderste Front wohl nicht mehr reicht, aber lass mir wenigstens die Arbeit als Ausbilder, Xen.«

Sein Kommandant schwieg lange, doch diesmal war sein Schweigen nachdenklich, und Kiéran schöpfte Hoffnung. »Lass mich sehen, was sich machen lässt«, sagte Xen TeRopus schließlich. »Glaub bloß nicht, dass ich meinen besten Escadrán so einfach gehen lasse.«

Wie lange war es her, dass ein einfaches Lob ihm so viel bedeutet hatte? Eine ganze Weile. Vielleicht, weil er diesmal wusste, dass es ehrlich gemeint war. Kein einziges Mal hatte Xens Aura geflackert während des ganzen Gesprächs.

»Danke«, sagte Kiéran, verbeugte sich noch einmal zum Abschied und wunderte sich, warum ihm auf einmal so leicht ums Herz war. Wahrscheinlich hatte Xen recht. Er war naiv. Und jetzt erlaubte er sich ein paar Atemzüge lang, daran zu glauben, dass sich alles zum Guten wenden würde. Vielleicht konnte er dann Jerusha schreiben und sie einladen. Hierher, in die Quellenveste.

Völlig verrückt! Hattest du nicht eigentlich vor, sie aus deinem Kopf zu verbannen? Außerdem würde sie sowieso nicht daran denken, herzukommen. Du bist der Mann, der ihr mitten in der Nacht ein Messer an die Kehle gehalten hat. Schon vergessen?

Kopfschüttelnd machte Kiéran sich auf den Weg zu seinem Zimmer im Gebäude der Escadron Blau.

* * *

Die Soldaten schienen entschlossen, noch in dieser Nacht bis zum Waldrand zu kommen, und das war Jerusha ganz recht. Obwohl sie so müde war, dass sie fast vom Pferd fiel, und die Trauer um Kiéran sie niederdrückte wie ein Mantel aus Blei. Es war richtig gewesen, ihn gehen zu lassen, aber – verdammt, jetzt heulte sie schon wieder, das durfte doch nicht wahr sein!

Als die dunkle Mauer der Bäume um sie herum weit nach Mitternacht endlich offenem Land wich, stieß Jerusha einen Seufzer der Erleichterung aus. Der weite Sternhimmel über ihr, wie in Kalamanca, die vertrauten Sternbilder, an deren Pracht sie sich kaum sattsehen konnte. Einen Moment lang hatte sie fast so etwas wie Heimweh.

Ein paar Meilen weiter fanden sie ein Dorf, das sogar einen Gasthof vorweisen konnte. Ohne Zögern steuerten die Männer ihrer Eskorte ihn an, und Jerusha war dabei nicht ganz wohl zumute – sie hatte keinen einzigen Ulder mehr, ein Bett in einem Gasthof war ein unerfüllbarer Traum. Sie sah sich schon auf der Wiese nebenan schlafen, während die Soldaten in weichen Betten schnarchten. Doch das Problem löste sich schnell: Der Anführer der Soldaten zückte seine Börse und drückte dem verschlafen wirkenden Wirt einen ganzen Silber in die Hand. »Zimmer für uns und die Dame und ein Mahl für fünf!«

Jerusha verzichtete darauf, zu protestieren. Dennoch fühlte es sich seltsam an, sogar beim Essen von vier Soldaten umringt zu sein, und am nächsten Morgen sagte sie: »Danke, Jungs, aber ich komme jetzt allein klar.«

»Unser Befehl lautet, Euch bis Tholus zu geleiten«, war die höfliche Antwort, und dabei blieb es.

Versuch einfach, es zu genießen, dachte Jerusha, hob stolz das Kinn und stellte sich vor, sie sei eine Clanherrin auf dem Weg zu einem wichtigen Treffen, beschützt von ihren Leibwächtern. Prompt fühlte sie sich nicht mehr angestarrt, wenn ihnen Leute auf der Straße begegneten. Stattdessen genoss sie es, ungewohnt respektvoll gegrüßt zu werden. *Wahrscheinlich könnte ich tatsächlich Earel der KiTenaros werden, wenn ich Wert darauf legen würde*, ging es Jerusha durch den Kopf. *Es sind ja ohnehin nicht mehr allzu viele von uns übrig. Aber das schmälert auch die Ehre, Clanherrin zu sein. Kiéran würde mich nicht ernst nehmen als Earel. Ich hätte ihn schlagen können für diese Bemerkung übers Steineklopfen!*

Schon wieder dachte sie an ihn. Wieso war es so schwer, diesen Mann aus ihrem Kopf und Herzen zu verdrängen? Schließlich gab Jerusha auf und erlaubte ihren Gedanken, zu ihm zu schweifen. Dachte er auch manchmal an sie? Wie es ihm jetzt wohl ging? Wie hatten sie ihn empfangen in der Quellenveste, würden seine einstigen Kameraden ihn trotz seiner Blindheit akzeptieren? Sie ahnte, dass sie all das vielleicht niemals erfahren würde. Außer, er schrieb ihr. Sollte *sie* ihm schreiben – und wie sollte er ihren Brief überhaupt lesen? Nein, nein, es war keine gute Idee, ihm eine Nachricht zu schicken, es würde diese gefährlichen Gefühle nur noch länger wachhalten.

Hier in der Ebene war es nicht so kühl wie im Wald, und Jerusha bemerkte auf einmal, wie angenehm die Sonne ihre Haut wärmte, wie gut es nach frisch gepflügter Erde und den Feldblumen am Wegesrand roch. Kurz vor Tholus verabschiedeten sich die Soldaten und gaben ihr noch einen Teil ihres Proviants mit. Hatten sie etwa gemerkt, dass Jerusha bis auf ihr Pferd kaum etwas besaß? Wie peinlich. Herzlich winkte Jerusha ihnen zum Abschied zu. Was für ein seltsames Gefühl, dass diese Männer jetzt zur Quellenveste ritten, dass sie schon in wenigen Tagen Kiéran begegnen würden.

Tholus erwies sich als ein Ort inmitten von Wiesen, auf denen zahme Shannahirsche mit frisch geschorenem Pelz weideten. Mitten auf dem Weg spielten zwei Kinder mit einem zahmen Utz – es war noch ein junges Tier und ging ihnen kaum bis zum Knie; fröhlich wälzte es sich auf dem Boden, seine ledrige braune Haut war schon grau vom Staub. Als Jerusha vorbeiritt, hob es den keilförmigen Kopf, und Amadera schnaubte nervös. Vielleicht hatte sie schon einmal erlebt, dass so ein Tier schmerzhafte Schläge mit seinem flachen, hornigen Schwanz austeilen konnte.

Doch obwohl alles in Tholus so friedlich und hübsch wirkte, war Jerusha innerlich angespannt und unruhig. Sie war nicht hier, um den Sonnenschein zu genießen. Wieder stieg die Erinnerung an diesen furchtbaren Abend in Loreshom in ihr auf, daran, was ihre Großmutter vom Fluch erzählt hatte, der auf ihrem Clan lastete. Und irgendwo hier lebte die Frau mit dem seltsamen Namen, die Jerusha vielleicht weiterhelfen konnte. *Jikena Pir.* Das war kein Name aus Ouenda. Vielleicht hätte Kiéran gewusst, woher er stammte.

Ghalils Schande, jetzt reicht's aber, dachte Jerusha, wütend auf sich selbst. Sie beschloss, es nicht mehr länger aufzuschieben und jetzt sofort an Dario zu schreiben. Der Mann, den sie heiraten würde, hatte verdient, dass sie sich öfter meldete!

Jerusha suchte sich eine Stelle auf einer nicht eingezäunten Wiese und ließ sich mitten im hüfthoch blühenden Blaustern nieder; Amadera steckte hoffnungsvoll die Nase in Jerushas Taschen, um herauszufinden, ob sich darin nicht doch eine Nuss fand, dann begann sie Gras und Blüten zu rupfen. Jerusha kramte Schreibzeug aus ihren Satteltaschen und seufzte. Vielleicht würde sie doch erst eine Antwort auf Liris langen Brief schreiben, den sie gestern bekommen hatte. Dario würde blass werden vor Wut, wenn er ihre Botschaft las und erfuhr, dass sie jetzt so weit von ihm entfernt war. Im äußersten Norden von Benaris. Wenn sie sich auf den nächsten Hügel stellte, konnte sie wahrscheinlich die Grenze zu Thoram sehen.

»He, du da!«

Jerusha zuckte zusammen und ließ ihren Kohlestift fallen. Auch Amadera hob erschrocken den Kopf. Eine rundliche ältere Frau mit einem herrlich gemusterten Schultertuch über dem Kittelkleid stand vor ihnen. »Was fällt dir ein, dein Pferd einfach im Blaustern weiden zu lassen? Ihr zertrampelt ja alles! Raus da, aber hurtig!«

Na, das fing ja gut an. Erschrocken stand Jerusha auf. »Das tut mir leid, ich dachte, es sei nur eine Wiese. Bei uns in Kalamanca benutzen wir Blaustern nicht.«

»Kalamanca?« Die Frau schien nicht etwa besänftigt von ihrer Entschuldigung, sondern noch empörter als zuvor. »Wundert mich nicht. Mühlen überall, aber kein einziger ordentlicher Weber! Worauf Ihr gerade gesessen habt, gibt bestes Garn, wenn's richtig gedroschen wird.«

Und hier in Benaris? Viele Weber und keine ordentlichen Mühlen?, ging es Jerusha durch den Kopf. Doch sie wollte es sich nicht gänzlich mit der Frau verderben, sie brauchte noch eine Auskunft von ihr. Also kniff sie nur die Lippen zusammen, nahm Amaderas Zügel und stapfte aus dem Feld hinaus. Dann rief sie der Frau zu: »Ich suche eine Frau namens Jikena Pir. Sie soll irgendwo hier in der Gegend leben.«

Etwas veränderte sich in den Augen der Frau, und ihr Gesicht verzerrte sich. War das Trauer, war das Hass? »Ach, solche Gesellschaft pflegst du, Mädchen? Dann scher dich weg, raus aus Tholus! Such dein Schicksal woanders.«

Such dein Schicksal woanders. Was für seltsame Worte. Statt sich wegzuscheren, blieb Jerusha stehen und betrachtete die Frau genauer. Ihr Blick wurde von ihrem Schultertuch angezogen, das einen Wirbel von Farben zeigte. Auf der einen Seite war es ein fließendes Blau und Grün, in das sich ein dunkles Braun mischte. Jerusha musste an lange Haare denken, die im Wasser schwebten, die in einem Strudel hinabgezogen wurden. Sie musterte den anderen Teil des Tuchs, den sie erkennen konnte. Wie seltsam, diese hellen Linien – mal dünner, mal breiter –, waren das nicht sich verzweifelt ringende Hände, war das ein Strom von Tränen?

»Euer Tuch, es erzählt eine Geschichte, nicht wahr?«, sagte Jerusha spontan, und die alte Weberin starrte sie an wie eine Erscheinung.

»Du kannst sie sehen, die Geschichte?«, flüsterte sie, und Jerusha nickte, wartete fasziniert ab, was geschehen würde. Doch jetzt hob die Frau wieder die Stimme, schrie fast. »Noch ein Grund mehr, dass du wegmusst von hier! Geh, geh, und sieh nicht zurück! Jikena und ihr Baum, sie bringen nur Kummer und Leid.«

Damit wandte sie sich ab und stapfte davon, ohne sich noch einmal umzuwenden.

Ob ich jemals erfahren werde, wer diese Frau war und was ihr Tuch erzählt? In Gedanken versunken saß Jerusha auf und ritt in den Ort hinein, der mit seinen niedrigen, steinplattengedeckten Häusern wirkte wie eine Schildkröte, die sich vor einem Feind in ihren Panzer zurückgezogen hat. Kaum ein Mensch war zu sehen, nur am Dorfbrunnen saßen ein paar alte Männer auf einer Bank und spielten Xaddu, Jerusha konnte die Steine auf dem hölzernen Spielfeld klicken hören. Misstrauisch beobachteten die Männer Jerusha, als sie abstieg und Amadera zum Pferdetrog neben dem Brunnen führte. Jerusha selbst hielt beide Hände in den Strahl des Brunnens, wusch sich das Gesicht mit dem klaren, kalten Wasser und formte ihre Hände zu einer Schale, aus der sie trinken konnte. Danach fühlte sie sich bereit für einen neuen Anlauf.

»Wohlstand dem Clan! Ich suche eine Frau namens Jikena Pir«, sagte sie zu den Männern. Sie reagierten nicht so heftig wie die Frau am Blausternfeld, doch Jerusha sah, wie ein wachsamer Ausdruck in ihre Augen trat. Keiner von ihnen ergänzte ihren Gruß, und einer von ihnen schüttelte den Kopf. Die anderen schwiegen einfach und musterten den Bogen über ihrer Schulter.

»Sie lebt hier in der Nähe, das weiß ich. Wo kann ich sie finden?« Allmählich ging Jerusha die Geduld aus. Doch die Männer wandten sich einfach ihrem Xadduspiel zu und beachteten sie nicht länger.

»Na klar«, wisperte es aus Jerushas eigenem Schatten, als sie außer Hörweite der Männer war. »Eine Frau wie Jikena Pir, die sich mit Flüchen auskennt, ist sicherlich nicht allzu beliebt. Man muss ja befürchten, sich für jeden unfreundlichen Blick eine Verwünschung einzufangen.«

Jerusha musste lächeln. Grísho kam jetzt gerade recht, um sie aufzuheitern. »Stimmt. Und unfreundliche Blicke gibt's hier so viele, dass Jikena Pir eine Weile beschäftigt wäre.«

»Vielleicht solltest du anders nach ihr fragen«, flüsterte Grísho. »Sag, dass du gekommen bist, um gegen die gefährliche Hexe zu kämpfen.«

»Und was ist, wenn sie wirklich eine Hexe ist? Und es mitkriegt, was ich gesagt habe? Dann geht's mir an den Kragen. Und *ein* Fluch reicht mir schon völlig, vielen Dank.«

Wieder musste Jerusha an die alte Weberin denken, an ihre Warnung, und plötzlich fiel ihr auf, dass die Frau mehr preisgegeben hatte, als sie wohl hatte sagen wollen. *Jikena und ihr Baum.*

»Wir müssen nach einem Baum suchen«, sagte Jerusha aufgeregt. »Irgendeinem besonderen Baum.«

Grísho seufzte. »Wie schön, dass du das nicht mitten in einem Wald sagst, meine Liebe.«

Sie machten sich auf die Suche und überprüften die kleinen Gehölze zwischen Wiesen und Blausternfeldern. Niemand beachtete sie dabei, nur zwei Kinder, und die liefen bald davon. Jerusha nahm sich Zeit und lauschte, während sie die Bäume ansah, in sich hinein. Denn vielleicht konnte man nicht mit dem Verstand, sondern nur mit Herz und Seele feststellen, ob an einem von ihnen etwas Besonderes war. Lange zögerte Jerusha vor einer riesigen, frei stehenden Silvanida mit dichter Krone, die am Rande eines Teichs wuchs. Sicher hatte sie schon einige hundert Sommer gesehen. Es ging kein Wind, und ihre silbergrauen, leicht pelzigen Blätter hingen bewegungslos von den Ästen herab. War das der Baum, den sie suchten? Doch selbst wenn nicht – Jerusha war froh, dass sie die Silvanida gefunden hatte.

»Jetzt kann ich endlich mein Reisemedicum ergänzen, aus den Blättern kann man hervorragenden Hustentee machen«, sagte sie zu Grísho, der in den Schatten des Baumes gesprungen war. Außerdem eigneten sich die Blätter gut dazu, Matratzen auszustopfen; der aromatische Geruch hielt sich jahrelang. Als Kind hatte Jerusha auf einer Silvanidamatratze geschlafen, und es kam ihr so vor, als hätte sie nie wieder so schöne Träume gehabt wie damals.

»Willst du das wirklich riskieren?«, hauchte Grísho in ihr Ohr. »Was ist, wenn das hier zufällig *ihr* Baum ist – und sie Wert auf jedes Blatt legt?«

Doch es war schon zu spät. Verlegen steckte Jerusha die Handvoll Blätter, die sie gepflückt hatte, in ihre Tasche. »Na gut, ich höre ja schon auf. Aber ich sehe sowieso niemanden, der hier lebt. Weit und breit keine Hütte.«

Jerusha trat ganz nah an den Stamm heran, legte den Kopf in den Nacken – und sah etwas, das sie die Augen zusammenkneifen ließ. Die Art, wie die Äste verliefen, kam ihr merkwürdig vor. Sie schienen der Natur zu trotzen, bogen sich nicht einfach nach außen und oben wie bei einem gewöhnlichen Baum, sondern hierhin und dorthin in Bögen und Formen äußerster Eleganz. Dieser Baum wirkte wie ein Kunstwerk, erdacht und erschaffen von einem Künstler, der es auf Vollkommenheit abgesehen hatte. Konnte das natürlichen Ursprungs sein?

Ich habe ihn gefunden, den Baum von Jikena Pir, dachte Jerusha, und ihr Herz krampfte sich vor Erwartung zusammen. Sie musste an die Warnung der alten Frau denken. Erwarteten sie hier Kummer und Leid? Doch was auch immer sie die Hilfe von Jikena Pir kosten würde, der Preis konnte unmöglich so hoch sein wie der, den der Fluch von ihr forderte. Die alte Verwünschung fraß sich in ihre Seele wie ein Geschwür, sie war wie eine Dunkelheit tief in ihr, und Jikena Pir war vielleicht der einzige Mensch in Ouenda, der ihr weiterhelfen konnte. Vielleicht bekam sie gleich Antworten, wichtige Antworten, und womöglich konnte sie danach sogar schon heim, zurück zu Liri, die ihrem Brief nach gerade eine schwierige Zeit in der Schule durchmachte und von Laristus oft gescholten wurde, weil sie nicht zuhörte.

Ein sanfter Wind fuhr in Jerushas Locken und in die Krone der Silvanida, brachte die Blätter zum Tanzen. Und wie aus dem Nichts erklang Musik; schwebende, helle Töne waren es, die sich ineinander verwoben. Verblüfft blickte Jerusha sich genauer um, und diesmal bemerkte sie, dass an manchen Zweigen der Silvanida winzige silberne Glocken befestigt waren, die im Wind klangen. Es mussten Tausende sein.

Die Musik war so herrlich, dass sich ein Lächeln auf Jerushas Gesicht schlich. So etwas hatte sie noch nie gehört, nicht einmal, als ein fahrender Barde auf dem Weg zur Fürstin von Kalamanca in Loreshom haltgemacht hatte. In andächtigem Schweigen hatten alle Dorfbewohner ihm gelauscht und sich danach fast die Hände wund geklatscht.

Nein, die Musik dieser Glocken war um so viel schöner, Welten lagen dazwischen. Auf einmal war Jerusha nach Tanzen zumute. Um besser zuhören zu können, schloss sie die Augen, dann hob sie die Arme und drehte sich in langsamen Pirouetten. Sie vergaß den Fluch, sie vergaß, dass ihr Herz die Richtung verloren hatte, sie vergaß, wen sie suchte. Amadera wanderte grasend davon, doch wen störte das? Sie brauchte kein Pferd mehr. Ihre Füße fühlten sich so leicht an, als schwebten sie über der Erde. Sie hätte ewig laufen können, leichtfüßig wie eine Nymphe. Dabei musste sie gar nicht so weit gehen, um das Glück zu finden. Nur bis zum Teich. Auf einmal sehnte sie sich danach, seine silbernen Tiefen zu erkunden.

»Jerusha!« Ein Schrei, der klang wie ein Windstoß in den Ästen. »Jerusha! Was tust du?«

Grísho, das war Grísho. Ein ferner Teil ihrer selbst erinnerte sich an ihn. »Hörst du es denn nicht?«, fragte Jerusha und lächelte in die Richtung, in der sie ihn vermutete.

Ihre Füße berührten das Wasser.

* * *

Jetzt, nachdem die Anspannung von ihm gewichen war, fühlte sich Kiéran unglaublich müde. Und sein Körper erinnerte ihn daran, dass er nicht nur von früh bis spät geritten war, sondern auch noch ein sehr ungleiches Duell überstanden hatte. Jeder einzelne Muskel schrie seinen Protest darüber hinaus, was ihm zugemutet worden war.

Das Duell mit diesem Magier! Verdammt, ich habe glatt vergessen, Xen davon zu erzählen. Na ja, kann ich morgen nachholen.

Mechanisch suchten sich seine Füße den Weg zu seinem Zimmer im Quartier der Escadron Blau. Ruhe. Stille. Schlaf. Ja. Das war jetzt genau das Richtige. Morgen würde es ihm besser gehen.

Verblüfft stutzte Kiéran. Was war das für eine Gruppe, die sich im Gang vor seinem Zimmer versammelt hatte – ein Empfangskomitee oder so was? Neuigkeiten reisten schnell in der Quellenveste!

»Willkommen daheim, Kiéran«, sagte die vertraute Stimme von Tarxas, seinem Freund und Rautenführer; und zustimmendes Gemurmel ertönte aus der Gruppe. Kiéran erkannte die Stimmen sofort. Ulíes. Bel. Jillyan.

»Na, so spät noch unterwegs?«, scherzte Kiéran, um zu verbergen, wie bewegt er war.

»Wir haben gehört, dass du zurück bist«, sagte Bel, ein anderer Rautenführer. »Dachten, wir laden dich gleich mal zu 'nem Met ein.«

Sehnsüchtig dachte Kiéran an sein Zimmer und das Bett, das auf ihn wartete. »Geht klar. Gebt mir einen Moment, ich bin gleich so weit.«

Nachdem er sich kaltes Wasser ins Gesicht geklatscht und frische Kleidung angezogen hatte, ging es wieder. Das Amulett auf seiner Brust fühlte sich kühl an, seit er den Tempel verlassen hatte, und Kiéran umschloss es einen Moment lang mit der Hand. Wie hatte er auch nur einen Wimpernschlag lang daran denken können, es wieder aufzugeben? Es war seine einzige Chance auf ein normales Leben, darauf, in der Quellenveste bleiben zu können. Wieder einmal stach ihn das Gewissen, als er daran dachte, dass er den Priestern des Schwarzen Spiegels den Dank dafür schuldig geblieben war.

Gemeinsam machten sie sich auf den Weg zum Wolfsbau, der Messe des Regiments. Kiéran spürte, wie frische Kraft ihn durchflutete. Um ihn waren seine engsten Verbündeten, Menschen, die ihn mochten, auf die er sich verlassen konnte. Was wollte er eigentlich mehr?

Tarxas – eine Gestalt mit pastellgelber Aura – ging neben ihm und hielt sich eng an seiner Seite, fast wie ein Leibwächter. Sie waren gemeinsam Novos gewesen und hatten diese harte Zeit durchgestanden, indem sie sich gegenseitig halfen. Durch seine kurz rasierten Haare, die schmalen Augen und das Khoratamulett, das er trug, wirkte Tarxas fremdartig und abweisend, doch in Wirklichkeit war er ein ruhiger, freundlicher Mensch, der über die ständigen Fresspakete seiner Eltern stöhnte und erst hatte lernen müssen, gegenüber den Mitgliedern seiner Raute – einer von sechs Unterabteilungen der Escadron – auch mal deutlich zu werden. Seine schwachen magischen Fähigkeiten waren ihm eher peinlich. Zu ihrer Zeit als Novos hatte ein Waschtisch nachts begonnen, durch den Raum zu wanken; alle im Quartier waren furchtbar erschrocken. Schließlich hatte einer der Novos das Ding zu Boden gerungen und Tarxas, dem der ganze Zwischenfall zu verdanken war, wurde tropfnass, als der Waschtisch auf ihn stürzte.

»Hab wohl 'nen etwas zu lebhaften Traum gehabt«, hatte Tarxas gemurmelt, und Kiéran hatte ein paar Witze gerissen, damit die anderen Novos sich wieder entspannten.

Im Wolfsbau war es warm und stickig, es roch nach fruchtigem Met, Kerzen und zu vielen Menschen auf zu engem Raum. Kiéran wollte eintreten – und vergaß prompt die tückische kleine Stufe an der Tür. Er stolperte, und Tarxas griff nach seinem Arm, um ihn zu stützen. Ärgerlich wehrte Kiéran ihn ab. Normalerweise hätte Tarxas sich das, obwohl sie befreundet waren, nie erlaubt – doch anscheinend hatte er gehört, dass mit Kiérans Augen etwas nicht stimmte. Und jetzt hatte Kiéran auch sämtlichen Anwesenden vorgeführt, dass er tatsächlich halb blind war. Verdammt!

Sein Ärger auf sich selbst verebbte erst, als sie gemeinsam an einem Tisch saßen, den Met vor sich.

»Trinken wir darauf, dass die Kerle vom Schwarzen Spiegel dich wieder freigegeben haben, Kiéran«, sagte die Gestalt mit der dunkelgrünen, ganz leicht ins Braune spielenden Aura. Ulíes. Gemeinsam hoben sie ihre Krüge, um den ersten Schluck zu nehmen. Es war leicht, sich Ulíes in Erinnerung zu rufen. Er hatte blonde Haare, so lang, wie es die Bestimmungen eben noch erlaubten, und ein breites, kantiges Gesicht mit ruhigen, nussbraunen Augen. So wie Xen stammte er aus Khelgardsland – die beiden unterhielten sich manchmal in unverständlichem Dialekt –, und er war der beste Kletterer, den Kiéran kannte. Doch er spielte auch hervorragend die Gerom, ein Saiteninstrument, das im Bergland sehr verbreitet war, und er war einer der wenigen in der Truppe, mit denen sich Kiéran über Bücher unterhalten konnte. Vor dem Gefecht in Daressal hatten sie begonnen, einen gemeinsamen Schwerttanz einzustudieren, den Venthis Lijxár, *Wind in den Bäumen.* Doch all das war nur die Oberfläche ihrer tiefen Vertrautheit – keiner von ihnen würde vergessen, wie sie vor zwei Jahresläufen auf dem Panrir Alié Rücken an Rücken gekämpft hatten, fast ohne Chance, lebend der Übermacht zu entkommen.

»Bitte sagt mir, wer alles nicht zurückgekommen ist«, bat Kiéran. Hoffentlich war nicht auch Santiago unter den Toten – er musste es wissen, jetzt!

Jillyan, seine Stellvertreterin, übernahm es, die Namen aufzuzählen, und Kiéran lauschte schweigend. Doch als klar war, dass Santiago nicht darunter war, wagte er, sich zu entspannen. Und die düstere Stimmung, die sich über sie gelegt hatte, wich schnell. Schließlich feierten sie eine Rückkehr, keinen Abschied.

»Wie war's bei Xen?«, fragte Tarxas neugierig. »Hat er sich wenigstens entschuldigt für all das, was nicht geschehen ist?«

»Wieso sollte er sich entschuldigen?«, mischte sich Jillyan ein, es klang spitz. »Er war zum Schluss täglich beim Fürsten und hat für dich gesprochen, Kiéran. Und ich weiß aus sicherer Quelle, dass er als Nächstes sogar damit drohen wollte, seinen Posten niederzulegen.«

»Weiß doch jeder, dass du was für Xen übrig hast«, stichelte Bel. »Gib's ruhig zu. Klar, er ist ja auch ein toller Kerl. Nur ein bisschen alt für dich.«

Kiéran hielt den Mund, während Jillyan ihre scharfe Zunge an Bel wetzte. In einem schwachen Moment vor einem Jahreslauf, als sie beide zu viel Schlangenmilch getrunken hatten, hatte sie ihm gestanden, dass er – Kiéran – es war, der ihr gefiel. Am nächsten Morgen, mit klarem Kopf, hatten sie sich wortlos darauf geeinigt, nie wieder darüber zu sprechen.

Plötzlich musste Kiéran wieder an Jerusha denken, und einen Wimpernschlag lang war er an einem anderen Ort, der ganz ihm gehörte, von dem niemand etwas ahnte. *Keine Sorge, ich verlange jetzt nicht auch noch, dass Ihr mit mir das Gewürzbier teilt.* Er konnte ihre Stimme fast hören, so lebendig war seine Erinnerung daran, und Zärtlichkeit durchflutete ihn. Wo Jerusha jetzt wohl war, wie es ihr ging? Hoffentlich geriet sie nicht in Gefahr – was war, wenn ein paar Magier auch außerhalb von Sharedor ihr Unwesen trieben? Wehe, diese Eskorte versagte bei der Aufgabe, Jerusha sicher zu geleiten.

»Der Alte wollte seinen Posten niederlegen? Bist du sicher?« Ulíes' Stimme riss ihn wieder zurück in die Gegenwart. »Womöglich wäre Guilard sein Nachfolger geworden. Schaurige Vorstellung. Du bist gerade noch rechtzeitig zurückgekommen, Kiéran.«

Kiéran nickte. Guilard führte seine Escadron rücksichtslos – er hatte zwar gute Erfolge vorzuweisen, aber auch regelmäßig die meisten Verluste. »Als Nächstes werde ich mir irgendwie eine Audienz beim Fürsten verschaffen. Vielleicht kriege ich dann raus, was er mit mir vorhat.«

»Wird nicht mehr so leicht sein, zu ihm durchzukommen«, meinte Ulíes. Auch er schien zu wissen, dass Kiéran in Ungnade gefallen war. Wahrscheinlich wusste es jeder.

»Hat einer eine Idee, wie ich es anstellen könnte?«

»Tritt doch auf eine dieser fledermausohrigen Katzen drauf, die Shena AoWesta züchtet«, schlug Bel vor. »Dann wirst du zumindest vor die Lady zitiert. Alles Weitere wird sich finden.«

Kiéran musste grinsen. »Belnicorus, deine Ideen sind schlimmer denn je. Mir schwebte eher eine Audienz im Großen Saal vor als eine im Kerker.«

Es war leicht, Bel von den anderen zu unterscheiden. Seine Aura war von einem intensiven, gleißenden Orange, fast die gleiche Farbe wie seine verstrubbelten Haare. Er war nur mittelgroß, aber ein schwungvoller Kämpfer. Bei Übungskämpfen neigte er zu Mätzchen, doch wenn es ernst wurde, konnte man sich auf ihn verlassen.

»Du könntest behaupten, dass du weißt, wie man Cerdus Maharir endgültig besiegen könnte«, meinte Tarxas mit etwas mehr Ernst. Kiéran verzog das Gesicht und dachte daran, wie er mit diesem Magier verhandelt hatte. »So was behaupte ich nicht mehr, ohne mir vorher wenigstens ein paar Gedanken gemacht zu haben.«

Bel lachte. »Klingt vernünftig. Mir scheint, dein Kopf hat diesen Schlag doch ganz gut überstanden.«

Wie auf ein geheimes Stichwort hin blickten die anderen Bel an. Waren sie entsetzt darüber, dass er so offen ansprach, was mit Kiéran los war? Vermutlich. *Sie wissen noch nicht genau, wie sie mit mir umgehen sollen. Kein Wunder. Ich weiß es ja selbst nicht genau, wie ich damit umgehen soll.*

Als jetzt Nimelea hereinkam, die Frau des Escadráns Guilard, schienen seine Freunde froh über die Ablenkung. Wie so oft hatte Nimelea eine Kleinigkeit für die Terak Denar mitgebracht, dem Duft nach waren es frische Mandelkekse. »Greift ruhig zu«, lachte Nimelea, als sie den Korb herumreichte, und auch Kiéran nutzte die Gelegenheit. Am liebsten hätte er gleich eine ganze Handvoll genommen, doch er schaffte es, sich zu beherrschen. Ein Escadrán, der sich mit Zuckerzeug vollstopfte, war nicht wirklich ein inspirierendes Vorbild.

»Schöne Grüße an Guilard, er hat wirklich Glück«, sagte er, und Nimelea schickte ein herzliches »Richte ich aus. Willkommen zurück!« in seine Richtung.

Dann gesellte sie sich zu einer Runde, in der gerade Xaddusteine auf dem Spielbrett aufgestellt wurden. Sie wurde wohlwollend begrüßt und durfte ein paar Runden mitspielen. Denn Nimelea konnte nicht nur gut backen, sie war mit ihren sonnenhellen Haaren und grünblauen Augen auch alles andere als hässlich. Als Frau eines Escadráns war sie tabu, ansonsten hätte sie unter Garantie viele Anträge abwehren müssen.

Es gab noch vieles zu besprechen. Doch Kiérans Rautenführer wussten alle, dass sie bei Sonnenaufgang zum Dienst antreten mussten, und schließlich verabschiedete sich einer nach dem anderen.

Bis nur noch er selbst und Jillyan übrig waren.

»Na, wie hat sich's angefühlt, Escadrána zu sein, während ich weg war?«, fragte Kiéran sie. Es war irritierend, Jillyan nur als Schatten zu sehen. Wie lange er sich wohl daran erinnern würde, wie sie wirklich aussah mit ihren lockigen braunen Haaren, ihrer leicht gebogenen Nase und dem direkten Blick?

»Gut eigentlich«, gestand Jillyan zögernd. »Aber es ist auch eine Menge Verantwortung. Besonders zu Anfang habe ich ein paar Fehler gemacht. Und Frunder war natürlich wütend, dass du nicht ihn zum Tar-Escadrán ernannt hast – seither leistet er passiven Widerstand, was ausgesprochen anstrengend ist.«

Kiéran seufzte. »Er leistet auch mir passiven Widerstand. Frunder wird nie darüber hinwegkommen, dass wir jünger sind als er und längst besser kämpfen. Wir werden ihn ablösen lassen müssen. Sein Groll schadet der Escadron.« War vielleicht Frunder die Ratte, die seine Position untergrub, die ihm in der Quellenveste schadete?

»Wir?« Jetzt zog Jillyan wahrscheinlich die Augenbrauen hoch.

So schwer es ihm fiel, er musste es ansprechen. »Jillyan, wenn ich den Posten aufgeben muss, will ich, dass du dich für die Leitung von Escadron Blau bewirbst.«

Immerhin, diesmal protestierte sie nicht so heftig wie sonst. Anscheinend hatte sie inzwischen gemerkt, dass sie die Aufgabe meistern konnte.

Sie zögerte lange, dann sagte sie sehr leise: »Bist du wirklich blind, Kiéran?«

»Ja«, sagte Kiéran ruhig. »Gute Nacht, Jillyan.«

Er selbst blieb noch einen Moment sitzen, um seinen Krug Met auszutrinken. Nimelea war längst weg. Nur noch wenige Menschen saßen im Wolfsbau und redeten gedämpft; Kiéran war überrascht, als sich plötzlich jemand ihm gegenüber setzte – eine Gestalt mit schwacher rötlich brauner Aura – und sich weit über den Tisch zu ihm hinüber lehnte. Ein Geruch nach ranzigen, ungewaschenen Haaren schlug ihm entgegen, und Kiéran nahm einen leichten Hauch nach Aertiskraut wahr. Wer auch immer ihm hier gegenübersaß, er war berauscht bis über beide Ohren.

»Wir wollen hier keinen von der Weißen Brut«, knurrte der Mann; Kiéran erkannte seine Stimme nicht. »Wenn du weißt, was gut für dich ist, dann verschwinde wieder aus der Burg. Und Gnade dir Xatos, wenn du versuchst, irgendjemanden zu bekehren.«

Weiße Brut? Kiéran hatte keine Ahnung, was gemeint war. Ganz langsam stand er auf. »Euren Namen und Dienstgrad bitte«, sagte er eisig. »Dann können wir das interessante Gespräch fortsetzen, wenn Euch immer noch danach ist.«

Der Fremde dachte gar nicht daran, ihm seinen Namen zu nennen. Er stieß den Stuhl zurück und verließ den Wolfsbau, Kiéran hörte, wie die Tür mit einem leisen *Klapp* ins Schloss fiel.

Kiéran bebte vor Wut. Eine solche Unverschämtheit war ihm schon lange nicht mehr untergekommen; sich einem Escadrán gegenüber derart zu verhalten war Grund für einen mehrtägigen Arrest. Er stand ebenfalls auf und ging hinüber zu den anderen Soldaten. »Wer war das?«, fragte er in die Runde.

Und bekam keine Antwort. Schattengesichter starrten ihn an und wandten dann den Blick ab.

Sie wissen, dass ich sie nicht wirklich sehe. Sie wissen, dass ich nicht feststellen kann, wer sie sind.

Schließlich gab Kiéran auf und kehrte in sein Zimmer zurück.

Der kurze Vorfall hatte ihn weitaus stärker erschüttert als das Duell im Wald von Sharedor.

Ein Tanz mit den Wellen

Jerusha tanzte, sie tanzte mit den Wellen, die der nächste Windstoß schuf. Der Klang des Windes begleitete sie.

»Jerusha – halt ein! Tu es nicht! *Verdammt noch mal, du kannst nicht schwimmen!*«

Jerusha lachte ihn aus. Als ob so etwas wichtig wäre! Sie konnte doch über das Wasser laufen – wie ein flacher Stein, den geschickte Hände über die Oberfläche hüpfen ließen. Nur schnell genug musste sie sein. Wie gut, dass Grísho sie nicht aufhalten konnte. Er war eben doch nur ein Schattenspringer, unkörperlich wie ein Traum.

Der Wind ließ nach, die Musik wurde leiser. Einen Moment lang war Jerusha verwirrt, ihre Füße stockten. Hatte sie nicht jemanden gesucht? Jemanden mit einem seltsamen Namen, der ihr gerade entfallen war? Und warum stand sie bis zu den Knien im Wasser? Kalt war es, eisig kalt, und Jerusha fröstelte.

Doch dann fuhr eine kräftige Böe in die Krone der Silvanida, die Glocken erklangen lauter denn je, und wie Spinnenfäden woben sich die Töne um ihre Seele.

Nein, falsch! Wie habe ich das nur denken können. Seidene Fäden sind es, unendlich schön.

* * *

Grísho genoss Musik. Wenn irgendwo Menschen begannen, ums Lagerfeuer herum Flöte, Lyra oder Gerom zu spielen, konnte er nicht widerstehen. Dann glitt er heran, verbarg sich in einem nahen Schatten und lauschte wie verzaubert, bis die Töne irgendwann verstummten und die Menschen sich zum Schlafen niederlegten. Sicher ahnten sie nicht, wie viele Schattenspringer sie umringten, angelockt von der Musik, sonst wären sie wahrscheinlich an ihrer eigenen Angst erstickt.

Egal wie fröhlich die Klänge waren, wenn Grísho zuhörte, durchzog ihn früher oder später eine sanfte melancholische Stimmung. Vielleicht, weil er wie jedes andere Geschöpf seiner Art niemals imstande sein würde, etwas Derartiges hervorzubringen. In solchen Momenten erschienen ihm Menschen wie zaubermächtige Andere Wesen. Und er verstand, warum man sie auch das Sonnenvolk nannte.

Doch die Musik, die Grísho nun hörte, war anders. Sie kam aus einer anderen Welt, und sie war vollkommen. Vielleicht berührte sie ihn deshalb nicht auf die gleiche Art wie die Klänge der Menschen. Waren diese Töne der Grund, warum Jerusha den Verstand verloren zu haben schien? Das Sonnenvolk tat ja oft seltsame Dinge, doch er kannte Jerusha lange genug, um zu wissen, dass sie nicht freiwillig so weit in diesen Teich hineingewatet wäre. Sie war drauf und dran, sich zu ertränken – und das auch noch zu genießen, wenn der Schein nicht trog.

Jerushas Schatten fiel über die Oberfläche des Teichs. Alles in Grísho sträubte sich dagegen, sich dem Wasser zu nähern, doch er überwand sich und sprang in ihren Schatten, um ihr näher zu sein. Sofort spürte er, dass etwas nicht stimmte. Es fühlte sich kaum noch wie *ihr* Schatten an, etwas war furchtbar fremd daran.

Jemand lachte leise. Grísho bemerkte, dass eine Frau am Stamm der Silvanida stand. Und heiter beobachtete, wie Jerusha immer tiefer in den Teich hineinging.

Groß war diese Frau und massig wie ein Bauernweib. Die Schönheit, die sie besaß, lag in ihren grünschimmernden Augen und ihren seidigen mahagonibraunen Haaren. Ihr Gesicht selbst wirkte wie von ungeschickten Händen aus Brotteig geknetet – die Nase zu groß, die Wangen zu breit, die Lippen zu schmal.

Über den Schatten der Silvanida rettete sich Grísho an Land und näherte sich der fremden Frau, bis er ihren Schatten berührte. Im gleichen Moment wusste er, dass hier der Ursprung dieser Kraft lag, die Jerusha das Leben rauben wollte. Und er ahnte auch, dass er Jikena Pir vor sich hatte.

»Bitte«, schrie er und wusste doch, dass seine Stimme niemals lauter klingen würde als ein Flüstern im Wind. »Was auch immer sie getan hat, ein solches Ende hat sie nicht verdient! Könnt Ihr nicht noch einmal Gnade walten lassen?«

»Wieso sollte ich?«, fragte die Frau; sie wirkte nicht überrascht, dass jemand aus dem Nichts zu ihr sprach. »Sie hat einen Baumfrevel begangen. Geschöpfe wie sie sind doch sowieso kurzlebig wie Fliegen.

Was schadet es, sie etwas früher von der Erde zu entfernen? Und es ist ein schöner Tod, glaub mir, davon verstehe ich etwas.«

So viel beiläufiger Hass war in ihrer Stimme, dass Grísho erschrak. Niemals würde er es schaffen, sie umzustimmen. Er sammelte alle Kraft, die er hatte, und versuchte, ihr den Schatten zu entreißen. Das war es, was das Sonnenvolk fürchtete, und zu Recht. Selbst Jikena Pir schien irritiert.

»Lass das«, sagte sie. »Es steht dir nicht zu.«

»Gib mir ihr Leben! Es bedeutet dir nichts! Und dabei wollte sie dich ehren. Für einen Rat von dir ist sie durch halb Ouenda gereist.«

Ein sanftes Lachen, fast klang es selbst wie Musik. »Was für eine Vorstellung! Dabei gibt es doch nur zweierlei Geschöpfe in diesem verfluchten Land. Die einen verachten mich, und die anderen fürchten mich.«

Ausgerechnet aus dem Schatten der Silvanida, der breit und dunkel war, zog Grísho Kraft. Noch einmal sog er an der Schwärze, die die Sonne hinter Jikena zeichnete, und forderte sie ganz für sich. Jikena Pir zischte ärgerlich. »Du hast schlechte Manieren, Schattenspringer.«

Jerusha stand jetzt bis zum Hals im Wasser. Sie machte keine Anstalten, Arme und Beine zu bewegen – was war, wenn sie den Boden unter den Füßen verlor?

»Lass sie frei«, fauchte Grísho zurück. »Sonst werde ich diesen Ort nie wieder verlassen und dich plagen in Ewigkeit!«

»Dafür seid ihr doch viel zu flatterhaft. Ich kenne keinen Schattenspringer, der es mehr als einen halben Tag am gleichen Ort aushält.«

»Du unterschatzt, welche Rachegefühle wir entwickeln können«, fauchte Grísho zurück. »Keine Nacht wirst du mehr schlafen können, denn wenn die Dunkelheit sich über das Land legt, bin ich da und flüstere dir ins Ohr, was du getan hast, Jikena Pir!«

»Ich habe vieles getan und doch schlafe ich ruhig, seltsam, nicht wahr? Das wirst auch du nicht ändern.«

»Täusch dich da bloß nicht! Gib Jerusha frei, tu es *jetzt!* Das ist meine letzte Warnung.«

Jikena Pir rührte sich nicht. Ihre massige Gestalt stand regungslos unter der Silvanida. Doch dann wandte sie langsam den Kopf in Richtung des Dorfes.

Jetzt hörte Grísho es auch. Es waren Rufe, Stimmen, und das Geklapper von Holz und Eisen, das aneinandergeschlagen wurde. Er streckte seine Sinne aus und erkannte, dass eine Gruppe von Menschen – gut zehn Leute waren es – über die sumpfigen Wiesen marschierte. Sie hielten sich nah beieinander, und jeder trug einen Gegenstand, Spaten, Äxte, Sensen, Stöcke. Viele trugen Blecheimer mit Steinen darin, die sie ohne Unterlass schüttelten, sodass ein lautes rasselndes Geräusch entstand. Ein Vorhang aus Lärm, der wohl vor der gefährlichen Musik des Baumes schützen sollte.

Kein Zweifel, die Menschen wollten in ihre Richtung. Grimmig entschlossen kamen sie auf die Silvanida, auf Jikena Pir zu, und Grísho sprang von Schatten zu Schatten, so schnell er konnte, auf die Dörfler zu. Es dauerte nur einen Wimpernschlag, bis er sie erreicht hatte. Hastig glitt er in den Schatten hinter dem Ohr eines Mannes, der an der Spitze marschierte. »Helft uns!«, brüllte Grísho. »Sie versucht, Jerusha zu töten!«

In der allgemeinen Aufregung fiel es dem Mann wohl nicht auf, dass zu der Stimme kein Körper gehörte, er sah sich nur kurz um und beschleunigte dann seine Schritte. Grísho blieb im Schatten des Anführers – eines muskulösen Mannes mit langem grauem Haar und einer Lederschürze, wahrscheinlich war er der Dorfschmied –, klammerte sich fast an ihn in seiner Hilflosigkeit. Um ihn herum stampfende trampelnde Füße, ein Gewirr von Umrissen.

Fünf Menschenlängen von der Silvanida entfernt hielt die kleine Gruppe an. Grísho war verzweifelt. Wieso liefen diese Leute nicht zu Jerusha, wieso zogen sie sie nicht aus dem Wasser? Saß ihnen die Furcht so tief im Herzen? Sie konnten doch nicht einfach zusehen, wie hier ein Mensch ertrank! Oder war es nicht üblich, anderen Menschen beizustehen, die in Not waren, hatte er da etwas falsch verstanden?

»Haltet sie in Schach«, befahl der Mann mit den langen grauen Haaren und bedeutete seinen Mitstreitern durch eine weit ausholende Bewegung des Arms, sich um Jikena Pir zu verteilen. Verächtlich beobachtete sie, was geschah, und rührte sich nicht – dachte nicht daran, sich zur Flucht zu wenden.

»Die Fremde, die dich aufsuchen wollte, wo ist sie?«, fragte der Mann rau. »Mein Sohn hat gesagt, er hat sie in die Richtung deines Baumes gehen sehen. Antworte!«

Wieso wusste er nicht, wo Jerusha war? Grísho wandte seine Sinne dem Wasser zu und sah keine Spur mehr von Jerusha. Ruhig und silbrig lag der Teich da, von keinem Windhauch und keiner Bewegung mehr gewellt.

Entsetzen schnitt in Grríshos Seele, scharf wie ein mittäglicher Sonnenstrahl. »Sie ist versunken, im Teich versunken«, kreischte er, und sofort hasteten zwei Männer zum Rand des Teichs, ließen ihre Waffen fallen und warfen sich voll bekleidet ins Wasser, sodass sich die glatte Oberfläche in Wirbel und Wellen auflöste.

Jikena Pir protestierte nicht, sah nur ohne jede Regung zu, als die Männer immer wieder tauchten und bald darauf Jerusha fanden. Mit vereinten Kräften zogen sie die junge Frau aus dem Wasser. Triefend, mit am Kopf klebenden Haaren, lag sie im Gras; ihr Gesicht war so blass wie die Nebel über den Wiesen. Und doch lag ein Lächeln auf ihren Lippen.

»Sie ist tot, Ranan«, murmelte einer der Helfer, der neben ihr kniete, ein schlaksiger junger Mann mit einem roten Halstuch.

Der muskulöse Mann mit der Lederschürze wandte sich Jikena Pir zu, und seine Stimme klang schwer und tief, so voller Hass war sie. »Jikena, ich habe schon vor langer Zeit versucht, mit dir zu reden und Frieden zu schließen. Doch kein einziges Mal in all den Sommern hast du mir geantwortet. Und wieder einmal bist du zu weit gegangen. Diesmal wirst du es büßen.« Sonnenlicht glänzte auf der Schneide einer Sense, der Klinge einer Axt.

Verzweifelt sprang Grísho in den Schatten der Helfer, dann in Jerushas. Und erleichtert spürte er, dass die Männer sich irrten, dass noch ein winziger Hauch von Leben in ihr war. Wieso bemerkten sie das denn nicht, war ihnen ihresgleichen so fremd?

»Geht heim und verkriecht euch in euren Häusern«, sagte Jikena Pir verächtlich. »Ihr seid lästig, und meine Geduld geht dem Ende zu!«

»Unsere Geduld ebenso«, zischte eine rundliche ältere Frau; über dem einfachen Kittelkleid trug sie ein herrlich gewebtes, vielfarbiges Schultertuch. »Du hast schon so viel Unheil angerichtet! Wir werden deinen verfluchten Baum fällen, wir werden …«

Jikena Pir hob die Hand, und obwohl der Schmied und die alte Frau sich nicht rührten, wichen die anderen Dorfbewohner murmelnd zurück. Das entlockte Jikena ein spöttisches Lächeln. »Seid doch froh, dass die Euren diesmal verschont geblieben sind. Dass es eine Fremde war, die den Fehler gemacht hat, hierherzukommen.«

Ein Schritt zurück, und noch einer. Im nächsten Moment würden die Dörfler sich zum Rückzug wenden.

»Sie lebt, sie lebt – lasst sie nicht im Stich!«, schrie Grísho. Jeden Moment konnte die Flamme in Jerusha verlöschen, sie brauchte Hilfe, und zwar sofort!

Ein Ruck ging durch die Gruppe der Helfer. Doch diesmal schienen die Menschen aus dem Dorf zu bemerken, dass niemand hier war, von dem die Warnung stammen konnte. Dass die Hilferufe aus dem Nichts herbeiwehten, aus den Schatten. Misstrauische, verwirrte Blicke wanderten umher, glitten, ohne zu stocken, über Grísho hinweg. Um ihn zu erkennen, brauchte es Übung und einen genauen Blick.

»Ist hier jemand?«, rief der Schmied, doch seine Worte verhallten über dem Teich, verfingen sich in der Krone der Silvanida. Ein Echo hatten sie keins. Diesmal wagte Grísho nicht, sich zu bekennen. Wenn sie erfuhren, dass auch noch ein Wesen seiner Art unter ihnen war, dann ergriffen sie die Flucht, so sicher wie die Sonne jeden Morgen aufging.

»Wir sollten nachsehen, ob es stimmt«, wandte jemand leise ein.

»Aber wenn es eine Falle ist?«

»Ghalils Schande, wir müssen es riskieren.« Die alte Frau mit dem bunten Schultertuch ging ohne weitere Umstände auf Jerusha zu. Kniete sich neben sie, schüttelte sie, hielt die Hand vor ihren Mund, um zu spüren, ob noch Atem in ihr war.

»Berühr ihr Auge und sieh nach, ob ihr Lid sich bewegt, Cilal«, riet der schlaksige Mann mit dem Halstuch.

»Sie hat gezuckt!« Die Stimme der Frau klang atemlos. »Andro, Wennik, jetzt aber hurtig – wir müssen sie auf die Seite drehen und versuchen, das Wasser aus ihr herauszubringen! Los, los, oder hat euch jemand Wurzeln gezaubert?«

Erleichtert sah Grísho, dass seine Stimme vergessen war, endlich bemühten sich die Dörfler darum, Jerusha zu helfen. Grísho konnte nicht mehr stillhalten, er sprang schneller, als ein Mensch blinzeln konnte, von einem Schatten zum anderen und kehrte zu Jerusha zurück. Dann endlich hörte er ihr schwaches Husten, sah, wie sie Wasser spuckte.

Mühsam flüsterte sie etwas, ein Wort, einen Namen, und Grísho wusste, dass es nicht der seine war und niemals sein würde.

* * *

Jerusha zitterte, eisig kalt war es hier, und warum lag sie auf dem Boden, was war passiert? Sie öffnete die Augen – über ihr ein Dach aus silbergrauen Blättern, dazwischen zwinkerte blauer Himmel hervor. Die überschwängliche Freude war aus Jerushas Innerem verschwunden, zurück blieben nur Übelkeit und ein brackiger Geschmack in ihrem Mund. Ganz langsam begann sie zu begreifen, was geschehen war. *Die Musik. Der Teich. Gnädige Shimounah, ich bin in den Teich gewatet, immer weiter!*

Jemand legte ihr den Arm um die Schultern, half ihr, sich aufzusetzen. Jetzt war Jerusha auch klar, warum sie so fror: Ihre Kleider waren durchnässt und schlammig, sie klebten kalt auf ihrer Haut. Um sie herum waren Gesichter – viele fremde, besorgte Gesichter.

»Wir bringen dich ins Dorf zurück, damit du dich aufwärmen kannst, Mädchen. Beinahe wärst du nicht mehr zurückgekehrt, so wie meine Tochter. Die Götter müssen mit dir gewesen sein.« Es war die alte Frau mit dem bunten Schultertuch, die sie aus dem Blausternfeld gejagt hatte. Jerusha starrte sie verblüfft an. Dann ließ sie ihren Blick weiterwandern, über die Männer und Frauen mit ihren Äxten und Sensen. Waren sie etwa alle gekommen, um ihr zu helfen? Sie zu retten? Es gab Mut in diesem Dorf, und zwar eine Menge davon!

Ihr Blick gelangte zu einer Frau, die abseits stand, kaum eine Armlänge vom Stamm der Silvanida entfernt. Sie allein hatte einen kühlen amüsierten Blick in den Augen.

»Jikena Pir«, flüsterte Jerusha.

»Höchstselbst«, sagte die Frau. Jerusha konnte die Augen nicht von ihr lösen.

Ein bärtiger Mann mit der Lederschürze eines Schmiedes warf Jikena Pir einen feindseligen Blick zu, dann ergriff er Jerushas Hand und half ihr, sich aufzurichten. Ein anderer Mann reichte ihr ihren Eschenholzbogen, der am Ufer liegen geblieben war. »Sich hier weiter aufzuhalten ist unklug. Besser, wir gehen jetzt.«

»Nein«, sagte Jerusha.

Die Dörfler starrten sie an, und in vielen Augen las Jerusha Besorgnis und Misstrauen. Wahrscheinlich fragten sie sich, ob sie noch unter magischem Einfluss stand. Ohne zu beachten, was Jerusha gesagt hatte, kommandierte der Schmied: »Wir machen uns auf den Rückweg. Cilal, nimmst du die junge Frau mit nach Hause? Sie braucht dringend was Trockenes zum Anziehen. Hast du noch Kleider deiner Tochter im Haus?«

»Nicht viele, die meisten habe ich weggegeben – dort, wo sie jetzt ist, braucht Imja so etwas nicht mehr.« Bitterkeit lag in der Stimme der alten Frau. »Aber ein paar Sachen werden sich schon noch finden, und wenn nicht, Stoffe sind wahrlich genug im Haus. Immerhin sieht die

Fremde die Geschichten, die ich darin eingewebt habe, auch wenn ihr schon zu blind seid dafür.«

»Schon gut, Cilal.« Einen kurzen Moment lang legte der Schmied der Frau eine Hand auf die Schulter. »Ich bin sicher, unser Gast wird gut aufgehoben sein bei dir.«

Jerusha konnte spüren, wie erleichtert ihre Retter waren. Vorsichtig, ohne Jikena Pir aus den Augen zu lassen, zogen sie sich zurück, die Äxte und Sensen drohend erhoben.

»Ich komme nicht mit«, sagte Jerusha, diesmal lauter. Sie ließ den Blick nicht von Jikena Pir. Die grünen Augen der Baumherrin waren ernst geworden, schweigend beobachtete sie, was geschah.

»Du tust, was dir gesagt wird, Mädchen«, fuhr der Schmied sie an. »Meinst du, wir sind zum Spaß hier? Wenn du dein Leben wegwerfen willst, dann bitte schön, aber mach es ein anderes Mal, und nicht in Tholus.«

Jerusha fror entsetzlich. Alles in ihr drängte danach, gehorsam zu nicken und diesen Leuten zu folgen. Trockene Sachen, ein heißes Gewürzbier und ein Bett zum Ausruhen, das war es, was sie jetzt brauchte. Doch sie war zu weit gekommen, um jetzt aufzugeben. Es würde keine zweite Chance geben, mit Jikena Pir zu sprechen und zu hören, was sie über den Fluch der KiTenaros zu sagen hatte.

»Ich danke euch von Herzen«, sagte Jerusha ernst; es hatte keinen Sinn, sich jetzt an einem Lächeln zu versuchen. »Ohne euch wäre es mir schlecht ergangen. Jetzt weiß ich, dass entschlossene Menschen in Tholus leben.« Sie fühlte sich so schwach, dass sie sich am liebsten auf den Boden gesetzt hätte. Doch das ging nicht: Selbstsicher musste sie jetzt erscheinen, und bei klarem Verstand. »Aber ich werde hierbleiben. Ich glaube nicht, dass sie noch einmal versuchen wird, mir zu schaden.«

Sie fragte sich, wo Grísho abgeblieben war – er gab kein Zeichen seiner Anwesenheit mehr. War er doch noch geflohen?

»Du kommst mit. Ob freiwillig oder unfreiwillig«, knurrte der Schmied und machte ein, zwei Schritte auf Jerusha zu. Dann blieb er stehen.

Und blickte auf die Pfeilspitze, die in seine Richtung zeigte. Jerushas linke Hand lag fest um den Griff des Bogens, die Finger ihrer Rechten waren um die Sehne gehakt und berührten ihr Kinn. Es war furchtbar, auf einen Menschen zu zielen, und Jerusha fühlte, wie ihre Finger zitterten. Doch irgendwie schaffte sie es, ganz ruhig zu sprechen. »Ich entscheide für mich selbst.«

»Mädchen, ich hoffe, du weißt, was du tust.« Der Schmied drehte sich um und ging über die Wiesen davon; die anderen Dörfler folgten ihm zögernd. Nur die Weberin mit dem bunten Schultertuch blieb noch einen Moment.

»Ist das die Geschichte, die Euer Tuch erzählt – die Eurer Tochter?«, fragte Jerusha, und die alte Frau nickte. Tränen zogen feine silbrige Spuren über ihre Wangen.

»Geh nicht in dein Verderben, komm mit uns«, flüsterte sie, und um ein Haar hätte Jerusha sich doch noch umstimmen lassen. Es kostete sie alle Kraft, die sie noch hatte, den Kopf zu schütteln.

Da drehte sich auch die alte Weberin um und ging davon.

Nun waren sie allein. Jerusha und Jikena Pir.

Feinde und Freunde

»Reichlich dumm von dir«, sagte Jikena Pir, und ihre grünen Augen funkelten auf eine seltsame Art. »Aber ich muss zugeben, jetzt interessiert mich deine Frage. Komm.«

Jerusha setzte sich in Bewegung und ging ums Ufer herum, hin zu der Frau, die eben noch versucht hatte, sie zu töten. Einige Menschenlängen von der Silvanida entfernt setzten sie sich gemeinsam ins Gras, dorthin, wo es warm und windstill war. Es roch nach trockener Erde und dem würzigen Duft der Blätter. Ein Zika schwirrte vorbei, ohne sie zu stören. Jikena Pir hob das Gesicht in die Sonne und schloss kurz die Augen, auf einmal wirkte sie völlig entspannt. Unauffällig beobachtete Jerusha sie, und ihr fielen Dinge auf, die sie zuvor nicht bemerkt hatte. Die Augenbrauen der Frau wirkten seltsam, sie waren nicht einfach gewölbt, sondern hatten einen wellenartigen Schwung und strebten zur Schläfe hin nach oben. Und überhaupt, ihre Augen waren ungewöhnlich. *Sie sehen aus wie die riesigen Augen eines Xher, der bei Nacht jagt und mit dem schwachen Licht des Mondes auskommen muss*, ging es Jerusha durch den Kopf. *Und ihr Blick wirkt so unverwandt, sie blinzelt nicht! Eins ist klar, sie kann kein Mensch sein. Langlebig scheint sie auch zu sein. Sie muss diese Silvanida geformt haben, seit sie ein winziger Schössling war. Seit Jahrhunderten, mit unendlicher Geduld.*

Schließlich regte sich Jikena Pir und seufzte. »Erzähl«, sagte sie.

Jerusha zuckte zusammen, als sie aus ihren Gedanken aufschreckte. Kurz dachte sie darüber nach, was sie sagen wollte, dann begann sie. Sie berichtete, wie sie von dem Fluch erfahren hatte. Was ihre Mutter und Großmutter erlitten hatten. Wie sie nach Quinlan gereist war, das Zeichen auf dem Stein entdeckt hatte. Was sie dort von ihrer Tante Rikiwa über den eigenartigen Fremden erfahren hatte.

Als sie geendet hatte, war ihre Kleidung schon fast trocken und der brackige Geschmack aus ihrem Mund geschwunden. Dafür war die

Verzweiflung zurück, und die schmeckte gallenbitter. *Mein Herz ist vergeben. – Dann kann es jederzeit geschehen, dass der Fluch dich trifft. Du hast nicht mehr viel Zeit.*

»Zeichne mir auf, was du auf dem Stein gesehen hast.« Mit der Handfläche strich Jikena Pir die trockene Erde flach und reichte Jerusha einen Zweig. Sorgfältig skizzierte Jerusha aus dem Gedächtnis den halben Kreis, an den sich das eigenartige geschwungene Symbol anschloss. Jikena Pir starrte das Zeichen einen Moment an, dann wischte sie es mit einer schnellen Handbewegung weg. Kein Zweifel, sie hatte es schon einmal gesehen.

»Es war kein Magier, der meinen Clan verflucht hat, nicht wahr?«

»Nein«, sagte Jikena. »Es war jemand aus Khorat.«

Jetzt war es raus. Das Wort, das niemand in Ouenda gerne aussprach. Khorat grenzte an Ouenda, es begann gleich hinter Khelgardsland. Es war ein Reich, das eine Vielzahl von Wesen beherbergte – und Menschen waren keine darunter. Alte Geschichten erzählten von den Geschöpfen, die dort lebten: Eliscan, Skraelings, Eisenfressern, Werpanthern.

»Es gibt sie also wirklich, all diese Wesen?«, flüsterte Jerusha. *Und mit welchem von ihnen bist du verwandt, Jikena?*

»O ja, es gibt sie. Natürlich. Sie haben sich furchtbare Kriege geliefert mit den Bewohnern von Ouenda. Habt ihr schon vergessen, was? Kann ich verstehen. Schon seit einiger Zeit bleibt jede Seite für sich. Doch immer wieder überschreiten einige Bewohner von Khorat die Grenze, meist aber nur nachts und für kurze Zeit.« Nachdenklich blickte Jikena Pir über ihren Teich hinweg, der jetzt so harmlos wirkte wie der Dorfweiher in Loreshom. »Erstaunlich, dass sie gerade so offen durch euer Land reisen. Würde mich mal interessieren, was er gesucht hat, euer übler Gast. Ein Bastard wie die meisten Eliscan, scheint mir.«

»Die Eliscan? Du meinst, dieser Fremde war vermutlich ein Elis? Aber … wieso …«, Jerusha merkte, dass sie stammelte. Sie atmete einmal tief durch, bevor sie weitersprach. »Ich dachte, sie sind riesig und haben lodernde Augen.«

»Blödsinn.« Jikena Pir lachte kurz auf. »Hast du diese Ammenmärchen wirklich geglaubt? Lodernde Augen, ha, sehr witzig, das kam ihnen vielleicht so vor, wenn sie einem Elis im Kampf gegenüberstanden! Riesig? Na ja. Eliscan sehen fast aus wie ihr Menschen.« Ihre Lippen verzerrten sich zu einem bitteren Lächeln. »Nur schöner.«

Jerusha blickte sie an, und plötzlich ahnte sie, woher die tödliche

Wut in dieser Frau kam. Und sie ahnte, dass sie jetzt besser nicht nachhakte, wenn sie Wert darauf legte, Tholus lebend zu verlassen. Womöglich stimmte es doch, dass die Eliscan ihren Opfern die Herzen herauszureißen pflegten. »Wie hat er es angestellt?«, fragte sie stattdessen. »Dieses Zeichen in den Stein zu prägen?«

»Ach, dafür reicht eine Handbewegung. Wenn ich mich recht erinnere, gilt es als lästige Pflicht, den Ort zu kennzeichnen, an dem jemand geträumt wird. Aber alle tun es, um *sie* nicht zu verärgern.«

Jerushas ganzer Körper spannte sich an. »Geträumt? Was heißt das? Und wen verärgern?« Auf einmal hatte sie entsetzliche Angst, dass die Zeit, die Jikena Pir ihr gewährte, schon abgelaufen war, dass sie keine Antwort mehr bekommen würde.

Und tatsächlich, jetzt stand Jikena Pir auf; das Gewand umfloss ihren unförmigen Körper wie ein Wasserfall aus Stoff. »Die Cinaya. Traumweberinnen nennt man sie auch. Nur sie haben die Macht, einen Fluch wahr werden zu lassen.«

»Nennt man das *träumen*? Das Schicksal eines Menschen zu formen?« Wider Willen war Jerusha fasziniert. *Die KiTenaros sind geträumt worden. Wie seltsam das klingt.*

»Nicht nur das eines Menschen. Hast du schon von Jil'quanor, dem Land der Nebelwüsten, gehört? Manche können sich noch an das gewaltige Meer dort erinnern. Alle Menschen, die dort lebten, waren Küstenbewohner. Bis ganz Jil'quanor verflucht wurde und all das Wasser sich in Nebel auflöste. Das haben die Cinaya ihrem eigenen Land angetan, es interessierte sie einfach nicht. Im Grunde sind sie genauso schlimm wie diese Mistkerle aus Moranshir und Wanis Redyr. Ich würde sie alle vernichten, wenn ich könnte.«

Es machte Jerusha Angst, dass diese Frau, die so mächtig war, sich gerade in Rage redete. Doch sie war begierig darauf, mehr zu erfahren. »Was für Wesen sind die Cinaya? Sind es Götter?«

Jikena Pir stapfte in Richtung ihrer Silvanida davon. »Immer diese Götter. Ich kann es nicht mehr hören. Shimounah hier, Jaeso dort. Ihr Menschen seid so furchtbar leichtgläubig.« Sie wandte sich noch einmal kurz zu Jerusha um. »Pech für dich, sehr viel mehr weiß ich selbst nicht. Ich war nur einmal bei den Cinaya, als kleines Kind, ich kann mich kaum erinnern. Wenn du zu ihnen willst, dann mach dich von Port Enthis in Jil'quanor aus auf den Weg und vertrau auf dein Glück oder meinetwegen auch deine Lieblingsgöttin, dass du Isdyr findest. Die Insel der Traumweberinnen.«

Jerusha nickte und prägte sich die Namen ein, damit sie sie niemals wieder vergaß. *Eine ehemalige Insel in einem Meer, das nur noch eine Erinnerung ist. Ich hätte nie gedacht, dass dort die Wurzeln des Fluchs verborgen sein könnten!* Auf einmal spürte sie ein tiefes Gefühl der Dankbarkeit für Jikena Pir. Sie hatte ihr beinahe den Tod gebracht und ihr dann eine solche Hoffnung geschenkt. Die erste Hoffnung überhaupt, seit Jerusha ihre Reise begonnen hatte.

»Ich danke dir«, sagte Jerusha von Herzen, und dann entschied sie sich, eine letzte Frage zu wagen. »Die Bewohner von Khorat haben dich verstoßen, nicht wahr? Die Eliscan?«

Jikena Pir erstarrte. Diesmal drehte sie sich nicht um. »Erraten«, sagte sie, und ihre Stimme war von ätzender Schärfe. »Ich war ihnen nicht hübsch genug. Eine schlechte Mischung zwischen Mensch und Elis. Mein Vater wollte nicht mal zugeben, dass ich seine Tochter bin. Jetzt verschwinde, und zwar hurtig. Nimm deinen verdammten Schattenspringer mit!«

Hastig stand Jerusha auf. Das war ein Rat, den sie besser befolgte. Und doch zögerte sie, etwas musste sie unbedingt noch sagen. »Dein Baum ist wunderschön.«

»Ich weiß«, sagte Jikena Pir, trat hinter den Stamm und war verschwunden.

* * *

Am nächsten Morgen fand sich Kiéran pünktlich zur Dienstbesprechung im Quartier von Xen TeRopus ein; die anderen Escadrán waren bereits anwesend. Kiéran nickte beiläufig in die Runde und setzte sich, als seien nicht fast vier furchtbare Wochen vergangen seit der letzten Besprechung, an der er hatte teilnehmen können. Lautlos schritt Xens Adjutant, ein etwa fünfzigjähriger Veteran, im Raum umher und schenkte Wasser aus; Kiéran nahm eins der Gläser, bedankte sich mit einem Kopfnicken und begann, die Gestalten im Raum zu mustern.

Ihr wart nie ein Mensch, der Wert darauf gelegt hat, von allen gemocht zu werden. Kiéran war sicher, dass Xen damit auch sein Verhältnis zu den anderen Escadrán gemeint hatte.

Zum Beispiel Pandera. Er nahm sie nur noch als Gestalt mit einer scharfen, silbrigen Aura wahr, doch in seiner Erinnerung war sie eine geschmeidige Kämpferin mit kurzen, schwarzen Haaren und einem dreieckigen Gesicht; ihre grauen Augen verrieten nicht, was sie dachte.

Sie war über zehn Jahresläufe älter als Kiéran, und erste Falten begannen ihr Gesicht zu durchziehen. Ihre Abneigung gegen ihn beruhte auf Gegenseitigkeit, und vor einem halben Jahreslauf hatte Xen einschreiten müssen, als ein Übungsgefecht zwischen ihnen bitter und gefährlich geworden war. Konnte es Pandera sein, die gegen ihn intrigierte? Doch wenn ja, wie hatte sie es eingefädelt? Noch immer grübelte Kiéran darüber, was mit dem Vorwurf *Weiße Brut* gemeint war.

»Gesegnet sei der Morgen«, sagte Xen kurz, während sein Adjutant sich zurückzog. »Ihr Bericht, bitte.«

Einer nach dem anderen erstatteten die fünf Escadrán Bericht; schließlich war Kiéran an der Reihe. »Keine besonderen Vorkommnisse. Von heute an nehme ich meine Aufgaben vorerst wieder selbst wahr. Jillyan unterstützt mich als Tar-Escadrána. Ich plane, in dieser Woche weitere Novos, die dazu bereit sind, zu Vollmitgliedern der Terak Denar zu ernennen. Damit erreichen wir bald wieder die volle Truppenstärke.«

»Gut. Danke.« Xen schenkte ihm kaum Beachtung, und Kiéran war ihm dankbar dafür, dass er ihn so selbstverständlich mit einbezog. »Jetzt zum Lagebericht. Es gibt wenig Neues von den Feuernymphen, alles scheint ruhig zu sein. Auch an der Grenze zu Thoram. Sorgen macht dem Fürsten die Entwicklung in Larangva. Seit Neuestem hat Fürst Rhakan SiManao jede Kritik an seiner Person mit einer Kerkerstrafe belegt. Er ist ein junger Hitzkopf und könnte noch Ärger machen.«

»Ist zu erwarten, dass wir dorthin ausgeschickt werden?« Das war Panderas weiche, klangvolle Stimme mit dem kaum hörbaren Khelgardslandakzent.

»Nein. AoWesta möchte, dass der Großteil der Truppe in der Nähe der Quellenveste bleibt, damit wir keine unangenehme Überraschung aus Thoram erleben.«

Die Gestalt, die ihm gegenübersaß, musste Caemder sein. Kiéran konnte die Pfefferminzblätter, die er immer kaute, quer durch den Raum riechen.

Er spürte, dass Caemder ihn beobachtete, und fragte sich, wieso. Unter Garantie hatte der andere Escadrán keine Sekunde Schlaf verloren bei dem Gedanken daran, dass Kiéran schwer verletzt in einem Tempel vor sich hin dämmerte. Er war ein kühl kalkulierender Mensch, der strategisch brillant plante und seine Escadron streng im Zaum hielt. Kiéran wusste, dass Caemder sich für einen hervorragenden zukünftigen Tar-Kommandanten hielt und dass Xen leider anderer Meinung war.

»Gut«, schloss TeRopus die Besprechung ab. »Xatos sei mit Euch.«

Das war das Zeichen dafür, dass sie gehen konnten. Kiéran stand auf, in Gedanken schon beim Morgentraining, an dem er heute zum ersten Mal wieder teilnehmen würde. Doch auf der Treppe stellte er fest, dass Caemder neben ihm ging.

»Wusstet Ihr, dass die Novos aller Escadronen sich zusammengeschlossen haben, um sich für Euch einzusetzen?« Wie immer war seine Stimme präzise, jedes Wort perfekt betont.

»Nein, wusste ich nicht«, sagte Kiéran erfreut.

»Und ich habe sie unterstützt.«

Kiéran wäre beinahe mitten auf der Treppe stehen geblieben. »Wieso das?«

»Weil ich es überaus missbillige, ein Mitglied der Truppe zurückzulassen. So etwas ist äußerst schlecht für die Moral der Leute.«

Aha, es ging also ums Prinzip. »Ganz meine Meinung«, sagte Kiéran.

»Und im Übrigen wollte ich Euch sagen, dass ich die Gerüchte, die zurzeit über Euch im Umlauf sind, für ausgemachten Blödsinn halte.«

Diesmal blieb Kiéran tatsächlich stehen und zwang dadurch Guilard, der hinter ihm ging, zur Seite auszuweichen. »Welche Gerüchte?«

Der gleichmäßige Rhythmus von Caemders Schritten auf dem Steinboden geriet keinen Moment lang aus dem Takt. »Meine Escadron wartet. Später wird Gelegenheit sein, darüber zu sprechen. Am Nachmittag, zur siebten Stunde, im Badehaus?«

Das würde knapp werden, denn Indoia EaMaris, die Medica der Quellenveste, hatte ihm eine Nachricht gesandt und ihn gebeten, zur sechsten Stunde bei ihr zu erscheinen. Doch Kiéran wusste, dass er keine Wahl hatte.

»Ich werde dort sein«, sagte Kiéran.

Nachdenklich machte er sich auf den Weg zu seinen Leuten. Vormittags war Trainingszeit, und diesmal würde er dabei sein. Wie gut, dass er schon im Tempel an der Ertüchtigung teilgenommen und wieder gelernt hatte, seiner Kraft zu vertrauen. Hier in der Quellenveste konnte er sich keine Schwäche mehr erlauben.

In der Waffenkammer wählte Kiéran für sich ein leichtes Schwert aus; er war so außer Übung, dass er sich mit einem schweren Zweihänder womöglich blamiert hätte. Er wusste, dass viele neugierige Augen ihn beobachteten, als er zum Sandplatz ging und sich zu seiner Escadron gesellte. Die Rautenführer hatten schon Übungspaare eingeteilt, und eine Weile lang beobachtete Kiéran sie kritisch beim Training und gab ein paar Hinweise. Erleichtert stellte er fest, dass es ihm mit seinen neuen Augen leichtfiel, Bewegungen zu folgen – womöglich noch leichter als zuvor. Und es war sehr befriedigend, wie verwirrt seine Leute dreinblickten. Sollten sie ruhig rätseln, ob er nun blind war oder nicht.

Und da war auch Santiago, aus irgendeinem Grund erkannte Kiéran ihn schon von Weitem. Stark wie ein junger Panther, mit den sicheren, präzisen Bewegungen des geborenen Athleten. Seine Aura war das Hellgrün der ersten Craunenblätter im Frühling. Ein paar Momente lang beobachtete Kiéran ihn. *Ich kann ihm schon nichts mehr beibringen*, ging es ihm durch den Kopf. *Nur noch die fiesen Tricks, mit denen ein gutmütiger Kerl wie Santiago einfach nicht rechnet.*

Später war noch Zeit genug, ihn zu begrüßen. Zum Aufwärmen suchte sich Kiéran eine freie Ecke des Sandplatzes. Dann ging er einen Drill durch, den man auch allein absolvieren konnte; er war Teil eines Schwerttanzes namens Shir Iethan, *Der Flug des Drachen.* Schwerttänze gehörten zur Tradition der Terak Denar, jeder Novo musste die wichtigsten lernen. Für Kiéran waren sie von Anfang an mehr Spaß als Pflicht gewesen, und er hatte oft bis zur völligen Erschöpfung trainiert. Schon in seinem ersten Jahr als Terak Denar hatte Xen ihn dafür ausgewählt, den Shir Iethan im Großen Saal vor Gästen aus anderen Fürstentümern zu zeigen. So hatte es begonnen, so waren die AoWestas auf Kiéran aufmerksam geworden. Vielleicht war es reiner Trotz, dass er jetzt einmal wieder den Shir Iethan üben wollte.

Mit gesenktem Kopf, beide Hände um den Griff des Schwerts geschlossen, sammelte Kiéran einen Moment lang seine Gedanken und spannte jeden Muskel seines Körpers an. Dann warf er sich in die Bewegung hinein, die fließenden Drehungen und Sprünge. Und sein Körper gehorchte ihm, ließ ihn nicht im Stich. Ein herrliches Gefühl der Freiheit durchflutete Kiéran. Etwas außer Atem, aber glücklich, beendete er die Sequenz mit einer Wiederholung der Anfangspose.

»Jetzt mal ehrlich, das war verdammt gut«, sagte Santiago, und Kiéran blickte auf. Wie furchtbar, dass er Santiagos noch etwas kindliches Jungengesicht nie mehr sehen würde. Aber es stand klar und deutlich vor seinem inneren Auge.

»Hat auf jeden Fall gutgetan«, erwiderte Kiéran und tauschte das scharfe Schwert gegen eins aus Holz. »Lust auf eine Übung?«

»Immer gern.« Auch Santiago zog sein Trainingsschwert, und Kiéran wusste, dass sich jetzt wahrscheinlich ein Grinsen auf seinem Gesicht ausbreitete. Er lachte oft übermütig beim Kampf, selbst wenn es tödlicher Ernst war – und wenn alles vorbei war, ekelte er sich vor dem Blut.

Vor drei Jahresläufen war Santiago für Kiéran ein Novo gewesen wie alle anderen. Nur ein bisschen naiver als die meisten, da er aus einem winzigen Dorf und behütetem Elternhaus stammte. Santiago kam aus dem Grenzgebiet von Thoram, und irgendwann hatten ihn Soldaten AoWestas dabei gesehen, wie er sein Dorf gegen Eindringlinge aus dem Nachbarreich verteidigte. Sie hatten ihm auf der Stelle vorgeschlagen, sich bei den Terak Denar zu bewerben. Er hatte es getan, mit Erfolg. Und damit begann für ihn eine schwere Zeit. Kiéran merkte, dass der Junge eine Menge Spott und Schikanen einstecken musste, und es gefiel ihm, wie geduldig Santiago es ertrug. Doch nach der Rückkehr von seinem ersten echten Gefecht war er auf einmal nicht mehr aufzufinden. Kiéran entdeckte ihn schließlich in einer verborgenen Ecke des Stalls, völlig verstört darüber, dass er so viele Menschen getötet hatte. Stundenlang hatten sie geredet in dieser Nacht, und Kiéran hatte stillschweigend beschlossen, den Jungen unter seine Fittiche zu nehmen. Inzwischen kam Santiago ihm längst vor wie ein jüngerer Bruder. Einer, der ihn womöglich einmal überflügeln würde.

Nach dem Kampf – den Kiéran mit etwas Mühe gewonnen hatte – standen sie noch einen Moment beieinander.

»Es ist gut, dass du zurück bist«, sagte Santiago leise. »Hab mir verdammt Sorgen gemacht.« Kiéran war gerührt. Also hatte sich doch jemand um ihn gesorgt. »Hast du was abgekriegt in Daressal?«

»Nee, nur ein paar Kratzer. Aber was ist mit dir? Man merkt dir überhaupt nichts an.«

Irgendwann, unter vier Augen, würde Kiéran ihm von der ewigen Dunkelheit erzählen, die ihn umgab. Von den Menschen, die nur noch Schatten waren. »Hoffentlich merkt mir Indoia ebenfalls nichts an. Sie soll mich heute untersuchen. Wenn ich Pech habe, bin ich danach ein ehemaliger Terak Denar.«

»Red keinen Blödsinn!« Santiago klang empört. »Du bist ein Roter Wolf durch und durch. Das lässt sich doch nicht rückgängig machen.«

»Warten wir mal ab«, sagte Kiéran vorsichtig. »Das letzte Wort hat sowieso der Fürst.«

Mehr ins Detail zu gehen, brachte nicht viel. Santiago war von den Intrigen des Hofes halb erstaunt, halb verstört – verstanden hatte er sie nie. In seinem Herzen war einfach kein Arg.

Ich scheine sie allerdings auch nicht verstanden zu haben, dachte Kiéran grimmig. *Sonst hätte mich nicht aus heiterem Himmel getroffen, was zurzeit vorgeht.*

Aus dem Augenwinkel sah Kiéran irgendetwas Helles, einen Sonnenstrahl in der Dunkelheit. Sein Kopf fuhr herum. Was bei allen Göttern war das? Es wirkte wie eine Gestalt, die über den Vorplatz der Quellenveste zum Zentralbrunnen ging – doch sie war nicht dunkel und hatte auch keine Aura, sondern strahlte wie Sonnenlicht, das sich in einem Tautropfen fängt. Es war wunderschön – und beängstigend.

»Wer ist das?«, fragte Kiéran, und er vergaß völlig, seine Stimme zu dämpfen.

»Wer? Ach, du meinst Nonar. Er ist neu in der Quellenveste, etwa eine Woche vor dem Gefecht in Daressal ist er hier eingetroffen.«

»Kannst du ihn mir beschreiben?«

Santiagos breite Schultern sackten nach vorne, auf einmal wirkte er unsicher und erschrocken. »Also ist es wirklich wahr. Aber wie kann es sein, dass du noch kämpfen kannst?«

»Bisschen komplizierte Sache, ich erklär's dir bei Gelegenheit«, sagte Kiéran und beobachtete die hell strahlende Gestalt. Nonars Bewegungen waren elegant und geschmeidig, er ging auf den Zehenspitzen wie ein Tänzer. »Wie sieht er aus, dieser Nonar?«

»Na ja, er ist groß und blond, ein bisschen so wie ich. Gekleidet ist er schrecklich albern, meistens trägt er eine eng anliegende Jacke aus Brokat, mit *Schulterpolstern*, bei allen Göttern! Mit Gold und Silber bestickt. Heute hat er dazu eng anliegende schwarze Beinkleider an und spitze schwarze Schuhe. Keine Ahnung, wie er in diesen Dingern laufen kann.«

Das klang nach einem Geck, einem dieser fahrenden Sänger und Geschichtenerzähler, die Shena AoWesta gerne einlud. Doch wieso hatte er eine so ungewöhnliche Ausstrahlung? »Was macht er bei Hofe?«, fragte Kiéran.

»Keine Ahnung. Nichts Bestimmtes, glaube ich. Er ist neulich mit dem Fürst auf Falkenjagd gegangen. Kämpfen kann er auch, und ich glaube, er ist sehr geschwind. Hab ihn mal zu einem Übungsduell aufgefordert. Leider hat er abgelehnt. Aber mit einem Lächeln und höflichen Worten. Ich glaube nicht, dass schon mal jemand so nett zu mir war.« Santiago klang hingerissen.

»Ja, klar, ich zähle nicht, weil ich dich zu oft anschreie«, sagte Kiéran und musste grinsen. Er steckte das Schwert, das er aus der Waffenkammer geholt hatte, in den Gürtel, er würde es erst einmal behalten. Dieser Magier hatte recht gehabt, ohne Waffe fühlte er sich nackt, und das Tempelmesser zählte nicht wirklich. Und wirklich nackt würde er heute noch oft genug sein, wenn ihm ein Besuch bei der Medica und im Badehaus bevorstanden.

Kiéran nickte Santiago zu und machte sich auf den Weg zu Jillyan, um mit ihr zu besprechen, welche Novos bereit waren für die Aufnahme in die reguläre Truppe. Er fragte sich, warum er auf einmal ein so ungutes Gefühl hatte, doch er kam nicht darauf.

⋆ ⋆ ⋆

Nach Norden. Sie musste weiter nach Norden. Dort erstreckte sich Jil'quanor, und Port Enthis war zum Glück auf Jerushas Karte eingezeichnet. Immerhin, bis dorthin war alles flaches Land, sie musste nicht über die Berge von Khelgardsland.

Als Jerusha ihre Stute eingefangen hatte, spürte sie, dass Grísho in ihrer Nähe war. »Grísho? Alles in Ordnung mit dir?«, rief sie leise.

»Möge dein Schatten immer tief und schwarz sein«, flüsterte Grísho aus Amaderas Schatten zurück. »Ich habe mir erlaubt, dieser Frau fernzubleiben, meine Liebe. Es war nicht gerade das erfreulichste Erlebnis meiner Existenz, zuzusehen, wie sie dich fast ertränkt hätte.«

»Es ist auch nicht gerade erfreulich gewesen, fast zu ertrinken«, gab Jerusha zurück; zum Glück hatte sie nur eine schwache Erinnerung daran. Nur dieser eine Moment verfolgte sie, dieser Moment, als sie dem kalten Wasser erlaubt hatte, in ihren Mund zu strömen. »Wahrscheinlich sollte ich jemanden suchen, der mir das Schwimmen beibringt. Auch wenn die Hafenstadt, zu der wir uns jetzt auf den Weg machen, leider kein Wasser mehr vorzuweisen hat.«

»Ein Schwimmlehrer, wie wär's mit Dario? Du hast seinen Namen gemurmelt, als du am Ufer lagst.«

Dario. Als Jerusha am Abend ihr Lager aufschlug – auf einer kleinen Wiese diesmal, Gasthäuser konnte sie sich nicht mehr leisten –, machte sie sich endlich daran, ihm zu schreiben. Es fiel ihr leichter, als sie gedacht hatte, sie würde die Nachricht im nächsten Ort mit einem

Botenvogel losschicken. Danach beschloss sie, sich endlich sein Abschiedsgeschenk anzusehen. Sie hatte den kleinen Spiegel bisher nicht einmal ausgepackt, geschweige denn einen Blick hineingeworfen.

Im milden Licht des Sonnenuntergangs grub Jerusha in Amaderas Satteltaschen herum, bis ihre Finger endlich – ganz unten in der Tasche – die harte, glatte Oberfläche des Spiegels ertasteten. Jerusha zog ihn hervor, setzte sich im Schneidersitz ins Gras und wickelte Darios Geschenk aus der grauen Seide. Es war wirklich ein wunderschönes Stück, in den Silberrahmen waren winzige tanzende Frauengestalten graviert, sollte sie das daran erinnern, dass sie sich zum ersten Mal auf einem Tanzfest getroffen hatten?

Nach kurzem Zögern wagte Jerusha einen Blick in den Spiegel. Und bedauerte es gleich darauf. Sie sah ihrer Mutter ähnlicher denn je. Wie blass und dünn sie geworden war! Ihre Wangenknochen traten stärker hervor, als sie es kannte, und ihre Augen wirkten dunkel vor Erschöpfung. Auch ihr Haar sah struppig aus, es brauchte dringend etwas Pflege und Beachtung. Zum Glück hatte sie noch ein halbes Fläschchen Nachtlilienöl übrig.

Auch wenn sie den Spiegel weder mochte noch brauchte – verkaufen würde sie ihn niemals. Er war ihre einzige Verbindung zu ihrem alten Leben. Wenn sie die Finger darum schloss, fühlte es sich an, als sei Dario ihr nah.

Ein wehmütiges Gefühl stieg in Jerusha auf. Sie legte die silberne Scheibe auf ihre Knie, sodass sich die Wolken darin spiegelten, und ließ sich nach hinten sinken, bis sie im Gras lag. Erinnerungen strömten auf sie ein. *Neben Dario versteckt in einem Bohnenfeld, grüne Ranken, die sich um uns herum in den Himmel winden; das herrliche Gefühl seiner Hände auf meiner Haut. Hand in Hand laufen wir den Fir Evarn hinunter, bis wir stolpern und uns den restlichen Weg hinunterkullern lassen, der Bauch tut uns weh von all dem Gelächter.*

Die Kutschfahrt nach Ehandu; Darios Arm um meine Schultern, seine klare, kräftige Stimme, die singt, was er für mich geschrieben hat.

Sieh, wer auf flinken Flügeln schwebt
Hoch über den Hügeln, der Falke
Späht herab auf die purpurnen Flüsse der Nacht
Und die Lilien in deinem Garten.

Sieh, wer auf flinken Pfoten schleicht
Hoch in den Ästen, der Panther
Im Bann deiner Augen er verharrt
Und dein Pfeil verschont sein Herz.

Sie war froh darüber, dass sie Dario vermisste. Das war ein gutes Zeichen – ihr Herz war dabei, sich zurechtzurücken. Nie würde Dario erfahren, dass ein anderer Mann sie umarmt hatte, und nach ihrer Rückkehr würden sie ihr gemeinsames Leben genau dort wieder aufnehmen, wo es so plötzlich geendet hatte.

Zwei Tage später fand sie, als sie ihre Sachen waschen wollte, am Ufer eines Flusses eine Stelle mit sehr feinem und weichem grauen Schlamm. Nein, kein Schlamm, das war reiner Ton! Begeistert holte Jerusha ein paar Handvoll aus dem Ufer, und wie von selbst begannen ihre Finger das feuchte, aber feste Material zu formen. Schon als Kind hatte sie das getan, mit allem, was sie in die Finger bekam. Mit Lehm, Schnee und natürlich dem Brotteig in der Bäckerei ihres Vaters – die Bewohner von Loreshom hatten große Augen gemacht, als sie sahen, was für eigenartige Backwaren an diesem Tag im Angebot waren. Die Vögel und Sterne waren bald ausverkauft gewesen, doch die Brotkatzen wollte leider niemand. Vielleicht hatten die Leute kein gutes Gefühl dabei, am Abbild eines kleinen Pelztiers zu knabbern. Am Ende hatte ihr Vater Jerusha gezwungen, sämtliche Katzenfiguren selbst aufzuessen, und ihr verboten, noch einmal in der Backstube zu experimentieren.

Schon nach wenigen Momenten wusste Jerusha, was sie diesmal formen wollte: Darios Gesicht. Sie begann, hier etwas Ton hinzuzufügen, dort Vertiefungen hineinzudrücken und mit einem kleinen Stöckchen Linien zu ziehen. Es war herrlich, wieder eine Skulptur zu schaffen, und Jerusha vergaß die Zeit, vergaß, dass sie weiterreiten musste nach Norden, wenn sie jemals nach Jil'quanor gelangen wollte. Ihre Hände übernahmen die Führung, und ein warmes Gefühl der Zärtlichkeit durchzog sie bei der Arbeit. Kaum jemals hatte sie so behutsam gearbeitet, und sie ahnte, dass das Ergebnis eine ihrer besten Arbeiten in Ton werden würde.

Schließlich glättete sie die Oberfläche des modellierten Gesichts mit den Fingern und etwas Wasser, trat einen Schritt zurück und betrachtete ihr Werk.

Ein mulmiges Gefühl kroch in ihr hoch, als sie merkte, dass die

Ähnlichkeit ihr nicht geglückt war. Und doch klopfte ihr Herz laut und schnell, als sie dieses Gesicht betrachtete.

»He, das ist ja Kiéran«, flüsterte eine Stimme aus dem Schatten des Uferschilfs. »Nur ohne die Narben.«

»Was für ein Blödsinn«, fauchte Jerusha, und dann drückte sie beide Hände in den noch feuchten Ton, bis er zwischen ihren Fingern hervorquoll und sich wieder in eine unförmige Masse zurückverwandelte. Gleich darauf spürte Jerusha, wie Tränen heiß und brennend in ihre Augen stiegen. Sie brachte es nicht über sich, die Reste des Tongesichts noch einmal anzublicken.

»Los. Wir reiten weiter.« Jerusha presste die Lippen zusammen und wusch sich die verkrusteten Hände im Fluss. Grauweiße Tonwolken drifteten in kleinen Wirbeln davon. »Wir haben schon viel zu viel Zeit verschwendet.«

* * *

Als Dario spürte, dass der Spiegel ihn rief, konnte er es kaum glauben. Er eilte durch seine Werkstatt, stieß in seiner Hast einen Schemel um und nahm sich nicht die Zeit, ihn wieder aufzurichten. Dann nahm er den silbernen Handspiegel – einen Zwilling desjenigen, den er Jerusha geschenkt hatte –, blickte hinein und sah Jerusha. Eine Ewigkeit schien es her zu sein, dass er zum letzten Mal ihr Gesicht gesehen hatte, und im ersten Moment mischten sich in ihm Sehnsucht und Wut. *Endlich schaut sie mal in dieses verdammte Ding! Bei allen Göttern, wie müde sie aussieht, glatt fünf Jahresläufe älter als zuvor. Was sie durchgemacht haben muss! Aber sie hätte trotzdem ein bisschen mehr auf sich achten können. Auch in Benaris gibt es Leute, die einem die Haare stutzen können!*

Er blickte Jerusha in die Augen und wünschte einen Moment lang nichts mehr, als dass sie ihn sehen könnte. Doch als er die Hand heben und das Abbild ihres Gesichts berühren wollte, schwankte es und war plötzlich verschwunden. Dario sah nur noch wolkengefleckten Himmel. Verdammt, sie hatte den Spiegel hingelegt! Dario stöhnte.

»Was ist?«, fragte Laric, der lautlos hereingekommen war.

»Jerushas Verhältnis zu Spiegeln ist einfach *krank*«, beschwerte sich Dario. »Sie hat den Zwilling benutzt, aber nur ein paar Augenblicke lang. Wahrscheinlich holt sie ihn jetzt nie wieder raus.«

Laric nickte und untersuchte den Handspiegel kurz, indem er die Hände darüber gleiten ließ. »Ich hätte noch einen Zauber hinzufügen sollen, der sie dazu zwingt, hineinzublicken. Dann hätten wir zumindest alle paar Tage eine Sicht bekommen. Je nachdem, wie stark sie dagegen angekämpft hätte.«

Beim Gedanken, Jerusha zu etwas zu zwingen, war Dario nicht ganz wohl. »Vielleicht hätten wir das tun sollen, aber jetzt ist es zu spät.«

»Hast du erkannt, wo sie gerade ist? Was war im Hintergrund?«

»Nicht viel. Eine Landschaft mit niedrigen Sträuchern. Könnte überall sein. Andere Leute waren keine in Sicht. Ich glaube, ich habe den Schatten eines Pferdes gesehen. Immerhin, sie hat das Vieh noch.« Entmutigt ergriff Dario den Schemel und setzte sich darauf. »Ich hätte mit ihr reisen sollen. Aber damals habe ich nur an all unsere dringenden Aufträge gedacht, und daran, was für eine verrückte Idee ihre Reise ist.«

»Auch jetzt haben wir jede Menge Aufträge«, erinnerte ihn Laric nüchtern. »Vielleicht solltest du sie einfach aufgeben – wer sagt dir, dass sie jemals zurückkommt?«

»Niemals werde ich sie aufgeben, niemals! Sie ist mir versprochen.« Dario merkte, dass er wieder dabei war, laut zu werden, und bremste sich. Laric hatte es nicht böse gemeint, er verstand einfach nichts von solchen Dingen. Ob er wirklich Gefühle hatte so wie andere Menschen, wusste Dario nicht – schon als Kind hatte sein Bruder nie gezeigt, was in ihm vorging, und sich so verhalten, als ginge die Welt ihn nichts an.

Dario nahm die Glasscheibe, aus der ein Werk für die LoMarim entstehen sollte, und versuchte sich wieder auf seine Arbeit zu konzentrieren.

* * *

An der Wand des Medicums hing ein Spiegel – doch jedes Mal, wenn Kiéran sich darin anblickte, sah er sein Gesicht als dunkles Oval, das sich kaum von der Schwärze der Umgebung abhob. Er selbst war ein Schatten geworden, mit einer dunkelblauen Aura, die zu einer anderen Zeit sicher deutlich kräftiger gewesen war. Am besten fand er sich damit ab, dass er nie erfahren würde, wie er jetzt aussah. Wie Jerusha ihn gesehen hatte.

»Ihr habt ja einige neue Narben gesammelt, Kiéran.« Indoia EaMaris ging um ihn herum, und ihre Finger strichen behutsam über seinen linken Arm, drückten, forschten. »Aber der Muskel ist gut verheilt, ebenso Euer Gesicht. Man sieht, dass die Priester des Schwarzen Spiegels sehr bewandert sind in den Heilkünsten. Ihr habt heute schon wieder geübt, wie ich hörte?«

Kiéran nickte. Ein kühler Luftzug streifte seine bloße Haut, und er fröstelte. »Es ging ganz gut. Keine Schmerzen mehr.«

Zum Glück hatte sie keine Einwände erhoben dagegen, dass er sein Amulett anbehielt. Ansonsten machte es ihm nicht viel aus, nackt vor ihr zu stehen. In solchen Momenten fühlte sich sein Körper nicht an wie der eines Mannes mit Begierden und Eitelkeiten, sondern nur wie ein mehr oder weniger intaktes Instrument in den Diensten des Fürsten. Und immerhin, der Fürst gewährte diesem Instrument noch immer das Privileg, von der obersten Medica des Hofes in Augenschein genommen zu werden. Der Boden, der sich so kühl anfühlte unter seinen Füßen, war aus Marmor, die Skalpelle, Pinzetten und Schalen aus Silber und Elfenbein. Im Lazarett der Terak Denar sah es ein bisschen anders aus.

Doch all dieser Prunk wäre wertlos gewesen ohne Indoia, die in ihrer Zunft großen Respekt genoss. Dabei hatte sie ihm einmal erzählt, dass sie aus einem Clan von Seefahrern und Händlern stammte. Doch Indoia war nicht an Handel interessiert, auch nicht an Geld, und an Macht schon gar nicht. Das war einer der Gründe, warum Kiéran sie schätzte und ihr vertraute. Sie war eine Stimme der Vernunft in der Quellenveste und der einzige Mensch, der Eli Naír AoWesta seine zuweilen eigenartigen Ideen ausreden konnte.

»Nun zu Euren Augen«, sagte Indoia nüchtern. »Nicht blinzeln.« Sie zückte irgendein Instrument, das Kiéran nur schemenhaft erkennen konnte. Immer näher führte sie es an seine Augen heran, und Kiéran wurde nervös.

»Aha. Keine sichtbaren Verletzungen. Das wird den Fürsten interessieren. Könnt Ihr den Lichtstrahl sehen?«

»Nein«, sagte Kiéran ehrlich und fragte sich, warum den Fürsten ausgerechnet dieses Detail interessieren sollte.

Jetzt holte sie eine Art Pendel hervor. »Falls Ihr das hier sehen könnt, dann folgt ihm jetzt bitte mit dem Blick.«

Keine besonders schwierige Aufgabe; das Pendel bestand aus irgendeiner Substanz, die das *Oscurus* als wichtig erachtete und sichtbar machte.

»Gut.« Ein Rascheln verriet ihm, dass sie jetzt ein Stück Pergament nahm. Das schabende Geräusch von Schreibkohle, dann hielt ihre geisterhafte Hand ihm den Zettel hin. »Könnt Ihr das hier lesen?«

Jetzt wurde es kritisch. Kiéran nahm den Zettel und versuchte, darauf etwas zu entziffern. Und tatsächlich, wenn er sich mit aller Kraft konzentrierte, dann wurden aus dem Geflimmer Buchstaben. Dennoch brauchte er eine Ewigkeit und fühlte kalten Schweiß auf der Stirn, bis er wusste, dass sie *Blütenküste* geschrieben hatte. Den Namen einer Gegend in Larangva. Vielleicht hatte Indoia Heimweh.

»Tja, ich fürchte, ich werde Euch demnächst die *Geschichte des Alten Reichs* zurückgeben müssen, die Ihr mir geliehen habt«, sagte Kiéran und schaffte ein verzerrtes Lächeln. »Immerhin hatte ich sie schon zur Hälfte gelesen.«

Normalerweise unterhielt sie sich gern mit ihm, doch diesmal ging sie nicht auf seine Bemerkung ein. »Kiéran, könnt Ihr *mich* sehen?«

»Ich kann erkennen, wo Ihr seid.«

»Nicht ausweichen«, mahnte sie sanft.

Die Antwort auf ihre Frage war Nein. Nur in seiner Erinnerung sah er sie vor sich, eine hochgewachsene, schlanke Frau mit langen, eisengrauen Haaren, die sie mit polierten weißen Kämmen aus den Knochen einer Seeschlange hochgesteckt trug.

Kiéran hatte das üble Gefühl, dass diese Untersuchung nicht sehr günstig für ihn verlief. Und dass ihr Ergebnis den guten Eindruck, den er heute bei den Übungen hinterlassen hatte, völlig zunichtemachen konnte.

Indoia EaMaris seufzte. »Eine dermaßen seltsame Form der Beeinträchtigung ist mir noch nie untergekommen. Könnte es sein, dass Cerdus Maharir Magier in seinen Truppen eingesetzt hat und diese Euch mit einer Formel teilweise geblendet haben?«

Sie ahnte also, dass Magie im Spiel war – doch auch sie schien nichts von der Macht der Schwarzen Spiegel zu wissen. Das war besser so. »Soweit ich weiß, hasst Cerdus ebenso wie die AoWestas alles, was mit Magie zu tun hat«, sagte Kiéran. Er zwang sich, ganz offen anzusprechen, was er wissen wollte. »Was ist, bin ich weiterhin tauglich für die Terak Denar?«

»Das werde ich mit TeRopus und dem Fürsten gemeinsam entscheiden. Aber ich werde für Euch tun, was in meiner Macht steht, Kiéran.«

Ja, sie war eine seiner Verbündeten – und da Indoia sich in höchsten Kreisen bewegte, musste er unbedingt die Chance nutzen, von ihr mehr über die Vorgänge hinter den Kulissen zu erfahren. Eilig begann Kiéran, sich wieder anzuziehen, denn manche Fragen stellte man besser im bekleideten Zustand.

»Danke, Medica. Wird Borran DaRobak auch an der Entscheidung beteiligt sein? Ich bin nicht sicher, ob er mir gewogen ist.« DaRobak war der Oberste Waffenmeister der AoWestas, zuständig für die Truppen und die Kriegsführung. Er war ein ehemaliger Kommandant der Terak Denar, und auf seinen Mittelnamen *Fin'alht*, Starker Arm, den ihm der Fürst einmal verliehen hatte, sehr stolz. Doch mittlerweile hatte er Fett angesetzt; es wurde in den Truppenquartieren hart darüber diskutiert, ob es sich bei der Unterseite seines Gesichts noch um ein Doppelkinn handelte oder schon um ein Dreifachkinn.

»Ja, auch er hat ein Wort mitzureden, und das ist in der Tat schlecht.« Indoia seufzte. »Nicht nur, dass seine legendären Leistungen, von denen er so gerne spricht, schon zwanzig Jahresläufe zurückliegen. Ihr habt sie auch längst übertroffen, und das, ohne Aufhebens darum zu machen.«

Kiéran verzog das Gesicht. Ja, auch früher schon war DaRobak kurz angebunden gewesen, wenn sie miteinander gesprochen hatten. Gut möglich, dass der Waffenmeister jetzt endlich die Chance sah, ihn loszuwerden. »Damit ist es vermutlich vorbei. Vielleicht nimmt er mich dadurch nicht mehr als Gefahr für sich wahr, und ich kann in der Truppe bleiben. Mit seiner Schadenfreude kann ich leben.«

»Er ist eher der Typ Mensch, der sich daran ergötzt, wenn seine Gegner im Staub kriechen«, sagte Indoia, und dann schwieg sie. Denn sie wussten beide, dass Kiéran nicht dazu bereit war, im Staub zu kriechen. Nicht einmal, wenn das der Preis dafür war, bei den Terak Denar bleiben zu können. Es blieb Kiéran nichts anderes übrig, als irgendwie mit dem Fürsten direkt zu sprechen. Spontan fragte er: »Kennt Ihr eigentlich Nonar?«

»O ja, ich habe ihn schon untersucht.« Indoias Stimme veränderte sich ein wenig, wurde wohlwollend. »Ein Bild der Gesundheit, man könnte ihn für ein medizinisches Lehrbuch über den perfekten Körper verwenden. Und, das muss auch mal gesagt werden, er ist ein wirklich schöner Mann.«

Indoia, die nüchterne Medica mit dem messerscharfen Verstand, schwärmte von einem Jüngling? Kiéran war so verblüfft, dass es eine Weile dauerte, bis ihm eine Antwort einfiel. Er rettete sich in einen scherzhaften Ton. »Nun, wenn Ihr blonde Männer bevorzugt, hätte ich ja ohnehin keine Chance bei Euch gehabt.«

»Blond?« Diesmal war Indoia es, die erstaunt klang. »Ich würde ihn nicht als blond bezeichnen. Sein Haar hat die Farbe eines Sonnenuntergangs über dem Meer, dieser Vergleich drängte sich mir gestern auf, und bisher ist mir kein besserer eingefallen.«

Xatos' Rache!, dachte Kiéran, und dann machte er, dass er davonkam.

Doch als er in Richtung Ausgang an der Kräuterkammer vorbeihastete, stutzte er, ging noch einmal zurück und öffnete die schwere, geschnitzte Holztür. Ein aromatischer Geruch nach Sumpfrettich, Minze, Diadema und Balsamwurzeln schlug ihm entgegen. Hier lagerte ein wahrer Schatz an Arzneien, der von heilkundigen Helfern zu jeder Jahreszeit frisch ergänzt wurde.

»Ihr wünscht?«, fragte die Stimme einer jungen Frau unsicher.

»Habt Ihr Nachtlilienöl da?«

»Ja, natürlich.« Ihre Gestalt entfernte sich und kam schon kurz darauf mit einem kleinen Fläschchen wieder. »Es ist sehr wertvoll, ich kann Euch leider nichts davon mitgeben, außer die Medica …«

»Nicht nötig. Darf ich?« Kiéran nahm ihr das Fläschchen aus der Hand und zog den geschliffenen Glasverschluss heraus. Dann schloss er die Augen und atmete den Duft ein, der ihn für immer an Jerusha erinnern würde.

Und auf einmal war alles wieder da. Wie sie im Gasthaus das Essen geteilt hatten. Wie sie zusammen am Feuer gesessen, Seite an Seite gejagt hatten. Wie er sie im Arm gehalten hatte nach dem Kampf mit Oriol. Die Erinnerungen berührten ihn so stark, dass Kiéran erschrak. Es waren doch kaum zwei Tage gewesen, die sie zusammen gereist waren! Was war in dieser kurzen Zeit mit ihm geschehen?

Im Badehaus, das direkt neben dem Medicum lag, war es um diese Uhrzeit noch recht leer – nur ein paar Fächer des großen Holzregals enthielten Kleidung. *Hat Cuernder natürlich gewusst. Neugierige Ohren können wir nicht gebrauchen.* Zum zweiten Mal an diesem Tag zog Kiéran die rot-graue Uniform der Terak Denar aus und schob sie in ein freies Fach. Feuchte Hitze schlug ihm entgegen, als er die Tür zum eigentlichen Badehaus öffnete. Schade, dass er die prachtvollen Mosaiken der Böden und Decken nicht mehr sehen konnte, sie zeigten Szenen aus der wechselvollen Geschichte der Wasserburg. Den Anblick der Säulen, die jede in der Form einer anderen Blume gestaltet und mit passenden Mosaiksteinchen farbig gekachelt waren, vermisste er weniger – diese Geschmacksverirrung verdankte die Quellenveste Lady Riseja AoWesta, deren Gebeine schon seit zweihundert Jahresläufen in der claneigenen Gruft moderten.

Kiéran lauschte aufmerksam auf die wenigen Stimmen, die er hörte. Nur ein paar niedere Hofbeamte, ein Tar-Escadrán und eine oder zwei

Frauen aus dem Gefolge der gegenwärtigen Lady AoWesta. Gewöhnliche Soldaten und Rautenführer waren natürlich keine da; sie benutzten das weitaus schlichtere Badehaus der Terak Denar, das sich ans Hauptgebäude der Truppe anschloss. Caemder schien noch nicht eingetroffen zu sein, Kiéran hätte seine Aura erkannt. Also ließ er sich erst einmal ins große Becken gleiten und genoss die Berührung des warmen Wassers auf der Haut. Aus einer der Wandnischen erklangen Geräusche, die auf einen Austausch von Zärtlichkeiten hindeuteten. Kiéran lauschte kurz und wünschte bald darauf, er hätte es nicht getan. Besser, er dachte jetzt erst mal eine Weile an Dinge wie die vierteljährlichen Güterabrechnungen seiner Escadron. Oder an die hässlichen Lügen, die man sich in der Quellenveste über ihn erzählte.

»Kiéran«, sagte eine Stimme, die Kiéran sofort erkannte – Vinya, eine Tochter von Muria UlPorím, der Herrscherin Kalamancas. »Das ist ja eine schöne Überraschung!«

»Die Freude ist ganz meinerseits«, murmelte Kiéran und ließ sich etwas tiefer ins Wasser sinken, damit es keine Missverständnisse gab. In regelmäßigen Abständen stattete Muria UlPorím höchstpersönlich der Quellenveste einen Besuch ab, schließlich hatten Benaris und Kalamanca eine gemeinsame Grenze. Doch noch viel lieber schickte sie ihre zahlreichen Töchter oder Söhne, besonders die unverheirateten. Leider waren die Sprösslinge des Clans alles andere als attraktiv, deshalb war der Erfolg dieser Maßnahmen bislang bescheiden. Soweit sich Kiéran erinnerte, hatte Vinya Hasenzähne und ein fliehendes Kinn. Das brauchte einen praktisch blinden Mann wie ihn zwar nicht mehr zu interessieren, doch leider fehlten der jungen Frau auch alle tieferen Gedanken. Mit Jerusha war sie nicht im Entferntesten zu vergleichen.

»Verzeiht mir, aber ich fürchte, ich muss Euch Escadrán SaJintar entführen.« Selbst wenn Caemder freundlich sprach, klang in seiner Stimme ein Befehlston durch, und Vinya reagierte sofort. »Oh, natürlich! Ich bin sicher, es wird sich für uns noch eine andere Gelegenheit zum Gespräch finden. Shimounah sei mit Euch!«

Als sie weg war, sagte Kiéran leise zu Caemder: »Danke. Noch ein zusätzliches Gerücht – dass ich Vinya UlPorím den Hof mache – hätte mir jetzt gerade noch gefehlt.«

»Keine Ursache. Es gibt nötige und unnötige Zumutungen. Wenn wir schon über Gerüchte sprechen, dann kommen wir am besten gleich zum Punkt. Ich habe verschiedentlich gehört, Ihr seid zu den Sh'karan übergetreten.«

»Das ist eine Lüge der übelsten Sorte«, sagte Kiéran mühsam beherrscht. Auf einmal konnte selbst das wohltemperierte Wasser, das ihn umgab, ihn nicht mehr wärmen. Er, ein Sh'karan? Das war ein sehr gefährliches Gerücht, eins, das ihm das Genick brechen konnte. Die meisten Bewohner Ouendas waren Ghaliljünger, so wie Kiéran selbst, doch es gab auch eine Anzahl von eigenartigen und zum Teil extremen Religionen, angefangen bei den Tuva über den Afariskult bis hin zu den Sh'karan. Letztere beteten eine blinde Göttin namens Sh'kar an, die ganz in Weiß gekleidet war und in den Händen Würfel und Schwert trug; sie verkörperte die Macht des Schicksals. Manche Sh'karan brachten das Höchste Opfer, wie sie es nannten – sie nahmen sich das Augenlicht und lebten fortan in der Abgeschiedenheit ihrer Tempel von Almosen. *Weißes Pack.* Jetzt war Kiéran auch klar, warum Indoia nach sichtbaren Verletzungen seiner Augen Ausschau gehalten hatte.

»Ich kann nicht nachvollziehen, was in Idioten vorgeht, die sich absichtlich blenden.« Kiéran musste sich zwingen, seine Stimme leise zu halten. »Und ich kann Euch versichern, Caemder, dass ich in meinem Leben noch nie die geringste Sympathie für Sh'kar verspürt habe. Nicht die geringste!«

»Habe ich mir gedacht. Es passt nicht zu Euch.« Caemder klang sehr ernst. »Könnt Ihr Euch vorstellen, ob irgendetwas, was Ihr getan habt, diesen Verdacht hätte nähren können?«

Verzweifelt dachte Kiéran nach – ohne Ergebnis. »Manche haben gehört, dass ich in einem Tempel war. Vielleicht ist das eine einfache Verwechslung, die mit der Blindheit zu tun hat. Es ist ja auch nicht sehr bekannt, was es mit den Schwarzen Spiegeln auf sich hat.« Ganz rein war Kiérans Gewissen nicht. Noch wusste niemand, wie stark er in der Schuld der Priester stand, dass er sogar an einer der geheimen Zeremonien teilgenommen hatte. Dass er nur dank der Gnade einer geheimnisvollen Macht überhaupt etwas von seiner Umgebung erkennen konnte.

»Wenn ich mich entsinne, habt Ihr ein paarmal zu Einkehr und während der Freiwachen ein weißes Hemd getragen.«

»Ein weißes Hemd? Ja, das stimmt«, musste Kiéran zugeben. »Ich habe es mal geschenkt bekommen, ich weiß gerade nicht mehr, von wem. Mir war nicht klar, dass die Farbe inzwischen so verrufen ist.«

»Ist sie nicht, aber dadurch scheint irgendwie alles zusammenzupassen. Habt Ihr nicht auch ein paarmal von Schicksal gesprochen?«

»Xatos' Rache, das kann schon sein! Natürlich meinte ich damit, dass die Götter unser Schicksal lenken.« Hilflose Wut brodelte in Kiéran. »Am besten, ich rede sofort mit Xen und Fürst AoWesta. Sie müssen als erste wissen, dass es nicht wahr ist.«

»Klingt nach einer hervorragenden Idee – und schmeißt bei Gelegenheit auch das weiße Hemd ins Feuer.«

»Danke, Caemder. Ihr habt was gut bei mir.«

Als Kiéran sich auf den Weg zu Xens Quartier machte, führten seine Gedanken einen wilden Totentanz auf. Bald würde jemandem das seltsame Amulett auffallen, das er trug. Fragen würden gestellt werden. Es würde von gefährlicher Hexerei die Rede sein. Womöglich würde verlangt werden, dass er das Ding abnahm und einem zuverlässigen Magier zur Vernichtung übergab.

Und, verdammt, er hatte ja auch noch dieses Horn, das er dieser zerlumpten Furie abgenommen hatte! Wieso bei allen Göttern hatte er Xen nicht gleich davon erzählt, was er im Wald von Sharedor erlebt hatte? Jetzt war es eigentlich schon ein bisschen zu spät. Es würde so wirken, als habe er die Sache verheimlicht und versucht, das Ding zu behalten; als habe ihn Caemder zur Rede gestellt und gezwungen, es aufzugeben. Hatte es Caemder etwa auf diesen Eindruck angelegt? Nein, Blödsinn, woher sollte er von dem Objekt wissen? Es hatte gerade noch gefehlt, dass er jetzt begann, überall Verrat zu wittern!

Nervös kramte Kiéran in seinem Gepäck, suchte das bläulich schimmernde, handlange Horn hervor. Vermutlich sah man mit normalen Augen glattpoliertes Elfenbein. Von welchem Tier konnte das Ding stammen? Es gab bestimmt Experten, die das feststellen konnten.

Kiéran schloss die Tür hinter sich ab und ging mit langen Schritten hinüber zum Hauptgebäude. Doch nur Xens grauhaariger Adjutant öffnete ihm.

»Ich muss den Kommandanten sprechen«, sagte Kiéran. »Ist das möglich?«

»Leider nein, Sir. Der Kommandant ist vorhin mit Fürst AoWesta losgeritten auf die Falkenjagd, sie übernachten im Feldlager und werden erst morgen zurückerwartet.«

»Danke. Ich werde mich nach seiner Rückkehr noch einmal bei ihm melden«, sagte Kiéran und versuchte sich nicht anmerken zu lassen, wie sehr ihn die Neuigkeit getroffen hatte.

Ihm wurde klar, wie tief er eigentlich im Sumpf steckte. Bis zum Hals.

Kinder des Nebels

Jerusha riss drei Äpfel vom Ast, steckte sie sich in die Bluse – was ihre Körperform nicht sehr vorteilhaft aussehen ließ – und kletterte hastig wieder auf den Boden zurück. Dann machte sie, dass sie davonkam, bevor die Bewohner des Hofs auf die Idee kamen, aus dem Fenster zu sehen.

Na, wenn das meine Mutter wüsste, ging es ihr durch den Kopf, und wider Willen musste sie lächeln. Doch sehr wahrscheinlich hatte ihre Familie auch kein Interesse daran, dass Jerusha verhungerte.

Wieder einmal musste Jerusha an Liri denken. Sie vermisste sie so schrecklich. Gestern war wieder ein Brief von ihr gekommen. Liri schrieb, dass es ihr schwerfiel, einzuschlafen, weil sie dabei immer an Jerusha denken musste. Dass ihre Mutter versuchte, in Selwys eine Stelle als Wäscherin zu finden. Dass sie Alef auf dem Markt von Mandeth getroffen hatte und dass er ihr zugelächelt hatte, ein bisschen verlegen hatte er dabei ausgesehen.

Jerusha wurde das Herz schwer, als sie das alles las. Sie hatte keine Ahnung, ob Alef Liris Liebe verdiente. Und anscheinend wurde ihrer Mutter das Geld knapp, sonst hätte sie sich nicht nach einem neuen Broterwerb umgesehen. Wie gerne hätte Jerusha ihnen etwas geschickt, doch sie hatte selbst nicht gerade viel in der Tasche. Immerhin, in Opris hatte sie einfach einen Steinmetz angesprochen, dessen Hämmern ihr im Vorbeireiten aufgefallen war, und war freundlich empfangen worden. Gegen ein paar Dag hatte sie ihm geholfen, ein Wappen von Opris, das bei der neuen Stadtwache aufgestellt werden sollte, in eine große Sandsteinplatte zu meißeln. Das hatte ihr etwas Geld eingebracht.

Und dann, nach langen Tagen im Sattel, breitete es sich endlich vor ihr aus: Jil'quanor, das Land der Nebelwüsten. Jerusha atmete tief durch. Irgendwo hier befand sich der Ort, an dem das Schicksal der

KiTenaros *geträumt* worden war. Jedenfalls, wenn die Halbelis ihr die Wahrheit gesagt hatte.

Für sie hüllte sich Jil'quanor vorerst nicht in Nebel. Die Luft war klar und schmeckte nach dem hellen, sehr feinen Sandstaub, den der Wind mitbrachte. Ein paar Grasbüschel klammerten sich tapfer in den kargen Boden. Jerushas Locken flatterten im Wind, als sie über die weiten Ebenen hinwegblickte – war hier einst Meeresboden gewesen?

Nur ein paar Granitsäulen mit kaum noch lesbaren Inschriften markierten die Grenze, und eine Handvoll Soldaten mit dem Wappen der AoWestas ritten Patrouille. Jerusha grüßte sie höflich und hasste sich dafür, dass ihr Anblick sie an die Quellenveste denken ließ, und an Kiéran.

Amadera warf den Kopf hoch und galoppierte ungewohnt wild los, in diese endlosen Ebenen hinein, und Jerusha feuerte sie übermütig an. War es nicht genau das, was sie sich gewünscht hatte? Zu reisen, die Welt zu sehen? Der Wind, der ihr wild ins Gesicht fuhr, riss ihr Lächeln mit sich. Nun ja, für die meisten Menschen war Jil'quanor eher so etwas wie das Ende der Welt. Ein Ort, an den man verbannt wurde.

»Nebelwüste? Das klingt ja scheußlich«, war auch Gríshos Meinung; er hielt sich in Amaderas Schatten und störte sich nicht daran, dass dieser neuerdings so schnell über den Boden raste. »Was ist, wenn's da keine Schatten gibt? Dann bin ich bald so schwach wie ein neugeborenes Kaninchen und du musst dich leider von jemand anderem retten lassen, wenn du dich wieder mal mit einer Halbelis anlegst.«

»Ich fürchte, wenn es hier richtig neblig wird, dann bin ich es diesmal, die *dich* retten muss«, sagte Jerusha. »Falls es dich beruhigt, ich hab noch eine Kanne Lampenöl im Gepäck.«

»Ganz wunderbar, meine Liebe. Ich werde dir ewig dankbar sein.«

Als die ersten Häuser von Port Enthis in Sicht kamen, staunte Jerusha. Die zweistöckigen Holzhäuser, zwischen denen verwinkelte Straßen entlangführten, waren nicht etwa weiß gekalkt, sondern in vielen Farben gestrichen. Gelb wie die Sonne, rot wie reife Yannisbeeren, blau wie das Meer – oder zumindest hatte Jerusha gehört, dass das Meer blau war, selbst gesehen hatte sie es nie.

Eine Wäscheleine zog sich zwischen zwei Häusern entlang, leise vor sich hin schimpfend nahm eine Frau gerade Unterwäsche, Hemden und Röcke davon ab und warf sie in einen Korb. Jerusha grüßte freundlich, als sie vorbeiritt. »Alles in Ordnung? Oder hat Euch ein Vogel eine Socke gestohlen, um damit sein Nest auszupolstern?«

»Ach, das wär ja gar nicht mal schlimm. Aber das Zeug ist nicht trocken geworden. Und in ein oder zwei Stunden kommt sicher schon der Nebel, dann wird alles wieder feucht.«

»Zieht er denn immer zur gleichen Zeit auf?«

Die Frau richtete sich auf und betrachtete sie neugierig. »Nein, nur bei diesem Wetter. In dieser Jahreszeit kann es auch geschehen, dass wir ihn eine Woche lang den ganzen Tag über haben. Ihr seid fremd hier, nicht wahr? Dann sucht Euch besser jetzt ein Quartier, bevor es losgeht.«

Jerusha bedankte sich für den Rat, stieg ab und ging zu Fuß weiter; das fühlte sich gut an, für heute war sie genug geritten. Der grobkörnige Sand, aus dem die Straße bestand, knirschte unter ihren Schuhen, und als Jerusha ihn genauer in Augenschein nahm, stellte sie fest, dass sie über zerkleinerte Muschelschalen ging. An den Rändern der verwinkelten Straßen und an den Wänden der Häuser sah Jerusha farbige Markierungen. Waren das Wegweiser? Doch Jerusha kannte ihre Botschaft nicht, und sie fragte die Menschen, die an ihr vorbeiliefen, wo es zum Hafen ging – ein Hafen ohne Wasser, das wollte sie sehen. Außerdem gab es am Hafen sicher auch Unterkünfte.

Schließlich weitete sich die Straße zu einer gepflasterten Promenade, und dann war Port Enthis einfach zu Ende – Steinblöcke mit darin eingelassenen gewaltigen Eisenringen bildeten eine Kante, hinter der es etwa zwei Menschenlängen weit senkrecht hinabging. Dahinter sah Jerusha eine gleichförmige Ebene aus Steinen und hellem Sand, die sich bis in die Unendlichkeit zog. Ein Stück entfernt moderten die Reste eines Schiffs vor sich hin; seine Holzplanken waren schon fast zerfallen, nur bei einem oder zwei von ihnen standen noch die Masten. Als Jerusha über die Hafenkante blickte, sah sie auch noch die Reste einiger kleinerer Ruderboote, die halb im Sand begraben waren. Jerusha fand den Anblick beklemmend. *Es muss furchtbar gewesen sein für die Menschen in Jil'quanor, das Meer zu verlieren. Ein Fluch kann so etwas bewirken? Dann habe ich selbst noch Glück gehabt. Ist es wirklich eine so gute Idee, die Cinaya zu suchen? Was ist, wenn sie entscheiden, ganz Ouenda zu träumen, oder Loreshom?*

Jerusha setzte sich auf einen steinernen Pfosten und starrte in die Richtung, in der Isdyr liegen musste. Amadera senkte den Kopf und knabberte an einem Grasbüschel herum, das trotzig zwischen den Pflastersteinen hervorspross. Dann fand sie eine Stelle, an der sich Pflanzen über den Boden rankten, und rupfte sie ab.

Erst nach einer Weile fiel Jerusha auf, dass die Luft sich feucht und klamm anfühlte. Erschrocken blickte sie sich um – und erkannte, dass die Umrisse der Häuser anders aussahen als zuvor, weicher. Die Sonne war zu einem verschwommenen Lichtfleck geworden, zu einer sanft leuchtenden Perle. *Der Nebel kommt.*

»Widerlich«, wisperte Grísho. »Ich kann das Zeug kaum sehen, aber es ist da, nicht wahr?«

»Ja, ich fürchte schon.« Hastig stand Jerusha auf, zündete ihre Laterne an und führte Amadera auf die Gasthäuser zu. Sie entschied sich für die Schänke *Zum silbernen Anker* und versuchte, die schwere, mit geschnitzten Schiffen verzierte Eingangstür aufzuziehen. Doch die Tür bewegte sich keinen Fingerbreit. Auch die Fensterläden waren verriegelt, kein Licht schimmerte durch die Ritzen. Schnell stellte Jerusha fest, dass sämtliche Gasthäuser am ehemaligen Hafen geschlossen waren. Spinnennetze zogen sich über die Türrahmen; winzige Wassertröpfchen hingen darin.

Inzwischen war der Nebel so dicht, dass selbst Amadera halb im Weiß verschwand. Die Stute schien nicht beunruhigt, aber Jerusha wurde immer nervöser. Was sollte sie tun, wenn sie keine Unterkunft fand? Hier auf den Pflastersteinen des Hafens übernachten? Das war keine sehr reizvolle Vorstellung.

Ich muss irgendjemanden finden, den ich fragen kann. Doch es war kein einziger Mensch mehr auf der Straße, die Bewohner von Port Enthis hatten sich in ihre Häuser zurückgezogen. Inzwischen konnte sich Jerusha auch denken, warum diese Häuser so bunt gestrichen waren. Noch mehr Weiß, das war zu Nebelzeiten wahrscheinlich nicht zu ertragen.

Blindlings wählte Jerusha irgendeinen Weg aus und zog Amadera hinter sich her. Das Klappern der Pferdehufe klang gedämpfter als zuvor, der Nebel schien kein Echo zu dulden.

Gerade hatte Jerusha beschlossen, an irgendeine Haustür zu klopfen und um Rat zu fragen, als sie leise Stimmen hörte und im Weiß zwei Gestalten erkannte – eine große ganz in Rot und eine kleinere in Braun –, die die Straße entlangkamen. Dankbar rief Jerusha: »Wohlstand dem Clan …«

Die Gestalten stockten, kamen dann auf Jerusha zu. »… und Treue dem Earel«, erwiderte eine weibliche Stimme. Erst als sie nur noch eine Armlänge entfernt waren, traten die Gesichter der beiden Menschen klar aus dem allgegenwärtigen Nebel hervor, und Jerusha sah, dass sie eine magere blonde Frau mit scharfen Gesichtszügen vor sich hatte, die einen blassen Jungen an der Hand hielt.

»Was ist das – ein Kamel?«, fragte der Junge.

Jerusha lächelte schief. »Hm, ich habe schon nettere Komplimente gehört.« Doch dann folgte sie seinem Blick und sah, dass er Amadera anstaunte. Anscheinend gab es nicht viele Reittiere in dieser Gegend.

»Ein Pferd, Ethario«, sagte die Frau. »Erinnerst du dich nicht an das Bild in der *Legende von Jaroelle*? Und in der *Geschichte Ouendas* waren auch ein paar von ihnen drin.«

»Stimmt«, sagte der Junge.

»Entschuldigt«, wagte Jerusha sich einzumischen. »Wisst Ihr, wo ich einen Platz zum Übernachten finden könnte? Ich hatte an ein Gasthaus gedacht, aber …«

»Ein Gasthaus?« Die Frau lachte ungläubig. »Wer kommt denn schon nach Port Enthis? Hier gibt es nichts, das Fremde anziehen könnte. Alle Wirte haben schon vor langer Zeit aufgegeben.«

Auf einmal fühlte sich Jerusha sehr müde. Ihr Magen war leer, sie brauchte dringend Schlaf, ihre Rückseite tat weh von dem langen Ritt – und ihre Heimat war weiter entfernt, als Jerusha jemals für möglich gehalten hatte. »Könnt Ihr mir sagen, wo ich einen Schlafplatz finden kann?«, wiederholte sie und hörte, dass ihre Stimme schwankte. »Mein Name ist Jerusha KiTenaro, ich komme aus Kalamanca.«

Die Frau zögerte kurz, dann sagte sie: »Ihr könnt bei uns übernachten. Mein Name ist Insha. Wir wohnen nicht weit entfernt.«

»Kommt das Pferd auch mit?«, fragte der Junge.

Insha blickte skeptisch drein. »Wir haben nicht viel Platz und auch keinen Stall. Es wird im Hinterhof übernachten müssen.«

Erleichtert bedankte sich Jerusha und folgte der Frau, die mit schnellen Schritten weiterging. Der Nebel war inzwischen so undurchdringlich, dass Jerusha ihrer neuen Gastgeberin dicht auf den Fersen bleiben musste, um sie nicht zu verlieren. Und selbst Insha führte die Hand an den Markierungen der Hauswände entlang, um nicht den Weg zu verlieren. Jerusha folgte ihrem Beispiel und begriff das System schnell – an der einen Seite der Straße waren die Markierungen reliefartige runde Pfeile, an der anderen Seite eckig ausgeformte Pfeile. Damit wusste man im dichten Nebel zumindest, in welche Richtung man ging.

Das Haus von Insha und Ethario war winzig, aber gemütlich. Eine Öllampe erhellte einen Raum mit niedriger Decke, dessen Wände in einem freundlichen Orange gestrichen waren; es roch nach gerösteten Nüssen und den roh gegerbten weißen Shannafellen, die auf dem Boden und der Sitzbank lagen. Ein Tisch und zwei Stühle, ein kleiner Kochherd und ein paar aus Brettern roh gezimmerte Regale – sehr viel mehr Einrichtung gab es nicht. Vom Erdgeschoss aus führte eine Wendeltreppe hoch, wahrscheinlich zum Schlafraum.

Jerusha bestaunte, was auf dem Regal stand: ausgestopfte, bunt bemalte Krustentiere, an Holzbrettern befestigt – zwei spielten miteinander Ball, eins davon saß gerade auf einem Abort, das nächste kochte in einer winzigen, liebevoll gebastelten Küche.

»Diesmal muss ich raten, was das für Tiere sind«, meinte sie.

Insha kam gerade mit einem Eimer, aus dem gepanzerte Beine und Greifscheren ragten, durch die Tür. »Nebelkrabben«, sagte sie und knackte eine der Greifscheren mit einem kräftigen Ruck. »Es gibt viele von ihnen auf der Ebene. Zehn davon haben Ethario mal eingekreist, als er allein draußen war. Er hat immer noch Angst vor ihnen. Aber das Basteln hilft.«

Kein Zweifel, die Nebelkrabben hatten ihre Untaten büßen müssen. Es gab sie zum Abendessen, Seite an Seite mit in Milch eingelegten Wurzeln. Jerusha aß dankbar und wunderte sich nur kurz darüber, dass es kein Brot zum Essen gab. Getreide wuchs hier sicher nicht, wahrscheinlich war alles, was daraus zubereitet wurde, in Jil'quanor eine exotische Delikatesse. »Ich bin so froh, dass ihr vorbeigekommen seid«, sagte Jerusha. »Gerade hatte ich ein bisschen das Gefühl, gestrandet zu sein.«

»Wir kamen gerade vom Unterricht«, berichtete Insha, und es stellte sich heraus, dass Jerushas Gastgeberin die Schule von Port Enthis leitete. »Es ist nur eine kleine Schule – hier leben nicht viele Kinder. Leider. Die meisten jungen Leute gehen weg. In den Süden.«

»Weil man dort etwas öfter die Sonne sehen kann?«

»Die Sonne ist schrecklich«, meldete sich Ethario schüchtern zu Wort. »Sie brennt!«

Insha lächelte. »Das finden aber nicht alle, meine kleine Krähe. Manche brauchen die Sonne. Andere spüren tief in sich eine Sehnsucht nach dem Meer. Die meisten, die weggehen, wollen nach Larangva, an die Küste – und sie kommen nie zurück.« Einen Moment lang waren Inshas Augen eine brunnendunkle Tiefe. Doch kurz darauf lächelte sie schon wieder – es war ein entschiedenes, selbstsicheres Lächeln. »Aber jetzt mal zu Euch. Ich bin gespannt, was Euch hierherführt.«

»Ich suche einen Ort namens Isdyr«, sagte Jerusha vorsichtig und zog sich eins der Shannafelle über die Beine, denn langsam wurde es kühl. »Er soll angeblich von hier aus erreichbar sein.«

»Isdyr?« Insha strich sich durch das kurze blonde Haar und dachte einen Moment lang nach, dann schüttelte sie den Kopf. »Oder wartet, ich glaube, ich habe diesen Namen schon gehört. Das ist aber sehr lange her. Zehn Jahresläufe oder mehr. Wenn ich darüber nachdenke, komme ich bestimmt darauf, wer es erwähnt hat. Ich vergesse nie etwas.«

»Meine Mama ist der schlauste Mensch der Welt«, erklärte Ethario stolz.

Jerusha lächelte. »Dann habe ich ja Glück gehabt, dass ausgerechnet ihr mich gefunden habt.«

Als der Junge im Bett war, holte Insha aus dem oberen Teil des Küchenschranks zwei Gläschen und eine halb leere Flasche, auf der ein handschriftliches Etikett prangte. »Wird aus Ommkawurzeln hergestellt«, sagte sie mit verschwörerischem Blick. »Einer meiner Nachbarn braut das Zeug, und er macht's gut.«

Der Schnaps schmeckte erstaunlich fruchtig; Jerusha trank ihn schnell und spürte, wie sich ein wohliges Gefühl in ihr ausbreitete. Doch auf einen weiteren hatte sie wenig Lust, und so schüttelte sie den Kopf, als Insha ihr nachschenken wollte. Die Lehrerin selbst zuckte mit den Schultern und füllte ihr eigenes Glas bis zum Rand. Als die Flasche schließlich keinen Tropfen mehr hergab, war Inshas harter Jil'quanor-Akzent so abgehackt, dass Jerusha Mühe hatte, dem zu folgen, was sie über das Leben in der Nebelwüste erzählte.

Doch dann stockte Insha plötzlich, mit leicht gerunzelter Stirn betrachtete sie die klare Flüssigkeit in ihrem Glas. »Bei all Gött, s'war der alt Teroy, von dem 't Ommk ist! Hat g'redt, als er z'rückkam von 'scher Jagd.«

Mit etwas Mühe bekam Jerusha aus ihr heraus, wo der alte Teroy wohnte, und tastete sich hinaus in den Nebel, der sich mit einer tiefen Dunkelheit zusammengetan hatte. Ein erleichtertes Seufzen verriet ihr, dass Grísho mit hinaus gekommen war und sich jetzt in diese Dunkelheit schwang wie ein Bussard in den Wind.

Es war kein alter Mann, sondern ein stämmiger Jüngling, der Jerusha öffnete. Er lächelte sie ratlos an. Nach der Begrüßung fragte Jerusha: »Kann ich mit Teroy sprechen?«, und mit einem erleichterten Nicken ließ der junge Mann sie ein. Hitze schlug ihr entgegen, und Jerusha blickte mitten ins sonnenhelle Innere eines Ofens, der die Mitte des Raumes einnahm. Ein Mann mittleren Alters stand davor, den Mund an ein langes Eisenrohr gepresst, an dessen Ende sich ein glühender Tropfen geschmolzenen Glases aufblähte. Ohne Unterlass das Eisenrohr drehend, senkte der Mann den Tropfen in eine hölzerne Form, Dampf stieg auf. Flink ergriff der Glasbläser eine Zange, löste das Glas und legte es vorsichtig in einen anderen Ofen. Auch der Junge nahm nun eins der Eisenrohre und begann mit der Arbeit, allerdings nicht ohne einen verlegenen Seitenblick auf Jerusha.

»Um diese Zeit arbeitet ihr noch?«, fragte Jerusha die Glasbläser.

»Na klar.« Freundlich blickte der Mann zu ihr herüber. »Der Ofen darf nie kalt werden. Wenn er aus ist, dauert es eine Ewigkeit, bis er wieder heiß genug ist. Also arbeiten wir auch mal in der Nacht, wenn uns danach ist.«

Interessiert betrachtete Jerusha die fertigen Grünweingläser; die Hälfte von ihnen war nicht klar, sondern weißlich-undurchsichtig. Der Glasbläser hatte ihren Blick bemerkt. »Ich versuche, die Schönheit des Nebels einzufangen.« Er seufzte. »Ist fast so schwierig, wie eine Schnecke zu einem Salto zu überreden. Dieses schwebende Weiß, es lässt sich kaum in einen festen Stoff bannen.«

Mit ehrlicher Bewunderung hielt Jerusha eins der Gläser gegen das Licht. »Ich finde, das sieht jetzt schon perfekt aus. So ein Glas könnte auch auf der Tafel eines Earel stehen.«

»Na, Tomkin, versuchst du mal wieder, jemanden zu bekehren?« Ein muskulöser alter Mann im offenen Lederhemd erschien aus einem der hinteren Räume und stapfte auf Jerusha zu; er hatte eine Sandschaufel in der Hand und klopfte sich beim Gehen eine Hand an der Hose ab. Er wirkte gut gelaunt und voller Lebenskraft, und als er Jerusha sah, erschien auf seinem verwitterten Gesicht ein Lächeln. »Ein neues Gesicht in Port Enthis! Was für ein wunderbarer Tag. He, Tigge, nimm nicht zu viel Schmelze aus dem Hafen, was genau willst du daraus machen, einen Waschtisch?«

»Ich bin bei Insha zu Gast«, erklärte Jerusha. »Sie hat mir erzählt, dass Ihr vor langer Zeit einmal den Namen Isdyr erwähnt habt.«

Das verschmitzte Lächeln schwand von Teroys Gesicht; ernst und forschend blickte er sie an. »Du kommst besser mit nach hinten«, sagte er. »Wenn wir hier reden, lenken wir die Jungs ab.«

»Hinten« war ein Raum, in dem feinster Sand aufgehäuft war, er glitzerte im Licht von Jerushas Lampe wie Schnee. Teroy rammte seine

Schaufel hinein, ließ sich auf einer Tonne mit der Aufschrift *Asche* nieder und bot Jerusha mit einer Handbewegung den Platz auf einer anderen Tonne an. »Hat mich lange niemand mehr danach gefragt«, sagte der alte Mann beiläufig. »Hab's auch nur damals mal herumerzählt, das ging irgendwie nicht anders.«

»Es gibt Isdyr also wirklich.« Jerusha war froh, dass die Reaktion auf diesen Namen nicht so heftig ausfiel wie die auf Jikena Pir in Tholus.

Teroy nahm einen tiefen Zug aus seiner Wasserflasche und stellte sie dann beiseite. »Ich hab's durch Zufall gefunden. Auf einer Jagd, zu Fuß und etwa drei Tage weit draußen in Richtung Sonnenuntergang. Hab versucht, eine Herde Shannahirsche in die Enge zu treiben. Tja, als ich die Insel gesehen hab, waren mir die Shannas egal. Sie ist nur kurz aus dem Nebel aufgetaucht, und ich hab mich beeilt, damit ich hinkomme, bevor sie wieder außer Sicht ist.«

Jerushas Herz klopfte laut und heftig. »Und was habt Ihr dort gefunden?«

»Ich habe nur eine von ihnen gesehen. Eine von denen, die dort leben. Wir haben geredet, einen Moment vielleicht oder zwei. Aber das hat mir gereicht. Bin abgehauen. Und gerade noch rechtzeitig, glaube ich.«

»Sind sie so furchtbar, die Cinaya?«, fragte Jerusha fasziniert.

»Nein, im Gegenteil.« Teroys Blick wandte sich in die Ferne. »Aber sie hatten etwas an sich, das mir Angst gemacht hat. Und weißt du, Mädchen, danach wollte ich nie wieder raus in den Nebel. Hab die Jagd aufgegeben und 'ne Lehre begonnen bei 'nem Glasbläser. Und jetzt hab ich meine Jungs, und auch wenn Tomkins Weib mich ankeift dreimal am Tag oder öfter, egal, es ist ein schönes Leben. Einmal in jedem Mond nehmen wir unsere Fiedeln und spielen für die Leute hier in Port Enthis. Die Stimmung ist immer enorm, tja, leider war der letzte Abend gerade, aber vielleicht kommst du ja noch ein andermal vorbei. Es lohnt sich.«

»Was haben sie gesagt?«, bohrte Jerusha. Alles wollte sie wissen, alles musste sie wissen! Doch jetzt erhob sich Teroy wieder und ergriff seine Schaufel. »Es ist lange her. Ich erinnere mich nicht so genau.« Er sah wohl die Enttäuschung in ihrem Gesicht, denn noch einmal hielt er inne. Plötzlich war seine Stimme eindringlich. »Sag ihnen nicht, wie du heißt. Nenn ihnen am besten gar keinen Namen, auch von jemand anders nicht. Und schon gar nicht meinen oder den meiner Jungs. In Ordnung?«

»Ich verspreche es.« Jerusha spürte, dass es keinen Sinn hatte, weiter nachzubohren.

»Ach, wenn du Ausrüstung brauchst – wir haben noch genug Treibsandanker und das ganze Zeug, das man für so eine Tour mitnehmen sollte«, rief ihr Teroy hinterher. »Der Schuppen ist voll davon. Komm einfach morgen kurz vorbei, dann geb ich dir alles Wichtige mit.«

»Möge Euer Clan gedeihen!«, rief Jerusha dankbar zurück und machte sich durch Dunkelheit und Nebel auf den Weg zurück zu Inshas Haus.

* * *

Als Jerusha am nächsten Morgen erwachte, waren ihre Gastgeber schon verschwunden. Ein Zettel lag auf dem Tisch.

Viel Glück und komm gesund wieder! Insha & Ethario.

Jerusha sah kurz nach Amadera und gab ihr Hafer aus dem Reiseproviant, dann verlor sie keine Zeit mehr und ging noch einmal zu Teroy und seiner Familie hinüber. Doch als sie klopfte, öffnete sich die Tür nicht vor ihr. Sie musste lange warten und es mehrmals probieren, bis sie endlich eingelassen wurde. Und dann spürte Jerusha sofort, dass etwas nicht stimmte. Der stämmige Jüngling – Tigge – beachtete sie kaum und ließ sie wortlos ein; sein Gesicht war gerötet, seine Augen geschwollen. Jerusha sah sofort, dass auch mit dem Ofen etwas nicht in Ordnung war, er leuchtete nicht mehr sonnenhell, sondern glomm in einem matten Rot. Er kühlte ab!

»Was ist passiert?«, fragte Jerusha den zweiten Mann, der gerade den Raum betreten hatte.

»Mein Vater Teroy ist in der Nacht gestorben«, sagte er.

Der Schock fuhr Jerusha durch den ganzen Körper. »Wie kann das sein? Er wirkte doch so gesund, so stark!«

Tomkin wandte das Gesicht ab. »Heute Morgen lag er tot im Bett. Nun ist er eins mit dem Nebel, und seine Seele gleitet hinaus in die Ebenen, auf denen er so oft gejagt hat.«

»Er wird gut jagen dort«, sagte Jerusha, und dann senkte sie den Kopf und sprach das Geleit des Par Teriada, so wie es in Kalamanca üblich war, wenn jemand starb. Doch als sie gehen wollte, hielt der Glasbläser sie zurück. »Ich habe gehört, dass mein Vater Euch gestern Ausrüstung versprochen hat. Das Angebot gilt noch. Nehmt Euch, was Ihr braucht. Tigge wird Euch sagen, was wichtig ist.«

Der Jüngling ging mit ihr in den Schuppen; es schien ihm gutzutun, dass er nun eine Aufgabe hatte. Ernsthaft erklärte er ihr, mit welchen Netzen man am besten Nebelkrabben fing, wie man einen Treibsandanker benutzte und wie man den Weg, den man gekommen war, mit roten Farbbeuteln markierte, damit man nicht im Kreis lief. Jerusha wählte nur die Ausrüstung, die ihr absolut nötig erschien; Amadera hatte schon genug zu tragen.

»Braucht Ihr einen Führer?«, fragte Tigge schüchtern. »Allein wäre es ziemlich riskant für Euch; die Wüste ist nicht weniger gefährlich als einst das Meer.«

Jerusha schüttelte den Kopf. »Es ist besser, ich reite allein.« Teroys Enkel hatte jetzt sicher anderes zu tun, als eine Fremde durch die Gegend zu geleiten. Sie wusste, dass sich wahrscheinlich jemand in Port Enthis gefunden hätte, der sich in der Nebelwüste auskannte und sie führen konnte. Doch was war, wenn die Cinaya wirklich furchtbare Geschöpfe waren, wenn sie keine Gnade zeigten? Nein, sie selbst war es, die das Risiko tragen musste. Sie ganz allein. Und dass sie Angst vor diesem Ritt, vor dieser Suche nach Isdyr hatte, änderte daran nicht das Geringste.

Jerusha nahm den Hafen als Ausgangspunkt. Hinter der Kaimauer ging es tief hinunter, doch Jerusha entdeckte eine steinerne Rampe, die wohl früher ein Zugang zum Wasser gewesen war. Nach kurzem Zögern ließ Amadera sich hinunterführen zum ehemaligen Meeresboden. Jerusha warf einen letzten Blick zurück. Wie bunte Felsen, still und schweigend, ragten die Häuser von Port Enthis aus dem Nebel. Nichts rührte sich in der Stadt, keine Hand winkte ihr zum Abschied.

Amaderas Hufe zermalmten knirschend eine Muschel, und die Stute zuckte irritiert mit den Ohren. »Du wirst dich dran gewöhnen müssen«, sagte Jerusha zu ihr, zog sich in den Sattel und warf einen Blick auf den Kompass, den Tigge ihr mitgegeben hatte: in Richtung des Sonnenuntergangs, hatte der alte Mann gesagt. *Ich werde nach Westen reisen und kann nur hoffen, dass ich dabei Isdyr finde. Zufall, Glück – beides wird eine Rolle spielen dabei. Und vielleicht das Schicksal.*

Ungebeten kam ihr der Gedanke in den Kopf, und es gelang ihr nicht mehr, ihn abzuschütteln. Hatte es etwas mit Teroys Tod zu tun, dass er ihr von Isdyr erzählt hatte? Dieser kräftige Mann, wie hatte er einfach über Nacht sterben können? Einfach so!

Vielleicht hatte es die Traumweberinnen erzürnt, dass Teroy sie gewarnt hatte. Aber wie hatten die Cinaya davon wissen können, hatten sie ihre Augen und Ohren überall? Der Gedanke, dass Teroy womöglich ihretwegen gestorben war, ließ Jerusha keine Ruhe. Konnten die Cinaya auch das Ende eines Menschen *träumen*? Ganz sicher, wenn es sogar in ihrer Macht lag, ein ganzes Meer zu verwünschen.

Mit gespitzten Ohren schritt Amadera in den Nebel hinein. Kaum ein Geräusch war zu hören, es herrschte eine wattige Stille. Nach wenigen Menschenlängen war die Stadt außer Sicht. Jerusha ließ Amadera anhalten und blickte sich um. Weißes Nichts, in jeder Richtung. Man musste wohl hier geboren worden sein, um es lieben zu können.

Sie ritt Stunde um Stunde und hatte doch kein Gefühl dafür, ob sie sich überhaupt bewegte. Es konnte genauso gut sein, dass Amadera auf der Stelle trat. Und was war, wenn plötzlich ein Abgrund vor ihr auftauchte, oder ein Treibsandloch?

Es war ein kühler, klammer Tag, und Jerusha fröstelte, obwohl sie ein dickes wollenes Hemd aus ihrem Gepäck übergestreift hatte. Schon jetzt sehnte sie sich verzweifelt nach Sonne, nach Farben, nach menschlichen Stimmen. Doch da war nur dieses Weiß, das sie einhüllte, ohne sie jemals zu berühren, und beim Blick nach unten das Knochengrau, Blassbraun und Ocker des früheren Meeresbodens. Nur das Licht der Laterne war ein Trost; Jerusha hatte sie am Sattel befestigt, um die Hände frei zu haben.

»Grísho«, sagte Jerusha laut und erschrak fast über den Klang ihrer Stimme. »Bist du hier?«

»Ja«, wisperte es rau zurück. »In einem winzig kleinen, ungemütlichen Schatten unter der Laterne.«

Jerusha musste lächeln. Manchmal war Grísho wirklich ein undankbarer Wicht. Wusste er überhaupt, wie viel Öl diese Laterne verbrauchte und dass sie sich das Geld dafür vom Mund absparte? »Ich glaube, du hast es gar nicht schlecht getroffen, mein Freund. Stell dir vor, all das wäre kein Sandboden, sondern ein gewaltiges *schimmerndes* Meer so wie früher.«

»Hör auf, mir wird schlecht!«

»Bald ist es wieder Nacht, dann kannst du dich erholen. Warst du gestern mit mir bei den Glasbläsern?«

»Ein interessantes Völkchen, echte Kinder des Nebels. Ich hätte gerne mal ihrer Musik zugehört.«

»Ich fürchte, sie werden vorerst keine mehr machen. Ohne den alten Teroy wird es nicht mehr das Gleiche sein.« *War ich es, die das alles zerstört hat? Habe ich die Cinaya wieder auf ihn aufmerksam gemacht?*

Es tat gut, sich mit Grísho unterhalten zu können, und Jerusha reute das Lampenöl nicht. Ganz allein durch diese Wüste zu reiten, wäre schrecklich gewesen. Auch so war es schon schlimm genug. Viel öfter als nötig warf Jerusha einen Blick auf den Kompass. Ja, sie ritt immer noch nach Westen. Drei Tage lang würde sie reiten, und am vierten Tag musste sie umkehren. Denn länger als acht Tage würde ihr Proviant nicht reichen, selbst wenn sie sparsam damit umging.

Selbst wenn es diesmal nicht klappt, ich könnte mich in Port Enthis ausruhen, neuen Proviant beschaffen und noch einmal losziehen, versuchte Jerusha sich zu beruhigen. Doch sie war nicht sicher, ob sie die Entschlossenheit dafür aufbringen würde. Und ob es überhaupt Sinn machte, noch einmal aufzubrechen. Wahrscheinlich konnte man viele Sommer mit einer solchen Suche verbringen. Und dann würde es kein Leben mehr geben, zu dem sie zurückkehren konnte. Dann musste sie den Fluch nicht mehr fürchten, weil sie ein Geist in den Nebeln geworden war und Liebe nichts anderes mehr bedeutete, als endlos unterwegs zu sein.

Der Boden wurde weicher, der Sand tiefer, und schließlich musste Jerusha absteigen und Amadera führen, weil die Stute sonst zu schnell ermüdete. Es war anstrengend, durch den Sand zu stapfen, und Jerusha schwitzte bald. Sie setzte sich an den Rand einer Düne, gönnte sich einen kleinen Schluck Wasser, um ihren trockenen Mund zu befeuchten, und erlaubte Amadera, die staubiggrünen Pflanzen abzuweiden, die sich am Boden entlangrankten. Es gab einige Tierfährten – ein Kaninchen war hier gewesen und ein Vogel, vielleicht ein Speckhuhn. Wahrscheinlich zogen die Bodenranken und ihre Samen sie an. Doch am faszinierendsten fand Jerusha die eigenartigen Spuren, die sich über den Sandboden zogen. Es waren mehr als zwanzig parallele Linien in einer Handbreit Abstand, wie von winzigen Pflügen gezogen. Ein paar Schritte weiter verwoben sich die Linien in einem komplizierten Muster, das eine ganz eigene Schönheit besaß – es erinnerte Jerusha an einen Blumenkelch, von dem Hunderte von Blütenblättern nach außen streben. Wer oder was konnte dieses Muster geschaffen haben?

Es war später Nachmittag, und Jerusha graute schon vor dem Nachtlager. Allein in dieser feuchten, kühlen Dunkelheit, das würde kein Vergnügen werden. Und wenn irgendein Wesen im Nebel auf sie lauerte, brauchte es sich nicht einmal verstecken, sie würde es erst sehen, wenn es zu spät war. Es war nicht genug Zunder und Brennstoff da für ein Feuer. *Im Wald von Sharedor habe ich mich wesentlich wohler gefühlt,* dachte Jerusha und musste lachen, denn den meisten Leuten gruselte sicher erheblich mehr vor Sharedor als vor ein bisschen Nebel. Doch dann kehrte der Gedanke an Kiéran zurück, und ihr Lachen versickerte. *Es lag an ihm, dass es mir so gut ging dort. Wenn er doch nur hier wäre. Es würde alles verändern. Alles. Selbst der Nebel würde mir nichts mehr ausmachen.*

Sie war zu erschöpft, um sich gegen die Gedanken zu wehren.

* * *

Kiérans Lieblingsplatz war das Quellenhaus, ein schlichtes, aber elegantes Gebäude im Herzen der Veste. In seinem Inneren trat Wasser aus den Tiefen der Erde; dort wurde der Fluss geboren, der später ganz Benaris von Norden nach Süden durchzog und sich in Larangva als mächtiger Strom mit dem Meer vereinigte. Hier, am Ursprungsort, spürte man noch nichts von den gewaltigen drängenden Wassermassen – es gab nur ein Becken aus weißem Stein, das sich lautlos und allmählich füllte, so wie Tränen in ein Auge traten. Was über den Rand hinwegfloss, gelangte in einen Tunnel, der unterirdisch aus der Quellenveste herausführte. Draußen nahm der Benar dann unter freiem Himmel seinen Weg.

Gewöhnlichen Bewohnern der Veste war der Zutritt zum Quellenhaus strengstens untersagt. Doch da diese Bestimmung von den Terak Denar durchgesetzt wurde, konnte Kiéran nach Belieben Zeit dort verbringen. *Genau das nennt man wohl den Missbrauch von Macht,* dachte Kiéran fröhlich, als die Wachen vor ihm salutierten und er ihnen zunickte. Behutsam öffnete er die schmiedeeiserne Tür des Quellenhauses. Es war dämmrig hier drin, und er wusste, dass Farne an den Wänden wucherten wie in einer Höhle. Die Luft roch frisch und kühl, nach Moos und feuchtem Stein. Nur das feine »Platsch« eines einzelnen Wassertropfens drang an seine Ohren.

Er war nicht allein hier und wusste es. Manchmal, in ganz seltenen Momenten, hatte er sie sehen dürfen, die Wächterin der Quelle. Sie gehörte zu den Iilon Qir, was sich vielleicht am besten als *Seele des Wassers* übersetzen ließ. Vielleicht wusste sie, dass er nie versuchen würde, der Quelle zu schaden, und deswegen duldete sie ihn hier.

Kiéran lehnte sich gegen eine der blauschwarz geäderten Steinsäulen und versuchte, die Stille in sich aufzunehmen, sie zu einem Teil seiner selbst zu machen. Zeitlos schöne Skulpturen wurden hier fern aller Blicke Zeuge, wie der Benar geboren wurde – immerhin ihre Umrisse konnte er noch erkennen, denn Stein war ein Material, das sich seinen neuen Augen deutlich offenbarte. Ob Jerusha solche Kunstwerke schuf? In den letzten Tagen hatte er sich immer öfter dabei ertappt, dass er die Statuen und Ornamente musterte, von denen es in der Quellenveste so viele gab, und sich vorzustellen versuchte, wie Hände sie formten. Ihre Hände.

Als Kiéran das Quellenhaus verließ, spürte er neue Kraft und Entschlossenheit in sich. Er stieg die Treppe hoch zum Wachturm Süd und ging den Wehrweg entlang, der über die Mauerkrone führte; an ihrer Außenseite ging es zehn Menschenlängen steil hinunter zum See, der die Burg umgab. Die Wachsoldaten, denen er begegnete, merkten, dass er tief in Gedanken versunken war, und wagten nicht, ihn zu stören. Zum Glück ahnten sie nicht, worum genau es in diesen Gedanken ging. Ihr Escadrán grübelte gerade darüber nach, wie er ein verdächtiges magisches Objekt möglichst unauffällig loswerden, die Herkunft eines weißen Hemdes klären und sich irgendwie bei einer jungen Bildhauerin für seine dämlichen Bemerkungen über ihre Berufung entschuldigen könnte.

Nur bei einer dieser Fragen kam er voran. *Es war ein Mädchen, das mir das Hemd gegeben hat,* erinnerte sich Kiéran. *Eine Dienerin. Im Auftrag von Shena AoWesta, das hat sie gesagt. Verdammt, bedeutet das, dass Shena ihre Finger in der Sache hat?*

Ausgerechnet in diesem Moment bemerkte er, dass eine Wentídi auf der Mauerkrone saß. Er sah sie nur als kleine Schattengestalt, doch er konnte sich noch gut an die fledermausohrigen, großäugigen Katzen erinnern, die Lady Shena züchtete; schon einige ihrer hochgeborenen Freundinnen hatten eine oder mehrere zu sich genommen. Angeblich waren diese Katzen dumm wie Bohnenstroh, und es war nicht gerade einfach, sie stubenrein zu bekommen. Doch Kiéran hatte schon seit geraumer Zeit seine Zweifel, ob sie wirklich so dämlich waren; ihren Blick jedenfalls hatte er als wach und aufmerksam in Erinnerung. Und die fehlende Reinlichkeit – nun, vielleicht bereitete es ihnen ja eine diebische Freude, ihren menschlichen Versorgern eins auszuwischen. Zur Sicherheit achtete er immer darauf, was er sagte, wenn eine Wentídi in der Nähe war.

Es war gerade kein Mensch in Sicht, und Kiéran entschied sich zu einem Experiment. »Seid gegrüßt«, sagte er zu der Katze. »Könntet Ihr bitte in meinem Auftrag Eure Herrin fragen, ob das weiße Hemd wirklich von ihr stammte?«

Die Katze wandte ihm das Gesicht zu – wahrscheinlich starrte sie ihn jetzt aus großen, unschuldigen Augen an – und rollte sich dann auf der Mauerkrone zu einem kleinen Schläfchen zusammen. Kiéran hoffte, dass niemand das ungleiche Gespräch beobachtet hatte, sonst war sein Ruf endgültig ruiniert.

Verlegen setzte er seinen Gang über den Wehrweg bis zum Tor Ost fort. Dort beobachteten einige gewöhnliche Wachsoldaten von der Krone der Mauer aus etwas, was auf dem Hof geschah.

»Besondere Vorkommnisse?«, fragte Kiéran und spähte ebenfalls hinunter. Ein einzelner Reiter; er hatte eine interessante dunkelrote Aura.

Der Soldat bemerkte Kiéran, erschrak und nahm Haltung an. »Eine Botin, Sir. Aus Yantosi. Es ist zu erwarten, dass sie die baldige Ankunft von Fürst Ceruscan ankündigt. Er wollte in den nächsten Tagen eintreffen.«

Kiéran nickte und beschloss, sich bald auf die Suche nach der jungen Dienerin zu machen, die ihm das Hemd ausgehändigt hatte. Und er hatte auch eine Idee, was er mit dem magischen Objekt anstellen konnte. Es war im Moment viel zu gefährlich, das Ding bei sich zu behalten. Er würde es vorerst in einem sicheren Versteck deponieren, damit niemand es bei einer Durchsuchung seiner Sachen finden konnte. Wenn Xen zurück war, würde Kiéran ihm dann unter vier Augen von den Vorfällen in Sharedor berichten.

Wieder ritten Besucher in den Hof der Burg ein. Diesmal waren es zwei Personen, und von seinem Platz aus konnte er hören, wie sie miteinander sprachen.

Kiéran erstarrte. Diese Stimmen kannte er.

Sie gehörten Marielle MiTinho, seiner ehemaligen Verlobten, und ihrem Onkel Idris.

Im ersten Moment begann sein Herz heftig zu klopfen. Doch fast sofort quoll auch wieder die Wut in ihm hoch. *Dass sie es nach dieser miesen Botschaft überhaupt noch wagt, mir unter die Augen zu treten! Gute Gelegenheit, ihr einmal zu sagen, was ich von ihr halte.*

Kiéran wusste, dass die Wachsoldaten ihn beobachteten, dass ihnen wahrscheinlich die Neugier aus den Augen sprach, doch es war ihm egal. Er setzte sich in Bewegung, eilte die Stufen hinab und ging Marielle entgegen. Sie saß gerade von ihrem Pferd ab und plauderte weiter mit ihrem Onkel. Doch dann wandte sie sich um – und verstummte. Wahrscheinlich hatte sie ihn jetzt gesehen. War sie erschrocken? Fühlte sie sich abgestoßen davon, wie er jetzt aussah?

Nie war er so froh über das Amulett des Schwarzen Spiegels gewesen; mühelos schaffte er es, in einer geraden Linie auf sie zuzugehen. Unerträglich wäre es gewesen, sich in diesem Moment zu blamieren.

Und dann standen sie sich gegenüber. Marielles Aura war ein sehr helles Gelb, und ihren Begleiter sah er kaum, so tief violett war sein Schatten. Es war eine Qual, dass er nicht in Marielles Gesicht lesen konnte, ihre Augen nicht sah. Lächelte sie, und wie wirkte es? Verkrampft, glücklich, unecht? Welcher Blick stand jetzt in ihren Augen?

»Wohlstand dem Clan, Escadrán SaJintar«, sagte Onkel Idris mit pompöser Feierlichkeit in der Stimme, doch Kiéran nickte ihm einfach nur zu, ohne den Gruß zu ergänzen; er hatte Idris nie leiden können.

»Milly«, sagte Kiéran leise. Er versuchte nicht, sie zu umarmen – danach war ihm jetzt nicht zumute. Zu tief hatte sie ihn verletzt, jetzt war es an Marielle, ihm zu zeigen, ob er ihr noch etwas bedeutete.

»Es tut mir leid, es tut mir so leid«, flüsterte Marielle und trat näher an ihn heran, hauchte ihm einen Kuss auf die Wange – die unverletzte, wie Kiéran auffiel. Einen Moment lang lag eine Hand auf seiner Schulter. »Ich war so ein Biest.«

»Lass uns zu meinem Quartier gehen. Da können wir in Ruhe reden.« Kiéran hatte nicht vor, den Lästermäulern des Hofes noch mehr zu bieten.

Er führte sie dann doch in sein Dienstzimmer, nicht in sein Quartier, dort gab es nicht genügend Sitzgelegenheiten für sie alle. Denn schon bald wurde klar, dass ihr Onkel bei diesem Gespräch dabei sein würde. Idris wich Marielle nicht von der Seite. *Kann der Bastard uns nicht mal ein paar Momente allein lassen? Eigentlich ist Marielle alt genug, um keinen Tugendwächter mehr zu brauchen!*

Kiéran setzte sich auf die Kante seines Schreibtischs, und seine Gäste ließen sich aufseufzend auf die Stühle in der Besprechungsecke sinken. »Das war ein Ritt!«, seufzte Idris. »Erst verlor meine Stute ein Hufeisen, dann begann sie auch noch zu lahmen, wir mussten ein neues Pferd beschaffen. Mein Lieber, ich sehe, dass Ihr tatsächlich wieder als Escadrán arbeitet. Eure Augen haben sich demnach erholt?«

»Nein«, sagte Kiéran kurz. »Das haben sie nicht.«

Idris schwieg – war er überrascht, enttäuscht? Stattdessen ergriff

Marielle das Wort. »Aber es geht dir besser, Alicanda sei Dank. Ich habe mir solche Sorgen gemacht.«

Kiérans Wut loderte höher. Hatte sie ihm überhaupt zugehört? »Nun, es wäre nett gewesen, wenn du mir das auch geschrieben hättest. Die einzige Botschaft, die ich von dir bekommen habe, war dumm und herzlos.«

Sie zuckte zusammen, als habe er sie geschlagen, und ihre Aura wechselte leicht die Farbe hin zu Braun; er hatte keine Ahnung, was das bedeutete. »Ich konnte doch nicht schreiben, was ich wirklich fühle! Ich wusste ja nicht, ob es überhaupt jemanden gibt, der dir das alles vorlesen kann. Deshalb bin ich jetzt auch selbst vorbeigekommen.«

»Aha«, knurrte Kiéran und fragte sich, ob Marielle wirklich so dämlich war oder nur so tat. »Aber warum erst jetzt? Nach Wochen? Hättest du dir nicht denken können, dass ich dich brauchte?« Es war ihm herzlich egal, dass Idris zuhörte.

»Hör doch auf – Ghalils Schande, ich habe mich schon entschuldigt! Willst du dich unbedingt benehmen wie ein Utz? Ich bin hier, hier bei dir, und dir fällt nichts anderes ein, als mir einen Vorwurf nach dem anderen zu machen!« Ob ihre Augen jetzt blitzten? Früher einmal hatte er Marielles Temperament bewundert. Es schien ein halbes Leben her zu sein; er konnte sich zwar noch daran erinnern, aber das Gefühl war einfach weg.

Einen Moment lang musterte Kiéran das dunkle Oval von Millys Gesicht und zwang sich dazu, durchzuatmen. »Gut. Lassen wir das. Hast du irgendwelche Fragen an mich?«

»Ja. Habe ich«, sagte Milly tonlos. »Wie ist es passiert? Ich meine, wie bist du verletzt worden? Du hast fast nichts darüber geschrieben.«

So was interessierte sie noch? Na gut. Mechanisch berichtete Kiéran, was in Daressal geschehen war, und beobachtete dabei ihre Aura. Sie verlosch fast ganz; natürlich, die ganze Sache erschreckte sie. *Früher fand sie es wahrscheinlich aufregend, dass ich ein Terak Denar bin. Ihr Verlobter, der edle Krieger. Wahrscheinlich hat sie ausgeblendet, dass ich einmal ernsthaft etwas abkriegen könnte. Wir haben nie darüber geredet. Warum eigentlich nicht? Habe ich mich nicht getraut, es anzusprechen?*

»Es muss furchtbar gewesen sein«, flüsterte Milly.

»Ja, das war es«, sagte Kiéran knapp. Er wollte nicht darüber reden. Besser, sie sprachen über die Zukunft. Dann fand er vielleicht auch heraus, was sie überhaupt noch von ihm wollte. »Hast du eigentlich schon Schritte ergriffen, um unsere Verlobung aufzulösen?«

Das erschrockene Schweigen dauerte nur einen Herzschlag lang.

»Wir haben alles Nötige veranlasst«, sagte Idris, immerhin hatte er den Anstand, dabei verlegen zu klingen. »Es gab keine Probleme. Jedem ist klar, dass es Marielle in der jetzigen Situation nicht zuzumuten ist, dass …«

Kiéran zwang sich dazu, Idris nicht anzuschnauzen. Stattdessen ignorierte er ihn. »Dann würde es mich interessieren, warum du überhaupt hier bist, Milly.«

»Ich wollte dich sehen«, sagte sie, und ihre Aura flackerte nicht dabei. Ihre Stimme klang brüchig, wahrscheinlich kostete es sie eine Menge Kraft, das auszusprechen. Zum ersten Mal spürte Kiéran so etwas wie Wahrhaftigkeit zwischen ihnen, fühlte er sich berührt von dem, was sie sagte. Doch dann fuhr sie fort: »Und ich wollte dich um etwas bitten.«

»Worum?« Kiéran gab seiner Stimme einen nüchternen Klang.

»Ich habe dir viele Briefe geschrieben. Bevor … das alles geschehen ist. Ich bitte dich darum, sie mir zurückzugeben.«

Gut, dass er sich innerlich schon von ihr verabschiedet hatte. Es tat kaum noch weh, sie das sagen zu hören.

Kiéran holte die Briefe – hauchzartes, duftendes Papier mit dem Siegel der MiTinhos – aus der Truhe in seiner Kammer und warf das Bündel vor ihr auf den Tisch.

»Lebe wohl, Marielle«, sagte er, und dann drehte er sich um und ging.

Verloren

Immerhin war sie so mutig, selbst zu kommen, dachte Kiéran in der langen, durchwachten Nacht, die folgte. *Sie hätte das Ganze auch ihrem Onkel überlassen können.* Doch dem hätte er die Briefe nicht gegeben – auch ihretwegen. Kiéran war immer darüber erstaunt gewesen, wie freizügig Marielle ihm schrieb – er hatte danach so manche kalte Dusche gebraucht. Es war ihm ein Rätsel gewesen, wieso sie sich so schüchtern zeigte, wenn er sie dann tatsächlich besuchte. Sie hatte fast erleichtert gewirkt, als sie sich geeinigt hatten, bis zur Hochzeitsnacht zu warten. *Vielleicht hat sie Angst davor gehabt, sich der Wirklichkeit zu stellen. Wahrscheinlich wäre ich ihren Phantasien sowieso nicht gerecht geworden. Xatos, ich kann froh sein, dass wir getrennte Wege gehen!*

Kiéran zwang sich, seine Gedanken dem magischen Objekt zuzuwenden, das er loswerden musste. Immerhin, die Gelegenheit war günstig, an Schlaf war ohnehin nicht zu denken.

Es war weit nach Mitternacht, als Kiéran das Gebäude der Escadron Blau verließ – schwarz gekleidet, denn diesmal musste er mit der Nacht verschmelzen. Nachdem er die Tür hinter sich geschlossen hatte, hielt er kurz inne und lauschte. Die Burg schlief. Nicht einmal der Ruf einer Nachtschwalbe drang an seine Ohren. Schneidend kühl strömte die Luft in seine Lungen, als er noch einmal durchatmete.

Er konnte die Gestirne nicht sehen, doch er wusste, dass es kurz vor Neumond sein musste. Das hieß, wahrscheinlich stand nur eine schmale Mondsichel am Himmel. Kiéran vertraute auf die Dunkelheit. Er hielt sich dicht an der Innenseite der Burgmauer, im toten Winkel der Wachsoldaten hoch über ihm. Hier hinter dem Truppenquartier der Escadron Blau lag eine Grasfläche, auf der Pferde zum Weiden angepflockt werden konnten. Kiéran überquerte sie rasch, dann glitt er hinüber zum Ghaliltempel und holte die Metallstäbchen, die Gerrity ihm geschenkt hatte, aus seinen Taschen. *Wenn mich jetzt jemand ertappt, wird's richtig unangenehm.*

Innerhalb von wenigen Atemzügen hatte er das Schloss besiegt; Gerrity wäre stolz auf ihn gewesen. Kiéran setzte seinen Weg im Inneren der Gebäude fort, wo er nicht so leicht gesehen werden konnte. Der Ghaliltempel hatte eine kleine Zwischentür zum Turm West, sie war nicht einmal verschlossen. Dann weiter durch das Erdgeschoss des Turms selbst, mit dem Geruch nach alten Teppichen, Holz und Leder in der Nase. Vorbei an Gemälden und Statuen, dem Großen Kamin – ein wenig kalter Rauch hing noch in der Luft – und den schweren geschnitzten Stühlen, in denen sich Gäste der AoWestas zu entspannen pflegten.

Die weichen Ledersohlen seiner Schuhe machten kaum ein Geräusch. Gefährlich konnte ihm nur werden, wenn irgendwo ein Licht war; er würde es nicht einmal bemerken. Doch soweit er es beurteilen konnte, brannte nirgendwo mehr eine Kerze.

Jetzt weiter durchs Medicum, das sich am Turm West anschloss. Niemand da. Und da war auch schon die Tür, die zum Badehaus führte. In seiner Erinnerung sah Kiéran das mit Ornamenten aus ziseliertem Silber versehene Schloss vor sich. Es erwies sich als widerspenstig, und zum ersten Mal wurde Kiéran ein wenig nervös. Doch ein letztes Stochern brachte Erfolg, und die Tür schwang vor ihm auf. Die Luft im Inneren war noch erstaunlich warm und roch schwach nach einem edlen Duft. Essenz von Orangenblüten, zu einem schockierenden Preis aus Khedira importiert.

Im Eingangsbereich machte sich Kiéran auf die Suche nach der Stelle hinter dem Holzregal, die er im Badehaus bemerkt hatte. Er kniete nieder, tastete den weit unten liegenden Hohlraum ab und klemmte das Horn dann vorsichtig zwischen Regal und Wand fest. Hier konnte niemand es versehentlich finden.

Ein Geräusch ließ ihn herumfahren. War das tatsächlich ein leises Lachen gewesen? Ja. Und jetzt hörte er auch Stimmen, ein Flüstern, das im leeren nächtlichen Badehaus widerhallte. Sah so aus, als besäße jemand einen Zweitschlüssel. Bewegungslos, mit allen Sinnen lauschend, stand Kiéran in der Dunkelheit.

Los jetzt. Hau ab! Du hast getan, was du tun wolltest.

Die Neugier war stärker. Er wollte wissen, wer die beiden waren. Leise zog er seine Schuhe aus, damit sie nicht nass wurden und er auf dem Rückweg womöglich verräterische Spuren hinterließ. Wenn er solche Details aus der Welt der Sehenden vergaß, konnte ihm das schnell zum Verhängnis werden.

Jetzt war er nah genug; noch näher, und er riskierte, entdeckt zu werden. Schon nach kurzer Zeit hatte er die Stimmen erkannt und wusste, dass sich Odric, der Sohn von Lantall Deris NaGívan, hier mit einer Hofdame von Shena AoWesta traf. Kein Wunder, dass Odric einen Nachschlüssel hatte – sein Vater war der engste Berater von Eli Naír AoWesta; ihm oblag es, sich um die Regierungsgeschäfte zu kümmern, während der Fürst seine Falken hätschelte oder in der Großen Halle mit Gästen dem Met zusprach.

»Vielleicht sollten wir Nonar mal hierher einladen.« Ein Kichern. »Er kommt schließlich aus Larangva. Ich habe gehört, dass die Leute dort nicht so kompliziert sind wie hier. Du weißt schon. Mit solchen Sachen.«

Kiéran hob die Augenbrauen. Seit wann das? Hatte er in seiner Jugend dort denn wirklich alle interessanten Dinge verpasst?

»Aus Larangva?« Odrics Stimme. »Nein, er stammt doch aus Khedira. Er ist der Sohn eines Earel, glaube ich.« Bewunderung klang in seiner Stimme mit.

»Ich dachte, in Khedira gibt es keine Clans und keine Earel? Ach, eigentlich egal. Wahrscheinlich bevorzugt er sowieso Männer.«

»Wer weiß. Ich jedenfalls weiß, was ich bevorzuge.«

Ein kurzes Schweigen, dann ein langgezogenes Seufzen der Frau. »Oooh, mach das noch mal.« Das Seufzen ging in ein Stöhnen über, und Odric murmelte etwas, was Kiéran nicht verstand.

Jetzt war es höchste Zeit zu gehen. Doch Kiéran spürte, dass er das gar nicht mehr wollte. Hitze stieg in seinen Lenden auf, während er lauschte. Seine Vorstellungskraft ergänzte, was er nicht mehr sah, aber auch so war eindeutig genug, was keine drei Menschenlängen entfernt geschah. Schließlich gab er dem drängenden Ruf seines Körpers nach, lehnte sich mit dem Rücken gegen eine Säule und begann, sich zu berühren. Das Glühen in ihm wurde zu einem Feuerstrom der Lust, der durch seinen Körper brannte.

Besonders gut fühlte er sich danach nicht. *Das darf sich nicht wiederholen. Ich werde noch zu einem verdammten Voyeur.*

Odric und die Frau blieben nicht mehr lange. Zum Glück nahmen sie den Ausgang zum Garten hin und bemerkten Kiéran nicht, als sie sich ankleideten und davonschlichen. Kiéran atmete tief durch und wollte gerade aus der Nische hervortreten, die ihn verborgen hatte, als seine Ohren ein winziges Geräusch auffingen. Bloße Füße auf Steinboden. Und zwar nah, sehr nah. *Bei allen Göttern, hier ist noch jemand!*

Starr vor Schreck blieb Kiéran, wo er war. Sein Kopf ratterte zwei Dutzend Namen von Burgbewohnern herunter, denen er jetzt auf gar keinen Fall begegnen wollte. Doch dann verrieten ihm seine neuen Augen, wer da in der Schwärze vor ihm stand – diese dunkelrot glühende Aura kannte er! Vor wenigen Stunden hatte er sie zum ersten Mal wahrgenommen. Es war die Botin aus Yantosi. Und jetzt trat sie noch näher an ihn heran. Fingerkuppen streiften über seinen Arm, leicht wie ein fallendes Blütenblatt. Kiéran spürte, wie ein Schauer ihn durchlief. Eine deutlichere Einladung hatte er nie bekommen.

»Weißt du, wer ich bin?«, fragte er tonlos.

»Nein«, hauchte ihre Stimme zurück. »Und es interessiert mich auch nicht.«

Jetzt presste sie sich an ihn, durch den Stoff seines Hemdes spürte er die Spitzen ihrer Brüste. Plötzlich musste er daran denken, wie Marielle vor ihm gesessen hatte, steif und ablehnend, und danach hielt ihn nichts mehr zurück. Seine Hände legten sich um die Taille der Botin und strichen über ihre bloße Haut, die ebenso zu glühen schien wie seine eigene. Er hob die Fremde auf eine der Steinbänke, und ihre Beine schlossen sich um ihn, als er eintauchte in ihre feuchte Wärme und sie nahm mit einer Wildheit, die er sich selbst nicht zugetraut hätte.

***

Woher ist er gekommen? Egal. Unsere Hände verschränken sich, und dann tanzen wir. Schweigend. Lächelnd. Meine Fingerspitzen streifen den Boden, und seine ebenfalls – wir zeichnen das Muster unserer Liebe in den Sand. Doch ein Windstoß reißt Sandkörnchen aus der Düne, streicht über das Muster hinweg, begräbt es unter dem Sand. Unsere Hände lösen sich, gleiten voneinander ab. Ein letztes Mal blicken seine goldbraunen Augen mich an, dann wendet er sich ab und geht davon.

Jerusha schlug die Augen auf. Nur ein Traum. Doch das Gefühl, dass sie etwas verloren hatte, blieb. *Du kannst etwas, was du nie besessen hast, nicht verlieren*, ging es ihr durch den Kopf, doch ein Trost war das nicht.

»Gegrüßt seist du, Tochter des Sonnenvolks«, flüsterte Grísho ihr ins Ohr. »Gut geschlafen?«

Diesmal schaffte er es nicht, ihr ein Lächeln zu entlocken. Es war windig heute, genau wie in ihrem Traum. Sandkörner kratzten in Jerushas Augen, verklebten ihren Mund und verwandelten ihre Haare in etwas, das sich anfühlte wie ein Wischmopp. Das trübe, weiße Zwielicht, das sie umgab, passte zu ihrer Stimmung. »Ehrlich gesagt, nein – ich habe nicht gut geschlafen«, sagte Jerusha und begann, trockene Pflanzenreste zu sammeln. Auch wenn sie damit nur ein kleines Feuer machen konnte, wenigstens einen Cayoral wollte sie sich kochen. »Ich habe Hunger, aber überhaupt keine Lust zu jagen, man sieht ja überhaupt nichts.«

Aus den Augenwinkeln bemerkte Jerusha eine Bewegung. Sie fuhr herum und riss sich gleichzeitig den Bogen von der Schulter. Schon hatten ihre Hände den Pfeil eingelegt, überwand ihr linker Arm den Widerstand der Bogensehne. Es war ein weiß und hellbraun geflecktes Kaninchen, das sie im Visier hatte, und jetzt flitzte es gerade los. Jerusha schickte ihm den Pfeil hinterher, aber das Kaninchen verschwand unversehrt im Nebel.

Rattendreck! Das Frühstück wird mager ausfallen. Schlecht gelaunt ging Jerusha los, um den Pfeil zu suchen. Sie konnte es sich nicht leisten, auch nur einen einzigen zu verschwenden. Es hatte sie und Liri so manchen langen Winterabend gekostet, die Dinger anzufertigen.

Ihr Pfeil war ein ganzes Stück weit geflogen, und Jerusha überlegte kurz, ob sie einen Farbbeutel mitnehmen sollte, um ihren Weg zu markieren. *Lohnt sich nicht*, dachte sie und ging in die Richtung, in der das Kaninchen verschwunden war. Ja, da steckte der Pfeil im Boden, zum Glück war er durch die blauen Federn gut zu erkennen. Jerusha packte ihn dicht hinter der Spitze, damit er nicht abbrach, und zog ihn mit einem Ruck heraus. Jetzt aber zurück zum Lager. Ihr war kalt, der Gewürztee würde ihr guttun.

Jerusha drehte sich um. Sie war allein im Weiß, das sie umgab. Amadera konnte nicht mehr als zehn Menschenlängen entfernt sein, doch sie war ebenso wenig zu sehen wie die Lampe, in deren Schatten Grísho wahrscheinlich gerade vor sich hin brummelte. Ein Problem war das nicht, sie musste ja nur ihren eigenen Fußspuren folgen, um wieder zurückzufinden.

Jerusha wandte den Blick zum Boden und sah, wie eine Böe Sand über ihre Fußabdrücke hinwegblies. Die fahlbraunen Körnchen setzten sich in alle Vertiefungen, schon waren ihre Spuren nur noch halb so deutlich zu erkennen. Und sofort pfiff der nächste Windstoß heran.

Es fühlte sich an, als berühre eine kalte Hand ihr Herz. Jerusha warf sich auf die Knie, tastete nach dem Fußabdruck, kroch weiter bis zum nächsten, grub die Finger hinein, um ihn zu bewahren, zu vertiefen. Versuchte mit dem Blick die weiße Unendlichkeit zu durchdringen. *Zehn Menschenlängen. Nur zehn Menschenlängen! Das ist zu schaffen. Wenn ich schnell bin. Wenn ich mir merke, in welche Richtung die Fußspuren zeigen.*

Doch schon der nächste Fußabdruck war kaum noch zu erkennen, und danach war da nichts mehr. Eine ebene Sandfläche, leicht geriffelt in einem Muster, das der Wind geschaffen hatte.

»Amadera! Grísho!«, schrie Jerusha, und von irgendwoher hörte sie so etwas wie ein leises Schnauben, doch es war unmöglich zu sagen, woher es kam. Jerusha begann zu rennen, ihre Füße gruben sich tief in den losen Sand. Schon bald keuchte sie, ihre Beine fühlten sich an, als hätten sie sich in zwei Steine verwandelt, und noch immer dieses ewige Weiß. Keine Silhouette, die sich im Nebel abzeichnete.

Das kann nicht sein. Zehn verdammte Menschenlängen!

»Grísho!«, brüllte Jerusha und hörte gleich darauf eine Antwort. Doch sie verstand kein Wort davon, seine Stimme klang dünn und schwach. Sie schien aus weiter Ferne zu kommen. War sie doch in die falsche Richtung gelaufen?

»Sprich weiter!«, schrie sie zurück. Jetzt gab es nur noch eine Chance, sie musste sich an seiner Stimme orientieren. Angestrengt lauschend stolperte Jerusha voran, doch der Wind narrte sie, er verzerrte die Geräusche, mal schienen sie von hier zu kommen, dann wieder von dort. Schließlich blieb Jerusha mit wild klopfendem Herzen stehen. Der Wind strich durch ihre Haare, über die flachen Dünen, und noch immer hielt sich der Nebel – statt weggeweht zu werden, schien er sich zu verdichten. Zum ersten Mal kam Jerusha der Gedanke, dass es vielleicht nicht nur Feuchtigkeit in der Luft war, die diesen Nebel hervorrief, dass er womöglich auch ein Schutzschild war und eine Barriere. Geschaffen von einer Macht, die Einmischungen nicht schätzte.

Wieder brüllte Jerusha Gríshos Namen, bis sie heiser war, bis ihre Stimme nur noch wie ein Krächzen klang. Dann ließ sie sich in den Sand sinken und war still.

Sie hatte keinen Proviant dabei. Kein Wasser. Keine Ausrüstung. Nur ihren Bogen und einen einzigen Pfeil. War das schon das Ende ihrer Suche? Noch schien ihr dieser Gedanke unwirklich, und sie schaffte es auch, die Verzweiflung im Zaum zu halten. Stattdessen machte sie sich

Sorgen um Amadera. Sie war angebunden. Würde sie sich selbst befreien können? Vielleicht, die Zügel waren nur locker an einem Stein befestigt. Doch ob sie in der Nebelwüste genug Futter finden würde, um dort längere Zeit zu überleben, bezweifelte Jerusha. Schlecht war auch, dass sie die Stute schon gesattelt hatte, es würde einige Zeit dauern, bis Amadera sich von diesem Ballast befreien konnte.

Und was ist mit mir? Schaffe ich es zu Fuß? Jerusha durchsuchte ihre Taschen und fand ein getrocknetes Baumblatt, ein benutztes Taschentuch aus Leinenstoff, einen Kiesel aus Quarzit, eine Brotkruste und den Kompass. Sie wischte Sand von seiner zerkratzten Oberfläche und beobachtete den Tanz der Nadel, wartete, bis das kleine Metallstück im Inneren zur Ruhe gekommen war. Westen. Dort war Westen. Aber es wäre Selbstmord, jetzt in diese Richtung weiterzugehen. Sie musste zurück, sich durchschlagen nach Port Enthis. Nur das zählte.

Jerusha machte sich auf den Weg nach Osten. Doch es war mühsam, zu Fuß zu gehen, und schon bald ließ sie sich erschöpft auf einen Stein sinken. Wie hoch waren die Chancen, dass jemand aus Port Enthis, der gerade in der Wüste jagte, sie fand und ihr half? Nein, das konnte sie vergessen, in diesem Nebel würde man in zwei Menschenlängen Entfernung aneinander vorbeigehen, ohne sich zu bemerken.

Ein leises, schabendes Geräusch schreckte sie auf. Als sie den Kopf hob, sah sie, dass eine Nebelkrabbe kaum zwei Armlängen neben ihr hockte, die geisterhaft weißen Scheren erhoben, die Stielaugen auf Jerusha gerichtet. Sie war so groß wie eine ausgewachsene Katze, und Angst zeigte sie nicht – sie wich keinen Fingerbreit zurück, als Jerusha sich bewegte. Noch mehr Schemen waren im Nebel zu erkennen, und Jerusha zählte weitere Krabben: vier, sieben, zehn.

Jerusha spürte keine Angst. Vielleicht, weil die Krabben sie jetzt nicht mehr beachteten, sondern ein seltsames Ritual begannen. Sie hoben gleichzeitig die Scheren, berührten einander, trippelten dann wieder zurück, reihten sich schließlich nebeneinander auf und schritten voran, fast würdevoll sah das aus. Schweigend beobachtete Jerusha diesen Tanz und saß ganz still, um die Krabben nicht zu stören. Sie sah zu, wie die Tiere ihre Scheren senkten und sich in komplizierten Mustern bewegten, bis sie ein Zeichen in den Sand gemalt hatten. Das Zeichen, das einem Blütenkelch so ähnlich sah.

Staunen erfüllte Jerusha. Einen Moment lang verlor der Nebel das Bedrohliche, war die Stimme des Windes kein Fauchen, sondern nur noch ein Flüstern, das sie rief.

Gemeinsam verharrten die Krabben jetzt, eine lange Ruhe nach vollendeter Tat. Dann gingen sie alle ihrer Wege, ohne Hast, ohne bestimmtes Ziel. Jerusha war wieder allein.

Sie brauchte nicht lange, um sich zu entscheiden. Mühsam stand sie auf, klopfte sich den Sand ab und warf noch einen letzten Blick auf ihren Kompass. Dann wanderte sie in den Nebel hinein.

Diesmal nach Westen.

War es Einbildung, dass sie sich den Cinaya hier so nah fühlte? Dass sie ihr Wirken überall spürte in dieser Wüste? Sie wusste ja nicht einmal, was für Geschöpfe die Traumweberinnen waren. *Warum hast du nicht wenigstens eine dieser Nebelkrabben geschossen, um etwas in den Bauch zu bekommen?*, schalt sie ein Teil ihres Ichs. *Und warum kehrst du nicht um? Bald wirst du Durst bekommen, schrecklichen Durst, und nur die Götter wissen, ob du es überhaupt wieder bis zur einstigen Küste schaffst!*

Jerushas Füße bewegten sich, gingen immer weiter. In Richtung des Sonnenuntergangs. Sie verlor das Gefühl dafür, wie viel Zeit verstrichen war. Irgendwann wurde es Abend, und Jerusha schmiegte sich einfach in den Windschatten eines Felsens und schloss die Augen. Würde Grísho sie jetzt, in der Dunkelheit, suchen können? Sie wusste es nicht, und keine vertraute Stimme begrüßte sie am nächsten Tag. Kein lebendes Wesen weit und breit.

Sobald es hell geworden war, marschierte Jerusha weiter. In ihrem Kopf hatte kein Gedanke mehr Platz, da war nur noch das Zischeln des Sandes, der über einen Dünenkamm geweht wird. Ihr Hunger verging, und sie fühlte sich so leicht und rein, als habe ihr Körper sie die ganze Zeit genarrt, als habe die Nahrung, die sie ihm sonst immer zugeführt hatte, ihn nur beschwert und zur Erde hinuntergezogen. Nur noch der Durst blieb, er wurde zu einem stummen Schrei in ihr. Ihre Zunge klebte am Gaumen, ihre Lippen wurden rissig und schmerzten.

Irgendwann tauchten Shannas vor Jerusha aus dem Nebel auf, sie wirkten wie Wesen aus einem Traum. Ihre Hufe machten kaum ein Geräusch auf dem Sandboden, und durch ihr hellgraues Fell waren sie beinahe unsichtbar in der weißen Welt, in der sie lebten. Doch ihre großen, dunkelbraunen Augen und unruhig zuckenden Ohren verrieten sie. Jerusha blieb ganz still stehen, um sie nicht zu verjagen. Zwei Dutzend Tiere waren es; sie hatten noch nicht bemerkt, dass jemand sie beobachtete. Anmutig trabten sie vorbei, hin und wieder hielten sie an und senkten den Kopf, wenn sie zwischen Sand und Steinen eine Pflanze entdeckt hatten.

Teroy hat eine Herde Shannas verfolgt, kurz bevor er Isdyr entdeckte. Jerusha schüttelte den Kopf über sich. Bestimmt gab es in Jil'quanor überall Herden dieser Shannas, und es war ein Zufall, dass sie ihnen hier über den Weg gelaufen war.

Eins der Shannas erspähte Jerushas Bewegung, in wildem Schreck sprang es davon. Sofort wandte sich die ganze Herde zur Flucht, Jerusha sah nur noch wirbelnde Beine und Flanken. Doch eins der Shannas, das zu weit nach links ausgeschert war, blieb auf einmal stehen und warf erschrocken den Kopf hoch, begann dann wild zu zappeln. Was war mit ihm? Erschrocken beobachtete Jerusha, wie das Tier vergeblich kämpfte – und trotzdem immer tiefer in den Boden hineinzusacken schien. *Treibsand! Hier ist eine Treibsandstelle!*

Jerusha wagte nicht, sich zu bewegen; es war schrecklich, dem Ende des Tieres zusehen zu müssen. Es versuchte sich mit den Vorderläufen auf festen Boden zu ziehen, doch der hintere Teil seines Körpers sackte immer wieder ab, schon bald war das Tier bis zum Bauch versunken. Dann ragte nur noch sein Hals aus dem Treibsand, und mit weit aufgerissenen Augen reckte das Shanna den Kopf hoch, als ahne es, was gleich geschehen würde. Doch nichts konnte jetzt noch sein Schicksal abwenden. Einen Moment später war das Tier verschwunden, und glatter Sand breitete sich an der Stelle aus, an der es erstickt war.

Jerusha schauderte. Ohne die Shannas wäre sie es gewesen, die jetzt im Treibsand gesteckt hätte und immer tiefer versunken wäre. Kaum etwas unterschied den Boden an dieser Stelle von dem, auf dem Jerusha stand, höchstens eine Winzigkeit glatter und dunkler war er, und Pflanzen wuchsen keine darauf. Wie hatte sie einfach so drauflosmarschieren können, obwohl Tigge ihr extra einen Treibsandanker mitgegeben hatte? Vielleicht aus dem gleichen Grund, warum sie eben nicht einmal daran gedacht hatte, eins der Tiere zu erlegen.

Sehr, sehr vorsichtig umging Jerusha die Stelle, an der das Shanna versunken war. Dann wanderte sie weiter. So aufmerksam war ihr Blick, mit dem sie den Boden musterte, dass sie erst mit Verspätung bemerkte, wie hell es um sie herum geworden war. Die Sonne! Dort oben war die Sonne zu erkennen! Staunend blickte Jerusha sich um und stellte fest, dass sie mitten in einer weiten Dünenlandschaft stand, bis zum Horizont zogen sich geschwungene sahnefarbene Hügel, die fast so wirkten wie die Wellen eines zu Eis erstarrten Meeres.

Und dort, in der Ferne, war etwas. Etwas, das nicht der Natur entstammte.

Aufregung durchströmte Jerusha. Sie strengte die Augen an, um mehr erkennen zu können, doch es war nur ein seltsam geformter heller Fleck, den sie sah. Ihre verfluchten schlechten Augen! Konnte es sein, dass sie Isdyr gefunden hatte? Oder war es nur irgendeine Ruine auf einer ehemaligen Felseninsel? Und wieder zog dieser verdammte Nebel auf, jetzt war sowieso nichts mehr zu erkennen außer dem ewigen Weiß, das sie umgab wie ein Vorhang.

Doch Jerusha hatte sich die Richtung gemerkt.

Nach Westen. Immer weiter nach Westen musste sie.

⋆⋆⋆

Als er am nächsten Morgen erwachte, roch sein ganzer Körper nach Orangenblüten. Kiéran setzte sich auf die Kante seines schmalen Betts und stützte den Kopf in die Hände. Hatte er sich jetzt noch tiefer in Schwierigkeiten manövriert? Wieso taumelte er eigentlich, seit er wieder hier war, von einer Katastrophe zur nächsten? Oder konnte er die Erinnerung an die letzte Nacht einfach genießen ohne Reue? Er glaubte nicht recht daran.

Vor seinem Fenster hörte er das Schnauben eines Pferdes. Kiéran trat ans Fenster und bemerkte, dass die Botin schon wieder zurückreiten wollte; gerade zog sie sich auf den Rücken ihres Pferdes, eine Schattengestalt, die von einem deutlichen roten Strahlenkranz umgeben war. Kurz darauf war sie durchs Tor Ost verschwunden. Auch Milly und ihr Onkel waren anscheinend wieder abgereist. Erleichtert atmete Kiéran durch. Wer sie wohl gewesen war, diese Botin? Egal. Er wollte weder an sie denken noch an Marielle. Sondern an Jerusha.

Die Mittagsmahlzeit plante Kiéran ganz bewusst in der Messe einzunehmen, gemeinsam mit seinen Rautenführern und den gewöhnlichen Soldaten. Doch auf dem Weg dorthin lief er gegen irgendetwas Nachgiebiges, das nach trockenem Gras roch – verdammt, wer hatte denn hier Heuballen stehen lassen? Zum Glück konnte kaum jemand sein Missgeschick beobachtet haben, es waren nicht viele Gestalten in der Nähe – bis auf die eine, die plötzlich hinter ihm auftauchte. »Wer Schwäche zeigt, der taugt nicht mehr als Escadrán«, zischte Pandera ihm ins Ohr, und ihre silbrige Aura schien ihm scharfkantig wie ein Messer. »Gib dein Kommando freiwillig ab, bevor es zu spät ist!«

»Vergiss es, Pandera«, gab Kiéran kühl zurück und fuhr mit der Hand über seine Uniform, um eventuell vorhandene Heuhalme abzustreifen. »Genügend Leute haben zwei gesunde Augen und schaffen es trotzdem nicht, einen Kampf zu gewinnen.«

»Wenn ich mich recht entsinne, hast du dein letztes Gefecht nicht siegreich, sondern bewusstlos und mit einem zerbeulten Helm abgeschlossen.«

»Touché«, sagte Kiéran gelassener, als er sich fühlte, und ließ sie einfach stehen. Er hatte heute wirklich keine Lust auf ein Duell.

In der Messe begrüßte ihn das Klappern von Löffeln auf Blechtellern, das Murmeln vieler Stimmen und ein stickiger Küchendunst. Zum Glück erkannte Kiéran Bel und seine anderen Rautenführer schnell an ihrer vertrauten Aura. Er holte sich sein Essen – es roch nach einer Fleischpastete –, setzte sich zu ihnen und fragte beiläufig: »Wann kommt eigentlich der Fürst von der Jagd zurück?« Eine Antwort auf seine schriftliche Bitte um eine Audienz hatte er natürlich nicht bekommen. Jetzt blieb ihm nichts anderes übrig, als den Fürsten persönlich abzufangen. Am besten so, dass es AoWesta unmöglich war, ihm auszuweichen.

Zu seiner Überraschung war es Santiago, der vom Nachbartisch aus antwortete. »Heute um die fünfte Stunde, also schon bald«, meinte er heiter und machte sich über die riesige Portion auf seinem Teller her. »Ich weiß es genau, denn AoWestas Leibkoch hat Anweisung, für diese Zeit die Tafel in Jirghals Saal vorzubereiten. Und ihr wisst ja, unser verehrter Fürst lässt ungern eine Mahlzeit aus.«

»Das habt ihr gemeinsam«, stichelte einer der anderen Terak Denar. »Was genau ist das für komisches Zeug, das du eben über den Braten gestreut hast?«

»Lixall und Sibellkraut.« Unbeirrt ließ Santiago noch eine Prise aus seinem Lederbeutel folgen. »Wächst nur an den Küsten von Khedira. Damit würde wahrscheinlich sogar eine gebratene Schuhsohle interessant schmecken.«

Kiéran musste lächeln. Er wusste längst, aus welch niederen Motiven sich Santiago mit AoWestas Koch angefreundet hatte. Seit er der eintönigen Kost in seinem Dorf entkommen war, entwickelte er sich zunehmend zum Feinschmecker. Und sein Appetit war sogar in einer Truppe, in der es wenige schlechte Esser gab, legendär. Wenn Santiago erfuhr, dass er neulich Nimelea mit ihren süßen Gaben verpasst hatte, würde ihm das ernsthaft die Laune verderben.

»Ach übrigens«, sagte Kiéran zu seinen Rautenführern. Er sprach so deutlich, dass es auch noch zwei Tische weiter zu hören war. »Ich habe das Gerücht gehört, dass es hier in der Truppe Sh'karan geben soll. Dafür habe ich kein Verständnis. Bitte achtet darauf, dass keiner dieser Kerle als Novo aufgenommen wird.«

Zu gerne hätte Kiéran gesehen, was für Blicke Ulíes, Bel, Jillyan und die anderen ihm zuwarfen. Doch so beobachtete er nur, dass sie nickten; sie hatten verstanden. In den nächsten Tagen würden sie dafür sorgen, dass jeder in der Truppe erfuhr, was Kiéran von Sh'karan hielt. Würde das helfen? Wenn er Pech hatte, etwa so viel wie ein leerer Tonkrug.

Ein paar Tische weiter bemerkte er eine Gestalt, deren Aura plötzlich fast verlosch. *Mir scheint, ich habe schon ein paar Leute aufgescheucht*, dachte Kiéran amüsiert. Er hätte gewettet, dass der Mann an Sh'kar glaubte und ihm nun die Angst im Nacken saß, dass sein Escadrán ihn aus der Truppe verbannen würde. Kiéran hatte nichts dergleichen vor, doch den Namen des Mannes wollte er wissen.

Er kam nicht dazu, ihn herauszufinden, denn in diesem Moment hörte er Rufe, dann die Geräusche einer Gruppe, die in den Innenhof der Veste einritt. Sein Herz machte einen Satz. Mit sorgfältig einstudierter Ruhe stand er auf, nickte seinen Rautenführern grüßend zu und ging zum Vorplatz. Kiéran erkannte Xen unter den Reitern. Wieso war er überhaupt mitgeritten? Die Falkenjagd interessiert ihn in etwa so sehr wie das, was ein Utz in seiner Schlammsuhle tat. Hatte er die Gelegenheit gesucht, mit AoWesta über Kiéran zu reden? Doch damit war er anscheinend fertig, denn er verabschiedete sich und führte seinen Hengst Koris zu den Truppenställen zurück.

Es war leicht zu erkennen, welche der Gestalten Fürst AoWesta war. Fast unmerklich drehte sich alles um ihn, er war das Zentrum der Gruppe. Im Vergleich dazu war seine Aura eher enttäuschend, ein mattes Blaugrün. Der junge Mann neben ihm dagegen strahlte wie die Sonne, seine Aura war so stark, dass sie den gesamten Vorplatz zu erhellen schien. Nonar!

»Falkner, nehmt diesen tapferen Habicht, er hat gute Beute gemacht, jetzt muss er rasten«, rief AoWesta, und sofort eilte der Falkner herbei, nahm den Raubvogel auf seinen Handschuh und brachte ihn weg.

»Und wir rasten ebenfalls, wenn ich das vorschlagen dürfte«, sagte Nonar heiter. Kiéran hörte ihn zum ersten Mal sprechen und fand, dass er eine angenehme, klangvolle Stimme hatte. War er doch ein

Sänger? »Was wir heute zur Strecke gebracht haben, ruft nach einer Feier.«

AoWesta lachte. »Mit Vergnügen.« Ein Stallknecht nahm das Pferd des Fürsten in Empfang, und ohne einen Blick zurück machte AoWesta sich auf den Weg zum Haupthaus.

Das war der Moment, auf den Kiéran gewartet hatte. Er beschleunigte seine Schritte ein wenig, und einen Wimpernschlag später ging er an der Seite des Fürsten. AoWesta wandte leicht den Kopf, vielleicht war er selbst nicht sicher, ob er Kiéran ignorieren wollte oder nicht.

»Glückwunsch zur erfolgreichen Jagd«, sagte Kiéran freundlich. »Ich sehe, Ihr habt Jathir Ther erlaubt, seine Flügel zu strecken. Sein Gefieder sieht prächtig aus.«

Er hatte raten müssen, welchen Vogel der Fürst auf den Jagdausflug mitgenommen hatte, doch zum Glück sah es aus, als habe er einen Treffer gelandet.

»Ja, so ist es, Kiéran, in der Tat«, sagte AoWesta erfreut, und dann zögerte er. Suchte er jetzt nach einem Vorwand, ihn wieder loszuwerden? Kiéran war entschlossen, ihm diese Chance nicht zu geben, und sprach einfach weiter. »Es ist so erfreulich, wieder hier zu sein. Kaum zu glauben, dass es schon fast einen Mond her ist, dass ich Cerdus Maharir gegenübergestanden habe.«

»Ihr habt gegen ihn selbst gekämpft?« Diesmal verlangsamte der Fürst seinen Schritt und wandte ihm den Kopf zu.

Es war nicht einmal eine Lüge. Später war noch genug Zeit, um zu berichten, dass er die meiste Zeit zwei Menschenlängen von AoWestas Erzfeind entfernt gekämpft hatte und es zwei andere Kameraden gewesen waren, die es geschafft hatten, den berüchtigten Kriegsherrn zu verletzen. Beide hatten es mit dem Leben bezahlt.

»Wie wäre es, wenn ich Euch beim Mittagsmahl mehr darüber erzählen würde?« Kiéran konzentrierte sich auf seine Atemzüge, darauf, ganz ruhig zu bleiben. Würde AoWesta auf den Vorschlag eingehen? Wenn nicht, dann konnte er seinen Posten als Escadrán sowieso vergessen. Dann war es ein klares Zeichen, dass er in der Quellenveste nicht mehr erwünscht war.

Doch AoWesta zögerte nur einen Wimpernschlag lang. »Aber natürlich, mein Lieber, kommt! Die Tafel ist schon gerichtet.«

Kiéran nickte, verlangsamte seine Schritte und blieb etwas zurück. Sofort nahm Nonar wieder die Position an AoWestas Seite ein und brachte den Fürsten mit einem heiter-ironischen Bonmot zum Lachen.

Kiéran fiel ein, was Odric und seine Gespielin gestern über Nonar gesagt hatten. Interessante Sache. So langsam hatte er den Eindruck, dass die meisten Menschen in der Quellenveste weder wussten, wer Nonar eigentlich war, noch wo er herkam oder wie er aussah. Was machte er überhaupt hier, was wollte er? Und wieso waren alle so begeistert von ihm? Dieser Kerl machte ihn zutiefst misstrauisch.

Als Kiéran Nonar und Fürst AoWesta beobachtete – eine leuchtende und eine dunkle Gestalt, die einander zugewandt Seite an Seite gingen – ekelte es ihn plötzlich vor sich selbst. Wie hatte er das eigentlich so lange ausgehalten, diese Speichelleckerei bei Hofe? Was war den anderen Terak Denar durch den Kopf gegangen, wenn sie ihn so gesehen hatten, ein Maskottchen an der Seite seines Herrn, eifrig bemüht, ihm zu gefallen? Schlimmer noch, welchen Eigenschaften genau hatte er diese Position eigentlich zu verdanken gehabt? Auf einmal kam es ihm nicht mehr wie ein Zufall vor, dass ein schöner junger Mann der neue Favorit des Fürsten war.

Zumindest früher hätte man auch von mir sagen können, dass ich gut aussehe, ging es ihm durch den Kopf. *Hat ihm wirklich nur an mir gefallen, wie ich kämpfe und dass ich den Shir Iethan besser beherrsche als andere? O ja, ich war tatsächlich naiv.*

Kiéran war entschlossen, dieses Essen – vielleicht sein letztes mit dem Fürsten – gut zu nutzen. Und zwar dafür, die harten Fragen zu stellen, die ihn schon so lange beschäftigten. Warum hatte AoWesta Xen untersagt, ihn zurückbringen zu lassen? Warum hatte er ihn fallen lassen wie ein nutzloses Werkzeug? Nur aufgrund dieses bösen Gerüchts, das Kiéran in einem persönlichen Gespräch schnell hätte aus der Welt schaffen können? Was war das Wort eines Fürsten der AoWesta überhaupt noch wert?

Er war schon gespannt auf die Antworten.

Isdyr

Wieder verzog sich der Nebel, und einen Wimpernschlag lang sah Jerusha noch einmal, was vor ihr lag. Nein, es war keine Ruine, es war ein ovaler Palast aus weißem Stein, der vor ihr aufragte. Schmale, oben abgerundete Türme erhoben sich ins staubige Blau des Wüstenhimmels, und auf Terrassen verschiedener Höhe glitzerten Springbrunnen in der Sonne. Eine von Säulen gestützte Mauer umfasste das ganze Gebäude wie in einer steinernen Umarmung. Zur Abwehr diente sie nicht, denn an einer ihrer Seiten wand sich eine breite Treppe hinauf und führte mitten in das Gebäude hinein. Gestalten bewegten sich auf den Terrassen, doch Genaueres zu erkennen war unmöglich.

Isdyr, schoss es Jerusha durch den Kopf, und Freude durchflutete sie vom Kopf bis zu den Zehenspitzen. *Es ist Isdyr. Und sie haben da Wasser!*

Eine verzweifelte Gier nach etwas Trinkbarem, egal was, erfasste sie. Jerusha hastete über den lockeren Sand, bis ihr die Locken schweißfeucht in die Stirn hingen. Die ehemalige Insel, auf der sich der Palast erhob, war inzwischen ein Hügel aus Sand und Felsen; zum Glück führte ein Pfad vom ehemaligen Meeresboden nach oben. Es schien eine Ewigkeit zu dauern, bis sie den Palast endlich erreicht hatte. Jerusha brach in die Knie, legte den Kopf in den Nacken und blickte die makellosen Mauern empor. Erst als ihre Fingerspitzen über den körnigen, kristallinen Stein fuhren, konnte sie glauben, dass sie tatsächlich angekommen war.

Ob es die Cinaya waren oder nicht, die sie gefunden hatte, dieser Ort bedeutete Leben. Erst jetzt gestand sich Jerusha ein, dass sie in den letzten Tagen dem Tod entgegenmarschiert war. Noch ein wenig länger, und Hunger und Durst hätten sie so sehr geschwächt, dass sie nicht hätte weitergehen können. Sie wäre als ausgedörrter Kadaver in der Wüste geendet, und es hätte den Wind kaum einen halben Tag gekostet, ihren Körper mit einem Leichentuch aus Sand zu bedecken.

Mit letzter Kraft setzte Jerusha einen Fuß auf die breite Treppe und stieg hinauf. Ihr Herz hämmerte, als versuche es aus ihrem Körper zu fliehen. Die Treppe war über und über graviert mit Inschriften, und Jerusha sah, dass jemand Hunderte von Namen in den Stein gemeißelt hatte, die Buchstaben waren fingerhoch. *Kálor. Rethir DoZerc. Awinha FiGessar. Milenq SuMur. Erjaella. Qiwin TeRopus. Likid AlWerjun.* Manche Clans kannte Jerusha, von anderen hatte sie noch nie gehört. Was waren das für Menschen, was hatten sie gemeinsam? Waren das alles Leute, die Isdyr gefunden hatten? Oder war ihr Schicksal irgendwann einmal *geträumt* worden? Wahrscheinlich letzteres.

Atemlos überflog Jerusha die Inschriften, suchte nach dem einen Namen, der ihr wichtig war: *Kala KiTenaro.* Doch er war nirgends in Sicht, und sie wusste, dass sie wahrscheinlich Tage damit verbringen konnte, nach ihm zu forschen. Es standen eine Menge Inschriften auf dieser Treppe, auch wenn noch viel Platz für weitere Namen blieb.

Am Rand der obersten Stufe stand jemand, eine feingliedrige Frau mit fast knabenhafter Figur und dunklem Haar, das ihr bis zu den Knien reichte. Gekleidet war sie in ein langes Kleid mit weiten Ärmeln; der Ausschnitt war mit einer V-förmigen, breiten Borte verziert. Mit bloßen Füßen stand sie dort und wirkte schlicht und würdevoll zugleich. Ihr schmales Gesicht war von einer Schönheit, die Jerusha den Atem raubte, und doch war es ein unheimlicher Anblick, denn ihre großen Augen waren ganz und gar weiß. Das nahm Jerusha den letzten Zweifel, dass sie es wirklich nach Isdyr geschafft hatte. Was auch immer für ein Geschöpf es war, das vor ihr stand, ein Mensch war es ganz sicher nicht.

Kein Lächeln stand auf diesem Gesicht, und es war schwer zu sagen, ob diese weißen Augen Jerusha anblickten oder an ihr vorbei. Bewegungslos schaute die Cinaya in die Weite, während Jerusha die letzten Stufen erklomm. Jerusha räusperte sich. »Ich bin hergekommen, weil ich etwas suche. Die Cinaya. Man hat mir gesagt, sie weben das Schicksal.«

Jetzt richteten sich die Augen tatsächlich auf sie. »Wie lautet dein Name?«, fragte die Frau. Ihre Stimme klang anders als die eines Menschen; ein Windhauch lag darin, oder ein ferner Schrei.

Ganz selbstverständlich wollte Jerusha antworten. Tausende von Malen hatte sie Fremden Auskunft über sich gegeben in den letzten

Monden, es war längst ein Reflex. Doch dann fiel ihr die Warnung des alten Teroy ein, und im letzten Moment erstickte sie das »Jerusha«, bevor es aus ihrem Mund dringen konnte. Sie zögerte. Was durfte sie überhaupt über sich sagen, wenn sie ihren Namen nicht offenbaren durfte? Schließlich entschied sie sich für einen Kompromiss. »Ich entstamme dem Clan der KiTenaro«, sagte sie. Schlimmer als es schon war, konnte es für ihren Clan kaum werden. »Ihr könnt mich Suchende nennen, wenn Ihr möchtet.«

Die Frau wandte sich um und ging davon. Einen Moment lang stand Jerusha unschlüssig auf der letzten Stufe der Treppe, dann folgte sie der Cinaya ins Innere von Isdyr. Sie musste diesen Springbrunnen finden, und zwar jetzt gleich! Sie konnte das frische, kühle Wasser förmlich wittern. Auf einmal war ihr gleichgültig, was die Traumweberinnen von ihr hielten, wenn sie jetzt einfach so in ihren Palast stürmte. Die Frau hatte sie nicht zurückgewiesen, sondern ihr den Weg freigegeben, oder etwa nicht?

Durch einen Torbogen aus weißem Stein gelangte sie ins Innere von Isdyr. Noch zwei Treppenstufen nach unten, dann stand sie auf einer ausgedehnten Terrasse. Vom Springbrunnen her wehten Jerusha Wassertropfen entgegen, sie spürte die kühle Gischt auf der Haut. Jerusha beschleunigte ihre Schritte, und dann tauchte sie die Hände in das kühle Wasser, formte sie zu einer Schale und trank in tiefen Zügen. Sie schlürfte das Wasser in sich hinein, bis es in ihrem Bauch gluckerte und sie das Gefühl hatte, dass kein Tropfen mehr in sie hineinpasste. Mit einem tiefen Seufzer richtete Jerusha sich wieder auf. Ihre Kleider waren feucht geworden, aber das war herrlich, das musste so sein, die Sonne würde sie schnell genug trocknen.

Sonne? Ja, tatsächlich, hier schien die Sonne. Jerusha blickte über die Palastmauer hinweg über die Wüste. Wogend und schimmernd breitete sich eine Nebelbank darüber aus und verdeckte die Dünen, die Jerusha auf dem Hinweg gesehen hatte. Der Nebel lag anscheinend nur über der Wüste, die Cinaya selbst betraf er nicht. Riefen die Cinaya ihn, wie es ihnen gefiel?

Ein paar Frauen, die der ersten glichen, saßen auf Steinbänken in der Nähe und plauderten leise. Niemand beachtete Jerusha, und sie konnte sich in Ruhe umsehen. Auf der Terrasse befanden sich auch ein paar Kübelpflanzen, die Schatten spendeten; Jerusha erkannte einen Zitronenbaum, eine blaue Cosellis und einen mit orangefarbenen Blüten bedeckten Strauch; das musste ein Diadema sein. Von denen gab es in Kalamanca nur ganz wenige, da sie Salzwasser zum Wachsen brauchten, doch in Larangva bildeten sie angeblich ein leuchtendes Blütenmeer, das einem Teil der Küste ihren Namen gegeben hatte.

Jenseits der Gartenterrasse erhob sich der Palast zu einer Kuppel; durch steinerne Bögen konnte man ins Innere gelangen. Rechts davon ging es über drei Steinstufen hinab in einen kleinen Teich oder eine Art Badebecken. Nach einem vorsichtigen Blick in die Runde ging Jerusha in diese Richtung und streckte die Füße ins Wasser. Lauwarm war es, und so klar, dass es auf den ersten Blick aussah, als sei das Becken leer. Niemand badete darin, und die Versuchung war gewaltig, sich in diesen Teich zu stürzen und von Kopf bis Fuß zu waschen.

Noch ein schneller Blick in die Runde, es waren gerade keine Cinaya in Sicht. Hinter einer Säule legte Jerusha ihren Bogen ab, schlüpfte aus ihren Kleidern und ließ sich ins Wasser gleiten. Sie spülte sich den Schmutz vom Körper und aus den Haaren und hatte danach ein furchtbar schlechtes Gewissen. *Ghalils Schande, sie werden es sicher nicht gut finden, dass ich ihr Badebecken verdreckt habe! Da ist jede Menge Sand auf dem Boden! Warum habe ich nicht vorher daran gedacht?*

Verlegen sah sich Jerusha nach irgendeiner Möglichkeit um, das Becken wieder zu reinigen. Mit ein paar Händen voll Wasser spülte sie ihre schlammigen Fußabdrücke weg, und sie verzichtete darauf, auch noch ihre sand- und schweißverkrusteten Kleider einzuweichen.

Verdutzt sah Jerusha, dass am Rand des Beckens ein fein geflochtener Korb von der Größe eines Esstellers stand. War der vorher auch schon da gewesen? Nein, ganz sicher nicht. Konnte es sein, dass eine der Cinaya das für sie hierher gestellt hatte? Im Korb befand sich etwas, das in ein silbergraues Tuch gewickelt war. Brot, wie Jerushas Nase feststellte, und ihre Zunge ergänzte einen Moment später: ein einfaches, aber sehr wohlschmeckendes Brot aus gemahlenen Nüssen, Salz und Wasser.

»Eine Speise für Besucher«, sagte eine höfliche Stimme neben ihr. »Wir selbst benötigen solches nicht.«

Jerusha stellte hastig den Korb auf den Boden und richtete sich auf. Zwei Armlängen neben ihr stand die Cinaya, die ihr vorhin auf der Treppe begegnet war. In der Sonne spielten Glanzlichter auf ihren dunklen Haaren.

»Habt ihr denn oft Besucher?«, fragte Jerusha neugierig. »Die Gegend ist abgelegen, Menschen kommen sicher nicht viele hierher.«

»Einige wenige«, sagte die Traumweberin, und Jerusha bekam eine

Gänsehaut unter dem Blick dieser weißen Augen. »Möglich, dass auch ein Mann darunter gewesen ist, den Ihr kennt, Suchende. Es ist uns nicht fremd, was in Port Enthis geschieht.«

Auf einmal fühlte sich Jerushas Mund trocken an. Das war eine klare Botschaft – ja, sie hatten Teroy getötet, jetzt gab es keinen Zweifel mehr. »Wusstet ihr die ganze Zeit, dass ich in der Wüste herumirre? Dass mir das Pferd verloren gegangen ist?«

»Wie kann man umherirren, wenn man sein Ziel kennt?«, sagte die Cinaya und schritt langsam davon. Jerusha beeilte sich, ihr zu folgen, und ging neben ihr über die Terrasse. Jetzt war es die rechte Zeit, ihr Anliegen zur Sprache zu bringen. Und dann nichts wie weg hier.

»Erinnert ihr euch an den Clan der KiTenaros?«

Die Traumweberin nickte. »Ich erinnere mich. Es ist noch nicht lange her, dass wir ihn geträumt haben. Die Bitte, es zu tun, erging an mich, doch ich hatte keinen Anspruch darauf, denn mir war kurz davor bereits ein Name zugetragen worden.«

Jerusha versuchte zu verstehen, was sie gehört hatte. »Werden Namen unter euch aufgeteilt?«

»Ja. Es ist das Gesetz, dass keine von uns zwei Namen hintereinander träumen darf. Es wäre sonst unrecht den anderen gegenüber, die schon länger warten. Und ich, als Quia, wache über die Verteilung. Eine Dienerin für die anderen bin ich, das ist meine Rolle.« Die Cinaya hob eine ihrer schmalen Hände und berührte den Halsschmuck aus schwarzen Steinen, den sie trug. Vielleicht waren das die Insignien einer Quia.

Unvermittelt packte Jerusha der Zorn. Sie dachte daran, wie ihre Großmutter ihren einzigen Sohn verloren hatte, ihre Mutter und ihre Tante den geliebten Mann. Trauer und Schmerz und Tod, das waren die Folgen des Fluchs gewesen!

»Wir sind keine Namen«, sagte Jerusha gepresst. »Wir sind *Menschen*, Wesen, die Trauer und Liebe und Einsamkeit empfinden können – es ist unser Leben, mit dem ihr euch die Zeit vertreibt! Wisst ihr überhaupt, was ihr vernichtet, wenn ihr etwas *träumt*?«

Ruhig ging die Cinaya weiter. Hatte sie überhaupt zugehört, und wenn ja, interessierte es sie, was Jerusha zu sagen hatte?

»Für uns ist ein Traum nur ein Traum und nicht weiter von Bedeutung im Gefüge der Dinge«, sagte die Cinaya schließlich. Es klang nicht, als versuche sie, sich zu rechtfertigen; sie klärte Jerusha einfach nur auf. »Aus diesem Grund gibt es strenge Regeln, die wir uns gegeben haben. Vieles ist nicht gestattet. Zum Beispiel, eine ganze Kultur auszulöschen. Oder bei Kriegen Partei zu ergreifen. Es ist ebenso nicht erlaubt, einem Menschen oder anderen Wesen zu einem weltlichen Amt zu verhelfen.«

»Aber es ist erlaubt, einen ganzen Clan zu vernichten?« Nur mit Mühe hielt Jerusha ihre Wut im Zaum. Bei allen Göttern, was tat sie gerade? Wieso war sie dabei, den Traumweberinnen Beschuldigungen an den Kopf zu werfen? Das würde sie nicht gerade freundlich stimmen!

»Ja. Es kann geschehen, dass ein ganzer Clan geträumt wird, auch wenn es nicht häufig vorkommt.« Es war schwer zu ertragen, mit welch nüchterner Höflichkeit die Quia dies sagte.

»Welche von euch hat es getan?«, fragte Jerusha, und diesmal bemühte sie sich kaum, ihre Abscheu zu verbergen. »Habt *ihr* überhaupt Namen?«

Die weißen Augen musterten sie gleichgültig. »O ja. Die haben wir. Mein Name ist Niu. Und diejenige von uns, die du suchst, ist Vea. Dort drüben ist sie.«

»Eine Frage noch, Niu«, sagte Jerusha und nahm all ihren Mut zusammen. »Kann ein Fluch rückgängig gemacht werden? Könnte er von unserem Clan genommen werden?«

Niu wandte sich ab und blickte über die Nebelwüste von Jil'quanor hinaus. »Ja. Das ist möglich.«

Jerushas Knie wurden weich bei dem Gedanken, dass sie ihrem Ziel so nahe war. Doch irgendetwas an der Art, wie die Cinaya das eben gesagt hatte, machte sie misstrauisch. »Aber?«

»Aber nur, wenn derjenige, der den Fluch gewünscht hat, bereit ist, ihn zurückzunehmen.«

»Wer ist er? Wie lautet sein Name? Ich weiß, dass es ein Wesen aus Khorat war.«

»Ein Wesen!« Zum ersten Mal klang die Traumweberin irritiert. »Menschen sind wie Staub im Wind im Vergleich zu diesen Wesen, wie Ihr sie nennt. Eure Reiche sind kurzlebig wie eine Blume, die jemand gepflückt hat, ihre sind beinahe ewig. Nehmt Euch in Acht, Suchende, dass Ihr nicht ungeahnte Mächte gegen Euch aufbringt.«

Die Botschaft war überdeutlich. Und es gab nichts mehr, was Jerusha darauf erwidern konnte. Sie ließ sich auf eine Bank neben dem Springbrunnen nieder, um erst einmal zu verdauen, was sie gehört hatte. Als sie in ihren Taschen nach dem Kompass tastete, merkte sie, dass ihre Hände zitterten. *Was ist, wenn ich alles noch schlimmer ma-*

che? Und was ist, wenn der Fluch mich zwingt, den Cinaya Namen von Menschen zu verraten, die ich liebe?

Jerusha beobachtete Vea, die ihren Clan geträumt hatte, die für das ganze Elend verantwortlich war, das der Fluch über die KiTenaros gebracht hatte. Sie sah ganz anders aus als Niu – sie hatte rötlich braune Haare, die ihr bis zum Gürtel reichten. Ihre Haut war nicht blass, sondern gebräunt. Doch auch sie hatte diese unheimlichen weißen Augen. Gerade schwamm sie mit langsamen Stößen durch das Badebecken, ließ sich hin und wieder treiben und sah zum Himmel hoch. Schließlich kleidete sie sich an und schritt durch den Garten bis zum Rand der Terrasse. Dort verharrte sie eine lange Zeit schweigend und blickte über die Wüste hinaus.

Jerusha holte tief Luft und stand auf, um zu Vea hinüberzugehen. Die Strahlen der Nachmittagssonne umflossen Jerusha, und hinter ihr zeichnete sich ein prächtiger, tiefschwarzer Schatten ab. Es fühlte sich seltsam an, ihn zu betrachten und zu wissen, dass er *leer* war, dass Grísho nicht da war, um es sich darin gemütlich zu machen. Hoffentlich ging es ihm gut, ob er noch immer durch die Wüste irrte? Immerhin brauchte sie sich keine Sorgen darüber zu machen, dass er womöglich verhungerte oder verdurstete. Selbst wenn der Nebel ihn tagsüber schwächte, wenn die Nacht kam, konnte er neue Kräfte sammeln.

Jerusha zwang ihre Gedanken zu der Cinaya zurück, die sie nun fast erreicht hatte. Auf einmal war sie nervös. *Sie war es. Sie hat das Unheil über uns gebracht. Was meine Mutter wohl täte, wenn sie ihr gegenüberstände?* »Ich habe gehört, dass Ihr diejenige wart, die die KiTenaros geträumt hat«, sagte Jerusha und zwang sich, höflich zu sprechen. Dieses Mal durfte sie auf keinen Fall ihrem Ärger und ihrer Verzweiflung freien Lauf lassen. »Ich bin eine KiTenaro, und ich würde gerne mehr über die ganze Sache wissen.«

Sie stockte. Die Frau reagierte überhaupt nicht, sie würdigte Jerusha nicht einmal eines Blickes.

»Stör sie nicht. Sie ist dabei, Nebel zu rufen«, sagte jemand hinter ihr. »Aber auch so ist es nicht gerade einfach, mit Vea zu reden. Sie ist am liebsten allein.«

Als Jerusha den Kopf wandte, sah sie eine Cinaya mit hellbraunen Haaren, die ihr nur bis zur Brust reichten; ihr Schmuck war nicht aus Stein, sondern aus graviertem Glas. Jerusha nutzte die Chance sofort, mehr herauszubekommen. »Wann ist denn der günstigste Zeitpunkt, mit Vea zu sprechen? Ich muss unbedingt etwas von ihr wissen.«

»Probier es mal nach dem Täglichen«, sagte die andere, und dann war sie ebenso schnell wieder verschwunden, wie sie gekommen war.

Jerusha versuchte nicht, ihr ins Innere des Palasts zu folgen.

⋆ ⋆ ⋆

Während Kiéran dem Fürsten folgte, kehrte in seinem Kopf die Vergangenheit zurück und belagerte ihn. Es erstaunte ihn fast, dass die Bilder aus dieser Zeit so hell und farbig waren, aber natürlich, sie stammten noch von seinen alten Augen.

Wie stolz ihn AoWesta zur Schau gestellt hatte, wenn Gäste aus anderen Provinzen zu Besuch weilten. Wie der Fürst eines Morgens, bei einem Ausritt, begonnen hatte, ihm seine Gedanken, Ängste, Träume zu offenbaren. Wie er ihn erst in seine Leibgarde berufen und ihm dann doch erlaubt hatte, mit den anderen Terak Denar zu kämpfen. Wie er ihn gebeten hatte, ihm Unterricht im Schwertkampf zu geben.

Und den hätte er immer noch nötig, dachte Kiéran. AoWesta hatte sich zwar selbst den Mittelnamen Naír, *Mächtiger Berg*, verliehen und hielt sich für einen guten Krieger, doch in Wirklichkeit war er zu feist, hatte zu wenig Ausdauer und drosch mit mehr Begeisterung als Geschick herum. Da die Terak Denar seine Schwächen kannten, schützten sie ihn im Gefecht so gründlich, dass kein Gegner in seine Nähe kam. Immerhin, es war eine gute Übung in Diplomatie gewesen, den Fürsten vorsichtig auf seine Fehler hinzuweisen.

Kiéran betrat das Hauptgebäude und folgte der Gruppe um AoWesta, die nach links zu Jirghals Saal abbog. Es war einer der kleinen Speiseräume, angemessen für zwanzig Personen; die wirklich großen Feste fanden in Rorgars Saal statt, in dem auch mehrere Hundert Menschen untergebracht werden konnten. Höflich hielt sich Kiéran zurück und wartete, bis einige der anderen Anwesenden sich gesetzt hatten; er hatte bereits die Stimmen des Waffenmeisters Borran Fin'alht DaRobak und des Ersten Ministers Lantall Deris NaGívan erkannt.

Üblicherweise wurden Mittelnamen als Ehrentitel verliehen, doch NaGívans »Deris« war ein Witz, den AoWesta sich mit ihm erlaubt hatte: Er bedeutete *Hirsch.* Dabei legte NaGívan sicher wenig Wert darauf, daran erinnert zu werden, dass er mit seinem ungewöhnlich langen Hals, dem schmalen länglichen Gesicht und den Pferdezähnen besagtem Tier ähnlich sah.

Ein Platz gegenüber AoWesta blieb leer, und schließlich bedeutete der Fürst Kiéran mit einer Handbewegung, dass er sich dort niederlassen sollte. Kiéran stellte fest, dass er schräg gegenüber von Shena AoWesta saß und dass sich zu seinen Seiten Lantall NaGívan und Nonar befanden. *Ein guter Platz*, dachte Kiéran. Er hatte sowieso auf eine Gelegenheit gewartet, sich mit Nonar von Angesicht zu Angesicht zu unterhalten und herauszufinden, was genau an dem Kerl dran war.

»Wie wäre es, wenn wir den Mittsommerball als Maskenball inszenierten?«, schlug Nonar gerade vor.

»Entzückende Idee«, sagte Shena AoWesta etwas zögerlich. »Doch es wäre reichlich Arbeit, all diese Kostüme anfertigen zu lassen.«

Der Fürst lachte. »Ich könnte mich als einer der Könige aus Alter Zeit präsentieren. Oder wäre das vermessen?«

»Ja.« Diesmal hatte Shenas Stimme einen Klang, der ganz klar *Bis hierhin und nicht weiter* signalisierte – vielleicht, weil sie selbst in gerader Linie von ebendiesen Königen abstammte, die einmal ganz Ouenda regiert hatten.

Eli Naír lenkte sofort ein. »Na gut, meine Liebe, mir wird sicher auch etwas anderes einfallen. Wie wäre es mit einem der Götter? Zum Beispiel Xatos oder Jaeso?«

»Jaeso wäre eine vorzügliche Rolle für Euch, mein Fürst«, mischte sich Nonar ein. »Vielleicht mit einer Gerom oder Laute in der Hand?«

Kiéran hörte nur mit halbem Ohr zu, denn erstens konnte er Maskenbällen wenig abgewinnen, und zweitens wurde gerade die Vorspeise serviert. Er konnte sie fast nicht sehen. Was bei allen Göttern war das da auf seinem Teller? Er stach vorsichtig mit der Gabel hinein, und prompt wandten sich ihm mehrere Gesichter erstaunt zu. Kiéran merkte schnell, warum: Er hatte gerade versucht, eine Suppe aufzuspießen. Verdammt!

»Den Xatos könnte doch Kiéran geben, unser Krieger«, meinte Lantall Deris NaGívan; es klang tatsächlich ernst gemeint.

»Und was ist, wenn Xatos nicht gefällt, wie ich ihn darstelle?«, konterte Kiéran trocken. »Dann streckt mich womöglich ein Blitzschlag nieder, und Ihr seid schuld, Lantall.«

Damit hatte er die Lacher auf seiner Seite, und der Vorfall mit der Suppe war vergessen.

Kiéran entspannte sich allmählich. Und das Essen war wie gewohnt vorzüglich: Kastaniensuppe mit Rahm und Speck, danach mit Kräutern eingeriebener Lammrücken und zart nussig schmeckendes Tálmirgemüse. Wie schade, dass er eigentlich schon in der Messe gegessen und überhaupt keinen Hunger mehr hatte. Am liebsten hätte Kiéran den Koch gebeten, seine Portion für Santiago einzupacken.

»Wie war das nun mit Cerdus Maharir? Erzählt!«, drängte Eli Naír AoWesta.

Diesmal fiel es Kiéran nicht leicht, aus den Ereignissen eine dramatische Geschichte zu machen. Es war zu schlimm gewesen in Daressal. Dennoch, der Fürst schien zufrieden mit seinem Bericht, und seine Aura strahlte hell auf, als Kiéran davon sprach, wie schwer Cerdus Maharir verletzt worden war. »Es ist nur sehr bedauerlich, dass Ihr das Schwert eingebüßt habt, das ich Euch geschenkt habe«, meinte AoWesta.

»Ihr könnt Euch kaum vorstellen, wie unglaublich ich mich darüber geärgert habe«, sagte Kiéran. Der Verlust schmerzte ihn noch immer. Wahrscheinlich würde er nie wieder eine so edle Waffe besitzen: Klinge und Parierstange aus Sternenstahl, so hart, dass ein kräftiger Hieb sogar Kettenhemden durchtrennte, der Griff aus schwarzem Tiraniaholz mit Einlegearbeiten aus Silber, die neben abstrakten geschwungenen Mustern auch einen Wolfskopf zeigten. So viele Erinnerungen verbanden ihn schon mit diesem Schwert: Er hatte seinen Eid als Escadrán auf diese Klinge geschworen. Und sie hatte sich schon bald bewährt: Seine Kameraden waren schwer beeindruckt gewesen, als er damit einen eigentlich unverwundbaren Werpanther besiegte, der die Dörfer in der Gegend von Kesting tyrannisiert hatte. Und am Panrir Alié hatte dieses Schwert ihm und Ulíes das Leben gerettet.

»Am besten holt Ihr Euch Ersatz aus der Waffenkammer«, empfahl ihm der Fürst und spießte irgendetwas, wahrscheinlich ein Stück Fleisch, auf seine Gabel. Natürlich war keine Rede davon, ihm ein neues Schwert schmieden zu lassen. Kiéran hatte sowieso nicht mehr ernsthaft damit gerechnet.

Das Thema Gefechte war hiermit abgehakt.

»Ihr würdet nicht glauben, was ein Händler aus Khedira mir gestern gebracht hat«, sagte der Fürst und begann, mit kindlicher Begeisterung von irgendeinem mechanischen Spielzeug zu erzählen, das ihm der Mann aufgeschwatzt hatte. Kiéran war nicht überrascht. Alle fahrenden Händler wussten, dass die Quellenveste eine gute Adresse war, um ungewöhnliche Dinge aus fernen Ländern zu überhöhten Preisen loszuwerden. Meistens folgte die Enttäuschung bald, doch der Fürst hatte ein erstaunlich kurzes Gedächtnis und fiel beim nächsten Mal wieder auf die gleiche Masche herein.

»Ich glaube, unser guter Escadrán langweilt sich ein wenig«, sagte Nonar plötzlich, und wieder wandten sich alle Gesichter Kiéran zu. »Euch wäre es sicher lieber, wir würden uns über gewichtige Dinge wie die Zukunft von Benaris unterhalten, nicht wahr?«

Soso, der Neue neigte also zum Sticheln, und er hatte Kiéran als Zielscheibe auserkoren. Er hatte sogar recht mit seiner Behauptung. Allerdings interessierte sich Kiéran gerade deutlich mehr für seine eigene Zukunft als für die von Benaris. »Ja, ich muss zugeben, dass mich solche Dinge beschäftigen«, sagte er freundlich. »Habt Ihr mich so lange im Tempel der Schwarzen Spiegel gelassen, Fürst, damit ich gründlich darüber nachdenke?«

Verlegenes Schweigen senkte sich über die Tischgesellschaft. Nur der Fürst aß weiter, als sei nichts geschehen. »Ich habe nur auf eine Gelegenheit gewartet, persönlich loszureiten und Euch selbst zu holen«, sagte er schließlich und trank in langen Zügen aus seinem Grünweinglas. »Ist doch selbstverständlich, mein Lieber.« Seine Aura flackerte wie wild, als er es sagte. Doch auch ohne diesen Hinweis hätte Kiéran kein Wort geglaubt. Und er dachte nicht daran, jetzt schon lockerzulassen. »Das wäre nicht nötig gewesen. Es hätte völlig ausgereicht, eine kleine Patrouille Terak Denar oder gewöhnliche Soldaten zum Tempel auszuschicken.« *Oder auch nur meine verfluchten Botschaften zu beantworten!*

»Sehr richtig, doch gerade das ging zu dieser Zeit leider nicht, ich brauchte die gesamte Truppe zum Schutz der Gegend. Das versteht Ihr doch sicher, Escadrán?«

»Natürlich«, sagte Kiéran knapp. Er wusste, dass Eli Naír ihn gerade zum zweiten Mal angelogen hatte; von Xen hatte er erfahren, dass die Terak Denar sich seit zwei Wochen im Ruhezustand befanden. *Es wäre besser gewesen, all das unter vier Augen anzusprechen; dann hätte ich vielleicht sogar eine ehrliche Antwort bekommen. AoWesta ist selbst schuld, dass wir die schmutzige Wäsche vor aller Augen waschen müssen; eine private Audienz hat er mir ja nicht gewährt.*

Jetzt war es Zeit, an die Zukunft zu denken. »Es ist mir eine Ehre und Freude, jetzt wieder Teil der Terak Denar zu sein«, betonte Kiéran. »Ich glaube nicht an das Schicksal oder seine Göttin, ich glaube daran, dass jeder Mensch seinen Weg frei wählen kann. Ich selbst wähle es, Euch und die Quellenveste zu schützen. Bis zum letzten Blutstropfen.«

Der Fürst setzte sein Glas ab und wandte sich Kiéran zu. »Das ist gut, mein Lieber. Ich bin sicher, Eure Hilfe wird mir wie immer sehr wertvoll sein.«

Was war das eben gewesen? AoWestas Art, sich zu entschuldigen? Eine Bestätigung, dass er in der Truppe weiterhin erwünscht war? Ein Versprechen für die Zukunft? Auf jeden Fall war Kiéran nun etwas leichter ums Herz. Inzwischen hatte der Fürst sicher den Bericht von Indoia EaMaris bekommen, er wusste Bescheid über Kiérans eigenartige Blindheit – dass er trotzdem so etwas sagte, war ein gutes Zeichen.

»Was ist eigentlich mit Fürst Ceruscan? Gibt es Neuigkeiten darüber, wann er eintreffen wird?«, wechselte Borran DaRobak elegant das Thema. Sofort wandte sich das Gespräch den Festlichkeiten zu Ehren des Fürsten aus Tiefwald zu. Nonar schlug vor, einen Wettstreit der berühmtesten Barden von Benaris zu veranstalten, und kurz darauf wurde am Tisch in kleinen Gruppen lebhaft geschwatzt.

Kiéran war überrascht, als sich Shena AoWesta zu ihm hinüberbeugte. »Was für ein Hemd?«, fragte sie unvermittelt.

Im ersten Moment wusste Kiéran nicht einmal, wovon die Rede war. Doch dann fiel es ihm wieder ein. *Xatos' Rache! Also lohnt es manchmal doch, sich mit Katzen zu unterhalten!*

»Ein weißes«, gab Kiéran leise zurück. »Eine Dienerin hat es mir gebracht, angeblich war es eine Gabe von Euch.«

»Ich habe Euch nie ein Hemd schicken lassen. Ein Terak Denar hat doch sowieso nicht viele Gelegenheiten, etwas anzuziehen, das nicht zu seiner Uniform gehört.«

»Ganz richtig.« Die Fürstin stieg in seiner Hochachtung, und nicht nur wegen ihrer realistischen Einschätzungen seiner Garderobe. Äußerst geschickt, wie sie ihre niedlichen kleinen Spione in zahlreiche wichtige Clans einschleuste. Zu gerne hätte Kiéran gewusst, was sie dabei alles herausgefunden hatte.

Als sich die Runde auflöste, schaffte er es zum Glück noch, ein paar Worte mit Nonar zu reden. »Was ist eigentlich Eure Berufung, verehrter Nonar? Eurer Stimme nach seid Ihr sicher ein Barde?«

»Ein Barde der schönen Dinge, meine Stimme erhebe ich zum Lob unseres edlen Gastgebers«, erwiderte Nonar geschmeidig. »Jedoch scheint mir, ich sollte auch eine Ballade über Eure Taten dichten, das ist sicher der Mühe wert.«

»Eine Ballade über einen Krieger, der sein Schwert an den Feind verloren hat, will niemand hören.«

»Auch tragische Helden können gute Helden sein.«

Es reichte Kiéran. Mit solchen Sprüchen sollte Nonar seinetwegen dem Fürsten kommen, aber er hatte keine Lust, sie sich anzuhören. Und irgendwelche deutlichen Auskünfte waren von ihm anscheinend nicht zu erwarten. Freundlich bedankte sich Kiéran bei den AoWestas für die Einladung an ihre fürstliche Tafel, dann machte er sich auf den Rückweg zu seinem Quartier. Vielleicht war noch Zeit für einen Krug Met mit Tarxas, Ulíes oder Jillyan. Oder ein paar Runden Fenris mit Tarxas; der Arme versuchte ständig, irgendjemanden zu diesem komplizierten Brettspiel zu überreden, das in seiner Heimat Uskaja sehr beliebt war. Die meisten Terak Denar hatten keine Lust darauf, doch Kiéran spielte es ganz gerne, auch wenn er es nie geschafft hatte, sich sämtliche Regeln zu merken. Jedenfalls konnte es ruhig spät werden, denn heute war Jilderstag und morgen somit Einkehr, da hatte die Truppe frei, wenn die Lage ruhig war. Früher hatte er sich an solchen Abenden nicht selten mit einem Buch zurückgezogen, doch das war ja nun vorbei. Kiéran war noch längst nicht darüber hinweg.

Oder sollte er kurz nach Vestanus reiten? Nur ungern gestand sich Kiéran ein, was er dort vorhatte. Er wollte mit den Männern reden, die Jerusha nach Tholus geleitet hatten. Einfach ein wenig plaudern. Darüber, wie es gelaufen war. Ob es Probleme gegeben hatte. Wie sie gewirkt hatte. Was sie gesagt hatte.

Auf einmal hatte er es eilig; gut gelaunt sattelte er Reyn und grüßte die Wache am Tor, als er – wahrscheinlich im Licht von Fackeln – über die Zugbrücke ritt. Doch den Weg nach Vestanus hätte er sich sparen können. Die Männer, die Jerusha eskortiert hatten, waren sofort wieder ausgeschickt worden zu einer neuen Patrouille, diesmal in Richtung des Panrir Alié.

Am nächsten Morgen gab es natürlich wieder eine Einsatzbesprechung, obwohl Einkehr war. Zum Glück machte Xen TeRopus es kurz, es war nicht viel passiert. Doch als Kiéran danach mit den anderen Escadrán wieder gehen wollte, hielt Xen ihn zurück. Wortlos reichte er ihm etwas, das Kiérans Finger als verschlossenen Umschlag mit einem Siegel erkannten. Sicher dem Siegel des Fürsten.

Kiéran wusste, dass sich darin die Entscheidung über seine Zukunft befand. Vielleicht war es gut, dass das Warten und Bangen jetzt vorbei war. Wie auch immer es ausgehen mochte.

Er benutzte sein schwarzes Tempelmesser, um das Siegel zu brechen und den Umschlag zu öffnen. Dann schloss er kurz die Augen, atmete tief durch und zog die Botschaft hervor.

* * *

Als alle Cinaya begannen, sich in eine bestimmte Richtung zu bewegen, ahnte Jerusha, dass das Tägliche bevorstand – worum auch immer es sich dabei handelte. Unauffällig reihte sie sich ein und betrat zum ersten Mal das Innere des Palasts. Angenehm dämmerig und kühl war es hier, es roch nach frischem Wasser und Jasminblüten. Jerusha blickte nach oben und bewunderte die Kuppel aus weißem Stein, die sich über ihr wölbte; durch bogenförmige Fenster fiel Licht auf die aufwendigen Mosaike des Bodens. Es war ein Schock, als Jerusha das Motiv erkannte – Shimounah und Ghalil. Ghalil hatte gewagt, in die Welt der Götter vorzudringen, und sich dort in Shi verliebt. Jetzt wagte er, ihr seine Liebe zu gestehen; die beiden Gestalten waren sich sehr nahe und blickten sich in die Augen. Ghalil trug einen mit weißen Blüten bedeckten Zweig des Corysbaums in beiden Händen, dieses uralte Symbol der Liebe. Es verwirrte Jerusha, ausgerechnet hier ein Bild ihrer Lieblingsgöttin anzutreffen. Was hatten die Cinaya mit ihr zu tun? *Ich fürchte, es gibt nur einen Weg, mehr darüber herauszufinden. Ich muss eine von ihnen fragen.*

Jerusha sah sich nach der jungen Frau um, die vorhin mit ihr gesprochen hatte, doch sie war nirgends in Sicht. Stattdessen fiel Jerusha auf, wie unterschiedlich die Traumweberinnen wirkten: Manche besaßen Haare, die fast bis zum Boden reichten, andere waren kahl. Die Cinaya mit sehr kurzen Haaren trugen nicht die aufwendig bestickte Robe, die Jerusha an Niu gesehen hatte, sondern ein einfaches weißes Kleid. Waren sie Novizinnen?

Nun gruppierten sich die Traumweberinnen um eine Art Brunnen aus Marmor, um den zwölf steinerne Becher standen. Jerusha war nah genug, um erkennen zu können, dass die Flüssigkeit im Brunnen nachtschwarz war; sie roch seltsam – halb Blütenduft, halb Todeshauch. Mit einigen Worten in einer fremdartigen Sprache, vielleicht einem kurzen Vers, eröffnete Niu, die Quia, das Tägliche, das anscheinend ein Ritual war. Schweigend traten immer ein Dutzend Cinaya vor, tauchten einen der Becher in die Flüssigkeit und leerten ihn in einem Zug. Jerusha schätzte die Zahl der Traumweberinnen, die hier versammelt waren, auf etwa fünfhundert. Waren das alle, die es gab?

Eigentlich nicht viele. Aber vielleicht waren sie unsterblich, und es war einfach nicht mehr Platz in Isdyr.

Es war nicht ganz leicht, Vea in dieser Menge zu finden, und Jerusha triumphierte, als es ihr endlich gelang. Unauffällig folgte sie der Cinaya, als sie wieder nach draußen strebte, auf die Terrasse. Auf dem Weg dorthin kam Jerusha an einer anderen Traumweberin vorbei, die gerade bewegungslos auf dem Sockel einer Säule saß, den Blick nach innen gewandt. »Werde«, flüsterte die Frau und deutete mit dem Finger ins Nichts. Es überlief Jerusha kalt. Sie ahnte, dass hier gerade ein Leben geformt, ein Schicksal bestimmt wurde. Schnell ging sie weiter, sie wollte gar nicht wissen, wen es getroffen hatte.

Um sie herum gingen die Cinaya jetzt ihren Beschäftigungen nach. Manche kämmten einander andächtig das Haar, andere stickten etwas in die Borte eines Kleidungsstücks: Schriftzeichen und ein Symbol, das Jerusha bekannt vorkam. Sie hatte es für einen Blütenkelch gehalten, aber es war keiner. Es war eher eine Art Y, nur mit drei Verzweigungen an der Oberseite.

»Was ist das?«, fragte Jerusha eine Cinaya mit tiefschwarzen, bodenlangen Haaren. Die Frau blickte auf, und obwohl ihr Gesicht ihr Alter nicht verriet, spürte Jerusha eine tiefe innere Ruhe an ihr, sicher hatte sie schon viele hundert Sommer gesehen.

»Es heißt *Opr*, Wegekreuz«, antwortete die Cinaya. »Es soll bedeuten: *Alle Wege, die möglich sind, werden zu einem, der ist.*«

»Und Ihr bestimmt, welcher Weg das ist?«

»Manchmal.« Diesmal war es eine andere Stimme, die antwortete. Die junge Cinaya von vorhin, die mit dem Schmuck aus graviertem Glas. Unglaublich, sie lächelte sogar. Es gab also doch Freundlichkeit unter den Traumweberinnen! »Mein Name ist übrigens Lin. Du hast die Zeremonie beobachtet?«

Jerusha nickte, nervös blickte sie Vea hinterher. Sollte sie lieber der anderen Traumweberin folgen oder hierbleiben und versuchen, so viel wie möglich über diese Geschöpfe herauszufinden? Sie entschied sich für Letzteres. »Was ist das eigentlich für eine Flüssigkeit, die ihr trinkt?«

»Das *Lavinh Jirh*? Es erhält uns am Leben und ist alles, was wir brauchen. Leider ist es unfassbar bitter. Aber auch das hat seinen Sinn. Denn die Bitterkeit ist die des Lebens, und das Lavinh Jirh soll uns jeden Tag Demut lehren. Damit wir nie der Versuchung erliegen, zu glauben, wir seien allmächtige Herrinnen über das Schicksal.«

»Aber das seid ihr doch.«

»Nein«, sagte Lin. »Der Legende nach sind wir nur einfache Halbgötter, entstanden aus der verbotenen Liebe zwischen Shimounah, Tochter des Mondes, und Ghalil. Ihre erste gemeinsame Tochter Pariwen entdeckte bald, dass sie besondere Fähigkeiten hatte. Aus Rache für eine Zurücksetzung sorgte Pariwen dafür, dass ihr Vater Ghalil aus der Welt der Götter geworfen und ihre Mutter Shimounah verbannt wurde. Später erschrak sie selbst über ihre Tat, doch es war zu spät, um sich davon reinzuwaschen. Sie wurde selbst von den Göttern gemieden, und all ihre Nachfahren müssen in Jil'quanor leben, in Verbannung.«

Einfache Halbgötter! Nachfahren von Shimounahs Tochter! Jerusha schwieg und wusste, dass Shi für sie nie wieder die gleiche Bedeutung haben würde wie zuvor. Sie war zu eng mit denen verbunden, die den Fluch gesprochen hatten, und eine solche Göttin konnte ihr niemals Glück bringen. Es machte keinen Sinn, sie jemals wieder um Unterstützung zu bitten.

Nachdenklich lehnte sich Jerusha gegen eine halbhohe Säule, doch sie hatte übersehen, dass darauf ein Gefäß aus Glas stand. Es stürzte auf den Steinboden und zersplitterte mit einem hässlichen Geräusch. »Oje, das tut mir schrecklich leid!«

Erschrocken versuchte Jerusha die Splitter aufzulesen; hoffentlich war es kein wertvolles oder zeremonielles Objekt gewesen, das sie gerade zerstört hatte! Bisher benahm sie sich hier in Isdyr schlimmer als ein Utz im Gemüsebeet.

Jerusha hatte erwartet, dass sich alle Blicke ihr zuwenden würden, doch kaum jemand achtete auf das Missgeschick. Und auch Lin war es scheinbar egal, was passiert war und was sie mit den Scherben machte. Obwohl alle Cinaya barfuß gingen. Sehr sorgfältig suchte Jerusha alle Splitter zusammen, die sie finden konnte, und legte sie auf dem Sockel der Säule ab. Dann wandte sie sich wieder der Cinaya zu.

»Erzähl mir über dein Leben«, sagte Lin und lächelte sie an. »Wo lebt deine Familie?«

Erst stockend und misstrauisch, dann immer flüssiger, begann Jerusha zu erzählen und achtete darauf, keine Namen zu nennen, nur »meine Schwester«, »meine Mutter« und »meine Großmutter« zu sagen. Interessiert hörte Lin zu. »Mir scheint, ihr macht das meiste aus eurem kurzen Leben. Es klingt nach viel Mühsal, aber interessant. Gibt es auch einen Mann, den du liebst?«

Es war eine sehr persönliche Frage, und Jerusha zögerte. So viel wollte sie nicht über sich preisgeben. Was ging es Lin an, was in ihrem Herzen vorging? Umso erstaunter war sie, als sie sich antworten hörte. »Es gibt einen Mann, dem ich versprochen bin. Aber ich fürchte fast, dass er nicht mehr derjenige ist, den ich liebe. In letzter Zeit muss ich oft an einen Mann namens Kiéran denken. Kiéran ...« Wie lautete noch der Name seines Clans? Einen Moment lang musste Jerusha nachdenken, und in diesem Moment wurde ihr Kopf wieder klar, und sie begriff, was gerade geschah. *Ich wollte das nicht sagen! Es ist der Fluch, der mich dazu zwingt!*

Inzwischen war ihr der Name seines Clans eingefallen, und Jerusha kämpfte mit aller Macht darum, dass er nicht über ihre Lippen kam. Schweißperlen traten auf ihre Stirn. Doch es war, als gehöre ihr Körper nicht mehr ihr selbst, ihre Lippen bewegten sich einfach, sie konnte nichts dagegen tun. »Sa...«

Diesmal beachteten die Cinaya sie sehr wohl. Ein halbes Dutzend von ihnen war näher gekommen, und der Ausdruck in ihren Gesichtern machte Jerusha Angst. *Wie Geier, die sich um eine Beute scharen*, kam es ihr in den Sinn, und sie merkte, wie ihr Wille erlahmte, dass ihr Mund dabei war, Worte zu formen, die sie ihm nicht erlaubt hatte.

Heimatlos

Wild sah Jerusha um sich, suchte nach einem Ausweg – und sah die scharfkantigen Scherben des Glasgefäßes. Verzweifelt ergriff sie eine davon, holte aus und bohrte die Spitze in ihren Arm. Ein heißer Schmerz raste durch ihren Arm und ihre Hand, dort wo die Ränder der Scherbe sie zerschnitten hatten. Tränen schossen in Jerushas Augen, doch sie spürte, dass der Bann gebrochen war, und sie war unendlich dankbar dafür. Ihre Lippen blieben geschlossen. Jerusha versuchte alle Gedanken an Kiéran aus ihrem Kopf zu verbannen, ihre Gefühle in einen hinteren Winkel ihrer Seele zu drängen. *Nie wieder darf das passieren,* ging es ihr durch den Kopf, und doch wusste sie, dass es wieder geschehen würde, solange der Fluch bestand.

Das Lächeln war von Lins Gesicht geschwunden. Nun sah sie eher enttäuscht aus. Ohne ein weiteres Wort ging sie davon.

* * *

Kiéran schaffte es, die erste Zeile der Botschaft zu entziffern, dann gab er auf und ließ sich den Rest vorlesen. Als das letzte Wort verklungen war, blickte Kiéran auf und sah Xen TeRopus an.

»Es tut mir leid, Kiéran«, sagte Xen. »Wirklich.«

Stumm nickte Kiéran. Die Worte, die Sätze, kreisten noch immer in seinem Kopf. *Hiermit ehrenhaft entlassen aus der Elitetruppe der Terak Denar und den Diensten des Clans AoWesta … gewähren Euch dreihundert Silber für Eure eigene Verwendung … ersuchen Euch höflichst, Euren Posten in fünf Tagen niederzulegen und dann Quartier in der Quellenveste Eurem Nachfolger zur Verfügung zu stellen.*

»Einen Moment lang dachte ich gestern wirklich, er habe es sich anders überlegt«, sagte Kiéran dumpf. »Vielleicht habe ich es falsch verstanden? Oder er hat seine Meinung noch einmal geändert.«

Xen seufzte tief. »Ich verstehe es auch nicht, und ich fürchte, da hatten seine Minister und Ratgeber ihre Hand im Spiel. Eigentlich hatte ich Eli Naír gestern so weit, dass er Euch als Ausbilder akzeptiert. Den Posten als Escadrán hättet Ihr aber auf jeden Fall verloren. Obwohl mich beeindruckt hat, wie Ihr Eure Truppe in den letzten Tagen geführt habt, Kiéran. Ihr wärt zurechtgekommen.«

»Ja, ich glaube schon. Was ist mit Reyn? Muss ich ihn abgeben?«

»Normalerweise müsstet Ihr das schon.« Kiéran hätte schwören können, dass jetzt ein kleines Lächeln um Xens Mundwinkel schwebte. »Aber ich glaube, ich werde diesen schwarzen Gaul aus der Truppe ausmustern, man kann ja niemandem zumuten, ihn zu reiten. Ihr könnt ihn mitnehmen, wenn Ihr möchtet, und es wird Euch keinen Ulder kosten.«

»Ich danke Euch«, sagte Kiéran. Er fühlte sich sehr müde, und das nicht nur, weil es gestern spät geworden war im Wolfsbau. »Wann soll ich meine Uniform abgeben?«

»Wenn Ihr abreist.« Xen zögerte. »Wohin werdet Ihr gehen? Nach Yantosi, das ist doch Eure Heimat, oder?«

Kiéran zuckte die Schultern. »Meine Heimat? Ich habe keine Ahnung, ob es so einen Ort überhaupt gibt. Aber vermutlich gehe ich nach Larangva. Oder nach Thoram, um mir mein Schwert zurückzuholen.«

Xens Aura schimmerte auf seltsame Weise. »Mit Verlaub, das ist die verrückteste Idee, die mir in den letzten Jahresläufen untergekommen ist.«

»Immerhin bin ich in Thoram geboren«, sagte Kiéran trocken.

»Ich hoffe, dass Ihr den Fürsten nicht allzu oft an diese Tatsache erinnert habt.«

Kiéran schüttelte den Kopf. »Glaubt Ihr, dass er mich ernsthaft für einen Sh'karan hält?«

»Nein. Aber ich fürchte, der Makel dieses Gerüchts wird Euch nie mehr ganz verlassen. Habt Ihr herausgefunden, wer es zu verantworten hatte?«

»Noch nicht, aber ich habe ja auch noch fünf Tage Zeit.«

Xen seufzte tief. »Wäre es eine Möglichkeit, dass Ihr in den Dienst von Fürst Ceruscan tretet? Er wird bald hier sein, Ihr könntet ihn um eine Audienz bitten und vorsichtig nachfragen, ob er Interesse daran hätte, Euch eine Anstellung zu bieten.«

»Er hat mir schon mal eine angeboten – im letzten Sommer«, sagte

Kiéran, trat ans Fenster und sah nachdenklich hinaus. »Ich habe abgelehnt.«

»Weil Eure Position hier Euch gefallen hat?« Wenn Xen überrascht war, ließ er es sich nicht anmerken.

»Ja. Aber nicht nur.« Kiéran sprach nicht weiter, und Xen verzichtete darauf, ihn zu drängen; er lebte schon lange am Fürstenhof und wusste, wie gefährlich das falsche Wort am falschen Ort sein konnte.

Kiéran war Lacore Ceruscan TeFinh, dem Dienstherrn seines Vaters, schon oft begegnet. Es hatte eine Zeit gegeben, da hatte er ihn bewundert. Ceruscan, der ebenso wie Shena AoWesta von den Alten Königen abstammte, führte sein Fürstentum Yantosi von der Burg Ger Iena aus mit starker, sicherer Hand. Er war ein jovialer, muskulöser Mann, der gerne lachte und bei allen wichtigen Festen Wildschweinbraten in Dunkelbiersoße servieren ließ, das Nationalgericht Yantosis. Sein Wappen war ein Keiler auf grünem Grund, und der Mittelname Ceruscan, den er sich gewählt hatte, bedeutete *Wildschwein.* Niemand kam auf die Idee, ihn Fürst TeFinh zu nennen.

Als Kiéran seinen achtzehnten Sommer auf Ger Iena verbrachte, war er zufällig Zeuge, wie eine junge Frau versucht hatte, den Fürsten mit einem angeblichen Bastardsohn zu erpressen. Ceruscan hatte sie mit eigenen Händen erwürgt, während daneben der Säugling in einem Reisekörbchen schlief. Und Kiéran hatte zusehen müssen, hilflos, weil ihn zwei Männer von Ceruscans Leibwache gepackt hielten. Aber fast genauso schlimm war es gewesen, dass Ceruscan weder zu dieser Zeit noch später versucht hatte, die ganze Sache zu vertuschen. Er hatte nur gelacht, als Kiéran ihn angebrüllt hatte. Selbst jetzt noch stiegen Bitterkeit und Abscheu in Kiéran auf, wenn er an den Vorfall dachte.

Ceruscan ließ die Leiche der Frau in den Burggraben werfen, wo sich die zahmen Wildschweine – die sonst mit Küchenabfällen gefüttert wurden – darüber hermachten. Was aus dem Säugling geworden war, hatte Kiéran nie erfahren; er hoffte, dass das Kind einfach einer Amme übergeben worden war.

Als am Tag darauf wieder Wildschweinbraten auf den Tisch kam, hatte Kiéran dankend verzichtet. Seine Sachen waren bereits gepackt, und er hatte den Fürstenhof Yantosis verlassen mit der festen Absicht, nie mehr zurückzukehren.

Seither hatte sich vieles verändert. Er selbst hatte Menschen getötet, und nicht einmal wenige. Zwei Leibwächter des Fürsten würden längst nicht mehr genügen, um ihn zurückzuhalten. *Aber mein Vorsatz von damals – nicht zurückzukehren – besteht noch immer,* dachte Kiéran. *Manche Dinge vergisst man nicht so leicht. Nicht in sechs Jahresläufen, und auch nicht in sechzig.*

Er stand schon in der Tür und war dabei, sich von Xen zu verabschieden, als ihm noch eine letzte Frage einfiel. »Ach ja, gestern habe ich zum ersten Mal mit Nonar gesprochen, aber ich weiß noch immer nicht, wie er aussieht. Könntet Ihr ihn mir beschreiben?«

»Nonar?«, brummte Xen. »Ein erstaunlicher Mann, aber ich bin gerade nicht besonders gut auf ihn zu sprechen. Er hat erreicht, dass das Geld des Fürsten nicht in neue Ausrüstung für uns fließt, sondern in einen verdammten *Maskenball.* Wie er aussieht? Nun ja, wie ein typischer Khelgarder eben. Solide Schultern, dunkle Haare, graue Augen.«

Ein typischer Khelgarder. So wie Xen selbst. Warum nur war Kiéran nicht überrascht?

»Genau das ist es, was ich wissen wollte«, sagte er ruhig. »Mögen die Götter Euch schützen, Xen.«

Als er Xens Quartier verlassen hatte, blieb Kiéran mitten auf dem Innenhof der Veste stehen. Irgendwo lachte eine Frau, und ein Kind gluckste vor Vergnügen. Aus dem Ghaliltempel erklang Gesang, die alte Melodie des Lebensdanks. Die Kette des Hauptbrunnens rasselte, als eine kleine Gruppe von Mägden ihre Eimer füllte. Ein Stallknecht führte kaum eine Armlänge von ihm entfernt zwei Pferde vorbei. Auf dem Übungsgelände unterhielten sich ein paar Wachsoldaten über ihre Pläne für Einkehr. Doch all das hatte nichts mit ihm zu tun. Nicht mehr.

Der Erste, dem er es erzählen wollte, war Santiago. Kiéran entdeckte ihn schließlich in den Ställen, wo er neben dem Verschlag seines Wallachs Ghor auf einem Strohballen hockte. Wahrscheinlich trug Santiago wie immer an Einkehr seine Lammfellweste; ihm war ständig kalt, wenn er nicht übte. Seine Haltung sah seltsam gebeugt aus, und er hielt etwas in der Hand, das Kiéran kaum erkennen konnte.

»Ah, dich schickt Jaeso persönlich, Kiéran!« Santiagos Aura leuchtete hell auf. »Ich schreibe gerade an Melísan. Kann man sagen *Ich vermisse dich wie eine Wolke den Himmel?*«

Kiéran schauderte. »Lieber nicht. Wie wäre es mit *Ich vermisse dich wie die Wüste den Regen?*« Das hatte er zwar schon ein paarmal irgendwo gelesen, doch da Santiagos Verlobte Büchern misstrauisch gegenüberstand, war es unwahrscheinlich, dass sie den Vergleich schon kannte.

»Ja, das ist deutlich besser! Danke.« Santiagos Kohlestift kratzte über das Papier.

Kiéran lehnte sich gegen die Holztür von Ghors Verschlag und starrte ins Nichts. »AoWesta hat mich gerade aus dem Dienst entlassen. In fünf Tagen muss ich aus der Quellenveste verschwinden.«

»Nein!« Erschrocken ließ Santiago seinen Brief sinken.

»Leider doch. Befürchtet habe ich es ja schon lange. Trotzdem …« Kiéran schaffte es nicht, weiterzusprechen. *Meine Freunde. Mein Kommando. Mein Zuhause. Alles weg.*

»Ich komme mit«, sagte Santiago spontan, und das riss Kiéran aus seiner Erstarrung. »Auf gar keinen Fall! Denk doch dran, wie schwierig es war, von den Terak Denar aufgenommen zu werden. Das darfst du nicht wegwerfen.«

Natürlich, mit seinen Fähigkeiten konnte Santiago mühelos auch anderswo eine Anstellung finden, zum Beispiel als Leibwächter für den Earel eines wohlhabenden Clans. Doch seine Eltern platzten fast vor Stolz darüber, dass ihr Sohn in die berühmte Elitetruppe aufgenommen worden war. Und wenn Santiago mit seinen knapp zwanzig Sommern die Terak Denar bereits wieder verließ, war das kein guter Beginn seiner Berufung.

»Na gut«, lenkte Santiago mit einer Spur von Verlegenheit ein. »Aber wenn du jemals Hilfe brauchst, Ki, dann schick mir eine Nachricht, und ich werde da sein.«

Kiéran nickte langsam und stellte fest, dass er sich besser fühlte. *Es war Blödsinn, was ich gedacht habe. Freunde werde ich nicht verlieren. Nur Untergebene. Wer mir wohl bleiben wird außer Santiago? Tarxas auf jeden Fall, aber auch Jillyan, Bel, Ulíes?*

»Hast du ihn eigentlich gestern konfrontiert, den Fürsten?«, fragte Santiago. »Kann es sein, dass ihm das im Hals stecken geblieben ist wie einem Kater der Hühnerknochen?«

Nicht gerade vorsichtig, wie Santiago über seinen Dienstherrn sprach. Kiéran überprüfte aus den Augenwinkeln, ob sie wirklich allein waren, bevor er antwortete. »Ja, ich habe ihm meine Fragen gestellt. Ich musste es tun, allein meiner Selbstachtung wegen. Aber gefallen hat es ihm natürlich nicht, und gebracht hat es nicht viel.«

»Und was jetzt?«

»Ich habe zwei Bitten«, sagte Kiéran und ließ sich auf einem Strohballen neben Santiago nieder. »Erstens – könntest du dir mal die Dienerinnen genau ansehen? Eine von ihnen – helle Haare, niedliche

Nase, ziemlich breite Hüften – hat mir mal etwas gebracht und behauptet, es sei von Shena AoWesta. Ich habe dummerweise ihren Namen vergessen, aber ich glaube, sie kam aus irgendeinem anderen Land. Sag ihr, ich muss dringend mit ihr sprechen.« Er war froh, dass ihm überhaupt noch so viel über diese Dienerin eingefallen war, schließlich war die Sache schon einige Monde her.

»Geht klar.«

»Außerdem könntest du mir helfen, zwei Briefe zu schreiben«, meinte Kiéran. »Ich habe in letzter Zeit zwar geübt, einzelne Wörter und Sätze zu lesen, aber es geht noch nicht besonders gut, und das Schreiben ebenso wenig.« Santiago machte sich gleich auf den Weg, um noch mehr Pergament zu holen, und schon nach kurzer Zeit war alles bereit. »Leg los, Ki.«

Der eine Brief war eine Entschuldigung an Dinesh, Rinalania und die anderen Priester des Schwarzen Spiegels, der andere richtete sich an Jerusha KiTenaro, und Kiéran war sich selbst noch nicht sicher, ob es eine gute Idee war, ihn auch abzuschicken. Jedes Mal, wenn er auch nur daran dachte, wurde er nervös wie ein Fohlen, das zum ersten Mal das Halfter spürt. Leise diktierte er Santiago:

Verehrte Jerusha,
ich hoffe, dir sind keine weiteren Magier über den Weg gelaufen und dein Pferd hat dich treu in Richtung Tholus getragen.
Oft habe ich daran gedacht, wie es dir geht, und es würde mich sehr freuen, von dir zu hören.
Meine Zeit in der Quellenveste war schwierig, und in wenigen Tagen mache ich mich auf den Weg nach Larangva, um dort nach einer neuen Aufgabe zu suchen.
Es grüßt dich
Kiéran SaJintar

Das alles klang zwar arg nüchtern, aber besser konnte er es nicht ausdrücken. Und für den Fall, dass die Botschaft abgefangen wurde, durfte er nicht zu viel über die Geschehnisse hier bei Hofe offenbaren.

Kiéran spürte, dass sein Freund vor Neugier fast zerfloss. »Woher kennst du diese Jerusha? Und was ist mit Marielle?«

Es gab nicht viele Menschen in der Quellenveste, die ihn so etwas fragen durften. »Marielle hat mich im Stich gelassen, als ich sie brauchte. Und sie war's selbst, die die Verlobung gelöst hat.«

»Und du hast es so einfach geschafft, sie aus deinem Leben zu streichen? Hast nicht mal den Versuch gemacht, sie zurückzubekommen? Dann war es sowieso keine wahre Liebe.«

Nicht zum ersten Mal wunderte sich Kiéran darüber, wie lebensklug Santiago manchmal war. »Da könntest du recht haben. Vielleicht war es nur ein kurzer Rausch, ein halb eingebildetes Glück. Wahrscheinlich wären wir einander schnell gleichgültig geworden. Als wir uns vor Kurzem hier in der Veste getroffen haben, war es einfach nur scheußlich. Hast du nicht mitbekommen, dass sie da war?«

»Hab ich leider verpasst.« Santiago schnalzte mit der Zunge. »Um meine erste Frage hast du dich gedrückt.«

»Sie ist eine junge Bildhauerin. Ich habe sie in der Nähe von Sharedor getroffen.« Es fühlte sich gar nicht so schlecht an, endlich mit jemandem über Jerusha sprechen zu können. »Aber ich fürchte, ich habe mich ihr gegenüber wie ein Idiot benommen. Und eigentlich hat sie deutlich gemacht, dass sie nichts von mir wissen will.«

»Hm«, sagte Santiago. »Entwickelst du dich jetzt zum Spezialisten für hoffnungslose Fälle?«

»Sieh's mal andersrum – was genau habe ich zu verlieren?«

»Deinen Stolz?«

»Der ist gerade so angeschlagen, dass er sich nicht mehr rührt.« Kiéran grinste schief und stand auf. »Und, was machst du heute?«

»Ins Dorf reiten. Heute ist Markt, und einer der Stände hat einen exzellenten Auflauf von Pristanbohnen mit Schafskäse, mmmh.«

»Falls du nichts dagegen hast, komme ich mit«, sagte Kiéran resigniert. »Für mein neues Leben brauche ich noch was zum Anziehen. Irgendetwas anderes als Grau und Dunkelrot.«

Santiago bestand noch auf dem Umweg durch den Palastgarten, um sich ein bestimmtes Gewürz zu pflücken, und dabei kamen sie in Sichtweite des Badehauses. Von Weitem sah Kiéran, wie Nonar gerade das Badehaus betreten wollte. Seine Gestalt war so strahlend hell, dass Kiéran das Licht sogar noch im Eingangsbereich wahrnehmen konnte, obwohl die Tür bereits wieder fast geschlossen war. Und er bemerkte, dass Nonar stutzte, suchend den Kopf drehte und dann nach unten blickte. *Verdammt. Ich glaube, er kann dieses magische Horn spüren.* Alarmiert beschleunigte Kiéran seine Schritte und eilte auf das Badehaus zu. Gerade als Nonar niederknien wollte, um das Holzregal genauer in Augenschein zu nehmen, war Kiéran in Rufweite angekommen.

»Nonar«, rief er, und zum Glück richtete sich der Mann auf und blickte ihm entgegen. »Ich habe eine Bitte«, sagte Kiéran, um ihn abzulenken. »Ihr seht doch heute sicher den Fürsten. Könntet Ihr ein gutes Wort für mich einlegen, sodass er mir eine Audienz gewährt? Es gibt wichtige Dinge zu besprechen.«

»Aber sicher«, erwiderte Nonar mit seiner hellen, angenehmen Stimme; Kiéran war sicher, dass er nichts dergleichen vorhatte. Ihm kam der Gedanke, dass vielleicht Nonar tatkräftig daran mitgewirkt haben könnte, den Fürsten davon zu überzeugen, dass er Kiéran nicht brauchte. Das würde AoWestas plötzlichen Sinneswandel erklären. Wie auch immer. Das war jetzt nicht mehr wichtig. »Nur garantieren kann ich natürlich nichts, Escadrán«, fuhr Nonar fort. »Wie Ihr wisst, ist der ganze Hof damit beschäftigt, die Ankunft Fürst Ceruscans vorzubereiten, und auch für den Fürsten gibt es tausend Dinge, die geplant werden müssen.«

»Natürlich. Ich weiß zu schätzen, dass Ihr Euch dennoch für mich einsetzen wollt.« Glücklicherweise kam jetzt eine Gruppe junger Frauen aus dem Gefolge der Fürstin auf das Badehaus zu und begrüßte Nonar heiter. Bestens. Jetzt war der Kerl erst einmal beschäftigt und konnte seine Nase nicht mehr unter das Holzregal stecken.

»Was war das denn? Wieso noch eine Audienz?«, fragte Santiago verblüfft, sobald sie wieder außer Hörweite waren.

»Ich kann leider doch nicht mit nach Vestanus«, sagte Kiéran grimmig. »Es gibt etwas, das Xen wissen muss. Und was AoWesta erfahren sollte.« Unabsichtlich hatte Nonar ihm eben den letzten Beweis geliefert, der ihm noch gefehlt hatte. Jetzt musste er die Bewohner der Quellenveste warnen, und zwar so schnell wie möglich.

Xen TeRopus verbrachte Einkehr oft damit, alleine durch die Wälder zu streifen, manchmal zu Pferde, manchmal zu Fuß. Kiéran hoffte, dass er ihn noch abfangen konnte, ehe er sich auf den Weg machte. Doch er traf nur Igbert, Xens Adjutanten. Immerhin konnte der ihm sagen, dass Xen nach Norden geritten war, in Richtung der Craunenwälder.

Kiéran eilte zu den Ställen und legte Reyn einen Zaum an. Zu Einkehr ritt er oft ohne Sattel, und jetzt half das, Zeit zu sparen. Leichter machte es den Ritt allerdings nicht; Reyn hatte in den letzten Tagen zu wenig Bewegung bekommen, und jetzt drängte er rastlos voran, während sein Herr versuchte, ohne Hilfe von Steigbügeln auf seinen Rücken zu gelangen.

»Steh ruhig, verdammtes Vieh«, schalt Kiéran ihn und schaffte es doch noch, sich auf Reyns Rücken zu schwingen. Er zwang seinen

Hengst, sich im Schritt über den Vorplatz zu bewegen; erst dann erlaubte er ihm, in Galopp zu fallen. Sie polterten über die Zugbrücke und legten ein gutes Tempo vor, bis sie den Wald erreicht hatten. Reyns lange Mähne wehte Kiéran ins Gesicht, und er genoss es, wie die großen Muskeln des Pferdes sich unter ihm bewegten. Die Luft war frisch und kühl hier im Wald, sie roch nach Erneuerung. Wie schade, dass Kiéran die hellgrünen Blätter, die zu dieser Zeit aus jedem Zweig sprossen, nicht mehr sehen konnte.

Es dauerte nicht lange, bis sie Xen eingeholt hatten. »Kiéran«, sagte er überrascht und wandte ihm das schattenhafte Gesicht zu. Immerhin, er wirkte nicht ärgerlich darüber, dass ein Escadrán wagte, ihn in seiner freien Zeit zu stören. »Was ist geschehen?«

»Verzeiht mir, Kommandant.« Kiéran mühte sich, ruhig zu atmen. »Es geht um Nonar. Ich befürchte, dass er uns etwas verbirgt, und zwar etwas, das gefährlich werden könnte für die Quellenveste. Es besteht die Möglichkeit, dass er kein Mensch ist, sondern ein Geschöpf aus Khorat.«

Xen TeRopus zügelte seinen Hengst hart. »Das ist eine ungewöhnliche Anschuldigung, und eine schwere. Was für Beweise habt Ihr?«

Kiéran zählte es auf. Das ungewöhnliche Leuchten seiner Gestalt, das nur er sehen konnte. Die Art, wie Nonar jedem Menschen anders erschien. Wie er jeden in seinen Bann zog – nur ausgerechnet den einzigen Menschen nicht, dem sein Aussehen für immer verborgen bleiben würde. Seine Fähigkeit, ein magisches Objekt zu spüren, das Kiéran in Sharedor erbeutet hatte.

»Von diesem Objekt habt Ihr mir nichts erzählt.« Diesmal klang Xen gereizt.

»Es war nie die rechte Zeit«, meinte Kiéran verlegen. »Und ich hielt es für nicht weiter wichtig.« Er schämte sich dafür, Xen anlügen zu müssen. Wie hatte es nur so weit kommen können? Es war eine ausgesprochen dämliche Idee gewesen, das Horn zu verstecken.

»Ich fürchte, das wird noch ein Nachspiel haben«, sagte Xen, und dann schwieg er in Gedanken versunken. Kiéran zuckte fast zusammen, als sein Kommandant endlich wieder das Wort ergriff. »Ich möchte Euch eine Geschichte erzählen, Kiéran. Eine, die nur für Eure Ohren bestimmt ist.«

Verblüfft wandte Kiéran ihm den Kopf zu. Was sollte denn das jetzt? Eine Geschichte? Und das, während sich ein Wesen aus dem unheimlichsten Reich der bekannten Welt gerade an der Seite von Fürst AoWesta aufhielt!

»Es ist eine Geschichte über einen Jungen aus Khelgardsland«, fuhr TeRopus fort, und Kiéran fühlte sich noch ratloser als zuvor. Konnte es Xens eigene Geschichte sein, die jetzt folgen würde? In der Truppe war fast nichts darüber bekannt, wie er nach Benaris gekommen war.

»Als Kind wuchs dieser Junge in den Bergen auf, bei jedem Wetter war er draußen, obwohl seine Familie so arm war, dass er nicht einmal einen warmen Umhang hatte. Der Junge war wild wie ein Xher. Er verübte mit ein paar Freunden Überfälle, um an Geld zu kommen und sich ein eigenes Pferd kaufen zu können. Er wurde von den Landestruppen gesucht, floh nach Benaris und meldete sich als junger Mann unter falschem Namen freiwillig zur Truppe AoWestas.«

Kiéran blieb der Mund offen stehen. Und doch gefiel ihm, was Xen über sich offenbarte. Vielleicht, weil Kiéran auch an sich selbst einen gewissen Hang zur Übertretung von Regeln entdeckt hatte.

»Er nahm an einigen Gefechten teil und zeigte Mut und Geschick als Kämpfer. Einmal konnte er durch einen glücklichen Zufall auf dem Schlachtfeld Fürst AoWesta selbst beschützen. Der Fürst begann, ihn zu fördern. Sein wahrer Name kam heraus, als ein Besucher aus Khelgardsland ihn erkannte, aber der Fürst verzieh ihm und nahm ihn in seine Terak Denar auf. Vier Jahresläufe später musste er nach einer Auseinandersetzung mit seinem Escadrán auf sein Amt als Rautenführer verzichten und wurde in eine andere Escadron strafversetzt. Und doch ging letzten Endes alles gut aus.«

»Ja«, sagte Kiéran ruhig. »Das Ende der Geschichte kenne ich.« Der Junge von einst war inzwischen eine lebende Legende und Kiérans Kommandant.

Kiéran hatte sich wieder etwas gefangen. »Ihr wollt mir damit sagen, dass es nicht immer schlecht sein muss, wenn jemand etwas verbirgt.«

»Es kommt auf die Absichten dahinter an. O ja, auch ich hatte schon einen Verdacht gegen Nonar – uns in Khelgardsland sind Anderwesen nicht fremd. Möglicherweise ist er ein Abtrünniger, der sein Vergnügen daran findet, unter uns Menschen zu leben.«

»Dieser Meinung bin ich nicht«, sagte Kiéran schärfer, als er beabsichtigt hatte. »Es ist mir unheimlich, wie schnell er ein enger Vertrauter des Fürsten geworden ist. Er hat es sogar fertiggebracht, die Terak Denar zu schwächen, und niemand findet etwas dabei. Nicht mal Ihr! Und was er vorhat, ist völlig ungewiss.«

Das musste Xen doch begreifen! Sein scharfer Verstand und sein Einblick in die Geschehnisse der Welt waren Kiérans Meinung nach jedem in der Quellenveste überlegen. Er war ein brillanter Taktiker und ein Anführer, für den seine Leute sich selbst einem Hagel von Pfeilen entgegenwarfen. Wenn Xen TeRopus sich gegen Nonar wandte, dann war dessen Zeit in der Quellenveste zu Ende.

Einen Moment lang schien es Kiéran, als könne er Xen aufrütteln. Doch dann wandte sein Kommandant sich ihm zu, und seine Stimme war schärfer als je zuvor. »Bitte redet mit niemand anderem über diese Angelegenheit, SaJintar. Ich werde den Fürsten selbst bei passender Gelegenheit darauf ansprechen.« Das klang kühl, und Kiéran war beunruhigt. *Xatos' Rache, hoffentlich denkt er nicht, dass ich mich rächen will, weil Nonar mir die Position bei Hofe streitig gemacht hat! Nein, das wird er sicher nicht denken, er kennt mich, er weiß, dass mir solche Dinge nie wirklich wichtig waren.*

»Bitte denkt daran, das magische Objekt aus Sharedor an Borran DaRobak auszuhändigen«, fuhr Xen fort. »Er wird entscheiden, was damit geschehen soll. Und jetzt entschuldigt mich, Escadrán.« Er spornte seinen braunen Hengst an.

Kiéran hielt Reyn zurück und sah niedergeschlagen zu, wie sein Kommandant sich immer weiter entfernte.

* * *

Jerusha verkroch sich wie ein verwundetes Tier. Es gab keine Verbände, nichts, womit sie ihre Verletzung bedecken konnte, und so drückte sie einfach ihre Hand auf den tiefen Schnitt und wartete, bis der Schmerz ein wenig nachließ. Niemand störte sie in der Sitznische, in die sie sich zurückgezogen hatte, die Cinaya beachteten sie nicht mehr und gingen ihren Beschäftigungen nach. Jerusha hörte Gelächter und den Gesang hoher, klarer Stimmen.

Ihr selbst war nicht nach Singen zumute. In ihrem Kopf kreisten die quälenden Gedanken ohne Unterlass. *Jetzt kennen sie den ersten Teil seines Namens. Ob ihnen das schon reicht, um ihm zu schaden? Kiéran ist kein besonders seltener Name, aber wie viele Clans gibt es, die mit »Sa« beginnen? Bei allen Göttern, ich habe es getan, ich habe es ihnen einfach gesagt! Auf keinen Fall darf ich ihnen auch noch den zweiten Teil seines Namens verraten. Keinen einzigen Buchstaben! Sonst ist Kiéran verloren.*

Jerusha krümmte sich in ihrer Nische zusammen. Ihr war kalt, und in ihrem Arm pochten die Schmerzen.

Langsam senkte sich die Nacht über Isdyr, doch die Cinaya schienen nicht zu schlafen. Jerusha überlegte, ob sie selbst versuchen sollte, wach zu bleiben. Doch sie wusste, dass sie das nicht schaffen würde, und zudem würde es sie Kraft kosten, die sie dringend für die Rückreise brauchte. Vorsichtig nahm sie die Hand von ihrem Arm und stellte fest, dass kein Blut mehr hervorsickerte. Aber die Wunde tat furchtbar weh, und Jerusha konnte nur hoffen, dass sie sich nicht entzündete. Ihre von der Scherbe zerschnittene Hand fühlte sich steif an und ließ sich nur mühsam öffnen und schließen, doch sie konnte alle Finger bewegen. Das hieß, dass die Verletzungen nicht tief waren und sie sich keine Sehne durchtrennt hatte. Sie würde weiter als Bildhauerin arbeiten können. *Den Göttern sei Dank!* Jerusha war schwindelig vor Erleichterung.

Sie kroch aus ihrer Nische und wusch sich in einem kleinen Wasserbecken das verkrustete Blut ab, so gut es ging. Dann entschied sie sich, auf Erkundung zu gehen. Sie konnte es genauso gut nutzen, dass die Cinaya sie nicht beachteten, und sich einen gründlichen Eindruck von Isdyr verschaffen, bevor sie es wieder verließ. Dann gab es noch mehr, was sie ihren Kindern erzählen konnte, wenn sie alt und grau am Ofen hockte. Trotz der Schmerzen musste Jerusha lächeln. *Sie werden es für ein Märchen halten, das ich mir ausgedacht habe. Und vielleicht ist das besser so. Sonst kommt womöglich einer von ihnen auf die Idee, diesen verfluchten Ort zu suchen, um selbst einen Blick darauf zu werfen.*

Das erste Stockwerk mit der großen Gartenterrasse kannte sie schon ein wenig. Im Inneren gab es die große Halle, in der Steinbänke und Liegen verteilt waren und sich der Brunnen des Lebens befand. Außerdem führten Zwischentüren in die Türme hinein. Jerusha versuchte, die Türen zu öffnen, doch sie schienen verschlossen, und Klinken gab es keine. Sie arbeitete sich an der Wand entlang, um nicht mitten zwischen den plaudernden oder ruhenden Cinaya hindurchgehen zu müssen, und gelangte zur Treppe, die sie nach ihrer Ankunft emporgestiegen war. Sie wand sich noch weiter nach oben und wurde dort etwas schmaler, bis nur noch etwa drei Menschen nebeneinander hätten hinaufsteigen können.

Im oberen Stockwerk fand sie einen Saal – deutlicher kleiner als der untere –, der von einem Dutzend Säulen getragen wurde, die in eleganten Bögen verbunden war. Hier gab es dicke, weiche Teppiche, in die geschwungene Muster in Weiß und Blau gewebt waren. Überall lagen Kissen. Erstaunlicherweise waren nur wenige Cinaya hier, die sich leise unterhielten; die meisten von ihnen schienen den großen Saal im ersten Stock oder die Terrassen zu bevorzugen.

Dabei war es fast gemütlich in diesem Saal, und sofort spürte Jerusha, wie ihre Augenlider schwer wurden. Sie sehnte sich danach, sich sofort in diese Kissen zu vergraben, doch sie zwang sich, noch die oberen Terrassen zu erforschen, auf denen Wasserbecken aus Marmor und grüner Jade standen. Sie waren verziert mit Skulpturen und Reliefs von Tieren Jil'quanors, Jerusha erkannte Nebelkrabben, Shannas und einige andere Tiere. Die Werke wirkten lebensecht und ausdrucksvoll. Wer auch immer sie geschaffen hatte, er war ein verdammt guter Bildhauer. Jerusha spürte einen Anflug von Neid.

In einer Wandnische im Inneren des Palasts fand Jerusha noch einen weiteren Korb des köstlichen Nussbrots. Ohne Gewissensbisse verschlang sie die Hälfte davon, die andere Hälfte steckte sie ein. Falls in nächster Zeit noch andere Gäste hier auftauchten, dann hatten sie eben Pech gehabt. Erfreut entdeckte Jerusha auch noch eine Schale mit kleinen, hellen Gebäckstücken. War das etwa Jerkiskuchen? Sie wusste, dass solche Kuchen in den vornehmen Häusern zum Mahl gereicht wurden. Angeblich prickelten sie leicht auf der Zunge und hinterließen ein Gefühl wohliger Zufriedenheit. Das sicherte nicht nur die gute Stimmung während des Fests, sondern überdeckte auch eventuelle Mängel des Essens.

Vorsichtig knabberte Jerusha an einem der Kuchen. Sofort spürte sie die Wirkung, Wärme und Zuversicht kehrten in sie zurück, der Schmerz ihrer Verletzungen verebbte. Sie verwahrte das Gebäck sorgfältig in der Tasche ihrer Tunika, verzichtete aber darauf, noch mehr davon zu essen. Wenn sie sich zu wohl fühlte, dann machte sie das blind für die Gefahren von Isdyr, und das konnte sie sich nicht erlauben. Nicht nach dem, was vorhin passiert war.

Es war klug von Teroy, so bald wie möglich von hier zu verschwinden, ging es ihr durch den Kopf. *Dadurch hatte er noch ein paar gute Sommer, und die Seinen sind verschont geblieben. Aber wie soll ich hier wegkommen? Ich brauche Behälter, in denen ich Wasser transportieren kann. Und Brot muss ich horten, damit ich genug für die Rückreise nach Port Enthis habe.*

Nach einem letzten misstrauischen Blick auf die anwesenden Cinaya zog sich Jerusha hinter einen Säulenbogen zurück und häufte ein paar Kissen um sich herum. Nur kurz die Augen schließen, nur ganz kurz.

Als sie erwachte, war es finster um sie herum. Nur in den Bogenfenstern leuchteten Lampen und tauchten den Saal in ein Halbdunkel. Es war schwer festzustellen, ob ruhende Cinaya in der Nähe waren. Wachsam blickte sich Jerusha um und zuckte zusammen, als jemand ihr ins Ohr flüsterte.

»Es ist doch immer wieder erstaunlich, wie zäh Menschen sein können, wenn sie etwas Bestimmtes vorhaben.«

Erleichtert atmete Jerusha aus. Kaum jemals hatte sie sich so gefreut, Gríshos Stimme zu hören. »Sei bloß leise, in Ordnung? Niemand darf hören, dass du hier bist.«

»Aber natürlich, meine Liebe. Ich werde leiser sein als ein Regenwurm. Bist du unversehrt? Was ist das da an deinem Arm?«

»Das da an meinem Arm ist eine Erinnerung daran, dass der Fluch noch immer auf den KiTenaros liegt«, sagte Jerusha bitter. »Und wie es aussieht, sind die Cinaya auch nicht ohne Weiteres bereit, ihn zu lösen. Aber was ist mit dir, was hast du erlebt?« Traurig fügte sie hinzu: »Weißt du, was mit Amadera passiert ist?« Ihre Stute, die treue Gefährtin ihrer langen Reise, fehlte ihr. Immer wieder kehrten Jerushas Gedanken zu ihr zurück.

»Ich bin fast verrückt geworden, weil ich in diesem Lampenschatten festsaß, als du gerufen hast. Es kommt mir vor, als wäre ich in der Nacht darauf eine Ewigkeit umhergeirrt, aber ich habe dich nicht gefunden.« Ein Seufzer, der wie ein Windhauch klang. »Am Tag darauf ist die Lampe ausgegangen, ich konnte nicht mehr bei Amadera bleiben und musste mich in der winzigen Dunkelheit unter einem Felsen verkriechen. Es tut mir schrecklich leid, meine Liebe, aber ich fürchte, ich weiß nicht, wo dein Vierbeiner ist.«

»Hoffentlich hat sie sich befreien können«, sagte Jerusha bedrückt. »Aber es ist wunderbar, dass du jetzt da bist. Vielleicht können wir zusammen hier etwas ausrichten.« Sie spürte neue Hoffnung in sich, und diesmal war es nicht die Wirkung des Jerkiskuchens. Rasch formte sich in ihrem Kopf ein Plan. »Aber es hängt alles davon ab, ob dich die Cinaya sehen können oder nicht. Sind welche in der Nähe?«

»Ja, und eine blickt zu uns herüber«, hauchte Grísho, und dann verstummte er. Jerusha sah sich um und erkannte eine Gestalt im Halbdunkel. Verdammt, sie war kaum drei Menschenlängen entfernt! Hoffentlich hatte die Cinaya ihre Unterhaltung nicht belauscht, sonst hatte ihr Plan so viel Zukunft wie Schnee in der Sonne. Gerade setzte sich die grazile Gestalt in Bewegung und ging in Richtung der Treppe; die Traumweberin kehrte in den großen Saal des ersten Stocks zurück. Um sich in den Badeteich zu begeben? Ein Schicksal zu träumen? Der Quia Bescheid zu geben, dass hier etwas Ungewöhnliches vorging?

Als sie verschwunden war, redete Jerusha hastig weiter, vielleicht blieb ihnen nur noch sehr wenig Zeit, um alles Wichtige zu besprechen. »Ich werde versuchen, die Cinaya, die unser Schicksal *geträumt* hat, noch einmal darauf anzusprechen. Könntest du ihr danach heimlich folgen und zuhören, was sie mit anderen bespricht? Vielleicht sagt sie etwas, das wichtig ist. Leih mir deine Ohren eine Weile.«

»Ohren?« Grísho klang empört.

»Womit auch immer du hörst, Verehrtester«, sagte Jerusha, schob die Kissen beiseite und stand auf. Trotz ihrer Verletzungen fühlte sie sich weitaus besser als gestern. Doch die Furcht saß ihr noch immer tief in den Gliedern. Furcht davor, dass hier in Isdyr etwas geschehen würde, was sie nicht beeinflussen konnte.

Erleichtert sah sie durch die Bogenfenster, dass der Himmel etwas heller geworden war, im Osten färbte er sich zu einem zarten Orange. Ein neuer Tag begann.

»Weißt du, Grísho, länger als ein paar Tage hätte ich es hier ohnehin nicht ausgehalten«, flüsterte sie ihrem unsichtbaren Freund zu. »Inzwischen kann ich mir denken, warum die Cinaya Namen von Menschen so begehren. Ich vermute, wenn sie keine Schicksale formen könnten, wäre ihr eigenes Schicksal jahrhundertelange Langeweile.«

Sie fand Vea im ersten Stockwerk, auf einer Bank neben dem Badebecken. Sie war gerade fertig damit, sich wieder anzukleiden. »Ich grüße Euch, Vea«, sagte Jerusha und hoffte, dass das für die Cinaya eine angemessen höfliche Begrüßung war.

Und diesmal beachtete die Frau sie wenigstens, sie drehte den Kopf ein Stück. Zwar nicht so weit, dass sie Jerusha ansah, aber immerhin.

»Ihr habt meinen Clan geträumt, die KiTenaros.« Diesmal fiel Jerusha ein gleichmütiger Ton leichter, vielleicht weil sie sich inzwischen an den Gedanken gewöhnt hatte, wer oder was diese Vea war. »Ich bitte Euch, mir etwas darüber zu erzählen.«

»Was wollt Ihr wissen?«, fragte Vea plötzlich; ihre Stimme klang eigenartig nachhallend, wie das Echo in einem großen Raum.

Jerushas ganzer Körper spannte sich an. War es tatsächlich möglich, dass sie gleich eine Antwort bekommen würde?

Ein Name

»Wer hat darum gebeten, das Schicksal der KiTenaros zu beeinflussen?«, fragte Jerusha. »Es ist mir sehr wichtig, zu wissen, wer es war. Denn Niu hat gesagt, dass es ohne sein Einverständnis nicht möglich ist, den Fluch zurückzunehmen.«

»Niu hat die Wahrheit gesprochen«, sagte Vea. »Nur ist es uns nicht erlaubt, die Herkunft einer Bitte zu offenbaren.«

»Ihr sagt mir also nicht, wer es war?«

»Nein. Das werde ich nicht.« Vea bat nicht um Verständnis oder Verzeihung dafür, es schien ihr völlig gleichgültig zu sein. Jerusha kämpfte das starke Verlangen nieder, sich in Veas Haare zu krallen und sie auf der Terrasse herumzuschleifen, bis sie es sich anders überlegte.

»Aber was habe ich dann für eine Möglichkeit, diesen Fluch aufzuheben?« Jerusha wusste, dass sie verzweifelt klang, doch es war ihr egal. Sie *war* verzweifelt.

»Es gibt keine. Wieso nehmt Ihr Euer Schicksal nicht einfach an?« Diesmal klang Vea leicht gereizt.

»Weil es in der Natur der Menschen liegt, zu kämpfen und gegen das Schicksal aufzubegehren«, schleuderte Jerusha zurück. »Wir formen unser Leben selbst, so es uns möglich ist. War es ein Elis, der darum gebeten hat, die KiTenaros zu verfluchen?«

Kein Nicken, kein Kopfschütteln. Nur ein eisiges Starren aus weißen Augen. Auf ein Fragespiel würde sich die Cinaya nicht einlassen, das war klar.

Jerusha entfernte sich ein paar Schritte, setzte sich auf eine Bank in der Nähe und begann zu grübeln. Sie musste noch einmal mit Niu sprechen, der Quia von Isdyr. Auch sie wusste schließlich, wer den Auftrag gegeben hatte, die KiTenaros zu verfluchen. Irgendwie musste Jerusha sie dazu bringen, mit den anderen Traumweberinnen darüber zu sprechen.

Plötzlich merkte Jerusha, dass sich einige Cinaya an der Mauer des Palasts versammelt hatten und von der Terrasse aus nicht über die Wüste hinweg, sondern in die Tiefe sahen. Die meisten warfen nur einen kurzen Blick nach unten und gingen dann weiter, doch es interessierte Jerusha trotzdem, was dort vor sich ging. Sie wanderte zur Außenmauer von Isdyr und blickte nach unten.

Direkt auf ein kastanienbraunes Fell und eine staubige Mähne. »Amadera!«, schrie Jerusha und erreichte damit, dass zwei Dutzend Cinaya auf sie aufmerksam wurden. Doch als sie bemerkten, wer oder was damit gemeint war, verloren sie das Interesse wieder. Anscheinend war es nicht sonderlich interessant, ein Tier zu träumen.

Amadera sah jämmerlich aus. Ihr Fell war struppig, und die Rippen zeichneten sich deutlich darunter ab. Die Zügel, die sie noch immer trug, waren zerrissen und schleiften auf dem Boden, doch der Sattel einschließlich der Taschen hing noch auf ihrem Rücken. Eine der Satteltaschen war aufgerissen, und die Hälfte des Inhalts schien herausgefallen zu sein, doch zum Glück steckte Darios Spiegel auf der anderen Seite. Jerusha staunte darüber, dass es der Stute überhaupt gelungen war, sich zu befreien und hierherzufinden. *Wahrscheinlich hat sie das Wasser gewittert,* ging es ihr durch den Kopf, während sie die Treppe hinunterhastete. *Der Geruchssinn von Pferden ist wohl zu Recht legendär und hat Amadera wahrscheinlich das Leben gerettet.*

Apathisch ließ die Stute den Kopf hängen, und sie bewegte nur ein wenig die Ohren, als Jerusha ihren Hals umschlang. »Wie hast du hierhergefunden? Jetzt hast du's geschafft! Alles in Ordnung, meine Kleine.«

Amadera steckte die Nase in Jerushas Tasche, fand ein Stück Nussbrot und zog es hervor. Ihre Zähne zermalmten es und suchten gleich darauf gierig nach mehr. Jerusha rieb ihrem Pferd zärtlich die Stirn, dann rannte sie die Stufen hoch, zurück in den Palast. Sie konnte die Stute nicht nach Isdyr hineinbringen, das hätte die Quia sicher untersagt, doch immerhin konnte sie ihr Wasser bringen und versuchen, noch mehr Brot aufzutreiben. Schließlich war das Zeug für Besucher gedacht, und was war Amadera anderes als eine Besucherin?

Jerusha war klar, dass sie Amadera mindestens einen Tag Zeit geben musste, damit die Stute sich erholen und ausruhen konnte. Aber dann würde sie zu Pferd nach Port Enthis zurückkehren, sie musste es nicht zu Fuß versuchen!

Nachdem Amadera mehrere Schalen mit Wasser ausgesoffen und

einen ganzen Stapel Nussbrot gefressen hatte, schien es ihr besser zu gehen und sie besaß sogar wieder die Kraft, sich mit dem Schweif eine Fliege von der Flanke zu wischen. Jerusha wusste, dass sie sie nicht anzubinden brauchte, Amadera würde sich nicht freiwillig entfernen. Nicht, solange in diesem Palast so viel Nussbrot lockte. Nachdem Jerusha ihrem Pferd den Hals geklopft hatte, stieg sie die breite Treppe wieder empor.

Noch war ihre Zeit hier nicht beendet.

* * *

Wie sich herausstellte, war auch Santiago nicht auf den Markt nach Vestanus geritten, den Bohnenauflauf hatte er sausen lassen. »Ich habe herausgefunden, welche Dienerin dir das Hemd gebracht hat«, kündigte er an, kaum dass Kiéran auf dem Vorplatz von Reyns Rücken geglitten war. Schlecht gelaunt, weil der Ausritt so kurz ausgefallen war, schnappte Reyn nach dem jungen Soldaten. Doch Santiagos Reflexe waren erstklassig, Reyns Zähne streiften ihn nicht einmal.

»He!« Kiéran knuffte seinen Hengst strafend in die Seite. »Und, wie heißt sie, diese Dienerin?«

»Qitada Yllsrom«, sagte Santiago. Das war ein Name aus Elisondo. Kiéran war gespannt, ob sie das richtige Mädchen war und was sie zu sagen hatte.

Eine halbe Stunde später stand die junge Frau vor Kiérans Schreibtisch in seinem Dienstraum der Escadron Blau; ihre zarte helle Aura war so schwach, dass sie kaum zu erkennen war.

»Ihr habt mir vor einigen Monden ein weißes Hemd überbracht«, sagte Kiéran knapp, und die Gestalt vor ihm nickte. »Angeblich im Auftrag von Shena AoWesta. Doch wir wissen inzwischen, dass das nicht stimmt.« *Wenn sie es leugnet, dann steht ihr Wort gegen das der Lady. Dann wird's schwierig.*

Das Mädchen sagte kein Wort.

»Raus mit der Sprache!«, fuhr Santiago sie wütend an. »Du hast unserem Escadrán großen Schaden zugefügt. Jetzt gesteh wenigstens, wer dir den Auftrag wirklich gegeben hat!«

Doch Kiéran hob die Hand, bat ihn wortlos, die Befragung ihm zu überlassen. Seinem Eindruck nach war es kein böser Wille, dass die Dienerin nichts sagte, sie war einfach starr vor Furcht.

Kiéran wechselte zu der weichen, singenden Sprache Elisondos, die er als Kind innerhalb weniger Monde gelernt hatte. »Qitada. Wenn du sagst, wer dir den Auftrag wirklich gegeben hat, dann hast du keine Strafe zu befürchten.«

Sofort wurde ihre Aura heller. Sie antwortete ihm in der gleichen Sprache. »Escadrán. Bitte verzeiht mir, verzeiht mir tausend Mal. Ich wollte Euch niemals schaden. Sie sagte, es sei ein kleines Geheimnis zwischen Euch. Und sie lächelte dabei. Ich habe kein Geld genommen für den Botengang!«

Santiago und Kiéran tauschten einen schnellen Blick. Also war es eine Frau. Aber wer?

»Qitada. Kennst du ihren Namen, oder kannst du sie beschreiben?«

»Escadrán. Ihren Namen kenne ich nicht, aber ich habe sie schon öfter gesehen, in der Nähe der Truppenquartiere. Sie hat vanillefarbene Haare, etwas länger als bis über ihre Schultern, ihre Augen haben die Farbe von Seetang vor der Küste. Und sie riecht immer gut. Nach süßen Dingen.«

Pandera schied ganz klar aus. Einen schrecklichen Moment lang dachte Kiéran, dass Jillyan damit gemeint war. Doch der süße Geruch brachte ihn schließlich auf die richtige Spur. Nimelea, die Frau von Guilard! Ihre Körbe mit Selbstgebackenem waren legendär, Kiéran erinnerte sich noch gut an die Mandelkekse von neulich.

»Ich danke dir. Der Nutzen möge beiderseitig sein.« Nach dem rituellen Abschiedsgruß Elisondos schickte Kiéran das Mädchen ins Nachbarzimmer und bat es, dort zu warten.

»Es ist Nimelea.« Auch Santiago klang überzeugt. »Aber, verdammt noch mal, warum? Dass sie es heimlich gemacht hat, spricht dafür, dass sie dir tatsächlich schaden wollte, Ki.«

»Und ich bin in die Falle getappt wie ein Hase.«

Nimelea einfach so herzuzitieren war nicht möglich, dazu war ihr Status als Frau eines Escadráns zu hoch. Außerdem empfahl es sich, sie nicht allein zu befragen, sondern in Gegenwart ihres Mannes. Kiéran hatte keine Lust, so kurz vor seinem Abschied aus der Quellenveste noch einmal zum Duell gefordert zu werden.

»Könntest du den Boten spielen?«, bat er Santiago. Er war froh, einen Moment allein sein zu können, Ruhe zum Nachdenken zu haben. Doch er hatte nicht damit gerechnet, dass Guilard kaum eine Minute später schon hereinmarschiert kommen könnte, Nimelea dicht auf seinen Fersen. Sie duftete diesmal nicht nach süßen Dingen, sondern meilenweit nach Blumen, vielleicht trug sie einen Blütenkranz auf dem Haar.

»Was gibt's, SaJintar?«, knurrte der leitende Offizier der Escadron Rot. »Macht's bitte kurz, wir sind auf dem Weg zum Markt. Und wenn wir den Tanz verpassen, wird Nime nicht mehr so gut auf dich zu sprechen sein wie bisher.«

Guilard war ein kantiger, grober Mann, der Drumherumgerede ebenso hasste wie Kiéran. Sie waren lange gut miteinander ausgekommen und Übungspartner gewesen; Guilard hatte ihm einmal gesagt, dass er Kiérans Geschick mit dem Schwert bewundere, und der Respekt beruhte auf Gegenseitigkeit, denn Guilard war mit der Axt fast nicht zu besiegen. Doch es hatte ihrem Verhältnis geschadet, dass die Novos in Guilards Escadron sehr hohem Druck ausgesetzt waren. Einer von ihnen hatte um Hilfe gebeten, und Kiéran hatte Guilard darauf hinweisen müssen, dass einer seiner Nachwuchssoldaten kurz davor war, an der Belastung zu zerbrechen. Guilard reagierte nicht mit Verständnis, und so hatte Kiéran veranlasst, dass der Novo in die Escadron Gelb versetzt wurde. Dort entwickelte er sich seither gut.

Kiéran stand auf; er wollte mit Guilard und Nimelea auf gleicher Augenhöhe sein, wenn er ein solch schwieriges Thema anschnitt. Santiago war neben der offenen Tür stehen geblieben; es war gut, ihn als Zeugen dabeizuhaben.

»Vielleicht ist das alles ein Irrtum«, sagte Kiéran freundlich. »Aber kann es sein, dass du mir ein weißes Hemd hast schicken lassen, Nimelea? Eine Dienerin hat mir das gerade bestätigt.«

»Nein, natürlich nicht, was für ein Gedanke«, sagte Nimelea gut gelaunt.

»Bringst du bitte das Mädchen herein?«, bat Kiéran Santiago, und einen Moment später stand Qitada dem Paar gegenüber. »Das ist sie«, sagte sie leise. »Die Frau, die mir das Hemd gegeben hat.«

»Blödsinn. Wieso sollte ich so etwas tun?« Nimelea wandte sich an die Dienerin, und plötzlich klang ihre Stimme gehässig. »Lüg nicht, du Natter!«

Doch ihre Aura hatte sie längst entlarvt. Und Kiéran entschied sich für brutale Offenheit. »Wieso du so etwas tun solltest? Vielleicht, weil du den Eindruck erwecken wolltest, ich glaube an die Göttin Sh'kar.«

Es war nicht nur Nimelea, die er beobachtete. Sondern auch ihren Mann. Wie viel hatte Guilard von der Sache gewusst? »Kiéran, sei vorsichtig mit solchen Anschuldigungen«, sagte der gefährlich ruhig.

»Ich könnte weiter nachforschen. Mit etwas Geduld könnte ich es schaffen, das Gerücht, ich sei ein Sh'karan, zu seiner Quelle zurückzuverfolgen.« Kiéran setzte sich auf die Kante seines Schreibtischs. »Aber vielleicht ist das gar nicht nötig. Ich weiß nicht, ob dir bewusst ist, Guilard, dass ich seit meiner Verletzung aus irgendeinem Grund besondere Fähigkeiten besitze. Zwar sehe ich das Äußere nicht mehr, doch dafür das Innere umso klarer. Und dazu gehört, dass mir keine Lüge verborgen bleibt.«

»Das stimmt«, ertönte Santiagos Stimme aus dem Hintergrund, und still amüsierte sich Kiéran darüber. Santiago dachte natürlich, es sei ein Bluff, und wollte ihn stützen; sein Freund hatte keine Ahnung, dass Kiéran die Wahrheit sagte. Nie zuvor hatte er seine neue Gabe gezielt eingesetzt, doch nun war der rechte Moment dafür.

Er spürte, dass Guilard und Nimelea verunsichert waren, und gab ihnen keine Zeit nachzudenken. »Wenn du ein reines Gewissen hast, Guilard, dann beantworte mir doch bitte ein paar Fragen. Hattest du das Ziel, Tar-Kommandant zu werden?«

»Wer hat das nicht«, knurrte Guilard schlecht gelaunt und machte Miene, zu gehen. »Und im Übrigen ist das hier kein offizielles Tribunal, ich wette, Xen weiß nichts davon. Wir werden jetzt gehen. Komm, Nimelea.«

Er unterschätzt die ganze Situation, dachte Kiéran. *Wahrscheinlich weiß er nicht, dass ich bereits aus der Truppe entlassen worden bin. Ich kann es mir leisten, alle Brücken hinter mir zu verbrennen.* »Eine Frage noch an euch beide. Wolltet ihr mich aus dem Weg haben, damit du selbst Tar-Kommandant werden konntest, Guilard?«

Schnell wie ein angreifendes Raubtier wandte Guilard sich um. »Natürlich nicht, verdammt!«

Doch seine Aura flackerte.

»Das war nicht die Wahrheit«, sagte Kiéran, und er verspürte keinen Triumph, nur Trauer. Früher einmal hatte er an den Mythos geglaubt, dass es bei den Terak Denar einen besonderen Zusammenhalt gab, über alle Hierarchien hinweg. Was für ein Idealist er gewesen war! Hier herrschte genau das gleiche Gezerre um Macht wie an jedem Fürstenhof, nein, wie überall dort, wo Menschen zusammenlebten.

»Was für ein Geschöpf bist du geworden?«, schleuderte Guilard ihm entgegen. Kiéran ahnte, dass sein Gesicht sich hasserfüllt verzerrt hatte. »Bist du überhaupt noch ein Mensch? Was ist los mit dir, Kiéran?«

»Das Gleiche wollte ich dich fragen«, gab Kiéran zurück, und die tiefe Wut, die in ihm schlummerte, drängte wieder an die Oberfläche. »Eine solche Intrige ist unter deiner Würde. Hat dich jemand dazu angestiftet?«

Die Art, wie Nimeleas Aura sich veränderte, ließ ihn stutzen; er wandte sich ihr zu. »So war das also.«

»Eins sage ich dir, es tut mir nicht einmal leid!« Nimeleas Stimme schraubte sich immer höher, wurde zu einem Kreischen. »Guilard hätte es verdient, zum Tar-Kommandanten aufzusteigen, nicht du! Du bist ein schmieriger Günstling von AoWesta, mehr nicht. Nur weil Guilard ein Mann ist, der offen seine Meinung sagt, sollte er keine Chance haben?«

Kiéran würdigte sie keiner Antwort. Er blickte sie einfach nur an. Mit voller Absicht hatte er die Tür seines Dienstzimmers nicht geschlossen. Wenn Nimelea und Guilard sich umwandten, würden sie feststellen, dass sich im Gang ein Dutzend Menschen versammelt hatte, angelockt von den lauten Stimmen. Schweigend lauschten sie dem Disput.

Guilard hatte gerade in aller Öffentlichkeit seine Karriere beerdigt. Es war nicht nötig, sich darüber hinaus an ihm zu rächen.

* * *

Einen Tag vor seiner Abreise befreite Kiéran das bläulich schimmernde Horn aus dem Badehaus und händigte es Borran DaRobak aus.

»Dass Ihr das Ding nicht früher rausgerückt habt, hätte Euch eine ernste Verwarnung oder sogar eine Degradierung einbringen können«, grunzte DaRobak. »Ist Euch das klar?«

»Tja, wie schade für Euch, dass sich das jetzt erledigt hat.« Kiéran staunte selbst über seine Dreistigkeit. Manchmal war es richtiggehend erfrischend, wenn man nichts mehr zu verlieren hatte.

»Nehmt Euch in Acht, SaJintar«, knurrte DaRobak. Er betrachtete das Horn mit Abscheu und zögerte, es zu berühren. »Wir sollten bei Gelegenheit einen Magier beauftragen, seine Herkunft zu klären. Vermutlich ist es nicht weiter wichtig.« Er schloss das Objekt in einen Wandschrank des Medicums ein.

»Gute Idee«, sagte Kiéran und merkte sich den Ort, an dem DaRobak das Horn verstaut hatte, damit er sich das Ding in der nächsten Nacht zurückholen konnte. Inzwischen hatte er den Verdacht, dass es ihm noch nützlich sein könnte. Und DaRobak würde es nicht vermissen. Falls er jemals wieder danach sah, würde er sicher denken, es habe sich verflüchtigt, wie magische Dinge das vielleicht zu tun pflegten.

An seinem letzten Tag brachte Kiéran die Abschiedsansprache vor der Escadron Blau hinter sich, dann packte er seine Sachen. Wie deprimierend und gleichermaßen praktisch es doch war, dass seine Reisegrundausrüstung und seine wichtigsten Besitztümer zusammen in zwei Satteltaschen passten. Ein kaum handgroßes Porträt seiner Eltern, auf dem sein Vater stolz in einer Yantosischen Tracht posierte. Die Urkunde seiner Ernennung zum Escadrán. Drei Bücher, von denen er sich nicht trennen mochte. Das einfache Holzperlenspiel aus Thoram, das ihm vor zwanzig Jahresläufen Trost und Ablenkung gewesen war, wenn er seinen Vater in gefährlichen Verhandlungen wusste.

Ein kleines Bündel lichtblaues Papier, die Briefe seiner Mutter – in seiner Zeit als Novo hatten sie ihm viel Spott eingetragen, weil er zuerst behauptet hatte, sie stammten von einer Geliebten, die es damals noch nicht gegeben hatte. Der Kieselstein mit dem eingeritzten Herzen darauf; jedes Mal, wenn er ihn hervorholte, musste er wieder an seine Jugendliebe Cayddie denken. Ob sie noch immer in den Straßen von Alegowa, der großen Hafenstadt am Südlichen Meer, herumstreunte?

Die unwichtigen Dinge gab er fort: einen prachtvollen Schild, den er bei einem Gefecht in Khedira erbeutet hatte; seine restlichen Bücher; die Bürsten und Öle zum Stiefelpolieren; den kostbaren Krimskrams, den ihm der Fürst im Laufe der Zeit geschenkt hatte.

Am Abend kam eine kleine Delegation in seinem Quartier vorbei. Einige seiner Rautenführer, mehrere Soldaten und Novos aus verschiedenen Escadronen, darunter auch Santiago.

»Du warst ein verdammt guter Escadrán«, sagte Ulíes feierlich. An den Metallornamenten erkannte Kiéran, dass sich sein Freund in Galauniform geworfen hatte, obwohl er unbequeme Kleidung jeder Art hasste. »Na ja, und da haben wir zusammengelegt und dir was anfertigen lassen. Um dir zu danken. Und damit du uns nicht so schnell vergisst.« Bel überreichte ihm das Abschiedsgeschenk, einen länglichen Gegenstand. Durch die Umhüllung hindurch erkannte Kiéran, was es war. Ein neues Schwert. Gut! Er konnte eines gebrauchen. Kiéran wickelte es aus und ließ seine Fingerspitzen über den glatten Stahl wandern. Eine leichte Klinge und ein Griff, der gut in der Hand lag. Es war das Geschenk von Menschen, die etwas vom Kämpfen verstanden.

»Wir konnten einfach den Gedanken nicht ertragen, dass du unbewaffnet da rausgehst«, sagte Jillyan; ihre Stimme klang erstickt, als sei sie den Tränen nahe.

»Beschreibt es mir«, bat Kiéran. »Wie sieht es aus?«

Es war Tarxas, der antwortete. »Eine Klinge aus bläulichem Uskajastahl, mehrfach gehärtet. Der Griff mit Einlegearbeiten aus Lapislazuli. Escadron Blau, du weißt schon. Ansonsten kein Schnickschnack, den du sowieso nicht sehen kannst, sondern einfach eine verdammt gute Waffe, die dich nicht im Stich lassen wird. Ach ja, und es ist noch eine Widmung eingraviert, einfach eine Jahreszahl und *Escadron Blau*. Verdammt, ich verstehe nicht, warum AoWesta einen wie dich gehen lässt!« Tarxas klang halb niedergeschlagen, halb wütend.

»Ich danke euch«, sagte Kiéran; er hatte Mühe, seine Gefühle zu verbergen. »Hoffentlich sehen wir uns irgendwann, irgendwo mal wieder.«

Dann umarmte er Tarxas, Ulíes, Jillyan, Santiago und die anderen, denn sie wussten alle, dass Ouenda ein großes Land war und die Wahrscheinlichkeit, dass sie sich tatsächlich noch einmal treffen würden, nicht allzu hoch. *Und möge Xatos verhindern, dass wir dann auf unterschiedlichen Seiten kämpfen,* ging es Kiéran durch den Kopf.

Darauf, dass das nie geschehen möge, tranken sie alle noch einen Krug Met im Wolfsbau. Als Kiéran kurz nach Mitternacht zu seinem Quartier zurückkehrte, traf gerade Fürst Ceruscan mit seinem Gefolge ein. Mit einem guten Dutzend Begleitern und seiner zwanzigköpfigen Leibwache ritt er durchs Tor, und ein kleines Heer von Bediensteten eilte herbei, um sich den Pferden und dem Gepäck zu widmen. Kiéran überlegte, ob er sich schnellstens verdrücken sollte, aber dafür war es eigentlich zu spät; wenn er jetzt die Flucht ergriff, wirkte das einfach nur peinlich. Also hielt er sich etwas abseits von dem Lärm und dem Gewühl, um in Ruhe beobachten zu können. Was für ein Pech, dass Ceruscan nicht einen Tag länger gebraucht hatte; Kiéran hatte nicht das Bedürfnis, ihm zu begegnen.

Er ließ den Blick über das Gefolge des Fürsten schweifen, und plötzlich fühlte es sich an, als fahre eine Lanze aus Eis in sein Herz. Verdammt, auch im Gefolge von Fürst Ceruscan war einer dieser Kerle, deren Gestalt so absurd hell strahlte! Sie schimmerte anders, ihr Glanz war wärmer, eher orangefarben, aber ansonsten war alles wie gehabt. Auch in den katzenhaften, gewandten Bewegungen glich der Fremde Nonar. Xatos' Rache, das durfte doch einfach nicht sein! Wer war das? Konnte das ein Zufall sein?

»Sieh an, wenn das nicht Kiéran SaJintar ist«, sagte eine laute Stimme, und ein dröhnendes Lachen folgte. »Man hört ja so einiges von Euch in letzter Zeit.«

Kiéran war so durcheinander, dass er eine halbe Ewigkeit nach einer Antwort suchen musste. »Geht einfach mal davon aus, dass die Hälfte davon falsch ist und die andere Hälfte gelogen«, gab er schließlich zurück.

Kameradschaftlich klopfte der Fürst ihm auf den Rücken. »Kommt Ihr jetzt endlich nach Yantosi zurück, SaJintar?«

»Möglich, ich denke noch darüber nach«, wich Kiéran aus. Er wurde einfach nicht schlau aus Ceruscan. Hatte er den Mord an der jungen Frau etwa schon vergessen? Oder dachte er, dass Kiéran Ger Iena wohl kaum wegen einer solchen Bagatelle fernbleiben würde? Egal. Kiéran musste ihn warnen, und zwar jetzt, denn sehr viel mehr Zeit blieb ihm nicht.

»Wie ich sehe, habt Ihr ein paar neue Leute in Eurem Gefolge. Und einen davon aus Khorat.«

Immerhin, das brachte Ceruscan kurz aus dem Takt. »Wen meint Ihr?«, fragte er knapp.

Kiéran deutete mit dem Kinn und sah, dass das Gesicht des Fremden sich ihm zuwandte. Er hatte bemerkt, dass hier über ihn gesprochen wurde.

Der Fürst brüllte vor Lachen. »Tinorey, meine Heilerin? Aus Khorat? Blödsinn! Sie ist der einzige Mensch, der es schafft, meine Rückenschmerzen zu besiegen.«

»Ihr irrt Euch, sie ist kein …«

»Einfach unglaublich, die Frau, jeder in Ger Iena liebt sie. Hat mich einige Überzeugungskraft gekostet, bis Lia-Cosanna zugestimmt hat, dass ich Tinorey überhaupt hierher mitnehmen durfte. Sie hätte sie selbst gut gebrauchen können, du weißt ja, die arme Lia kränkelt. Außerdem schätzt sie es, dass Tinorey auch eine wunderbare Sterndeuterin ist.«

Passt alles zusammen, dachte Kiéran säuerlich. *Und ich wette, die gute Tinorey ist außerdem wunderschön.* »Ihr geht ein hohes Risiko ein, Fürst.«

»Mir scheint, es war tatsächlich falsch, was ich über Euch gehört habe«, erwiderte Ceruscan, diesmal deutlich kühler. »Es hieß, Ihr seid blind. Aber das scheint nicht zu stimmen. Stattdessen seht Ihr Geister!« Und damit stapfte er fort, auf das Haupthaus zu; sofort schloss sich ihm der gesamte Tross seiner Leute an. Nur Tinorey blieb noch einen Moment stehen und betrachtete Kiéran. Kiéran starrte finster zurück. In ihm mischten sich Ärger und Hilflosigkeit. Er konnte Ceruscan nicht einmal einen Vorwurf machen. Wenn selbst Xen es nicht begreifen wollte, war der Fürst ohne jede Chance, den Betrug zu durchschauen.

Früh am nächsten Morgen, lange vor Sonnenaufgang, zog er die schlichte Kleidung an, die er in Vestanus gekauft hatte, und legte sich den braunen Umhang aus Shannawolle um, der noch ganz neu roch. Rasch sattelte er Reyn und lud ihm sein Gepäck auf den Rücken – einschließlich des magischen Horns. Er hatte in der letzten Nacht einige Schlösser knacken müssen, um es zurückholen zu können.

Die Luft war klar und kalt, und Kiéran sog sie tief in seine Lungen. Auf einmal konnte er es kaum erwarten, der Quellenveste, diesem ganzen Sumpf von Intrigen und Gegenintrigen, den Rücken zu kehren. Aber er hatte sich auch noch nie so einsam gefühlt.

Bis er Santiagos Stimme hörte. »Ich kann's immer noch nicht fassen, dass du gehst.«

Kiéran drehte sich um und sah Santiagos Gestalt an der Stallmauer lehnen. Ihm wurde warm ums Herz. »Du bist aber früh aufgestanden heute. Ich wette, du willst als Erster bei der Morgenspeise sein, stimmt's?«

»Falsch«, sagte Santiago leise. »Darfst noch mal raten.«

Wehmut überwältigte Kiéran. Dieser Abschied war so furchtbar schwer. *Vielleicht sollte ich Santiagos Angebot doch noch annehmen. Mit ihm zusammen zu reisen wäre herrlich.* Es kostete ihn all seine Selbstbeherrschung, es nicht auszusprechen. »Schreibst du mir?«, fragte er stattdessen. »Irgendjemand wird's mir schon vorlesen.«

»Ob ich dir schreibe?« Santiago schnaubte. »Machst du Witze? Du wirst noch stöhnen über den Hagel von miesen Formulierungen, der über dich hereinbrechen wird.«

Sie umarmten sich fest, ein letztes Mal, dann tauschten sie den Brudergruß. Es kam Kiéran fast unerträglich vor, dass sie sich dabei nicht in die Augen blicken konnten. Diese eigenartige Blindheit war ein Fluch, nichts mehr und nichts weniger.

Es war Zeit, aufzubrechen. Kiéran schwang sich auf Reyn, und Santiago hob die Hand zum Abschied. Seine frühlingsgrüne Aura war kaum noch zu erkennen.

Die Wachsoldaten grüßten respektvoll, als Kiéran vorbeiritt. *Tja, gewöhn dich schon mal daran, dass es damit jetzt vorbei ist.*

Gerade kam jemand über die Zugbrücke, vermutlich der Postmeister. Wahrscheinlich saß er wie üblich rittlings auf seinem Esel und hatte sein Reittier mit Säcken voller Botschaften beladen. Gerade als Kiéran ihn passieren wollte, rief der Mann ihm zu: »Einen Moment, ich hab was für Euch!«

Fragend blickte Kiéran ihn an und nahm, was der Mann ihm hinstreckte. »Was ist das?«, fragte er alarmiert. Hoffentlich nicht seine Botschaft, die er an Jerusha geschickt hatte!

»Eure Botschaft an eine Dame aus dem Clan der KiTenaros«, sagte der Postmeister. »Der Teodésh ist damit zurückgekommen.«

»Aber wie kann das sein?« Die Teodésh – unscheinbare Botenvögel – galten als nahezu unfehlbar. Vor langer Zeit hatten die Magier von Uskaja sie gelehrt, Menschen zu finden, und sie für ihre Zwecke gezüchtet. Inzwischen nutzte man die Dienste längst in ganz Ouenda.

»Entweder die Dame hat sich geweigert, die Nachricht anzunehmen, oder sie befindet sich gerade außerhalb Ouendas.« Der Postmeister zuckte die Schultern.

Die zweite Möglichkeit war ausgesprochen unwahrscheinlich. Also hatte Jerusha es abgelehnt, seinen Brief zu öffnen. *Du warst so ein Idiot,* schalt sich Kiéran. *Akzeptiere doch einfach, dass sie nichts von dir will.* Und doch fühlte es sich an, als habe er etwas verloren. Etwas Wichtiges und Schönes.

»Gute Reise«, rief ihm der Postmeister hinterher.

Kiéran hob kurz die Hand zum Abschied, dann ließ er Reyn angaloppieren.

* * *

Am nächsten Tag versuchte Jerusha noch einmal, mit der Quia von Isdyr zu sprechen.

»Für mich ist es sehr wichtig zu erfahren, wer diesen Fluch über uns verhängt hat«, begann Jerusha vorsichtig. »Was muss ich tun, damit Ihr mir den Namen nennt?«

Diesmal lächelte Niu, doch es war ein schmallippiges, eigenartiges Lächeln. »Vielleicht wären wir bereit, Euch zu sagen, um wen es sich handelt. Wenn Ihr uns im Austausch dafür einen anderen Namen nennt.«

Jerusha erschrak. »Das würde bedeuten, dass ich jemanden ins Unglück stürze!«

»Aber nein. Mir scheint, Ihr habt einen falschen Eindruck von uns gewonnen. Wir beeinflussen ein Schicksal nicht nur in die eine Richtung. Manche von uns genießen es besonders, Freude zu spenden und zu verfolgen, wie ein Leben sich zum Besseren wendet, nachdem wir es geträumt haben.«

»Ich werde darüber nachdenken«, sagte Jerusha und verabschiedete sich. Es war klar, dass das nicht infrage kam. Sie konnte niemanden der Willkür der Traumweberinnen aussetzen, selbst wenn die Cinaya auch Glück bringen konnten. Natürlich, es gab Menschen in Loreshom, die Jerusha nicht ausstehen konnte, und auch auf ihren Reisen hatte sie so manchen unerfreulichen Zeitgenossen kennengelernt. Doch es war niemand dabei, den sie wirklich hasste; sie hatte keine Feinde, die ein solches Schicksal verdienten. Oder gab es jemanden, der ein so schweres Schicksal hatte, dass es nur noch besser werden konnte? Wäre es für Kiéran vielleicht sogar ein Segen, geträumt zu werden, würde er wieder sehen können? Nein, das Risiko war zu groß. Sie wollte nicht, dass sein Name in den Palast eingraviert wurde wie eine Trophäe.

Sollte sie ihren eigenen Namen aufgeben, um Liris willen? Aber dann war sie nur noch ein Spielball dieser gelangweilten Halbgöttinnen. Nein, das konnte und würde sie nicht tun, nicht einmal für Liri. Dafür hing sie zu sehr an ihrem Leben.

Doch Jerusha teilte Niu ihre Entscheidung erst einmal nicht mit. Vielleicht war es für die Cinaya ja ein interessantes Gesprächsthema, ob diese Frau aus der Welt der Menschen ihnen möglicherweise ein paar Namen preisgeben würde. Sie beobachtete, dass Niu sich jetzt mit der dunkelhaarigen Traumweberin unterhielt, die eine solche Aura der Weisheit ausstrahlte. Dabei fiel Jerusha auf, dass diese Cinaya von einer zweiten, fast kahlköpfigen begleitet wurde. Diese zweite Traumweberin trug eine schlichte weiße Robe und hielt sich bescheiden im Hintergrund. Beide Frauen hinterließen einen deutlichen Schatten, und Jerusha versuchte, nicht zu auffällig hinüberzustarren. War Grísho bei ihnen, belauschte er sie? Sie konnte es aus dieser Entfernung nicht erkennen.

Als die Cinaya sich zum Täglichen trafen, nutzte Jerusha die Chance, sich außer Hörweite auf die Terrasse zurückzuziehen. »Grísho?«

»Ich bin hier«, flüsterte es aus ihrem eigenen Schatten zurück. »Die andere Traumweberin, mit der die Quia gesprochen hat, heißt Cay. Die gute Nachricht ist, dass die Cinaya mich anscheinend nicht bemerken. Die schlechte Nachricht ist, dass sie nicht über dich gesprochen haben, sondern nur darüber, auf welche Weise sich Cay vor Kurzem selbst geträumt hat und wie es ihrer Begleiterin namens Cer geht.«

»Ist das die kahlköpfige Traumweberin, die meistens neben ihr bleibt?«

»Ja, anscheinend ist sie erst wenige Wochen alt.«

Wider Willen war Jerusha fasziniert. »Das würde bedeuten, dass sie die Macht haben, ihre Nachfolger quasi aus dem Nichts zu erschaffen. Wo machen sie das, *sich selbst träumen*, hast du das zufällig auch erfahren?«

»Anscheinend ziehen sie sich dafür in den mittleren Turm zurück.« An einem Flirren der Luft merkte Jerusha, dass Grísho in den Schatten der Terrasse hin und her sprang – er bewegte sich gerne, während er nachdachte. »Mir scheint, ihr Haar zeigt an, wie alt sie sind«, fuhr er fort. »Oder hast du schon einmal gesehen, dass sie es geschnitten haben?«

»Nein, ich glaube, das machen sie nicht. Ich könnte wahrscheinlich einen größeren Aufruhr verursachen, wenn ich mit einer Schere hier ankäme. Dann würde ich Isdyr wahrscheinlich nicht mehr lebend verlassen.« Jerusha überlegte. »Aber was passiert, wenn ihr Haar bis auf den Boden reicht? Selbst wenn es sehr langsam wächst, müsste das spätestens nach ein paar Hundert Jahresläufen der Fall sein.«

»Niu hat auch über etwas gesprochen, das sie *den Nebel trinken* nennt. Vielleicht ist damit gemeint, dass sie freiwillig aus dem Leben scheiden können. Wer weiß, vielleicht gehört es zum guten Ton, das zu tun, wenn ihre Haare bodenlang sind?«

»Und sie haben wirklich gar nicht über mich geredet? Verdammt. Wir müssen es weiter versuchen. Treffen wir uns am besten heute Nacht wieder.« Jerusha war niedergeschlagen. Keinen Moment länger als nötig wollte sie in Isdyr bleiben – es konnte jederzeit wieder geschehen, dass die Cinaya sie auszufragen versuchten.

Am liebsten wäre sie den Traumweberinnen so gut wie möglich aus dem Weg gegangen, doch das durfte sie nicht, wenn sie Gesprächsstoff bieten wollte. Jerusha entschied sich, noch ein wenig schlechtes Benehmen zu zeigen, und wusch ihre schmutz- und blutverkrusteten Kleider im Badeteich. Sie legte Tunika und Hose mitten auf der Terrasse zum Trocknen aus, dort wo es schön sonnig war. Der braune, noch immer leicht fleckige Stoff wirkte hässlich und unpassend auf dem weißen Marmor des Bodens.

So, dachte Jerusha und setzte sich unter den orangeblühenden Diademastrauch. *Wenn die Cinaya auch nur die geringste Ähnlichkeit mit Menschen haben, wird unverschämtes Verhalten dieses Kalibers reichlich Klatsch und Tratsch nach sich ziehen. Und es ist herrlich, dass ich bald wieder frische Sachen habe!*

Doch die Traumweberinnen beachteten kaum, was sie getan hatte, und Jerusha ahnte, dass sie einen anderen Weg einschlagen musste. *Vielleicht sollte ich ihnen ein paar ausgedachte Namen präsentieren. Aber wie schnell werden sie merken, dass die nicht echt sind? Und wie werden sie reagieren auf diesen Versuch, sie zu täuschen?* Jerusha spürte, wie kalte Furcht sie packte bei dem Gedanken, wie die Cinaya Betrüger bestrafen mochten. Trotzdem, wenn Grísho nicht bald etwas herausfand, musste sie es riskieren. Viel mehr Möglichkeiten hatte sie nicht.

Es war schwieriger als gedacht, solche Namen zu ersinnen. Sie mussten echt wirken, deshalb wählte Jerusha Clans, die tatsächlich existierten; hinzu nahm sie einen möglichst ausgefallenen Vornamen, den hoffentlich niemand in Wirklichkeit trug. Die Abenddämmerung färbte den Nebel bereits in allen Farben des Feuers, als Jerusha endlich ihre Auswahl getroffen hatte. Mit einem letzten Blick auf das wogende Nebelmeer jenseits der Palastmauern stand sie auf, um Niu zu suchen, doch dann zögerte sie. Was war das da für ein eigenartiger Wirbel im Nebel? War es ein Sandsturm? Eine Staubfahne? Oder irgendeine Eigenart des Nebels, die sie bisher nicht kennengelernt hatte?

Jerusha trat an die Mauer heran und beobachtete, wie die Erscheinung immer weiter wuchs, sie kam näher. Es schien tatsächlich eine Staubfahne zu sein.

Reiter. Da kommen Reiter! Und sie sind sehr schnell unterwegs.

Jerusha erkannte ein weißes und ein hellbraunes Pferd, auf ihren Rücken Gestalten in Kapuzenmänteln. Die Pferde galoppierten so schnell, dass ihre langen Mähnen und Schweife im Wind flatterten wie Banner, ihre Hufe schienen kaum den Boden zu berühren. Wieso sanken sie nicht in den Sand ein, der es so mühsam machte, voranzukommen? Hätte Jerusha ihre Stute so durch die Wüste vorangetrieben, hätte sie sich überanstrengt und wäre nach kurzer Zeit lahm gewesen.

Jerusha ahnte die Antwort. Dies war kein menschlicher Besuch. Isdyr bekam Gäste aus Khorat!

Gebannt beobachtete sie, wie die Reiter sich den Mauern des Palasts näherten und absaßen. Einer der beiden blieb bei den Pferden, der andere lief leichtfüßig die Treppe hinauf. Und wurde dort von Niu empfangen. Von einer Niu, die Jerusha kaum wiedererkannte. Sie begrüßte den Fremden lächelnd, lud ihn freundlich ein, den Palast zu betreten, und plauderte mit ihm, während sie ihn die Treppe hoch ins zweite Stockwerk geleitete. Leider war Jerusha zu weit entfernt, um das Geplauder mithören zu können. *Die führt sich ja auf, als komme ihr Lieblingscousin endlich mal wieder vorbei,* dachte Jerusha säuerlich. Eins war klar, Besuch aus Khorat war den Traumweberinnen weitaus willkommener als Besuch aus der Welt der Menschen! Waren es Eliscan, die die Cinaya aufsuchten? Und was wollten sie hier?

Hoffentlich sprang Grísho jetzt in die Schatten des Gästesaales im zweiten Stock, und hoffentlich konnten die Wesen aus Khorat ihn ebenfalls nicht sehen.

Jerusha warf noch einen letzten Blick über die Mauerkrone. Die fremden Pferde standen keine zehn Menschenlängen von Amadera entfernt, und das Wesen, das gerade Gepäck von ihren Sätteln ablud, blickte zu der Stute hinüber. Fragte es sich, wem dieses Tier gehörte, was für ein Mensch in Isdyr weilen mochte?

Als hätte er ihre Gedanken gespürt, blickte der Fremde hoch, und einen kurzen Moment lang konnte Jerusha erkennen, was sich unter der Kapuze verbarg. Eine Fratze starrte zu ihr hoch. Sie sah dunkelbraune, behaarte Haut, eine flache, runzelige Nase und einen schlitzförmigen Mund, in dem spitze Zähne schimmerten. Der Blick, den das Wesen aus gelb-schwarzen Augen zu Jerusha hochschickte, schien sich förmlich in ihre Augen zu bohren.

Jerusha fuhr zurück, stolperte weg von der Mauer, weg von diesem Blick, doch sie wusste, dass das Wesen sie bereits gesehen hatte. Was bei allen Göttern war das für ein Geschöpf?

In dieser Nacht schlief Jerusha nicht, sie wagte nicht, die Augen zu schließen. Sie zog sich in eine Nische in der Nähe des Badeteichs zurück, schlang die Arme um dic Knie und beobachtete schweigend, was in Isdyr geschah. Eine lange Zeit besprachen sich Niu und zwei andere Traumweberinnen im oberen Stockwerk des Palasts mit den Gästen. Schließlich, tief in der Nacht, geleiteten die Cinaya die beiden Besucher zu einem der drei Türme – *waren darin etwa Quartiere für Gäste?* – und wünschten ihnen eine gute Nachtruhe.

Jerusha suchte all ihre Sachen zusammen und sämtliches Nussbrot, das sie finden konnte; alle Behälter, die sie hatte, füllte sie mit Wasser. Dann schlich sie auf bloßen Füßen die große Treppe hinunter, bis sich ihre Zehen in den Wüstensand gruben. Er war schon abgekühlt, und auch die Luft war jetzt nach Sonnenuntergang schneidend kalt, doch Jerusha spürte es kaum. Amadera schnaubte, als sie ihre Herrin erkannte, und witterte hoffnungsvoll an ihren Taschen. Doch diesmal klopfte Jerusha ihr nur kurz auf den Hals und warf dann einen Blick auf die fremden Pferde. Was für herrliche Tiere, alles an ihnen war perfekt, von ihrem edlen Kopf bis zu ihren zierlichen, wohlgeformten Hufen. Sicher waren nicht einmal die berühmten Pferde aus der Zucht von Tinad'alshar mit ihnen zu vergleichen. Und wer wusste, was diese Tiere für Fähigkeiten hatten. Zur Sicherheit ging Jerusha um den Palast herum, bis sie auch außer Hörweite der fremden Pferde war. Sie lehnte sich an die gewaltige steinerne Palastmauer von Isdyr, die über ihr aufragte, dann flüsterte sie: »Bist du hier?«

»Ja«, sagte Grísho in ihr Ohr, und Jerusha hörte schon an seiner Stimme, dass er diesmal endlich – endlich! – etwas herausgefunden hatte.

»Wer sind die Fremden?«, wisperte Jerusha so leise, wie sie es gerade noch vermochte.

»Einer heißt Nerénthoras, der andere Grier. Sie sind aus einem Ort namens Wanis Redyr gekommen, das muss in Khorat liegen. Anscheinend machen die beiden hier einen Höflichkeitsbesuch, sie haben einen Haufen Gastgeschenke mitgebracht und Niu sagt, sie sei gerne bereit, für sie das eine oder andere Schicksal zu träumen. Ist jemand gut mit den Cinaya bekannt, reicht dafür anscheinend eine einfache Botschaft, man muss nicht persönlich in Isdyr erscheinen.«

Jerusha hielt es nicht länger aus. »Haben sie nach mir gefragt?«

»Ja.« Gríshos Stimme bebte vor Aufregung. »Niu hat ihnen erklärt, dass du mit deinem Schicksal haderst, weil dein Clan auf Bitte von Aláes hin verflucht wurde.«

Aláes. Jetzt, nach all diesen Wochen, wusste sie endlich, wie der Fremde hieß, der damals in der *Faunenmühle* Rast gemacht hatte. Erleichterung durchflutete Jerusha, und gleichzeitig fühlte sie sich furchtbar erschöpft. *Aláes.* Ganz langsam ließ sie sich an der Mauer herabgleiten, bis sie im nebelfeuchten Sand hockte, und starrte in die Dunkelheit hinaus. Endlich, nach all der Ungewissheit. *Aláes.* Zum ersten Mal hatte sie das Gefühl, die Cinaya ein wenig zu verstehen. Wie viel ein Name bewirken konnte! Er machte alles so viel greifbarer, *wirklicher.* Es war kein Phantom und kein unerreichbar mächtiger Gott gewesen, der den Fluch über die KiTenaros gebracht hatte. Sondern einfach jemand aus Khorat, der an diesem verhängnisvollen

Abend durch Ouenda gereist war. Und jetzt kannte Jerusha seinen Namen, das bedeutete, dieser Jemand konnte sich nicht mehr aus der Verantwortung stehlen.

»Haben sie noch etwas über ihn gesagt?«, fragte Jerusha schließlich.

»Sie haben beide genickt, als Niu Aláes erwähnt hat. Sie schienen ihn zu kennen. Danach haben sie noch eine Stadt erwähnt, die mir etwas sagt: Cyr. In Yantosi. Anscheinend hatte das auch irgendwas mit Aláes zu tun, aber was genau, das habe ich nicht verstanden, weil sie dann in eine fremde Sprache wechselten. Danach haben sie mit Niu über andere Dinge gesprochen, es ging um Angelegenheiten ferner Länder und Völker, von denen ich mir kaum etwas merken konnte, es klang alles so fremd und ungewohnt.«

Cyr! Von dieser Stadt hatte Jerusha schon einmal gehört. Jetzt wusste sie auch, wie man sie richtig aussprach: ähnlich wie *Sür*, nur mit einem schärferen Anfangslaut, einem leichten Zischen.

»Gut gemacht, Grísho«, sagte Jerusha und seufzte tief. »Und jetzt lass uns gehen, mein Freund.«

Es dauerte nur ein paar Minuten, Amadera zu satteln. Jerusha klopfte ihrer Stute den Hals, dann saß sie auf und nahm die notdürftig geflickten Zügel. Schimmernd ragten die Mauern von Isdyr neben ihr auf, und in der Stille der Wüste konnte Jerusha hören, wie sich die Traumweberinnen hoch über ihr unterhielten. Sie betrachtete die breite, mit Namen bedeckte Treppe, die nach oben führte, doch sie wusste, dass sie diese Stufen nie wieder betreten würde. Denn jeder Moment in Isdyr war ein Moment zu viel.

Aláes – es gibt Neuigkeiten, dachte Jerusha grimmig. *Du bekommst Besuch!*

Gehorsam setzte sich Amadera in Bewegung.

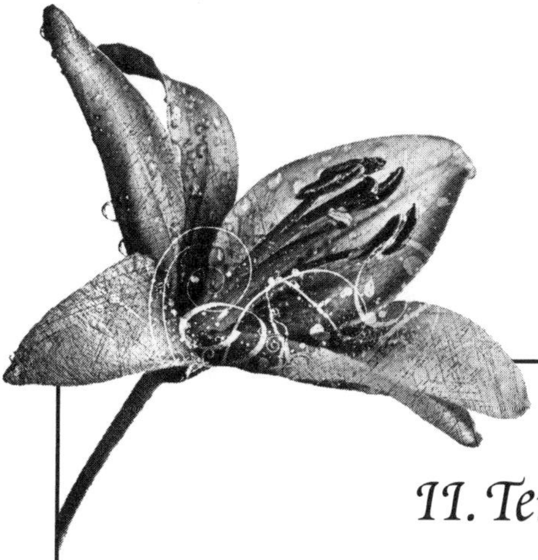

II. Teil

Drachenschwester

Nichts Gutes kommt aus Tiefwald

»Das war gute Arbeit, den Lohn hast du dir verdient«, sagte Kennith, der Steinmetz von Carddis, und warf eine Münze in Jerushas Richtung. Jerusha fing sie im Flug auf und staunte. Ein ganzer Silber?

»Willst du nicht noch ein wenig bleiben?«, bat Kennith. »Ich könnte jemanden gebrauchen, der mir bei der Grabstatue eines DiCarennys hilft. Wird mich ein paar Monde beschäftigen. Kannst du gut Hände formen?«

»Ja, das schon«, sagte Jerusha und verstaute die Münze sorgfältig in ihrer Börse. »Aber ich muss weiter, bis nach Yantosi. Es tut mir leid, Kennith, wirklich.«

Missbilligend klackte der Steinmetz mit der Zunge. »Was willst du denn dort? Schon mein Großvater hat gesagt, aus Tiefwald kommt nichts Gutes, in tausend Jahresläufen nicht. Es ist Drachenland!«

Das klang wie ein Schimpfwort, und Jerusha wunderte sich darüber, wie sehr sie das bedrückte. »Ich bin sicher, dein Großvater war ein kluger Mann«, wich Jerusha aus, verabschiedete sich und führte Amadera auf die Schotterstraße.

Ein ganzer Silber! Und doch konnte sie nicht länger bleiben, mehrere Monde lang auf keinen Fall. Die Grenze zu Yantosi war nicht mehr weit, und danach war Cyr nur noch wenige Tagesreisen entfernt. Jerusha quälte der Gedanke, dass sie vielleicht zu spät kommen würde, dass sich dieser geheimnisvolle Aláes vielleicht gar nicht mehr dort aufhalten würde, wenn sie endlich ankam. Doch versuchen musste sie es, es war bisher ihre einzige Spur. Und das hatte sie auch an Liri und Dario geschrieben. Seine Antwort ging ihr noch immer im Kopf herum.

Meine liebste Jerusha,
warum kommst du nicht endlich nach Hause? Du hast doch schon so vieles herausgefunden, mehr als ich ehrlich gesagt

jemals erwartet hätte. Jetzt ist es Zeit für dich, heimzukehren. Ich bitte dich, lass mich nicht im Stich! Ich sehne mich so nach dir. Weißt du noch, wie wir unsere Ballade gesungen haben im Craunenwald? Wie wir übers Feuer gesprungen sind bei der Wintersonnenwende, auf dass unsere Liebe ewig halte? Was ist nur los mit dir, dass du einem solchen Schatten nachjagst, einem Hirngespinst! Komm heim, und wir setzen einen neuen Tag für die Hochzeit fest.
Es umarmt dich dein dich liebender
Dario

Ich will ihn nicht im Stich lassen, dachte Jerusha gequält. *Das hat er nicht verdient. Es ist grausam, dass ich ihn so behandle.* Doch es machte ihr Angst, dass er sich nach ihr sehnte und diese Sehnsucht in ihr selbst so matt und kraftlos geworden war. Und sie konnte nicht zurück nach Kalamanca, nicht jetzt, da sie ihrem Ziel immer näher kam.

Düstergraue Wolken flockten über den Himmel, und es sah nach Regen aus, als Jerusha nahe Shai Wyn die Grenze Yantosis erreichte. Sie war durch eine Steinmauer befestigt, die so hoch war wie anderswo die Türme; die einzelnen Granitquader, aus denen die Mauer bestand, waren so lang wie ein ganzer Ochsenkarren. Staunend blickte Jerusha an dieser Mauer hoch. Wie alt sie wohl war? Und wogegen sie einst Schutz geboten hatte?

Jerusha hörte, wie Befehle gebrüllt wurden und den Klang von Äxten. Bald darauf sah sie, was los war: Ein morscher Baum war neben dem Wachturm auf die Grenzmauer gestürzt und lehnte jetzt daran wie ein Betrunkener an der Wand einer Schänke. Ein halbes Dutzend Soldaten im Grün und Silber Yantosis war damit beschäftigt, ihn zu entfernen.

Jerusha musste absteigen, doch sie wurde nur flüchtig kontrolliert und durfte das Tor passieren. Sie war längst nicht die Einzige, die den Weg nach Yantosi nahm – ein Dutzend berittene Händler, ein Mann in prächtigen bestickten Gewändern, der mit Dienern reiste, und eine Frau mit einer Schar Kindern wollten ebenfalls in diese Richtung. Nach Benaris dagegen strebten mehrere Boten, ein Mann mit zwei Wolfshunden an der kurzen Leine, ein Fuhrwerk mit Handelsgut und ein etwa vierzehnjähriges Mädchen in einem schäbigen, ausgeblichenen Rüschenkleid. Es sah immer wieder fasziniert zu den Männern hinüber, wie diese den umgestürzten Baum zerhackten, und prompt prallte es mit Jerusha zusammen. »Uff, zum Glück war das jetzt kein Eisenfresser«, entfuhr es dem Mädchen. »Ich bitte tausendmal um Verzeihung!«

»Hundertmal würde auch reichen, ist schließlich nichts passiert«, gab Jerusha freundlich zurück. Als sie sich umsah, stellte sie fest, dass die anderen Reisenden schon fast im Wald verschwunden waren. Manche von ihnen wollten anscheinend nach Norden, Richtung Elisbrunn, andere nach Süden, wo es laut Jerushas Karte nach Cym und Cyr ging, oder nach Corris Yant.

Jerusha musterte, was vor ihr lag – eine schroffe, felsige Gegend, von dichtem dunkelgrünem Wald bedeckt. In der Ferne konnte sie Gipfel erkennen. Es roch nach Stein und nasser Erde, nur hin und wieder lag ein schwerer Duft nach Bergveilchen in der Luft. Doch schon riss ein Windstoß ihn mit sich, und Regentropfen prasselten zu Boden. Fröstelnd zog Jerusha den Umhang enger um ihren Hals. Das war also Yantosi. Das Land, aus dem Kiérans Familie stammte.

Schon wieder denkst du an ihn, warf Jerusha sich vor, doch diesmal wollte die alte Wut über ihre Treulosigkeit sich einfach nicht einstellen. Stattdessen war der Wunsch, ihm zu schreiben, so stark, dass Jerusha am liebsten sofort ein Stück Pergament mit Worten bedeckt hätte. *Ich könnte ihm erzählen, dass ich gerade in Yantosi bin. Und einfach mal fragen, wie es ihm geht, wie er sich in der Quellenveste fühlt.* Der bloße Gedanke daran brachte ihr Herz zum Klopfen. Aber ob er überhaupt antworten würde? Es war Wochen her, dass sie sich begegnet waren. Wahrscheinlich würde er den Brief kopfschüttelnd beiseitelegen und sich fragen, was genau sie von ihm wollte. Wie peinlich. Besser, sie hatte irgendeinen Anlass, ihm zu schreiben. *Einen Anlass? Ist es nicht Anlass genug, dass du die Grenze nach Yantosi überquert hast? Was genau muss passieren, damit du ihm endlich eine Botschaft schickst?*, schalt sie ein Teil ihres Ichs, doch Jerusha stellte sich taub.

Es regnete immer heftiger, und Jerusha setzte sich den breitkrempigen, eingewachsten Lederhut auf, den sie sich unterwegs gekauft hatte. Doch das Ding bewirkte nur, dass ihr das Wasser den Rücken hinunterlief, und auch der Rest ihrer Kleidung war bald völlig durchtränkt. Da nutzte ein trockener Kopf nicht mehr allzu viel. Zu allem Übel wurde der Weg zusehends schlechter; immer mehr Rinnsale plätscherten den Weg entlang und überspülten Amaderas Hufe, was der Stute nicht im Geringsten gefiel. Die beiden Botenvögel, die sie in Carddis gekauft hatte, duckten sich missmutig in ihrem Käfig, den Jerusha oben auf ihrem Gepäck festgebunden hatte, und schüttelten sich ab und zu das Wasser von den Federn.

Weil jetzt auch noch der letzte Schatten verschwunden war, entzündete Jerusha Gríshos Laterne und hängte sie an den Sattel. Bis auf ein übellaunig gemurmeltes »Danke«, das eher wie ein *Na endlich* klang, gab es keine Reaktion. Hoffentlich kamen sie bald nach Candover, Jerusha sehnte sich nach einer Rast.

Candover war ein überraschend großer Ort, der sich in ein Tal schmiegte. Die nassen Pflastersteine der Gassen glänzten schwarz und waren durch den Regen so glatt, dass Amadera ausrutschte und beinahe gestürzt wäre. Erschrocken stieg Jerusha ab.

»Ich glaube, hier machen wir lieber langsam, was?«, murmelte sie und klopfte ihrer Stute den Hals. Amadera wirkte genauso erschöpft und durchgefroren wie Jerusha selbst.

Erleichtert sah Jerusha kurz darauf das erleuchtete Schild eines Gasthofs, *Zum springenden Xher.* Heute würde sie sich ein richtiges Zimmer und einen Zuber warmes Wasser gönnen! Schließlich war sie jetzt mit einem Silber praktisch reich – wenn sie ein bisschen sparte, reichte das Geld für eine bequeme Reise bis Cyr.

Sie führte Amadera in den Stall, rieb sie mit einer Handvoll Stroh trocken und bat einen Stallknecht, ihr einen großen Scheffel Heu und Maisschrot aus der Futterkammer zu bringen. Vielleicht konnte sie drinnen auch noch eine Handvoll Nüsse für sie auftreiben.

Die Gaststube wirkte gemütlich, roch aber nach feuchten Socken – und das mit gutem Grund, alle Gäste hatten ihre Stiefel ausgezogen und zum Trocknen vor das Feuer gestellt. In Loreshom hätte das als furchtbar schlechtes Benehmen gegolten.

»Sieh an, Besuch aus Kalamanca!«, wurde sie von der Wirtin begrüßt. Sie hatte ein langes Pferdegesicht und braun verfärbte Zähne, doch die Locken, die sich um ihr Gesicht rankten, wirkten fast mädchenhaft. »Ich rate nur sehr selten falsch, woher jemand kommt.« Kurzes erwartungsvolles Schweigen. Doch da Jerusha die Neugier darüber vermissen ließ, wie der Wirtin das denn gelang, schob sie des Rätsels Antwort auch so hinterher: »Man erkennt es am Schnitt Eures Umhangs, der ist für gutes Wetter gemacht!«

Mit letzter Kraft lächelte Jerusha. »Wahrscheinlich werden sogar die Hunderthänder aus den Bäumen gespült, wenn es hier richtig kräftig schüttet, oder?«

Zur Begeisterung der Wirtin lag sie falsch. »Hunderthänder? Ach wo, die sind viel zäher als unsereins. Und haben ja auch genug Finger, um sich damit festzuklammern.«

Jerusha brachte das Gepäck auf ihr Zimmer, zog trockene Sachen an und bestellte in der Gaststube ein warmes Gewürzbier sowie ein Stück Braten. Der Krug kam fast sofort, und während sie ihn leerte, breitete sich eine angenehme Wärme in Jerusha aus.

Fast hatte sich Jerusha dazu überwunden, so wie die anderen Gäste ihre Schuhe auszuziehen, als die Wirtin neben ihr auftauchte, mit einem Teller Braten in der Hand. »Das macht zusammen mit der Übernachtung zwei Dag und zehn Ulder.«

Jerusha kramte in der Seitentasche ihrer Tunika nach ihrer Börse. Doch ihre Finger fanden nichts. Wo war das Ding mit dem frisch verdienten Silber darin? Unruhig durchsuchte sie ihre anderen Taschen. Nichts. Wie konnte das sein? Ein unangenehmes Kribbeln durchzog Jerusha. »Es tut mir leid, aber ich finde meine Börse gerade nicht«, musste sie zugeben und wusste selbst, wie unglaubwürdig das klang. »Doch sobald ich sie wieder …«

»Jetzt. Ich bekomme das Geld genau jetzt!« Mit schmalen Augen blickte die Wirtin sie an. »Du hast ein Gewürzbier getrunken, Mädchen, und deine Stute frisst gerade die halbe Futterkammer leer. Kannst du zahlen oder nicht?«

Krampfhaft versuchte Jerusha sich zu erinnern, wo und wann sie ihre Börse zuletzt hervorgezogen hatte. Als der Steinmetz ihr den Silber gegeben hatte. Konnte ihr das Ding später versehentlich aus der Tasche gefallen sein? Doch dann fiel ihr ein, wie dieses zerlumpte Mädchen gegen sie geprallt war, und Jerusha stöhnte auf. »Ich fürchte, das Geld ist mir gestohlen worden. Wahrscheinlich an der Grenze.« Verdammt! Der schöne Silber!

Es waren ein halbes Dutzend Männer und Frauen in der Gaststube, und jetzt richteten sie alle die Augen auf Jerusha. Sie spürte, wie ihr die Röte ins Gesicht stieg.

»Gestohlen worden!«, höhnte die Wirtin; ihr langes Gesicht wirkte auf einmal verkniffen und hässlich. »Mikha, ruf die Stadtwachen, das miese Stück hier ist eine Zechprellerin! Los, Mädchen, steh auf, keinen Moment länger bleibst du hier in meiner Stube! Gut, dass sie wenigstens keine Zeit hatte, den Braten zu essen!«

Eine Hand riss Jerusha den Teller unter der Nase weg, und eine andere gab ihr fast gleichzeitig einen groben Schubs. Hinter ihr stand der Wirt, ein stämmiger Mann.

»Ich gehe ja schon«, sagte Jerusha gepresst. In jeder anderen Situation hätte sich dieser Kerl eine Ohrfeige eingefangen. »Ich hole nur schnell mein Gepäck aus dem Zimmer.«

Doch der Wirt versperrte ihr den Weg. »Dein Gepäck? Das bleibt hier, um die Zeche zu begleichen.«

Jerusha konnte nicht fassen, was sie da hörte. »Aber allein mein Bogen ist mehr wert, als die Nacht hier gekostet hätte, viel mehr!«

Als die Wirtin lächelte, sah es so aus, als blecke sie die Zähne. »Das hättest du dir früher überlegen müssen. Jetzt ist es an uns, ein Pfand zu wählen! Oder ist es dir lieber, dein Pferd bleibt hier? Für den alten Klepper würde zwar kaum jemand einen Dag geben, und vielleicht ist er ohnehin gestohlen, aber ...«

Die Tür der Gaststube öffnete sich, und zwei Stadtwachen in der Uniform Yantosis polterten hinein; sie brachten einen Schwall kalte regenfeuchte Luft mit sich. »Ihr habt Probleme, EsKeddwyn?«

»Eine Zechprellerin«, sagte die Wirtin triumphierend, und die Wachen packten Jerusha von beiden Seiten an den Armen. Der harte Griff schmerzte, und Jerusha zwang sich, nicht dagegen aufzubegehren. Wenn sie das tat, brachte sie sich nur noch tiefer in Schwierigkeiten. »Mir ist meine Börse gestohlen worden«, versuchte sie den Wachen verzweifelt zu erklären. »Das habe ich eben erst gemerkt, und ich hatte hier nur ein Gewürzbier.«

Doch die Wachen hörten nicht zu, sondern wandten sich zum Gehen und schleiften Jerusha mit sich. Einer von Jerushas Schuhen, den sie schon halb abgestreift hatte, glitt ihr vom Fuß und blieb am Eingang liegen. In der Gaststube herrschte peinlich berührtes Schweigen. Neugierige, zurückhaltende, angewiderte Blicke. Jerusha konnte kaum glauben, was geschah. Sie hatte den Wald von Sharedor, eine verbitterte Halbelis in Tholus und die Traumweberinnen von Isdyr überlebt – und all das, um hier im Kerker zu landen? Was bei allen Göttern galten hier für Gesetze?

Regentropfen trafen ihr Gesicht, als die Wachen sie nach draußen zogen und die Tür hinter sich schlossen. »Mein Pferd! Im Stall ist noch mein Pferd!«, brüllte Jerusha. Immerhin, jetzt hörten die Stadtwachen ihr zu, der eine blickte zu ihr herab und hob gleich darauf den Kopf wieder, denn auf der Straße ertönte der Trommelwirbel von Pferdehufen und das Surren von Kutschenrädern. Die Wachen traten zurück und zerrten Jerusha beiseite, um den Weg frei zu machen. Doch schon hielt die Kutsche, die das Wappen Yantosis trug und von zwei Schimmeln gezogen wurde; eins ihrer mannshohen Räder kam direkt neben Jerusha zu stehen. Weiße Pferde! Woran erinnerte sie das? Irgendetwas hatte Laristus in der Dorfschule darüber erzählt. Ja, richtig, in Yantosi waren Schimmel den Richtern vorbehalten, jedes weiße Pferd, das im Fürstentum geboren wurde, musste ihnen gegen eine stattliche Entschädigung übergeben werden. Jerusha konnte ihr Glück kaum fassen. Ein Richter!

Aus der Kutsche drang eine gepflegte, gleichmäßige Stimme. »*Und als die beiden Reisenden in Khedira eintrafen, erfuhren sie, dass ihre Familien verurteilt worden waren zu einer …*«

»Einen Moment, Emélus«, sagte eine wohlklingende Stimme. Die Tür der Kutsche öffnete sich, und ein Mann von etwa vierzig Jahresläufen spähte hinaus. Er trug sein langes, von erstem Grau durchzogenes Haar streng zurückgekämmt, und nichts anderes hätte zu ihm gepasst. Sein Gesicht schien ganz aus klaren Linien zu bestehen. Und sein Blick war der eines Menschen, dem Macht und Autorität zur zweiten Natur geworden waren. Sofort nahmen die Wachsoldaten Haltung an.

»Was geschieht hier?«, fragte der Mann mit kühler Freundlichkeit.

Einer der Wachsoldaten verbeugte sich und wagte dann, das Wort zu ergreifen. »Gerhan! Wir mussten gegen ein Unrecht vorgehen, das dem Clan EsKeddwyn zugefügt wurde. Eine Zechprellerin. Wir bringen sie in den Kerker der Stadtwache.«

»Mir wurde die Börse gestohlen, ohne dass ich es bemerkt habe, und ich schulde dem Wirt nur den Preis eines Gewürzbieres«, mischte sich Jerusha empört ein. »Die Wirtin hat mein Gepäck behalten, und wenn ich Pech habe, rückt sie auch mein Pferd nicht mehr raus!«

Nachdenkliche blaue Augen ruhten auf ihr, dann richteten sie sich auf die Stadtwachen. »Stimmt es, was diese Frau behauptet?«

»Es war keine Zeit, das festzustellen«, versuchte einer der Männer sich zu rechtfertigen, und Jerusha schnaubte wütend.

Das entlockte dem Gerhan ein Lächeln. »Welchem Clan gehört Ihr an, junge Frau?«

»Ich bin eine KiTenaro«, sagte Jerusha, und stolz begegnete sie seinem Blick. Erleichtert sah sie, dass er nickte und sich noch einmal an die Wachsoldaten wandte. Nun war seine Stimme nüchtern. »Hier sind acht Ulder. Gebt das der Wirtin und holt das Gepäck und Pferd dieser jungen Dame. Bringt es zum Gasthof der QeArélin.« Der Gerhan wandte sich an Jerusha. »Erlaubt Ihr, dass ich Euch zum Essen einlade? Im *Goldenen Shanna* bekommt man ein anständiges Mahl, und dabei könnt Ihr den ganzen Ärger in dieser Absteige hinter Euch lassen.«

»Ja, ich ...«, stammelte Jerusha, und das schien den Mann zu amüsieren. »Kommt, Ihr könnt einfach einsteigen. Wo ist Euer Schuh?«

»Äh, ich glaube, noch in der Gaststube.«

»Wachen, holt auch noch den Schuh. Dann aber nichts wie los. Darf ich bitten?«

Er durfte. Jerusha verlor keine Zeit mehr, sondern kletterte ins Innere der Kutsche.

* * *

Der Gerhan rückte zur Seite, es war noch genug Platz neben ihm im Innenraum der Kutsche. Er trug eine prachtvolle graue Robe mit Pelzkragen, die ihm offen über die Schultern hing, und darunter eine weiße geschnürte Weste über einem Seidenhemd. Ein dezenter Geruch nach Zedernholz und Leder lag in der Luft, und es war Jerusha peinlich, dass sie dieser gediegenen Atmosphäre den Geruch von Schlamm und nasser Wolle hinzufügte. Doch der Gerhan schien es nicht zu bemerken, jedenfalls sagte er nichts.

Auf der Bank gegenüber saß ebenfalls ein Mann; er hielt ein Buch aufgeklappt auf dem Schoß, und sobald sich die Kutsche wieder in Bewegung setzte, richtete er den Blick darauf und begann mit klangvoller, aber etwas monotoner Stimme vorzulesen. »*... erfuhren, dass sie zu einer harten Strafe verurteilt worden waren, sieben Streiche mit der Rute, auf keinen Fall zu erlassen selbst im Falle einer Ohnmacht. Doch der Earel des Clans bat den Fürsten um Milde, und so ...*«

Jerusha lauschte entgeistert. Anscheinend nahm der Gerhan während seiner Reisen immer einen Vorleser mit, doch er beachtete ihn ebenso wenig wie ein Möbelstück und schien kaum zuzuhören. Stattdessen wandte er seine Aufmerksamkeit nun Jerusha zu. »Darf ich mich vorstellen? Leor KaoRenda. Ich diene Fürst Ceruscan als Oberster Richter.«

»Es ist mir eine Ehre«, sagte Jerusha, und es war nicht nur eine höfliche Floskel. »Jerusha KiTenaro. Ich bin Bildhauerin.« Diesmal wollte sie erst gar keinen Zweifel an ihrer Berufung aufkommen lassen. »Ich danke Euch für die Rettung. Eigentlich war ich auf dem Weg nach Cyr, als mir das hier passiert ist«

Leor KaoRenda betrachtete sie mit echtem Interesse. »Eine Bildhauerin! Das nenne ich einen schönen Zufall.«

»Wieso?«, fragte Jerusha, doch sie waren schon am Gasthof angekommen. KaoRenda stieg aus und blieb dann neben dem Wagen stehen; er beachtete den Regen so wenig, als sei er nur die schlechte Laune einer einzelnen Wolke. Der Gerhan streckte die Hand in ihre Richtung aus, als Jerusha gerade aus der Kutsche kletterte, und mit Verspätung begriff Jerusha, dass er ihr beim Aussteigen helfen wollte. Wozu sollte denn das gut sein? Sah sie so zart und zerbrechlich aus?

In einer Nebenkammer konnte Jerusha sich waschen und zum zweiten Mal an diesem Tag umziehen. Zum Glück war das blaue Kleid in ihrem Gepäck halbwegs sauber und sah nur ein bisschen zerknittert aus. Schnell bürstete Jerusha ihre Locken durch, gab noch einen Tropfen Nachtlilienöl hinein und steckte sie hoch. Dann fühlte sie sich bereit, mit dem Obersten Richter Yantosis zu Abend zu essen. Das *Goldene Shanna* war ein Gasthof, wie mächtige Clans ihn bevorzugten, und Jerusha fragte sich, ob jemals ein KiTenaro hier gewesen war. Wahrscheinlich schon, Candover lag ja an einer wichtigen Reiseroute. Aber es war sicher lange her.

Gerade war ein Küchenjunge dabei, ein paar Scheite im Kamin nachzulegen; die Wärme vertrieb in Jerusha jeden Gedanken an die Kälte und Nässe, die draußen herrschten. Die Platte des Tischs, an dem sie Platz nahmen, war mit Einlegearbeiten aus verschiedenen Hölzern verziert. Doch noch mehr als das beeindruckte Jerusha ein Teppich, der die Nordwand des Raumes bedeckte – er zeigte Shannahirsche in ihrem goldbraunen Winterpelz. Der Künstler hatte genau den Moment eingefangen, in dem sie den Jäger erspäht hatten und sich zur Flucht wendeten. Kunstvolle Muster, die die Farben der Tiere aufnahmen, zierten die Ränder des Werks.

Der Gerhan hatte ihren Blick bemerkt. »Ihr habt ein gutes Auge für Kunst. Wenn ich mich nicht irre, stammt der Wandteppich aus dem 3. Jahrtausend und ist ein Vermögen wert.«

»Ich bin sicher, dass er mehr wert ist, als ich jemals im Leben verdienen kann«, meinte Jerusha und warf einen letzten Blick auf das Werk. »Doch unabhängig davon ist er einfach schön.«

Leor KaoRenda hob die Augenbrauen. »Das mit dem Verdienst hängt davon ab, ob Ihr eine gute Bildhauerin seid. An den Fürstenhöfen werden wirklich inspirierte Künstler gerne gesehen. Ceruscan beispielsweise schätzt die Bildhauerei sehr.«

»Nein, nein, ich bin noch nicht so erfahren, dass ich wagen könnte, mich dort vorzustellen«, erwiderte Jerusha erschrocken. *Wirklich inspiriert* – wie selbstverliebt musste man sein, um so etwas von sich sagen zu können? »Das einzige größere Werk, das ich vorweisen kann, ist eine Statue der Shimounah im neuen Ghaliltempel von Mandeth.«

Bedauernd schüttelte KaoRenda den Kopf. »Ich glaube, ich bin vor ein paar Monden dort vorbeigekommen, doch es schmerzt mich zu sagen, ich habe dort nicht haltgemacht. Sollte ich noch einmal in der Gegend sein, werde ich das selbstverständlich nachholen.«

Jerusha murmelte irgendetwas wie »Sehr freundlich«. Eins war sicher, was höfliche Worte anging, würde diesen Richter niemand so schnell schlagen! Und er sah auch alles andere als schlecht aus, sein Gesicht wirkte kraftvoll und war gut geschnitten. Wahrscheinlich lagen ihm die Frauen zu Füßen. *Na, wenn er sich das von mir ebenfalls erhofft, dann muss ich ihn leider enttäuschen,* dachte Jerusha trocken. *Der Tumult in meinem Herzen ist schon so anstrengend genug!*

Die Speisen wurden in Rekordzeit aufgetragen, anscheinend hatte der Gasthof die Ankunft seines hochgeborenen Besuchs schon erwartet. Staunend blickte Jerusha auf die vielen kupfernen Pfannen auf dem Tisch, aus denen es nach gewürztem Fleisch, Saftwurz, geröstetem Brot und einem Dutzend anderer Dinge duftete. »Ist das nur für uns?«, entfuhr es ihr.

»Aber natürlich ist das nur für uns«, sagte KaoRenda und hob sein Glas, in dem Blauwein schimmerte, an die Lippen. »Meine Bediensteten essen in der Küche, falls Ihr das meint.«

Jerusha wurde bewusst, dass sie sich gerade wieder wie ein unbedarftes Mädchen vom Lande benommen hatte. Aber dem Gerhan war doch sowieso klar, dass sie keine große Dame war – sollte sie dann so tun, als sei sie eine? Nein, das würde sie nicht. Unwillkürlich musste sie daran denken, wie ein anderer Mann das Essen mit ihr geteilt hatte. Kiéran war nicht reich, und vielleicht hatte seine Geste sie deshalb noch viel stärker berührt als KaoRendas großzügiges Festmahl.

Der Gerhan schien zu spüren, dass er sie in Verlegenheit gebracht hatte. »Habe ich Euch schon erzählt, dass ich in Armut aufgewachsen bin?«, erzählte er. »Ich komme aus einer Familie von Steinmetzen, einer von jenen, die den Bergen von Amyr Jibbeth Grünen Marmor abtrotzen.« Er zeigte ihr seine Hände, und wenn darauf auch schon lange keine Schwielen mehr von Eisen und Schlägel zu sehen waren, so waren es doch breite, kräftige Hände, die Hände eines Steinmetzen.

Jerusha freute sich über den Zufall. »Wer so aufgewachsen ist, den schreckt wahrscheinlich nichts mehr«, bemerkte sie, während sie ihren Teller mit Köstlichkeiten belud. »Marmor ist ein herrliches Material.« Sie behielt für sich, dass sie die meiste Zeit ihres Lebens nur damit hatte arbeiten können, wenn sie es zuvor gestohlen hatte. Einem Richter gegenüber taugte das nicht einmal als lustige Anekdote!

Leor lachte. »Ja, das ist es. Aber wir waren so arm, dass ich nicht mal Schuhe besaß. Ich war dünn wie ein Stock damals. So viel wir auch schufteten, der Zwischenhändler behielt allen Gewinn und uns blieben nur wenige Ulder zum Leben.«

»Aber irgendwie seid Ihr da rausgekommen«, sagte Jerusha gut gelaunt; sie mochte Geschichten mit einem glücklichen Ende. »Darf ich raten? Ihr habt den Zwischenhändler ausgetrickst? Ihr habt begonnen, den Marmor selbst zu verkaufen?«

»Gute Idee. Leider hatten meine Eltern damals eine andere, in vieler Hinsicht mühsamere Lösung.« Geschickt zerlegte KaoRenda einen gebratenen Regenvogel mit dem Messer. »Als der Zwischenhändler uns eines Tages besonders dreist betrogen hatte, machten sich meine Eltern auf den Weg, um die Sache vor einen Richter zu bringen, den Tarhan ihres Bezirks. Doch der war anscheinend zu feige, gegen den reichen Händler vorzugehen. Meine Eltern gaben nicht auf, sondern zogen hartnäckig weiter vor den nächsthöheren Richter, den Nuhan von Corris Yant. Ich als ältester Sohn war immer dabei. Sie klagten den Zwischenhändler an, und diesmal bekamen sie recht!«

»Ich kann mir vorstellen, dass Euch das tief beeindruckt hat.«

»Hat es. Und am nächsten Tag wagte ich den Nuhan anzusprechen, ich wollte unbedingt bei ihm in die Lehre gehen. Er nahm mich an. Tja, und hier bin ich jetzt.« Lächelnd breitete er die Hände aus, und Jerusha merkte, dass es KaoRenda Vergnügen bereitete, von seinen bescheidenen Anfängen zu erzählen. Wie oft er diese Geschichte wohl schon zum Besten gegeben hatte? »Mir steht sogar der Sinn danach, mich durch eine Porträtbüste der Ewigkeit zu stellen. Könnt Ihr das verstehen? Oder haltet Ihr mich für eitel?«

Aha, das steckte also dahinter! Es beschämte Jerusha ein wenig, dass sie sofort aufhorchte. Solche Aufträge waren nicht gerade häufig, und sie konnte sich vorstellen, dass ein gelungenes Porträt dem Gerhan eine ansehnliche Summe wert war. Mit diesem Geld konnte sie ihre Suche weiterführen bis zum Ende. Natürlich, sie musste dafür ein paar Tage opfern; doch ganz ohne Geld kam sie nirgendwohin, auch nicht nach Cyr.

Doch auch für einen Auftrag war sie nicht bereit, ihm nach dem Mund zu reden. »Ja, natürlich ist es ein bisschen eitel«, sagte Jerusha ganz offen. »Aber ich kann mir sehr gut vorstellen, dass Ihr keine Lust habt, in Eurem Dienstsitz ständig zwischen den Büsten Eurer Vorgänger umherzugehen.«

Leor KaoRenda wirkte keineswegs verärgert – sein Lächeln wurde noch ein kleines bisschen breiter. »Stimmt. Es sind edle Werke, meist von hervorragender Ähnlichkeit. Traut Ihr Euch so etwas zu, Jarisha?«

»Jerusha«, korrigierte sie ihn. In ihr kämpften Bescheidenheit und Selbstvertrauen. Letzteres gewann. »Ja, ich traue es mir zu«, sagte sie. Hoffentlich wollte er ein Bildnis in Stein. Sie hatte im Laufe ihrer Lehrzeit zwar Vorlagen für Bronzestatuen angefertigt, doch das Material lag ihr nicht, und Bronze zu gießen hatte sie nie gelernt. *Nein*, dachte Jerusha spontan. *Er will kein Bildnis von sich in Bronze. Ich wette, er will Grünen Marmor. Aus den Bergen von Amyr Jibbeth. Und wenn ich Pech habe, sieht sein Gesicht in Grün so schrecklich aus, dass er mich aus der Stadt jagen lässt.*

Es schien KaoRenda zu gefallen, dass Jerusha ihr Licht nicht unter den Scheffel stellte. »Hervorragend«, sagte der Gerhan beiläufig, schob sich noch einen Bissen Regenvogel in den Mund und tupfte sich die Lippen ab. Dann legte er eine Hand auf ihr Knie, ganz kurz nur. »Dann ist es ausgemachte Sache. Ich reise gerade zurück zu meiner Dienstresidenz in Perikhor. Ihr kommt einfach mit und könnt dort sofort mit der Arbeit anfangen. Wirt, noch ein Glas Blauwein, damit wir auf das neue Werk anstoßen können! Und hier ist ein kleiner Vorschuss.«

Ein Stapel Silbermünzen wurde Jerusha entgegengeschoben. Ungläubig starrte Jerusha auf das Metall, das im Licht der Kerzen matt schimmerte. *Ghalils Schande, manchmal lohnt es sich tatsächlich, die Zeche zu prellen!* Zum ersten Mal gönnte sie dem zerlumpten Mädchen die Münze, die es an der Grenze erbeutet hatte.

* * *

Die erste Woche übernachtete Kiéran in Gasthöfen; zu sparen brauchte er nicht, die dreihundert Silber waren ein äußerst großzügiges Abschiedsgeschenk von AoWesta gewesen, und da war ja auch noch sein Lohn der letzten Jahresläufe, von dem er mangels Gelegenheit wenig ausgegeben hatte. Und das Erbe seiner Eltern, das er bisher nicht einmal angetastet hatte. Von all diesem Geld würde er viele Sommer lang gut leben können. Oder sich in Larangva einen Hof kaufen, einen Handelsposten, ein Schiff – noch fiel es ihm schwer, sich das vorzustellen. Sollte er sich als Söldner verdingen? Es gab genug Dienstherren, die ihn nicht nach seinen Augen beurteilen würden, sondern nur danach, ob er kämpfen konnte. Oder sollte er zurückkehren zu seinen Verwandten in Yantosi, vielleicht versuchen, Earel seines Clans zu werden? Da es nur etwa drei Dutzend Menschen in Ouenda gab, die dem Clan SaJintar angehörten, war es für jemanden mit seiner Erfahrung sicher kein Problem, Earel zu werden. Leider war es auch keine Herausforderung. Der Gedanke reizte ihn nicht. Und die meisten seiner Verwandten kannte er nur flüchtig oder gar nicht.

»Escadrán! Welche Ehre!«, begrüßte ihn der Wirt des *Schwarzen Einhorns*, und Kiéran grüßte missmutig zurück. Wie oft ihm das wohl noch passieren würde? Er hatte keinerlei Lust, jedem von ihnen zu erklären, was geschehen war.

Kiéran entschied sich, dem Lauf des Benar nach Süden zu folgen und die nächste Zeit im Freien zu übernachten. Es würde ihm guttun, den offenen Himmel über sich zu haben.

Sein erstes Lager schlug er in der Nähe des Dorfs Ellsmere auf, am Ufer des Benar, der hier noch so schmal war, dass er sich leicht zu Pferde überqueren ließ. Entlang des Flusses wuchsen Weiden, ihre Äste hingen bis tief über das Wasser. Kiéran stellte sich vor, wie klar und grün es schimmerte, doch er sah es nicht, die ewige Dunkelheit um ihn herum erlaubte es nicht. Er hatte sich noch immer nicht daran gewöhnt, das Licht fehlte ihm. *Tja, vielleicht sollte ich mein Reiseziel ändern und nach Khorat reiten. Wenn da jeder so strahlt wie Nonar und Tinorey, werde ich förmlich in Licht baden. Nur wird meine Lebenserwartung in Khorat leider etwas zu wünschen übrig lassen; Menschen sind dort sicher nicht allzu beliebt. Oder hat Guilard recht, bin ich nicht mehr wirklich ein Mensch?*

Kiéran sattelte Reyn ab, band ihn mit einem langen Seil an einem Baum fest und schlug sein Zelt auf. Dann setzte er sich ans Ufer, kaute auf einem Grashalm herum und betrachtete die Landschaft, so wie das Oscurus sie ihm offenbarte. Aha, dort im weichen Lehm des Ufers hatten ein paar Sumpfhunderthänder ihre Höhlen; obwohl sie sich verbargen, sah er sie als violett glühende Gestalten, mitten durch die Erde hindurch. Wenn sie so dreist waren, nachts herauszukommen und ihn zu ärgern, würde er ihnen auf den Kopf zusagen, wo sie wohnten, das würde ihnen die Stimmung gründlich verderben.

Während des Tages war er gut vorangekommen, und das, was es zu sehen und zu tun gab, hatte ihn in Anspruch genommen. Doch abends wurde es schwer. Dann kroch eine Leere in ihm hoch, die ihm Angst machte. Niemand brauchte ihn, er konnte tun, was er wollte – es interessierte sowieso niemanden. Das nannte man wohl Freiheit.

Schluss mit dem Selbstmitleid, dachte Kiéran streng und lenkte sich ab, indem er mit seiner neuen Waffe den Ardrosth Carh, das *Erwachen der Welt,* übte. Es war ein schwieriger Schwerttanz, und Kiéran ging manche Bewegungsabläufe zehnmal, zwanzigmal durch, bis er zufrieden war. Das neue Schwert war genauso gut, wie er es sich erhofft hatte, doch er wusste, dass er noch lange dem anderen, das er an die Krieger von Thoram verloren hatte, hinterhertrauern würde. Es gab nur rund zwei Dutzend Waffen aus Sternenstahl in Ouenda.

Bis zur Erschöpfung zu üben machte auch das Einschlafen leichter. Es war spät in der Nacht, als Kiéran schließlich in sein Zelt kroch und die Decke über sich zog, das Schwert griffbereit neben sich. Als er erwachte, hörte er Rotamseln, Zeredith und Kernfinken in den Bäumen singen; das verriet ihm, dass es kurz vor Sonnenaufgang sein musste. Kiéran gähnte, schloss noch einmal die Augen – und wunderte sich. Wieso war das Gezwitscher jetzt verstummt? Von einem Moment auf den anderen war nichts mehr zu hören. Da stimmte doch etwas nicht.

Ein unangenehmes Prickeln durchlief ihn, als er sich vorzustellen versuchte, was los sein könnte. *Vielleicht ein Xher, das im Ufergestrüpp lauert. Oder eine Bande von Wegelagerern, die mein Zelt entdeckt hat.*

Er tastete nach seinem Schwert und fand es nicht. Was bei allen Göttern…? Ein leises rauschendes Geräusch warnte ihn, und er rollte sich gerade noch rechtzeitig zur Seite. Einen Wimpernschlag später stürzte etwas vom Himmel auf ihn herab wie ein fallender Baum und riss sein Zelt in Fetzen; handlange Klauen bohrten sich neben ihm in die Erde. Es stank nach Verwesung und feuchtem Gefieder. Kiéran stieß einen Fluch aus und tastete nach seinem Tempelmesser, fand es, bohrte es in das schuppige Bein, zu dem die Klauen gehörten. Ein Kreischen, das fast wie ein menschlicher Schrei klang, durchschnitt die Dunkelheit, doch gleich darauf zerfetzten weitere Klauen den Zeltstoff, unter dem er lag. Kiéran kämpfte sich irgendwie aus den Resten seiner Behausung frei. Blut lief sein Bein herab, doch er beachtete es nicht. Reyn bäumte sich auf, wieherte schrill und zerrte an dem Seil, das ihn mit einem Baum verband.

Kiéran erhaschte einen kurzen Blick auf das Wesen, das sich über seinem Zelt erhob. Es war etwa zwei Köpfe größer als er selbst und wirkte wie eine Kreuzung aus Eidechse, Vogel und Mensch. Kiéran konnte es erstaunlich deutlich erkennen, er sah sogar, dass die langzehigen Füße eine tiefe Spur im weichen Boden der Aue hinterließen. Für seine neuen Augen war das Gesicht ein dunkles Oval, genau wie das eines Menschen, nur mit Fangzähnen. Gerade stieß das Wesen sich mit seinen klauenbewehrten Reptilienbeinen vom Boden ab und schlug mit den Flügeln, um in die Luft zurückzukehren – doch das glückte ihm nicht, es hing in den Zeltschnüren fest.

Ein Skraeling, das muss ein Skraeling sein! Genau so hatte Ulíes die Biester beschrieben, denen er mal beim Klettern in Khelgardsland in die Quere gekommen war. Er hatte sie erst gar nicht gesehen, perfekt getarnt waren sie gewesen, hatte er erzählt. Zwei Wochen Lazarett waren dabei herausgesprungen, und Ulíes meinte, er habe noch Glück gehabt.

Schwer atmend blickte Kiéran sich um. Verdammt, er brauchte seine Waffe, wo bei Xatos war das Ding? Ein leises Zischeln verriet ihm, was los war, und dann erkannten seine neuen Augen auch schon die raupenähnlichen Konturen von Hunderthändern – eine Schar von ihnen war dabei, sein Schwert wegzuschleppen. Zu sechst mussten sie es hochwuchten, aber sie waren schon ein gutes Stück weit gekommen und machten Miene, den Stahl mitten im Benar zu versenken.

»Gebt das her!«, brüllte Kiéran sie an. Die Hunderthänder verfärbten sich alarmiert und begannen in einem Wirbel von Fingern zu rennen. Barfuß wie er war, sprintete Kiéran hinter ihnen her – und musste sich zu Boden werfen, kurz bevor er die Übeltäter erreichte. Lautlos stürzte sich der Skraeling auf ihn, Klauen hackten nach seiner Kehle, seinem Bauch. Kiéran schützte seinen Kopf mit den Armen und rollte hin und her, um den Klauenstößen zu entgehen. Er wusste, dass er nur noch eine Chance hatte, diesen Angriff zu überleben. Er spannte seinen Körper an, dann rollte er sich rückwärts ab, unter den Beinen des Skraelings hindurch, und versuchte, auf den Rücken des Wesens zu gelangen. Das Gefieder war glatt wie Seife, Kiéran rutschte davon ab, doch er schaffte es, den oberen Rand eines Flügels zu packen und sich daran hochzuziehen. Seine Hände griffen nach dem Hals des Skraelings, klammerten sich daran fest, drückten mit aller Kraft zu. Grauen stieg in ihm hoch, als er merkte, wie menschlich dieser Hals sich anfühlte. *Kräftige Hände schließen sich um ihre Kehle, mit weit aufgerisse-*

nen Augen beginnt sie zu kämpfen, versucht zu treten, zu kratzen, doch Ceruscan ist so viel stärker als sie …

Unwillkürlich lockerte sich Kiérans Griff, und mit einem Ruck schüttelte der Skraeling ihn ab. Der Aufprall auf den Boden war so heftig, dass es ihm die Luft aus den Lungen presste. Kiéran erkannte die wahrscheinlich verblüfft glotzenden Stielaugen eines Hunderthänders ganz nah vor sich, dann schoss Kiérans Arm vor, seine Hand umklammerte den Griff seines Schwerts. Ein halbes Dutzend Hunderthänder trippelte erschrocken auseinander.

Ohne nachzudenken, wälzte sich Kiéran auf den Rücken, und als der Skraeling sich auf ihn stürzte, stieß er das Schwert nach oben und durchbohrte den Rumpf des Wesens an der Stelle, an der er das Herz vermutete. Heißes Blut strömte auf ihn herab, und der Skraeling stürzte flatternd auf die Seite. Eine harte Flügelkante traf Kiéran, hätte ihm beinahe die Waffe aus der Hand gerissen.

Jemand brüllte etwas, was bestürzend wie menschliche Worte klang, eine Mischung aus Vogellaut und Sprache. Ein zweiter Skraeling! Kiéran überlief es kalt. Das Wesen näherte sich ihm ganz langsam, den Hals ein wenig vorgestreckt und die Vorderklauen in einer eigenartigen Haltung gekreuzt – hatte das eine bestimmte Bedeutung, war es eine Botschaft? Die Aura des Wesens war ein schwarz-violetter Glanz, deutlich zu erkennen und doch bedrohlich wie eine Gewitterwolke, die sich über den Himmel schob. Kiéran richtete sich auf und zog sich zurück, Schritt für Schritt, bis der mannsdicke Stamm eines Weidenbaums zwischen ihm und dem Skraeling war.

»Was wollt ihr von mir?«, fragte Kiéran laut. »Ich habe euch nichts getan. Und Futter könnt ihr euch anderswo leichter beschaffen.«

Der Skraeling streckte das Kinn vor, und Kiéran ahnte, dass er zumindest etwas von seinen Worten verstanden hatte. Doch als das Wesen den Mund öffnete, geschah es nur, um fauchend die Fangzähne zu zeigen – auch das war eine Antwort.

Sein Angriff kam so schnell und heftig, dass es ohne die Deckung der Weide aus gewesen wäre mit Kiéran. Mit einem reißenden Splittern barst der Stamm, und der Skraeling fiel über Kiéran her. Erschrocken riss Kiéran das Schwert hoch, doch die Klinge prallte von den gepanzerten Vorderklauen ab.

Kiéran rannte los, im Kreis um den Skraeling herum, und dann bemerkte er etwas, das sein Herz schneller schlagen ließ. Reyn hatte sich losgerissen; doch statt wegzurennen, stand er hoch aufgerichtet und schnaubend über den Resten des Zelts. Dann stürmte er heran, bäumte sich auf und schlug mit den Vorderhufen nach dem Skraeling. Mit einem wütenden Hengst war nicht zu spaßen, und der Skraeling wirkte einen Moment lang verwirrt. Er geriet aus dem Gleichgewicht, als er Reyns gebleckten Zähnen auswich, machte einen Schritt zur Seite – und lief direkt in Kiérans Klinge. Sein Hieb mit dem gehärteten Stahl trennte dem Wesen einen Flügel ab. Verzweifelt schlug der Skraeling mit den Klauen abwechselnd nach Reyn und Kiéran, doch schon bald war er so geschwächt, dass er keine Chance mehr hatte. Kiéran wich seinen Fangzähnen aus und tötete das Wesen mit einem sauberen Stoß in die Kehle.

Als der Skraeling endlich nicht mehr zuckte, beruhigte sich Kiérans Herzschlag langsam. Nachdenklich wischte er sein Schwert im Gras ab. *Wer hätte gedacht, dass es so schnell seine Bluttaufe bekommen würde! Wieso treiben sich eigentlich hier, mitten in Benaris, Skraelings herum? In Khelgardsland, das hätte ich noch verstanden, das ist neben Khorat, und von dort kommen sie – aber hier? Irgendetwas stimmt nicht in Ouenda.*

Es dauerte eine Weile, bis Kiéran es geschafft hatte, Reyn wieder zu beruhigen, dann konnte er sich ans Aufräumen machen und sich das Blut abwaschen. Die Vögel sangen wieder, und Kiéran ahnte, dass es jetzt bald hell werden würde. Er hatte unglaubliches Glück gehabt, dass die Skraelings ihn nicht im Schlaf überrascht hatten. Und ganz anders wäre der Kampf verlaufen, hätte er noch seine alten Augen gehabt. In völliger Dunkelheit und noch dazu ohne Waffe gegen diese Wesen – nein, das hätte er nicht überlebt. *Mir scheint, es war trotz allem ein Geschenk,* dachte Kiéran und berührte das Amulett, das er um den Hals trug.

Er versuchte festzustellen, warum er sich trotz allem, was gerade geschehen war, so gut fühlte. *Vielleicht liegt's einfach daran, dass ich noch lebe – und dass ich gerade bewiesen habe, dass ich kein Krüppel bin. Nicht mehr. Zwei Skraelings zu besiegen, und das allein, keiner in der Quellenveste hätte mir das noch zugetraut. Und ich mir ehrlich gesagt auch nicht. Doch ein Terak Denar ist keine leichte Beute. Auch ein ehemaliger nicht.*

Fasziniert untersuchte Kiéran die Kadaver und stellte fest, dass Skraelings am rechten Vorderbein vier Klauen hatten statt drei wie an den anderen Beinen. Diese vierte Klaue ähnelte dem Horn in seinem Gepäck, nur dass sie kleiner war und seinen neuen Augen strahlend weiß erschien – auch im Gegensatz zu den anderen, dunklen Klauen des Wesens. Halt, hatte Ulíes nicht etwas davon erzählt, dass Skraelings einen Giftstachel hatten? Das hier schien er zu sein.

Jetzt erst widmete sich Kiéran der Wunde an seinem Bein. Sie war nicht tief, aber sie brannte höllisch. Xatos schütze ihn, hoffentlich war es nicht ausgerechnet die giftige Klaue, die ihn erwischt hatte! Beunruhigt suchte Kiéran aus seinem Gepäck das Verbandszeug heraus und tupfte reichlich Ydirun auf die Verletzung. Mehr konnte er nicht tun.

Jetzt lag sein Schicksal in der Hand der Götter.

Verraten und verdammt

Es regnete noch immer, und Jerusha machte sich Sorgen um Grísho. Wie sollte er die schnelle Kutsche begleiten, in der Jerusha saß, wenn nur so schwache Schatten zur Verfügung standen, und manchmal nicht einmal die? Zur Sicherheit befestigte sie die kleine Laterne wieder an Amaderas Sattel – auch wenn der Kutscher darüber den Kopf schüttelte –, nur um bei der Mittagsrast festzustellen, dass der Laterne das Öl ausgegangen war, sie musste schon vor einiger Zeit erloschen sein.

Niedergeschlagen blickte Jerusha den Weg zurück, den sie gekommen waren. Sie wagte nicht, »Grísho?« zu flüstern, die Bediensteten hätten sie gehört. Oder noch schlimmer, der Gerhan selbst. Und es war nicht sehr wahrscheinlich, dass er Schattenspringer schätzte.

Grísho weiß, dass ich nach Perikhor unterwegs bin, tröstete sich Jerusha. *In jeder Nacht wird er weiterkommen, schneller als es ein Mensch je vermag, und womöglich ist er sogar vor mir da.*

Perikhor, das sie am späten Nachmittag des zweiten Tages erreichten, erschien Jerusha als endlose Folge von Alleen, Gebäuden und breiten Straßen unter einem Himmel, der die Farbe einer Schieferplatte hatte. Alles huschte so rasch vor dem Fenster der Kutsche vorbei, dass Jerusha es kaum schaffte, mehr als einen kurzen Blick darauf zu werfen; außerdem lenkte sie der Vorleser ab, der den Innenraum der Kutsche pausenlos mit seiner Stimme füllte. Seit Jerusha eingestiegen war, hatte sie sich schon ein komplettes – und leider gähnend langweiliges – Werk über Rechtsgeschichte anhören müssen.

»Das ist der Palast des Gerhan, mein Dienstsitz«, erklärte KaoRenda und deutete auf einen wuchtigen, viereckigen Bau, der an den Seiten von Türmen geziert war. Jerusha nickte beklommen. Die hohe Fassade aus grauweißem Stein wirkte auf sie abweisend und kühl. »Werde ich dort an der Skulptur arbeiten?«

Sie war froh, als KaoRenda abwinkte. »Nein, nein. Dort sind nur die

Gerichtssäle und Verwaltungsräume, einige Arrestzellen und ein Kerker. Wir fahren gleich weiter zu meiner eigenen Residenz.«

Kurze Zeit später rasselten die Räder der Kutsche über geharkten Kies, und der Gerhan bedeutete Jerusha, auszusteigen. Er kletterte hinter ihr aus der Kutsche und streckte seinen kraftvoll wirkenden Körper. Neugierig sah Jerusha sich um und musterte die Villa aus cremefarbenem Stein, die sich mitten in einem Privatpark mit alten Bäumen erhob. Auf einem Podest schmückte eine doppelt lebensgroße Statue des Gottes Jaeso den Eingang; Jerusha betrachtete sie mit Bewunderung. Jaeso, Sohn der Sterne – großzügig und reich, aber einsam. Schutzpatron aller Händler und Reisenden.

»Jaeso? Eine seltsame Wahl«, meinte Jerusha, und KaoRenda schüttelte den Kopf. »Wenn Ihr mehr über mich erfahrt, werdet Ihr es verstehen.«

Jerusha interessierte es zwar, was für ein Mensch der Gerhan war, doch sie hatte eigentlich nicht vor, die Persönlichkeit ihres Gastgebers bis in die Tiefen seiner Seele zu erforschen. Und so nickte sie nur, statt zu antworten, und beobachtete aus dem Augenwinkel, wie Diener das Gepäck des Gerhan und ihres gleich dazu ins Gebäude trugen. Ein Stallknecht klemmte sich Jerushas Käfig mit den Botenvögeln unter den Arm, klopfte Amadera den Hals und führte sie zu den Ställen. Gut, die Stute hatte ein paar Tage Rast bitter nötig!

KaoRenda beachtete das Geschehen gar nicht, sondern ging davon und besprach sich mit einem Mann in einer Livree. Im Gehen signierte er noch einige Dokumente, die ihm ein anderer Bediensteter in einer schwarzen Ledermappe reichte. Dann wandte er sich um und lächelte Jerusha zu. »Euer Zimmer ist im zweiten Stock, Ferrun wird es Euch zeigen. Bis später, wir sehen uns im Salon.« Und schon war er verschwunden, vielleicht zu irgendeiner Besprechung.

Jerusha hielt Ausschau nach weiteren Bewohnern der Residenz, doch es waren keine in Sicht. Falls KaoRenda Frau und Kinder hatte, blieben sie verborgen. Nur Diener sah sie.

Das Zimmer im zweiten Stock wirkte schlicht, aber edel: Bogenfenster, die bis zur Decke reichten, ließen Licht herein, an einer Seite stand ein Bett mit einem Überwurf, der mit galoppierenden Einhörnern bestickt war, auf der anderen Seite befanden sich ein Schreibtisch mit Stuhl – ihre Satteltaschen hingen darüber – und ein rundes steinernes Waschbecken. Jerusha sah, dass irgendetwas auf dem Bett lag, und ging neugierig näher. Drei Kleider aus glänzendem Stoff lagen dort.

Jerusha wollte den Diener fragen, was es damit auf sich hatte, doch die Tür klickte bereits ins Schloss, er war ohne ein weiteres Wort verschwunden.

Jerusha betrachtete die Kleider: Das erste war schulterfrei und aus schimmernder grüner Seide, ein anderes war vor der Brust geschnürt und in Orange gehalten und das letzte hatte sehr weite Ärmel und war aus blassblauer Seide gefertigt. Jedes einzelne war so prächtig wie ihr Hochzeitskleid und sicher weitaus wertvoller. Wem gehörten diese Kleider, woher stammten sie? Jerusha stellte fest, dass sie fast genau ihre Größe hatten. Unschlüssig ließ sie den glatten Stoff durch die Finger gleiten und hielt sich die Kleider vor den Körper, um abzuschätzen, ob sie ihr standen. In einer Ecke des Raumes befand sich ein großer Spiegel, doch wie üblich vermied Jerusha ihren eigenen Anblick. *Wahrscheinlich möchte KaoRenda einfach, dass ich standesgemäß gekleidet bin, während ich mich in seinem Salon aufhalte*, dachte sie trocken und entschied sich für das orangefarbene Kleid mit herrlich besticktem Ausschnitt. Zum Glück war das Ding viel leichter anzuziehen, als es aussah. Wie würde es Dario wohl gefallen, sie so zu sehen? Und Kiéran? Er hatte sie in ihren gewöhnlichen, nicht immer sonderlich sauberen Reisesachen kennengelernt, und jetzt sah sie aus wie eine der Ladys, die ihm sicher oft in der Quellenveste begegneten. Nein, halt, wahrscheinlich hatte er ihre Kleidung sowieso nicht erkennen können, manchmal vergaß sie seine Blindheit einfach, er hatte es so gut verstanden, sie zu verbergen.

Leor KaoRenda wartete bereits im Salon auf sie; als er sie sah, stand er auf. Sein Gesicht war gerötet, als käme er direkt von einem Ausritt. »Ihr seht wundervoll aus, Jerusha. Das Orange steht Euch bestens.«

»Danke«, meinte Jerusha verlegen und zupfte an einem Band, das am Mieder irgendwie keinen Platz mehr gefunden hatte. »Wie kommt es, dass mir die Kleider alle so gut passen? Wem haben sie zuvor gehört?« *Vielleicht seiner Tochter. Oder seiner Lieblingscousine. Hoffentlich nicht seiner Mutter, das wäre zu peinlich! Nein, so alt wirken sie eigentlich nicht, der Stoff könnte genauso gut neu sein.*

»Niemandem haben sie gehört.« KaoRendas blaue Augen funkelten vor Vergnügen. »Ich habe per Botenvogel eine Nachricht an meinen Schneider vorausgesandt. Freut mich, dass ich Eure Maße richtig geschätzt habe.«

Sprachlos blickte Jerusha ihn an, und KaoRenda legte den Arm leicht um ihre Schulter, um sie zu einem Sofa zu dirigieren. Die Berührung war ihr unangenehm. »Wie schade, dass mein Verlobter Dario das Kleid nicht auch sehen kann, es hätte ihm sicher gefallen«, meinte Jerusha, und KaoRenda stutzte. »Dario«, murmelte er. »Kein besonders häufiger Name. Sein Clan?«

»WiTanek.«

Jetzt lächelte KaoRenda wieder. »Ah, ich weiß schon. Larangva, nicht wahr? Sicher ein sehr ehrenwerter junger Mann. Nehmt doch bitte hier Platz.«

Es beruhigte Jerusha, dass sie ihre Verlobung angesprochen hatte; klare Verhältnisse waren ihr lieber. *So? Und doch hast du es Kiéran nicht gesagt. Er musste denken, dass du noch zu haben bist. Du richtest es dir ein, wie es dir gerade passt!* Ihr Gewissen, wieder einmal. Und es gab nichts, was Jerusha ihm darauf erwidern konnte.

Jerusha blickte sich in dem hohen, mit poliertem Stein verkleideten Salon um; er war so groß wie die Scheune der DoAlands in Loreshom, und in die passte eine ganze Jahresernte. Aber sie hatte nicht vor, damit herauszuplatzen; sie hatte es satt, das Mädchen vom Lande zu geben. Jerusha ließ sich auf dem mit Goldbrokat bezogenen Sofa nieder, das vor dem riesigen Kamin stand, und ihre Füße versanken beinahe in den Shannafellen, die auf dem Steinboden verteilt waren. Für diese Polsterung hatte wohl eine ganze Herde ihr Leben lassen müssen.

»Was ist das da an der Wand eigentlich?«, erkundigte sie sich fasziniert. Es sah aus wie ein kunstvoll geflochtenes Netz aus Gold- und Silberfäden und glänzte im Licht der Kerzen.

KaoRenda schien sich an ihrem Erstaunen zu freuen. »Das ist ein Coer Honur, ein *Netz der Ehre* aus Khedira. Hat ein Mitglied einer Familie jemand anderem ein Unrecht zugefügt, dann webt die ganze Familie ein solches Netz für denjenigen oder seine Angehörigen – je schwerwiegender die Tat, desto wertvoller und aufwendiger das Netz.«

»Aber hat denn jemand Euch ein Unrecht zugefügt?«

»Nein, nein, natürlich nicht. Dieses da haben wir beschlagnahmt. Eine Familie aus Khedira hat versucht, sich damit vom Tod eines Mannes aus Ouenda freizukaufen, aber das kam natürlich nicht infrage. Ich habe den Täter zu Kerkerhaft verurteilt.«

Bisher war KaoRenda ein aufmerksamer Gastgeber gewesen, doch jetzt schien er sie völlig zu vergessen, als er sich daranmachte, das Feuer im Kamin zu entfachen. Geschickt stapelte er getrocknetes Moos, Anfeuerholz und Kulmenscheite auf den Rost und hantierte mit Eisen und Feuerstein, um sein Werk mit einem Funken zum Leben zu erwecken. Jerusha wunderte sich, warum er das alles nicht einem Diener überließ.

Vielleicht, weil der gerade damit beschäftigt war, Grünwein zu servieren. Eigentlich hätte Jerusha lieber Wasser gehabt, doch sie nippte an dem Wein und stellte fest, dass er einen angenehm fruchtigen Geschmack hatte.

»Habt Ihr schon das nötige Material für die Porträtbüste hier in der Residenz?«, fragte Jerusha, als das Feuer lichterloh brannte und KaoRenda sich in einer Armlänge Entfernung neben sie setzte. »Und Werkzeug? Oder soll ich mich darum kümmern?«

»Nicht nötig, es ist alles da«, erwiderte KaoRenda. »Und seht Ihr diesen Teil meiner Bibliothek?« Stolz deutete er auf eine mit Büchern bedeckte Wand. »Darin sind alle wichtigen Werke über die Kunst der Bildhauerei, und natürlich über viele andere Wissensgebiete. Ich bin sehr stolz auf meine Sammlung. Ihr könnt gerne einen Blick hineinwerfen, wenn Ihr möchtet.«

»Das werde ich tun, vielen Dank«, sagte Jerusha. Unvorstellbar, wie viele Bücher hier versammelt waren! In ganz Loreshom gab es in allen Familien zusammen kaum ein Dutzend, sie wurden behutsam verwahrt und ungern ausgeliehen. Die meisten waren wertvolle Erbstücke, doch gelesen wurden sie noch immer.

»Wenn Ihr nichts dagegen habt, werde ich mir morgen früh sofort den Stein ansehen und mit den ersten Skizzen beginnen«, fuhr Jerusha fort. »Falls Ihr Zeit habt, mir Modell zu sitzen?«

»Ja, natürlich. Hervorragende Idee – wir können den kleinen Salon nutzen«, sagte KaoRenda lächelnd und musterte Jerusha mit einem Blick, der sich nicht wirklich angenehm anfühlte. Einen Moment lang kam sie sich vor wie ein Stück Vieh auf dem Markt.

Danach war das Thema Skulptur anscheinend abgeschlossen. Den Rest des Abends plauderten sie über die Arbeit eines Gerhan und über ihre Reisen durch Benaris, die ihn sehr interessierten. Immer wieder schien KaoRenda tief in den Anblick der Flammen zu versinken, und in kurzen Abständen stand er auf und fütterte das Feuer mit kleinen Leckerbissen: ein paar dünnen Stöcken Anfeuerholz, einem Stück Pergament und einem Taschentuch aus besticktem Damast, um das es Jerusha leidtat. Das wäre ein schönes Mitbringsel für Liri gewesen, sie hätte es sicher bestaunt und in Ehren gehalten.

»Ist es eigentlich schwer, immer gerecht zu urteilen?«, fragte Jerusha, um sich davon abzulenken.

KaoRenda starrte ins Feuer und stützte die Fingerspitzen gegeneinander. »Gerechtigkeit ist wichtig, hängt aber von vielen Dingen ab. Der politischen Situation zum Beispiel. Und nicht zuletzt der Reue. Vor Kurzem habe ich einen betrügerischen Müller aus Krennan, der sich weigerte, sein Unrecht einzusehen, zum Kerker verurteilt, obwohl das Gesetz für ihn eigentlich nur eine Geldstrafe vorgesehen hätte.«

Jerusha fragte sich, was in aller Welt Gerechtigkeit mit der politischen Situation zu tun haben könnte. »Wart Ihr wütend über die Sturheit des Müllers?«

Der Gerhan lächelte. »Hin und wieder ist es gut, die Menschen daran zu erinnern, was passiert, wenn man die Würde des Gerichts missachtet.«

Jerusha überlief ein Schauder, und sie fragte nicht weiter.

KaoRenda beobachtete die Flammen, dann sah er sich im Raum um und runzelte die Stirn. Mit leichter Verspätung begriff Jerusha, dass nichts mehr da war, um es an das Feuer zu verfüttern. Kurzerhand griff der Gerhan nach einem Werk mit ledernem Einband, das auf einem Tischchen neben dem Diwan lag – *Legenden Ouendas*, verriet der Titel. Beiläufig nahm Leor KaoRenda das Buch, riss eine Seite heraus und schob sie in die Flammen, die sofort davon Besitz ergriffen.

Entsetzt beobachtete Jerusha, wie die Seite zu hauchfeinen Ascheflocken zerfiel. »Schade drum«, wagte Jerusha anzumerken, doch der Gerhan reagierte nicht einmal. Er hatte sich zurückgelehnt und beobachtete zufrieden die Flammen.

Je besser ich ihn kennenlerne, desto weniger werde ich schlau aus ihm, ging es Jerusha durch den Kopf, und einen Moment lang dachte sie daran, ob es nicht doch besser war, diese Villa so bald wie möglich zu verlassen. Noch an diesem Abend. Doch ihr fiel kein Vorwand ein, den KaoRenda akzeptiert hätte.

Als sie in ihr Zimmer zurückgekehrt war, suchte sie vergebens nach ihren Sachen, die sie herausgelegt hatte, um sie zu flicken und zu waschen. Nur noch die seidenen Kleider waren da. Jerusha irrte durch die Gänge, bis sie einen Diener fand. »Wisst Ihr zufällig, wo meine Sachen abgeblieben sind?«

»In der Wäsche und noch nicht trocken«, bekam sie zur Auskunft, und am nächsten Tag – zu Einkehr – war Jerusha gezwungen, die Morgenspeise mit KaoRenda in dem schulterfreien smaragdgrünen Kleid einzunehmen.

»Prachtvoll«, sagte KaoRenda und musterte sie anerkennend, doch Jerusha kam sich furchtbar albern vor und mühte sich, nicht darüber nachzudenken. Stattdessen nutzte sie die Chance, noch einmal nach Stein und Werkzeug zu fragen.

»Sicher, natürlich«, sagte Leor KaoRenda; er wirkte ein wenig ungehalten. Hatte sie ihn durch ihre häufigen Fragen verärgert? Doch dann führte er sie sogar persönlich zu einem Schuppen bei den Ställen, neben dem mehrere Blöcke Grünen Marmors in verschiedenen Formen und Größen im hohen Gras lagen. Manche waren kniehoch, andere länglich geformt und groß wie ein Mensch. Es regnete nicht mehr, doch der Stein war noch nass und schimmerte in einem tiefen Grün, das aus dem Herzen der Wälder zu stammen schien.

Jerusha vergaß, dass der Saum ihres Kleides dreckig wurde, sie vergaß ihre Sorgen wegen KaoRendas seltsamem Verhalten. In ihr jubelte es. Das war nicht nur Stein, das waren tausend Möglichkeiten. Pure Schönheit, die nur auf jemanden wartete, der sie entdeckte und hervorbrachte. Sofort fächerten Bilder und Ideen in ihr auf – aus diesem hier könnte man eine ganze Szene mit mehreren Figuren formen, aus jenem vielleicht eine Tiergestalt …

Mühsam erinnerte sie sich, warum sie hier war, und zwang sich zur Nüchternheit. Eine einfache Porträtbüste sollte es werden, eine Auftragsarbeit. Jerusha kniete sich neben einen Block, der die richtige Größe zu haben schien. »Ich brauche einen kleinen Hammer und einen Eimer Wasser, bitte«, sagte sie, und einer der wenigen Diener, die sich auch zu Einkehr in der Villa befanden, hastete los, um ihr das Gewünschte zu holen.

Vorsichtig klopfte Jerusha den Block von allen Seiten ab und lauschte auf den Ton – war er hell und klar oder an manchen Stellen dumpf? Das würde ihr verraten, ob der Stein versteckte Hohlräume oder Fehler hatte, die ihre Skulptur ruinieren könnten. Doch der Block klang rein wie eine Glocke. Als Nächstes goss Jerusha etwas Wasser darüber und betrachtete den Stein sorgfältig von allen Seiten, auf der Suche nach verborgenen Rissen. Auch diese Probe bestand der Block.

»Ein herrlicher Stein«, sagte Jerusha, und KaoRenda sah zufrieden aus.

»Gut. Wann können wir mit den Skizzen beginnen?«

»Von mir aus gleich«, sagte Jerusha, froh, über ihre Arbeit sprechen zu können. »Ich werde mehrere Skizzen anfertigen, um Euer Gesicht immer besser kennenzulernen – bis ich das Gefühl habe, dass ich es modellieren kann. Erst forme ich es aus Ton, dann übernehme ich die Maße mit einem Zirkel auf den Marmorblock.«

Das Zimmer, in das er sie führte, lag weit oben in der Residenz. Ein Raum mit einem Boden aus geöltem Parkett, völlig leer bis auf ein paar Hocker, einen kleinen Tisch, an dem Jerusha modellieren konnte, und einen Diwan. Zeichenblätter lagen schon bereit, und ein paar weiche Kohlestifte.

»Setzt Ihr Euch bitte hierher?«, bat Jerusha den Gerhan höflich, dann zog sie sich selbst einen Hocker heran, legte ein Zeichenbrett auf ihre Knie und begann. Mit wenigen kühnen Strichen skizzierte sie die Umrisse seines Gesichts, seine hohen Wangenknochen, den entschiedenen Mund, das etwas klobige Kinn. Am schwersten war es wie immer, die Augenpartie richtig zu zeichnen, schon winzige Kleinigkeiten veränderten den Ausdruck völlig.

»Wie schade, dass ich nicht zeichnen kann«, sagte KaoRenda leichthin. »Die Rollen sollten vertauscht sein – es ist eine Schande, eine Frau wie Euch der Nachwelt vorzuenthalten. Und das Kleid bringt Eure Figur ganz hervorragend zur Geltung. Ihr habt die Anmut einer Nymphe.«

Jerusha errötete, endlose Momente lang musste sie über eine Erwiderung nachdenken. »Was für ein Glück, dass ich keine Nymphe bin, sonst wäre ich in Eurer Residenz wohl kaum willkommen.«

»Auch wenn es so wäre, Ihr gehört hierher. Allein die Farbe Eurer Augen – ein Blau, so tief wie die Seen von Yantosi.«

»Nicht lächeln«, unterbrach ihn Jerusha, um den Strom der Komplimente gar nicht erst ausufern zu lassen. »Das passt nicht zu der Büste, und ich werde Euch so gar nicht erst zeichnen.«

Er lachte und furchte dann übertrieben die Brauen. »Ihr habt absolut recht. Ein Richter muss streng und nüchtern blicken. Ich werde mir Mühe geben. Darf ich schon einen Blick auf Eure Zeichnung werfen, schöne Nymphe?«

Ohne ihr Einverständnis abzuwarten, stand er auf, stellte sich hinter sie und blickte auf ihr Blatt herab. Jerusha konnte seinen Atem an ihrer Wange spüren, und ein kühler Luftzug strich über ihre bloße Schulter. Nein, kein Luftzug, er ließ die Finger über ihre Haut gleiten, ganz beiläufig, während er die Skizze betrachtete. Jerusha wich zurück. *Ghalils Schande, geht das jetzt so weiter? Wahrscheinlich war es Absicht, dass all meine eigenen Sachen gleichzeitig in der Wäsche gelandet sind!*

»Gefällt mir schon sehr gut«, sagte der Gerhan. »Nur meine Nase hat noch nicht ganz die richtige Form, nicht wahr?«

»Möglich – wenn Ihr Euch wieder hinsetzt, kann ich es noch mal neu versuchen«, sagte Jerusha betont nüchtern und deutete mit der Zeichenkohle auf den Diwan. Erleichtert sah sie, dass er diesmal tat, worum sie ihn gebeten hatte. Doch er hielt es nicht lange aus, untätig zu sitzen, schon nach wenigen Augenblicken stand er wieder auf und schlenderte auf sie zu. »Wisst Ihr, was mir an Euch so gefällt? Dass Ihr eine Künstlerin seid und trotzdem eine Schönheit, mit der ich mich stolz zeigen würde.«

Verlegen senkte Jerusha den Blick – und sah etwas, das ihr eine eisige Welle durch den ganzen Körper jagte. Einen unscheinbaren braunen Fleck auf der Innenseite der Ärmelmanschette.

Er hat gelogen. Dieses Kleid ist nicht neu.

Das da ist Blut!

* * *

Zuerst spürte Kiéran das Gift daran, dass die Wunde brannte, doch bald merkte er auch, wie seine Bewegungen langsamer, schwerfälliger wurden. Die Welt flimmerte vor seinen neuen Augen, und er fühlte sich, als habe er drei Nächte am Stück durchwacht, an Ort und Stelle hätte er sich zum Schlafen hinlegen können. Alarmiert zwang er sich, die Augen offen zu halten. *Ich wette, sie setzen das ganz gezielt bei der Jagd ein. Es reicht, die Beute zu verletzen, dann wird sie wehrlos und kann in aller Ruhe gefressen werden. Und diesmal reicht es immerhin für eine späte Rache.* Was für eine Chance hatte er jetzt überhaupt noch? Hier am Flussufer war niemand, der ihm helfen konnte.

Ich muss nach Ellsmere! Vielleicht gibt es dort einen Heiler. Den Gedanken zu formen dauerte ewig.

Es kostete ihn all seine Energie, sich aufrecht zu halten und Reyn mit einem schrillen Pfiff zu sich zu rufen. Kiéran spürte, wie Reyn sich ihm näherte, doch er schaffte es nur noch mit Mühe, die Hand zu heben und sie dem Hengst auf den Hals zu legen. Zum ersten Mal, seit er ihn ritt, stand Reyn still wie eine Statue, während Kiéran versuchte, aufzusteigen. Doch Kiéran merkte bald, dass es keinen Sinn hatte, seine Kraft verließ ihn zu schnell. Schließlich krampfte er einfach die Hände in Reyns Mähne und ließ sich von dem Hengst mitziehen.

Verdammt, wo lief das Vieh denn hin? Warum brachte es seinen Herrn nicht zur Straße, wo vielleicht andere Menschen ihn finden würden? Stattdessen schritt der Hengst zum Fluss und stellte sich mit den Vorderbeinen ins flache Wasser.

Kiéran ließ Reyns Mähne los, einen Moment lang konnte er sich noch auf den Beinen halten, dann kam ihm der Boden entgegen und schlug ihm ins Gesicht. Dunkelheit umgab ihn, doch weit, weit entfernt fühlte er das Gras unter sich, das feucht war vom Frühtau, und die Wasser des Benar, die seine Füße umspülten. Langsam gruben sich seine Finger in die schlammige Erde des Ufers, und es war das einzige Stück Wirklichkeit, das er zu fassen bekam. In seinem Kopf war nur ein weißes Rauschen, das alles durchdrang. Kiéran kannte dieses Gefühl. Er war wohl kurz davor, das Bewusstsein zu verlieren …

Als er Stimmen hörte, war er nicht sicher, ob er sie sich einbildete. Doch als sie lauter wurden, merkte er, dass sie von der Straße kamen. In der klaren Luft des Morgens trugen Geräusche weit. Die plötzliche Hoffnung fühlte sich an, als kreise frisches Blut in seinen Adern, und er schaffte es noch einmal, das weiße Rauschen zurückzudrängen. *Sie werden mich bemerken Reyn sehen mein Lager die toten Skraelings vielleicht können sie mir trotz allem helfen mich nach Ellsmere bringen in Sicherheit …*

Die Stimmen kamen näher.

»… wenn der Preis für Korn weiter so in den Keller geht, dann werde ich mit Verlust verkaufen müssen. Was meinst du, wird wenigstens die Nachfrage nach Erz so bleiben? Gestern ist mir welches angeboten worden.«

»Greif zu, auf jeden Fall! Erz ist wichtig und wird es bleiben, im Gegensatz zu diesem verdammten Grünzeug. Im letzten Jahreslauf habe ich auf Pristanbohnen gesetzt, und ausgerechnet in diesem Sommer hat die Ernte in Kalamanca alle Rekorde gebrochen.«

Kiéran wollte einen Ruf ausstoßen, irgendetwas, um auf sich aufmerksam zu machen, doch alles, was er zustande brachte, war ein schwaches Husten. *Sehen die denn nicht nach rechts und links kann das wahr sein nein von denen keine Hilfe …*

Schon wurden die Stimmen wieder leiser, und dann verklangen sie in der Ferne.

Doch da waren plötzlich andere Geräusche, ganz in seiner Nähe. Es war das feine Flüstern und Zischeln der Hunderthänder. Mit unendlicher Mühe öffnete Kiéran die Augen und erkannte, dass sie sein Gepäck durchwühlten. Einer schleppte Silbermünzen weg, ein anderer fingerte mit fünf Händen fasziniert an dem Holzperlenspiel herum.

Zwei Hunderthänder stritten sich um das bläulich schimmernde Horn, das er der Magierin in Sharedor abgenommen hatte. Der Anblick erinnerte Kiéran an irgendetwas. *Diese Giftklaue – fast wie dieses Horn in meinem Gepäck sieht sie aus weiß, nicht bläulich aber doch verdammt ähnlich …*

Mit aller Willenskraft, die er noch besaß, zwang Kiéran seine Hand vorwärts. Fingerbreit für Fingerbreit, auf die Hunderthänder zu, die mit ihrem Tauziehen beschäftigt waren und damit, sich anzukeifen. Sie bemerkten erst im letzten Moment, dass ihnen Gefahr drohte – zu spät, schon schlossen sich Kiérans Finger um das Horn. Und er hatte nicht die Absicht, wieder loszulassen, auch wenn Dutzende von kleinen Händen wütend an ihm zerrten.

Wärme zog durch seinen Körper und ungläubig spürte er, wie ein wenig Kraft in ihn zurückkehrte. *Dieses Ding – es hilft mir auf irgendeine Art!* Doch es reichte nicht, es einfach in der Hand zu halten, irgendetwas musste er tun – aber was?

Kiéran stellte fest, dass er rasenden Durst hatte. *Wasser. Ich brauche Wasser!* Zum Glück lag er sowieso schon halb im Fluss. Wenn er es jetzt noch schaffte, sich herumzuwälzen, dann kam er an das Wasser heran, aber wenn er Pech hatte, rollte er zu weit und geriet mit dem Kopf unter die Oberfläche. *Dann ertrinke ich, weil ich zu schwach zum Schwimmen bin ein jämmerlicher Tod wäre das soll ich es riskieren?*

Aus irgendeinem Grund musste er plötzlich an Jerusha denken, und als er die Nachtlilien sah, wusste er, warum. Die dunkelvioletten Blüten der Lilien waren vermutlich im Uferschilf verborgen, doch mit seinen neuen Augen konnte er sie erkennen, sie traten schimmernd aus der Dunkelheit hervor. Und es schien, als wachten sie über ihn. Als könne ihm nichts geschehen, wenn er in ihrer Nähe war.

Er wagte es. Sammelte seine letzten Kräfte und rollte sich zur Seite. Wirbelnde Dunkelheit, dann Wasser überall. Es umströmte seinen ganzen Körper, flutete kühl über sein Gesicht, gab ihn wieder frei. Kiéran schnappte nach Luft, füllte seine Lungen und wusste, dass er diesmal Glück gehabt hatte. Schon umfloss der Benar seine Finger und füllte das Horn. Es dauerte eine Ewigkeit, bis Kiéran es geschafft hatte, das Horn an die Lippen zu heben, zu trinken. Doch dann war es, als würde ein Schleier von seinen Gedanken gerissen, der Nebel verschwand aus seinem Kopf. In tiefen Zügen trank er, wieder und wieder.

Es dauerte noch mehr als eine Stunde, bevor sein Körper wieder ganz ihm gehörte. Inzwischen war er völlig unterkühlt, und mit zitternden Fingern streifte er sich trockene Sachen über. Als er endlich wieder gehen konnte, streichelte er Reyn lange, und der Hengst drückte ungewohnt friedlich die Nase gegen seine Brust. Das Gefühl überstandener Gefahr war Kiéran nicht neu, doch diesmal hatte die ganze Sache etwas Verwirrendes. Er versuchte sich daran zu erinnern, was Ulíes noch über die Skraelings erzählt hatte. »*Eigentlich stammen sie aus Khorat, nur ab und zu treibt sich mal ein Schwarm in Khelgardsland herum. Zum Glück meiden sie Menschenmengen und greifen fast nie innerhalb von Städten an.*«

Ja, sie hatten ihn allein und außerhalb einer Siedlung angetroffen, das passte. Aber wieso waren sie überhaupt so tief ins Kernland von Ouenda eingedrungen?

Eins war klar, Skraelings waren keine Tiere, die aus guten Gründen angriffen – weil sie hungrig waren, sich bedroht fühlten oder ihre Jungen schützen wollten. Es waren Anderwesen und folgten einer eigenen Logik. Aber welcher? Dieser Angriff war eigenartig gezielt gewesen.

Nachdem Kiéran sich seine Silbermünzen aus der Behausung der Hunderthänder zurückgeholt hatte, suchte er nachdenklich alle Fetzen seines Zelts zusammen und verbrannte die Reste. Die nächsten Nächte würde er unter dem freien Sternenhimmel, den er nicht mehr sehen konnte, verbringen müssen.

Kiéran stutzte. *Sterne.* Woran erinnerte ihn das? *Sterndeuterin. Tinorey!* Plötzlich fiel ihm ein, wie dieses Geschöpf aus Khorat ihn gemustert hatte, nachdem er mit Fürst Ceruscan gesprochen hatte. Hatte Tinorey gehört, dass Kiéran ihren Fürsten gewarnt hatte?

Was ist, wenn das ein ganz gezielter Versuch war, mich zu töten? Wenn die Skraelings nicht einfach auf Beutezug waren, sondern jemanden gesucht haben? Mich? Vielleicht sind sie über die Grenze gekommen, weil sie gerufen wurden.

Auf einmal war Kiéran kalt. Wenn seine Theorie stimmte, dann waren die Skraelings erst der Anfang gewesen. Weil Tinorey, Nonar und ihresgleichen beschlossen hatten, dass es zu riskant war, wenn er am Leben blieb.

* * *

Abrupt stand Jerusha auf und legte das Zeichenbrett mit der fast fertigen Kohleskizze hin. »Einen Moment, ich bin gleich wieder da«, sagte sie und wusste, dass es viel zu unsicher klang, dass er erraten würde, dass sie nicht vorhatte wiederzukommen.

»Einen kurzen Blick nur, mal sehen, wie die Nase jetzt geworden ist«, sagte er, und dann stand er schon wieder hinter ihr und beugte sich herab. Im ersten Moment dachte Jerusha, er wolle wieder einen Blick auf die Zeichnung werfen, doch dann spürte sie seine Lippen auf ihrer bloßen Schulter, auf ihrem Hals.

»Hört auf, Gerhan! Ich bin verlobt!«, fauchte Jerusha und hoffte, dass es ihn zur Vernunft bringen würde, wenn sie ihn an seine Position erinnerte. Doch es hatte nicht die geringste Wirkung. Auf einmal fiel ihr auf, dass die Tür des kleinen Saales geschlossen war und dass noch kein einziger Diener hereingekommen war, seit ihre Zeichensitzung begonnen hatte. Ihr Herz trommelte wie wild. Hatte KaoRenda Anweisung gegeben, sie nicht zu stören, auf keinen Fall? Kannten die Diener dieses Spiel schon? Wie oft hatte der Gerhan es bereits gewagt und gewonnen?

»Keine Sorge, dein Verlobter wird es nie erfahren«, murmelte Leor KaoRenda, und seine Lippen wanderten tiefer. Eine seiner Hände tastete über ihren Schenkel, die andere schob sich über die Vorderseite ihres Kleides, strich über die glatte Seide, über ihre Brüste.

Mit einem Ruck riss Jerusha sich los, und dann standen sie sich gegenüber. Leor KaoRenda atmete schwer, und in seinem Gesicht stand raubtierhafte Lust – er wollte jagen, wollte verschlingen.

»Nein«, sagte Jerusha tonlos und ging rückwärts. Vielleicht war die Tür ja doch nicht abgeschlossen, vielleicht hatte sie noch eine Chance. »Lasst mich gehen.«

Er schüttelte den Kopf, und jetzt lag wieder ein Lächeln auf seinen Lippen. Doch es war kein Lächeln, das ihr galt. *Der Mistkerl genießt es!* Jerusha wandte sich um, hechtete zur Tür, umklammerte die Klinke und fühlte, wie sie zurückgerissen wurde. Sie schrie auf, schrie so laut sie konnte – war hier wirklich niemand, der ihr helfen konnte? Es konnte doch nicht sein, dass alle Diener mit ihm im Bunde waren!

»Vergiss es«, keuchte KaoRenda. »Zu Einkehr sind nicht viele im Haus, und denen zahle ich genug dafür, dass sie manchmal taub sind.«

Etwas zerriss in Jerusha, und blinde Wut packte sie. Sie brüllte ihn an und bog die Finger zu Krallen, zielte auf seine Augen. Zum ersten Mal sah sie Furcht in KaoRendas Blick, hastig lockerte er den Griff um ihre Taille, um ihren Angriff abzuwehren. Zu spät, Blut tropfte von seiner Augenbraue, und tiefe Kratzer zogen sich über seine Nase bis hinunter zur Oberlippe. Doch noch immer hatte er sie nicht losgelassen, noch immer stand dieser furchtbare Ausdruck auf seinem Gesicht, und in grimmigem Schweigen kämpften sie weiter. Jerusha riss ihr Knie hoch und versuchte, es ihm in den Schritt zu rammen. Doch KaoRenda wich im letzten Moment zurück, und diesmal lachte er heiser auf. »Du kommst sowieso nicht hier raus, meine Nymphe. Kämpf nur weiter so.«

Jerusha antwortete nicht, stattdessen trat sie noch einmal nach ihm und traf sein Knie so hart, dass KaoRenda einen Fluch ausstieß und beinahe zu Boden gegangen wäre. Plötzlich war sie wieder frei.

Ihre Beine zitterten so sehr, dass sie das Gefühl hatte, kaum laufen zu können. Doch es ging – sie rannte zu einem der Hocker und griff ihn sich, um KaoRenda mit den hölzernen Beinen auf Abstand zu halten. Sie musste die Tür irgendwie aufbrechen!

Leor KaoRenda ergriff den Hocker und zerrte ihn ihr aus der Hand. Packte sie mit diesen breiten, groben Steinmetzhänden, riss ihr Kleid auf, als sei es aus Pergament, und schleuderte sie zu Boden. Jerusha spürte den Schmerz kaum, blinde Panik überwältigte sie. Sie schlug um sich, bis er ihre Handgelenke packte und auf den Boden presste. Dann spürte sie, wie KaoRenda die Reste ihres Kleides hochschob und sein Knie zwischen ihre Beine presste, sie auseinanderdrückte. Als er in sie eindrang, schmerzte es so sehr, dass sie aufschrie.

Das Parkett war aus Craunenholz. Jerusha wandte den Kopf zur Seite und versuchte sich auf die Maserung der Bretter zu konzentrieren, den dunklen Linien und Mustern mit dem Blick zu folgen, an nichts anderes mehr zu denken. Doch die Stille dröhnte in ihren Ohren, und die Muster verschwammen vor ihren Augen.

Als KaoRenda aufstand, wirkte er blendend gelaunt. »Stell dich nicht so an, Mädchen, ist doch keine große Sache«, sagte er, ordnete seine Kleidung, wischte sich mit einem Seidentuch das Blut aus dem Gesicht und warf ihr einen kurzen Blick zu.

»Keine große Sache?«, brüllte Jerusha ihn an. »Mögen die Götter dich strafen, du widerlicher Heuchler, du Wurm! Ein Richter, dass ich nicht lache!«

Sie stellte fest, dass sie gleichzeitig lachte und weinte. Irgendwie schaffte sie es, auf die Beine zu kommen, und taumelte hinüber zu ihrem Zeichenbrett. Sie fetzte das Blatt herunter, riss ihre Skizze in Stücke und warf ihm die Reste ins Gesicht. Gleichmütig schloss Kao-

Renda die Tür auf und ließ zu, dass Jerusha an ihm vorbeistürmte, die Treppen hinunter.

In ihrem Zimmer lagen ihre eigenen Sachen bereit, sauber und ordentlich gefaltet. Jerusha riss sich die Reste des Seidenkleides vom Leib und schlüpfte in eine einfache Tunika, Hosen und Stiefel. Es kostete Jerusha mehrere Anläufe, Amadera zu satteln und ihre Taschen zu befestigen, ihre Finger waren zu fahrig und es machte die Stute nervös, dass ihre Herrin so aufgelöst wirkte. Jerusha zerrte Amadera aus dem Stall, zog sich irgendwie in den Sattel und drängte die Stute mit tränenüberströmtem Gesicht zum Galopp. *Nur weg hier, weg, weg!*

Wie konnte ich nur so naiv sein, so furchtbar naiv? Warum habe ich ihm auch nur einen Wimpernschlag lang vertraut? Ich hätte früher bemerken müssen, was er vorhatte, er hat ja kaum verborgen, worauf er aus war! Warum, warum, warum bin ich nicht am Abend gegangen, da war es noch nicht zu spät!

Ein neuer Weinkrampf schüttelte sie, und eine Gruppe von Händlern, an denen Amadera vorbeipreschte, blickte ihr verdutzt nach. Jerusha hatte keine Ahnung, wo es nach Cyr ging, sie wollte nur raus aus Perikhor, es war *seine* Stadt, keinen Moment länger wollte sie hierbleiben. Keinen einzigen Menschen gab es hier, den sie um Hilfe bitten konnte, dem sie erzählen konnte, was geschehen war.

Wenn du auf diese blödsinnige Reise gehst, dann wenigstens nicht allein, sonst ist es viel zu gefährlich, Jerusha!

Ein Karren kam ihr entgegen, Jerusha sah ihn kaum, sie war halb blind vor Tränen. Sie zerrte an Amaderas Zügeln, und die Stute sprang erschrocken zur Seite. Jerusha schaffte es kaum, sich im Sattel zu halten, und verlor einen Steigbügel. Doch sie krallte die Hand in Amaderas Mähne und stürzte nicht.

Aus Tiefwald kommt nichts Gutes, in tausend Jahresläufen nicht!

Eins war klar, es machte wenig Sinn, die Stadtwachen zu benachrichtigen. Sie würden ihr nicht glauben. Und wenn doch, dann würden sie nichts tun. Was sollten sie schon unternehmen? Gegen den Gerhan, einen der mächtigsten Menschen in Yantosi! Er war das Gesetz. Jetzt war ihr auch klar, warum es ihm so wichtig gewesen war, zu welchem Clan ihr Verlobter gehörte. Mit einer reichen und mächtigen Familie hätte er sich nicht angelegt, doch ein unbedeutender Clan aus Larangva war ihm völlig gleichgültig. Dieser Bastard!

Endlich war sie raus aus der Stadt, die Tore wurden nicht kontrolliert und niemand versuchte sie aufzuhalten. Vorbei an einem einzelnen Handelsposten und an ein paar Bauernhöfen, einem Tempel und einigen Fischereiteichen, dann führte der Pfad wieder in die tiefen Wälder.

An einem kleinen See ließ sie sich völlig erschöpft vom Pferd gleiten, legte sich auf ihren Umhang ins Gras und starrte in den Himmel. Ihr ganzer Körper fühlte sich zerschlagen an, doch die Erinnerung schmerzte noch schlimmer. Jerusha rollte sich herum und verbarg das Gesicht zwischen den Armen. Sie wünschte sich ihre Freundin Kianna herbei; ihr hätte sie alles erzählen können, und sie hätte sie einfach getröstet. Aber Kianna war weit weg. Nicht einmal Grísho war da, der gute Grísho, der wahrscheinlich nicht einmal begreifen würde, was die Tat des Gerhan bedeutete. Soweit sie wusste, war für ihn alles ein Rätsel, was mit den tieferen Gefühlen der Menschen zu tun hatte.

Sollte sie es Dario schreiben? Oder gleich zurückreiten nach Kalamanca?

Dario. Ihr zukünftiger Mann. Der Einzige, der einen Anspruch auf sie hatte. Sie traute sich nicht einmal zu, ihm zu beichten, was passiert war. Was wollte sie dann noch in Loreshom? Nein, sie würde nicht zurückreiten.

Als es in ihrer Tasche klimperte, erinnerte sich Jerusha an das Geld, das der Gerhan ihr im Gasthaus gegeben hatte. Sie zog die Silbermünzen hervor und schleuderte sie in den See, wo sie mit einem letzten Aufblinken versanken.

Niemand war in der Nähe, und Jerusha schälte sich aus den Kleidern und wusch sich im eiskalten Wasser des Sees, bis sie zitterte – diesmal vor Kälte. Wie war es möglich, dass man sich so elend fühlen konnte und trotzdem nicht starb? Vielleicht konnte sie einfach aufhören zu atmen. Ihre Seele mitnehmen an einen anderen Ort.

Seinen Verstand kann man verlieren, sein Gedächtnis, sein Herz, seine Lebenskraft, warum nicht auch die Seele?

Wie von selbst tasteten ihre Finger nach der kleinen Rolle Pergament in ihrem Gepäck, schälten eine Seite ab und kritzelten fahrig darauf, was ihr durch den Kopf ging.

Kiéran –
ich glaube, ich weiß jetzt, wie du dich gefühlt hast, als du blind geworden bist. Manchmal bricht eine ganze Welt in einem zusammen und dann fragt man sich, warum das so sein kann und warum man nicht alles anders gemacht hat.

Ich bin bald in Cyr, auch wenn das jetzt vielleicht keinen Sinn mehr macht.
Deine Jerusha

Bevor sie es sich wieder anders überlegen konnte, stopfte sie die Rolle in eine kleine Metallhülse und befestigte sie am Bein eines ihrer beiden Teodésh. Aufgeregt und wahrscheinlich auch froh darüber, dem engen Käfig entronnen zu sein, breitete der Botenvogel seine weiß-braunen Flügel aus und begann zu piepen. Das war eine Aufforderung, den Empfänger der Nachricht zu nennen. Jerusha flüsterte »Kiéran SaJintar in Benaris« und warf den Vogel in die Luft; er schwirrte davon.

Jetzt ist es doch kein lockeres Geplauder darüber geworden, dass ich in Yantosi angekommen bin, dachte Jerusha traurig, und wieder quollen Tränen aus ihren Augen, sie konnte nichts dagegen tun. Sie musste an die Traumweberinnen von Isdyr denken. Jetzt hatte sie einen Namen für sie, ohne jedes Zögern hätte sie ihn mitgeteilt. Doch Isdyr war weit weg, es war zu spät. Sie würde eine andere Art finden müssen, sich an KaoRenda zu rächen.

Ein neuer Weinkrampf schüttelte Jerusha. Sie schlang die Arme um die Knie und legte den Kopf darauf. Wie sollte sie es überhaupt schaffen zu schlafen? Mit der Erinnerung, die in ihr brannte wie Säure? Mit der Angst, was passieren konnte, wenn jemand sie hier allein im Wald entdeckte? Würde diese Angst von jetzt an ihre eisige Begleiterin sein, eine, die an ihrer Seite blieb, ob Jerusha wollte oder nicht?

Ganz langsam senkte sich die Nacht über Yantosi, dunkel und schwer.

* * *

Es gab viele Tricks, um Verfolger abzuschütteln. Kiéran wandte sämtliche von ihnen an, während er seine Reise nach Süden fortsetzte. Weitere Zwischenfälle blieben aus – doch Kiéran blieb vorsichtig, er traute der Ruhe nicht.

Als der Teodésh zu ihm herabflatterte und sich auf den Boden vor ihn setzte, freute sich Kiéran. Wahrscheinlich war es Santiago, der ihm schrieb; der Junge hatte sein Versprechen gehalten und schickte ihm alle paar Tage eine Nachricht.

Kiéran drehte das Pergament in der Hand und mühte sich, etwas darauf zu erkennen. Er hatte das in den letzten Wochen in jeder freien

Minute geübt, und es gelang ihm schon etwas besser, auch wenn es lange dauerte. Doch diesmal war die Schrift schrecklich krakelig und sah nicht so aus wie von Santiagos Hand.

Als Kiéran die Botschaft endlich entziffert hatte, fühlte er sich, als habe ihn jemand mit der flachen Seite eines Schwerts am Kopf getroffen. Denn die Nachricht stammte keineswegs aus der Quellenveste. *Jerusha! Sie hat mir geschrieben. Kann das wahr sein? Vielleicht habe ich falsch gelesen. Nein, habe ich nicht. Die Botschaft ist von ihr. Aber was ist mit ihr los? Irgendetwas muss geschehen sein.*

Das Papier fühlte sich leicht wellig an, anscheinend war es an manchen Stellen nass geworden. Von Tränen? Er las die Botschaft noch einmal, obwohl es ewig dauerte, und versuchte, sich jedes Wort davon einzuprägen. Danach war er noch besorgter als zuvor. *Manchmal bricht eine ganze Welt in einem zusammen.* Ja, er wusste noch, wie sich das anfühlte. Was konnte ihr passiert sein? War sie verletzt? Warum war sie überhaupt in Yantosi? Es machte ihn rasend, dass er so wenig wusste. So wenig über sie. Und doch spürte er, dass er jetzt nur eines tun wollte, tun musste.

Cyr! Er würde nach Cyr reiten. Larangva konnte warten.

Beim Gedanken daran, Jerusha wiederzusehen, war ihm, als spüre er Sonnenschein auf der Haut. Nein, die Wärme kam von innen. *Sie hat mich nicht vergessen, all die Zeit nicht. Sie hat zwar nicht gesagt, dass sie mich sehen will, aber was sonst kann es bedeuten, dass sie mir geschrieben hat?*

Nur der Gedanke an die Skraelings hielt ihn zurück. Was war, wenn er die Biester nicht abschütteln konnte? Wenn er Jerusha erst recht in Gefahr brachte? Falls er die Angriffe auf sich zog? Hatte Ulíes tatsächlich recht, würden die Wesen es nicht wagen, in großen Städten wie Cym und Cyr anzugreifen? Kiéran klammerte sich an diesen Gedanken, während er seine Sachen packte. »Los geht's – auf nach Yantosi«, sagte er zu Reyn, und der Hengst warf übermütig den Kopf hoch. Kiéran musste ihn nicht überreden, in Galopp zu fallen, und da er ihn diesmal sogar noch anspornte, preschten sie in halsbrecherischem Tempo über die Handelsstraße.

Im nächsten Dorf trieb Kiéran etwas zu schreiben auf, und der Teodésh war zum Glück bei ihm geblieben, als warte er auf eine Antwort. Kiéran dachte darüber nach, was er schreiben und welchen Treffpunkt er in Cyr vorschlagen sollte. Er rief sich ins Gedächtnis, was er über die Gegend wusste. Die Zwillingsstädte Cym und Cyr waren der Sage nach vor tausendfünfhundert Jahresläufen von den Brüdern Kadir und Dairun FaTinho – entfernten Vorfahren seiner ehemaligen Verlobten Marielle – gegründet worden. Sie hatten sich nicht einig werden können, wem das schöne Stück Land am Fluss Regis gehören sollte. Im Streit gingen sie auseinander, gründeten Orte an den jeweils entgegengesetzten Ufern und gaben ihnen trotzig die Namen Cym, was in der Alten Handelssprache *Pracht* bedeutete, und Cyr, *das Neue*. Noch heute bestand die Feindschaft zwischen den Städten, vielleicht gerade deshalb, weil sie sich so unterschiedlich entwickelt hatten. Es war Cyr, das zur prächtigen Metropole und zum Sitz der Akademie des Geistes geworden war, Cym blieb kleiner, und Kiéran hatte es als etwas heruntergekommen in Erinnerung. Es gab zwar eine Brücke, die zwischen den beiden Städten über den Regis führte, doch auf beiden Seiten wurden Reisende streng kontrolliert und mussten genau begründen, warum sie in die jeweils andere Stadt wollten. Nicht wenige wurden abgewiesen.

Zu der Zeit, als Kiéran noch auf Ger Iena gewohnt hatte, war einmal ein eiliger Kurier von Fürst Ceruscan auf diese Weise am Durchgang gehindert worden; dadurch kam die Botschaft zu spät an. Das Gebrüll des Fürsten war noch bis in den Burghof zu hören gewesen, erinnerte sich Kiéran, und Ceruscan hatte die Regenten der beiden Städte angewiesen, sofort mit dem Unsinn aufzuhören. Als sie sich stur stellten, hatte Ceruscan erzwungen, dass der gewählte Regent von Cyr abgelöst und durch einen Mann ersetzt wurde, der aus einer anderen Gegend stammte und für die alte Feindschaft nur ein Kopfschütteln übrig hatte. Viel geholfen hatte es nicht.

Kiéran überlegte. Vielleicht könnten sie sich irgendwo auf dem Dairunforum treffen, an einem bestimmten Zelt. Oder an der Großen Tafel am Hauptmarkt, auf die an jedem Tag mit Kreide die neuesten Nachrichten geschrieben wurden. Oder am Fluss, wo ein gepflasterter, von Bäumen beschatteter Weg den Bewohnern von Cyr einen schadenfrohen Blick auf die heruntergekommene Hafengegend von Cym auf der anderen Seite des Regis erlaubte.

Nein, es gibt noch einen besseren Ort. Der Baum der Wünsche in der Nähe der Akademie! Die riesige Malarchíneiche, dem Gott Cerak geweiht, war genauso alt wie die Stadt selbst – sie war ein zartes Pflänzchen gewesen, als Kadir und Dairun ihren Disput ausgetragen hatten, ein stolzer junger Baum, als die Akademie gegründet worden war, und ein ehrwürdiger Patriarch, während Kriege zwischen Yantosi und Benaris tobten. Inzwischen war sie gewaltig und wurde von den Bewohnern Cyrs verehrt; schon vor langer Zeit hatten die Menschen begonnen, kleine Zettel mit ihren Wünschen an ihrer zerfurchten Rinde zu befestigen, denn der Legende nach sah Cerak ab und zu nach seiner Eiche, um sich zu vergewissern, dass es ihr gut ging. Und dann war er vielleicht auch geneigt, den Wünschen Gehör zu schenken. Kiéran hielt es eher für möglich, dass es Cerak – Sohn des Mondes, Schutzpatron aller Gärtner und Bauern – erzürnte, wenn er sah, wie sein Baum mit Zetteln gespickt wurde.

»Könnt Ihr mir eine Nachricht hier drauf schreiben?«, fragte Kiéran den Verkäufer des Pergaments, seiner Stimme und seinem Atem nach ein Mann mittleren Alters, der mit Begeisterung dem Aertiskraut zusprach.

»Mach ich doch gerne«, sagte der Mann, seine Stimme triefte vor Verständnis. »Tja, manchmal sträuben sie sich, die Buchstaben, nicht wahr?« Wahrscheinlich war er gewohnt, dass Kunden, die des Lesens und Schreibens nicht mächtig waren, ihn um einen solchen Gefallen baten.

»Ich habe keine Ahnung, ob sie sich sträuben – ich sehe sie nicht«, gab Kiéran gereizt zurück und ärgerte sich gleichzeitig darüber, dass ihn eine einfache Bemerkung aus der Fassung brachte. War es nicht völlig egal, was andere über ihn dachten? Nur eins zählte, und zwar dass Jerusha in Schwierigkeiten war und ihn brauchte. »Bin auf dem Weg nach Cyr«, diktierte er dem verlegenen Verkäufer. »Wir treffen uns zur Mittagsstunde unter Ceraks Eiche. Kiéran.«

Als der Teodésh sich auf flinken Flügeln auf den Weg machte, um seine Nachricht zu überbringen, versuchte Kiéran ihm nachzublicken. Doch es war schwer, ihn zu erkennen, und schon bald war er in der ewigen Dunkelheit verschwunden.

Kiéran zahlte für das Pergament und kaufte noch ein zweites Blatt, auf das er draußen – ohne Hilfe – seinen Wunsch an Cerak kritzelte. Außerdem erstand er Vorräte, die bis Cyr reichen mussten. Dann war es endlich so weit, er konnte los. Ungeduldig trieb er Reyn an, und der Hengst galoppierte Meile um Meile, ohne dass ihm Müdigkeit anzumerken war. Kiéran war dankbar dafür, dass die Pferde aus der Zucht von Tinad'alshar nicht nur für ihre Schnelligkeit, sondern auch für ihre Ausdauer berühmt waren. »Jetzt musst du zeigen, was in dir steckt, Schwarzer«, murmelte Kiéran. »Diesmal haben wir es wirklich eilig.«

Tag und Nacht flossen ineinander, wurden gleich.

Niemand versuchte, sie aufzuhalten.

Tausend Wünsche

Die Sonne stand noch nicht ganz im Zenit, als Jerusha sich durchgefragt hatte zur Cerakeiche. Im Zentrum eines runden, gepflasterten Platzes ragte ein gewaltiger Baum auf und breitete seine Äste aus, als versuche er alle zu beschirmen, die unter ihm Schutz suchten. Sein Stamm hatte sich im Laufe der Jahrhunderte gespalten, doch noch immer klammerte sich der Baum ans Leben, er war dicht mit dunkelgrünen Blättern bedeckt. Erstaunt sah Jerusha, dass in den Spalten und Winkeln seiner Rinde Hunderte von Pergamentstücken steckten.

»Was bedeutet das denn?«, fragte sie eine Frau, die auf einer der Steinbänke am Rand des Platzes saß und ihren Blick auf der Eiche ausruhte.

»Das sind alles Wünsche«, sagte die Frau leise. »Und wenn Cerak sich unser erbarmt, dann erfüllt er sie. Hast du auch einen Wunsch? Hier ist ein Stück Pergament, nimm es ruhig.«

Ja, sie hatte Wünsche, und nicht nur einen. Doch den wichtigsten, den, die Zeit zurückzudrehen und ungeschehen zu machen, was passiert war, den konnte auch ein Gott nicht erfüllen. »Ich danke Euch«, sagte Jerusha und steckte das Pergament ein. Sie würde es gut aufheben. Irgendwann würde sie bereit sein, einen Wunsch daraufzuschreiben.

Jerusha hatte Angst davor, sich auf dem Platz umzusehen. Angst davor, dass Kiéran nicht da sein würde. Seine Nachricht war so knapp gewesen. Sie umklammerte den Zettel mit den wenigen Worten darauf mit der Hand; sie brachte es nicht fertig, ihn loszulassen, sonst konnte sie nicht mehr daran glauben, dass Kiéran das wirklich geschrieben hatte. Dass er tatsächlich nach Cyr kam. Und wann würde er hier sein? Jerusha wusste es nicht, aber sie wusste, dass sie jeden Tag zur Mittagsstunde bei der Cerakeiche sein würde.

Jerusha setzte sich auf eine Steinbank und wartete. Ganz langsam zog die Sonne ihre Bahn über den Himmel. Ein kleiner Junge ging mit seiner Mutter zur Eiche, und die Frau hob ihn hoch, damit der Junge den Zettel an der Rinde befestigen konnte. Mit Tränen in den Augen zog eine alte Frau ihr Pergamentstück hervor, faltete es viele Male und heftete es dann vorsichtig an den Stamm. Zwei Reiter in der Tracht Khediras kamen vorbei, bewunderten die Eiche und ritten wieder davon. Eine Gruppe von jungen Männern zog lachend und scherzend vorbei und warf nur einen kurzen Blick auf den Baum.

Und dann sah sie ihn. Er band gerade seinen Rapphengst an einen Pfosten am Rand des Platzes – wie hieß das Pferd noch? Ach ja, Reyn. Der Hengst ließ den Kopf hängen, und Schaum flockte um sein Maul. Kiéran klopfte ihm den Hals und sprach leise mit ihm, dann wandte er sich um.

Jerushas Herz hämmerte, und doch bewegte sie sich nicht. Sie blieb einfach sitzen. Gleich würde er sie bemerken. Es waren ja nur zwei Dutzend Menschen auf dem Platz. Jetzt trat Kiéran näher an die Cerakeiche heran, blickte sich suchend um.

Jerusha musterte ihn, seine hochgewachsene Gestalt, die geschmeidige Art, wie er sich bewegte. Sein Gesicht, das man fast schön hätte nennen können, wären diese Narben auf der linken Seite nicht gewesen. Wie blass er war, und unter seinen Augen lagen tiefe Schatten. Er sah furchtbar erschöpft aus. Und Jerusha konnte sich auch denken, warum, nie hatte sie damit gerechnet, dass er heute schon da sein würde, er musste einen brutalen Ritt hinter sich haben. Und das alles wegen ihr?

Wärme stieg in ihr auf. Kiéran! Er war hier. Dieser seltsame, schwierige Mann, der etwas tief in ihrem Inneren zum Klingen brachte, wie das noch kein anderer vermocht hatte, nicht einmal Dario. Wie von selbst schlich sich ein Lächeln auf Jerushas Gesicht. Sie öffnete den Mund, um ihn zu rufen, wollte den Arm heben, um ihm zuzuwinken. Gerade wandten sich seine Augen in ihre Richtung – und glitten einfach über sie hinweg. Ohne ein Zeichen des Erkennens.

Jerushas Mund schloss sich wieder, ihre Hand sank herab, und sie blickte zu Boden, auf das regelmäßige Muster der Pflastersteine. Die schmerzende Leere in ihr dehnte sich aus, drohte, sie zu verschlingen. Was hatte sie sich eigentlich davon versprochen, dass sie Kiéran geschrieben hatte? Er kannte sie doch kaum, sie waren sich fast völlig fremd. Jerusha spürte, wie ihre Augen zu brennen begannen, als habe jemand Pfefferstaub hineingeblasen. *Verdammt, er ist halb blind, er hat dich einfach nicht gesehen, gib ihm doch eine Chance,* schrie ihre innere Stimme, doch sie drang nicht durch. Unauffällig stand Jerusha auf, um – was zu tun? Sich davonzustehlen, bevor er sie bemerkte? Sie wusste es selbst nicht.

Doch eine Stimme hielt sie auf. Seine Stimme, leise und klar.

»Und, hast du deinen Wunsch der Eiche schon anvertraut?«

Jerusha zuckte zusammen und blickte zur Seite. Er saß neben ihr auf der Steinbank. Wie war er so schnell dahin gekommen? Sie blickte in seine ruhigen goldbraunen Augen, und auf einmal war sie unendlich froh. »Nein, es war noch nicht der rechte Moment. Und du?«

Ein Lächeln spielte um seine Mundwinkel. »Ich habe mindestens tausend Wünsche, da werde ich mir erst noch einen aussuchen müssen. Ich glaube nicht, dass Cerak es schätzt, eine ellenlange Liste präsentiert zu bekommen.«

Er versuchte nicht, sie zu berühren, und Jerusha war ihm dankbar dafür. Was war, wenn er ihre Hand nahm? Es machte ihr Angst, auch nur daran zu denken. Wie lange es wohl dauern würde, bis sie Berührungen wieder ertragen konnte?

»Komm, lass uns woanders hingehen«, sagte er und stand auf. »Ich hoffe, es gibt den Weg noch, der am Fluss entlangführt.«

Ja, es gab ihn noch. Doch zuvor brachte Kiéran sein Pferd in den öffentlichen Ställen am Marktplatz unter, damit es sich ausruhen konnte. Jerusha ging einfach neben ihm her, überließ ihm die Führung; er schien sich auszukennen in Cyr, und es war gut, einmal nicht nachdenken zu müssen. Es kostete so viel Kraft, die Bilder zu unterdrücken, zu verhindern, dass die Erinnerung über sie herfiel wie ein hungriges Raubtier.

Ein Teil des Ufers bestand aus Anlegestellen für Handelsschiffe, doch etwas weiter gab es einladende Grasflächen um die Bäume herum, die ihre Äste dem Wasser zuneigten. Von hier aus konnte man die Dächer von Cym sehen, das sich am entgegengesetzten Ufer erhob, und eine prächtige alte Festung auf der Krone des Hügels.

»Das ist Rianyr Cadim«, sagte Kiéran. »Hübsch, nicht wahr? Für den Bau der Festung haben sich mehrere Regenten in Folge schrecklich verschuldet, einer wurde sogar als Bettler aus der Stadt gejagt.«

Sie setzten sich nebeneinander auf Kiérans Umhang ans Ufer und sahen zu, wie Flussschnapper wie kleine bunte Geschosse ins Wasser jagten, um mit einem Fisch im Schnabel wieder hervorzukommen. Es war schön, neben Kiéran zu sitzen – so aufregend neu und zugleich vertraut.

»Du fragst dich wahrscheinlich, was ich in Yantosi mache«, sagte Jerusha und lachte nervös. »Ich habe mich gleich erinnert, dass hier dein Clan herstammt, seltsam, nicht wahr? Ich suche jemanden namens Aláes, ich weiß aber leider nicht genau, wer das überhaupt ist, und ich hatte auch ehrlich gesagt noch gar keine Gelegenheit, herumzufragen.« Wie peinlich, dieses Geplapper, warum konnte sie nicht einfach damit aufhören?

Doch er ging sowieso nicht darauf ein, sah sie nur kurz von der Seite an. »Als ich deine Nachricht bekommen habe, wusste ich, dass dir etwas passiert war«, sagte er. »Möchtest du darüber reden?«

»Ich ... mir ...«, begann Jerusha, doch die Worte versiegten in ihr. Nein, darüber zu reden ging nicht. Sobald sie es versuchte, spürte sie, dass ihr wieder Tränen in die Augen traten. Nach Perikhor hatte sie einen Panzer um sich geschmiedet, um überhaupt die nächsten Tage zu überstehen, doch lange würde er nicht mehr halten.

Kiéran sagte nichts mehr. Er nahm sie einfach in die Arme, und er tat es so sanft, dass sich nichts in Jerusha dagegen sträubte. Wie lange war es her, dass jemand sie so liebevoll berührt hatte? Eine Ewigkeit. Und es war ja auch nicht irgendjemand. Es war Kiéran. Er war hier, und es waren seine Arme, die sie hielten. Endlich. Endlich.

Der Panzer brach, und mit aller Macht drängte die Trauer heraus. Das Schluchzen war so heftig, dass es ihren Körper schüttelte, und Laute kamen aus ihrer Kehle, die kaum noch menschlich klangen. Ihre Tränen tropften in seine Halsbeuge, durchtränkten sein Hemd, doch er beachtete es nicht, streichelte einfach ihren Rücken, ganz langsam. Er roch nach dem Rauch eines Lagerfeuers, nach Erde und ein bisschen nach Pferd – kein Wunder nach diesem Ritt.

Er sagte nicht, dass alles gut werden würde. Vielleicht wusste er, dass das nicht ging. Doch als Jerusha allmählich ruhiger wurde und die Tränen langsamer flossen, hörte sie ihn sagen: »Irgendwann sagst du mir, wer dir das angetan hat. Und dann schauen wir mal, wie ihm kalter Stahl schmeckt.«

Jerusha musste lächeln, trotz allem. Es war eine ausgesprochen reizvolle Vorstellung, sich Leor KaoRenda im Zweikampf mit einem Terak Denar vorzustellen. »Du hast also ein neues Schwert, Roter Wolf?«

»Ja«, sagte er. »Aber nenn mich nicht so. Bitte nicht. Es ist vorbei.«

»Es tut mir leid«, murmelte Jerusha. Über ihren eigenen Kummer hatte sie vergessen, dass auch er einiges durchgemacht hatte. Dass er überhaupt hier war, hier sein konnte, musste bedeuten, dass seine Truppe ihn ausgeschlossen hatte. Dass es schlimm gewesen war in der Quellenveste.

»Schon in Ordnung. In manchen Momenten vergesse ich es selbst, dass ich nicht mehr dazugehöre.« Er strich ihr die Locken aus dem Gesicht, und dann fühlte sie seine Lippen auf ihrer Stirn. Es war nur ein ganz leichter Kuss, und doch flutete eine Welle der Freude durch sie hindurch. *Ich glaube, ich habe ganz vergessen, wie sich Glück anfühlt. Wir können uns nicht mehr dagegen wehren, wie nah wir uns sind, und ich glaube, das ist gut so.*

Sie zögerten beide, sich wieder loszulassen, doch schließlich hatte Jerusha das Bedürfnis, sich das verheulte Gesicht abzuwischen. Kiéran reichte ihr ein Tuch, und verlegen schnäuzte Jerusha sich. »Ich kann immer noch kaum glauben, dass du hier bist«, sagte sie. »Schließlich habe ich so lange gar nichts von mir hören lassen. Und dann nur so ein paar seltsame Zeilen.«

Noch nie hatte sie Kiérans Gesicht so weich, so zärtlich gesehen. Dieses breite Lächeln, das war neu. Und in seinen Augen, denen man die Blindheit nicht ansah, tanzte das Sonnenlicht. Er bemühte sich nicht, zu verbergen, dass er glücklich war. »Es war schwieriger, als ich dachte, dich zu vergessen. Hat einfach nicht geklappt. Aber es war ein echter Schlag, als mein Brief an dich ungeöffnet zurückkam.«

Jerusha war verblüfft. »Was für ein Brief?«

»Du hast ihn nicht bekommen? Heißt das etwa, dass du dich außerhalb Ouendas herumgetrieben hast?«

Sie erzählte ihm, was sie in Jil'quanor, dem Land der Nebelwüsten, erlebt hatte, und staunend schüttelte Kiéran den Kopf. »Ich hätte schwören können, dass in dieser verdammten Wüste niemand lebt. Und du hast es tatsächlich gewagt, dich bei solch seltsamen Geschöpfen aufzuhalten?« Sie sah in seinen Augen die stumme Frage nach dem Warum, doch er sagte nur: »Ich glaube, ich hätte schnellstens Reißaus genommen.«

»Hättest du?«

»Jedenfalls hätten sie mir eine Höllenangst eingejagt. Überschätz mich bloß nicht, ich bin auch nur ein Mensch.«

Jerusha legte sich auf seinen Umhang – so dicht neben ihn, dass sein Bein ihre Hüfte berührte – und blickte hinauf zu den Wolken. Zum ersten Mal fiel ihr auf, dass der Himmel an diesem Tag so blau war wie ein Aquamarin, und die Wolken sahen aus wie der Atemhauch eines Gottes. »Jetzt erzähl du aber mal, was dir so alles passiert ist, nachdem du mit dieser Patrouille davongeritten bist.«

Kiéran legte sich neben sie und stützte sich auf einen Ellenbogen. Sein Blick ging in die Ferne. »Zu Anfang dachte ich tatsächlich, ich könnte es schaffen, mir mein altes Leben zurückzuholen«, meinte er und berichtete, wie er in der Quellenveste empfangen worden war und was er über das seltsame Verhalten des Fürsten herausgefunden hatte. Gespannt hörte Jerusha zu und betrachtete seinen Arm, der direkt neben ihr ruhte; über die Haut zogen sich die Narben vergangener Kämpfe wie eine fremdartige Landkarte aus blassen Linien und Formen. Jerusha strich mit den Fingerspitzen darüber, und Kiéran verlor kurz den Faden seiner Geschichte; gerade hatte er beschrieben, wie seine Kameraden ihm das neue Schwert geschenkt hatten.

»Und, wie ist es, jetzt nicht mehr kämpfen zu müssen?«, fragte Jerusha ihn. »Bist du erleichtert – oder traurig?«

Er dachte eine Weile nach, bevor er antwortete. »Ein bisschen von beidem. Aber es ist eine Erleichterung, keinen Befehlen mehr folgen zu müssen. Mein Leben gehört nicht mehr dem Fürsten. Es gehört wieder mir selbst.«

Und dann lagen sie sich einfach nur auf dieser Wiese gegenüber und blickten sich an. Kiéran tastete nach ihrer Hand, fand sie, hielt sie fest.

Es war nicht nötig, noch etwas zu sagen.

★ ★ ★

Kiéran fragte einen Mann, der an einem Straßenstand in Honig geröstetes Huhn mit Sesamkruste feilbot, ob er ihnen eine günstige Bleibe empfehlen könnte.

»Tatsächlich, ja«, meinte er. »Ist in der Nähe der Akademie des Geistes. Yellnicstraße. Gleich nebenan schlendern überall die jungen Leute durch den Park und reden so gelehrtes Zeug, und man muss sich vor den Zwergshannas in Acht nehmen, die eigentlich das Gras kurz halten sollen, aber einem das Brot aus der Tasche klauen.«

Jerusha fand, dass das nett klang, und sie entschieden sich, das Haus anzusehen. Es war ein alter, schon ein wenig verfallener Gutshof. Im Erdgeschoss lagen die Ställe, und darüber befanden sich die Wohntrakte. Jerusha zog an der Klingel der Vermieterin, und ein entsetzlich schepperndes Geräusch hallte durch das Haus.

»Wahrscheinlich ist das Ding ein Experiment, wie viel menschliche Ohren aushalten«, meinte Kiéran trocken.

In diesem Fall gehörten die Ohren einer Frau mit der Figur eines Mehlsacks und den langen, glänzenden Haaren einer Göttin; sie schlurfte durch den Torbogen und fragte, was sie wollten.

Als Jerusha Kiéran die schmale Treppe hinauf folgte, spürte sie, wie ihre düstere Stimmung zurückkehrte. Und da war auch wieder die Angst, die sie seit Perikhor verfolgte und die so leicht in Panik umschlug. *Bin ich wirklich schon bereit für das, was hier geschieht? Ist es nicht besser, ich sage jetzt gleich »Halt« und nehme mir ein Zimmer in einem beliebigen Gasthaus? Ich werde den Spiegel verpfänden müssen, aber sobald ich Geld habe, löse ich ihn wieder aus.*

»Nur fünf Dag in der Woche und die Wäsche schon im Preis mit drin!« Die Vermieterin schnaufte hinter ihr die Treppe hoch, schnitt ihr den Fluchtweg ab. »Aber ich vermiete an niemanden aus Cym, Ihr seid doch nicht etwa aus Cym?«

»Nein, nein, natürlich nicht«, versicherte Jerusha beklommen. *Zu früh! Zu schnell!*, schrie es in ihr, und ihre Füße zögerten auf den Stufen. Oben auf der Treppe wartete Kiéran auf sie; an seinem forschenden Blick sah sie, dass er ihre Gedanken erriet. Auch wenn er ihr Gesicht nicht erkennen konnte, wahrscheinlich hörte er es am Ton ihrer Stimme.

»Es gibt drei Zimmer – und zwei Betten, glaube ich«, sagte er leise und wollte noch etwas hinzufügen, doch die Vermieterin hatte gerade die letzte der knarrenden Stufen bewältigt und wälzte sich an ihnen vorbei, um ihnen die Räume zu zeigen. Im größten Zimmer standen der Kochherd und ein uralter Diwan, über den eine Decke aus Kaninchenfellen gebreitet war. Bunte Flickenteppiche bedeckten die Dielen. Im Flur gab es eine Waschnische. Und ja, es gab tatsächlich zwei einzelne Schlafzimmer mit schlichten Betten aus Kulmenholz.

»Wie sieht es aus?«, flüsterte Kiéran ihr zu. »Die Umrisse sehe ich, aber ist es gemütlich?«

Jerusha sah sich noch einmal um. Diese Bleibe war das Gegenteil der edlen Residenz von Leor KaoRenda und damit genau richtig. Allmählich beruhigte sie sich wieder etwas. »Es riecht gut hier«, sagte sie und sog den Duft nach frischer Wäsche und Kulmenholz ein.

»Stimmt.« Kiéran zog ein Geldstück aus seiner Börse, betastete es – wohl um seinen Wert festzustellen – und reichte es der Wirtin. »Wir nehmen es. Hier ist ein Silber im Voraus, auch für Heu und Futter für die Pferde. Ich weiß noch nicht, wie lange wir bleiben.«

Wieder verkrampfte sich Jerusha. Natürlich hatte er Geld. Schließlich war er Escadrán gewesen, und damals im Wald von Sharedor hatte er nur deshalb mit ihr gemeinsam hungern müssen, weil er von seiner Truppe getrennt worden war. Doch alles in ihr sträubte sich dagegen, Geschenke anzunehmen, nie wieder würde sie sich einfach so einladen lassen.

»Ich gebe dir einen Anteil an der Miete«, sagte Jerusha zu ihm und hörte selbst, dass ihre Stimme scharfkantig war wie eine Glasscherbe. »Sobald wir ein Pfandhaus gefunden haben.«

Kiéran zog die Augenbrauen hoch, doch schließlich meinte er nur: »Verstehe.«

Die Wirtin polterte die Treppe hinunter, und dann waren sie auf einmal allein. Steif stand Jerusha mitten im Raum und suchte nach etwas, das sie sagen konnte. Doch Kiéran trat schon auf sie zu, strich ganz leicht über ihre Wange. »Hier wird nichts geschehen, das du fürchten musst«, sagte er leise. »Und übrigens, in meiner Berufung kennen die meisten Leute das gut. Wie es ist, wenn man etwas erlebt hat, das eigentlich zu schlimm ist, um es zu verkraften. Wir nennen es das *Feuer des Drachen.*«

Feuer des Drachen. Ja, so fühlte es sich an. Es hatte sie versengt und verdorrt, hoffentlich nicht für immer. Jerusha lächelte schief. »Habt ihr in der Truppe vielleicht ein Rezept dagegen?«

»Kein sehr gutes, fürchte ich. Manchen hilft es, darüber zu reden. Andere legen ein paar Jahresläufe lang, oder auch für immer, Schwert und Schild nieder.«

Ich habe nichts, das ich niederlegen kann. Plötzlich hatte Jerusha das Gefühl, dass sie frische Luft brauchte. Sie wandte sich dem Fenster zu, das wie in Yantosi anscheinend üblich aus runden Butzenscheiben bestand, und versuchte es aufzukriegen. Nach einigem Gezerre gab es nach. Kühle Abendluft flutete herein, und Jerusha atmete tief durch.

»Wie wär's, wenn wir jetzt unsere Pferde holen und uns was zu essen besorgen?«, fragte Kiéran und fügte lächelnd hinzu: »Diesmal müssen wir nicht mal jagen. Hast du eigentlich deinen Bogen noch?«

»Ja. Er hat mir nichts genützt.«

»Wirf es ihm nicht vor. Es gibt viele Kämpfe, bei denen eine Waffe rein gar nichts ausrichten kann.«

Jerusha nickte und dachte daran, dass sie ihm die Sache mit dem

Fluch beichten musste, der auf den KiTenaros lastete. Heute noch, bevor es zu spät war. Er musste wissen, worauf er sich einließ. Sie konnte ihm unmöglich noch länger verschweigen, was der Sinn ihrer Reise war und warum sie diesen Aláes suchte. *Und noch viel, viel schlimmer: Ich habe ihm auch noch nicht gesagt, dass ich verlobt bin. Dass ich einem anderen versprochen bin. Kann es überhaupt eine Zukunft geben für uns?* Es war ein furchtbarer Gedanke, und sie war nicht sicher, ob sie es schaffen würde, ihm von Dario zu erzählen.

Wenn er das erfährt, werde ich ihn verlieren. Und diesmal für immer.

* * *

Sie erinnerte ihn an ein scheues Tier, misstrauisch, immer bereit zur Flucht. *Ich muss ihr eine Menge Zeit lassen,* dachte Kiéran. Unter der Cerakeiche hätte er sie fast nicht erkannt, weil ihre Aura so zerbrechlich schwach geworden war.

Er hatte sich ernsthaft verliebt, das war ihm vorhin am Ufer des Regis klar geworden. Diesmal war es keine fröhliche Kameradschaft wie mit Marielle, oder eine Schwärmerei wie damals für Cayddie, das war etwas Tieferes, und er riskierte weit mehr als eine einfache Demütigung, wenn er sich darauf einließ. *Es wird dir die Seele in Fetzen reißen, wenn es nicht klappt mit euch,* warnte ein Teil seines Ichs. *Das riskiere ich,* gab Kiéran trotzig zurück.

Was ihr wohl passiert war? Er versuchte, nicht darüber zu spekulieren; jedes Mal, wenn er es tat, stieg eine eisige, tödliche Wut in ihm auf. Hinzu kam das Gefühl der Schuld. *Wäre ich bei ihr geblieben, hätte ich es vielleicht verhindern können.* Vergeblich erinnerte er sich daran, dass er es dem Fürsten, seinem Dienstherrn schuldig gewesen war, zurückzukehren und Bericht zu erstatten.

Während er neben Jerusha in Richtung Marktplatz schlenderte, dachte Kiéran darüber nach, was er über das *Feuer des Drachen* wusste. Niemand sprach bei den Terak Denar gerne darüber, und es war selten, dass ein Mitglied der Truppe eingestand, dass er darunter litt. Doch immer mal wieder kam im Wolfsbau das Gespräch darauf. »Ich glaube, diesen oder jenen hat das *Feuer des Drachen* berührt«, hieß es dann; einmal ging es dabei um einen seiner Leute, und er als Escadrán war natürlich gezwungen gewesen, denjenigen darauf anzusprechen. Es hatte kein gutes Ende genommen damals, der Mann war im nächsten Gefecht gefallen, weil er im falschen Moment gezögert hatte. Kein guter Tod und einer von denen, die Kiéran sich vorwarf. Damals hatte er als Escadrán versagt und als Mensch.

Auf dem Weg zum Marktplatz kamen sie an der Werkstatt eines Steinmetzen vorbei, in dem verschiedene Blöcke zum Verkauf standen. Jerusha hielt sofort an, und ihre Aura leuchtete auf, schimmerte einen Moment lang wieder in dem Kornblumenblau und Sonnengelb, das er so mochte. Natürlich, sie war Bildhauerin, diese Steine waren ein Teil ihrer Welt. Doch aus irgendeinem Grund erlosch das Glänzen wieder, und sie war schon dabei, an der Werkstatt vorbeizugehen, als Kiéran sagte: »Wollen wir hineingehen?«

Zögernd nickte Jerusha. Es störte Kiéran nicht, dass er sie als geisterhaft dunkle Gestalt sah, ohne erkennbare Gesichtszüge. Vielleicht, weil er sie schon so kennengelernt hatte. Dennoch sehnte er sich danach, ihr Gesicht mit den Fingerspitzen zu erkunden; den Rest konnte er dann seiner Vorstellungskraft überlassen. Doch so weit waren sie noch nicht. Vielleicht an diesem Abend. Wenn er Glück hatte.

Jetzt hatte sich Jerusha doch noch in die Betrachtung der Steinsäulen vertieft, und ihre Aura war wieder etwas intensiver geworden. Sie fachsimpelte mit dem Steinmetz, »... ein Zelyr aus den Brüchen von Venthuk«, sagte der Kerl gerade, und Kiéran ärgerte sich darüber, dass er nicht einmal einen blassen Schimmer hatte, wie ein Zelyr für menschliche Augen aussah. Graugefleckt? Weiß? Hellbraun? Grobkörnig oder fein? Eine Bildungslücke, so groß wie ein Scheunentor.

Einer der Steine, etwa hüfthoch und unregelmäßig geformt, hatte es Jerusha besonders angetan, andächtig ließ sie die Finger darüber gleiten. »Was ist das für einer?«, fragte Kiéran neugierig, doch Jerusha war so vertieft in ihre stumme Zwiesprache, dass er die Frage zweimal stellen musste.

»Ein Cantharit in einer ganz seltenen Farbe – rötlich, von orangeweißen Adern durchzogen. Ein herrlicher Stein. Nicht sehr hart.« Jerusha atmete tief durch, wandte sich mit einem Ruck um. »Komm, lass uns gehen.«

Kiéran fand es unerwartet faszinierend, dass die Frau, die er liebte, imstande war, einen solchen Stein zu formen und ein Kunstwerk daraus zu erschaffen. »Was für eine Skulptur hättest du denn daraus gemacht? Ist die Idee einfach so in deinem Kopf, oder wie geht das?«

»Ich will nicht über meine Arbeit reden«, sagte Jerusha heftig, und Kiéran schwieg erschrocken. Doch bevor er etwas sagen konnte, hörte er Jerushas Stimme wieder, sie klang zerknirscht. »Verzeih mir, ich wollte dich nicht so zurückstoßen. Ich ... wahrscheinlich hast du das Gefühl, bei jedem zweiten Schritt in ein Nest voller Schlangen zu treten, oder?«

»Na, solange sie nicht giftig sind.« Doch trotz seiner lockeren Antwort machte sich Kiéran mehr Sorgen denn je. *Wenn auch ihre Arbeit in irgendeiner Form mit dem Unheil verbunden ist, dann gibt es nicht mehr viel, an dem sie sich festhalten kann.*

Sie fanden den Markt und schlenderten zwischen den Ständen hindurch. Kiéran hatte immer noch Schwierigkeiten, daran zu glauben, was gerade geschah. Hier war Jerusha, hier bei ihm, und es war so herrlich normal, dass sie an diesem Stand einen Beutel Nüsse kauften und an jenem darüber beratschlagten, ob sie noch eine Flasche Grünwein mitnehmen sollten. Er genoss jeden Moment, und das, was ihm zu schaffen machte, war etwas anderes. Wie fremd sich eine Stadt anfühlen konnte, wenn man kaum noch etwas sah! Kurz nachdem sie dem Markt den Rücken gekehrt hatten, verlor Kiéran die Orientierung, und das brachte ihn aus der Fassung. Es war das erste Mal, dass ihm so etwas in Cyr passierte; früher war er oft mit seinen Eltern hier gewesen.

»Ah, da ist ein Leihhaus«, sagte Jerusha. Mit gemischten Gefühlen erkannte Kiéran, dass sie etwas aus der Tasche ihrer Tunika zog, einen kleinen Gegenstand. Er konnte sie gut verstehen, und doch war es eine Dummheit – sie brauchte diese Notreserve dringend, eigentlich konnte sie sich nicht erlauben, jetzt auf ihren Stolz zu hören. Doch er sprach es nicht aus, denn schon schalt ihn seine innere Stimme einen selbstgerechten Bastard. Er wollte das nicht unbedingt auch noch aus ihrem Mund hören.

Seufzend wickelte Jerusha den Gegenstand aus dem Stoff, in den er eingeschlagen war. »Einmal sehe ich wenigstens noch hinein. Ach, entschuldige, kannst du ihn überhaupt sehen? Ein Handspiegel aus Silber. Jemand hat ihn mir geschenkt.«

Verblüfft stellte Kiéran fest, dass er das Ding tatsächlich sehen konnte, und nicht nur das, die Oberfläche dieses Spiegels glänzte so, wie er das aus seinem alten Leben kannte, wie es sich eigentlich gehörte. Neugier und Angst zerrten an ihm, und er merkte, dass sein Atem so schnell ging wie nach einem harten Lauf. Würde er sich darin sehen können? Und wollte er das überhaupt? Vielleicht warf ihn der Anblick zurück in den Sumpf der Verzweiflung, aus dem er gerade erst mit Mühe und Not herausgeklettert war.

Die Neugier gewann, wenn auch knapp. Er wartete, bis Jerusha einen kurzen Blick in den Spiegel geworfen hatte, dann sagte er: »Darf ich?«

Er spürte ihr Erstaunen – wozu braucht ein Blinder noch einen Spiegel? –, doch dann vergaß er sie einen Moment lang völlig und starrte auf den Anblick, der sich ihm bot. Das war nicht sein Gesicht, das war ein endloser silberner Tunnel und dort, ganz in der Ferne, bewegten sich zwei Gestalten, fast meinte er, sie sprechen zu hören. Zwei Männer! Doch fast sofort verschwamm das Bild wieder, und er sah sich selbst. Oder zumindest befürchtete er, dass er das war. *Alle Götter!* Schockiert hob er die Hand, strich über die wulstigen Narben an der Seite seines Gesichts. *Wie in aller Welt schafft sie es, mich anzusehen und dabei etwas anderes zu empfinden als Mitleid?*

Jerusha schien zu spüren, was ihm durch den Kopf ging, denn er fühlte ihre Hand auf seinem Arm, warm und tröstend. »Es tut mir leid.«

»Was genau?«, stieß er hervor, als er das Gefühl hatte, wieder Luft zu bekommen.

»Dass ich dir das verdammte Ding überhaupt gegeben habe.«

»Soll ich mir lieber etwas vormachen? Das kann unmöglich besser sein.« Doch er brachte nicht den Mut auf, sie geradeheraus zu fragen, ob sein Anblick sie abstieß. Es gab Grenzen dessen, was er im Moment ertragen konnte. Kiéran drückte ihr den Spiegel wieder in die Hand, ohne noch einmal hinzusehen. »Sieh zu, dass du ordentlich etwas dafür bekommst. Das ist kein gewöhnlicher Spiegel, ich glaube, es liegt ein Zauber darauf.«

»Meinst du?« Sie klang völlig verblüfft. »Was denn für einer?«

»Ich weiß es nicht genau. Von Magie verstehe ich nichts.« Und ihm war zu elend zumute, um weiter darüber nachzudenken. Als der Pfandleiher ihr den Spiegel aus der Hand nahm und dafür drei Silber zuschob, sagte Kiéran: »Komm, lass uns zurückgehen zu unserer Bleibe. Ich habe nur keine Ahnung, wie wir wieder zur Yellnicstraße zurückkommen sollen.«

»Ich glaube, ich kann den Weg finden, ich habe mir ein paar Straßennamen eingeprägt.« Ein wenig zögernd nahm Jerusha seine Hand, führte ihn in eine bestimmte Richtung. Und schien froh, als er keine Einwände dagegen erhob. Kiéran war erstaunt über sich selbst. *Es macht mir nichts aus, mir von ihr helfen zu lassen. Nicht mehr. Was ist geschehen? Vielleicht ist es das, was man Vertrauen nennt.*

Und dann saßen sie in ihrer neuen Bleibe, die sich noch so ungewohnt anfühlte, und waren allein miteinander. *Immerhin, hier kommen die Skraelings garantiert nicht rein,* dachte Kiéran und goss sich den auf dem Markt erworbenen Grünwein in ein Glas. Jerusha lehnte ab und hatte sich einen Cayoral aufgebrüht, sie wirkte unruhig und sprang ständig auf, um irgendetwas zu holen, um die Felldecke auf dem Diwan zurechtzuziehen, um sich noch einmal das Gesicht zu waschen. Schließlich nahm Kiéran einfach ihre Hände und hielt sie einen Moment. »Ganz ruhig«, flüsterte er und merkte, dass sie zitterte. Wie furchtbar schwer musste es für sie sein. Wünschte sie sich gerade an einen ganz anderen Ort, weg von ihm? Hoffentlich nicht.

»Wo ist eigentlich dein Schattenspringer?«, fragte er, um sie auf andere Gedanken zu bringen. »Ich habe ihn noch kein einziges Mal bemerkt, seit ich wieder bei dir bin.«

»Er ist weg.« Jerushas Stimme klang traurig. »So lange waren wir Reisegefährten, so viel haben wir zusammen erlebt, und dann haben wir uns doch noch verloren. Immerhin, er wusste, dass ich nach Cyr will, vielleicht taucht er noch auf.«

»Wieso eigentlich Cyr? Du hast gesagt, du suchst hier jemanden?«

Endlich setzte sie sich, doch ihre Haltung war verkrampft, und er versuchte nicht mehr, sie zu berühren. »Besser, ich fange am Anfang an«, sagte sie. »In Loreshom, wo die meisten Menschen leben, die aus meinem Clan noch übrig sind. Im Frühling haben mir meine Mutter und Großmutter eröffnet, dass auf den Frauen der KiTenaros seit zwei Generationen ein Fluch liegt. Es ist unser Schicksal, die Männer zu verraten, die wir lieben. Unendlich viel Leid hat das schon über uns gebracht. Soweit ich herausgefunden habe, hat jemand namens Aláes, der sehr wahrscheinlich aus Khorat stammt, diesen Fluch ausgesprochen, und er hat irgendeine Verbindung zu Cyr, möglicherweise ist er sogar noch hier.«

»Ein Fluch. Aha.« Kiéran wusste, dass es skeptisch klang, doch er konnte einfach nicht anders. Was war ein Fluch schon? Etwas, das es gab oder vielleicht auch nicht. Etwas, das vielleicht erst in Erfüllung ging, wenn man daran glaubte. Ihm war klar, dass Jerusha ihn jetzt genau beobachtete, deshalb verkniff er sich gerade noch, mit den Schultern zu zucken. Gefahr war für ihn, wenn eine Klinge auf ihn zuschnellte und er wusste, dass er den Schlag nicht mehr rechtzeitig kontern würde. Wenn er und seine Kameraden sich einer Übermacht gegenübersahen und wussten, dass nur wenige von ihnen es überleben würden.

»Das ist alles? Du nimmst es nicht ernst?« Jerusha war wieder aufgesprungen, ging rastlos umher.

Kiéran war klar, dass er jetzt jedes Wort sorgfältig abwägen musste. Er leerte sein Glas, dann stand er auf und schenkte sich noch einmal nach. »Natürlich nehme ich es ernst. Du sagst mir, dass du mir Unglück bringen könntest, und ich sage dir, das riskiere ich.«

»Aber *ich* will es nicht riskieren.« Auf einmal stand sie neben ihm. Ihre Stimme bebte. »Du bist mir zu wichtig. Ich muss diesen Aláes dazu bringen, den Fluch zu lösen, bevor du in diese Sache hineingezogen wirst. Verstehst du das?«

Kiéran blickte ins düstere Nichts, das ihn umgab, und versuchte sich einen Reim auf die Gefühle zu machen, die ihn durchfluteten. Es fühlte sich ungewohnt an, dass jemand sich um ihn sorgte, aber es war auch schön. Und dann diese beiläufige Liebeserklärung. *Du bist mir zu wichtig.* »Ich glaube schon, dass ich es verstehe – es ist eine andere Art der Gefahr«, sagte er und dachte an Marielle. Nein, noch einmal wollte er wirklich nicht von einer Frau im Stich gelassen werden. Er brauchte nicht lange über das nachzudenken, was er jetzt tun musste. »Ich helfe dir, Aláes zu finden. Vielleicht bist du den Fluch dann schon bald los, und es liegt kein Schatten mehr über uns.«

Erleichtert nickte sie. »Ich danke dir, Kiéran.«

Sieht so aus, als hätten wir beide Probleme mit Geschöpfen aus Khorat, ging es ihm durch den Kopf. *Ein übler Zufall. So viele von denen gibt es ja nicht in Ouenda. Oder etwa doch? Vorher habe ich sie einfach nicht bemerkt.* Wie von selbst glitt seine Hand zum Amulett, das auf seiner Brust lag.

Jetzt wusste er also, was sie antrieb. Weshalb sie schon so weit gereist war, quer durch Benaris, durch Jil'quanor bis nach Yantosi. Und er konnte froh sein, dass sie es getan hatte, denn es war unwahrscheinlich, dass er jemals nach Loreshom gekommen wäre und sie dort getroffen hätte. Kiéran bewunderte ihre Entschlossenheit. »Wie kam es dazu, dass dieser Aláes euch verflucht hat?«, fragte er, und fasziniert hörte er zu, als sie ihm die Geschichte erzählte.

Doch völlig konzentrieren konnte er sich nicht. Jerushas Duft – Nachtlilien, er hatte es sofort wiedererkannt – stieg ihm in die Nase, und es berauschte ihn weit stärker als der Grünwein, dass sie so dicht neben ihm saß. Schließlich entschied er sich, es zu wagen, und legte ihr den Arm um die Schultern. Schmal fühlten sie sich an, und am liebsten hätte er Jerusha fest in die Arme genommen und beschützt vor allem, was die Welt gegen sie aufbieten mochte. Sie war nervös, das spürte er, aber er selbst war es schließlich auch, und warum nur flimmerte ihr Aura so seltsam? Abrupt rückte sie weg von ihm und stand auf. »Ich … es tut mir leid. Es geht noch nicht. Ich …«

Und dann hörte er schnelle Schritte und eine Tür, die sich schloss. Sie hatte sich in ihr Zimmer zurückgezogen.

Verwirrt und entmutigt streckte sich Kiéran aus und starrte zur Decke. Er passte nicht ganz auf den Diwan, seine Füße hingen in der Luft, und diese Kaninchenfelldecke unter seinem Rücken war viel zu warm für die Jahreszeit. Doch er blieb einfach liegen.

Du Idiot! Und das, nachdem du vorhin selbst gedacht hast, du musst ihr Zeit lassen. Konntest du dich nicht beherrschen?

Aber am Fluss, da waren wir uns schon so nah, da haben wir uns umarmt!

Da brauchte sie erst mal Trost, das ist etwas ganz anderes. Und jetzt braucht sie – tja, was? Vielleicht etwas, das sie nur in sich selbst finden kann.

Lange lag er einfach nur da und dachte nach. Jeden Moment, den sie in Cyr zusammen verbracht hatten, nahm Kiéran noch einmal unter die Lupe, betrachtete ihn aus allen Richtungen, klopfte ihn auf verborgene Bedeutungen ab. Und stellte fest, dass ihm eins nicht mehr aus dem Kopf ging. Die Art, wie sie mit den Fingern über diesen Stein gestrichen hatte. Fast zärtlich.

Lautlos stand Kiéran auf und zog sich an der Außentür ihrer Wohnung seine abgewetzten, schlammigen Lederstiefel an – er hatte noch keine Zeit gehabt, sie zu putzen. Er legte sich den Umhang an, schloss die Schnalle des Schwertgurts um seine Hüfte und steckte seine Börse ein. Mit unendlicher Vorsicht schloss er die Tür hinter sich, damit kein Geräusch ihn verriet, und machte sich auf den Weg.

Cantharit

Es war der Spiegel. Darios Spiegel. Ich hätte ihn nicht noch einmal auspacken dürfen. Oder war es gut, dass ich es getan habe? Noch ist es nicht zu spät. Noch habe ich mein Leben in Loreshom nicht weggeworfen. Zusammengekrümmt lag Jerusha auf dem schmalen Bett, und ihr war elend zumute. Gedanken an Dario durchfluteten sie, und eine bittere Wehmut nach ihrer gemeinsamen Zeit stieg in ihr auf. Gut, nicht alles war schön gewesen, doch alles in allem waren es glückliche Erinnerungen, schließlich hatte sie nicht einfach nur aus einer Laune heraus eingewilligt, ihn zu heiraten. Vorsichtig wie einen Edelstein hatte er sie berührt, sie hatten gemeinsam gelacht, so viele Wochen und Monde miteinander erlebt. Sie sah seine Augen vor sich, die sie liebevoll anblickten, voller Anerkennung und Verständnis.

Und Dario wartete auf sie. Wie konnte sie ihm das antun, ihn so hintergehen? Sie kannte Kiéran doch kaum. Und jetzt stürzte sie sich hinein in dieses Abenteuer mit ihm, vielleicht nur deshalb, weil sie einsam war und jemanden brauchte, der sie tröstete.

Doch gleichzeitig wehrte sich etwas in ihr gegen diese Gedanken. *Nein, es ist kein Abenteuer! Es ist mehr. Kiéran ist der, dem ich geschrieben habe, als es mir so schlecht ging wie noch nie zuvor in meinem Leben. Das hatte doch einen Grund!*

Irgendwann musste sie doch noch eingeschlafen sein, denn als sie die Augen wieder aufschlug, war es hell draußen. In ihrem Mund war ein Geschmack nach Asche. Vorsichtig öffnete sie die Tür ihres Zimmers und sah, dass die des anderen Zimmers offen stand; Kiéran war längst auf. Jerusha warf sich schnell ein paar Kleider über und tappte nach draußen zum Waschtisch. Und stellte fest, dass Kiéran gerade dabei war, das Morgenmahl zu richten. Es duftete nach frisch gebackenem Brot und der geräucherten Jakobsburger Wurst, die sie so gerne aß.

»Ich wette, du hast Hunger«, sagte Kiéran und lächelte sie an. »Haben dich deine Götter vor bösen Träumen geschützt?«

Vorsichtig lächelte Jerusha zurück. »Irgendjemand hat es jedenfalls, ich kann mich nicht daran erinnern, etwas geträumt zu haben.« Doch es war ein Fehler gewesen, überhaupt davon zu sprechen, sofort kamen die Erinnerungen an Perikhor, an Leor KaoRenda hoch, und das Lächeln glitt von ihrem Gesicht. Kiéran tat, als bemerke er es nicht, und machte sich daran, ihnen einen Cayoral zu kochen, während Jerusha sich wusch.

»Hast du schon nach Aláes herumgefragt – und wenn ja, wo?«, meinte er, als sie sich gegenübersaßen. Und Jerusha wusste, dass er nicht nachbohren würde, was gestern los gewesen war mit ihr. Sie war ihm dankbar dafür.

»Hier und da, bei den Wachen an der Stadtmauer zum Beispiel«, sagte Jerusha. Viel mehr war es nicht gewesen, sie hatte nach ihrer Ankunft kaum die Kraft dazu gehabt, irgendwelche Fragen zu stellen. Und auch jetzt merkte sie, dass ihr die Energie fehlte, sich wieder in die Suche zu stürzen. Sie war fortgegangen aus Kalamanca, weil sie ihr Leben vor Unheil bewahren wollte – und dann hatte genau diese Reise ihr Leben zerstört! Ein schlechter Witz des Schicksals. Am liebsten hätte sie sich gleich nach dem Essen wieder auf ihrem Bett zusammengerollt wie ein Eichhörnchen in seinem Nest.

Doch es war klar, dass Kiéran ganz andere Pläne hatte. »Ich schlage vor, wir gehen als Erstes zum Dairunforum. Dort kommen früher oder später alle Reisenden vorbei. Es kann sein, dass einer der Händler diesen Aláes kennt. Oder vielleicht sehe ich ihn sogar. Du sagst, er ist ein Geschöpf aus Khorat?«

»Soweit ich weiß«, sagte Jerusha und zwang sich dazu, ihre Schuhe anzuziehen.

»Dann hilft es, wenn ich nach ihm die Augen offen halte«, sagte Kiéran grimmig. »In der Quellenveste habe ich gemerkt, dass ich Anderweltler von Menschen unterscheiden kann.«

Stimmt, das hatte er erzählt; von diesen beiden Wesen, die in der Quellenveste und in Ger Iena so unerklärlich hohes Ansehen genossen.

»Ehrlich gesagt habe ich Angst davor, was passiert, wenn wir ihn finden«, gab Jerusha zu. »Wie spricht man überhaupt mit einem Wesen aus Khorat?«

Er verzog das Gesicht. »Der eine, den ich kennengelernt habe, hat eine flinke Zunge und redet dich in Grund und Boden, wenn du nicht aufpasst. Aber dem Problem stellen wir uns, wenn wir ihn haben. Besser ist es, wir beeilen uns mit der Suche. Wenn Aláes aus Khorat kommt und hier nur Geschäfte erledigt, reist er vielleicht bald wieder ab.«

Jerusha nickte; das hatte sie sich auch schon überlegt. »Vermutlich ist er schon längst wieder weg, wahrscheinlich macht es gar keinen Sinn, jetzt noch nach ihm zu forschen …«

Kiéran wandte sich zu ihr um, und auf einmal glomm in seinen Augen ein gefährlicher Funke. »Solche Sprüche bringen uns nicht weiter. Und es kommt gar nicht infrage, dass du aufgibst. Los, wir gehen jetzt!«

Zum ersten Mal konnte sich Jerusha vorstellen, wie Kiéran als Escadrán mit seinen Leuten sprach. Bei ihr jedenfalls wirkte es, sie sprang sofort auf. *Vielleicht brauche ich das gerade*, dachte sie. *Jemand, der mich antreibt. Ich bin so entsetzlich müde.*

Plötzlich kam ihr Dario in den Sinn. Und wieder einmal verglich sie ihn unwillkürlich mit Kiéran. Dario hatte sie im Stich gelassen, als sie ihn brauchte; Kiéran war es, der ihr den Rücken stärkte, der hier an ihrer Seite war.

Hintereinander gingen sie die schmale Treppe hinab und machten einen Abstecher zu den Ställen, um Reyn und Amadera zu versorgen. Doch auf dem Weg dorthin blieb Jerusha ungläubig stehen und starrte auf etwas, das genau in der Mitte des grasbewachsenen Innenhofs stand. Der Cantharit! Einer der interessantesten Steine, die sie je gesehen hatte. Und daneben auf dem Boden lagen ordentlich aufgereiht Fäustelhammer, verschiedene Eisen und Feilen. Dazu ein paar gebrauchte Lederhandschuhe.

War das eine Vision? Ungläubig hockte sich Jerusha neben den Block und fuhr mit der Hand über seine rötliche geäderte Oberfläche. Wie, bei allen Göttern, war das Ding hierhergekommen? Darauf gab es eigentlich nur eine Antwort. Sie wandte den Kopf dem Stall zu, in dem Kiéran verschwunden war, um Reyn zu füttern. Er war einfach weitergegangen, als habe er nichts bemerkt, und jetzt fluchte er über irgendetwas, das sein Hengst angestellt hatte.

Jerusha ging ihm nach und lehnte sich gegen die halb geöffnete Tür des Verschlags. »Was soll das?«

»Was denn?« Er tat unschuldig.

»Der Stein. Du hast ihn herbringen lassen.«

Kiéran blickte sie nicht an, er schien völlig damit beschäftigt, den

Verschlag seines Hengstes auszumisten und dabei außer Reichweite der Hufe zu bleiben. »Achtung, jetzt wird's gleich ungemütlich«, kündigte Kiéran an, und eine Ladung dreckiges Stroh flog an Jerusha vorbei.

Nun gut. Anscheinend wollte er nicht darüber reden. Er würde schon merken, dass es eine schlechte Idee gewesen war. Der Gedanke daran, wie KaoRenda sie mit dem großen Auftrag und der Aussicht auf Grünen Marmor geködert hatte, brannte noch zu sehr in ihr. Sie war so wild darauf gewesen, ihr Talent zu beweisen, dass sie ihren Instinkt zum Schweigen gebracht hatte. Und dann – KaoRendas gieriger Blick, das widerliche Geräusch, als ihr Kleid zerriss …

Jerusha wurde schlecht. Sie musste sich an die Stallwand lehnen und tief durchatmen, bis sie es endlich schaffte, die Erinnerungen niederzukämpfen. Nein, sie würde diesen Cantharit einfach vergessen. Sie hatte Kiéran nicht darum gebeten, und es war sein Problem, wenn das Ding jetzt im Hof herumstand und ihre Vermieterin deswegen einen Tobsuchtsanfall bekam. Jerusha schüttete Amadera einen Eimer Hafer in die Futterkrippe und brachte ihr einen Ballen Heu, dann klopfte sie der Stute den Hals und wusch sich kurz die Hände im Trog. »Gehen wir?«

Durch das quietschende Hoftor traten sie hinaus auf die Straße, nur ein paar Schritte, dann waren sie im Park. Jerusha sah das wuchtige Gebäude der Akademie des Geistes, das mitten zwischen den Bäumen aufragte. Gruppen junger Leute strebten darauf zu, mit Büchern unter dem Arm. Auf einmal kam sich Jerusha wieder wie ein unwissendes Mädchen vom Lande vor, gerade einmal ein paar Sommer in der Dorfschule konnte sie vorweisen. Immerhin hatte sie Glück gehabt mit einem Lehrer wie Laristus; bevor er sich und seinen Ruf durch zu viel Schlangenmilch zugrunde gerichtet hatte, war er ein angesehener Gelehrter aus Uskaja gewesen.

»Wenn's nach meinem Vater gegangen wäre, hätte ich hier in Cyr gelernt«, sagte Kiéran plötzlich. »Philosophie. Redekunst. Literatur. Geschichte. Hat mich zwar interessiert, ich habe ernsthaft darüber nachgedacht. Aber dann ist es doch anders gekommen.«

»Und warum?« Jerusha stellte fest, dass sie neugierig war. Schrecklich neugierig. Sie wusste so wenig über ihn.

»Es ist in Larangva passiert, in der Stadt Alegowa«, erzählte Kiéran, und der Ton seiner Stimme veränderte sich, war auf einmal hart und nüchtern. »Die Jungs in der Nachbarschaft wussten, wer ich war, und vielleicht wollten sie's mir mal zeigen, diesem reichen Söhnchen. Eines Tages haben sie mich abgefangen und verprügelt. Acht waren es. Und ich war damals dünn und schlaksig und wusste nicht viel anzufangen mit meinem Körper. Ich hatte keine Chance.«

Erschrocken blickte Jerusha ihn an. »Wie alt warst du?«

»Zwölf. Es hat Wochen gedauert, bis ich wieder gesund war. Doch dann habe ich sofort angefangen, Kampfunterricht zu nehmen. Niemand sollte mir so etwas noch einmal antun. Mein Vater hat den besten Lehrer der Gegend angeheuert. Tja, nach ein paar Monden hatte ich ihn überflügelt. Niemand konnte es so recht fassen.«

Jerusha wunderte sich nicht darüber. »Ich glaube, jeder Mensch kann irgendetwas besonders gut. Und damals hast du entdeckt, was deine Begabung ist.«

»Ja.« Diesmal ein kleines Lächeln, es war eine schöne Erinnerung für ihn. »Es war berauschend. Manche Bewegungen musste Durgan mir nur einmal zeigen, dann konnte ich sie schon. Alles andere habe ich so lange geübt, bis ich kaum noch schaffte, mich nach Hause zu schleppen. Meine Eltern waren nicht besonders begeistert, eine Karriere als Soldat oder – schlimmer noch – Söldner war nicht gerade das, was ihnen für ihr einziges Kind vorschwebte.«

Kann ich verstehen, dachte Jerusha, doch sie wollte es nicht aussprechen. Der Kampf war keine Berufung, die sie besonders achtete, doch allmählich verstand sie, warum er in Kiérans Leben eine so große Rolle spielte. »Hast du dich an den Jungs gerächt?«

»Ich habe ein paar von ihnen auf der Straße getroffen. Sie waren überrascht, dass ich keine Angst mehr vor ihnen hatte. Sie haben dann auch rausgefunden, wieso. Ganz schön primitiv von mir, was? Es heißt doch, man soll seinen Feinden verzeihen.«

»Ja, aber nur, wenn sie bereuen.«

»Da musste ich ein bisschen nachhelfen.«

Und wieder einmal musste Jerusha an Leor KaoRenda denken. Auch sie war weit davon entfernt, ihren Feinden zu verzeihen. Denn was er getan hatte, bereute er ganz sicher nicht.

Das Dairunforum bestand aus einem gewaltigen Platz im Schatten eines Ghaliltempels, der sich mit seinen schlanken weißen Säulen auf einem hohen Fundament erhob. Auf dem Platz standen Hunderte von Zelten – prächtige Zelte in allen Farben, viele von ihnen so groß wie ein einzelnes Haus, manche sogar so gewaltig wie eine Scheune in Loreshom, und auf jedem wehte ein Wimpel in einem anderen Farbmuster. »Das ist ja eine richtige Zeltstadt«, staunte Jerusha. »Ist die immer hier?«

»Ja. Manche Händler haben schon seit mehreren Generationen ihren Platz. Und die Käufer kommen von weit her, um hier Waren zu begutachten und Geschäfte abzuschließen. Per Schiff wird das Zeug dann in flussabwärts gelegene Städte, nach Larangva und Elisondo gebracht.« Sicher und gewandt, mit festen Schritten bewegte sich Kiéran durch die Menge, und immer wieder fiel Jerusha auf, dass die Menschen ihm respektvoll Platz machten. Dabei konnte niemand hier wissen, wer er war. Und es war auch nicht so, dass er bedrohlich wirkte. Vielleicht ging es ihnen wie Jerusha damals im Gasthaus und sie hielten ihn wegen seiner Haltung und seiner Ausstrahlung für einen Earel.

»Aber wieso Zelte?«, hakte Jerusha nach. »Wieso bauen sie keine Handelshäuser?«

»Nicht erlaubt. Auf dem Forum darf kein festes Gebäude stehen. Cyr ist zwar weltoffen, aber auch ganz schön fromm. Wer gegen die Gebote Ghalils verstößt, der wird mitsamt Zelt aus der Stadt geworfen; sein Platz wird frei für einen anderen Händler.«

Kiéran nahm ihre Hand und zog sie in eins der Zelte, anscheinend das eines Tuchhändlers; Jerusha staunte über die Stoffballen, die dort herumstanden, und sog fasziniert den Geruch nach Wolle und gegerbtem Leder ein. Prächtige Stoffe gab es hier, und die meisten so teuer, dass sie sich nie auch nur eine Handbreit davon hätte leisten können. »Hier kaufen die Beauftragten von Fürst Ceruscan ein, und zwar mindestens jede Woche«, raunte ihr Kiéran zu. »Vielleicht war auch Aláes hier.«

Doch als Jerusha bei den Besitzern des Handelspostens nachfragte und Aláes in Rikiwas Worten beschrieb, erntete sie nur ein höfliches Kopfschütteln. Und auch in den nächsten Zelten, in denen edle Schmiedewaren, Teppiche und Schmuck gehandelt wurden, hatten sie nicht mehr Erfolg. Jerusha spürte, wie ihre Energie erlahmte, doch sie biss die Zähne zusammen. Kiéran hatte recht, sie durfte nicht aufgeben. Sie war schon so weit gekommen. Und der Fluch, den Aláes ausgesprochen hatte, konnte in ihrem Leben und auch dem ihres Clans noch so viel Zerstörung anrichten.

Jerusha konnte gut verstehen, welche Gefühle den jungen Kiéran SaJintar angetrieben hatten. Sie wollte diesem Aláes irgendwann von Angesicht zu Angesicht gegenüberstehen, ihn nach dem Grund fragen, ihm davon erzählen, was seine Tat angerichtet hatte.

Sie gingen an einem Zelt vorbei, an dessen Seite die Namen *Yila und Rinon WaTeshan* eingestickt waren, und instinktiv ging Jerusha hinein. Ein Gemisch exotischer Gerüche schlug ihr entgegen. Alle Götter, da standen ja ganze *Kisten* von Sibellkraut, dabei war eine Prise davon schon ein Luxus in Loreshom! Überall standen pralle Säcke gefüllt mit rotem Pfeffer, Nelkenwurz, Germarín und tausend anderen Gewürzen, alle mit dem Zeichen des Handelshauses versehen. Eine große und eine kleine Waage standen auf einem großen Packtisch in der Ecke, und daneben lagen Beutel aus Stoff und Leder in allen Formen und Farben, und auch kleine Quadrate Wachspapier, in die man wahrscheinlich kleine Mengen der Gewürze einschlagen lassen konnte. An der Zeltwand waren Hunderte von Glocken in allen Größen befestigt, und manche hingen an Schnüren auch mitten im Raum, sodass jeder, der vorbeiging, sie zum Klingen brachte.

»Shimounah beschütze Euch! Womit kann ich dienen?«, fragte eine Frau, in deren zerfurchtem Gesicht zwei strahlend blaue Augen leuchteten. Sie war in weite, fließende Gewänder gekleidet, die Jerusha fremdartig schienen. Vielleicht trug man so etwas in den mächtigen Stadtstaaten Khediras?

»Drei Unzen Sibellkraut und Lixall«, bestellte Kiéran, »und dann noch Qeritim. Zwei Unzen.«

»Wozu das alles?« Jerusha war verblüfft.

»Heute Abend kochen wir uns was. Ich habe keine Ahnung, wie lange wir hier sein werden, aber wenn wir jeden Abend in Gasthäusern oder auf dem Markt essen, dann sind unsere Börsen ziemlich schnell leer.«

»Und das von einem Mann, der eben für fünf Dag Gewürze gekauft hat!«

Kiéran grinste. »Keine Widerrede. Und das Zeug ist es wert, ich garantiere es dir. Außerdem ist die Hälfte davon sowieso das Geschenk für einen Freund von mir, Santiago QiMelares.«

»Keine Widerrede? Ich komme mir gerade vor wie ein Mitglied deines Regiments«, murrte Jerusha scherzhaft.

»Na klar. Ehrenmitglied.«

Jerusha wandte sich an die alte Händlerin. »Habt Ihr all diese Gewürze selbst aus fernen Ländern geholt?«

»Viele davon, mit der Hilfe einer ganzen Anzahl von Eseln – einer davon ist mein Mann, der immer noch darauf besteht, zu Fuß das Regandhasgebirge zu überqueren.« Die Händlerin lächelte verschmitzt.

»Eigentlich kein Wunder, dass er jetzt lieber den Posten hütet, als mit mir zu reisen.«

»Das hab ich gehört!«, brummte eine Stimme hinter ein paar Säcken hervor. »Wenn du so was erzählst, dann sage ich denen jetzt auch was von diesem Ochsenziemer, den du immer dabeihast, wenn du unterwegs bist, und wen genau du damit antreibst.«

Als Jerusha sich auf die Zehenspitzen stellte, entdeckte sie hinter den Säcken einen Tisch, an dem ein kleiner, rundlicher Mann hockte; er hatte eine Lupe an ein Auge gepresst und arbeitete an den Gravierungen einer Glocke, die kaum so groß war wie ein Fingerhut.

Kiéran grinste. »In welche Länder reist Ihr? Khedira, Elisondo? Da ist es wenigstens schön warm. Ich hatte ganz vergessen, wie scheußlich Yantosi selbst im Sommer sein kann.«

»Und wenn es gerade nicht warm ist, dann schüttet sie mir heimlich eine Prise Gloris in den Tee, bis mir Dampf aus den Ohren kommt«, brummte der kleine Mann und warf seiner Frau einen liebevollen Blick zu.

Yila WaTeshan stemmte die Fäuste gegen die Hüften. »Glaubt ihm kein Wort! Erstens war es Idriskraut, und zweitens wollte ich dir nur was Gutes tun, du undankbarer Wicht.«

Ein paar Käufer betraten das Zelt, und die Händlerin wandte sich ihnen zu, doch Kiéran und Jerusha warteten geduldig, und schließlich hatte Yila wieder Zeit für sie.

»Kennt Ihr zufällig jemanden namens Aláes?«, stellte Jerusha ihre übliche Frage. »Ich suche ihn, doch leider weiß ich nicht besonders viel über ihn. Ich weiß nur, dass er Geschäfte in Cyr erledigt.«

»Aláes?« Die Frau überlegte. »Ja, der Name sagt mir was. Aber ich weiß nicht mehr genau, um was es dabei ging. Rinon! Streng mal dein löchriges Gedächtnis an. Ich glaube, es hatte irgendwas mit dir zu tun.«

»Aláes? Na klar. Wer es sich leisten kann, eine Glocke aus purem Gold zu bestellen, dessen Namen kann man sich schon mal merken.« Rinon stieß ein keckerndes Lachen aus.

»Wie lange ist das her?«, fragte Jerusha aufgeregt.

»Ach, gut zwei Jahresläufe. Weitere Aufträge dieser Art wären angenehm gewesen, doch leider war es uns nicht vergönnt.«

Die Aufregung kribbelte bis in Jerushas Fingerspitzen. Zwei Jahresläufe. Vor so kurzer Zeit hatten diese Menschen das Wesen gesehen, das sich Aláes nannte. Es gab diesen Kerl wirklich. Er war hier gewesen, während ein Mädchen namens Jerusha KiTenaro in Kalamanca gerade ihre Lehre beendet hatte. Was für ein seltsames Gefühl.

»Natürlich hat er uns keine Aufträge mehr erteilt. Deine Gravierungen waren nicht prächtig genug, ganz einfach!« Diesmal klang Yila ernsthaft ärgerlich. »Wieso sollte ein Kunde, der nicht zufrieden ist, wiederkommen?«

»Nicht prächtig genug! Pah! Ich habe ihm die herrlichste Glocke angefertigt, die man in Ouenda je gesehen hat, aber manche Leute gibt's, für die kannst du dich auf den Kopf stellen und es hilft doch nichts.«

Jerusha erschrak. »Hat er irgendetwas Besonderes zu Euch gesagt? Etwas, das Euch im Gedächtnis geblieben ist?« Sie war erleichtert, als beide verneinten. Wussten sie überhaupt, wie viel Glück sie gehabt hatten? Vielleicht waren sie um ein Haar einer ähnlichen Katastrophe entgangen, wie sie die KiTenaros getroffen hatte.

»Wisst Ihr noch, wie der Mann aussah? Könnt Ihr ihn beschreiben?«, mischte sich Kiéran ein. »Und ist Euch etwas an ihm aufgefallen?«

»Es kam mir vor, als sei er doppelt so groß wie ich«, sagte Rinon. »Und er trug Handschuhe, das weiß ich noch, weil es mir so seltsam vorkam. Es war nämlich ein ganz schön heißer Tag, und gerade hier im Zelt wird es leider sehr warm, was für die Gewürze nicht sonderlich gut ist, deswegen haben wir eine ausgefeilte Lüftung.«

»Hat er gesagt, wo er lebt? Hat er den Namen irgendeines Ortes genannt?«

»Nein, er hat nur gemeint, er sei gerade auf der Durchreise und hole die Glocke in einer Woche ab.«

An mehr erinnerte sich der alte Glockenmacher leider nicht. Stattdessen zwinkerte er Jerusha zu und meinte: »Und was ist eigentlich mit Euch? Ich habe wunderschöne Glocken, die ewiges Liebesglück garantieren. Ein hochwertiger Zauber aus Uskaja liegt darauf. Drei Jahresläufe Garantie. Wie wär's?«

Ausnahmsweise schienen sich Yila und Rinon einig, mit einem verschmitzten Lächeln blickten sie Jerusha und Kiéran an. Jerusha sah zu Kiéran hinüber und stellte fest, dass auch ein Terak Denar rot werden konnte. Er interessierte sich plötzlich auffallend für einen Stapel getrockneter Kräuter auf der rechten Seite des Zeltes.

»Wir kommen darauf zurück«, sagte Jerusha mit einem strahlenden Lächeln, verabschiedete sich mit einem »Möge Euer Clan gedeihen!« und zog Kiéran aus dem Zelt.

* * *

»Ich glaube es einfach nicht. Sie hat meinen Spiegel verpfändet! Und wer war der Kerl, der sich darin angesehen hat?« Wie jedes Mal, wenn Dario wütend war, klang seine Stimme hoch und kieksig. Doch diesmal scherte er sich nicht darum und machte keinen Versuch, seinen Ton zu dämpfen. »Hast du das gehört? *Lass uns zurückgehen zu unserer Bleibe!* Sie lebt mit diesem Kerl zusammen! Es muss jemand sein, den sie auf ihrer Reise kennengelernt hat.« Ihm war danach zumute, irgendetwas zu zerschmettern, doch er brachte es nicht über sich, eine der Glasscheiben zu zerstören, die für neue Spiegel bereitstanden.

»Das ist wirklich ein harter Schlag«, sagte Laric und versuchte, ihm beruhigend eine Hand auf den Arm zu legen. Was nicht einfach war, weil Dario rastlos im Zimmer umherging.

»Ich könnte sie umbringen«, fauchte Dario. »Seit mehreren Monden ist sie unterwegs, ich bin das Gespött der ganzen Gegend, weil sie mich vor der Hochzeit hat sitzen lassen, und jetzt auch noch das.«

»Was stand denn in ihrem letzten Brief?«

»Jedenfalls nichts von einem anderen Mann. Nur, dass sie gerade auf dem Weg sei nach Yantosi. Nach Cyr wollte sie. Sah das im Hintergrund aus wie Cyr?«

»Absolut. Wirst du hinreisen?«

»Bist du irre geworden? Ich bräuchte zwei bis drei Wochen. Bis ich da bin, kann wer weiß was passieren. Dieser Kerl! Zumindest ist er leicht zu erkennen mit diesen Narben. Aber wie konnte er wissen, dass auf dem Spiegel ein Zauber liegt?«

»Vielleicht ist er selbst ein Magier.«

»Laric, manchmal habe ich den Verdacht, du bist dumm wie Bohnenstroh. Er hat selbst gesagt, dass er von Magie keine Ahnung hat. Nein, er ist kein Magier, so wie er aussieht ist er weder reich noch mächtig, und ich weiß schon genau, Laric, wie ich ihn und Jerusha angemessen bestrafen kann. Wart nur ab. Wo sind Feder und Tinte?«

»Dort, wo sie immer sind, Bruderherz«, sagte Laric kühl.

* * *

Auf dem Rückweg zu ihrer Bleibe kam Jerusha wieder an dem Cantharit vorbei – und konnte nicht verhindern, dass ihre Augen davon angezogen wurden. Der Stein war unregelmäßig geformt, und sie rätselte, welche Gestalt darin ruhte. Während Kiéran Wasser aus dem Brunnen holte, blieb Jerusha nachdenklich vor dem Block stehen. Eins war klar, es musste etwas sein, das die geäderte Struktur und rötliche Farbe des Steins aufnahm.

»Hier, kannst du das mal hochtragen?«, hörte sie Kiérans Stimme, und Jerusha schrak zusammen. Ein randvoller Wassereimer landete direkt neben ihrem Fuß. »Ich hole eine Ladung Brennholz für den Herd.« Dann stapfte er schon wieder davon.

Es kam Jerusha so vor, als hielte sich Kiéran den ganzen Abend über absichtlich zurück. Er nahm nicht noch einmal ihre Hände, und während sie nebeneinander am Küchentisch saßen, Gemüse schnitten und sich unterhielten, fühlte sich Jerusha sehr viel entspannter als am Tag zuvor. Und sie genoss es, dass Kiéran hier war, hier bei ihr. Sein großer, sehniger Körper keine halbe Armlänge neben ihr, ja, noch immer erinnerte er sie an einen Wolf.

Heimlich betrachtete sie ihn, während er arbeitete. Das Spiel der Muskeln unter seinem Hemd, das er am Kragen offen trug. Seine schmalen, kräftigen Hände, die präzise und geschickt das Gemüse schnitten. Wie er sich durch die dunklen Haare fuhr, wenn er nachdachte. Manchmal konnte sie noch den schlaksigen, eingeschüchterten Jungen in ihm sehen, der er früher gewesen war. Doch inzwischen bewegte er sich so sicher und instinktiv wie ein Tier, und hätte ihn jemand in diesem Moment über die Kante der Treppe gestoßen, wäre er vermutlich auf den Füßen gelandet wie eine Katze.

Hatte sie sich jemals so stark zu Dario hingezogen gefühlt wie zu Kiéran? Oder war alles, was sie in Loreshom getan hatten, doch nur ein Spiel gewesen, ein Rausch, der nach dem Sommer eigentlich hätte vorbei sein sollen? Wenn Dario ihr nach wie vor etwas bedeutete, wie konnte es dann sein, dass sie sich so stark danach sehnte, dass Kiéran noch einmal den Arm um sie legte? Gestern war nicht die rechte Zeit gewesen, doch diesmal … *Vergiss es, das macht er nicht noch mal*, meldete sich ihre innere Stimme. *Wieder einmal hast du ihn zurückgestoßen, und jetzt bist du dran, ihm ein Zeichen zu geben.*

Doch das ging nicht, noch nicht. Und sie konnte nur hoffen, dass er Geduld hatte.

»Bist du schon mit den Karotten fertig? Hier kommt eine Ladung Saftwurz.« Er schüttete alles in einen Topf und eine Dampfwolke quoll hoch. Instinktiv ging Kiéran in Deckung. »Uff, das brodelt ja wie ein Vulkan.«

»Unser ganz eigener Vulkan, toll«, witzelte Jerusha und warf Karotten und Fleisch zum Anbraten in den Topf. »Hm, riecht schon lecker.

Mit einem Herd zu kochen ist leichter als über dem Lagerfeuer. Kennst du das, entweder wird es nicht gar oder es ist außen verbrannt und innen roh?«

»Ich schäme mich, es zu gestehen, aber wir haben normalerweise einen Lagerkoch.« Kiéran streute je eine Prise Salz und Lixall über den Eintopf und kramte im Küchenregal nach weiteren Gewürzen – schraubte jedes Glas auf, roch flüchtig am Inhalt, verschloss es wieder. »Xatos' Rache, wir haben vergessen, Pfeffer zu kaufen. Und hier gibt's keinen. Dafür Zimt. Ausprobieren?«

»Wusste ich es doch, du bist ein mutiger Mann.«

Er grinste. »Na ja. In Khelgardsland sollte ich bei einem Staatsempfang mal Schafsaugen in Gelee zu mir nehmen, eine örtliche Spezialität. Aber für die war ich nicht mutig genug. Ich habe mir die Dinger heimlich in die Tasche gleiten lassen und sie leider da drin vergessen. Gab ein bisschen Ärger mit der Wäscherei.«

Jerusha musste lachen, während sie zwei Teller auf den Tisch stellte. »Das kann ich mir vorstellen. Ich hätte mich wahrscheinlich gleich beim Staatsempfang übergeben.«

Der Eintopf schmeckte dank der Gewürze sehr exotisch, und Jerusha stellte sich vor, dass sie etwas aß, das auch in fernen Ländern wie Elisondo auf den Tisch kam. Wie herrlich. In einträchtigem Schweigen saßen sie sich beim Essen gegenüber; sie nahmen sich beide zwei Portionen. Es war warm geworden in ihrer Bleibe, der Duft nach Zimt und gebratenem Huhn lag in der Luft.

Schließlich schob Kiéran seinen Teller zurück, seufzte zufrieden und musterte sie dann mit seinen Augen, die so wenig sahen und doch so viel. Jerusha hatte das Gefühl, dass dieser eigenartige Blick ihre Seele durchdrang, und ihr Herzschlag beschleunigte sich. Doch sie wandte sich nicht ab, wich nicht aus. Jerusha musste daran denken, wie sie sich umarmt hatten, dort am Flussufer; wie sie in seinen Armen geweint hatte. Und bevor sie es sich versah, streckte sie ihre Hand aus und nahm die seine. Er atmete tief durch und erwiderte den Druck ihrer Hand, sein Blick war so zärtlich wie seine Berührung.

»Wie fühlst du dich?«, fragte er leise.

Jerusha seufzte. »Ganz seltsam. So muss einer zerbrochenen Tonstatuette zumute sein, die gerade Stück für Stück wieder zusammengesetzt wird. Und es fehlen noch ziemlich viele Teile.«

»Irgendwann wirst du es schaffen, damit zu leben.«

»Damit, dass es mich zerschmettert hat?«

»Ja. Mir ging es auch so, und bei mir ist es schon fast so weit, dass ich damit umgehen kann. Ich glaube, in der ersten Zeit war ich nahe dran, mich umzubringen. Für immer blind zu sein, das wollte und konnte ich nicht akzeptieren.«

Jerusha stockte der Atem. »Auch im Wald von Sharedor? Hast du auch dort daran gedacht?«

»Nein, dort nicht. Zu diesem Zeitpunkt war ich schon nicht mehr ganz blind. Außerdem wollte ich herausfinden, was in der Quellenveste los war, warum ich fallen gelassen worden war. Tja, was ich dort erlebt habe, war zugleich schlimmer und besser als meine Befürchtungen. Aber kein Grund mehr, mich in mein Schwert zu stürzen.«

»Ich habe schon oft gerätselt, wieso du manches siehst und anderes nicht. Haben sich deine Augen mit der Zeit ein bisschen erholt?«

»Nein. Es liegt daran, dass ich mir eine fremde Sicht geliehen habe«, sagte er und berührte das schlichte silberne Amulett mit dem eingebetteten schwarzen Stein, das er trug. Oder war es überhaupt ein Stein? Das Amulett war Jerusha schon aufgefallen, sie hatte bisher nur noch nicht danach gefragt. »Das hier haben sie im Tempel der Schwarzen Spiegel für mich gemacht, und während ich es trage, fühlt es sich an, als könne ich durch seltsame, nichtmenschliche Augen sehen.«

Jerusha ahnte, dass niemand sonst das wusste – und es berührte sie, dass er es ihr offenbarte. »Kein Wunder, dass du Anderweltler erkennen kannst.«

Kiéran wirkte überrascht und auch ein wenig erleichtert. »Es macht dir nichts aus? Ist es dir nicht unheimlich?«

»Ein bisschen«, musste Jerusha zugeben, doch sie ließ seine Hand nicht los, hielt sie nur noch fester. Und es fühlte sich so herrlich an, ihn zu berühren, es war wie ein warmer Strom, der zwischen ihnen floss.

Ich glaube, ich habe mich schon entschieden, dachte Jerusha und fühlte, wie ihr Herz ein klein wenig leichter wurde. *Mit Dario wird es nie wieder werden wie zuvor. Vielleicht muss ich ihn einfach loslassen und akzeptieren, dass es vorbei ist. Vielleicht war diese Reise ein Segen, weil sie mich daran gehindert hat, ihn zu heiraten.* Sie musste wieder an die hässlichen Dinge denken, die vor ihrer Abreise geschehen waren, wie er sie gezwungen hatte, ihre Skulpturen zu verkaufen.

Und jetzt war sie hier, in Cyr. Mit einem Mann, der so völlig anders war als Dario. Auf eine wunderbare Art anders.

Sie redeten lange. Darüber, wie es sich anfühlte, die Sterne zu betrachten und einen Bogen zu spannen. Über die Nachtlilien in ihrem

Garten und ihren Duft, der wie eine schöne, aber traurige Erinnerung war. Über Jerushas Clan und den seinen – der ziemlich klein war, denn seine Eltern waren vor wenigen Jahresläufen gestorben, und Verwandte hatte er nur eine Handvoll.

Es musste lange nach Mitternacht sein, und Jerusha spürte, dass ihre Augenlider schwer und schwerer wurden. »Ich glaube, ich brauche allmählich ein bisschen Schlaf«, sagte sie, zwang sich, Kiérans Hand loszulassen, und stand auf. Er erhob sich ebenfalls, und sie standen sich gegenüber. Diesmal fühlte sich alles richtig an. Sie streckten die Arme nach einander aus, und dann schmiegte sich Jerusha an ihn, fühlte den rauen Stoff seines Hemdes und seinen warmen Körper, seine Arme, die sie umschlossen, und sein Kinn, das er leicht auf ihren Locken ruhen ließ. Wie gut er roch, nach Zimt und Heu.

Kiéran flüsterte ihren Namen, und die Art, wie seine Stimme dabei klang, verriet ihr alles, was ihr wichtig war. Ja, er liebte sie, und Jerusha ahnte, dass ein Mann wie er seine Gefühle nicht leichtfertig verschenkte. Dass dies keine Schönwetter-Liebe sein würde, die sich von Sturm oder Hagel erschüttern ließ. Sie konnte sich nicht erinnern, wann sie sich zuletzt so sicher und geborgen gefühlt hatte.

»Ich würde zu gerne wissen, wie du aussiehst. Darf ich?«, fragte er, und es dauerte einen Moment, bis sie begriff, was er meinte. Dann nickte Jerusha und genoss es, wie seine Fingerspitzen die Form ihres Gesichts erkundeten, behutsam ihre Stirn und Wangen entlangstrichen bis zum Kinn, die Form ihrer Nase nachzeichneten, über ihre Augenbrauen tasteten. Und es machte ihr auch keine Angst, was er auf diese Art erkennen würde. Seine Augen waren keine Spiegel, und für ihn war sie nur in zweiter Linie eine KiTenaro.

Er versuchte nicht, sie zu küssen, und vielleicht war es besser so. Noch immer lauerte die Panik dicht unter der Oberfläche.

»Ich sehe noch mal kurz nach Amadera«, sagte Jerusha schließlich und löste sich von Kiéran. Sie brauchte jetzt einen Moment allein, um ihre Gedanken in andere Bahnen zu lenken, sonst würde sie wieder stundenlang nicht einschlafen können. »Ist es in Ordnung, wenn ich ihr eine Handvoll Nüsse mitbringe? Und Reyn mag sicher einen Apfel.«

»Ja, natürlich, aber füttere ihn nicht aus der Hand, sonst fehlt dir anschließend ein Finger.«

Amadera schnaubte erfreut, als sie ihre Herrin sah, und schien es zu genießen, gestreichelt zu werden. Gierig machte sie sich über die Nüsse her. Reyn betrachtete sie aus dem benachbarten Verschlag, die lange Mähne lag leicht gelockt über seinem Hals. Jerusha rollte ihm den Apfel unter der Tür durch und hörte, wie seine Zähne ihn zermalmten.

Auf dem Rückweg kam sie wieder am Cantharitblock vorbei, und im Schein der Lampe betrachtete sie ihn. Es war wie das Auflodern einer Fackel in ihr, als sie schließlich erkannte, was für eine Gestalt darin ruhte. Aufregung pulste durch ihren Körper. Mit den Fingern fuhr sie die Linien nach. Dort würde sie mit dem Zahneisen große Stücke wegnehmen, dort würde sie den Rücken herausarbeiten und dort den Kopf. Sie zog sich die Handschuhe über, zögerte – und streifte sie dann doch wieder ab. Cantharit war zwar ein recht weicher Stein, dennoch würde sie Tage brauchen. Allein schon für die Skizzen. Wer wusste, ob sie überhaupt so lange in Cyr bleiben würde. Nein. Sie würde der Versuchung nicht nachgeben. Außerdem wollte sie kein so wertvolles Geschenk annehmen, nicht einmal von Kiéran.

Aber er will ja nicht mal zugeben, dass er das Ding hierher geschafft hat. Es ist kein Geschenk.

Ja und? Umso weniger Rechte habe ich an diesem Stein!

Widerstrebend wandte Jerusha sich um und stieg die Treppe wieder hinauf.

* * *

Hand in Hand gingen sie durch den Park der Akademie, und noch immer kam es Kiéran ein wenig ungewohnt vor. *Kiéran, der harte Kerl. Händchenhaltend. Wenn das jemand aus meiner Escadron sehen würde! Es wäre tagelang Gesprächsstoff in den Baracken.*

Doch er hatte keine Escadron mehr. So langsam lernte er diese neue Freiheit zu schätzen.

»Wir könnten noch einmal in den Gasthöfen fragen«, schlug Jerusha vor. »Damals war er eine Woche hier, und dass er nicht im Freien schläft, mussten die KiTenaros ja schon erfahren. Und ich glaube, es reicht, wenn wir in den besten Gasthöfen fragen, und selbst die waren ihm wahrscheinlich nicht gut genug.«

Doch in einem Gasthof nach dem anderen war ein Kopfschütteln die Antwort auf ihre Fragen, und schließlich ließen sie sich matt und durstig im Schankraum eines Hofs in der Nähe der Akademie nieder. An den Echos hörte Kiéran, dass es ein großer Raum war, und der Geruch nach Holzwachs und Met verriet eine Schänke der gehobenen

Art. Es störte die würdige Atmosphäre nur ein wenig, dass zwei Kinder, vielleicht die des Wirts, auf dem Boden miteinander rauften.

»Was sind das für eckige Schatten an der Wand? Bilder?«, fragte Kiéran, und Jerusha erklärte ihm leise: »Porträts. Von Gelehrten, glaube ich, die im Laufe der Jahrhunderte an der Akademie waren. Bisschen seltsam, von ein paar hundert Gesichtern angesehen zu werden, während man seinen Met trinkt.«

In Kiéran regte sich die Neugier. »Wer zum Beispiel? Stehen Namen darunter?«

Wahllos suchte Jerusha zwei Porträts aus, die ihr besonders gefielen; ein junger Mann in der Kleidung eines Earel aus Kalamanca, der mit blitzenden Augen und feurig wirkenden Gesten einen Vortrag hielt, und ein bärtiger Mann mit wachen, lebhaften Augen unter dichten Brauen. »Einer heißt Jildus NaGívan und war ein Alchemist und Erneuerer der Künste, er lebte vor dreihundert Jahresläufen. Beim anderen steht *Diederic YaCidor, Philosoph und Geschichtsschreiber, verfasste eine vierbändige Geschichte der Eliscankriege, die heute verschollen ist*«, las Jerusha und fügte nachdenklich hinzu: »Eliscankriege, mhm, eine eigenartige Frau in Tholus hat mir gesagt, Aláes könnte ein Elis sein. Ich mochte es kaum glauben. Aber nachdem dieser Händler gesagt hat, der Kerl sei sehr groß gewesen …«

»Du musst bedenken, dieser Glockenmacher war ein bisschen kurz geraten, ihm kommt wahrscheinlich jeder Zweite wie ein Riese vor.«

Kiéran rief sich noch einmal ins Gedächtnis, was Jerusha über den geheimnisvollen Fremden erzählt hatte, der ihrem Clan so großen Schaden zugefügt hatte. Dunkel gekleidet. Hatte einem armen Kind vor der Tür des Gasthofs Geld geschenkt. Grüne Augen. Angenehme Stimme. Leicht reizbar. »Ja. Ich glaube inzwischen schon, dass er zu den Eliscan gehört. Aber ich habe keine Ahnung, was das für deinen Clan bedeutet.«

Der Wirt kam und nahm ihre Wünsche entgegen. Eine vergnügte Gruppe junger Leute hielt sich in der Schänke auf, und eine der Frauen stimmte eine Ballade an. Ihre Stimme war hoch und klar, wenn auch ein wenig schwankend in den obersten Tönen. Nach ein paar Momenten erkannte Kiéran, was er da hörte, es waren die letzten Strophen von *Ieras und Caliope*. Ohne genau zu wissen, warum, schwieg er und lauschte, und auch Jerusha schien zuzuhören.

Sag mir Lebewohl, Feinde werden wir sein
so sprach Ieras, er ritt davon mit seinem Heer
und Caliope sie pflanzte die Lilien der Nacht
und goss sie mit Tränen silberhell.

Die Lilien der Nacht. Kiéran hatte Jerusha noch gar nicht erzählt, dass diese Blumen ihn immer an sie erinnerten. Wie sie ihm Zuversicht geschenkt hatten, als er halbtot am Ufer des Benar gelegen hatte. Doch gerade als er zum Sprechen ansetzte, kehrte der Wirt zurück.

»Ich kam eben nicht umhin, Euer Interesse an Diederic YaCidor zu bemerken.« Seine Stimme barst fast vor Stolz, und seine waldgrüne Aura strahlte grell, als er zwei Krüge vor sie hinstellte. »Er war mein Ahne, der stolze Vorfahr meines Clans. Talan YaCidor zu Euren Diensten.«

»Wie schade, dass die Geschichte, die Euer Ahnherr schrieb, verloren gegangen ist«, meinte Kiéran freundlich. »Ich hätte sie gerne gelesen.«

Die Aura des Wirts wurde noch heller – ein wenig zu hell. Konnte gut sein, dass er selbst einen Elis in seiner Ahnenreihe hatte. Vielleicht war das der Grund, warum sich sein Vorfahr so für das Thema erwärmt hatte. »Sehr freundlich von Euch. Die Eliscankriege sind nicht gerade ein Thema, das jedermann anspricht. Mögen diese dunklen Zeiten nie wiederkommen!«

»Hoffentlich«, erwiderte Kiéran und fragte sich, ob er vielleicht der einzige Mensch in Ouenda war, der gemerkt hatte – und bemerken konnte –, dass die Bewohner von Khorat sich sehr wohl noch für die Menschenwelt interessierten. Und womöglich mit bösen Absichten.

Kurz fühlte Kiéran sich wieder so hilflos wie in dem Moment, als er Xen seinen Verdacht offenbart hatte. Zwei von Ouendas Fürsten hatte er gewarnt, was sollte er denn noch tun? Die anderen ebenfalls aufsuchen? Das schien ihm keine gute Idee zu sein. Die gemütliche Muria UlPorím von Kalamanca war zwar alles andere als dumm, aber Kiéran traute ihr nicht zu, das ganze Land zu den Waffen zu rufen. Rhakan SiManao von Larangva war ein Hitzkopf und selbst eine Gefahr für Ouenda. Und in Khelgardsland, nun, Regent wurde dort derjenige, der sich in einem Wettbewerb durchsetzte und dabei Stärke und Klugheit bewies. Alle fünf Sommer fand der Wettkampf statt, und in ein paar Monden war es wieder so weit. Solange der nächste Regent nicht feststand, passierte dort ohnehin nichts. Kiéran erinnerte sich, dass Ulíes einmal an diesem Wettkampf teilgenommen hatte, nur um zu sehen, ob er mithalten könne; er war immerhin erst in der dritten von vier Runden gescheitert. Schade, dass er es nicht geschafft hatte, wahrscheinlich hätte er einen richtig guten Herrscher abgegeben. Einer, der sein Fürstentum in Bescheidenheit führte, der zu seinem Vergnügen keine Maskenbälle abhalten ließ, sondern ganz alleine zum Klettern ging und mal eben einen der vielen Gipfel seines Heimatlandes erklomm.

Ganz plötzlich fiel Kiéran etwas ein, das der Erste Priester Dinesh ihm im Tempel der Schwarzen Spiegel gesagt hatte. *Schon vor Jahrtausenden haben wir die Geschöpfe aus Khorat zurückgedrängt und daran gehindert, ganz Ouenda zu erobern. Damals war unser Orden noch weitaus stärker als jetzt.* Verdammt, wieso war ihm das nicht schon früher in den Sinn gekommen? Jetzt wusste er, wen er warnen musste, noch heute würde er Dinesh eine Botschaft schreiben und ihm von Nonar und Tinorey berichten.

»Mich interessiert vor allem, ob der Name von Aláes in dieser Geschichte vorkommt«, meinte Jerusha. »Oder sagt er Euch vielleicht etwas, ehrenwerter Talan?«

»Aláes? So, wie der Aláesfelsen in der Nähe von Castael?« Mit einem lauten Krachen fiel irgendwo ein Stuhl um, Gekicher folgte, und Talan unterbrach sich für einen Moment, um seinen Kindern ein paar wüste Drohungen zuzurufen. Dann wandte er sich ihnen wieder zu. »Dort soll eine Schlacht zwischen Menschen und Eliscan stattgefunden haben. Vor sehr langer Zeit. Länger, als sich hier jemand erinnern kann.«

Kiéran hörte, wie Jerusha aufgeregt den Atem einsog. Doch sehr viel mehr war Talan YaCidor nicht zu entlocken, und erst als sie wieder auf der Straße standen, wagten sie, offen darüber zu diskutieren. »Kann es wirklich sein, dass Aláes so alt ist? Das klingt völlig unglaublich. Vielleicht ist es ein Zufall.«

»Man sagt, dass die Eliscan unsterblich seien«, erinnerte sie Kiéran und fügte trocken hinzu: »Viel seltsamer kommt es mir vor, dass sich jemand, der so alt ist, noch über schlechte Bedienung in einem Gasthaus aufregen kann. Lernt man in einer so langen Zeit nicht so was wie Gelassenheit?«

»Zumindest nicht gegenüber Menschen«, sagte Jerusha, und Kiéran ahnte, dass sie jetzt die Lippen zusammenpresste.

* * *

Am späten Nachmittag kehrten sie in ihre Bleibe zurück. Jerusha hatte vor, sich auszuruhen, und war überrascht, dass Kiéran eher das Gegenteil im Sinn hatte. »Zeit für meinen Schwertdrill«, kündigte Kiéran an und tauschte sein dickes Hemd gegen ein dünnes, ärmelloses. »Bringt niemandem etwas, wenn ich einroste. Bis nachher!«

Anscheinend hatte er sich zum Üben in irgendeinen Innenhof des Gebäudes zurückgezogen oder vielleicht in den Park, jedenfalls sah Jerusha ihn nicht mehr, als sie zum Stall wanderte, um Amadera einen Besuch abzustatten. Sie wünschte sich Grísho zurück. Der arme Kerl, in welchem Schatten er sich wohl gerade herumtrieb? Immerhin, er hatte gewusst, dass sie nach Cyr wollte, es gab eine Chance, dass sie ihn wiedersehen würde.

Amadera rupfte zufrieden Heu aus ihrer Raufe, überprüfte kurz Jerushas Taschen nach Nüssen und beachtete ihre Herrin dann kaum noch. Schon nach kurzer Zeit verabschiedete sich Jerusha wieder von ihr – und kam auf ihrem Rückweg zum Haupthaus am Cantharit vorbei, der noch immer mitten im Hof stand. *Erstaunlich, dass sich bisher noch niemand darüber beschwert hat,* dachte Jerusha und betrachtete den Block nachdenklich. Sie wusste, dass außer ihnen nur ein paar Studenten der Akademie in dem ehemaligen Landgut wohnten, sie hatten sich ein paarmal kurz im Vorbeigehen gesehen und gegrüßt. Doch die Studenten wurden von der Lehre und den Vergnügungen, die Cyr bot, anscheinend sehr in Anspruch genommen, jedenfalls kehrten sie immer erst am späten Abend zurück. Und die Vermieterin interessierte der Steinklotz vielleicht einfach nicht. Oder Kiéran hatte ihr Geld gegeben, damit sie darüber hinwegsah.

Wie prachtvoll der Block war. Jerusha sah vor ihrem inneren Auge ganz deutlich, was sie aus ihm machen würde. Mit einem tiefen Seufzer gab sie ihren Widerstand auf. Nach einem verstohlenen Blick, ob auch niemand sie beobachtete, streifte sie sich die Handschuhe über, nahm den Hammer in die rechte Hand und eins der großen Eisen in die linke. Mit genau dosierter Kraft begann sie, Material abzutragen, die grobe Form der Skulptur herauszuarbeiten. Ganze Steinbrocken brachen weg und blieben auf dem lehmigen, mit einzelnen Grasbüscheln bedeckten Boden des Hofs liegen. *Was für ein Wahnsinn, und alles ohne eine einzige Skizze und ohne Tonmodell – Meister Terémio wäre entsetzt,* dachte Jerusha, doch sie machte einfach weiter und genoss es, dass ihre Hände wussten, was sie taten. Genoss es, dass die Skulptur ihre Gedanken ausfüllte, sodass kein Platz mehr darin war für das, was in der Residenz von Leor KaoRenda geschehen war. Sie vergaß die Zeit und ärgerte sich nur darüber, dass es dunkel wurde, sodass sie Licht holen gehen musste. Im Schein der Lampe arbeitete sie weiter, noch immer wie im Fieber. Jetzt konnte sie schon kleinere Eisen nehmen, allmählich traten die Umrisse der Skulptur hervor. Nur die linke Seite brauchte noch einen anderen Schwung, Jerusha setzte das Eisen an und zog mit knappen, präzisen Schlägen eine neue Linie.

»Ich glaube, ich weiß, was einmal daraus wird«, sagte eine ruhige Stimme. Kiéran.

Jerushas Kopf fuhr hoch. Er saß auf einem Strohballen vor dem Stall. Wie lange war er schon dort?

»Ein Drache, nicht wahr?«

Jerusha nickte und wandte verlegen die Augen ab, musterte den Stein und wusste nicht, wie sie Kiéran danken sollte. Wie sie ihm sagen sollte, was sein Geschenk für sie bedeutete. Doch vielleicht wusste er das sowieso schon.

»Lass dich nicht stören, ich wollte dich nur kurz besuchen«, sagte er und stand auf. »Ich koche uns was. Wir müssen unbedingt noch das Sibellkraut ausprobieren. Santiago schwört darauf. Ich ruf dich, wenn's was zu futtern gibt, in Ordnung?«

Bevor Jerusha nachdenken konnte, entfuhr ihr, was sie gerade gedacht hatte. »Kiéran SaJintar, du bist einfach unglaublich. Womit habe ich eigentlich einen Mann wie dich verdient?«

»Ich weiß nicht, geh noch mal deine vergangenen Sünden durch«, sagte er grinsend und sprintete leichtfüßig die Treppe hoch.

Schwarze Magie

Später, nachdem Jerusha sich umgezogen, den Steinstaub aus ihren Kleidern gewaschen und etwas Nachtlilienöl in ihr Haar geknetet hatte, machten sie und Kiéran es sich auf dem Diwan gemütlich. Es war nicht genug Platz darauf, um sich Seite an Seite hinzulegen, doch das machte nichts. Jerusha streckte sich aus und bettete den Kopf in Kiérans Schoß. Seine Hand strich ihr zärtlich über die Haare. Zum ersten Mal seit Wochen spürte Jerusha eine tiefe Ruhe, die sich in ihr ausbreitete.

»Weißt du, dass dein Clan sehr alt und berühmt ist?«, fragte Kiéran. »Ich bin mir sicher, dass er mir in mehreren Chroniken begegnet ist. Und habe ich dir schon erzählt, dass ich mal Ijema KiTenaro getroffen habe?«

»Hast du? Ich glaube, das ist meine Großtante.« Es war ein seltsamer Gedanke, dass er ihre Familie besser kannte als sie selbst. »Wie war sie so?«

»Unabhängig, scharfsinnig, eine Frau deutlicher Worte. Zwanzig Jahresläufe lang war sie Oberste Waldwächterin im Dienst von Fürst Ceruscan und damit beschäftigt, die Anderwesen wie Greifen oder Drachen im Auge zu behalten. Du weißt ja, Yantosi ist für viele Arten das letzte Rückzugsgebiet in Ouenda, bis vielleicht auf ein paar unzugängliche Gebiete in Khelgardsland. Doch dann hat Ijema ihren Posten verloren – ich weiß nicht genau, warum –, und seither hat man nichts mehr von ihr gehört.«

»Ich wette, es hatte etwas damit zu tun, dass auch sie der Fluch getroffen hat«, sagte Jerusha, doch noch weit mehr beschäftigte sie etwas ganz anderes. »Du hast dich durch mehrere Chroniken Ouendas gearbeitet?«

»Gearbeitet ist das falsche Wort. Ich habe gerne gelesen. Früher. Mit meinen neuen Augen geht es nicht mehr.«

Die Trauer in seiner Stimme stach Jerusha ins Herz. »Schade, dass wir keine Bücher hier haben. Sonst könnte ich dir vorlesen.«

Tiefes Schweigen. Hatte sie etwas Falsches gesagt? Jerusha forschte in Kiérans Gesicht; es wirkte, als starre er ausdruckslos ins Nichts.

»Ja«, flüsterte Kiéran schließlich. »Das wäre sonnig.« Vorsichtig richtete er sich auf und ging zu seinem Gepäck, das er in einer Ecke des Raumes aufgestapelt hatte. Er kramte eine Weile herum und zog dann drei Bücher hervor, die er kurz abtastete. »Vielleicht könnten wir mit diesem hier anfangen.«

Der lederne Einband war so abgewetzt, dass Jerusha kaum den Titel erkennen konnte. Schließlich entzifferte sie ihn: *»Nichts Gutes kommt aus Tiefwald« – die Erinnerungen des Earel Terio CorYant.* Jerusha begann zu lesen.

Als ich geboren wurde, war keiner der Beteiligten begeistert. Meine Mutter nicht, weil ich von Anfang an ein unwillkommener Gast gewesen war, mein Vater nicht, weil er argwöhnte, dass das Vergnügen meiner Zeugung ganz auf der Seite seines Vetters gewesen sei, und die Hebamme nicht, weil sie nach zwei durchwachten Nächten schon wieder aus dem Schlaf gerissen worden war. Auch ich hielt mit meinen Ansichten nicht hinter dem Berg und brüllte aus voller Kehle, dass ich hier falsch sei. Niemand verstand mich, und so blieb mir nichts anderes übrig, als mich in mein Schicksal zu ergeben.

Jerusha las vor, bis ihr beinahe die Augen zufielen, und musste immer wieder über das schmunzeln, was der Earel über sein Leben erzählte. Sein Name sagte ihr etwas – war aus dem unerwünschten Kind nicht ein berühmter Naturforscher geworden und der Gründer von Corris Yant?

Schließlich seufzte Kiéran tief, meinte: »Das reicht für heute«, und strich Jerusha zärtlich über die Wange. »Danke. Aus irgendeinem Grund habe ich noch nie jemanden gebeten, mir etwas vorzulesen. Und das, obwohl ich Bücher vermisse. Komisch, was?«

»Gar nicht komisch«, sagte Jerusha, und dann richtete sie sich auf, nahm sein Gesicht in die Hände und küsste ihn. Sie fühlte, wie seine Arme sich um sie legten, warm und fest, und spürte seinen Herzschlag an ihrer Brust. Tief und lange küssten sie sich, als bedeute es, den Zauber zu brechen, wenn sie voneinander ließen. Dann lagen sie nebeneinander auf dem Diwan, so eng beieinander wie zwei Pfeile in einem Köcher.

»Niemals, niemals hätte ich gedacht, dass es so kommen würde«, sagte Kiéran, und plötzlich lachte er – ein ungläubiges, frohes Lachen. »Ehrlich gesagt, ich kann nicht glauben, dass du mir Unglück bringen könntest. Ich *will* es einfach nicht glauben.«

»Ich auch nicht«, flüsterte Jerusha, doch sie fühlte, wie sich beim Gedanken an den Fluch wieder die altvertraute düstere Stimmung über sie senkte. Und als sie schließlich ins Bett kroch, tat sie es allein.

* * *

Als Jerusha am nächsten Morgen Wasser holen ging, sah sie Kiéran in einem der Innenhöfe und zog sich lautlos in eine Türnische zurück, um ihn nicht zu stören. Bewegungslos und in sich versunken stand er da, das Schwert in beiden Händen, den Kopf gesenkt. Und dann, ganz plötzlich, glitt er hinein in die Bewegung, und seine Klinge wob ein Muster aus Licht und Schatten. Fasziniert beobachtete Jerusha ihn, und später, bei der Morgenspeise, fragte sie ihn: »Das war ein Tanz, nicht wahr? Wie heißt er?«

Kiéran war nicht überrascht – anscheinend war ihm nicht entgangen, dass sie zugesehen hatte. »Das war ein Teil von Venthis Lijxár, *Wind in den Bäumen.* Viele Schwerttänze erzählen eine Geschichte, aber dieser nicht. Ich mag ihn trotzdem sehr, er ist ein paar Tausend Jahresläufe alt und stammt, soweit man weiß, aus dem Tiefen Süden von Yantosi.«

An diesem Tag erkundigten sie sich in der Akademie nach alten Chroniken und durften in der Bibliothek dicke Wälzer aus brüchigem, vergilbtem Pergament durchblättern. Doch nirgendwo fanden sie Aláes oder den Aláesfelsen erwähnt, und Wissen über die Eliscan, das nicht nur auf Hörensagen beruhte, schien selbst an der Akademie rar. Schließlich gaben sie auf und kehrten schon früh in ihr Quartier zurück.

Jerusha war froh darüber, sie wollte die Arbeit an ihrer Skulptur fortführen. Sie arbeitete schnell, ohne Pause, ohne jedes Zögern. Wie ein Wesen aus uralter Zeit, finster und bedrohlich, ragte der Drache aus dem Stein hervor, dessen Teil er war. Er hatte keinerlei Ähnlichkeit mit dem kleinen, harmlosen Geschöpf an ihrer Statue der Shimounah. Vielleicht schaffte sie es noch, ihn zu polieren, bevor sie Cyr verließen.

Der Gedanke ließ sie stocken, einen Moment lang richtete sie sich auf und strich sich ein wenig Steinstaub vom Ärmel. Cyr verlassen? Ja, aber mit welchem Ziel? Wenn sie keinen anderen Anhaltspunkt fand und trotzdem nicht aufgeben wollte, gab es nur noch ein Ziel, das infrage kam. Einen Ort, an dem sie Aláes finden konnte.

Khorat.

Allein der Gedanke jagte ihr eine Welle der Furcht durch den ganzen Körper. *Nein. Nein, niemals!*

»Noch ein Versuch auf dem Dairunforum?«, schlug Jerusha Kiéran am nächsten Morgen vor und fühlte sich schrecklich feige. *Du weißt eigentlich schon, dass Aláes nicht mehr hier ist, du willst es nur nicht wahrhaben.*

Wie sie erwartet hatte, stimmte Kiéran sofort zu; sie hatte gemerkt, dass er sich auf dem Forum wohlfühlte, zwischen den Menschen aus vielen verschiedenen Ländern, die in einer Vielzahl von Sprachen verhandelten, feilschten und Neuigkeiten austauschten.

Sie waren gerade am Fuß der Treppe angekommen und gingen durch den dämmrigen, nach Ziegelstaub riechenden Gang zur Haupttür, als sie es hörten. Jemand hämmerte an das große Außentor, es klang, als benutzten mehrere Menschen ihre Fäuste. Jerusha zögerte, ihre Schritte stockten. »Können das Stadtwachen sein?«, raunte sie Kiéran zu, und er runzelte die Stirn. »Fragen wir doch einfach«, sagte er und rief: »Was soll das? Wer versucht da die Tür zu zerstören?«

Auf einen Schlag wurde es totenstill draußen. Dann hörte Jerusha ein Flüstern, es waren mehrere Stimmen. »… sind da«, verstand sie, und es klang eigenartig furchtsam. Nein, sie glaubte nicht mehr daran, dass es Stadtwachen waren. Aber wer dann?

Mit wenigen langen Schritten erreichte Kiéran die Tür und öffnete sie. Erschrocken stolperten ein paar Männer zurück, die Fäuste noch erhoben. Jerusha konnte kaum fassen, was sie sah. Dort draußen hatten sich mindestens dreißig Menschen versammelt. Eine kleine Gruppe von jungen Leuten mit geröteten Gesichtern, auf ihren Umhängen prangte das Emblem der Akademie. Ältere Männer in einfacher Kleidung, ein paar von ihnen trugen Knüppel in den Händen. Ein paar Frauen in Blusen und groben Röcken. Ein schmales, junges Mädchen mit strähnigem Blondhaar und großen Augen, die Jerusha erschrocken anblickten. Das Ganze erinnerte sie ein wenig an die Menschen, die ihr in Tholus geholfen hatten. Doch diesmal standen diese Leute vor *ihrer* Tür, nicht vor der von Jikena Pir.

»Was willst du hier?«, fragte Jerusha das Mädchen, und auf einmal veränderte sich sein Gesicht, wurde zur hasserfüllten Fratze.

»Wir wollen keine schwarze Magie in Cyr!« Sie spitzte den Mund

und spuckte Jerusha an. Schnell drehte Jerusha das Gesicht weg; der Speichel traf den Kragen ihrer Tunika und tropfte von dort zu Boden.

Kiéran machte einen Schritt auf das Mädchen zu, und es stolperte so entsetzt zurück, dass es beinahe zu Boden ging. »Ghalils Schande, wir haben mit schwarzer Magie nichts zu tun«, sagte Kiéran, und seine Stimme war so scharf und durchdringend, dass sicher jeder sie hörte, der vor dem alten Landgut stand. »Ihr habt euch die Falschen ausgesucht! Lasst uns in Frieden.«

Die Männer, die der Tür am nächsten waren, blickten verlegen zur Seite, und einen Moment lang konnte Jerusha daran glauben, dass diese ganze Sache harmlos zu Ende gehen würde, dass sie es schaffen würden, diese Leute zu beruhigen.

»Wir wissen, dass der Vorwurf stimmt«, knurrte ein Mann, der ein edel besticktes, wenn auch arg abgewetztes Wams trug. »Die Information stammt aus einer verlässlichen Quelle. Und die Beschreibung, na ja, sagen wir's mal so, eine Verwechslung ist nicht möglich.« Die Augen des Mannes richteten sich auf die entstellte Seite von Kiérans Gesicht.

»Das hat noch gar nichts zu bedeuten«, gab Jerusha hitzig zurück. »Es heißt nur, dass irgendjemand uns schaden will, indem er Lügen über uns verbreitet. Ich habe noch nie im Leben gezaubert! Sonst wäre es jetzt auch schlecht um euch bestellt.«

Eine leichte Unruhe in der Menge, ein paar der Leute klammerten sich an Amulette oder einen anderen Talisman. Doch nur zwei oder drei Menschen lösten sich vom Rand der Gruppe und wanderten verschämt davon.

Ratlos dachte Jerusha darüber nach, wer ihr schaden wollte, wer es gewesen sein konnte, der dieses Gerücht in die Welt gesetzt hatte. Leor KaoRenda, der sie endgültig vernichten wollte? Doch woher sollte er von Kiéran wissen? Hatte er etwa Spione überall, hatte er sie beobachten lassen? Oder war sie auf einer ganz falschen Fährte? Hatten sie durch ihre Fragen nach Aláes Mächte aufgestört, mit denen man sich besser nicht einließ?

»Wieso überlasst ihr die ganze Sache nicht einfach denen, die dafür zuständig sind?«, fragte Kiéran verächtlich. »Los, verzieht euch und ruft die Stadtwachen. Die machen sich wenigstens die Mühe, solche Vorwürfe nachzuprüfen.«

Doch was er sagte, blieb ohne Wirkung, die Menge machte keine Anstalten, sich zu zerstreuen. Stattdessen sah sie einen Ausdruck in einigen Gesichtern, der sie schaudern ließ. Das war keine Menge, das war eine Meute, und die Jagd hatte begonnen. *Sie freuen sich schon darauf, uns zu fassen zu bekommen.* Ganz ähnlich hatte KaoRenda sie angeblickt, bevor … Einen Moment lang hatte Jerusha das Gefühl, keine Luft mehr zu bekommen.

Auch Kiéran schien die Stimmung der Menge zu spüren, denn er flüsterte ihr zu: »Schnell, hol deine Sachen. Viel können wir hier nicht mehr ausrichten.«

Doch als Jerusha sich vorsichtig zurückzog, wirkte das wie ein Signal, und die Menschen drängten vorwärts. Aus der Riege der Studenten wurde eine angezündete Brandfackel geschleudert; um ein Haar hätte sie Kiéran am Kopf getroffen. Zwar konnte er ausweichen, doch der Ärmel seines Hemdes fing Feuer. Fluchend versuchte er, die Flammen mit der bloßen Hand auszuklopfen, der Gestank nach Öl und Ruß und versengter Haut lag in der Luft. Jerusha unterdrückte einen Schrei. Sie eilte auf Kiéran zu, als aus der Menge eine Faust auf sie zuschoss. Sie streifte Jerushas Wange und ließ einen dumpfen Schmerz zurück. Plötzlich waren überall Hände, sie schubsten Jerusha von rechts nach links, zerrten aus allen Richtungen an ihr. *Nicht hinfallen*, hämmerte es in ihr, *bloß nicht hinfallen. Dann ist es vorbei, dann treten sie nach, dann hält nichts sie mehr auf.*

»Zurück!«, brüllte Kiéran, und Jerusha hörte, dass er sein Schwert zog, der bläuliche Stahl glänzte im Licht. Und tatsächlich, die Menge wich zurück, endlich hatte Jerusha genug Platz, um sich den Bogen von der Schulter zu zerren. Einen Herzschlag später hatte sie den Pfeil eingelegt. Welch ein Glück, dass sie den Bogen heute überhaupt mit aus dem Haus genommen hatte, ohne recht zu wissen, warum – vielleicht, weil auch Kiéran nie ohne sein Schwert losging. Wie auch schon in Tholus fand sie es schwer zu ertragen, dass sie auf Menschen zielen musste, aber eine Wahl blieb ihr nicht.

Schon kam eine zweite Fackel geflogen, dann eine dritte. Eine landete auf dem Dach des Landguts und verlosch, die andere brach klirrend durch ein Fenster. Und fand Nahrung im Inneren.

Einem Drachen folgen

Jerusha roch den Rauch, hörte, wie das zaghafte Wispern der Flammen in ein lautes Knacken und Prasseln überging. Sie hätte heulen können vor Wut und Verzweiflung. Die uralten Balken des Landguts hatten sofort Feuer gefangen, und jetzt brannten sie wie trockenes Gras. Alle Götter, sie mussten die Pferde holen, bevor es zu spät war! Jerusha hörte ihr schrilles Wiehern, sie hatten den Brand gewittert.

Ein besonders dreister junger Mann sprang vor und versuchte, seine Sense auf sie niedersausen zu lassen, eine armlange gebogene Klinge. Jerusha spürte, wie die Menge den Atem anhielt, auf einen düsteren Zauberspruch wartete, mit dem die beiden Schwarzmagier ihren Gegner zerschmettern würden. Doch stattdessen zog Kiérans Schwert einen glänzenden Kreis durch die Luft, und der hölzerne Griff der Sense verwandelte sich in Splitter. Dann packte Kiéran Jerusha am Arm, riss sie zurück und warf sich von innen gegen die Torflügel des Landguts, um sie zu schließen.

»Schnell!«, rief er ihr zu, und Jerusha drückte sich neben ihm mit aller Kraft gegen das Holz, ihre Füße schabten über den Boden, suchten nach einem Halt. Von der anderen Seite pressten sich anscheinend mehrere Menschen dagegen, doch irgendwie schafften Kiéran und Jerusha, das Tor zu schließen und mit einem schweren Querbalken zu sichern.

»Das gibt uns ein paar Augenblicke Zeit«, keuchte Kiéran. Sie rannten zu den Ställen, und Jerusha holte Amadera. Die Stute wieherte pausenlos, stampfte in Panik durch ihren Verschlag und hatte die Augen so weit aufgerissen, dass man das Weiße sah. Zum Glück trug sie wenigstens ein Stallhalfter und einen Führstrick; sie jetzt aufzuzäumen war unmöglich. Und als Jerusha sie nach draußen ziehen wollte, stemmte Amadera die Hufe gegen den Boden und weigerte sich, auch nur einen Schritt zu gehen und den vertrauten Stall zu verlassen.

»Jetzt komm schon!«, brüllte Jerusha sie an und warf einen Blick auf Kiéran, der gerade versuchte, Reyn zu bändigen – der Hengst stieg und wieherte so schrill, dass es wie ein Schrei klang. Zum Glück gelang es Kiéran, ihn ins Freie zu bringen, und danach war es nicht mehr so schwierig, Amadera zum Verlassen des Stalls zu bewegen.

Kiéran goss sich einen Eimer Wasser aus der Tränke über, drückte Jerusha die Haltestricke der Pferde in die Hand und rief ihr zu: »Warte hier auf mich! Ich versuche, unsere Sachen zu holen.«

Dort oben brannte es bereits, Jerusha konnte das orangefarbene Flackern hinter den Fenstern zum Innenhof sehen. Sie waren so glücklich gewesen in dieser kleinen Zuflucht, und jetzt wurde alles zu Asche, nichts würde mehr übrig bleiben davon. Und ihre Sachen? Kiérans Bücher? Hoffentlich schaffte er, etwas davon zu retten. Doch dann fiel ihr ein, dass er das Feuer nicht sehen konnte, was war, wenn er mitten in die Flammen hineinlief?

Jerusha konnte nicht tatenlos herumstehen. Sie ließ die Pferde im Innenhof frei, tauchte ihren Umhang in die Tränke, bis er nass und schwer war, und rannte die Treppe hinauf.

Beißender Rauchgeruch waberte ihr entgegen, und sie sah, wie die Flammen gierig die Innenwände ihrer Bleibe emporleckten, sich nach oben fraßen. Der Diwan, auf dem sie gestern noch gelegen hatten, war eine einzige lodernde Masse, und es war so heiß, dass Jerusha der Schweiß aus allen Poren schoss. Ja, da war Kiéran, er schleifte ihre und seine Satteltaschen hinter sich her und brüllte ihr irgendetwas zu, was sie über dem Lärm des Feuers nicht verstand. Als Jerusha sicher war, dass er ihr folgte, stolperte sie hustend wieder nach draußen. Doch knapp hinter ihr brach ein großer Balken über der Tür herunter, und Flammen regneten herab. Mit einem Schrei wirbelte Jerusha herum, suchte mit den Augen nach Kiéran. Funken fraßen sich in ihre Kleider, doch sie achtete kaum darauf. Da war er, er war nicht getroffen worden, aber er saß auf der anderen Seite des Balkens in der Falle! Zwischen ihnen loderte eine Wand aus Flammen, die sich daranmachte, auch noch den Rest ihrer Bleibe zu verschlingen. Und er sah es nicht, versuchte noch immer vorsichtig, sich voranzuarbeiten, spürte wohl sengende Hitze von überall her und nicht nur von vorne.

»Bleib stehen! Nicht weiter!« Verzweifelt schleuderte Jerusha ihren vollgesogenen Umhang auf den Balken, es zischte und dampfte und roch nach angesengter nasser Wolle. Einen Herzschlag lang war der Durchgang frei. »Jetzt!«, schrie sie, und Kiéran zögerte nicht. Er schleuderte die Satteltaschen über die Treppe in den Innenhof und kletterte über den rauchenden Balken ins Freie. Saum und Rücken seines Hemdes qualmten schon.

Dann polterten sie nebeneinander die Treppe hinunter.

»Hol aus den Taschen alles raus, was dir wichtig ist, und knote es in ein Tuch oder so was – die Dinger kriegen wir jetzt nicht auf die Pferde«, wies er sie an, und mit fliegenden Fingern sortierte Jerusha ein paar Sachen heraus, die Heilkräuter, die Briefe, stopfte sie in einen Beutel und hängte ihn sich über den Rücken. »Gibt es hier noch einen Hinterausgang?«, schrie sie zurück. Draußen wartete die wütende Menge, sie lauerte nur darauf, dass das Feuer sie aus dem alten Landhof heraustrieb!

Kiéran hatte Reyn eingefangen und sich mit akrobatischem Geschick auf seinen Rücken gezogen. »Durch das zweite Tor passen die Pferde nicht. Wir müssen vorne durchbrechen. Unsere einzige Chance ist, sie zu überraschen. Steig auf! Wir müssen uns beeilen, sonst kommen wir so oder so nicht mehr raus.«

Inzwischen war es auch im Innenhof so heiß, dass ihr Haar angesengt roch. Jerusha warf noch einen letzten Blick auf ihre unvollendete Skulptur, die hier zurückbleiben musste. Es war ein kleiner Trost, dass das Feuer ihr nichts anhaben konnte. Wenn die Brandstifter die qualmenden Reste des Hofs durchstöberten, würde der rußgeschwärzte Drache ihnen entgegenstarren, und hoffentlich fuhr ihnen dann die Furcht bis ins Mark.

Hastig zog Jerusha Amadera zum steinernen Pferdetrog und gelangte von dort aus auf den Rücken der Stute. Darauf hatte Kiéran gewartet. Er drängte Reyn zum Außentor des Landguts, mit einem Fußtritt lockerte er den Querbalken und riss dann mit den Händen die beiden Torflügel auf. Sofort drängte die Menge näher – und wich gleich wieder zurück. Reyn bäumte sich auf wie ein Dämon, der drauf und dran war, alles in seinem Pfad zu vernichten, und trompetete ihnen seine Herausforderung entgegen. Und die schweigende Drohung von Kiérans Klinge tat das ihrige. Der Mob verwandelte sich in ein chaotisches Knäuel stolpernder, fliehender Menschen.

Kiéran trieb Reyn an, ohne Zögern galoppierte der Hengst los – und vor ihm öffnete sich eine Gasse, die Menschen gaben ihnen lieber den Weg frei, als niedergetrampelt zu werden. Jerusha hielt Amadera dicht hinter Reyn, so gut es mit den behelfsmäßigen Zügeln ging, und klammerte sich mit den Beinen fest, um nicht von ihrem Rücken herunterzugleiten. Sie war noch nicht oft ohne Sattel geritten und fand es viel schwieriger, dabei das Gleichgewicht zu wahren.

Die eisenbeschlagenen Hufe ihrer Pferde klirrten auf den gepflasterten Straßen, dann erreichten sie den Park der Akademie. Reyn setzte über ein paar verdutzte Zwergshannas hinweg und raste weiter, ohne auch nur einmal aus dem Tritt zu kommen.

»Wir müssen zum Fluss!«, rief Kiéran ihr zu. »Ich glaube, es geht hier entlang.«

Jerusha konzentrierte sich darauf, ihr Pferd ohne Unglücksfälle durch die belebten Straßen zu manövrieren. Alarmiert wichen die Menschen ihnen aus, und ein junges Paar musste sich sogar mit einem Hechtsprung aus dem Weg retten. *Jeden Moment werden die Stadtwachen auftauchen, um nach dem Rechten zu sehen*, ging es Jerusha durch den Kopf, doch dann näherten sie sich schon dem Fluss, rasten den Uferweg entlang und immer weiter, bis die letzten Häuser hinter ihnen verschwanden und nur noch Bäume und Wiesen sie umgaben. Neben ihnen driftete ein Schiff den Fluss hinab, Jerusha hörte das Knarren seiner Takelage und das Flattern seines Segels. Neugierig spähten die Matrosen zu ihnen hinüber, einer von ihnen hob grüßend die Hand.

Kiéran wandte sich zu Jerusha um und zügelte Reyn, bis er hinter Amadera lief. »Bald müsste auf der linken Seite ein kleiner Pfad kommen, der in die Berge führt. Ich kann ihn nicht sehen, jetzt musst du voranreiten.«

»Ich sehe ihn. Da vorne ist er. Moment noch, jetzt!« Ohne ihre Pferde zu zügeln, preschten sie den schmalen, steinigen Pfad hoch. Schließlich hatten sie eine kleine Anhöhe erreicht, und die Stadt breitete sich unter ihnen aus. Im klaren Licht der Mittagssonne leuchteten die Dächer in einem freundlichen Gelbbraun, und nur ein dünner Rauchfaden verriet, dass es irgendwo in Cyr gerade brannte.

Aus einer kleinen Quelle in der Nähe des Gipfels sickerte Wasser in ein Felsenbecken, und Jerusha ließ sich erschöpft von Amaderas Rücken gleiten, formte die Hände zu einer Schale und trank. Schon wieder musste sie husten, wahrscheinlich hatte sie mehr Rauch eingeatmet, als gut für sie war. Auch ihre Kleider stanken.

»Ach, die Quelle – stimmt, ich erinnere mich«, sagte Kiéran, wusch sich das rußgeschwärzte, verschwitzte Gesicht und goss kühles Wasser über die Stelle, an der ihn die Fackel am Arm getroffen hatte. Auch seine Hände, an denen die Haut rot und empfindlich wirkte, kühlte er in der Quelle.

»Schlimm?« Jerusha war erschrocken.

»Nur ein paar Brandblasen, nichts Ernstes.« Mit einem tiefen Seufzer setzte sich Kiéran ins hohe Gras, und Jerusha ließ sich neben ihm nieder. Wie beruhigend es war, seinen Arm um ihre Schultern zu spüren. »So schnell kann alles vorbei sein«, sagte sie, schüttelte den Kopf und kämpfte gegen die Tränen an. »Ich verstehe noch nicht einmal, was passiert ist. Wie kann jemand einfach so in die Welt hinausposaunen, wir seien Schwarzmagier, und dann passiert so was?«

»Es ist zu viel Schlimmes geschehen, die Leúte sind nervös«, sagte Kiéran, doch auch er wirkte ratlos. »Dabei haben wir noch Glück gehabt, dass wir uns nicht auch noch mit ein paar echten Magiern herumschlagen mussten, denn die hätte die Stadtwache natürlich gegen uns aufgeboten. Vielleicht sind die später noch aufgetaucht.« Nachdenklich grub er die blattförmige, schwarze Klinge seines Messers in den Boden. »Vor allem ist mir ein Rätsel, woher dieses Gerücht stammt. Niemand, der mich kennt, weiß, dass ich in Cyr bin. Außer Santiago, und der würde sich lieber den Arm abhacken lassen, als mir zu schaden.«

»Vielleicht haben wir uns hier Feinde gemacht?«

»Ich wüsste nicht, wie. Durch die Auswahl seltsamer Gewürze? Dadurch, dass du zu später Stunde, wenn andere Leute schlafen wollen, auf einem Stein herumgeklopft hast? Nein. Und ich glaube auch nicht, dass dein Freund Aláes hier seine Finger im Spiel hat.«

»*Er ist nicht mein Freund!*«

Kiéran hob die Augenbrauen. »Es war nur ein Scherz. Eine Redensart. So was in der Richtung.«

»Entschuldige«, sagte Jerusha niedergeschlagen. »Ich wollte dich nicht anschnauzen. Ich glaube, meine Nerven sind nicht mehr die besten.«

»Schon gut. Mir hat es auch verdammt viel ausgemacht, mit anzusehen, wie dieser Hof in Flammen aufgeht. Es war nicht irgendein Haus.«

Jerusha wusste sofort, was er meinte. Dieser Ort hatte nur ihnen gehört. Dort hatte sie ihm ihre Seele anvertraut und ihr Herz, dort hatte sie wiederentdeckt, was ihr die Bildhauerei bedeutete, dort hatten sie sich geborgen gefühlt. »Und jetzt kommen wir vielleicht nie mehr dazu, unsere Wünsche an Ceraks Eiche zu heften.«

Noch immer wirkte Kiéran beunruhigt, und Jerusha fragte sich, warum. Natürlich, sie hatten einen Teil ihrer Sachen zurücklassen müssen, doch diesmal war das nicht so schlimm, Kleidung und etwas zu essen konnten sie im nächstbesten Dorf erstehen. Am ärgerlichsten war, dass sie keine Sättel und kein richtiges Zaumzeug mehr hatten. Und nicht einmal eine Lampe besaßen sie mehr.

»Vielleicht klappt das mit der Eiche doch noch«, sagte Kiéran, steckte das Messer in seinen Gürtel zurück und stand auf. »Spätestens wenn die Dämmerung kommt, müssen wir nach Cyr zurück – in der Stadt sind wir sicher.«

Jerusha konnte kaum glauben, was sie hörte. »Nach Cyr zurück? Nachdem wir dort beinahe gelyncht worden wären? Und unsere Beschreibung ist sicher noch im Umlauf.«

»Stimmt schon. Aber ich bin in letzter Zeit in offenem Gelände von Skraelings angegriffen worden. Es ist möglich, dass das kein Zufall war. Dass sie es auf mich abgesehen haben. Und ich will auf gar keinen Fall, dass du schon wieder in Gefahr gerätst.«

»Ich auch nicht«, sagte Jerusha beklommen. »Und was genau sind Skraelings?«

Nachdem Kiéran es ihr erklärt hatte, war Jerushas Interesse daran, in die Stadt zurückzukehren, deutlich gestiegen. Und doch blieb die Erbitterung darüber, wie ihre Bleibe in Flammen aufgegangen war, wie hasserfüllt diese Menschen über sie hergefallen waren.

»Aber eine Weile können wir noch hierbleiben, oder?«, fragte Jerusha fast trotzig. Ein leichter Wind fächelte über die Anhöhe, beugte die Spitzen des hüfthohen Grases und trug den Duft von wilder Minze und Heiderosen herüber.

Jerusha hob den Kopf, um die Sonnenstrahlen auf ihrem Gesicht zu spüren – und dann sah sie etwas. Ein kupferfarbenes Glänzen am Horizont. Dort bewegte sich etwas am Himmel. Konnte es ein Vogel sein? Doch sie merkte, dass der Schatten des Tieres auf die Hügel im Westen fiel, mitten im wilden, zerklüfteten Hinterland von Cyr. Es war weit von ihnen entfernt, es musste riesig sein!

»Kiéran«, sagte Jerusha fasziniert. »Sieh mal, dort vorne. Kannst du das sehen?«

Er wandte den Kopf, starrte angestrengt in die Ferne und sog scharf die Luft ein. »Jerusha, das ist ein Drache! Ich habe erst ein Mal einen gesehen, da war ich noch ein Kind.«

Ein Drache. Ja, irgendwie hatte sie es schon gewusst. Und die Gefühle, die sie durchfluteten, waren ihr neu. Eine Art von Sehnsucht.

Sie sehnte sich danach, diesem Wesen zu begegnen. Obwohl sie nicht wusste, wieso, und obwohl sie zugleich etwas davor warnte. *Vom Feuer des Drachen berührt.*

»Er fliegt in unsere Richtung«, stellte Kiéran fest. »Wenn wir Glück haben, bekommen wir noch einen guten Blick auf ihn, bevor er wieder abdreht. Nein, ich glaube, er landet sogar.«

Jerusha stand auf. »Ich reite los. Dorthin. Ich will ihn aus der Nähe sehen.«

* * *

»Das meinst du jetzt nicht ernst, oder?«, sagte Kiéran und mühte sich, die Beherrschung zu wahren. Leicht war das nicht; seine Verbrennungen schmerzten mehr, als er sich oder Jerusha eingestehen wollte. »Warum hast du eigentlich Angst vor Skraelings, wenn es dich zum größten Raubtier Ouendas hinzieht?«

»Es tut mir leid, aber ich kann es nicht wirklich erklären.« Doch das schien ihr nichts auszumachen, sie ging schon auf Amadera zu.

»Das hätte Marielle nicht besser sagen können«, entfuhr es Kiéran, während er sich Blütenstaub und Erdkrümel von der Hose klopfte.

»Ach.« Jerusha drehte sich noch einmal um, ihr Kinn war kampflustig erhoben. »Und wer ist Marielle, wenn ich fragen darf?«

»Du darfst«, knurrte Kiéran. »Meine ehemalige Verlobte. Eine verspielte junge Dame aus gutem Hause. Sie hatte sich in den Kopf gesetzt, dass sie einen Drachen sehen will.«

»Und Yantosi ist schließlich Drachenland.« Jerusha versuchte ohne Erfolg, auf Amadera zu klettern. Schließlich gab Kiéran nach und verschränkte die Hände, damit sie den Fuß hineinstellen konnte. Sein Lohn war ein knappes »Danke«, dann fügte Jerusha hinzu: »Keine Sorge, es dauert bestimmt nicht lange. Es sieht so aus, als wäre der Drache gar nicht so weit von hier gelandet. Das ist doch praktisch um die Ecke. Willst du dir im Ernst diese Gelegenheit entgehen lassen, ihn dir anzusehen?«

»Mir ist es lieber, er bekommt keine Gelegenheit, *mich* zu sehen«, gab Kiéran zurück. »Da meine Familie aus Yantosi stammt, habe ich im Laufe meines Lebens eine Menge Geschichten über Drachen gehört. Und die meisten waren sehr, sehr blutig.«

»Drachenblut?«

»Menschenblut!«

»Ändert nichts. Ich reite jetzt los.«

Ärgerlich schüttelte Kiéran den Kopf. Frauen und ihre fixen Ideen!

Jetzt drehte ihm Jerusha das Gesicht zu, eine Gestalt aus Rauch und Nebel war sie in diesem Moment. »Du brauchst nicht mitzukommen. Das meine ich ernst. Du hast für mich schon so viel riskiert. Ich weiß, dass du wegen mir durch den Wald von Sharedor geritten bist – auf der Karte habe ich gesehen, dass das für dich eigentlich ein Umweg war.«

Kiéran fühlte sich ertappt. »Ja. Das war es.«

Ihre Stimme klang jetzt beinahe schüchtern und sehr verletzlich. »Hast du … mochtest du mich damals schon?«

»Seit der Sache in diesem Gasthaus gab es ein Band zwischen uns, und ich glaube, das haben wir beide gespürt.«

»Ja«, sagte sie; ihre Stimme war so voller Zärtlichkeit, dass es ihn tief im Herzen berührte. »Und jetzt … das ist etwas, das *ich* tun muss.«

Kiéran gab auf. »Ich komme mit«, brummte er und stapfte zu seinem Hengst. Er brachte es nicht fertig, umzukehren – und erst recht nicht nach dem, was sie eben gesagt hatte. Wie oft hatte er sein Leben denn schon für Fürst AoWesta gewagt? Und wie wenig war das wert gewesen, wenn er es im Nachhinein betrachtete. Es für Jerusha zu tun war etwas, das zählte, etwas, das er ebenso für sich selbst tat wie für sie. Auch wenn er nicht verstand, was sie zu diesem Drachen hinzog. Hoffentlich war das Schuppenvieh wirklich in der Nähe, und hoffentlich war es guter Laune. Dann gab es Hoffnung für sie beide, und womöglich schafften sie es tatsächlich, vor Sonnenuntergang wieder in Cyr zu sein.

Jerusha preschte voran, und Kiéran folgte ihr auf Reyn. Einen Moment lang ritten sie Seite an Seite. »Warum hat es mit euch nicht geklappt, mit dir und deiner Verlobten?«, rief sie zu ihm hinüber.

»Ich glaube, es hat ihr nicht gepasst, dass meine Karriere ein so abruptes Ende genommen hat.« Kiéran fand es ein wenig ungewohnt, im vollen Galopp vergangene Beziehungen zu diskutieren. »Eine der Priesterinnen im Tempel musste mir ihren Abschiedsbrief vorlesen. Es war eine der demütigendsten Erfahrungen meines Lebens. Marielle hatte nicht mal den Anstand, mir selbst zu sagen, dass es vorbei ist.«

Seltsam, Jerusha reagierte nicht darauf, starrte nur geradeaus, und ihre Aura schimmerte auf seltsame Weise. Was ging ihr jetzt durch den Kopf? Schade, dass das Oscurus ihm nicht auch das Gedankenlesen ermöglichte.

»Gibt es eigentlich irgendwelche Tricks, wie man mit Drachen umgeht?«, sagte sie schließlich. »Nur für alle Fälle.«

Kiéran nickte. »Wenn man versucht, sie zu verletzen, kann man sich auf einiges gefasst machen. Also besser keine Waffen.«

»Hm, darauf wäre ich vielleicht auch selbst gekommen. Noch was?«

»Es gibt ein paar rituelle Formeln und Gesänge, die dazu dienen, Drachen zu besänftigen.« Kiéran sah, wie Jerushas Aura aufleuchtete, und zog eine Grimasse. »Ja, ich weiß, was du gerade denkst. Aber mehr als ein paar Worte fallen mir davon bestimmt nicht mehr ein – als meine Großmutter sie mir beigebracht hat, bin ich noch auf *Schaukelpferden* geritten.«

Ja, das war lange her, und seither bevorzugte er ganz andere Reittiere. Reyn galoppierte gerade etwas entlang, das wie ein ausgetrocknetes, von niederem Gesträuch gesäumtes Flussbett wirkte, und Kiéran hatte eine Höllenangst, dass sein Hengst mit dem Huf in den Bau einer Pechratte geriet und sich das Bein brach. Und er konnte nichts tun, um es zu verhindern; er sah so wenig von dem Gelände, dass er sich ganz auf Reyns scharfe Sinne und seinen Instinkt verlassen musste.

»Ich glaube, wir müssen in diese Richtung, dort habe ich ihn zuletzt gesehen«, sagte Jerusha und deutete zu einem schmalen Hochtal, das Pilger in alter Zeit *Zeldans Rast* getauft hatten. Kiéran wandte das Gesicht der Sonne zu und versuchte anhand der Wärme auf seinem Gesicht zu erraten, wie hoch sie noch stand. Seiner Schätzung nach war es früher Nachmittag.

Ihre Pferde arbeiteten sich die Steigung hinauf; wahrscheinlich folgte Jerusha einem Wildwechsel. Vor seinem inneren Auge sah Kiéran, wie der dichte Wald allmählich einzelnen Krüppelkiefern wich, die sich in den trockenen, steinigen Boden klammerten. Immer höher kamen sie, er merkte es daran, wie kalt und klar die Luft schmeckte. Kiéran blickte sich um und erkannte die Umrisse der felsigen Gipfel, die um sie herum aufragten. Jetzt im Sommer trugen sie keine Krone aus Schnee mehr, und das war gut so, sonst hätten sie es gar nicht bis hier hinauf geschafft.

»Besser, wir binden die Pferde an«, meinte Kiéran. »Wenn sie den Drachen sehen, drehen sie durch – und wecken womöglich seinen Jagdinstinkt.« Zum Glück nickte Jerusha und ließ sich von Amaderas Rücken gleiten.

Reyn war unruhig, sein ganzer Körper war angespannt, und er blickte in eine bestimmte Richtung. Witterte er den Drachen schon?

Beunruhigt meinte Kiéran: »Hast du darauf geachtet, dass wir uns ihm gegen den Wind nähern, Jerusha?«

»Äh, ich glaube, ja. Gegen den Wind. Passt genau.«

Narrenglück, dachte Kiéran und fragte sich, welcher Gott oder welche Göttin sie gerade beschützte. Xatos? Shimounah? Vielleicht lachten sich diese beiden gerade ins Fäustchen und heckten ein tragisches Schicksal für ihre Schützlinge aus. Sein Vertrauen in die Götter war sehr gesunken in letzter Zeit.

Zu Fuß arbeiteten sie sich weiter voran, stiegen immer höher, fanden schließlich den Zugang zu *Zeldans Rast*. Soweit Kiéran erkennen konnte, war das schmale, zwischen Gipfeln geborgene Hochtal voller großer Felsen, ein paar einzelne Bäume behaupteten sich tapfer auf dem kargen Boden. Vor ihnen schien das Tal zu Ende zu sein, dort erhob sich eine steile Felswand. Weit und breit kein Drache in Sicht. Kiéran merkte, dass er enttäuscht war. Dass er sich trotz allem darauf gefreut hatte, einem der legendären Anderwesen zu begegnen. Jetzt sickerten Aufregung und Anspannung aus ihm heraus. Wahrscheinlich war der Drache längst weitergeflogen, wie hatten sie sich überhaupt einbilden können, dass er längere Zeit an einem Ort bleiben würde?

»Er ist nicht hier – wir sind in die falsche Richtung gegangen.« Jerusha klang furchtbar enttäuscht. »Aber ich könnte schwören …«

Mit seinen neuen Sinnen hielt Kiéran Ausschau und bemerkte etwas, das ihm Hoffnung machte. »Lieber noch nichts schwören, ich glaube, dort nach Westen hin geht das Tal weiter.«

Sie kletterten über einige große Felsen, konnten in den westlichen Teil des Tales hineinblicken… und duckten sich instinktiv. »Da ist er!«, flüsterte Jerusha.

Ja, da war er, und erschrocken bemerkte Kiéran, wie nah sie an ihn herangekommen waren. Nur zwanzig Menschenlängen trennten sie. Erstaunlicherweise sah Kiéran den Drachen in allen Einzelheiten, er trat klar und deutlich aus der Dunkelheit hervor – vielleicht hatte er eine besondere Verbindung zu der alten Lebenskraft des Oscurus. Was für ein Geschenk es war, überhaupt etwas wirklich *sehen* zu können, und dann auch noch ein Wesen wie dieses.

Es war ein Anblick, der Kiéran sprachlos werden ließ vor Ehrfurcht. Das Vieh war so groß wie ein kleines Haus, es musste ein ausgewachsenes Männchen sein. Sein gewaltiger Körper mit den kräftigen Hinterbeinen war von kupferfarbenen Schuppen bedeckt, nur seine Klauen – so lang wie Kiérans Unterarm – waren schwarz. Die Flügel lagen eingefaltet dicht am Körper. Auf seinem Rückgrat wölbte sich ein spitzer Kamm aus Horn, der sich über den Schwanz fortsetzte. Rastlos peitschte dieser Schwanz umher und entwurzelte dabei einen jungen Baum.

Fasziniert stellte Kiéran fest, dass er den Drachen riechen konnte. Es war ein stickiger Reptiliengeruch, der ihm in die Nase stieg, mit einer leichten Note nach Schwefel und Rauch. Und da war noch etwas, ein Geruch, den Kiéran gut kannte, viel zu gut.

Frisches Blut.

Alle Götter, er frisst gerade, schoss es Kiéran durch den Kopf. *Auch das noch. Er wird es nicht zu schätzen wissen, dass wir ihn an seiner Beute stören.*

Er begann, sich langsam rückwärts zu bewegen. Und merkte, dass Jerusha ihm nicht folgte, sondern immer noch dem Drachen zugewandt war. Wann begriff sie endlich, wie riskant das hier war? Ein beiläufiger Schlag mit einer dieser Pranken, und ihr Schädel würde bersten wie ein leeres Schneckenhaus. Kiéran ergriff sie am Arm, um Jerusha mit sich zu ziehen, doch anscheinend hatte sie völlig vergessen, dass er da war, denn sie zuckte zusammen und stieß einen kleinen Laut aus.

Der Drache hob den riesigen, keilförmigen Kopf.

Letztes Gefecht

Deutlich konnte Kiéran seine Augen erkennen, gelb und mit einer schlitzförmigen Pupille. Katzenaugen. Die Schnauze des Drachen dagegen ähnelte der einer Schlange, sie war noch blutverschmiert von dem Mahl, das er gerade zu sich nahm.

Kiéran stand so still wie ein Felsen, wagte keinen Muskel zu rühren. Auch Jerusha bewegte sich nicht. *Wer hätte gedacht, dass Drachen so scharfe Sinne haben? Hoffentlich kann das Vieh uns wenigstens nicht wittern, aber was ist, wenn der Wind einen Moment lang dreht? Auf diesen böigen Bergwind ist kein Verlass.*

Glück gehabt – kurz darauf senkte der Drache den Kopf wieder, er begann, seine Beute zu zerfetzen und die Stücke hinunterzuschlingen. Das Geräusch von brechenden Knochen und reißendem Fleisch verdarb Kiéran gründlich den Appetit. Und wenn sie Pech hatten, mussten sie das Festmahl bis zum Ende erdulden, denn es kam offensichtlich nicht infrage, sich in nächster Zeit zu bewegen oder zu fliehen. Der Rückzug war ein schwerer Fehler gewesen.

Jetzt hob der Drache schon wieder den Kopf, er schien sich suchend umzublicken. Kiéran hielt den Atem an. *Komm schon, friss weiter. Wir sind nur zwei armselige Menschen, völlig uninteressant für dich, wir lassen einander in Ruhe, in Ordnung?*

Erleichtert sah er, dass der Drache in eine andere Richtung blickte, nicht zu ihnen hin. Er wirkte irritiert, hielt immer wieder beim Fressen inne. Seine Augen verengten sich zu Schlitzen, während er Ausschau hielt. Und schließlich ließ er seine Jagdbeute im Stich, duckte sich und schritt mit katzenhafter Gewandtheit davon. Zum Glück in eine andere Richtung und nicht auf sie zu.

Seine Pranken hinterließen tiefe Abdrücke im Boden, dem Geräusch nach streiften seine mittlerweile halb entfalteten Flügel über ein paar Büsche hinweg. Mit welcher Kraft und Anmut er sich bewegte! Kiéran merkte, dass ihm der Mund offen stehen blieb. Wie gut, dass Jerusha ihn überredet hatte. So etwas sah man nur ein Mal im Leben.

Doch dann flüsterte Jerusha: »Die Pferde!«, und Kiéran fluchte lautlos. Konnte es tatsächlich sein, dass der Drache ihre Pferde bemerkt hatte, obwohl sie ein ganzes Stück entfernt angebunden waren? War es denkbar, dass ihm seine Jagdbeute nicht reichte, dass er die Gelegenheit ergreifen wollte, noch mehr Futter zu erlegen?

Mit hilflosem Entsetzen beobachtete Kiéran den Drachen, der mit halb geöffnetem Maul an ihnen vorbeimarschierte. *Reyn. Das Vieh wird sich Reyn schnappen!* Es war ein unerträglicher Gedanke, in seiner Vorstellungskraft sah er schon Fetzen schwarzen Fells zwischen diesen Kiefern hängen.

Als das Anderwesen sie passierte, stutzte Kiéran, sah noch einmal genau hin. Und wusste plötzlich, was der Drache bemerkt hatte. Und was er selbst nun schon seit Wochen ahnungslos in seinem Reisegepäck mit sich herumtrug. Handlang waren die Zähne des Drachen, und Kiérans neue Augen erkannten an ihnen einen bläulichen Schimmer. *Es ist kein Horn, das ich im Wald von Sharedor erbeutet habe, sondern ein verdammter Drachenzahn! Wer weiß, wo die Magierin ihn herhatte; womöglich von einem Drachen, der von Menschen ermordet wurde. Und ich wette, dieser Bursche hier kann den Zahn spüren. Er hat es gar nicht auf die Pferde abgesehen, sondern auf unser Gepäck. Aber das liegt leider direkt bei den Pferden.*

»Xatos' Rache, wir müssen vor ihm dort sein«, stöhnte Kiéran, ließ Jerushas Hand los und begann zu rennen. Er musste das Schwert zu Hilfe nehmen, um sich schneller einen Weg durch das überraschend dichte Buschwerk zu bahnen. Splitter flogen ihm um die Ohren, und Dornen rissen an seiner Kleidung, seiner Haut, doch er achtete nicht darauf. Er hörte Jerushas keuchenden Atem hinter sich – wieso folgte sie ihm, anstatt sich verdammt noch mal irgendwo zu verstecken?

Inzwischen hatte der Drache bemerkt, dass ihm jemand folgte. Er zögerte auf seinem Weg, schlangengleich bog sich sein Hals nach unten. Mit geöffnetem Maul und weit gespreizten Flügeln fauchte er, und erstickender Schwefelgeruch schlug ihnen entgegen. In einem großen Bogen fuhr der Schwanz des Drachen über die Erde, Staub und abgerissene Blätter wirbelten durch die Luft. Xatos' Rache, diese Flügel! Groß wie die Segel einer Karavelle, nur eben nicht aus Stoff, sondern aus ledriger Haut.

Kiéran fühlte ein Kribbeln zwischen den Schulterblättern, wie so oft kurz vor einem Gefecht. War dieses Fauchen die letzte Warnung des Drachen vor seinem Angriff? Oder gab es noch irgendeine Chance, den Kampf zu verhindern? Vielleicht hatte der Drache das Schwert erspäht und fühlte sich bedroht. Sollte er die Waffe wegstecken oder sie lieber in der Hand behalten, weil er sie womöglich gleich brauchen würde? Kiéran fühlte sich hin- und hergerissen. Er hatte den Verdacht, dass er gegen dieses mächtige Geschöpf mit einem vergleichsweise winzigen Stück Metall ohnehin nichts ausrichten konnte, aber würde er den Mut aufbringen, diesem Vieh unbewaffnet gegenüberzutreten? Und was genau sollte er dann tun, um Jerushas und sein Leben zu retten?

Reyns gellendes Wiehern drang an seine Ohren. Und kurz darauf konnte Kiéran die Umrisse seines Hengstes auch schon zwischen den Bäumen erahnen. Wahrscheinlich zitterte er, hatte Schaum vor dem Maul und versuchte verzweifelt, sich loszureißen und zu fliehen. Amadera war nirgends zu sehen.

Er musste den Strick durchtrennen, der Reyn an den Baum fesselte. Früher hätte er das mit einem Hieb erledigt, aber jetzt – er sah dieses verdammte Ding nicht! Kiéran warf Jerusha sein Messer zu. »Schneid ihn los, schnell!«, brüllte er ihr zu. Dann stürzte er sich auf die Tasche, die seinen ganzen weltlichen Besitz enthielt. Bücher, noch mehr Bücher, Holzperlen, Geld, aber wo war dieser Zahn?

Da! Seine Hand schloss sich darum, und mit einem letzten Blick auf den heranstürmenden Drachen schleuderte er das Ding so weit von sich, wie er konnte. Dann kauerte er sich still, mit gesenktem Kopf, auf den Boden – das Schwert in der Hand, aber auf dem Sand ruhend. *Ich will dir nicht schaden,* sandte er dem Drachen entgegen. *Und wenn ich gewusst hätte, dass ich etwas trage, das Eurer Art gehört, hätte ich es schon vor langer Zeit zurückgegeben.*

Zum Glück folgte Jerusha seinem Beispiel und verhielt sich still; sie hielt den Bogen in der Hand, spannte ihn aber nicht.

Der Drache, der über ihnen aufragte wie ein lebender Berg, wirkte verblüfft. Er machte keinerlei Versuche, Reyn zu packen, dessen Hufschläge sich schnell entfernten. Stattdessen blickte er dem Zahn hinterher, der irgendwo in den Büschen gelandet war, und warf aus schmalen Augen einen drohenden Blick auf Kiéran und Jerusha. Seine blutverschmierte Schnauze öffnete sich, und Kiéran ahnte, dass er sich bereit machte, ihnen eine Feuerwolke entgegenzublasen, sie zu vernichten für ihre Dreistigkeit.

Kiéran tastete nach Jerushas Hand. »Ich wünschte, wir hätten mehr Zeit miteinander gehabt, Jerusha KiTenaro«, flüsterte er.

Jerusha sandte ihm ein zittriges Lächeln zurück. »Es tut mir so leid. Ich liebe dich, Kiéran.«

Geahnt hatte er es schon, aber es war das erste Mal, dass sie es sagte. Und einen Moment lang stand die Zeit still, war er im Bann ihrer Worte, spürte er nur noch ihre Hand, die sich um die seine krampfte.

Und gleich würde diese Frau tot sein. *Alle Götter*, dachte Kiéran erschüttert. *Das darf doch so nicht enden!* Er spannte alle Muskeln an, um den einseitigen Kampf aufzunehmen, um wenigstens ihr Leben zu retten, koste es, was es wolle.

Kiéran stutzte. Von einem Moment auf den anderen verhielt sich der Drache seltsam. Er zog die Flügel fest an den Körper, ein Zittern durchlief seinen riesigen Leib. Seine Krallen zogen tiefe Furchen in den Boden keine drei Menschenlängen von Kiéran und Jerusha entfernt.

Und dann hörte Kiéran auf einmal eine Stimme, die in seine Gedanken hinein sprach. Nur ein Wort sagte sie, doch das mit einer solchen Wucht, dass Kiéran ein Stöhnen unterdrückte.

KiTenaro?

»Ja. Das ist mein Name«, brachte Jerusha irgendwie hervor. »Jerusha KiTenaro.«

* * *

Jerusha konnte den Blick nicht von dem gewaltigen Wesen lösen, das sich nun vor ihnen aufbäumte. Der Drache spreizte die Flügel und warf sich förmlich in die Luft; es war kaum vorstellbar, dass sich dieser gewaltige Körper überhaupt erheben konnte, und doch geschah es so mühelos, wie ein Windstoß ein Herbstblatt in die Luft emporträgt. Sonnenlicht schien durch die dunkelgraue Haut seiner Flügel, die an manchen Stellen vernarbt und löchrig war. Seine Bauchschuppen waren von einem glänzenden Kupfer, etwas dunkler als am Rücken.

Sein riesiger Schatten zog über sie hinweg. Eine Weile sah sie ihn noch, ein wenig unscharf jetzt, verdammt seien ihre schlechten Augen. Und dann war er verschwunden, verborgen von einem Gipfel, getarnt von einer Wolke. Jerusha ließ sich auf den Stamm eines umgestürzten Baumes sinken. Ein tiefes Glücksgefühl erfüllte sie. Sie konnte kaum glauben, was sie erlebt hatten, auch wenn sie sich nicht sicher war, was es alles zu bedeuten hatte. Der Drache hatte in ihrem Kopf gesprochen, hieß das, dass er alles wahrgenommen hatte, was sie vorhin gefühlt, gedacht hatte? Nein, sonst hätte er anders auf sie reagiert.

Mit leichter Verspätung fiel ihr auf, dass Kiéran sie anstarrte. »Dieser Drache kannte deinen Clan!«

Jerusha lächelte schief. »Irgendwie scheint ihn außer mir jeder zu kennen. Immerhin, es hat uns gerettet.«

»Scheint fast so. Falls er nicht wiederkommt.« Kiéran setzte sich neben sie auf den Baumstamm, und dann nahm er sanft ihr Gesicht und drehte es zu sich hin. »Siehst du, du hast mir kein Unglück gebracht.«

Jerusha blickte in seine goldbraunen Augen, und einen Moment lang vergaß sie den Drachen, spürte nichts anderes als Kiérans Berührung. *Es ist gut, dass ich es ihm gesagt habe – auch wenn er es bestimmt erraten hat nach dem Kuss gestern,* ging es ihr durch den Kopf. Sie hatte keine Wahl, sie musste ihn einfach noch einmal küssen, mit wilder Freude darüber, dass sie noch am Leben waren. Endlose, selige Minuten waren ihre Körper so eng verbunden wie zwei Äste vom gleichen Baum. Ihre Zunge wagte sich in seinen Mund, begegnete der seinen, ließ sich auf ihr Spiel ein. Kiérans Hand wühlte sich in ihre Locken. In seinem Körper war eine vibrierende Spannung, eine gebändigte Energie, und sie spürte, dass er sie begehrte, dass er sie am liebsten hier und jetzt genommen hätte. Auch ihr eigener Körper fühlte sich wach und lebendig an wie schon lange nicht mehr. Ihre Haut schien zu glühen, jede seiner Berührungen sandte eine Welle der Hitze durch sie hindurch.

Grobe Hände reißen ihr Kleid hoch, ein Knie zwingt ihre Beine auseinander. Ein schwerer Körper auf ihr.

Es war, als schiebe sich eine Wolke vor die Sonne. Auf einmal fröstelte Jerusha, und ihre Hände gaben die Wanderschaft über Kiérans Körper auf. Würden diese ekelhaften Erinnerungen sie denn nie mehr verlassen?

»Es tut mir so leid«, flüsterte sie.

Kiéran löste sich von ihr, saß schweigend neben ihr auf dem Baumstamm. Seine Brust hob und senkte sich, er atmete tief. Dann nahm er sie noch einmal in den Arm und drückte sie. Doch zum ersten Mal wirkte auch er entmutigt und ein wenig traurig. *Gib nicht auf, gib mich nicht auf,* wollte Jerusha ihm zurufen, doch schon entfernte er sich von ihr, sah sich noch einmal die Prankenabdrücke des Drachen an.

»Meinst du, er kannte vielleicht einfach meine Großtante Ijema?«, sagte Jerusha, froh, ein neutrales Thema gefunden zu haben. »Schließlich war sie Wächterin über die Wälder von Yantosi, hast du erzählt.«

Nachdenklich schüttelte Kiéran den Kopf. »Nein. Da war mehr. Hast du gesehen, wie er sich benommen hat? Er hat nicht einfach schöne Grüße ausgerichtet und ist davongeflogen.« Sie standen beide auf und ging hinüber zu den Krallenspuren, die sich tiefer als Ackerfurchen durch massiven Stein zogen. Zu den Abdrücken der gewaltigen Pranken im Boden. Nachdenklich tastete Kiéran die Spuren ab und stützte sich mit der Hand auf der Erde ab. »Vielleicht war es Angst. Vielleicht Trauer. Ich weiß es nicht. Dazu verstehe ich einfach zu wenig von Drachen.«

»Angst? Trauer?« Jerusha schüttelte fasziniert den Kopf. »Können Drachen überhaupt Gefühle empfinden?«

»Wenn man den Legenden glauben darf, ja. Doch ob ein solches Geschöpf vor irgendetwas Angst haben kann? Ich weiß nicht. Wen oder was soll es denn fürchten?«

Nachdenklich blickte Jerusha in die Ferne. Was hatte das alles mit den KiTenaros zu tun? »Ging dir das gleiche durch den Kopf wie mir, als du gesehen hast, dass er frisst? Aber während ich ihn beobachtet habe, habe ich meine Furcht vergessen, ich war einfach nur gebannt.«

»Ging mir genauso.« Kiéran nickte, und ein seltsamer Ausdruck stand auf seinem Gesicht. Ehrfurcht? »Diese Flügel! Ich glaube, die haben mich am meisten beeindruckt. Sie scheinen recht verletzlich zu sein. Hast du diese Löcher und Narben bemerkt? Und ich glaube, er hatte auch eine Narbe am Bauch und am Rücken, dort sahen die Schuppen irgendwie seltsam aus, als seien sie schief und krumm nachgewachsen.«

Jerusha blickte ihn mit gerunzelter Stirn an. »Wie konntest du all das sehen?«

Doch seine Antwort nahm sie kaum wahr, denn als sie zum Horizont blickte, bemerkte sie erschrocken, dass die Sonne langsam sank.

»Wir werden es nicht mehr nach Cyr schaffen bis zum Einbruch der Nacht«, sagte sie beklommen. Und ahnte, dass es sich noch immer als schrecklicher Fehler erweisen konnte, dass sie dem Drachen gefolgt war. Jetzt waren sie der Nacht schutzlos ausgeliefert.

»Ich weiß«, sagte Kiéran heiser. »Vielleicht haben die Skraelings ja ohnehin meine Spur verloren. Auf dem Weg nach Cyr habe ich sämtliche Tricks angewandt, die ich kenne, um Verfolger abzuschütteln. Und wie sollen sie meine Witterung in Cyr aufgenommen haben?« Doch es klang zweifelnd.

»Du glaubst selbst nicht daran«, sagte Jerusha ihm auf den Kopf zu, und Kiéran zuckte die Schultern. »Nein. Wenn tatsächlich Anderweltler hinter der ganzen Sache stecken, dann müssen wir mit allem rechnen. Auch mit dem fast Unmöglichen.«

Er steckte zwei Finger in den Mund und stieß einen gellenden Pfiff aus. Kurze Zeit später hörten sie das Geräusch von Hufen auf Kies und Stein. Reyn tauchte auf; er schien sich beruhigt zu haben. Erleichtert klopfte Kiéran ihm den Hals, und der Hengst schnappte spielerisch nach seinem Ärmel. »Mistvieh«, murmelte Kiéran liebevoll, dann wandte er sich wieder Jerusha zu, die sich enttäuscht und vergeblich nach Amadera umblickte. »Wir müssen uns für die Nacht einen Ort suchen, der sich gut verteidigen lässt. Dann haben wir vielleicht eine Chance.«

»Die Nacht, die Nacht, wer liebt sie nicht, die Nacht.« Ein heiseres Flüstern aus dem Nichts, und Jerusha schrie erfreut auf. »Grísho!«

Ihrem Schatten spross ein zweiter Kopf, der eifrig nickte. »Ich habe gehört, wie jemand über euch gesprochen hat, und habe die Beschreibung erkannt. Nur dass ihr euch jetzt als gefährliche Schwarzmagier betätigt, war mir neu.«

»Wir machen es auch nur heimlich – und nur in Neumondnächten«, sagte Kiéran trocken.

»Soso. Ich bin lange herumgeirrt, und furchtbar war es, bis auf die zwei Tage, in denen ich fahrenden Musikern gefolgt bin, das hat gutgetan. Jedenfalls kam ich in dem Moment an, als euer Haus brannte und ihr wart gerade verschwunden. Widerlich grelle Sache. Mit Mühe und Not habe ich euch gefunden.«

»Aber du hast es geschafft, den Göttern sei Dank.« Jerusha freute sich darüber, doch gleichzeitig fühlte sie sich hilflos. Es war so viel geschehen, während sie getrennt gewesen waren. Nein, sie wollte nicht, dass er wusste, was Leor KaoRenda ihr angetan hatte. Und konnte ein Wesen wie er überhaupt verstehen, was sie mit Kiéran verband?

Später würde noch genug Zeit zum Reden sein, jetzt mussten sie erst mal einen Unterschlupf finden. Jerusha hängte sich den Bogen über die Schulter und machte sich daran, die Gegend auszukundschaften. Diesmal war sie es, die das Kommando übernahm; sie wusste, dass ihre Augen ihnen jetzt unentbehrlich waren. Und tatsächlich, sie entdeckte ein Versteck für die Nacht – eine schmale Höhle im Fels, die an eine Lichtung im Wald grenzte.

»Sehr gut. Wenn wir uns hier verschanzen, können die Skraelings uns nicht in den Rücken fallen«, sagte Kiéran, er wirkte erleichtert. »Aber wir müssen versuchen, den Eingang zu verbarrikadieren.«

Ohne Begeisterung blickte Jerusha sich in der Höhle um. Sie hätte einen Preis verdient als einer der widerlichsten Übernachtungsplätze seit Beginn ihrer Reise. Nichts wuchs darin, nicht einmal Moos, und es war kühl und feucht im Inneren. Der Boden war mit faustgroßen Steinen übersät, und weiter hinten sah sie gewaltige Felsbrocken, die irgendwann einmal von der Oberseite heruntergebrochen sein mussten. Ein Dutzend Fledermäuse hing kopfüber an der Decke; unter ihnen waren die Steine weißgefleckt von ihrem Kot.

»Vielleicht sind die da schuld, dass es hier so muffig riecht«, sagte Jerusha und rümpfte die Nase. »Na ja, bestimmt gefällt es wenigstens Grísho, dunkel ist es hier jedenfalls.«

»Ich muss dich enttäuschen, meine Liebe, auch mir sagt dieser Ort nicht besonders zu«, flüsterte Gríshos körperlose Stimme aus der Dunkelheit unter einer Craune. »Er hat eine große Düsternis.«

»Sprechen Schattenspringer immer in Rätseln?«, brummte Kiéran. »Leider ist die Höhle der einzig halbwegs sichere Platz weit und breit – und wir müssen jetzt sofort anfangen, unsere Verteidigung vorzubereiten.«

Hastig machten er und Jerusha sich daran, Steine vor der Höhle zu einer Barriere aufzuhäufen. Verbissen stemmten sie sich gegen einen Felsblock, bis er sich knirschend in Bewegung setzte. Doch es dauerte eine Ewigkeit, bis sie ihn an der richtigen Stelle hatten. Erschöpft wartete Jerusha, bis sie wieder zu Atem gekommen war. Ihr fiel auf, dass ihr Schatten schon so lang wirkte wie ein ausgezehrter Riese – die Sonne sank schnell.

»Wie wär's noch mit einem Wall aus Erde und angespitzten Pflöcken dazu?«, meinte Kiéran. »Und ich glaube, ich bereite noch eine kleine Überraschung vor.« Sein Gesicht war dreckverschmiert und verschwitzt, und doch sah er noch immer unverschämt gut aus. Es brachte ihr Herz zum Klopfen, wenn sie ihn nur anblickte.

»Kleine Überraschung?« Jerusha zog die Augenbrauen hoch.

»Dort vorne können wir einen Felsrutsch auslösen. Wir stapeln Steine auf, biegen ein paar junge Bäume zurück und binden sie fest. Wenn wir das Seil lösen, kracht's vor der Höhle. Mit etwas Glück erledigt das alle Skraelings auf einmal. Schaffst du es, ein Seil durchzuschießen?«

Jerusha kniff die Lippen zusammen. Liri hätte sofort Ja sagen können. Und sie, diese aus der Art geschlagene KiTenaro? Vielleicht. In Benaris hatte sie sich ja hin und wieder selbst überrascht. »Kommt drauf an, wie weit weg es ist. Und wie dunkel die Nacht.«

»Wir haben schon fast Halbmond.«

»Gut. Versuchen wir's.«

Schon bald kehrte Kiéran zurück und begann, mit dem Schwert dicke Äste anzuspitzen. Währenddessen lockerte Jerusha mit einem Stock den Boden, mit den bloßen Händen schaufelte sie die steinige Erde auf ihre Barrikaden. Ihre Hände und Knie schmerzten, doch sie achtete nicht darauf. *Bald ist es dunkel …*

»Meinst du, das reicht?«, fragte Jerusha schließlich und betrachtete die immerhin brusthohe Barrikade; spitze Stöcke waren darin verkeilt und standen nach außen wie die Stachel eines Igels. Nur noch einen schmalen Spalt hatten sie zwischen Wall und Höhlendecke gelassen, damit sie hineingelangen konnten.

»Es kommt darauf an, wie viele Skraelings mir auf den Fersen sind.« Finster lehnte Kiéran sich gegen einen Baum. »Ich fühle mich wie ein verdammter Maulwurf! Aber ich fürchte, diesmal geht es nicht anders. Den Fehler, nur zu zweit anzutreten, machen sie sicher nicht noch einmal.«

»Vielleicht passiert ja auch einfach gar nichts«, sagte Jerusha und seufzte tief. »Dann wäre zwar die Mühe umsonst. Aber egal. Irgendwo müssen wir ja sowieso übernachten, und vielleicht gibt es hier in den Bergen Xher.«

Er grinste schief. »Na klar. Drachen, Xher, leicht reizbare Ochsenhirsche, der eine oder andere Eisenfresser. In Yantosi haben wir das ganze Programm, und wir bemühen uns, unsere Gäste angemessen zu beeindrucken.«

»Danke, ich bin jetzt schon beeindruckt«, versicherte Jerusha. »Könnten wir die restlichen Darbietungen einfach streichen?« Im letzten Tageslicht schnitt sie Gras und stopfte ganze Armvoll davon in die Öffnung der Höhle. Hoffentlich reichte das, um den nackten Steinboden ein bisschen zu polstern.

Kiéran beobachtete sie amüsiert. »Was ist das? Gras? Du wirkst gerade ein bisschen wie ein Vogelweibchen, das ein Nest baut.«

»Höhlenbrüter – die gibt's«, sagte Jerusha lächelnd. »Aber erwarte nicht, dass ich auch noch Eier lege. Was ist, können wir ein Feuer riskieren?«

»Ich fürchte nicht.« Kiéran nahm Reyn das Zaumzeug ab und ließ ihn frei. »Hätte ich letztes Mal schon tun sollen – so kann er sich besser schützen, und er kommt sowieso immer zurück.« Dann zwängte er sich mit den Armen voran durch die schmale Öffnung zwischen Wall und Höhlendecke, die jetzt der einzige Eingang ihrer Zuflucht war. Jerusha hörte ihn im Inneren herumgehen, ein Stein kollerte zur Seite. Sie kletterte nach ihm den Wall hoch, schob Bogen und Köcher durch den Spalt und kroch dann selbst hinterher.

Im Inneren war es fast völlig dunkel, und die feuchte Kälte ließ Jerusha frösteln. Sie setzte sich dicht neben Kiéran. »Immerhin, jetzt riecht es saftig nach frischem Gras hier drin.«

»Schade, dass wir keine Shannas sind, sonst könnten wir uns damit den Bauch vollschlagen.«

Jerusha nickte. Ihr Magen fühlte sich schmerzhaft leer an. Doch sie vergaß ihren Hunger, als die Fledermäuse erwachten und sich mit hauchfeinem Murmeln bereit machten für die Jagd. Kurz darauf flatterten sie durch die Öffnung der Barrikade davon, strömten in den Abendhimmel wie eine lebende Rauchfahne.

Die Art, wie sie flogen, ließ Jerusha an ein ganz anderes geflügeltes Wesen denken. »Wie alt war er, was schätzt du? Der Drache.«

»Er war ausgewachsen, das heißt mindestens hundert Sommer. Aber es können genauso gut auch fünfhundert oder tausend sein, die er auf dem Buckel hat. Sag mal, Grísho, wie alt können eigentlich Schattenspringer werden?«

»So alt wie die Sterne, so alt wie der Wind«, flüsterte ihr Freund. »Wie seltsam kommt es uns vor, dass ihr sterben müsst. Die Freundschaft mit euch ist wie ein Wimpernschlag, ein einziges kurzes Lied, selbst wenn sie euer ganzes Leben lang währt.«

Jerusha beobachtete das letzte Sonnenlicht, das einen schmalen glühenden Streifen an eine der Höhlenwände zeichnete. Ja, mehr waren Menschen nun einmal nicht, Grísho hatte recht, und war es nicht völlig sinnlos, gegen das Schicksal aufzubegehren?

Fast trotzig legte Kiéran den Arm um sie, zog sie an sich. »Mag sein. Doch dieses eine kurze Lied singen wir aus voller Kehle, und manchmal verändern wir den Lauf der Welt in einer einzigen Nacht.«

Dieses kurze Lied singen wir aus voller Kehle. Jerusha fühlte, wie sie neuen Mut schöpfte. Ja, die ersten Töne hatte sie längst angestimmt, und immerhin, auch ein Zeichen hatte sie hinterlassen. Stein war nicht ewig, doch ihre Werke würden die Zeit um ein Vielfaches länger überdauern als sie selbst. Was für ein seltsamer Gedanke.

Es war schon spät, aber noch hell draußen, als Kiéran sich plötzlich aufrichtete. »Na, allein sind wir jedenfalls nicht mehr.«

Jerusha lauschte, und ja, dann hörte sie es auch. Es war ein ferner Schrei, der nicht enden wollte. Das Geräusch war so entsetzlich, dass Jerusha sich zwingen musste, hinzuhören, am liebsten hätte sie die Hände auf die Ohren gepresst. »Sind *sie* das?«

Kiérans Hand lag auf ihrem Arm, beruhigend? Warnend? »Nein, die Stimmen von Skraelings klingen eher wie die Laute von Vögeln.«

»Noch ist es hell – wir könnten nachsehen«, sagte Jerusha hilflos. Sie ahnte, dass Kiéran jetzt genau wie sie an die tückischen Hilferufe aus dem Wald von Sharedor dachte. »Grísho, könntest du für uns herausfinden, was da los ist?«

»Aber gerne, meine Liebe«, sagte er, und wenn er gleich darauf verschwunden war, merkte sie nichts davon. Er war Teil der Dunkelheit, die sie umgab.

Sehr schnell war Grísho zurück. »Es ist – ich glaube, es ist besser, wenn ihr es euch selbst anseht«, sagte er, und seine Stimme war so leise, dass Jerusha sie kaum hören konnte.

Vorsichtig kletterten sie aus der Höhle und hasteten in Richtung des Geräuschs. Noch bevor sie ankamen, ahnte Jerusha, was oder wen sie finden würden, und die letzten Schritte rannte sie. Jetzt waren die Schreie so laut, dass es die Ohren zerriss. Entsetzt sah Jerusha im fahlen Licht der Dämmerung, was dort zwischen den Bäumen lag. Auf den ersten Blick nur eine formlose Masse, auf den zweiten Blick Amadera. Sie war auf die Seite gefallen. Fell und Mähne waren blutverkrustet, und ihr Körper war an einem Dutzend Stellen von Klauen aufgerissen, hier und da sah Jerusha weißliche Knochen. In ihrem Bauch klaffte ein Riss, aus dem dunkelglänzend die Eingeweide hervortraten. Voll Grauen sah Jerusha, dass zwei von Amaderas Beinen abgetrennt waren, sie lagen ein Stück weit entfernt im Gras. Und doch lebte die Stute noch. Ihr verbliebenes Vorderbein zuckte, ihre Flanken bebten und ab und zu versuchte sie, den Kopf zu heben. Und sie wieherte immer wieder, schrill wie ein Schrei klang es.

Halb blind vor Tränen kniete sich Jerusha neben ihre Stute, strich ihr über den Kopf, versuchte, sie zu beruhigen, zu trösten. »Ganz ruhig, ganz ruhig«, flüsterte sie, doch die Stute schien sie nicht mehr wahrzunehmen, musste halb wahnsinnig sein vor Schmerzen. Jerusha wandte sich zu Kiéran um, das letzte Licht glänzte auf der Klinge seines Schwertes.

»Was ist mit ihr?«, fragte Kiéran, und Jerusha erinnerte sich daran, dass er all das nicht sehen konnte. Sie schluckte ihre Tränen herunter. »Es ist schlimm, sehr schlimm. Ich muss sie erlösen.« Kiéran nickte und reichte ihr sein Messer, das mit der schwarzen Klinge. Mit einem schnellen Schnitt durchtrennte Jerusha die Ader an Amaderas Kehle. Blut strömte in kurzen Stößen heraus und sickerte in den Boden. Die Stute hörte auf zu zucken, ihre Augen wurden glasig. Jerusha streichelte sie, bis es vorbei war, dann stand sie hastig auf.

»Wir müssen zurück zur Höhle. Schnell«, drängte Kiéran, und im Laufschritt machten sie sich auf den Rückweg. Es war fast dunkel, die Konturen der Bäume hoben sich kaum noch gegen den schwarzen Himmel ab. »Hatte Amadera Klauenspuren? Wie groß waren sie?«

Dunkelglänzende Eingeweide. Im Gras ein abgetrennter Huf. »Etwa handlang«, presste Jerusha hervor. »Der Drache war es nicht. Also Skraelings? Die Wesen, die dir auf den Fersen sind?«

»Ja«, sagte Kiéran, und dann stolperte Jerusha zur Seite, übergab sich ins Gras. Immer wieder krampfte sich ihr Magen zusammen, stieg ihr bittere Galle in den Mund.

Fast hätte sie es nicht gehört. Das Geräusch von Klauen auf dem felsigen Boden, das Rauschen von Schwingen. Es kam schnell näher. Jerusha wischte sich den Mund ab und blickte sich mit aufgerissenen Augen um. Diese huschenden Schatten dort, größer als jeder Mensch.

»Lauf!«, brüllte Kiéran und ergriff ihre Hand, riss Jerusha mit sich fort.

Jerusha raste durch die Dunkelheit, bis ihre Lunge brannte und ihre Seiten schmerzten. Woher wusste Kiéran, wo es zur Höhle ging? Niemals hätte Jerusha sie ohne Lampe wiedergefunden. Nur ein schwacher Schimmer Mondlicht half ihnen. Da, eine gewaltige dunkle Fläche, die Felswand, fast wären sie dagegen geprallt! Verzweifelt wand sich Jerusha an den angespitzten Pfählen vorbei, tastete mit den Händen nach der Öffnung. Schob sich keuchend hinein, ließ sich fallen und landete hart auf dem felsigen Boden. Sie spürte Kiéran in der Dunkelheit neben sich. Aus irgendeinem Grund flüsterte er. »Jetzt kommt es drauf an, ob wir hier drin bis Sonnenaufgang durchhalten können.«

Der Hauch von Gríshos Stimme. »Zehn sind es, zehn!«

»Zehn?«, fragte Kiéran ungläubig, und der Ton seiner Stimme nahm Jerusha auch den letzten Rest Mut.

Draußen kratzte etwas an ihrer Barrikade. Klauen scharrten sich durch das Erdreich, stießen auf Stein. Ein Krächzen von draußen. »*Krrraaecher Beeerrg vlaeder els!*« Wie beunruhigend menschlich das klang. Jerusha kniff die Lippen zusammen, holte einen Pfeil aus ihrem Köcher und nockte ihn auf die Bogensehne. Dann kroch sie den Erdwall hoch, um durch die Öffnung zielen zu können. »Wenn ich den Bogen schräg halte, dann geht es, aber ich sehe nicht gerade viel.«

»Versuch trotzdem, ein paar von ihnen zu erwischen, aber pass auf, dass du weit genug von der Öffnung wegbleibst. Wie viele Pfeile hast du?«

Ein leises Kratzen. Das Kollern eines kleinen Steins.

Jerusha erstarrte. Sie fühlte, wie sich eine Gänsehaut auf ihren Armen bildete. Dieses Geräusch war nicht von draußen gekommen oder von Kiéran, der neben ihr stand, so nah, dass sie seinen Atem fühlte.

Sondern aus den Tiefen der Höhle.

Jemand … etwas ist mit uns hier drin!

Schattenschwinge

Irgendwie hatte der Skraeling es geschafft, ganz bewusst seine Aura zu verbergen. Erst jetzt schimmerte sie wieder hervor, schwarzlila wie eine Gewitterwolke. *Wie ist das Vieh hier reingekommen? Die Barrikade war nicht beschädigt, als wir zurückgekommen sind!* Ein Schauder überlief Kiéran, als ihm klar wurde, dass der Skraeling die ganze Zeit schon in der Höhle gewesen sein musste. Von Anfang an. Doch auch Jerusha hatte das Biest nicht gesehen, und Grísho hatte es anscheinend nur gespürt. *Ich hätte daran denken müssen, was Ulíes über ihre Fähigkeit zur Tarnung gesagt hat! Vielleicht hat das Vieh sich so an den Boden gedrückt und seine Farbe daran angepasst, dass Jerusha es bei einem flüchtigen Blick für einen Felsen gehalten hat.* Warum nur hatten sie diese verdammte Höhle nicht gründlicher durchsucht? Jetzt fiel ihnen dieser Skraeling in den Rücken, während die zehn anderen draußen den Erd- und Steinwall zerstörten.

Kiéran nahm sein Schwert mit beiden Händen und sorgte dafür, dass er zwischen dem Skraeling und Jerusha blieb. Seine Gedanken flossen kühl und klar, die Furcht hatte er verbannt in einen hinteren Winkel seines Herzens. Der Skraeling war ein relativ kleines Exemplar, nur etwa einen Kopf größer als er, doch Kiéran unterschätzte ihn nicht. Er erinnerte sich noch gut daran, wie eins dieser Biester den Stamm einer Weide einfach entzweigerissen hatte.

Mit einem scharfen Fauchen und eng an den Körper gezogenen Flügeln stürzte sich der Skraeling auf ihn. Kiéran wich zur Seite aus und führte einen horizontalen Schlag gegen seinen Hals, doch der Skraeling streckte beim Springen die Klauen vor und fing den Hieb damit ab. Kiéran wirbelte herum und spürte den Aufprall, als seine Klinge den Rücken des Skraelings berührte. Doch sie durchdrang das zähe Gefieder nicht. *Verdammt! Hätte ich nur mein altes Schwert aus Sternenstahl!* Wieder und wieder sprang der Skraeling, die Giftklaue vorgestreckt, und Kiéran war gezwungen, ihn mit kräftigen Hieben auf Distanz zu halten.

Überall lagen Steinbrocken herum, und Kiéran hatte Angst zu stolpern. Und auch Platz hatte er viel zu wenig, mit einem lauten *Kleng* prallte sein Schwert gegen die Steinwand, als er zu einem Schlag ausholte. Sofort kam das Schattengesicht des Skraelings bedrohlich näher, zielte wahrscheinlich mit Fangzähnen auf seine Kehle. *Schlechte Idee*, dachte Kiéran und ließ seine Klinge waagrecht vorschießen. Ein pfeifender Schrei, diesmal hatte er das Biest erwischt. Aber es war weit davon entfernt aufzugeben. Mit brutaler Wucht warf es sich Kiéran entgegen, und Kiéran musste sich über den felsigen Boden abrollen, um nicht getroffen zu werden. Irgendetwas zischte an ihm vorbei und entlockte dem Skraeling ein Krächzen. Im ersten Schreck hatte sich Jerusha eng an die Höhlenwand gedrückt, doch jetzt warf sie mit Steinen nach dem Skraeling, und einer hatte tatsächlich sein Ziel gefunden. Wieder traf Kiérans Schwert, und beinahe hätte der Skraeling sein Gleichgewicht verloren, er war gezwungen, seine Flügel auszubreiten. Da war sie, seine Chance. Manche Stellen der Flügel waren verletzlich. Wenn er jetzt …

»Kiéran! Ich glaube, sie brechen bald von außen durch!«

Einen Wimpernschlag lang zögerte Kiéran, und als seine Waffe niedersauste, war der Skraeling schon ausgewichen. Als hätte er verstanden, worum es ging, stieß das Wesen einen triumphierenden Laut aus, und von draußen kam eine Antwort. Das Scharren am Erdwall wurde immer lauter, wieder polterte einer der Felsbrocken, die sie so mühsam vor den Höhleneingang geschichtet hatten, zur Seite.

Kiéran spürte, wie die eisige Ruhe des Kampfs ihn verließ, wie Verzweiflung und Wut seine Konzentration durchbrachen. *Warum, warum, warum habe ich Jerusha nicht dazu gezwungen, rechtzeitig nach Cyr zurückzukehren?*

Jerusha tat jetzt das einzig Richtige – sie überließ ihm den Skraeling in der Höhle und kroch wieder den Wall hoch, um ihre Pfeile in die Nacht hinauszujagen. Die Geräusche von draußen wurden wieder leiser, einen Moment lang wichen die Skraelings zurück. Doch wenn ihr Gefieder so zäh war, dass es einem Schwert widerstehen konnte, dann waren auch Pfeile keine wirkliche Gefahr für sie, und tatsächlich, schon ging das Gekratze wieder los.

Sie hatten nur noch eine Chance.

»Jerusha – das Seil! Schieß das Seil durch!«, schrie Kiéran. Die Steinlawine würde ihnen etwas Zeit verschaffen, und wenn sie ganz viel

Glück hatten, brach sie sogar mehreren Skraelings den Hals – er hatte ein paar ordentlich große Brocken dort oben aufgeschichtet. Vielleicht konnten sie dann bis zur Morgendämmerung überleben.

»Ich versuch's«, stieß Jerusha hervor. »Aber es ist so furchtbar dunkel!«

Und dann sagte sie nichts mehr, sondern zielte lange und sorgfältig. Kiéran hörte, wie ein Pfeil in die Nacht davonsirrte, doch kein Poltern deutete auf einen Steinschlag hin. Sie riss einen zweiten Pfeil aus dem Köcher, einen dritten, und noch immer geschah nichts. Verdammt!

Mit einem schnellen Ausfallmanöver versuchte der Skraeling, an Jerusha heranzukommen. Kiéran reagierte ebenso schnell, doch wieder prallte seine Klinge am Gefieder des Wesens ab. Xatos' Rache, das durfte doch nicht wahr sein! Als der Skraeling an ihm vorbei wollte, verpasste er dem Vieh einen Tritt, der es aus dem Gleichgewicht brachte und gegen die Wand schleuderte. Wütend kreischend stürzte es sich wieder auf ihn.

Ein triumphierender Schrei von Jerusha, dann das Geräusch von Steinen und Felsbrocken, die von oben herabprasselten und ein wirrer Chor von Vogellauten jenseits der Barriere. Irritiert unterbrach der Skraeling in der Höhle seinen Angriff, er schien zu lauschen, und seine Aura wurde einen Moment lang schwächer. Kiéran nutzte seine Chance sofort, doch sein Stoß ging ins Leere, gedankenschnell hatte der Skraeling die Flügel ausgebreitet und sich hochgeschwungen an die Höhlendecke. Von dort aus ließ er sich auf Kiéran herabfallen, gefährlich nahe schwang die Giftklaue an ihm vorbei. Auf gar keinen Fall durfte das Vieh ihn damit erwischen – seit er den Drachenzahn aufgegeben hatte, besaß er kein Gegenmittel mehr!

Im nächsten Moment schien um Kiéran herum alles zu explodieren. Steine und Erde prasselten gegen seinen Körper, und ein Brüllen und Fauchen sprengte ihm fast die Ohren. Eine plötzliche Windböe schleuderte ihn zu Boden auf die herumliegenden Steine. Alle Götter, waren die Biester in die Höhle durchgebrochen? Aber wie hatten sie das angestellt – hatten sie gleichzeitig angegriffen? Und wo war Jerusha? Er sah ihre Aura nicht mehr! Verzweifelt tastete Kiéran nach seinem Schwert, das ihm aus der Hand geglitten war, und richtete sich auf. »Jerusha!«, brüllte er.

Keine Antwort. *Alle Götter – bitte! Nein! Haben sie Jerusha erwischt?*

Seltsam war nur, dass der Skraeling in der Höhle erschrocken zurückgewichen war, er wirkte orientierungslos und ließ die Gelegenheit zum Angriff ungenutzt.

An der Stelle, wo die Barriere gewesen war, tasteten Kiérans Finger ins Leere. Weg war das Ding, restlos zerstört, der Eingang der Höhle war offen! Was war hier eigentlich passiert? Kiéran schob sich die Felswand entlang nach draußen, nach allen Seiten sichernd, immer auf einen Angriff gefasst. Seine Phantasie schuf unerträgliche Bilder. *Mehrere Skraelings schlagen ihre Klauen in Jerusha, versuchen sie wegzuzerren. Jerusha, verstümmelt, schwer verletzt in ihrem Blut liegend …*

Jetzt konnte Kiéran die Lichtung überblicken. Ungläubig starrte er auf den Anblick, der sich ihm bot. Ein gewaltiger kupferfarbener Schweif schleuderte zwei Skraelings beiseite, ein weiteres Anderwesen zappelte zwischen Kiefern von der Größe eines Pferdekarrens und wurde kurz darauf entzweigebissen. Mehrere andere, die in Panik hin- und her stürmten, wurden von den Pranken des Drachen zermalmt. Ein Feuerstoß, dessen Hitze bis zu Kiéran hinüberwehte, traf einen der Skraelings, und dessen Aura verlosch ganz plötzlich. Es stank nach Schwefel und verkohltem Fleisch. Innerhalb weniger Augenblicke war der ungleiche Kampf vorbei.

Das hätte auch uns heute Vormittag passieren können, dachte Kiéran, fasziniert von der Urgewalt, die vor seinen Augen tobte. Wie ein Vulkan, wie ein Erdbeben, wie eine Lawine, durch nichts aufzuhalten, völlig jenseits menschlicher Macht. *Und jetzt? Sind wir als nächste dran?*

Übrig war nur der Skraeling, der sich tief in die Höhle zurückgezogen hatte. Kiéran griff ihn nicht mehr an, es war unnötig – das Vieh war völlig verschreckt. Und das, obwohl der Drache sich nicht mehr darum kümmerte, was in der Höhle vorging; er breitete gerade wieder die Flügel aus, um davonzufliegen. Was hatte der Drache überhaupt hier gesucht, wieso war er ausgerechnet jetzt aufgetaucht? Es war ein Rätsel. Er hatte nicht versucht, die Skraelings zu fressen, und ließ ihre Kadaver einfach liegen. Auf der Jagd war er also nicht.

Da war sie, da war Jerusha, jetzt sah er sie! Vor Angst wurden Kiéran die Knie weich, und ein Fluch erstarb auf seinen Lippen. Sie war ganz in der Nähe des Drachen, keine fünf Menschenlängen von seinen Pranken entfernt. Kiéran sprintete los. Vielleicht konnte er sie noch retten! Wenn die mörderische Wut des Drachen schon verflogen war. Wenn er diesen Ort gerade sowieso verlassen wollte, mit welchem Ziel auch immer. Wenn er sich entschied, die Frau, die dort vor ihm stand, zu ignorieren.

Einen Moment später hatte Kiéran Jerusha erreicht und riss sie mit sich zu Boden, zog sie in die spärliche Deckung eines Felsens. Doch warum bei allen Göttern wehrte sie sich so heftig?

»Kiéran SaJintar, lass mich los«, fauchte sie. »Bevor es zu spät ist!«

»Zu spät wofür?« Kiéran drückte sie noch einmal zu Boden. »Hast du nicht gesehen, was er mit den Skraelings gemacht hat?«

»Doch, gerade deswegen! Verstehst du denn überhaupt nicht, was passiert ist? Er hat uns geholfen! Wegen uns ist er hier – wegen mir!«

Kiéran war so verblüfft, dass sich sein Griff lockerte. Jerusha riss sich los, und dann stand sie schon wieder hoch aufgerichtet vor dem Drachen, den sie in der Dunkelheit wahrscheinlich kaum sehen konnte. Ohne Scheu blickte sie zu ihm auf, woher nahm sie bloß den Mut dazu? *Abwarten,* dachte er. *Vielleicht hat sie recht. Aber wenn er auch nur eine Klaue rührt – ja dann, was dann?*

»Wir danken dir für deine Hilfe«, rief Jerusha. »Verlass uns noch nicht! Bitte.«

Der Hals des Drachen bog sich ein wenig nach unten, große gelbe Augen betrachteten die Frau vor ihm. War das Misstrauen in seinem Blick, Vorsicht, Gereiztheit? Kiéran wagte kaum zu atmen. Auf einmal erschien es ihm nicht mehr so abwegig, was sie gesagt hatte. *KiTenaro.* Immerhin war das einzige Wort, das der Drache zu ihnen gesprochen hatte, ausgerechnet der Name ihres Clans gewesen.

Wieso lässt du mich nicht gehen?

Kiéran zuckte zusammen. Wieder diese Stimme in seinem Kopf, diesmal sanfter als das letzte Mal. Ghalils Schande, der Drache hatte ihr geantwortet! Ihr und ihm zugleich.

»Weil ich glaube, dass wir eine Geschichte teilen«, sagte Jerusha. »Ich würde sie gerne erfahren. Von dir.«

Eine Windböe strich über Kiérans Gesicht, der Drache schlug mit den Flügeln. Gleich würde er verschwunden sein.

Gut. Du sollst sie hören. Aber nicht hier. Am Ort, wo wir uns zum ersten Mal getroffen haben.

Die Flügel des Drachen griffen in die Luft, die baumdicken Hinterbeine stießen sich vom Boden ab. Einen Herzschlag später war der Drache mit der Nacht verschmolzen.

* * *

Und wieder rannte Jerusha durch die Dunkelheit. Doch diesmal spürte sie kaum, wie ihre Füße den Boden berührten, und es war wilde Freude, die ihr Herz zum Klopfen brachte. Kiéran lief direkt vor ihr und wies ihr den Weg. Noch hatte sie sich nicht ganz daran gewöhnt, dass dieser Mann, der eigentlich blind war, nachts weitaus mehr sah als sie mit ihren beiden gesunden Augen. Doch sie war dankbar dafür. Ebenso für seine Versuche, sie zu schützen, wenn sie auch manchmal so sinnlos waren.

Als sie an dem Hochplateau ankamen, war Jerusha so erschöpft, dass sie einfach auf dem Boden zusammensackte. »Ist er schon da? Siehst du ihn?«, keuchte sie.

»Dort vorne«, flüsterte Kiéran. Er war kaum außer Atem – wie unfair.

Der Drache schien sie gehört zu haben, denn sein Augenlid schob sich nach oben und gab eine tellergroße gelbe Pupille frei. Sie schien in der Dunkelheit zu schweben, der riesige Körper des Drachen selbst wurde von der Dunkelheit verborgen. Nur daran, welche Sterne er verbarg, konnte sie seine Konturen erahnen. Wie unwirklich das alles war, furchterregend und herrlich zugleich.

Jerusha schaffte es mit Mühe und Not, noch einmal auf die Beine zu kommen. Sie ging dem Drachen entgegen, stolperte über einen trockenen Ast, ging zu Boden, raffte sich wieder auf. Kiéran nahm ihre Hand, hielt sie fest. »Brich dir nicht noch auf den letzten Metern den Hals«, murmelte er.

»Keine Sorge, höchstens das Bein«, gab Jerusha zurück und setzte sich so nah an den Drachen heran, wie sie es wagte.

»Meinen Namen kennst du«, sagte sie zu ihm, sprach zu diesem riesigen schwebenden Auge und versuchte sich vorzustellen, was für ein Geist sich dahinter verbarg. »Wie ist der deine?«

Dar Koriónas, erwiderte die Stimme in ihrem Kopf. *In eurer Sprache Schattenschwinge.*

»Ich erlaube mir ebenfalls, mich vorzustellen«, hörte Jerusha Kiérans Stimme. »Kiéran aus dem Clan SaJintar. Verzeiht meine Unhöflichkeit vorhin, ich war mir unklar über Eure Absichten.«

Jerusha musste ein Lächeln unterdrücken über seine geschliffene Höflichkeit. Sie konnte sich vorstellen, dass er so am Hofe der AoWestas mit dem Fürsten und seinen hohen Beamten gesprochen hatte.

Ich hätte nie gedacht, dass ich noch einmal Wert darauf legen würde, Menschen zu begegnen, gab Koriónas zurück.

»Wieso?«, fragte Jerusha vorsichtig. »Hast du schlechte Erfahrungen mit ihnen gemacht?«

Im Gegenteil. Eure Familie hat vor mehreren hundert Wintern einen Pakt mit uns geschlossen. Der gegenseitigen Hilfe haben wir uns verpflichtet.

»Es gibt einen Pakt?« Jerusha war verblüfft. »Besteht er denn noch? Hast du uns deswegen geholfen?«

Der Pakt ist schon lange in Vergessenheit geraten. Bei euch jedenfalls. Nicht bei uns. Nicht bei mir. Denn einer von euch, Dheran KiTenaro, war mehr als ein Verbündeter. Er war mein Freund.

Jerusha erinnerte sich an das Bild des kupferfarbenen Drachen in der Hütte ihrer Tante Rikiwa – war das ein Porträt von Koriónas gewesen? »Einer unserer Vorfahren hat das gemalt.« Ja. Und jetzt kannte Jerusha seinen Namen.

»Dheran KiTenaro«, murmelte sie. Wer bei allen Göttern war das gewesen? Wahrscheinlich einer der Brüder ihres Großvaters Fenvar. Plötzlich wurde ihr klar, warum der Drache so seltsam auf sie reagiert hatte. Ja, es war Trauer gewesen, ein schmerzliches Erinnertwerden. Denn aus der Generation ihres Großvaters lebte sicher niemand mehr. Gríshos Worte kamen ihr in den Sinn. *Die Freundschaft mit euch ist wie ein Wimpernschlag, ein einziges kurzes Lied, selbst wenn sie euer ganzes Leben lang währt.* »Kannst du mir von ihm erzählen? Ich weiß nicht, wer er war.«

Du kennst seine Abstammung nicht? Koriónas klang ungläubig. *Er ist Sohn von Ghirardi, der der Sohn war von Bendris, der der Sohn war von Wyargan, der …*

Schweigend steckte Jerusha die Zurechtweisung ein. Ja, es war eine Schande, wie wenig sie ihren eigenen Clan kannte, auch wenn es nicht ihre Schuld war. Verzweifelt versuchte sie sich diesen Strom von Namen zu merken, doch schließlich gab sie es auf. »Entschuldige«, unterbrach ihn Jerusha. »Ich meinte etwas anderes. Was für ein Mensch war er?«

Langsam senkte sich ein horniges Lid über das gelbleuchtende Auge, hob sich wieder. *Dheran hat mir erzählt, dass er als Junge nur Unsinn im Kopf hatte. Seine Lehrerin wusste nichts mehr mit ihm anzufangen und prophezeite ihm, er würde als Resteräumer enden.* Ein Hauch von Belustigung in den Gedanken des Drachen. *Auch seine Eltern waren ratlos. Ihr Sohn wuchs als arroganter junger Mann auf, der das Geld seiner wohlhabenden Familie verprasste und tagtäglich mit seinen Freunden feierte. Er war ein heller Kopf, aber oberflächlich; ein Tunichtgut, wie man in seinem Dorf sagte.*

Kein Mensch, um den zu trauern sich besonders lohnte, schien es Jerusha. Doch sie wartete ab, und schon bald fuhr der Drache in seinem Bericht fort.

Doch dann geschah etwas, das alles änderte. Er zog sich eine schwere Krankheit zu – den Fluch des Cerak nennt ihr es wohl, eine Lähmung der Beine. Zwei ganze Sommer verbrachte er im Haus. Seine Freunde feierten anderswo und vergaßen ihn. Als Dheran die Krankheit überstanden hatte, war er anders geworden. Ruhiger, nachdenklicher, mit mehr Mitgefühl für Geschöpfe, denen es schlecht ging. Er schaffte es, wieder gehen und reiten zu lernen, und begann, Heilkunst zu studieren. Da seine Beine schwach und verkrüppelt geblieben waren, war das Reiten und Gehen eine Qual für ihn, doch ich habe ihn nie klagen gehört.

»Wie seid ihr euch begegnet?«, fragte Kiéran neugierig, und Jerusha war froh, dass der Drache sie beide einbezog. Und dass Kiéran kein Mensch war, der nur die Sprache des Schwerts verstand.

Als er sich auf einer beschwerlichen Reise zu einem Kranken im Gebirge von Khelgardsland befand; dort lebte ich zu dieser Zeit. Er sah mich bei der Winterruhe, doch er störte mich nicht. Noch oft kehrte er zurück, um mich zu beobachten, und nach und nach gewannen wir Vertrauen zueinander. Und doch versteckte ich, als ich mich mit Jacinta paarte, das Gelege auch vor ihm.

»So viele Drachen leben in Khelgardsland?«, entfuhr es Jerusha.

Viele? Kaum ein Dutzend sind es. Und das ist nicht nur die Schuld eures Volkes. Kurz nachdem Jacinta gelegt hatte, drangen Frostdrachen auf ihren jährlichen Wanderzügen in unser Revier, wir mussten um unser Leben kämpfen und das Gelege unbewacht zurücklassen.

Frostdrachen? Doch Jerusha unterbrach Koriónas nicht, um ihm die Frage zu stellen; sie wollte wissen, was geschehen war. Sie versuchte sich einen solch titanischen Kampf vorzustellen, der wahrscheinlich in der Luft stattgefunden hatte, doch ihre Phantasie versagte.

Dheran war gerade in der Nähe, um mich zu besuchen. Als er zufällig auf das Gelege stieß und sah, dass auch ein Rudel Skraelings es gefunden hatte, verteidigte er es und riskierte dabei alles. Fünf Skraelings waren es, und kein einziger erblickte den nächsten Tag. Nur ein Hauch von Leben war in Dheran, als ich ihn fand, doch unsere Brut war unversehrt. Ich trug Dheran ins Tal, und die Heiler konnten ihn mit unserer Hilfe retten.

Bei der Erwähnung der Skraelings bleckte der Drache die Zähne und schnaubte, ein erstickender Geruch nach Schwefel umhüllte Jerusha. Einen Moment lang verzichtete sie darauf, einzuatmen.

»Kein Wunder, dass Skraelings bei Drachen nicht allzu beliebt sind«, murmelte Kiéran.

Danach waren Dheran und ich mehr als Freunde, fuhr Koriónas fort, ohne die Unterbrechung zu beachten. *Ich trug ihm die Bruderschaft an.*

Die Bruderschaft? Jerusha war sprachlos vor Staunen. Sie ahnte, dass es eine einmalige Ehre war. *Drachenbruder.* Das Wort vibrierte durch sie hindurch, hinterließ Wärme in ihrem Inneren.

Langsam richtete sie sich auf. »Der Pakt wird nie wieder in Vergessenheit geraten«, sagte sie. »Darauf gebe ich dir mein Wort als eine KiTenaro, Koriónas.«

Wie ein gewaltiger Schatten näherte sich ihr seine riesige Schnauze, stahlhartes gepanzertes Horn und handlange Zähne. Trotz allem, was sie gehört und erlebt hatte, kostete es Jerusha ihre ganze Selbstbeherrschung, nicht zurückzuweichen. Doch sie blieb stehen, während der Drache ihre Witterung aufnahm und mit einem hörbaren Schnaufen die Luft einsog, die sie umgab. Jerushas Tunika flatterte im Luftstrom.

Du bist seine Nachfahrin, sagte er in ihre Gedanken, und es klang fast sehnsüchtig. *Bist du wie er?*

»Jeder Mensch ist anders«, meinte Jerusha verlegen. Auf einmal tat ihr der Drache leid – wie schwer es ihn getroffen haben musste, Dheran zu verlieren. »Wie ist er gestorben?«

Plötzlich zog sich Koriónas' Kopf von ihr zurück, und der Boden schien zu ächzen, als der Drache sein Gewicht verlagerte. Sich abwandte? *Er wurde nur fünfzig Jahresläufe alt und ich ein Fremder unter meinesgleichen*, erklang es in Jerushas Kopf, doch mehr sagte Koriónas nicht dazu, und Jerusha wagte nicht, noch weiter zu fragen.

Sie hoffte, dass der Drache sie jetzt nicht verlassen würde. Doch auf einmal wirkte Koriónas rastlos, und am Kratzen seiner Klauen auf dem Steinboden hörte sie, dass er hin- und herschritt. Seine Augen hatten sich zu Schlitzen verengt.

Die Skraelings braucht ihr nicht mehr zu fürchten. Sie werden es nicht mehr wagen, euch anzugreifen – jetzt wissen sie, dass ihr unter meinem Schutz steht.

»Dafür danken wir dir«, sagte Kiéran, und Jerusha nahm seine Hand, drückte sie. Kiéran erwiderte den Druck und schwieg.

Am Horizont wurde der Himmel heller, hatten sie wirklich so lange geredet? Schon konnte Jerusha die Konturen des Drachen erkennen, den Knochenkamm auf seinem leicht gewölbten Rücken, seine hornige Schnauze. Koriónas blickte eine Weile schweigend über das Tal hinaus, und Jerusha störte ihn nicht in seinen Gedanken.

Manchmal habe ich darüber nachgesonnen, die KiTenaros aufzusuchen, doch die Zeit war nicht reif dafür, sagte er schließlich, fast entschuldigend klang es. *Vielleicht musste es einfach so geschehen, es musste ein Zufall sein. Was hat dich hergebracht?*

Jerusha räusperte sich. Es war eine lange Geschichte, doch zum Glück ließ sie sich leicht zusammenfassen. »Der Grund ist ein Fluch. Mein Clan wurde verflucht. Ich bin auf der Suche nach demjenigen, der die Verwünschung ausgesprochen hat – er ist der Einzige, der sie wieder zurücknehmen kann. Auf meiner Reise habe ich immerhin seinen Namen herausgefunden. Er lautet Aláes, und anscheinend …«

Aláes?

Jerusha stockte. Der Drache hatte sich umgewandt, und seine Augen waren eine einzige Glut.

»Du kennst Aláes?«, fragte Jerusha leise, und ein Kribbeln lief durch ihren ganzen Körper.

Ja, erwiderte Koriónas. *Ich kenne ihn und bin ihm schon oft begegnet. Er gehört zu den Elis Aénor, was in ihrer Sprache* die Edlen des Mondes *bedeutet,* fuhr der Drache fort. *Wir nennen sie manchmal einfach das Mondvolk. Aláes ist bei ihnen Mitglied im Rat der Sieben. Seine Heimat ist Moranshir, das liegt im westlichen Khorat.*

Ein Elis ist er also. Mitglied des Mondvolks. Kiéran spürte, wie sein Herzschlag sich beschleunigte. Endlich wussten sie etwas Genaueres über diesen Mistkerl. Jetzt war es nur noch eine Frage der Zeit, bis sie ihn zur Rede stellen konnten. *Einen Elis zur Rede stellen? In seinem eigenen Reich? Bist du irre?,* schrie seine Vernunft, doch diesmal stellte er sich taub.

Kiéran gestand sich ein, dass die Begegnung mit dem Drachen etwas in ihm verändert hatte. Wie furchtbar wäre es gewesen, hätte er aus Vorsicht auf diese wunderbare Bekanntschaft verzichtet. Und wer wusste, was in Khorat, diesem Reich der Magie, noch auf ihn wartete. Kiérans Gedanken schweiften zu Nonar und den anderen Eliscan, die sich an den Fürstenhöfen Ouendas eingenistet hatten. Vielleicht fand er in Khorat auch heraus, was es damit auf sich hatte und was die Eliscan mit dieser Taktik bezweckten.

»Was genau ist ein *Edler des Mondes?*«, fragte er den Drachen fasziniert.

In Khorat gibt es eine Vielzahl von Kulturen und mehrere Völker der Eliscan, erwiderte der Drache. *Zum Beispiel im Norden die Elis Finhar, das Schneevolk; im Osten von Khorat das Blutvolk, die Elis Sarkorr; man sollte sie meiden, wenn einem sein Leben lieb ist. Und nicht zuletzt das Mondvolk, die Elis Aénor, die über die Berge im Westen Khorats herrschen. Sie bleiben gerne unter sich und gelten als schwierige, aber kunstsinnige Gesellen.*

»Das passt«, warf Jerusha bitter ein. »Und dieser Aláes, was weißt du noch über ihn?«

Soweit ich weiß, ist er für alle Belange zuständig, die die Menschenreiche betreffen. Sein Ehrgeiz wird nur übertroffen von seiner Klugheit und seinem Wissen über die Vergangenheit. Schon seit Jahrhunderten erforscht er sie. Seit sein Vater in den Eliscankriegen starb.

»Soso. Rachsüchtig ist er also auch.« Kiéran zog eine Grimasse. »Und ausgerechnet dieser Kerl ist für uns zuständig. Reist er deswegen so häufig durch Ouenda?«

Das ist sicher ein Grund. Der riesige Kopf wandte sich ihm zu, und ein durchdringender Blick traf Kiéran. Doch Kiéran hielt ihm stand, wandte die Augen nicht ab.

Wie kommt es, dass du einen Drachenzahn besessen hast?

Zeit der Wahrheit. Er hatte sich schon gedacht, dass Koriónas ihn zu diesem Thema noch zur Rede stellen würde. »Bis gestern wusste ich nicht mal, dass es einer ist«, sagte Kiéran verlegen. »Ich habe ihn im Wald von Sharedor einem Magier abgenommen. Verzeih mir, dass ich ihn behalten habe. Immerhin hat er mein Leben gerettet, nachdem die Giftklaue eines Skraelings mich erwischt hatte.« Er fragte sich, ob Koriónas jetzt seine Gedanken las, ob auch er wissen konnte, wann jemand die Wahrheit sagte. Oder wäre es ein Bruch der Etikette gewesen, ungefragt im Kopf eines anderen zu stöbern?

Na, dann hat es sich wenigstens gelohnt, erwiderte Koriónas knapp. *Aber versuch nie wieder, dir einen solchen Besitz anzueignen.*

Kiéran war zutiefst erleichtert. Das war ja noch mal glimpflich ausgegangen. »Natürlich nicht.«

»Störe ich?« Ein raues Flüstern. Sofort sah Kiéran sich nach dem Schattenspringer um und entdeckte ihn ganz in Jerushas Nähe. Der silbrige Schatten drängte sich an sie wie ein verängstigtes Kind.

»Grísho, wo warst du?«, fragte Jerusha aufgeregt.

Ein hallender Seufzer. »Reines Pech. Als euer geschätzter Freund hier Feuer spie, war ich nicht weit von einem Skraeling entfernt. Das Feuer schuf einen tiefen Schatten, wundervoll unter anderen Umständen, aber diesmal nicht. Denn der Schatten fiel genau in dem Moment auf mich, in dem sein Besitzer starb. So etwas ist außerordentlich gefährlich, ganz besonders, wenn es sich um ein Wesen aus Khorat handelt.«

»Wie hast du es geschafft, dich wieder zu lösen?«

»Eine Weile war ich wohl besinnungslos. Ein seltsamer Zustand! Dann wachte ich auf und es gelang mir – obwohl ich sehr schwach war –, die Reste dieser überaus scheußlichen Kreaturen und ihres Schattens hinter mir zu lassen. Zum Glück war es Nacht, bei Tag wäre es mir wahrscheinlich nicht geglückt.«

Ein Schattenspringer ist hier? Koriónas' Augen hatten sich wieder bedrohlich verengt, und nun stieß er ein Fauchen aus, dessen Echo durch das ganze Tal hallte. *Komm mir nicht zu nahe! Ich hasse es, wie es sich anfühlt, wenn euresgleichen sich in meinem Schatten breit macht.*

»Bitte vielmals um Entschuldigung«, flüsterte Grísho, und schneller, als ein Mensch es beobachten konnte, war er eine Baumlänge entfernt. »Wie fühlt es sich denn an?«

Als hätte man Wanzen! Eine Flamme fuhr aus dem Maul des Drachen, tauchte die Umgebung einen Wimpernschlag lang in grelles Licht. Hitze schlug Kiéran entgegen. Mit Mühe widerstand er dem Bedürfnis, sich in Deckung zu werfen. Selbst Jerusha fuhr zusammen.

Zum Glück beruhigte sich der Drache schnell. Kiéran beobachtete, dass er einen Buckel machte wie eine Katze, die sich reckt, und den Kopf wandte. Die ersten Sonnenstrahlen schimmerten auf den kupferfarbenen Schuppen seines Körpers, so blendend hell, dass Kiéran die Augen schließen musste. *Ich kann es sehen. Ich kann all das sehen*, ging es ihm durch den Kopf, und eine große Dankbarkeit erfüllte ihn. *Khorat wird für mich ein Reich des Lichts sein.*

Er öffnete die Augen wieder – gerade rechtzeitig, um mitzubekommen, wie der Drache sich zu Jerusha hinunterneigte. *Ich werde in Gedanken bei euch sein*, teilte er ihnen mit, und Kiéran wusste, dass es in diesem Fall mehr war als eine Redensart. *Jerusha. Falls du wünschst, dass ich euch nach Khorat fliege, dann werde ich es tun.*

»Ich denke darüber nach«, sagte Jerusha hilflos.

Als der Drache mit den Flügeln schlug, musste Kiéran die Beine gegen den Boden stemmen, um nicht umgeworfen zu werden. Dann waren sie wieder allein, und Kiéran wusste, dass er selbst wahrscheinlich ebenso betäubt und verwirrt wirkte wie Jerusha. Er hatte das Gefühl, etwas verloren zu haben. Wieder war es dunkel um ihn, schon hatte er dieses kostbare Gefühl des Sehens, dieses Stück Wirklichkeit, wieder verloren. Es war ein schwacher Trost, dass er noch den silbrigen Hauch, der Grísho war, erkennen konnte – der Schattenspringer machte es sich gerade wieder in Jerushas Schatten gemütlich.

»Ein Elis«, wiederholte Jerusha und schüttelte den Kopf. »Damals war ein Elis zu Gast bei meinen Großeltern, und sie haben es nicht mal geahnt.«

»Aber hätten sie sich dann auf die Knie geworfen?«, meinte Kiéran trocken. »Wahrscheinlich hätten sie nicht gewusst, wie sie mit ihm umgehen sollen. Vielleicht hätte deine Großmutter ihre Angst gezeigt oder versucht, sich gegen ihn zu verteidigen. Und dann wären sie und womöglich auch deine Mutter an Ort und Stelle getötet worden.«

Er merkte, dass dieser Gedanke Jerusha neu war. Doch er selbst musste in letzter Zeit hin und wieder an die großen Eliscankriege der Vergangenheit denken.

Jerusha wandte den Kopf, blickte jetzt wohl hinaus über die Wälder und Seen Yantosis, über denen der Schimmer des ersten Lichts liegen musste. »Wenn sie geahnt hätte, wer er ist, hätte meine Großmutter zumindest darauf verzichtet, ihm solche groben Ausdrücke an den Kopf zu werfen und ihn hinausbefördern zu lassen. Es gäbe keinen Fluch.«

»Stattdessen wärst du vielleicht nie geboren worden. Wir hätten uns nie kennengelernt. Keinen Deut besser.« Kiéran rief sich eine Karte Ouendas ins Gedächtnis; er war froh, dass er solche Übersichtskarten so oft studiert hatte und sich ihm vieles davon eingeprägt hatte. »Wir können froh und dankbar sein, dass Koriónas bereit ist, uns mitzunehmen. Es würde uns sonst mehrere Monde kosten, Yantosi, Benaris und Khelgardsland zu durchqueren.«

»Kiéran – soll das heißen, dass du dafür bist, nach *Khorat* zu reisen?« Wahrscheinlich starrte sie ihn jetzt entgeistert an.

»Stimmt genau. Darauf läuft es doch hinaus, oder?«

Jerushas kräftig blaue und sonnengelbe Aura wandelte sich, wurde dünn wie der erste Herbstnebel. »Ich bin so müde, und ich habe Angst«, sagte sie leise. »Du nicht?«

Vielleicht wäre es einfacher gewesen, Ja zu sagen. Um sie zu beruhigen, ihr zu versichern, dass sie beide im gleichen Boot saßen. Doch es war keine Furcht, die er fühlte, eher Erwartung, Neugier. »Khorat wird von Menschen nicht umsonst um jeden Preis gemieden«, wich Kiéran aus. »Aber wir können es schaffen. Zusammen. Du musst dich diesen Eliscan nicht allein stellen.«

»Ich war auch in Isdyr nicht allein«, wandte sie ein. »Ohne Grísho hätte ich dort so gut wie nichts herausgefunden.« Sie zögerte, sprach dann weiter. »Kiéran, beinahe hätte ich ihnen deinen Namen verraten, ohne es zu wollen. Damit hätten sie Macht über dein Schicksal gewonnen – und ich konnte nichts dagegen tun. Gegen Magie sind wir machtlos! Und Eliscan sind magische Wesen.«

»Du hättest ihnen beinahe meinen Namen verraten?« Es fühlte sich an, als habe ihm jemand eine eisige Hand in den Nacken gelegt. »Aber es ist nicht geschehen, oder? Wie hast du es verhindert?«

Sie zeigte ihm ihren Arm. »Du kannst die Narbe nicht sehen, oder? Sie stammt von einer Glasscherbe. Zum Glück hat es funktioniert, der Schmerz hat den Zauber gebrochen.«

Es verschlug Kiéran die Sprache. Sie hatte sich selbst verletzt, um die Worte aufzuhalten, die aus ihrem Mund kamen? Um ihn zu schützen, obwohl sie ihn damals kaum kannte? Er hatte es gleich gespürt, dass diese Frau etwas Besonderes war.

Sie hatte recht, es würde gefährlich werden in Khorat, noch weitaus gefährlicher als in Isdyr. Warum versuchte er eigentlich, sie zu überreden? War das wirklich eine gute Idee?

Ja. Dieser Fluch scheint bittere Wirklichkeit zu sein, wie knapp sind wir ihm schon einmal entgangen. Und wenn sie die Suche abbricht, bleibt nicht nur die Verwünschung bestehen – Jerusha wird nie zur Ruhe kommen, bis zum Ende ihres Lebens nicht. Weil sie nicht vollenden konnte, was sie begonnen hat.

Kiéran seufzte tief. Vielleicht würde es ihr ganz guttun, sich eine Zeit lang von Yantosi und von ganz Ouenda zu verabschieden – im wahrsten Sinne des Wortes Abstand zu dem zu gewinnen, was ihr hier an Unheil widerfahren war. Es machte ihm Sorgen, wie stark die Erinnerungen Jerusha noch immer beherrschten, und er wusste sich keinen Rat mehr. Zeit lassen, ja, natürlich, er würde ihr so viel Zeit lassen, wie sie brauchte, aber nützte das überhaupt etwas? Sie hatte es ja nicht einmal geschafft, ihm zu sagen, was passiert war.

»Jerusha, wir könnten in drei Tagen vor Aláes stehen«, sagte Kiéran ruhig. »Das war dein Ziel – das ist es immer noch, oder?«

»Ja, ich weiß … aber dass jetzt alles so schnell geht …« Sie wandte das Gesicht ab, schüttelte kaum merklich den Kopf.

Es steht schlimmer um sie, als ich dachte. Kiéran war noch besorgter als zuvor. *Mit einem solchen Sumpf von Zweifeln in der Seele würde ich keinen meiner Leute ins Gefecht ziehen lassen!* Er musste sie irgendwie aufrütteln. Selbst wenn sie ihn dafür hasste.

»Tja, wie schade, dass ich mich in dir getäuscht habe«, sagte er in einem Ton, der eigentlich zu seiner Vergangenheit als Escadrán gehörte. »Dann würde ich vorschlagen, du gehst in dein Dorf zurück, dessen Namen mir gerade entfallen ist. Du brauchst den Männern, die um dich werben, ja nicht zu sagen, dass du ihnen so guttun wirst wie eine Giftschlange in ihrem Stiefel.«

»Eine Giftschlange in ihrem Stiefel?« Ihre Stimme klang völlig verdutzt. Mit Angriffen von seiner Seite aus hatte sie offensichtlich nicht im Entferntesten gerechnet.

»Du kannst Kunstwerke erschaffen, das weiß ich. Aber wenn dir der Mut fehlt, etwas zu wagen, dann wird selbst darin kein Leben sein. Jeder wird es spüren können, dass du bis an die Schwelle gegangen bist … und nicht darüber.«

»Meine Statue der Shimounah war ein Wagnis!«, fuhr Jerusha auf. »Und wenn sie dem Tempelbaumeister nicht gefallen hätte, wäre das ein schlimmer Rückschlag für mich gewesen. Außerdem, was ist mit der Nebelwüste, mit Isdyr? Und diese Halbelis in Tholus. Kaum jemand hat es gewagt, auch nur mit ihr zu reden.«

»Ja, aber vielleicht war das eine andere Jerusha, eine, die noch nicht wusste, was alles auf sie zukommt, und das zählt dann eigentlich nicht als Mut, oder? Und warst *du* das überhaupt oder einfach *jemand*?« Er ahmte den Ton nach, in dem sie eben gesprochen hatte.

»Ich war es, verdammt noch mal, *ich!*« Ihre Stimme bebte vor Zorn, und ihre Aura wurde langsam kräftiger. *Gut so!* »Zählt es für dich etwa nur, wie viele einer mit dem Schwert erledigt hat? Wäre es dir lieber, ich wäre eine Kriegerin? Wie viele Leute in deiner verdammten Escadron hättest du denn dazu bringen können, den Cinaya mit bloßen Händen gegenüberzutreten?«

»Wahrscheinlich keinen«, gab Kiéran zu. »Gut, mir scheint, du hast deinen Mut schon erprobt. Aber wer sagt mir denn, dass er dir dabei nicht verloren gegangen ist?«

Trotzig flammte ihre Aura auf. »Sag's dir doch selbst, Kiéran SaJintar! Schon vergessen, was in unserem Haus in Cyr geschehen ist? Ohne mich wärst du jetzt so verkohlt wie ein Brot, das jemand im Ofen vergessen hat.«

Kiéran grinste. Kein Zweifel, eindrucksvolle Vergleiche waren eine ihrer Stärken. »Hm, irgendwelche unabhängigen Zeugen dafür? Vergiss nicht, ich kann Flammen nicht sehen.«

»Du bist ein unerträglich arroganter Bastard, den man mal richtig lange in einem schlammigen Teich untertunken müsste!«, schrie Jerusha ihn an, nahm einen Stein und schleuderte ihn gegen eine Felsflanke.

Erleichtert sah Kiéran, dass ihr Kampfgeist zurückgekehrt war. Ihre Schultern hatten sich gestrafft, ihre Aura war fast so intensiv wie damals im Wald von Sharedor. Das war wieder die Jerusha, die er kannte. Die ihm fast die Zehen zerquetscht hätte, als er ihr ein Messer an die Kehle gehalten hatte.

»So gefällst du mir deutlich besser«, sagte er lächelnd, und mit einem Schnauben marschierte Jerusha davon. Kiéran lief ihr nach, überholte sie, stellte sich ihr entgegen. Wenn er Pech hatte, fing er sich eine Ohrfeige, aber das nahm er in Kauf.

»Ja«, sagte er und nahm ihre Hände in die seinen. »Ich erinnere mich daran. Daran, was du bei den Traumweberinnen und in Cyr für mich getan hast. Ich danke dir dafür, Jerusha, und bin froh, dass du eine entschlossene Frau bist.«

Zuerst versuchte sie, sich loszureißen, doch dann wurde sie ruhiger. Langsam, sehr langsam, verwoben sich ihre Finger mit den seinen. Und Kiéran spürte die Kraft in ihren Händen, die gewohnt waren, dem Stein eine neue Form abzuringen.

»Du Bastard«, sagte Jerusha noch einmal, doch diesmal lag keine Schärfe in ihrer Stimme. »Glaubst du wirklich, wir können uns nach Khorat wagen, ohne dafür mit dem Leben zu büßen?«

Er nickte schweigend, und Jerusha seufzte tief. »Na, dann überlege ich mir besser, was genau ich zu Aláes sage.«

»Das klingt nach einer verdammt guten Idee«, sagte Kiéran und zog Jerusha in seine Arme.

* * *

Jerusha fühlte, wie ihr Ärger langsam verebbte. Er hatte sie manipuliert, ja, aber immerhin hatte es gewirkt – aus irgendeiner verborgenen Quelle strömte ihr endlich neue Tatkraft zu. Vielleicht, weil er sie dazu gezwungen hatte, sich an das zu erinnern, was sie bereits geschafft hatte. Sie würde diesen schweren Weg zu Ende gehen.

»Ich werde Koriónas bitten, uns nach Khorat zu bringen, heute noch«, sagte sie. »Bevor ich es mir wieder anders überlege.«

»Am besten fliegen wir am späten Abend los. Dann habe ich vorher noch genug Zeit, Reyn in einem Stall in der Nähe unterzubringen, er kann schließlich nicht mit. Vielleicht könntest du bis dahin ein paar, äh, Flugübungen machen.« Kiéran lächelte schief. »Ich glaube nicht, dass wir es auf Anhieb schaffen, auf Koriónas' Rücken zu bleiben.«

Er verabschiedete sich, um Reyn zu suchen, und Jerusha wusste, dass es jetzt Zeit für noch einen anderen Abschied war. »Grísho«, sagte sie leise, und dem Schatten eines Steines – keine Armlänge von ihr entfernt – wuchsen ein paar Lippen.

»Ich weiß, was du sagen willst, meine Liebe«, drang es aus ihnen hervor. »Es ist Zeit, getrennte Wege zu gehen. Selbst im Schatten einer Wolke, die der Wind mit sich trägt, bin ich nicht so schnell wie ein Drache. Und diese übergroße, ausgesprochen eingebildete Eidechse wird nicht erlauben, dass ich in der Dunkelheit unter ihren Flügeln Unterschlupf finde.«

Übergroße Eidechse! Gut, dass Koriónas das nicht hören konnte. »Vielleicht ist es besser so«, meinte Jerusha traurig. »Ich wette, Eisenfresser haben einen durch und durch widerlichen Schatten. Und womöglich haben Eliscan gar keinen.«

»Lass uns ehrlich miteinander sein«, sagte Grísho, und seine Stimme war so leise, dass Jerusha sie kaum hören konnte. »Du und Kiéran, ihr braucht keinen lebenden Schatten, der bei jedem Kuss auf dem besten Logenplatz mit dabei ist.«

Jerusha streckte die Hand aus, bis ihr Schatten sich mit dem des Steins überschnitt, und Grísho verstand sofort. Schnell wie ein Wimpernschlag sprang er zu ihr hinüber, Jerusha sah es an dem leichten Flimmern der Luft. »Danke für alles«, flüsterte sie. »Und auch dafür, dass du weißt, was es mit der Liebe auf sich hat. Wohin wirst du gehen?«

»Zurück nach Loreshom, Drachenschwester. Auf dem Fir Evarn werde ich dich erwarten, und wenn du jemals zurückkehrst, dann werden dich deine Baumgesichter mit meinen Augen anblicken. Und dir zulächeln in der Dämmerung.«

Dann war er fort. Auf der langen Reise zurück nach Kalamanca.

Drachenschwester hatte er sie genannt. Jerusha schüttelte nicht den Kopf darüber. Sie fühlte die Verbindung zu diesem Drachen in ihrer ganzen Seele. Kein Wunder, dass es sie so stark danach gedrängt hatte, diesem Anderwesen zu begegnen. Ein Teil von ihr musste etwas von diesem alten Pakt gespürt haben.

Koriónas!, rief sie lautlos. *Wir haben uns entschieden. Für Khorat. Kannst du zu mir kommen?*

Nichts geschah, der Himmel blieb leer. Jerusha richtete sich auf eine längere Wartezeit ein. Vielleicht war der Drache gerade wieder auf Jagd, wie oft mussten diese riesigen Geschöpfe eigentlich fressen? Oder Koriónas war gerade so hoch, dass er sich außer Reichweite ihrer Gedanken befand.

Ein Schnauben hinter ihr, der scharfe Geruch nach Schwefel stieg ihr in die Nase. Jerusha fuhr herum. Hinter ihr lag Koriónas – keine zehn Menschenlängen von ihr entfernt hatte er sich gemütlich auf dem Boden ausgestreckt. Seine Pranken waren vor der Brust zusammengerollt wie die Pfoten eines Kätzchens.

»Du hast dich angeschlichen!«, warf ihm Jerusha halb amüsiert, halb verärgert vor.

Anschleichen? War nicht mal nötig, kam es gelassen zurück, die riesigen gelben Augen beobachteten sie unverwandt. *Eure Ohren sind so schlecht, als würdet ihr jeden Morgen eine Handvoll Blätter hineinstopfen.*

»Wenn du schon davon sprichst, Blätter irgendwo hineinzustopfen – wie wäre es mit ein paar Minzblättern für dein Maul?«, konterte Jerusha. »Sonst werde ich wahrscheinlich ohnmächtig, wenn ich dir zu nahe komme.«

Sein Schweif peitschte gegen einen Felsen und hinterließ eine Kratzspur darauf. *Entsetzliche Idee. Das Feuerspucken fällt mir ohnehin schwer genug, war noch nie meine Stärke, und wenn der Phosphor auch noch durch Minze verdünnt wird, fällt die Vorstellung ganz aus.*

Jerusha konnte es kaum glauben, dass sie mit einem Wesen scherzte, das zwanzigmal so groß war wie sie und Zähne hatte, so lang wie ihre Hand. Aber es fühlte sich an, als kenne sie Koriónas schon seit langer Zeit. »Wie wäre es mit einer Lektion im Drachenreiten? Als kleine Vorbereitung auf den Flug nach Khorat?«

Koriónas antwortete, indem er den schlangengleichen Hals auf dem Boden ablegte. *Kleiner Hinweis: Am besten sitzt man am Flügelansatz.*

Vorsichtig ging Jerusha auf Koriónas zu, scheu berührte sie die Schuppen seines Halses. Hart fühlten sie sich an, hart wie Metall, und gleichzeitig warm. An Kopf und Hals waren seine Schuppen sehr fein und hatten die Form von Blütenblättern, weiter hinten am Körper dagegen waren sie so groß wie Jerushas Handfläche. Sie glänzten matt, und auf den Bauchschuppen sah Jerusha ein Netz feiner Kratzer.

Ich berühre einen Drachen! Jerusha musste an Liri, an ihre Mutter und die anderen Bewohner Loreshoms denken – was würden sie wohl sagen, wenn sie das erfuhren? Noch etwas zögerlich kletterte sie auf Koriónas Vorderbein und hielt sich an seiner harten, ledrigen Flügelvorderkante fest, um auf seinen Rücken zu kommen. »Ich tue dir nicht weh, wenn ich mich an deinem Flügel festhalte, oder?«

Seine Gedanken klangen amüsiert. *Höchstens, wenn du versuchst, den Flügel auszureißen. Dann könnte es sich so anfühlen, als würdest du mich zwicken.*

»Du hast Glück, ich weiß gerade gar nicht, was ich mit einem einzelnen Flügel anfangen soll«, murmelte Jerusha, ergriff seinen Rückenkamm mit beiden Händen und zog sich hoch. Es fühlte sich an, als müsse sie einen glitschigen Felsen erklimmen. Hilflos versuchte sie mit den Füßen irgendwo Halt zu finden, musste schließlich loslassen und landete hart auf dem Geröll des Hochtals. »Au, verdammt!«

Koriónas stieß einen Seufzer aus, der klang, als presse jemand zehn riesige Blasebälge gleichzeitig zusammen. *Ich dachte, der Mensch stamme vom Affen ab. Wann und wo habt ihr das Klettern verlernt?*

»Im Ernst? Wir stammen von Affen ab? Das muss schon eine Weile her sein. Jedenfalls kenne ich niemanden mehr, der auf Bäumen lebt.« Beim zweiten Versuch schaffte es Jerusha, auf Koriónas' Rücken zu klettern. Am Flügelansatz hatte der Rückenkamm eine Lücke, die gerade groß genug war, um sich halbwegs bequem hinsetzen zu können, wahrscheinlich auch zu zweit. Ihre Beine baumelten an beiden Seiten von Koriónas' Hals herab.

»Sei ehrlich, ist Dheran jemals runtergefallen?«, fragte Jerusha und schielte zum Erdboden. Er war schon jetzt schrecklich weit entfernt.

Einmal ist er bei einem Ritt fast abgeworfen worden, und er konnte sich nur noch gerade so festklammern. Zum Glück waren seine Arme sehr kräftig als Ausgleich zu seinen verkrüppelten Beinen. Noch während er sprach, schlug Koriónas mit den Flügeln, und dann fühlte sich Jerusha nach oben gerissen, der Erdboden blieb unter ihr zurück. Jerusha unterdrückte einen Schrei. Ihr war schwindelig, und der Wind pfiff ihr heftig wie ein Sturm um die Ohren.

Tja, Dheran schrie mir zu, über einen See zu fliegen, und wir diskutierten einen Moment lang, ob er dort wirklich halbwegs weich landen würde. Dann ging ich in den Sturzflug über.

Unbeirrt erzählte Koriónas weiter, während sich Jerusha mit Armen und Beinen an seinem Hals festklammerte. Was war schlimmer, der Ritt auf dem Drachen oder auf einem bockenden Pferd? *Ich glaube, das hier*, dachte Jerusha, wagte einen Blick auf das verschwommene Grün und Blau unter sich und kniff wieder die Augen zusammen.

Tatsächlich entdeckte ich einen passenden See, und Dheran ließ los, allerdings wäre er um ein Haar auf einen kleinen Fischerkahn gefallen. Die Fischer hechteten vor Schreck ins Wasser, doch als sie sich etwas beruhigt hatten, zogen sie sich selbst und Dheran heraus und brachten ihn in ihrem Boot zum Ufer, wo ich schon auf ihn wartete.

Jerusha fühlte, wie die gewaltigen Muskeln des Drachen sich unter ihr bewegten. Was für eine Kraft! Leider war es nicht nur beeindruckend, sondern auch unbequem. Jedes Mal, wenn Koriónas mit den Flügeln schlug, war es, als würde ihr Körper – und besonders ihr Magen! – hinauf- und hinabkatapultiert.

Tja, danach wollte Dheran erstmal lieber eine Weile zu Fuß gehen.

»Kann ich irgendwie verstehen«, krächzte Jerusha. Zum Glück glitt Koriónas jetzt mit ausgestreckten Schwingen dahin, sanft legte er den Körper schräg, um einen Bogen zu fliegen. Jerusha sah Wolkenfetzen rechts und links neben sich vorbeiwehen. Kühl war die Luft hier oben, richtig erfrischend. Tief unter ihnen entdeckte Jerusha zwei große graubraune Flecken in den Wäldern Yantosis, genau am Lauf eines Flusses, das mussten Cym und Cyr sein. Leider konnte sie keine Einzelheiten erkennen.

Und, wie gefällt es dir?, fragte Koriónas vorsichtig.

»Ähm, ja. Man gewöhnt sich dran«, erwiderte Jerusha; so langsam konnte sie sich tatsächlich entspannen. »Das nächste Mal werde ich mich mit einem Strick festbinden. Dann kann ich den Flug auch richtig genießen und habe nicht ständig Angst, als feuchter Fleck auf dem Boden zu enden. Ist ja nicht immer zufällig ein See zur Stelle, wenn man ihn braucht.«

Übermütig zog Koriónas in eine Steilkurve, und diesmal stieß Jerusha doch noch einen Schrei aus, es ging nicht anders.

Aber tolle Geräusche macht ihr, das muss ich schon sagen, meinte Koriónas und schob gleich noch einen kleinen Sturzflug ein.

Als er gelandet war und Jerusha sich von seinem Rücken gleiten ließ, fühlten sich ihre Beine so wabbelig an wie kalter Maisbrei, und ihre Rückseite schmerzte wie damals, als sie zum ersten Mal ganze Tage auf Amadera gesessen hatte.

»Jetzt erst mal Pause«, stöhnte sie und warf sich in den spärlichen Schatten einer Kiefer. »Nachher ist immer noch genug Zeit für einen zweiten Übungsflug.«

Ihre Gedanken kehrten zu Dheran KiTenaro zurück, den sie nie kennengelernt hatte und dem sie sich doch auf einmal so nahe fühlte. *Er wurde nur fünfzig Jahresläufe alt und ich ein Fremder unter meinesgleichen.* Sobald sie sich etwas besser kannten, würde sie Koriónas fragen, was geschehen war.

Am Abend kam Kiéran zurück, stand plötzlich vor der Felswand, an der sie beinahe umgekehrt wären; sie hatte seine Schritte auf dem Pfad nicht gehört. »Auf leisen Pfoten wie ein Wolf«, sagte Jerusha, und er grinste. Wie schön, dass er wieder da war.

»Ich war noch einmal kurz in Cyr, aber dort habe ich keinen passenden Stall gefunden. Jetzt wohnt Reyn auf einem kleinen Hof am Fuß der Berge, mit gutem Futter und reichlich Auslauf.«

Kurz wunderte sich Jerusha, warum Kiéran überhaupt noch einmal nach Cyr zurückgekehrt war, doch sie vergaß es schnell wieder. Kiéran war bester Laune, lachte laut auf, als sie ihm von ihren Flugversuchen erzählte, und riss Witze mit Koriónas.

»Was ist, geht's jetzt los?«, fragte er schließlich, und das Licht der tiefstehenden Sonne fiel in seine goldbraunen Augen, brachte sie zum Leuchten. Jerusha konnte den Blick kaum von ihm lösen.

Und aus dem Nichts überfiel sie eine böse Vorahnung. Sie versuchte, in sich hineinzusehen, dem schlechten Gefühl auf die Spur zu kommen. Hatte es etwas mit Kiéran zu tun? *Vielleicht werde ich ihn an Khorat verlieren*, dachte Jerusha hilflos, und am liebsten hätte sie ihre Pläne an Ort und Stelle geändert. Doch sie wollte den Ausdruck auf seinem Gesicht nicht sehen, wenn sie ihm sagte, dass sie es sich anders überlegt hatte. Und wahrscheinlich war diese Vorahnung, oder was sie dafür hielt, purer Blödsinn. Schließlich hatte ihr Instinkt sie bei Leor KaoRenda völlig im Stich gelassen – damals hatte nichts sie gewarnt, ahnungslos wie ein Schaf war sie ihm in die Falle gegangen. Diesmal wusste sie wenigstens, dass es riskant war, was sie vorhatten.

»Ja, es geht los«, erwiderte Jerusha und küsste Kiéran, bis es sich anfühlte, als seien ihre Lippen miteinander verschmolzen.

Noch bevor die Sonne hinter dem Horizont verschwand, waren sie unterwegs.

III. Teil

Der Atem der Dunkelheit

Das Lied von Moranshir

Wie immer war es eine Erleichterung, nach Moranshir zurückzukehren. Es fiel ihm jedes Mal schwerer, die Welt der Menschen zu ertragen – sie kam ihm roh und brutal vor, und manchmal schien es Aláes, als ginge diesen Geschöpfen jeder Sinn für Schönheit ab. Hier in Moranshir konnten sich seine Augen im Orchideenwald ausruhen, den Königin Célafiora selbst hatte anlegen lassen – und nicht nur dort, sondern im ganzen Reich der Elis Aénor war jeder Gegenstand, jeder Baum, jede Blume, mit allem anderen in Harmonie. Nichts stach hervor oder beleidigte das Auge.

Auch aus einem zweiten Grund mochte er die Menschenwelt nicht. Ihre Bewohner taten ihm leid, er konnte es kaum leugnen. Besonders die Kinder. Was dachten sich diese Kreaturen, die sich ihre Eltern nannten, nur dabei, sie schon ab dem vierten Jahr ihres Lebens arbeiten zu lassen, bis sich ihr Rücken beugte und ihr Geist abstumpfte?

Und diese Armut. In manchen Dörfern, besonders in den Bergen, trugen die Kinder vieler Clans Lumpen und waren so dünn, dass ihre Rippen hervorstachen.

Aláes' Gedanken schweiften zu seiner eigenen Kindheit und Jugend, die so reich, fröhlich und voller Licht gewesen war. Tiefe Gedanken und hochfliegende Pläne – bis zu dem Moment, in dem sein Vater im Reich der Menschen getötet worden war. Der Gedanke daran tat noch immer weh, selbst nach so langer Zeit. Es gab Wege, solche Erinnerungen zu lindern, doch er legte keinen Wert darauf, diesen Schmerz loszulassen.

Aláes betrachtete eine gelbe Orchidee, die sich mit den Wurzeln an einen Stamm geheftet hatte, und strich mit einer Hand sanft über ihre Blütenblätter, die zum Kelch hin in ein orangegeflecktes Weiß ausliefen. Eine leichte Bewegung mit der anderen Hand, und ein Kobold eilte herbei, seine struppigen Haare sahen aus wie ein Bündel Wurzeln.

»Sag König Qedyr, ich will ihn sprechen, es geht um den Abschlussbericht meiner Reise«, sagte Aláes knapp, und der Kobold eilte davon, trotz seiner kurzen Beine war er flink wie ein Eichhörnchen. Schon nach kurzer Zeit war er zurück. »Zurzeit empfängt der König niemanden. Er ist tief in Gedanken über die Zukunft der Elis Aénor.«

Im ersten Moment runzelte Aláes die Stirn, doch dann stieg ein Lächeln auf sein Gesicht. Das war also diesmal die Entschuldigung; sie klang ganz und gar nach Atadriel, dem engsten Ratgeber des Königs. Aláes wettete, dass in Wirklichkeit kein Wort davon zutraf. Er hatte seit Langem den Verdacht, dass mit Qedyr etwas nicht stimmte – wahrscheinlich war es die Schwermut. Sie packte ihn immer wieder und hinderte ihn daran, die Fäden der Macht in der Hand zu behalten. Das lag wahrscheinlich in seiner Familie; es gab Gerüchte, dass auch schon Qedyrs Vater Danaery daran gelitten hatte. Unfassbar, wie beliebt Qedyr trotz dieser Schwäche noch immer war, und das nach fünfhundert Jahresläufen Regentschaft.

»Was ist mit Königin Célafiora, hat sie Zeit?«

»Sie bereitet sich auf die Zeremonie des Aes Erieth vor, Herr.« Der Kobold duckte sich in Erwartung eines Tritts. Doch Aláes war in bester Stimmung. Einmal im Jahreslauf wurde bei der Zeremonie des abnehmenden Halbmondes, des Erieth, die vollständige Schöpfungsgeschichte der Eliscan vorgetragen. Im Mittelpunkt stand dabei, wie ihnen von den Göttern Unsterblichkeit verliehen worden war, um sie auszuzeichnen für ihre Klugheit und Tapferkeit. Erzählt wurde jedoch auch, wie sie sich später aufgespalten hatten in verschiedene Völker, darunter die *Edlen des Mondes*, die Elis Aénor.

Königin Célafiora hatte eine herrliche Stimme, und schon seit vielen Jahresläufen sang sie selbst einen wichtigen Teil der Zeremonie. Wie praktisch, dass sie gerade jetzt dadurch in Anspruch genommen wurde. Solange sie und Qedyr mit sich selbst beschäftigt waren, konnte Aláes ganz in Ruhe seine Pläne weiterführen; noch ahnten nur einige enge Vertraute etwas davon.

Zum Beispiel Czak, ein Gharir, den er in den Wäldern von Mae Thim kennengelernt und zu seinem Leibwächter ausgebildet hatte. Die Hässlichkeit seiner Fratze störte Aláes nicht, im Gegenteil, sie hob die Vollkommenheit der Eliscan noch hervor. Leider sprach Czak nur unvollkommen Saerim und schien außerstande, Derith Lor, die Hochsprache, zu begreifen. Und das, obwohl Aláes ihm eine eigene Betreuerin zugewiesen und sich sogar selbst hin und wieder Zeit für eine Lektion genommen hatte.

»War Eure Suche der Erfolg diesmal, Herr?«, fragte Czak mit einer leichten Verbeugung. Immerhin das Hofzeremoniell beherrschte er inzwischen.

»Leider nein, Czak«, erwiderte Aláes. »Auch diesmal nicht. Sehr gründlich ist es den Unsrigen gelungen, die Wahrheit über Fürst Ruidans Tod zu verschleiern.«

Bewundernd strich Aláes über eine lilafarbene Orchidee, die in einer Blütendolde von einem moosbedeckten Stamm herabwucherte. »Ich glaube, ich sollte bald wieder unser Heer inspizieren«, sagte er. »Es wird Zeit, die Eroberung zu beginnen. Qedyr kann die Entscheidung nicht länger hinausschieben.«

Aláes konnte kaum erwarten, dass es endlich losging. Nach so langer Zeit rückte seine Vergeltung endlich näher – und wenn er Glück hatte und die Götter ihm beistanden, erreichte er dabei sogar auch sein zweites Ziel und seine lange Suche würde endlich von Erfolg gekrönt werden. Und ihm den Thron der Elis Aénor einbringen.

Er sann einen Moment über seinen baldigen Triumph nach und mit wem er ihn teilen sollte. »Am besten nehme ich Silmar mit. Wenn der Junge sich weiter so hervorragend entwickelt, dann wird einmal ganz Moranshir stolz auf ihn sein.«

Czak nickte und schritt schweigend neben ihm her.

* * *

Geschickt, mit kraftvollen Flügelschlägen, wob sich Koriónas zwischen den schneebedeckten Bergflanken von Khelgardsland hindurch. Obwohl Jerusha sich in ihren Umhang gewickelt hatte, wünschte sie sich einen Schal oder einen Pelzkragen herbei. Ihre Finger fühlten sich an wie etwas, das ein Bär aus einem Gletscher herausgescharrt hatte.

»Ich erfriere gleich, aber lasst euch dadurch nicht stören«, stöhnte Kiéran, und sie spürte seine Arme, die sich um sie legten. »Gibst du mir ein bisschen Wärme ab?«

»Bedien dich, falls du noch welche findest – aber halt dich gefälligst fest, bevor du runterfällst!«

Sie lenkten sich ab, indem sie sich mit Koriónas unterhielten. »Nachdem Dheran dein Gelege geschützt hatte, durfte er dann miterleben, wie die jungen Drachen aufwuchsen?«, fragte Kiéran.

O ja. Belustigung war in Koriónas' Gedanken zu spüren. *Die Raufereien waren sehenswert. Ich habe den Kleinen gesagt, sie sollen nicht zu grob mit ihm umgehen, aber Dheran war manchmal doch arg zerzaust.*

Jerusha verzog das Gesicht; das konnte sie sich lebhaft vorstellen. Junge Drachen waren sicher nicht viel kleiner als Skraelings. »Erinnern sie sich noch an ihn?«

Natürlich. Und auch viele andere Drachen wissen noch, wer Dheran war. Doch die meisten haben ihn nicht akzeptiert. Ich erinnere mich an einen großen Mittsommerflug, zu dem ich Dheran mal mitgenommen habe. Normalerweise sind dort Drachen und Eliscan unter sich. Es hat Unmut hervorgerufen, dass ein Mensch dabei war. Und es galt als Marotte, dass ich mich einem Menschen so eng verbunden fühle. So etwas kommt nicht häufig vor.

»Und sie haben ihre Meinung nicht geändert, oder?«, erwiderte Jerusha.

Nicht wirklich, Drachenschwester, erwiderte Koriónas, und einen Moment lang fühlte es sich an, als sei keine Haut, kein Schuppenpanzer mehr zwischen ihnen, als flössen ihre Gedanken ineinander. Das gab Jerusha die Zuversicht, dass sie ihm jetzt auch eine schwierige Frage stellen konnte. »Du hast mir nicht gesagt, wie Dheran gestorben ist. Wirst du es mir erzählen?«

Ja, diesmal bekam sie eine Antwort, auch wenn sie spürte, dass der Drache unter ihr erbebte. *Ein anderer Drache hat ihn getötet, vor meinen Augen. Zawezar – ein Lindwurm – verteidigte gerade seinen Schatz gegen Wegelagerer, eigentlich wollten wir ihm zu Hilfe kommen. Dheran machte den Fehler, sich von mir absetzen zu lassen, um am Boden zu kämpfen. Dort erwischte Zawezar ihn mit einem Feuerstoß.*

So also war ihr Vorfahr umgekommen. Durch die Geschöpfe, die er so liebte. »Hat Zawezar wenigstens bedauert, was geschehen ist?«, fragte Kiéran.

Nein, und das war das schlimmste daran. Er verstand meine Trauer nicht und sagte, ich solle ihn nicht mit meinen Vorwürfen belästigen. Den meisten anderen Drachen sprach er damit aus der Seele. Die Bitterkeit in seinen Gedanken wehte Jerusha an wie ein düsterer Nebel.

Ihr wurde klar, wie viel Glück sie gehabt hatte. Wären sie einem anderen Drachen als ausgerechnet Koriónas begegnet – es hätte tödlich ausgehen können, genauso wie Kiéran befürchtet hatte.

Als sie am frühen Morgen des dritten Tages die Berge überwunden hatten, wärmte die Aufregung sie zumindest einen Moment lang von innen. *Jetzt müssen wir schon in Khorat sein!* Keine Siedlung, nicht das kleinste Dorf war mehr in Sicht, die ganze Gegend wirkte unberührt wie seit dem Anbeginn der Zeit. Sie flogen über eine schier endlose, grüngeäderte Ebene, über die Sturmwolken hinweggetrieben wurden. Die Tafelberge schienen bis an den grauen Himmel heranzureichen. Weiter nach Osten hin begann eine karge Vegetation, die immer dichter wurde. Und schließlich flogen sie über undurchdringlichen, tiefgrünen Wald. Ein kräftiger Wind fegte ihnen entgegen, riss ihnen beinahe die Umhänge von den Schultern.

»Ohne Pferde würden wir da unten nicht weit kommen«, schrie Jerusha Kiéran zu, der hinter ihr saß. Doch der Wind pfiff ihnen zu laut um die Ohren, und Kiéran deutete mit Gesten an, dass er kein Wort verstanden hatte.

Dann flogen sie über eine kleine Kolonne ungeschlachter, behäbig dahintrottender Wesen, doch bevor Jerusha einen deutlichen Blick auf sie bekam, hatten sie die Lichtung schon überquert und waren wieder im Wald verschwunden. Kiéran rief irgendetwas von hinten, und beim zweiten Mal verstand Jerusha, dass er »Eisenfresser!« sagte.

Und dann hörte Koriónas auf, mit den Flügeln zu schlagen, und ging in einen Gleitflug über.

Vor uns liegt das Bergmassiv von Moranshir, sagte er in ihre Gedanken hinein. *In seinen Tälern lebt das Mondvolk.*

Hoch und einsam wirkten die Berge, umschlossen von Wolken, die sich über den Himmel wälzten, halb verborgen in der dunstigen Ferne.

Endlich da. Jerusha dankte sämtlichen Göttern, die sie kannte. Nachdem sie sich die letzten drei Tage auf Koriónas' Rücken festgeklammert hatte, schmerzten ihre Beine und Handgelenke. Kiéran schien das etwas weniger auszumachen; im Vergleich zu Reyn war ein Drache womöglich das geringere Übel, und immerhin hielt er beim Aufsteigen still. Doch selbst Kiéran hatte gestern um eine zusätzliche Rast gebeten und ausgesehen, als habe er genug von den Freuden des Fliegens, außerdem schien er noch stärker zu frieren als sie.

Aus der Luft erkannte Jerusha auf der Kuppe eines bewaldeten Berges etwas, das wie ein gewaltiger Kreis aus halb durchsichtigen Steinen aussah, doch bevor sie mehr als einen kurzen Blick darauf erhaschen konnte, setzte Koriónas schon in einem Tal zur Landung an, sodass sie außer Baumwipfeln nichts mehr sahen. Der Drache wirkte nicht im Geringsten erschöpft. Er zog die Flügel an den Körper und wandte den gewaltigen Kopf hierhin und dorthin, um die Umgebung in Augenschein zu nehmen. *Von hier aus ist es nicht mehr weit. Ich wette, innerhalb kurzer Zeit findet euch eine Patrouille und nimmt euch mit zur Residenz der Elis Aénor.*

»Bleibst du in der Gegend?«, fragte Jerusha hoffnungsvoll und blickte sich wachsam um.

Ja. Ich wünsche euch einen günstigen Wind, lebt wohl!

Als der Drache verschwunden war, konnten sie die Gegend erkunden. Sie waren in einem Wäldchen aus Birken und Bäumen mit graugolden schimmernden Blättern, die Jerusha noch nie gesehen hatte. Kniehohes grünsilbriges Gras bedeckte den Boden. Es war warm und windstill hier; der Duft nach trockener Erde und Baumrinde hing in der Luft. In der Nähe sah Jerusha eine Quelle, aus der Wasser sickerte und durch ein kieseliges Bachbett zum Tal hinabrann. Hier und dort ragten Felsen auf, und wo der Stein offen zutage trat, schimmerte er weiß und kristallin wie erstarrtes Mondlicht. Fasziniert untersuchte Jerusha ihn genauer und stellte fest, dass es der reinste Marmor war, den sie je gesehen hatte. »Und das Zeug liegt hier einfach herum. Ich wünschte, ich könnte etwas davon mitnehmen!«

»Soso, wenn man dir freie Hand ließe, wäre dein Reisebündel voller Felsbrocken«, neckte sie Kiéran. »Hast du diesen Steinkreis bemerkt? Ich würde vorschlagen, wir bewegen uns langsam darauf zu und warten, dass man uns aufgreift.«

Überall schien es im Gebüsch zu rascheln, nervös blickte sich Jerusha um. War das eben ein Kobold gewesen? Oder nur ein Nagetier auf Futtersuche?

Kiéran behielt die Hand am Schwert, doch in seinen Augen stand ein Ausdruck, der nicht dazu passte, ein fast kindliches Staunen. »Es ist so ungewohnt, dieses Leuchten. Alles strahlt, um mich herum ist es hell, aber die Konturen sind nicht immer deutlich. Es ist besser, du gehst voran, Jerusha.«

Schon eine Stunde später bekamen sie Gesellschaft. Es waren zwei junge Männer, die unvermittelt hinter Bäumen in der Nähe hervortraten. Sie überragten Jerusha weit, und einer von ihnen war sogar größer als Kiéran. Immerhin, manches, was man sich über die Eliscan erzählte, schien zu stimmen!

»*Gi sa wyín, ardesh k'ion*«, sagte einer der jungen Männer, dessen Gesicht von rotblonden Locken umgeben war, sie fielen ihm bis auf die Schultern. Er hob die Hand und spreizte die Finger. Jerusha blickte ihn an und lächelte ratlos, um zu zeigen, dass sie nicht verstand. Sie bemerkte, dass der junge Mann an der Wurzel des linken Daumens ein silbernes Mondsymbol trug, es sah aus wie Metall und schien doch Teil seiner Haut zu sein. *Er gehört zum Mondvolk*, dachte Jerusha, und ihr Herz raste. Hatte nicht der Fremde, der ihre Familie verflucht hatte, Handschuhe getragen? Jetzt wusste sie den Grund dafür.

Als Jerusha die Geste nicht erwiderte, wirkten die Eliscan verwirrt; kurz unterhielten sie sich in ihrer eigenen Sprache. Der zweite junge Mann hatte langes blondes Haar, das er am Hinterkopf zusammengebunden trug, und sehr helle, geschwungene Augenbrauen. Aufmerksam beobachtete Jerusha ihn, versuchte an ihm Ähnlichkeiten mit Jikena Pir zu entdecken – und tatsächlich, auch er blinzelte nicht, sein Blick war so unverwandt wie der einer Schlange. Gekleidet war der Elis in hohe Stiefel, einen Ledermantel und ein purpurrotes Wams. An den Handgelenken war ein Hemd aus besticktem weißem Stoff zu sehen.

Jetzt ergriff er das Wort. »Sieh an, was da über die Grenze geschlüpft ist«, sagte er leichthin in der Alten Handelssprache; Jerusha war froh, dass Laristus darauf bestanden hatte, sie in der Schule von Loreshom zu lehren. »Menschen, nicht wahr? Ich kann mir nicht vorstellen, wie ihr geschafft habt, nach Khorat zu kommen. Und was ihr hier zu suchen habt.«

Der rothaarige junge Mann beobachtete Kiéran genau, wandte sich ihm zu und schloss kurz die Augen. Dann sagte er etwas, was der andere Elis jedoch mit einer Handbewegung abtat. So schnell, dass seine Bewegung fast Jerushas Augen entgangen wäre, zog der Blonde ein schmales, juwelenbesetztes Schwert. »Nein, Colmarél, damit werden wir schon blendend selbst fertig«, sagte er und lächelte Jerusha an, fast gewinnend hätte es gewirkt, wäre diese Klinge nicht zwischen ihnen gewesen. »Wer seid ihr?«

Es kostete Jerusha Überwindung, ihre Namen zu nennen; zu frisch waren ihre Erinnerungen an Isdyr. Sie entschied sich, vorerst nicht alles preiszugeben. »Unsere Namen sind Jerusha und Kiéran, wir stammen beide aus Ouenda. Ich bin hergekommen, um mit Aláes zu reden – ich habe gehört, dass er einer von euch ist.« Lag es an ihrer schlechten Aussprache, dass die beiden Elis spontan in Lachen ausbrachen? Nein, wohl eher an dem, *was* sie gesagt hatte. Jerusha fühlte sich verächtlich von oben bis unten gemustert. »Ich bezweifle, dass Aláes für euch Zeit hat«, sagte der Blonde.

Zögernd wagte der Rothaarige – Colmarél – zu widersprechen, und nach einer kurzen Diskussion wandte sich der Blonde zu Kiéran um. »Mein Freund hat vorhin behauptet, es ist etwas Ungewöhnliches an dir. Sag mir, was siehst du, wenn du mich anblickst?« Plötzlich war die Spitze seiner Klinge kaum einen Fingerbreit von Kiérans Kehle entfernt.

Doch ebenso schnell hatte Kiéran reagiert, seine Finger schlossen sich um das Handgelenk des Elis. Ein Schatten des Schmerzes huschte über das Gesicht des Blonden, und Jerusha sah, wie er die Muskeln anspannte. Es half nichts, seine Klinge bewegte sich nicht, begann nur leicht zu vibrieren. Eine Ader pochte an der Stirn des jungen Mannes, und aus seinen Augen loderte der Zorn. Beunruhigt beobachtete der zweite Elis, was geschah, doch er griff nicht ein.

Jerusha wagte kaum zu atmen, und sie verlor den Sinn für das Vergehen der Zeit – wie lange dauerte die lautlose Kraftprobe jetzt schon, eine Minute, zwei? Schließlich stieß der Mann etwas aus, das wie *Gennbed tha!* klang, und trat einen Schritt zurück.

Kiéran ließ ihn los. »Es ist unhöflich, einen Fremden zu bedrohen, der keine feindlichen Absichten gezeigt hat«, sagte er ruhig. »Und zu Eurer Frage: Ich sehe eine Gestalt aus fließendem Licht.«

»Lin'tháresh«, sagte Colmarél leise, und mit hochgezogenen Augenbrauen blickten sich die beiden Eliscan an. Langsam und demonstrativ steckte der Blonde sein Schwert in die Scheide zurück. »Eine Bedrohung? Menschen verstehen keine Scherze, scheint mir. Und ihr habt meine Frage, wie ihr über die Grenze gelangen konntet, noch immer nicht beantwortet.«

»Ach, das war eine Frage.« Jerusha ergriff das Wort. »Ein guter Freund hat uns hergebracht – ein Drache namens Dar Koriónas. Er ist meinem Clan durch einen Pakt verbunden.«

Sofort änderte sich die Haltung der beiden jungen Männer, und der verächtliche Zug verschwand aus ihren Mundwinkeln. »Ihr seid Freunde der Drachen?«, sagte Colmarél und blickte auf Jerusha herunter. »Bitte vergebt uns die Unhöflichkeit unserer Begrüßung.«

Er sprach die Alte Handelssprache nicht ganz so flüssig wie sein Gefährte, sondern leicht stockend und mit einem fremdartigen Akzent. »Würdet Ihr uns die Ehre erweisen, uns zu folgen, Lady Jerusha, Master Kiéran? Silmar, los, bringen wir sie zurück.«

Leichtfüßig wie Hirsche liefen die beiden voran durch den Wald, und Jerusha und Kiéran folgten so gut sie konnten. Einmal pflügte Kiéran quer durch einen Busch und fluchte leise. Fragend blickten sich die beiden Eliscan um, sahen sich kopfschüttelnd an und gingen dann etwas langsamer.

Lady Jerusha. Woran erinnerte sie das? Wer hatte sie noch so genannt? Nach einem Moment erinnerte sie sich daran. Gorias, der in Loreshom die Teereichen molk, Gorias mit der verkrüppelten linken Hand, deren Daumen so aussah, als sei er verdorrt. Ghalils Schande! Ihr dämmerte etwas. »Was geschieht eigentlich mit Gefährten, die aus eurer Gemeinschaft ausgestoßen werden?«, fragte Jerusha, und erstaunt wandte sich Silmar, der blonde Elis, um. Mit einer knappen Geste deutete er an, dass das silberne Mondsymbol aus der linken Hand entfernt wurde. »Und wenn es einmal weg ist, wächst es nicht mehr nach.«

Die Gedanken tobten durch Jerusha hindurch. *Gorias gehörte zu den Elis Aénor. Ich hatte einen Elis als Nachbar! Wahrscheinlich hätte ich ihn einfach fragen können, wer die KiTenaros verflucht hat. Vielleicht kennt er Aláes sogar. Alle Götter! Kein Wunder, dass er nachts gerne zum Himmel hochsieht – aber nicht zu den Sternen, ich wette, er betrachtet den Mond. Was hat er noch zu mir gesagt? Er hat mir Mut gemacht, mich gebeten, nicht aufzugeben. Ja, er wusste es. Er wusste, was mit den KiTenaros los ist.*

Sie durchquerten ein sonnendurchflutetes Tal, und Jerusha schreckte aus ihren Gedanken hoch, sah sich um. Obstbäume wuchsen hier, die Kirschen, Äpfel, Kaschuggen und andere, fremdartige Früchte trugen und zugleich blühten. Ihre Zweige wölbten sich über Pferden, die zwischen den Bäumen grasten und neugierig den Kopf hoben, als die kleine Gruppe vorbeiging. Auch eine kleine Herde von Shannas, die nicht die geringste Angst vor Menschen zu haben schienen, sah sie.

»Es ist herrlich hier«, flüsterte Jerusha Kiéran zu und nahm seine Hand. Ihre Füße machten im dichten Gras kaum ein Geräusch.

»Ich kann es nicht sehen«, sagte Kiéran, und diesmal klang er bitter enttäuscht. Jerusha beeilte sich, ihm das Tal zu beschreiben. Und die weißen Stufen, die direkt aus dem Berg gemeißelt waren und die sie jetzt emporstiegen bis zu einem kleinen Plateau an der Bergflanke. Die Flanke des Berges war zu einer Art Wandelgang geworden, von dort führten kunstvolle Tore aus Schmiedeeisen in den Berg hinein. Einen Berg, der zugleich ein Schloss zu sein schien. Vor dem Eingang tauschten die beiden Eliscan noch einmal einen Blick, und Jerusha konnte sich denken, was ihnen durch den Kopf ging. *Sollen wir sie wirklich reinlassen?* Schließlich verschwand einer der beiden im Inneren des

Berges; nach langer Zeit kam er endlich wieder zum Vorschein, nickte und winkte Jerusha und Kiéran, einzutreten.

Aus der Ferne ertönte Gesang, hoch und klar, und als sie näher kamen, wurde er lauter und deutlicher. Sie lauschten, ergriffen von der Schönheit dieses Gesangs, und leise übersetzte Colmarél:

Du botest eine Adlerschwinge mir
dass ich zur Sonne fliegen möge
doch in der Furcht der sturmverhangnen Nacht
versank mein Herz, zu tief zur Wiederkehr.

Der Saal, in den die Eliscan sie führten, war gut doppelt so hoch wie der höchste Tempel, den Jerusha je gesehen hatte. Seine Wände waren aus unbehauenem graugeädertem Marmor, und Farne wuchsen darauf, ihre breiten grünen Wedel schwankten leicht im Luftzug. Der ganze Raum war in ein sanftes Licht getaucht, das von weit oben in den Saal drang, dort schien er sich zum Himmel hin zu öffnen. Auch vier mannshohe silberne Kerzenständer erhellten den Saal.

Vor ihnen stand eine Elis, die in ein weißes Kleid mit weiten Ärmeln gekleidet war; ihre Haut war sehr blass, und sie wirkte zart, fast zerbrechlich. Sie hatte rotbraune, kurze Haare und große grüne Augen mit zur Schläfe hin nach oben zeigenden Augenbrauen. Das Mondsymbol an ihrer Hand schimmerte wie poliertes Silber. Jerusha fiel auf, dass die beiden jungen Männer sich tief vor ihr verbeugten, und deutete ebenfalls eine Verbeugung an.

»Königin Célafiora, *Thybrelis*«, murmelte der Blonde. »Es sind keine gewöhnlichen Menschen, sonst hätten wir sie niemals hergebracht. Er ist ein Lin'tháresh, ein *Tiefsehender*, und sie hat einen Pakt mit den Drachen. Sie möchten eine Audienz bei Aláes.«

Ein Tiefsehender. Ja, das passte. Jerusha ergriff Kiérans Hand, und er erwiderte den Druck, ohne sie anzusehen.

»Es scheint mir dennoch ein Fehler, Menschen hierherzubringen, in das Herz unseres Reichs«, wandte sich Célafiora scharf an die beiden Elis. »Wisst ihr nicht, was bevorsteht? Vielleicht sind sie hier als Augen und Ohren derjenigen, die sie geschickt haben.«

Betroffen beugten die Elis den Kopf. »Atadriel hat zugestimmt.«

»Ich werde mir selbst eine Meinung bilden«, sagte die Königin der Elis Aénor, und dann ging sie mit erhobener Hand auf Jerusha zu. Jerushas Körper verkrampfte sich. Es war eine seltsame Geste und sicher nicht als Gruß gedacht. *Was hat sie vor?*

Célafiora legte ihr drei Finger auf die Stirn, ganz leicht nur. Jerusha wurde sofort ruhiger; sie spürte die Berührung in ihrer ganzen Seele, und nichts war bedrohlich daran. Wenige Momente später ließ die Königin die Hand wieder sinken, nachdenklich blickte sie Jerusha an.

»Es liegt ein Schatten über dir«, sagte sie mitfühlend, und Jerusha spürte, wie Tränen in ihre Augen traten. Schnell senkte sie den Kopf, bevor Célafiora es sehen konnte.

Als die Königin auf Kiéran zutrat, hob er abwehrend die Hand. »Ich bin niemandes Spion«, sagte er. »Aber ich glaube, ich weiß, was bevorsteht, und ich bin überzeugt davon, dass es ein großer Fehler ist.«

»So?« Célafiora hob die Augenbrauen; ihre Hand sank herab. »Dann wisst ihr auch, dass ihr nicht zurückkehren könnt, bevor es vollbracht ist, und dass ihr eure Welt vielleicht nicht mehr erkennen werdet. Sie wird nicht mehr sein wie zuvor.«

Obwohl Jerusha nicht genau wusste, worum es ging, überlief es sie kalt. Sie wandte sich Kiéran zu und sah, dass sein Gesicht wie versteinert wirkte. Hatte das alles etwas mit den Eliscan zu tun, die er in der Quellenveste erkannt hatte? In welcher Weise wollte das Mondvolk Ouenda verändern?

»Warum?«, fragte Kiéran gepresst. »Ich verstehe eure Gründe nicht. Was versprecht ihr euch davon?«

»Warum?« Diesmal war Bitterkeit in Célafioras Stimme. »Das musst du doch am besten wissen, *Mensch.*«

Eine kurze Bewegung mit der Hand, und die Audienz war beendet. Diener traten hinzu, um sie hinauszuführen. Und es war nicht ein einziges Mal angesprochen worden, ob sie Aláes treffen konnten.

Jerusha fühlte sich durcheinander und enttäuscht – und als die Diener nun Anstalten machten, Kiéran und sie in unterschiedlichen Richtungen davonzuführen, protestierte sie. »Er geht mit mir und ich mit ihm«, sagte sie laut und ergriff Kiérans Hand. Fest umschloss er ihre Finger mit den seinen.

»Wir zeigen euch nur euer Quartier«, flüsterte ihr Colmarél beruhigend zu. »Es gibt einen Frauen- und einen Männertrakt, zusammen zu wohnen schickt sich nicht.«

Dennoch zögerte Jerusha, Kiéran loszulassen. Es war klar, dass er sich mit dem, was er eben gesagt hatte, in Gefahr begeben hatte. Würden sie wirklich nicht versuchen, ihm zu schaden, ihn womöglich einzukerkern? Außerdem brannte sie darauf, allein mit ihm zu reden, ihre

Eindrücke auszutauschen, zu erfahren, was genau der kurze Wortwechsel eben zu bedeuten hatte.

Kiérans Lippen bewegten sich. *Später,* sagte er ihr lautlos, und widerstrebend ließen sie ihre Hände auseinander gleiten. Zwei Diener und Silmar, der prachtvoll gekleidete Blonde, eskortierten Kiéran hinaus.

»Kommt«, sagte Colmarél leise, und Jerusha folgte ihm wie in Trance.

Ihre Unterkunft wies ein kunstvoll aus Holz geschnitztes Bett und einen Tisch mit drei Stühlen auf. Jemand hatte einen aus Silberfäden geflochtenen Korb mitten auf dem Tisch platziert; eingebettet in Blüten und Blätter lagen frische Früchte darin. In einem Nebenraum stand eine Badewanne aus Marmor, gefüllt mit duftendem heißem Wasser. Der Boden des Raumes war ganz mit Moos ausgelegt, das weich unter ihren Füßen nachgab.

Als Colmarél sich mit einem Kopfnicken verabschiedet hatte, ließ Jerusha ihr Gepäck in eine Ecke fallen und gab der Versuchung nach, sich in dieses herrliche Wasser gleiten zu lassen. Sie hatte es dringend nötig; nach mehreren Tagen Flug auf Koriónas' Rücken roch sie sicher nicht mehr allzu gut und wahrscheinlich mehr als nur ein bisschen nach Reptil. Wie peinlich, dass sie in diesem Zustand mit der Königin der Elis Aénor gesprochen hatte.

Doch lange hielt es sie nicht in der Wanne, eine innere Unruhe erfüllte sie. Schon jetzt sehnte sie sich nach Kiéran, es war ein Gefühl wie bohrender Hunger. *So tief sind wir schon verbunden,* dachte Jerusha fast erschrocken. Auch nach Dario hatte sie sich manchmal gesehnt, doch niemals so heftig, so schmerzhaft. Sie musste wissen, ob alles in Ordnung war, ob es Kiéran gut ging. Einfach bei ihm sein, mehr wollte sie nicht.

Frische Kleidung lag für sie bereit, eine schlichte silbriggraue Tunika aus unglaublich weichem Stoff, er fühlte sich an wie ein Sommerwind auf der Haut. Jerusha ging zum Eingang, probierte, die Klinke herunterzudrücken. Zu ihrer Überraschung öffnete sich die Tür, und Jerusha spähte hinaus in den dunklen Gang. *Was soll's,* dachte sie trotzig. *Sollen sie mich doch bestrafen, wenn es ihnen nicht passt, dass ich hier herumwandere. Bis dahin habe ich ihn vielleicht schon gefunden.*

Jerusha wagte nicht, die Türen zu öffnen, an denen sie vorbeikam, wahrscheinlich waren es ohnehin nur einfache Zimmer, dem ihren ähnlich; stattdessen folgte sie dem Gang bis zu seinem Ende und stieß auf eine Art Bankettsaal. Sein Boden bestand aus einem riesigen steinernen Mosaik in Schwarz, Weiß und Gold; soweit sie erkennen konnte, zeigte es ineinander verschlungene Drachen. Auf dem Tisch standen Krüge aus Kristall, jeder mit dem Symbol einer anderen Mondphase graviert. In einem Kamin an der Seite des Raumes loderte ein offenes Feuer mit einer geisterhaft grünen Flamme.

»Lady?«, sagte jemand, und Jerusha wandte sich verlegen um. Ertappt! Eine schmale junge Elis mit Augen von der Farbe des Sommerhimmels stand hinter ihr; ihre Haut ließ Jerusha an Milch und Rosenblätter denken.

»Ihr sucht etwas?«, fragte die junge Elis höflich, doch in ihrem Blick stand Misstrauen. *Eine falsche Bewegung, und sie alarmiert die Wachen,* ging es Jerusha durch den Kopf.

»Könnt Ihr mir zeigen, wohin Kiéran gebracht worden ist? Der Mann, der mit mir hier ankam. Leider weiß ich nicht genau, wo er im Männertrakt wohnt.«

»Ich bin nicht sicher, ob …«, begann die Elis, und Jerusha wusste, dass sie jetzt einen Weg suchte, um ihren Wunsch höflich abzulehnen.

»Bitte«, sagte Jerusha leise. »Ich vermisse ihn. Sehr.«

»Verliebt?« Der Blick der Elis war weicher geworden.

»Bis über beide Ohren«, gab Jerusha zu und spürte, wie ihr Gesicht heiß wurde.

Die Elis lachte leise. »Bei uns sagt man ›bis in die Haarspitzen‹.«

Sie tauschten ein verschwörerisches Lächeln, dann flüsterte die Elis: »Ich bringe Euch hin. Soweit ich weiß, haben sie ihn im Südflügel untergebracht.«

»Danke«, sagte Jerusha erleichtert.

Mit lautlosen Schritten ging die Elis voran; sie ging nur auf den Ballen der Füße, setzte die Fersen nicht auf. Es verlieh ihr den federnden Gang einer Tänzerin und wirkte bei ihr nicht im Geringsten geziert. Jerusha folgte ihr und versuchte sich den Weg einzuprägen, damit sie ihn auch selbst finden konnte.

»Hier«, flüsterte die Elis schließlich und stieß einen leisen Ruf aus, der wie *Yae'me?* klang. Niemand antwortete, und mit gerunzelter Stirn drückte die Elis die Tür auf. Auf dem großen Bett, das mitten im Raum stand, lag Kiérans Gepäck, doch das Zimmer war leer. Ein schwacher Geruch nach Zimt hing in der Luft.

»Vielleicht versucht er gerade, *mich* zu finden«, sagte Jerusha und versuchte ein Lachen. Es klang völlig falsch, viel zu schrill.

»Möglich«, meinte die Elis und berührte den Kristall, der an einer dünnen Silberkette um ihren Hals hing. »Wer hat deinen Gefährten hergebracht?«

»Einer von euch. Silmar heißt er, glaube ich.«

»Oh.« Ihre Stimme klang alarmiert. »Silmar, Aláes' Neffe? Das ist nicht so gut. Ich fürchte, das ist ganz und gar nicht gut.«

Sternenstahl

Wut und Verzweiflung zerrten an Kiéran, während er den beiden Dienern durch die Gänge folgte. Er hatte also richtig geraten. Gerade hatten diese Eliscan zugegeben, dass Khorat tatsächlich einen Krieg gegen Ouenda plante, und anscheinend sollte er schon sehr bald beginnen. Und es schien absolut nichts zu geben, was er dagegen unternehmen konnte.

Ein Flüstern neben ihm. »Sie ist also deine Gefährtin? Hübsch ist sie, viel zu hübsch für dich«, raunte ihm Silmar ins Ohr. »Kannst du sie überhaupt sehen, Lin'tháresh?«

»Ich wüsste nicht, was Euch das angeht, Silmar«, gab Kiéran kühl zurück. *Mit meinen Händen habe ich sie gesehen, und sie ist durch und durch schön.*

»Sie sieht fast aus wie eine Elis. Wo hast du sie gefunden?«

»An einem Ort, an den sie nicht hingehörte. Und hier gehört sie auch nicht hin. Wir werden euch den Rücken kehren, sobald es uns möglich ist.«

»Na, na, welch harscher Ton.« Silmar schnalzte mit der Zunge. »Sie wird nicht gehen, bevor sie mit meinem Onkel gesprochen hat, das habe ich richtig verstanden, oder? Doch sie wird nicht zu ihm vorgelassen werden.«

Also war er Aláes' Neffe. Mit neu erwachtem Interesse sah Kiéran ihn von der Seite an, musterte die hell strahlende Gestalt neben sich, deren Aura so wenig über ihre Gefühle verriet. Hatte Koriónas nicht gesagt, dass Aláes für alle Angelegenheiten zuständig war, die Menschen betrafen? Das hieß, er wusste unter Garantie eine Menge über den geplanten Feldzug. »Wieso sollte sie eigentlich nicht vorgelassen werden? Ich denke, Menschen sind sein Aufgabengebiet. Alles, was mit unsereins zu tun hat, müsste ihn doch brennend interessieren.«

»Ganz so leicht ist es nicht, mein Freund. Ich glaube nicht, dass ihr irgendetwas wisst, was für ihn von Wert ist. Und im Moment berät er sich fast ständig mit dem Rat der Sieben, für etwas anderes hat er keine Zeit.«

Kiéran hatte das Gefühl, sich jetzt auf vertrautem Terrain zu bewegen. Sein ganzes Leben lang hatte er mit Monarchen zu tun gehabt, die keinerlei Zeit hatten. Und natürlich auch kein Interesse an den Dingen, die ihm selbst wichtig waren. Dieses Spiel kannte er. Was nicht bedeutete, dass er es auch mochte oder Interesse hatte, daran teilzunehmen.

Und natürlich sagte Silmar genau das, was Kiéran schon erwartet hatte. »Aber ich kann euch helfen. Ich kann für euch beide um eine Audienz bitten, und er wird sie gewähren.«

»Aha«, sagte Kiéran knapp und verfiel dann wieder in Schweigen. Natürlich war damit irgendeine Bedingung verknüpft, und unter Garantie eine, die ihm nicht gefallen würde. Die Frage war – log Silmar ihn an oder nicht? War Silmars Fürsprache tatsächlich die einzige Möglichkeit, zu Aláes vorzudringen?

Besser, ich warte erst einmal ab und frage noch jemanden um Rat. Immerhin haben Jerusha und ich sogar schon mit Königin Célafiora gesprochen, wie kann es sein, dass Aláes sich so viel stärker abschottet?

Doch dann kehrte der furchterregende Gedanke an den Feldzug wieder, den die Elis Aénor planten, und Kiéran wurde klar, dass sie vielleicht nicht mehr viel Zeit hatten. Er konnte jetzt nicht länger warten. »Was müssen wir tun, damit Ihr für uns um diese Audienz bittet?«

In Silmars Stimme war ein Lächeln. »Ein Zweikampf. Mit mir. Wenn Ihr gewinnt, dann werde ich euch diese Audienz verschaffen, und ich werde euch darüber hinaus jede Frage über das Mondvolk beantworten, die ihr mir stellt.«

Kiéran schwieg grimmig. Soso, es ging also darum, die Demütigung von vorhin wettzumachen. Er machte sich keine Illusionen darüber, dass er diese Kraftprobe vorhin nur mit sehr viel Glück für sich entschieden hatte. Doch wie sollte er einen ganzen Zweikampf gegen jemanden gewinnen, der sich womöglich schon jahrhundertelang in der Kunst des Kampfes übte, der anscheinend schneller und gewandter war als jeder Mensch?

»Und was ist, wenn ich verliere?« Wahrscheinlich war es kein Duell auf Leben und Tod, das Silmar im Sinn hatte. Wahrscheinlich kam er nicht einmal auf die Idee, dass es so etwas gab; er war sicherlich Gegner gewohnt, die unsterblich waren.

»Es ist keine Schande, gegen einen Elis zu verlieren – man nennt uns nicht umsonst die Edlen des Mondes«, sagte Silmar selbstzufrieden, und Kiéran hob mit einem Hauch von Spott die Augenbrauen. *Sich edel zu nennen und edel zu handeln sind zwei ganz verschiedene Dinge, scheint mir!*

»Oder lässt Euer Stolz eine Niederlage nicht zu?«, schob Silmar nach.

Das kommt ganz drauf an, wer zusieht, dachte Kiéran. Jerusha war einer der sehr wenigen Menschen, vor denen er sich erlaubte, Schwäche zu zeigen. Aber er legte trotzdem keinen gesteigerten Wert darauf, sich vor ihren Augen zu blamieren.

Er ahnte, dass die ganze Sache noch irgendeinen Haken hatte, doch er wusste auch, dass ihm keine Wahl blieb. Jerusha hatte schon so viel gewagt, um hierherzukommen, er konnte sie jetzt nicht im Stich lassen. Und vielleicht half der gute Wille von Aláes' Neffen ihnen auch, wenn es darum ging, den Fluch zurückzunehmen, der auf den KiTenaros lag. »Na gut. Wann und wo?«

»Am Ufer des Flusses. Jetzt gleich. Allein. Braucht Ihr ein Schwert?«

»Eures ist aus Sternenstahl?«

Die leuchtende Gestalt nickte. Was bedeutete, dass Kiéran das Abschiedsgeschenk seiner Escadron besser nicht benutzte, sonst war er noch stärker im Nachteil. Schade, vielleicht hätte es ihm Glück gebracht. Er beschloss, es trotz allem mitzunehmen.

Kiéran dachte kurz darüber nach, ob er sich von Jerusha verabschieden sollte. Schon jetzt, nach so kurzer Zeit, sehnte er sich nach ihr. Doch schon ging Silmar voran, und nach kurzem Zögern folgte Kiéran ihm. Vielleicht war es besser, wenn er ihr erst nachträglich von diesem Duell erzählte – wenn er gewonnen hatte, konnte er Jerusha eine schöne Überraschung bereiten, und wenn er verlor, sparte sie sich auf diese Weise die enttäuschten Hoffnungen.

Nach einem kurzen Abstecher zur Waffenkammer verließen sie die Residenz und waren wieder in offenem Gelände. Am Ort, den Silmar ausgewählt hatte, erkannte Kiéran einen Fluss, der sich gemächlich durch die Landschaft schlängelte. Waren das Bäume dort am Ufer? Er streckte die Hand nach ihnen aus, und seine Finger fühlten glatte Rinde. Kiéran lehnte sein altes Schwert gegen einen der Stämme.

Es war hell um ihn herum wie in der prallen Mittagssonne, und doch sah er so wenig von diesem Ort, dass er ganz bewusst die Augen schloss und einen Moment lang ganz still stand. Wasserkühl roch es hier, nach Algen und Moos. Glucksend und flüsternd strömte das Wasser über die Steine, als versuche es eine Geschichte zu erzählen, die niemand verstand. Ein Sonnenstrahl berührte seine Wange, und der Kies knirschte, als Silmar rechts an Kiéran vorbeiging.

Kiéran wog sein neues Schwert in der Hand. Es war ungewohnt leicht, doch als er es probeweise gegen einen zwei Finger dicken Ast schwang, schnitt es durch das Holz wie durch Butter.

»Weißt du, ich werde einer derjenigen sein, die nach Ouenda gehen«, erzählte Silmar beiläufig. »Einmal war ich schon dort.«

Er nahm seine Position ein und verbeugte sich kurz vor Kiéran. Kiéran erwiderte die Geste und nahm auch gleich das verächtliche Du auf. »Und, wie hat es dir gefallen?«

»Gut, besonders die Frauen. Wenn man sich um die bemüht, muss man sich wenigstens keine zwanzig oder fünfzig Jahresläufe Zeit nehmen dafür. Und ich glaube, es wird leicht sein, euer Reich einzunehmen. Meinem Eindruck nach seid ihr dumm und träge wie Schafe.«

Sie kreuzten die Schwerter – und dann geschah alles ganz schnell. Kiéran hörte ein hohes Pfeifen, als Silmars Klinge durch die Luft schnitt; der Elis bewegte sich so flink, dass er wie ein sonnenhelles Flirren wirkte. »Ich fürchte, mit deinem Wams wird nicht mehr allzu viel anzufangen sein«, meinte Silmar fröhlich. Kiéran merkte, dass sein Ärmel völlig zerfetzt war – besser, als Reyn das jemals hingekriegt hätte.

»Na ja, vermutlich gibt's auch bei euch Schneider, oder?«, erwiderte Kiéran und versuchte sich nicht anmerken zu lassen, wie erschrocken er war. Immerhin, den nächsten Angriff konnte er abblocken, die Klingen krachten so heftig aufeinander, dass der Stahl vibrierte.

»Wie ist es, wenn man weiß, dass man nur wenige Sommer leben wird?« Silmars Stimme klang halb herausfordernd, halb nachdenklich. »Denkt ihr ständig an den Tod?«

»Nicht ständig – besonders nicht, wenn wir jung sind«, gab Kiéran zurück. »Später verfällt unser Körper, und der Tod kommt näher.« Mit ein paar schnellen Schritten griff er an und drängte seinen Gegner einen Moment lang zurück. Doch schon pfiff ihm Silmars Schwert wieder um die Ohren, und ein scharfer Schmerz durchzuckte Kiéran. An seinem linken Arm sickerte Blut herab.

»Was für ein scheußlicher Gedanke, zu verfallen. Ich kann mir vorstellen, dass der Tod dann ein willkommener Besucher ist.«

Wieder reagierte Kiéran einen Lidschlag zu spät, und Silmars Klinge zog eine tiefe Spur über seinen Oberschenkel. Nur mit Mühe unterdrückte Kiéran ein Aufstöhnen. *Verdammt! Er spielt mit mir, und ich kann ihn nicht daran hindern!*

Silmar wirkte völlig entspannt, und in seiner Stimme war grenzenlose Neugier. »Der Tod, wie kann man ihn sich vorstellen? Ist es ein Zustand des Nicht-Seins, ein gleitender Übergang in eine andere Welt?«

In diesem Moment wurde Kiéran mit einem Schlag klar, was Silmar bezweckte. *Er hat vor, mich zu töten. Weil er wissen möchte, wie das ist, weil der Tod ihn fasziniert.* Auf einmal ergab alles einen Sinn. Die Versprechungen. Die Wahl des abgelegenen Ortes für den Zweikampf. Die Abwesenheit von Zeugen. *O verdammt! Wie konnte ich nur so dumm sein und diesem Anderwesen in die Falle gehen?*

Er hatte sich nicht einmal von Jerusha verabschiedet. Ohne Unterlass nagte das an ihm. Doch Kiéran wusste, dass genau dieser Gedanke für seinen Tod verantwortlich sein würde, wenn er nicht schaffte, ihn auszublenden. Er atmete tief, schob alles von sich, was nicht mit diesem Kampf zu tun hatte. Und spürte eine harte Klarheit in sich, scharf wie die Kante eines Diamanten. Alles, was er jemals gelernt hatte, lag in ihm bereit. Er hörte auf zu denken, erlaubte seinem Körper, das Kommando zu übernehmen. Vielleicht bleckte er in diesem Moment die Zähne wie ein Tier, das in eine Ecke getrieben war.

Silmar sah, dass etwas mit seinem Gegner geschah, und einen Herzschlag lang stutzte er. Mit einer schnellen Drehung erreichte ihn Kiéran, und diesmal war sein Schwert es, das durch Silmars Deckung glitt, sich in seine Schulter bohrte. Der Elis keuchte auf, als könne er nicht fassen, dass es dem Menschen gelungen war, ihn zu verletzen. Aus dem Spiel war Ernst geworden.

Schritt für Schritt musste die gleißende Gestalt vor Kiéran zurückweichen, dann sprang Silmar auf einen umgestürzten Baum wie eine Katze, die nach oben ausweicht, und seine Klinge war überall und nirgends, ebenso wenig greifbar wie ein Sonnenstrahl. Wie in Trance konterte Kiéran jeden einzelnen Schlag, eine Bewegung floss in die nächste, ein Tanz war es, schöner und tödlicher als der Shir Iethan. Er spürte seine Verletzungen nicht mehr, die Schmerzen waren weit weg. Bis zu dem Moment, als seine Klinge von Silmars Schwert abglitt, sich ins Holz des Baumes bohrte und stecken blieb. Er bekam sie einfach nicht frei. *Alle Götter, auch das noch! Xatos, hilf mir, ein einziges Mal nur!*

Geschickt lief Silmar den Baumstamm entlang und sprang, drehte in der Luft einen Salto über Kiéran hinweg und landete hinter ihm.

Verzweifelt zerrte Kiéran am Griff seines Schwerts, es bewegte sich kaum. Wie in Zeitlupe sah er Silmars Hieb niedersausen und wusste, dass er seine Waffe aufgeben musste, wenn er den nächsten Moment noch erleben wollte. Er hechtete zur Seite und rollte sich ab. Sein verletztes Bein tat entsetzlich weh, der Stoff seiner Hose war glitschig von Blut. Doch das war jetzt egal, nur eins zählte noch: das Schwert aus blauem Stahl, das an einem Baumstamm lehnte und auf ihn wartete. Seine letzte Hoffnung.

Doch auch Silmar wusste, wo das Schwert sich befand; ohne jede Mühe schnitt er seinem Gegner den Weg ab. Sie standen sich gegenüber, und nur Kiéran keuchte, Silmar schien nicht im Geringsten ermüdet.

»Was für ein Pech, Lin'tháresh«, sagte Silmar leichthin. »Was siehst du jetzt?«

»Ich sehe einen Pfeil, der auf deinen Rücken zielt«, sagte Kiéran, und in dem winzigen Moment, in dem Silmar zweifelte, hob Kiéran den Ast auf, den er vorhin mit der Sternenstahlklinge abgetrennt hatte, und stieß ihn mit aller Kraft auf Silmars Gesicht zu. Wie er erwartet hatte, wich der Elis gedankenschnell aus, und der Weg war frei.

Er wollte losrennen, doch der Kies des Ufers war so tief zerstampft, dass Kiéran sich fühlte, als wate er durch Sand, und sein verletztes Bein gab einfach unter ihm nach. Verzweifelt warf sich Kiéran in Richtung des Schwerts, streckte die Finger danach aus, erreichte es nicht, rollte im letzten Moment zur Seite, als Silmars Klinge auf ihn niedersauste. Knirschend grub sie sich in den Kies und schenkte Kiéran genau diese eine Sekunde, die er brauchte.

Er packte sein Schwert, riss es aus der Lederscheide, stieß sich vom Boden ab. Einen Herzschlag später zielte die geschliffene Spitze auf Silmars Kehle. Doch Silmar hatte ebenso schnell reagiert, sein Schwert berührte Kiérans Brust, genau über dem Herzen.

»Unentschieden«, sagte Silmar, er klang ungläubig.

»Wie das mit dem Tod ist, wirst du ein anderes Mal herausfinden müssen«, sagte Kiéran kalt.

Silmar lachte leise. »Mir scheint, ich habe mich geirrt – nicht alle von euch sind Schafe. Ein paar Wölfe gibt es auch.«

Ganz langsam ließen sie die Schwerter sinken.

Kiéran war schwindelig, und er wusste, dass er wahrscheinlich ziemlich viel Blut verloren hatte. Wie knapp das gewesen war diesmal. Sehr viel länger hätten weder er noch sein Schwert aus Ouenda gegen diesen Elis durchgehalten. Und alles vergeblich. Er hatte nicht gewonnen,

Jerusha und sich keine Audienz verschafft. *Obwohl, wer weiß, ob Silmar überhaupt sein Wort gehalten hätte. Vielleicht hätte er mich einfach nur ausgelacht, alles geleugnet.*

Auf dem quälend langen Rückweg achtete Kiéran darauf, Aláes' Neffen keinen Moment den Rücken zuzuwenden.

* * *

Jerusha fand Kiéran schließlich in einem Gang auf halbem Weg zu den Frauengemächern; er lehnte an der Wand und schien kurz auszuruhen. Er trug schwarze Sachen, die Jerusha noch nie an ihm gesehen hatte. Zwei Eliscan, die Jerusha nicht kannte, waren bei ihm; sie hielten sich im Hintergrund, ließen ihn jedoch nicht aus den Augen.

Jerusha spürte sofort, dass mit Kiéran irgendetwas nicht stimmte. Sie sagte seinen Namen, berührte ihn am Arm, blickte ihm in die Augen… und sah, dass er furchtbar blass war und sich kaum aufrecht halten konnte. »Bei allen Göttern, was ist los?« Jerusha schrie fast.

Ein schiefes Lächeln huschte über Kiérans Gesicht. »Jetzt nicht mehr viel. Silmar hat versucht, mich zu töten. Tja, hat nicht geklappt. Hab gerade dein Zimmer gesucht.«

»Du bist verletzt!«

»Stimmt. Aber die Heilkunst der Eliscan ist etwas Wunderbares. Mach dir keine Sorgen.«

»Das meinst du jetzt nicht ernst, oder?« Jerusha legte sich seinen Arm über die Schultern, um ihn zu stützen, und schleifte ihn zurück in sein Zimmer. Die Eliscan postierten sich vor der Tür, wahrscheinlich um sie an einer Flucht zu hindern. *Wir sind Gefangene*, ging es Jerusha durch den Kopf. *Wenn auch in einer Umgebung, die wahrscheinlich edler ist als jeder Fürstenhof in Ouenda.*

Mit geschlossenen Augen lag Kiéran auf seinem Bett und atmete flach. Unendlich froh darüber, dass er noch lebte, küsste Jerusha ihn auf die Stirn. Und er schlug die goldbraunen Augen auf, deren Blick manchmal so unirdisch wirkte, und sah sie an. »Wachgeküsst zu werden ist sonnig«, flüsterte er ihr ins Ohr, und sie fühlte, wie seine Arme sich um sie schlangen.

Erst nach und nach bekam Jerusha aus Kiéran heraus, was passiert war. »War ziemlich dumm von mir«, fasste er zusammen. »Aber ich glaube, ich wollte auch ausprobieren, ob wir gegen die Eliscan bestehen können in diesem Krieg. Ich fürchte, es geht nicht.«

»Also stimmt es, sie planen einen Krieg gegen uns. Das war es, was du Königin Célafiora vorgeworfen hast.«

Kiéran nickte stumm.

Jerusha fühlte sich hilflos. Sie saß auf der Kante seines Bettes und starrte ins Nichts. Sie erinnerte sich an die Pfeilspitzen, die der alte Ortsvorsteher von Loreshom in der Erde gefunden hatte und die noch glänzten, als hätte sie erst gestern jemand vergraben.

»Wie ist es das letzte Mal ausgegangen? In alter Zeit?«

»Wir haben verloren. Es muss furchtbar gewesen sein. Wir haben mindestens die Hälfte unseres Gebiets eingebüßt, darunter das ganze Fürstentum Zelad. Es gehört heute zu Khorat.«

»Werden sie uns töten? Uns alle?«

»Ich glaube nicht.« Kiéran blickte nachdenklich zur Decke. »Wenn ich an ihrer Stelle wäre, dann würde ich erst einmal alle Schlüsselpositionen unter meine Kontrolle bringen; das machen sie anscheinend gerade. Dann würde ich kleine Kommandos von vielleicht dreißig, vierzig Kämpfern ausschicken, die sich zu Anfang als Menschen ausgeben. Wenn es irgendwo Widerstand gibt, könnten diese Kommandos innerhalb kürzester Zeit zum Beispiel die Bewohner eines ganzen rebellischen Dorfs auslöschen.«

Jerusha musste an Liri denken, an ihre Mutter, an ihre Freundin Kianna. An den alten Pacuro, an Irini und ihren Sohn Xander, an Nicojem und Bylla, an Goram TeRulius, Zig und Alef. Würde sie die einzige Überlebende sein, wenn sie irgendwann nach Loreshom zurückkehrte?

Kiéran hatte die Augen wieder geschlossen, und an seinem gleichmäßigen Atem merkte Jerusha, dass er eingeschlafen war. Nie hatte sie erlebt, dass ein Kampf ihn so viel Kraft gekostet hatte.

Lange saß Jerusha an seiner Seite und beobachtete sein Gesicht, das im Schlaf so entspannt, aber auch so erschöpft wirkte. War es dieser Kampf gewesen, den ihre dunkle Vorahnung ihr prophezeit hatte? Sie hätte es gerne geglaubt, doch es gelang ihr nicht. Und wann würde sie endlich mit Aláes sprechen können? Vielleicht schaffte sie es mit einer List, zu ihm vorzudringen, schließlich war es ihr auch schon gelungen, den Traumweberinnen ein Schnippchen zu schlagen. *Mir wird schon was einfallen*, dachte Jerusha trotzig. Sie stärkte sich mit einer Frucht aus der Schale auf dem Tisch und schenkte sich aus einer Kristallkaraffe etwas von einer golden schimmernden Flüssigkeit ein. Was auch immer es war, es schmeckte wie der erste Hauch des Frühlings, und mit jedem Schluck durchflutete sie neue Energie.

Jerusha zuckte zusammen, als die Tür sich öffnete und ein spitzohriger Junge hereinschlüpfte. Seine Stirn schmückte ein goldener Reif, der wie aus einer Kletterpflanze geflochten wirkte. Der junge Elis musterte Jerusha und Kiéran mit einem Blick, den sie nicht deuten konnte, und sagte dann in stockender Handelssprache: »Die Königin wünscht Eure Anwesenheit.«

Was hatte das zu bedeuten? Doch Jerusha blieb keine Wahl, sie musste ihm folgen und Kiéran zurücklassen; sie kritzelte kurz eine Botschaft für ihn auf einen Zettel – aber würde er das überhaupt lesen können?

Als sie hinter dem Jungen durch die Korridore ging, spürte sie, dass viele Blicke ihr folgten – neugierige, kühle, abweisende Blicke. Jerusha versuchte sie zu ignorieren, konzentrierte sich auf den Klang ihrer Schuhe auf dem Steinboden. Zu ihrer Überraschung führte der Junge sie aus der Residenz heraus, Stufen im Berg hinauf, bis sie das ganze herrliche Tal überblicken konnte und den Kranz der Berge um sie herum, die sie wie gewaltige stumme Wächter umgaben.

Sie fand Célafiora in Begleitung eines Dieners vor, auf einem Stein sitzend. Jerusha verbeugte sich kurz und war überrascht, als Célafiora ihr zulächelte. Es war ein herzliches Lächeln, das auch ihre Augen erfasste und sie schimmern ließen wie die einer Katze. Einen Moment lang trafen sich ihre Blicke. Célafiora wirkte fast mädchenhaft, doch der Ausdruck ihrer Augen machte diesen Eindruck zunichte – wie alt sie wohl war, tausend Sommer, zweitausend, dreitausend?

»Sind wir Feinde?«, fragte Jerusha, und Célafiora wandte den Kopf ab, blickte über das Tal hinaus. »Ja«, erwiderte sie. »Und vielleicht ist es sinnlos, dass wir miteinander reden.«

»Aber Ihr habt mich dennoch rufen lassen?« Ein Windstoß brachte Jerushas Locken in Unordnung, und sie strich die vorwitzigste Strähne hinter ein Ohr zurück.

»Dieser Schatten über dir …«, sagte Célafiora leise und gab ihrem Diener, einem jungen Elis, das Zeichen, sich ein Stück zu entfernen. »Ich habe darüber nachgedacht.«

Einen Augenblick lang war Jerusha nicht sicher, welchen Schatten sie meinte. Den des Fluchs? Oder die Erinnerung an den Palast des Gerhan? Als habe die Königin des Mondvolks ihre Zweifel gespürt, fügte sie hinzu: »Dieser Schatten verlässt dich nie. Du hast etwas erlebt, das du nicht vergessen kannst.«

Darum ging es also. Um Leor KaoRenda und das, was er ihr angetan hatte.

»Ja«, sagte Jerusha und blickte wie die Elis über das Tal hinaus. Eine plötzliche Mutlosigkeit überfiel sie. »Es vergiftet mein Leben, und nichts scheint dagegen zu helfen. Nicht einmal die Liebe. Nicht einmal die Zeit.«

Célafiora seufzte. »Solche Probleme sind uns gut bekannt, wir nennen es Styr Orbethin, *die Last der Ewigkeit.* Es ist einer der Nachteile dessen, dass wir praktisch unsterblich sind. Für manche von uns kommt irgendwann der Punkt, an dem wir die Fülle und Schwere unserer Erinnerungen nicht mehr ertragen können.«

»Wie geht ihr damit um?« Jerusha war fasziniert.

»Manche werden gleichgültig, versinken in Apathie. Andere ziehen sich zurück, wählen aus freien Stücken die Einsamkeit. Doch die meisten entscheiden sich für das Cadas Nawinh.«

»Das klingt wie der Name eines Liedes.«

»Das ist es auch. Und eine Zeremonie. Eine Art ritueller Reinigung. Die es uns erlaubt, Erinnerungen zwar nicht abzulegen, aber dennoch hinter uns zu lassen. Sodass sie die Macht über uns verlieren. Doch es ist möglich, dass es nur bei Eliscan wirkt.«

Würde es vielleicht auch bei Menschen wirken? Bei mir? Es war ein aberwitziger Gedanke, dass sie möglicherweise hier, beim Volk ihres größten Feindes, Heilung finden könnte. »Wieso erzählt Ihr mir das? Wieso wollt Ihr mir helfen?«

»Das ist eine gute Frage«, sagte Célafiora und erhob sich; ihr graues Gewand floss um ihre Gestalt wie Nebel. »Vielleicht sind wir nicht ganz so gleichgültig, wie es manchmal scheint. Oder so besessen von dem, was ihr Tod nennt.«

Sie weiß, was geschehen ist. Was Silmar versucht hat. Plötzlich war Jerusha ganz sicher. *Vielleicht ist das ihre Art, sich zu entschuldigen.*

Célafiora war noch nicht fertig. »Doch noch viel wichtiger ist, dass du eine Hüterin der Nachtlilien bist, ich wusste es gleich.«

»Der Nachtlilien?«, wiederholte Jerusha verblüfft und musste an daheim denken, an ihren kleinen Garten, die edlen schwarzvioletten Blüten, die sie schon so viele Jahresläufe pflegte. »Stammen sie etwa von hier? Was bedeuten sie?«

»Es ist eine alte Tradition der Eliscan, sie an Orten zu pflanzen, mit denen wir starke Erinnerungen verbinden. Niemand außer uns kann sie aussäen. Hast du gespürt, woran die Nachtlilien erinnern, die du hegst?«

Jerusha dachte an den Duft, der sie schon so lange begleitete, und daran, womit sie ihn immer verglichen hatte. »Sie sind eine schöne, aber auch traurige Erinnerung«, flüsterte sie.

»Pass gut auf sie auf«, sagte die Königin, dann entfernte sie sich an der Seite ihres Dieners. Wie in Trance sah Jerusha ihr hinterher, und viel zu spät fiel ihr ein, was sie vergessen hatte. Sie sprang auf und hastete in die Richtung, in die Célafiora gegangen war. »Eine Frage noch, nur eine! Es ist Aláes, den ich sprechen muss, aber ich weiß nicht …«

Jerusha verstummte. Die beiden Eliscan waren bereits verschwunden, und nur der Wind schien eine hämische Antwort zu flüstern.

Niemals niemals niemals.

Ärgerlich über sich selbst suchte Jerusha den Weg zurück zum Palast, zu Kiéran, ob er schon wieder wach war? Doch schon bald merkte sie, dass sie sich verirrt hatte. Keine Spur mehr von den Obstbäumen, von Wiesen und Quellen – vor ihr ragte eine steile Bergwand auf, an deren Rändern sich Bäume festklammerten. Es war kein Marmor, sondern Granit, der hier zutage trat. Grau und schroff wie die Haut eines Eisenfressers. Mit geschlossenen Augen legte Jerusha die Hand darauf, spürte mit den Fingerspitzen der kristallinen Struktur des Steins nach, bis ihre Hand auf einmal über etwas Glattes fuhr. Eine glatte Fläche, mitten auf dem Berg? Verblüfft öffnete Jerusha die Augen wieder, riss ein paar Kletterpflanzen weg, die sich an den Felsen geheftet hatten, und staunte. Sie musste den Kopf in den Nacken legen und konnte es doch nicht überblicken. *Das kann nicht sein. So etwas gibt es nicht*!

Es war ein Mosaik. Ein gewaltiges Mosaik aus Gesteinen verschiedener Farbe, rötlich, gelblich, schwarz, reinweiß, braun. Und das alles eingefügt in den Berg. Winzige Stücke Stein – und doch erstreckte das Werk sich über eine gesamte Bergflanke. Es war unmöglich zu erfassen, was es darstellte, das konnte man wohl nur, wenn man es von der Luft aus sah oder von der anderen Bergspitze aus. Jerusha konnte nur erraten, dass der Teil, vor dem sie stand, eine gewaltige Schwinge war, die eines Vogels oder Greifen.

Hunderte von Jahresläufen Arbeit stecken darin, dachte Jerusha ehrfürchtig. *Oder Tausende.* Und noch immer schien das Mosaik nicht fertig zu sein. Ihre Augen hatten eine winzige Gestalt erspäht, die mitten in der Felswand zu balancieren schien, hoch über der Erde, allein in der Weite. Mit unendlicher Geduld damit beschäftigt, einen winzigen Stein nach dem anderen in dieses Werk einzufügen.

Ein Gefühl von Demut erfüllte Jerusha, und ihre eigenen Skulpturen kamen ihr auf einmal unwesentlich, ja fast lächerlich vor.

Sie schrak zusammen, als sie Stimmen hörte. Sie verstand kein Wort, aber sie hörte, dass es zwei Eliscan waren, die sich unterhielten. Nur einen Namen hörte Jerusha heraus, Qedyr, und das Wort Thybrelis, das vielleicht *Majestät* bedeutete, da Colmarél es bei ihrer ersten Audienz mit Célafiora verwendet hatte.

Es waren ein Mann und eine Frau, die auf einem Pfad schräg unter ihr entlanggingen, vollkommen in ihr Gespräch vertieft. Jerusha verhielt sich ganz still; mit etwas Glück würden die Eliscan sie nicht bemerken und einfach vorbeiwandern.

Doch dann erhaschte sie einen kurzen Blick auf den Mann … und erstarrte.

Seine Haare waren blond, ein sehr helles Blond. Er hatte so schöne grüne Augen, und seine Stimme klang wie das Rauschen der Bäume.

Bevor sie sich bremsen konnte, brach sie auch schon durch die Büsche, rannte und stolperte den Berg hinab, sodass eine kleine Lawine von Stein- und Erdklumpen herabkollerte. Ein Zweig peitschte ihr ins Gesicht, doch sie streifte ihn weg, ohne auf den Schmerz zu achten. Und dann stand sie vor ihm, und seine großen Augen waren wirklich so grün wie die Tiefen der Wälder. Die hellen Haare lagen über seinen Schultern wie ein Fächer, umrahmten seine hohe Stirn und sein kantiges, blasses Gesicht. Der Fremde war nicht so groß wie Silmar und Colmarél, und auf den ersten Blick hätte man ihn für einen Menschen halten können, zumal seine Brauen nicht so ausgeprägt geschwungen waren wie die von Célafiora. Aber er war kein Mensch. Und eine Aura der Macht umgab ihn, sie sprach aus seiner Haltung, dem harten Stolz seines Blicks.

»Aláes«, flüsterte Jerusha.

Aláes

Der Elis starrte sie an; über seiner Nase hatte sich eine kleine Falte gebildet.

»Falls wir uns kennen, ist das Vergnügen dieser Bekanntschaft bisher allein auf Eurer Seite«, sagte er mit vollendeter Höflichkeit und neigte den Kopf, doch dann geschah etwas in seinem Gesicht, spannten sich die Muskeln seines Kiefers eine Winzigkeit an. *Er hat gemerkt, dass ich keine Elis bin. Dass ihm ein Mensch gegenübersteht.*

Jerusha wusste, dass sie jetzt eiserne Selbstbeherrschung brauchte, um keinen Fehler zu machen. Doch peinlicherweise ging ihr Atem vor Aufregung in kurzen Stößen, und als sie sprach, klang es abgehackt und atemlos. »Ihr seid … meiner Großmutter begegnet … vor etwas über dreißig Jahresläufen … in Benaris. In unserem Gasthof … der *Faunenmühle.*«

»Tatsächlich?« Aláes zog die Augenbrauen hoch und warf seiner Begleiterin einen kurzen Blick zu. Sie war eine Elis mit langen hellen Locken, die ihr bis zur Hüfte reichten; auf ihrem schmalen, ausdrucksvollen Gesicht las Jerusha Belustigung und Neugier. Allein das prachtvolle weitärmelige Kleid aus rotem und weißem Brokat, das sie trug, wäre in Loreshom Gesprächsstoff für ganze Tage gewesen.

»Sieh an«, sagte die Elis heiter. »Mir scheint, du machst Eindruck, wo auch immer du dich sehen lässt, Aláes!«

Einen Moment lang schien Aláes nicht sicher, ob er gereizt oder amüsiert reagieren sollte, doch dann erschien ein Lächeln auf seinen blassen Lippen. »Noch ist es mir nicht gelungen, einen Eisenfresser zu beeindrucken, aber vielleicht schaffst du das ja, Irissalia?«

Jerusha musste die Stimme heben, damit der Elis sie überhaupt wieder beachtete. »Leider verlief Eure Begegnung mit meinen Großeltern nicht sonderlich gut. Ihr habt meinen Clan, die KiTenaros, mit einem Fluch belegt.«

»Ich erinnere mich dunkel«, meinte Aláes und machte Miene, mit seiner Begleiterin an ihr vorbeizugehen.

Das kann er nicht machen! Er kann jetzt nicht einfach gehen! Auf einmal war die Wut zurück, ohne die sie es nie so weit geschafft hätte, die sie durch drei Fürstentümer und zwei Länder getrieben hatte bis zu diesem Tal. Die Wut auf dieses arrogante Anderwesen, das sich als Herr des Schicksals aufspielte, das ihren ganzen Clan ins Unglück gerissen hatte.

Bevor Aláes an ihr vorbeigehen konnte, hob Jerusha die Hand. »Einen Moment noch, bitte«, sagte sie höflich, aber entschlossen. »Was damals geschehen ist, war für Euch nur ein kleines Ärgernis. Und die Sache ist lange her. Ich, wir alle, die Mitglieder meiner Familie, wären Euch zutiefst dankbar, wenn Ihr zustimmen würdet, den Fluch aufzuheben.«

»Wieso sollte ich?«, fragte Aláes mit kühler Gleichgültigkeit. »Menschen lernen durch Strafe und Lob. Wenn ich mich recht entsinne, hat Eure Großmutter unverzeihliche Worte mir gegenüber benutzt und ihren Bediensteten befohlen, handgreiflich zu werden gegen mich. So etwas muss Folgen haben.«

»Sie wusste nicht, dass sie es mit einem Elis zu tun hatte!«

»Auch Menschen untereinander sollten eine gewisse Höflichkeit pflegen, findet Ihr nicht? Ihr zum Beispiel habt versäumt, Euch mir vorzustellen. Nein, macht Euch nicht die Mühe, es nachzuholen. Es interessiert mich nicht.« Ohne sie noch weiter zu beachten, schritt er an ihr vorbei.

Hilfloser Zorn stieg in Jerusha auf, und sie ballte die Fäuste, während sie den beiden sich entfernenden Eliscan hinterherblickte. War das schon alles? War sie so weit gekommen, um sich solche Worte anzuhören? Vielleicht war es gut, dass Aláes und seine Begleiterin gingen. Sonst hätte ihnen Jerusha womöglich noch ein paar weitere unverzeihliche Worte hinterhergeschleudert. Eine breite Auswahl davon kam ihr gerade in den Sinn.

Dabei kann dieser Kerl auch freundlich sein, erinnerte sich Jerusha. Ihre Tante Rikiwa hatte ja erzählt, dass der Fremde den armen Kindern des Dorfes Geld geschenkt hatte. *Vielleicht hätte ich an diese innere Güte appellieren sollen. Na ja, falls er die überhaupt besitzt. Es kann auch eine herablassende Geste sein, den Armen ein paar Münzen vor die Füße zu werfen.*

Langsam machte sich Jerusha daran, den beiden Eliscan zu folgen, wahrscheinlich waren sie auf dem Rückweg zur Residenz. Das hatte den Vorteil, dass Jerusha jetzt wusste, wie sie zurückkam. Nach und nach wandelte sich ihre Wut in Verzweiflung, schwarz und klebrig wie Eichenteer heftete sie sich an ihr Herz und ihre Seele. Jerusha fühlte sich kraftlos und matt. Was jetzt? Wie sollte es denn jetzt weitergehen?

Diesmal fand sie Kiérans Zimmer auf Anhieb. Kiéran wirkte, als sei er gerade erst aufgewacht, er saß auf der Kante des Bettes. Als er aufblickte und Jerusah erkannte, stutzte er. »Ist alles in Ordnung?«

»Ich habe eben Aláes getroffen«, flüsterte Jerusha.

Kiéran starrte sie an, als habe er gerade einen Geist erblickt. »Oh. Das ging ja schneller als gedacht. Und, ist er der Widerling, mit dem du gerechnet hast?«

Nur mit Mühe konnte Jerusha die Tränen zurückhalten. »Er denkt nicht daran, den Fluch zurückzunehmen.«

»Habe ich fast befürchtet.« Kiéran umarmte sie, und Jerusha beruhigte sich langsam. Trotzdem war ihr noch immer danach zumute, irgendetwas durch den Raum zu schleudern. Leider waren nur herrliche Stücke der Eliscan in Reichweite, und auch das Obst war zu schade, um als Matsch an der Wand zu enden. Sie hatte zu oft hungern müssen in den letzten Monden, um jemals wieder Essen zu verschwenden. »Die Götter seien uns gnädig, wenn dieser Mistkerl und seinesgleichen einmal über uns herrschen sollten! Der hält sich für so etwas wie einen strengen Übervater, du hättest ihn mal hören sollen: *Menschen lernen durch Strafe und Lob!* Ha, wann genau findet er uns lobenswert – wenn wir vor ihm auf dem Boden kriechen und seine Stiefel ablecken?«

»Du brauchst nicht zu denken, dass AoWesta, Ceruscan und die anderen sehr viel besser sind. Und der Zirkel ihrer Minister ist ein einziger Kessel voller Schlangen.« Vorsichtig stand Kiéran auf und trat an die Tür, um zu lauschen. Doch er hörte nichts Verdächtiges und kehrte wieder zu ihr zurück. »Aber wenigstens treten sie irgendwann von der Bühne ab und es gibt die Hoffnung, dass ihre Nachkommen etwas weisere Herrscher sind. Was wirst du jetzt tun?«

Jerusha holte tief Luft. »Koriónas um Rat fragen. Er kennt das Mondvolk, und er scheint hier Respekt zu genießen. Vielleicht kann er Aláes umstimmen – immerhin ist ein Drache mächtiger als jeder Elis, oder?«

Kiéran hob die Schultern. »Zumindest ist er hundertmal größer. So was hilft.«

Etwas Hoffnung und Lebensmut kehrten in Jerusha zurück. Ja, der Drache würde ihnen sicher helfen können. Noch war nicht alles verloren. »Gleich morgen rufen wir ihn. Heute nicht mehr, die Sonne sinkt schon. Aber wir haben es ja nicht eilig.«

Sie hatten entschieden, sich nach den Sitten der Elis Aénor zu richten und in getrennten Zimmern zu übernachten, so schwer es ihnen auch fiel. Aber noch waren sie zusammen, im Kerzenlicht lagen sie beieinander auf dem großen Bett, hielten sich in den Armen und konnten beide kaum aufhören zu reden. Jerusha erzählte von dem gewaltigen Mosaik und der unerwarteten Begegnung mit Aláes; Kiéran berichtete von Silmar, seiner flinken Klinge und dem, was er von Menschen hielt. »Und er hatte so eine charmante Art, es rüberzubringen. Ich fürchte, er wird bei der Eroberung eine Blutspur hinterlassen, die so breit ist wie die Nördliche Handelsstraße. Und das ohne das geringste schlechte Gewissen.«

»Ich habe keine Ahnung, ob Eliscan überhaupt ein schlechtes Gewissen haben können«, sagte Jerusha, doch dann dachte sie an Célafiora und wusste, dass sie ihren Gastgebern gerade Unrecht tat. Fast hätte sie vergessen, Kiéran von den Worten der Königin und der Last der Ewigkeit zu erzählen.

Ein leises Kratzen an der Tür erklang. Mit hochgezogenen Augenbrauen sahen sich Jerusha und Kiéran an. Kiéran versuchte aufzustehen und verzog das Gesicht; schnell bedeutete Jerusha ihm, liegen zu bleiben, schob sich vom Bett und öffnete. Zu spät fiel ihr ein, dass sie vielleicht nicht einmal hier sein durfte. Hoffentlich stand dort draußen niemand, der sich entsetzt zeigen würde über die Anwesenheit eines weiblichen Wesens im Männertrakt!

Jerusha öffnete – und versuchte instinktiv, die Tür wieder zuzuknallen. Doch ein Huf schob sich blitzschnell dazwischen, und schließlich kapitulierte Jerusha. Immerhin, ein Tugendwächter war das bestimmt nicht. Vor ihr stand ein Geschöpf, wie es einem nach dem Genuss von zu viel Schlangenmilch im Traum erscheinen mochte. Sein Kopf war der eines Ziegenbocks, sein Torso dagegen sah menschlich aus. Ohne Mühe stand das Wesen aufrecht auf seinen haarigen Beinen, die in Hufe ausliefen. In dieser Haltung reichte ihr das Wesen immerhin fast bis zum Kinn. Uff, wie es stank! Dass es anscheinend versucht hatte, seinen ranzigen Geruch mit einer halben Flasche Parfüm zu überdecken, machte die Sache noch schlimmer.

»Was bei allen Göttern ist das?«, murmelte Kiéran, und fast gleichzeitig fragte Jerusha: »Was willst du?« Das Wesen stieß mit weit aufgerissenen Augen ein paar Worte aus, die sie nicht verstand, und drängte sich ins Zimmer, bevor Jerusha es daran hindern konnte.

»Na, na, mal langsam«, sagte Jerusha, doch das Wesen achtete gar nicht darauf, sondern schob ihr einen Zettel in die Hand. Eine Nachricht? Beunruhigt faltete Jerusha sie auseinander und las die wenigen Worte, die darauf standen.

Du bist in großer Gefahr.
Verlass Moranshir sofort!

Die Botschaft war nicht unterschrieben, doch es gab keinen Zweifel, dass sie von einem Elis stammte. Obwohl die Worte hastig auf das Papier gekritzelt worden waren, hatte Jerusha selten eine so elegante Handschrift gesehen.

Mit einem Ruck wurde ihr die Nachricht aus der Hand gerissen, dann stopfte das Ziegenwesen den Zettel stattdessen in Kiérans Hosentasche. »Jetzt bin ich aber gespannt«, sagte Kiéran. »Jerusha, was steht da drauf?«

Jerusha sagte es ihm, und fluchend stemmte sich Kiéran auf einen Ellenbogen. »Ghalils Schande, das hat gerade noch gefehlt.«

Noch immer stand das Ziegenwesen mitten im Raum, unsicher blickte es von Jerusha zu Kiéran und wieder zurück. Dann deutete es aufgeregt nach draußen, schien sie zur Eile zu drängen. Doch Jerusha hatte nicht die Absicht, jetzt in Panik zu verfallen. »Von wem könnte das sein? Und vor allem, können wir demjenigen vertrauen? Es könnte genauso gut ein Versuch sein, uns loszuwerden.«

»Möglicherweise ist es von Colmarél«, sagte Kiéran, und überrascht sah Jerusha, dass er schon rasch und konzentriert seine Sachen zusammenpackte. »Ich hatte das Gefühl, dass er ganz in Ordnung ist.«

Nervös beobachtete Jerusha ihn. »Du meinst also, wir sollten die Warnung ernst nehmen?«

»Wenn du mich fragst, ja. Nur der Bote stinkt, nicht die Nachricht. Gut, dass wir überhaupt irgendwelche Verbündeten hier haben. Es gibt genug Leute, die mit Vergnügen zusehen, wenn jemand in ein Messer läuft. Ist bei den Eliscan vermutlich nicht anders.«

Es kam Jerusha vor, als öffne sich ein Abgrund vor ihr. »Aber ich kann noch nicht weg. Wenn ich Moranshir jetzt verlasse, dann war alles umsonst! Vielleicht kann ich Aláes doch noch umstimmen!«

Kiéran war gerade dabei, sich mit schmerzverzogenem Gesicht seinen Schwertgurt umzuschnallen. »Aláes umstimmen? Um ehrlich zu sein, ich glaube, dass dieser Unbekannte uns vor Aláes warnen will. Du bist ihm lästig, du hast ihn vor einer Dame als kaltherzigen Bastard bloßgestellt. Auch an den Fürstenhöfen Ouendas würde das deine Chancen auf einen Dolch im Rücken oder eine Prise Gift im Becher stark erhöhen.«

Jerusha stöhnte. Sie hasste Intrigen jeder Art. »Eigentlich hat er sich selbst bloßgestellt, er hätte ja auch großmütig reagieren und vor seiner Dame gut dastehen können. Aber egal, fest steht, ich muss hierbleiben!«

Und das nicht nur wegen Aláes und der Chance, den Fluch doch noch zu lösen. Jerusha dachte daran, was Königin Célafiora angedeutet hatte. Cadas Nawinh. Der Weg, ihre Erinnerungen zu besiegen. Hier und nur hier gab es Heilung für sie.

Beunruhigt blickte Kiéran sie an. »Ich kann verstehen, wie du dich fühlst, aber vielleicht ist es besser, Moranshir vorübergehend zu verlassen und erst einmal mit Koriónas zu reden. Das bedeutet noch längst nicht, dass wir aufgeben, Jerusha!«

Nachdem Jerusha ein paarmal tief durchgeatmet hatte, schaffte sie es, zu nicken. »Na gut. Aber wir müssen noch einmal zu meinem Zimmer, um meine Sachen zu holen.« Jerusha eilte zur Tür.

Das Ziegenwesen sprudelte Laute hervor, die wahrscheinlich so etwas wie *Schnell, schnell!* bedeuteten, und packte Jerusha mit einer haarigen Pfote am Arm. Ihr wurde beinahe schlecht von dem Parfümgestank, der sie einhüllte. »Wir kommen ja schon«, beruhigte sie es. »Ich laufe kurz in den Frauentrakt, dann können wir los.«

»Warte auf mich«, sagte Kiéran hastig und schlang sich die Tasche mit seinen Besitztümern über die Schulter. Er hinkte noch, aber immerhin konnte er laufen. Sie schlugen den Weg ein, der zum Frauentrakt führte. Doch damit schien das Ziegenwesen nicht einverstanden. Aufgeregt versuchte es, Jerusha in die entgegengesetzte Richtung zu führen. Doch Jerusha schüttelte grimmig den Kopf. Viel besaß sie ja sowieso nicht mehr, aber weder ihren Bogen noch das Nachtlilienöl würde sie zurücklassen!

»Bogen gibt es überall, du kannst dir einen neuen kaufen«, sagte Kiéran unruhig, als habe er ihre Gedanken gelesen. »Du weißt selbst, dass es gefährlich ist. Vielleicht warten sie in deinem Zimmer schon auf dich.«

»Ach, und du würdest auch einfach so dein Schwert aufgeben?«, schoss Jerusha zurück. »Dieser Bogen bedeutet mir wirklich etwas. Ein Erbstück. Fast hundert Jahresläufe alt. Beste Esche.«

Mit jämmerlichem Blick trottete das Ziegenwesen hinter ihnen her, als sie sich auf den Weg zu den Frauengemächern machten, und führte beleidigt klingende Selbstgespräche.

»Schhht!«, mahnte Jerusha, als sie sich ihrem Ziel näherten. Sie erkannte die aus dem weißen Stein gehauenen Gänge wieder, die zu ihrem Zimmer führten. Winzige Lampen, die sich zu bewegen schienen – oder waren es Leuchtkäfer, die die Wände entlangkrochen? –, erhellten den Korridor.

Vorsichtig blickten sich Jerusha und Kiéran um, doch es war niemand in Sicht. »Warte draußen«, flüsterte Jerusha ihrem Gefährten zu und drückte vorsichtig die Tür auf. Sie sah sofort, dass jemand hier gewesen war, denn er hatte sich nicht bemüht, seine Spuren zu verbergen. Ihre Besitztümer waren auf dem Bett verstreut, die Pfeile steckten nicht mehr im Köcher, sondern lagen kreuz und quer auf dem Boden. *Gefangene dürfen jederzeit durchsucht werden,* dachte Jerusha und kniff die Lippen zusammen.

Auf Zehenspitzen betrat sie den Raum, sah sich um. Steckte das kleine Fläschchen mit dem Nachtlilienöl in die Tasche, begann, lautlos die Pfeile einzusammeln, schloss die Hand um das elegant geschwungene, polierte Holz ihres Bogens.

In diesem Moment hörte sie das leise Schnaufen aus dem Bad, dann das Gluckern von Wasser, das durch eine Kehle läuft. *Verdammt, es ist jemand hier! Jemand oder etwas.* Der Schreck fuhr Jerusha in die Knochen. Noch hatte der Eindringling sie nicht bemerkt, aber was war, wenn er jetzt aus dem Waschzimmer kam und sie sah? Kiéran hatte recht gehabt, wieso war sie nur so ein dämliches Risiko eingegangen!

Behutsam machte Jerusha Schritt für Schritt rückwärts. Schob sich durch die Tür, lehnte sie hinter sich an, um sich nicht zu verraten, wenn sie ins Schloss klickte. Kiéran blickte sie fragend an, und mit Handzeichen gab sie ihm zu verstehen, was sie gehört hatte.

Erst als sie die erste Biegung des Ganges passiert hatten, wagten sie loszurennen. Erleichtert galoppierte das Ziegenwesen voran, mit erstaunlich gewandten Sprüngen setzte es sich an die Spitze. Nach einer Weile erlaubte sich Jerusha durchzuatmen. Das war gerade noch einmal gut gegangen, irgendein Gott schien seine schützende Hand über sie zu halten.

Das Ziegenwesen führte sie durch schmale, verlassene Korridore und Hinterausgänge, bis Jerusha völlig die Orientierung verloren hatte; die meisten dieser Räume hatte sie noch nie gesehen. Wie groß die Residenz der Königin war – groß wie ein Bienenstock, nur die emsige Betriebsamkeit fehlte. Kaum jemand kreuzte ihren Weg, sie begegneten nur drei oder vier Elis, die sie und das Wesen, das bei ihnen war, ignorierten.

Irgendwann durchquerten sie einen Saal, dessen Wände aus lebenden Bäumen bestanden, die Stämme ohne Zwischenraum eng aneinandergeschmiegt; ihre Äste wölbten sich kunstvoll miteinander verflochten zu einem Dach. Darüber war das Blattwerk so dicht, dass die Abendsonne nicht hindurchdrang und der Saal in ein grünes Dämmerlicht getaucht blieb. Kugelförmige Lampen, die einen sanften Schimmer verbreiteten, schwebten wie Monde zwischen den Blättern, der Boden war mit weißem Sand bedeckt. Es war eine stetig wachsende, herrliche Kathedrale, und gerade deswegen hätte Jerusha am liebsten auf den Boden gespuckt. All diese Perfektion, all diese Schönheit gingen ihr entsetzlich auf die Nerven. Wäre dieser Saal Menschenwerk gewesen, hätte sie sicher sein können, auf der Rückseite einen Haufen halb verwelkten Laubschnitts zu finden, ein paar dreckige Schaufeln, eine Gießkanne. Doch sie wusste, dass sie hier nichts dergleichen entdecken würde. Irgendwann, und schon sehr bald, würde sie sich sehnen nach Chaos, Gestank und Krach.

Es kam noch schlimmer. Das nächste Gebäude war aus Blumen geflochten. Blüten von rosafarbenen Kletterrosen bedeckten die Wände dicht an dicht, ihr Duft nahm Jerusha den Atem. Eine barfüßige Elis, deren Haar das sanfte Braun von Eichenholz hatte, hockte an der Seite eines Mannes auf dem Boden der Laube. Die Frau streichelte gerade die Kehle eines Vogels, der auf ihrem ausgestreckten Finger saß, und lächelte, als das Tier den Kopf reckte und zu singen begann. Kaum war der Vogel wieder verstummt, hob der Mann – ein breitschultriger Kerl, den Jerusha an jedem anderen Ort für einen Holzfäller gehalten hätte – eine Flöte an die Lippen und antwortete mit seiner eigenen Melodie.

Jerusha spürte, wie Kiéran neben ihr zusammenzuckte, einen Moment lang stockten seine Schritte. Erstaunt wandte sie sich zu ihm um und sah, dass sein Blick auf dem Paar ruhte. Was war ihm aufgefallen? Die junge Frau war nicht einmal besonders schön, sie wirkte eher unscheinbar. Nur ihre weit auseinanderstehenden Augen fielen Jerusha auf, sie musterten das vorbeihastende Trio mit einem irritierend direkten, fast unverschämten Blick. Doch das konnte Kiéran ja ohnehin nicht sehen, und sonst schien an der Frau nichts Besonderes zu sein. War es womöglich der Elis, der Kiéran aufgefallen war? Oder die Musik – kannte er die Melodie von irgendwoher?

Fast hätte Jerusha vergessen, dass sie auf der Flucht waren. Dass diese beiden Eliscan jeden Augenblick einen Alarmruf ausstoßen oder sich ihnen in den Weg stellen konnten. Doch nichts dergleichen geschah, nur die Frau blickte ihnen nach, bevor sie sich wieder ihrem gefiederten Spielzeug widmete.

Plötzlich stieß das Ziegenwesen, ihr Führer, einen Strom von Lauten aus. Diesmal klang es fast erleichtert, und Jerusha ahnte, warum, als sie das schmiedeeiserne Tor sah, auf das sie über einen schmalen, gewundenen Weg zugingen. Waren sie außer Gefahr, sobald sie diese Gärten verlassen hatten? Fast drei Menschenlängen hoch war das Tor, und es wirkte, als habe ein Magier einen Teil des Gartens selbst verwandelt, um dieses Prachtstück zu erschaffen – seine kunstvoll geschmiedeten Ranken bildeten eine undurchdringliche Hecke aus Eisen.

Erst im letzten Moment sah Jerusha die Gestalt, die an einem Baum in der Nähe lehnte und nun gleichmütig heraustrat aus dem Schatten, ihnen direkt in den Weg.

Aláes.

* * *

Kiéran war so durcheinander, dass er kaum darauf achtete, wohin er die Füße setzte. Ghalils Schande, was machte sie hier? Er hatte diese kräftige tiefrote Aura sofort erkannt, und die Erinnerung an ihre gemeinsame Nacht im Badehaus der Quellenveste überfiel ihn wie ein Sommersturm. *Was ist, wenn sie weiß, wer ich bin? Ihre Aura hat sich verändert, als sie mich gesehen hat. Bedeutet das, dass sie mich erkannt hat?*

Er versuchte sich einzureden, dass eine flüchtige Affäre in der Vergangenheit keine Schande war, dass Jerusha sie ihm kaum vorwerfen konnte – schließlich waren sie einander damals noch nicht so verbunden gewesen wie jetzt. Doch eine kalte, erstickende Furcht stieg in ihm auf, wenn er daran dachte, dass er Idiot sich völlig auf die Vorsicht der unbekannten Botin verlassen hatte. Was war, wenn sie ein Kind von ihm trug und zur Welt bringen würde? Konnte Jerusha ihm eine so bittere Demütigung verzeihen? Und wer bei Xatos war diese Fremde überhaupt? Eine Elis offensichtlich nicht, ihrer Gestalt fehlte das typische Leuchten – doch was hatte sie dann bei den Elis Aénor zu suchen?

Musikalische Inspiration bei Rosenduft wohl kaum. Und warum duldeten die Elis Aénor sie hier?

Erst als Jerusha so plötzlich stehen blieb, sah er, dass jemand auf dem Pfad vor ihnen stand, und auf einen Schlag war seine Wachsamkeit zurück. Verdammt, jemand versuchte, sie abzufangen! Ausgerechnet jetzt, kurz vor dem rettenden Tor!

Es war ein Elis. Doch seine Gestalt strahlte nicht hell wie die Sonne, sondern silbrig-kühl wie Mondlicht, das sich in einem See spiegelt, noch nie hatte er so etwas gesehen. Kiéran ahnte, wen sie vor sich hatten, und sein Inneres gefror. *Er hat uns gefunden. Ohne jede Mühe. Wie albern, dass wir dachten, wir könnten ihm entkommen. Zu spät – zu spät!*

»Jerusha KiTenaro«, sagte der Mann, und seine Stimme war wie das Strömen des Wassers in einem Bergbach.

»Aláes«, erwiderte Jerusha.

Mit welchem Ausdruck blickte er sie an? Lag ein triumphierendes Lächeln auf seinem Gesicht oder kalte Wut darüber, dass sie versucht hatten zu fliehen? Kiéran fühlte sich völlig orientierungslos und verfluchte einmal mehr seine Blindheit – er konnte diesen Mann nicht einschätzen. Sollte er sein Schwert ziehen, sollten sie sich zum Tor durchkämpfen? Anscheinend war Aláes allein, und es wirkte sogar, als sei er unbewaffnet. Doch etwas warnte Kiéran davor, seine Waffe zu ziehen, und er folgte seinem Instinkt. Stattdessen prüfte er die Gestalt vor ihnen mit seinen neuen Sinnen – und blickte in einen Abgrund, in eine lichtlose Tiefe, die ihm einen Schauder über den Rücken jagte.

Das Schweigen schien sich endlos zu dehnen, doch es konnte kaum länger gedauert haben als ein paar Atemzüge. Und schließlich ergriff Aláes wieder das Wort. »Hättet Ihr die Güte, mit mir zu kommen, Lady Jerusha? Ich habe Euch ein Angebot zu machen.«

Aláes ignorierte Kiéran völlig, aber das war ihm gleichgültig. Er folgte Jerusha trotzdem und blieb unwillkürlich einen Schritt hinter ihr auf ihrer linken Seite. Die klassische Position eines Leibwächters. Er wusste, dass er und Jerusha all ihre Kraft brauchen würden, um diese Begegnung zu überstehen.

Das Ziegenwesen hatte sich aus dem Staub gemacht, wahrscheinlich hockte es jetzt ängstlich meckernd in einer Ecke, oder es berichtete seinem Auftraggeber mit hängenden Ohren, dass alles schiefgegangen war. Kiéran verschwendete keinen Gedanken mehr daran und stellte fest, dass er trotz allem neugierig war auf das, was der Elis vorhatte. Es war nur wenige Stunden her, dass er Jerusha behandelt hatte wie eine rebellische Küchenmagd, und jetzt machte er ihr auf einmal ein Angebot, nannte sie *Lady*?

Aláes führte sie in einen Raum, der riesig war im Vergleich zu ihren Zimmern; wahrscheinlich war es sein Amtszimmer oder wie auch immer man das in Moranshir nannte. Es roch nach altem Pergament und nach einem schweren, kostbaren Parfüm. Als Kiéran sich misstrauisch umblickte, sah er Säulen, die in eleganten Bögen ausliefen, und Lampen, die selbst für seine Augen sichtbar einen perlweißen Schein verbreiteten. Kein normales Licht also, sondern Eliscanmagie – er hatte längst beschlossen, sich über nichts mehr zu wundern, solange er hier war.

»Setzt Euch«, sagte Aláes und deutete mit dem Kinn auf zwei Stühle mit hohen geschnitzten Lehnen. Hatte er das alles vorbereitet? Kiéran fiel auf, dass außer ihnen niemand im Raum war, und das machte ihm Sorgen. Zeugen wären ihm lieber gewesen. Aber vielleicht waren bei den Elis Aénor Audienzen unter vier Augen nicht die Ausnahme, sondern die Regel.

Einen flüchtigen Moment lang kam er sich albern vor. *Da habe ich mich fast in Stücke hauen lassen für diese Audienz, und jetzt reißt sich dieser Kerl darum, mit uns zu reden. Welcher Gott sich das wohl ausgedacht hat? Vermutlich Xatos, er hatte schon immer eine grobe und sehr direkte Art, mit mir umzugehen.*

»Entschuldigt mein Verhalten heute früh, ich war überrascht von Eurer Anschuldigung«, sagte Aláes, und es kostete Kiéran all seine Selbstbeherrschung, um sich seine Verblüffung nicht anmerken zu lassen. Nach dem, was Koriónas und Jerusha über Aláes erzählt hatten, war eine Abbitte das letzte, mit dem er gerechnet hatte. Er war sicher, dass es Jerusha genauso ging, und tatsächlich dauerte es einen Moment, bis er ihre Stimme hörte.

»Ich habe Euch damit überfallen, das war nicht fair von mir«, sagte sie, es klang vorsichtig. Wahrscheinlich fragte sie sich ebenso, was Aláes mit der Entschuldigung bezweckte. »Meiner Meinung nach war es damals einfach ein sehr unglückliches Zusammentreffen, ein Missverständnis zwischen Euch und meiner Großmutter.«

Aláes klang amüsiert. »Ich verstehe. In Eurer Familie sind mittlerweile zwei Generationen verstrichen, und für Menschen sind harte Worte kurzlebig wie ein schlechter Geruch. Aber vergessen wir das und kommen zum Punkt. Unter gewissen Umständen wäre ich bereit, den Fluch zurückzunehmen.«

Kiéran ergriff Jerushas Hand und spürte, wie aufgewühlt seine Gefährtin war. Doch als sie sprach, war ihre Stimme klar und sicher; er war stolz auf sie. »Unter welchen Umständen?«

»Nun ja, das erfordert einige kurze Erklärungen.« Aláes hatte es sich auf einer Art Thronsessel bequem gemacht und die Beine übereinandergeschlagen, seine langen Finger strichen über den Rand seines Tisches. »Ich und die meinen sind schon seit vielen Jahresläufen auf einer Suche, die manche als vergeblich bezeichnen würden. Irgendwo in Ouenda – dort, wo vor langer Zeit eine Schlacht zwischen Menschen und Eliscan stattfand – ruht der magische Rubin Aélwelhor im Boden. Er ist dort im Laufe der Jahrtausende gewachsen, an einem Ort, an dem das Blut eines Herrschers der Eliscan vergossen wurde. Wir benötigen diesen Rubin, er ist wichtig für unser Volk.«

Kiéran beobachtete sein Gegenüber genau, und bei den letzten Worten flackerten die Ränder der leuchtenden Gestalt ganz leicht auf. Was hatte das zu bedeuten – log Aláes sie an? War der Rubin nicht wirklich wichtig? Oder war er zwar wichtig, aber nur für Aláes selbst, nicht für das gesamte Mondvolk? *Ich wette, Letzteres. Diese ganze Heimlichtuerei. Da steckt irgendetwas dahinter.*

»Das Problem ist, dass wir nicht genau wissen, wo Fürst Ruidan damals gefallen ist«, fuhr Aláes fort. »Schon seit gut hundert Jahresläufen sichte ich alte Dokumente, verfolge Spuren, verhöre Zeugen und begebe mich nach Ouenda, um dort selbst zu forschen. Bisher jedoch vergeblich.«

Wahrscheinlich war es eine dieser Missionen gewesen, bei denen Aláes die unselige Entscheidung getroffen hatte, in der *Faunenmühle* einzukehren. »Ich dachte, Eliscan sind unsterblich«, sagte Kiéran. »Was genau hat euer Fürst Ruidan falsch gemacht?«

Zum ersten Mal wandte sich Aláes ihm zu, einen Moment nur. »Dass wir unsterblich sind, ist ein Missverständnis«, sagte er mit sorgfältig beherrschter Stimme. »Wir sterben jedoch nicht durch natürliche Ursachen, und unsere Verletzungen müssen außerordentlich schwer sein, ehe wir ihnen erliegen.«

»Faszinierend«, sagte Kiéran freundlich. *Und beruhigend. Es ist also zumindest theoretisch möglich, sie zurückzuschlagen, wenn sie Ouenda angreifen.*

Irgendetwas an diesem Aláes irritierte ihn, und liebend gerne hätte er ihn weiter provoziert. Doch er zwang sich, vorerst den Mund zu halten. Erstens gab es Leute, bei denen es sich nicht empfahl, sie zu reizen, und zweitens tat er Jerusha keinen Gefallen, wenn er von ihrem Anliegen ablenkte.

Jerusha war ebenso wenig wie ihm entgangen, worauf Aláes' Geschichte hinauslief. »Ihr wünscht also als Gegenleistung für die Aufhebung des Fluchs menschliche Hilfe, um den Rubin aufzuspüren. *Unsere* Hilfe? Aber warum?«

Diesmal lag ein Hauch von Gereiztheit in Aláes' Stimme. »Ich dachte, das sei offensichtlich. Es ist für Mitglieder meines Volkes nicht einfach, sich länger als ein paar Tage in Ouenda aufzuhalten, ohne enttarnt zu werden.«

Kiéran runzelte leicht die Stirn. Nonar war in der Quellenveste nicht angefeindet worden, obwohl Xen bemerkt hatte, dass er aus Khorat stammte. Im Gegenteil, der Elis hatte ihn wie alle anderen in seinen Bann gezogen. »Aber müsst Ihr die Enttarnung überhaupt fürchten? Schließlich ist es Euch möglich, die menschliche Seele zu beeinflussen.«

Ganz langsam wandte Aláes ihm den Kopf zu, und Kiéran ahnte, dass er diesmal eine unsichtbare Schwelle überschritten hatte, dass er auf irgendeine Art zu weit gegangen war bei dem Versuch, weitere Informationen zu gewinnen. Doch er spürte keine Furcht; eine kühle Ruhe erfüllte ihn. *Mal sehen, ob er versucht, mich einzuschüchtern. Er wird feststellen, dass das nicht ganz so einfach ist.*

Doch bevor Aláes etwas erwidern konnte, ergriff Jerusha das Wort. »Sicher gab es Dutzende von Schlachtfeldern damals. Selbst wenn mir die Ewigkeit zur Verfügung stände, so wie Euch, und tausend Spaten zum Graben, wie soll ich es schaffen, all diese Orte nach einem einzigen Rubin zu durchwühlen?« Kiéran hörte die Verzweiflung in ihrer Stimme und hasste Aláes dafür, dass er diesen verdammten Fluch nicht einfach von ihr hob, dass er sie an seinen Fäden zappeln ließ wie ein Puppenspieler.

»Es wird nicht nötig sein, sie alle zu überprüfen.« Aláes erhob sich und stützte die Hände auf den Tisch. »Ihr habt Verbündete. Wertvolle Verbündete. Wie wertvoll, das wird sich erweisen.«

Er meint den Drachen – Aláes hat das mit dem Pakt herausgefunden, das hat also seinen Sinneswandel bewirkt, wurde es Kiéran klar. *Weiß Koriónas, wo dieser Rubin sein könnte? Drachen sind unsterblich. Womöglich haben er und seinesgleichen die Eliscankriege miterlebt, vielleicht haben sie gesehen, wo dieser Herrscher tödlich verwundet wurde.*

»Ich werde über Euer Angebot nachdenken«, sagte Jerusha nun.

Aláes wandte sich von ihr ab. »Ja. Denkt gut nach. Es ist das wertvollste Angebot, das ich je einem Menschen gemacht habe.« Ihre erstaunten Blicke schienen ihn zu amüsieren, denn plötzlich lächelte er. »Wenn der Rubin nach Moranshir zurückkehrt, dann interessiert uns Ouenda nicht mehr sonderlich. Es wäre vermutlich nicht mehr der Mühe wert, es zu erobern.«

Kiéran war so verblüfft, dass ihm keine Erwiderung einfiel, und auch Jerusha schwieg.

»Ihr werdet Stillschweigen über mein Angebot bewahren.« Es war keine Bitte, sondern ein Befehl. »Und weitere Fluchtversuche sind zwecklos.«

Jerusha neigte kurz den Kopf und ging in Richtung der Tür. Ohne ein weiteres Wort folgte ihr Kiéran und sicherte ihren Rückzug ab.

Dabei bemerkte er, dass Aláes' Gesicht nicht Jerusha zugewandt war, sondern ihm. Beobachtete ihn der Elis? Es war kein gutes Gefühl.

Sie versuchten gar nicht erst, ihre Zimmer wiederzufinden, das hätte nur eine lange Odyssee durch die Korridore der Residenz bedeutet. Also zogen sie sich in die Gärten zurück, über denen jetzt wahrscheinlich das Zwielicht der Dämmerung lag, und setzten sich mit Blick auf die Gipfel auf das frisch geschnittene, weiche Gras, das nach Sommer roch. Hier konnten sie hoffentlich reden, ohne dass neugierige Ohren mithörten.

»Was hast du dir eigentlich dabei gedacht, ihn so anzugreifen?«, fauchte Jerusha plötzlich. »Du hättest mal sehen sollen, wie er dich angeschaut hat. Er hat dich mit Blicken erdolcht! Und ausgerechnet du warst es, der mir gesagt hat, wir müssten uns vor ihm in Acht nehmen.«

Völlig verblüfft blickte Kiéran sie von der Seite an. Mit diesem Angriff hatte er nicht gerechnet. »Sei lieber dankbar, dass er uns so viel preisgegeben hat. Eine Menge von dem, was er uns heute erzählt hat, können wir irgendwann gegen ihn verwenden.«

»Interessiert es dich überhaupt, ob dieser Fluch von mir genommen wird?«

»Alle Götter, natürlich interessiert mich das«, schoss Kiéran ärgerlich zurück. »Aber was nützt uns das Liebesglück, wenn um uns herum Ouenda im Chaos versinkt? Nichts. Was hältst du von Aláes' Angebot?«

Jerusha seufzte tief. »Ganz Ouenda nach diesem Rubin zu durchwühlen, schaffe ich nicht. Die Kraft habe ich einfach nicht mehr. Aber wenn die Drachen wissen, wo der Rubin sein könnte, das wäre etwas anderes. Mir ist nur noch nicht klar, warum die Elis Aénor sie nicht schon längst gefragt haben.«

»Haben sie bestimmt, Eliscan und Drachen scheinen miteinander vertraut zu sein. Aber ich hatte nicht den Eindruck, dass Koriónas Aláes besonders mag oder ein Interesse daran hat, ihm eine hilfreiche Pranke zu reichen.« Kiéran fühlte eine gewisse Schadenfreude darüber, dass Aláes' unangenehme Art ihn gezwungen hatte, hundert Jahresläufe lang auf eigene Faust zu suchen. »Ich wette, er hat es schon ein paarmal ohne Erfolg bei den Drachen versucht.«

»Es widert mich an, dass ich mich von Aláes benutzen lassen muss«, sagte Jerusha bitter. »Aber ich fürchte, mir bleibt nichts anderes übrig.«

Kiéran spürte, wie der rebellische Geist in ihm die Oberhand gewann. »Sag doch so was nicht. Es gibt sicher Möglichkeiten, sich aus der Sache herauszuwinden. Zum Beispiel mit einer List. Ich bin nämlich ganz und gar nicht sicher, ob dieser geheimnisvolle Rat der Sieben weiß, was Aláes vorhat. Oder wir bitten die Drachen, Druck auf Aláes auszuüben, damit er den Fluch löst …«

»Nein! Wenn wir uns in die Intrigen der Eliscan verstricken, spielen wir mit unserem Leben. Das ist die Sache nicht wert, Kiéran.« Ihre Aura war fast ganz verloschen, und er sah, dass sie Angst hatte. Es erinnerte ihn daran, dass auch er etwas zu fürchten hatte: diese fremde Frau, die er in der Quellenveste geliebt hatte. Kiéran ertappte sich dabei, dass er darüber nachdachte, wie er sie finden konnte. Nicht einmal ihren Namen kannte er, peinlich war das. Ob sie noch in der Rosenlaube war? Er musste unbedingt mit ihr sprechen.

»Lass uns erst einmal auf Zeit spielen«, sagte er, plötzlich abwesend. »Noch müssen wir nicht zustimmen. Komm, versuchen wir, zu unseren Zimmern zurückzufinden. Ruh dich eine Weile aus, es war ein harter Tag.«

Es wäre besser gewesen, er hätte den Rat selbst befolgt; er merkte, dass er sein verletztes Bein bei der Flucht vorhin überanstrengt hatte. Gehen konnte er zwar, aber es schmerzte wieder stärker. Hier stießen die Heilkünste der Eliscan an ihre Grenzen. Aber es gab Dinge, die weder einen Aufschub duldeten noch übertriebene Wehleidigkeit.

Kiéran brachte Jerusha in ihr Zimmer, küsste sie zärtlich und machte sich auf die Suche.

Er fühlte sich wie ein Verräter.

Die Folgen einer Nacht ...

Nachdem die beiden Menschen gegangen waren, rief Aláes Czak zu sich. »Ich brauche sofort die Berichte all meiner Späher in Benaris. Dieser Mann weiß irgendetwas. Wer ist er?«

Czak verbeugte sich, und seine Augen schienen zu glühen. »Sofort, Herr«, erwiderte er, und noch bevor die Sonne ganz gesunken war, kehrte er zurück, begleitet von Wynessan, einem der Eliscan, die halfen, die Eroberung zu planen.

Aláes legte seine Lieblingsspeise, eine bei Sichelmond geerntete Schilfsprosse, beiseite und wandte sich Wynessan ungeduldig zu. Der Elis verbeugte sich tief, bevor er zu sprechen begann. »Wir haben herausgefunden, dass der Mensch Kiéran SaJintar heißt, er war bis vor Kurzem ein Krieger im Dienste Fürst AoWestas. Er ist ein Tiefseher und hat in der Quellenveste schon mehrere Warnungen ausgesprochen, die unsere Pläne ernsthaft hätten gefährden können. Zum Glück haben die Fürsten seine Worte nicht beachtet. Wir haben danach versucht, ihn durch die Qem töten zu lassen, was jedoch nicht glückte – Ihr erinnert Euch, Herr?« Wynessan schluckte, bevor er weitersprach. »Übrigens hat er kurz nach seiner Ankunft gegenüber Königin Célafiora Andeutungen gemacht, die ...«

»*Wieso erfahre ich das alles erst jetzt?*« Aláes' Stimme schnitt durch den Raum, und die Kristallschale mit den Schilfsprossen klirrte zu Boden. Eisige Wut erfüllte Aláes. *Das* war der Mann, der die KiTenaro-Frau begleitete? Der eben in seinen Amtsräumen gesessen hatte? Seine Wut richtete sich gegen den Menschen, aber auch gegen seine eigene Nachlässigkeit. Warum hatte er nicht vor diesem Gespräch herausgefunden, mit wem er es eigentlich zu tun hatte? Erst als der Mann diese Bemerkung über die Beeinflussung der Seele gemacht hatte, hatte Aláes geahnt, das etwas nicht stimmte. Den meisten Eliscan war eine solche Fähigkeit nicht gegeben – das beherrschten nur die wenigen

Wandler, die es unter den Elis Aénor gab. Sie allein hatten die Gabe, jedem anders zu erscheinen; eine Gabe, die sie beim Mondvolk zu Ausgestoßenen machte, aber auch zu wertvollen Werkzeugen für ihre Herrscher. Die Kenntnis des Mannes hatte offenbart, dass er nicht nur einen Wandler getroffen, sondern ihn auch noch als solchen erkannt hatte. Eine Katastrophe.

Aláes brachte seine Wut schnell wieder unter Kontrolle. »Vielleicht können wir die Situation zu unserem Vorteil wenden. SaJintar kann uns noch nützlich sein.«

Glücklicherweise gab es reichlich Möglichkeiten, Macht über diesen Mann zu gewinnen. Schon formte sich ein Plan in Aláes, und ein Gefühl kühler Zufriedenheit durchflutete ihn, als er daran dachte, wie er Kiéran SaJintar für seine Dreistigkeit strafen würde.

Es war nicht sehr befriedigend, einen Gegner zu töten. Viel reizvoller war es, ihn zu vernichten.

* * *

Ja, die Fremde war noch in der Rosenlaube. Scheinbar völlig entspannt schlenderte sie umher, weder ihr Singvogel noch der breitschultrige Elis waren in der Nähe. Kiéran ahnte, dass das kein Zufall war.

»Sind diese Rosen nicht herrlich?«, meinte sie fröhlich. Dabei war sie, wenn er ihre Handbewegungen richtig deutete, gerade dabei, eine Blüte Blatt für Blatt zu zerpflücken.

»Du hast auf mich gewartet«, stellte er fest, und sie nickte.

»Aber sehr viel länger wäre ich nicht mehr geblieben. Es wird schnell kühl hier, sobald die Sonne untergeht. Die Eliscan scheinen das nicht mal zu merken, aber mich stört es.«

»Aha. Du kommst aus einem warmen Land?«

»Rate mal.«

Er war kurz davor, ihr zu sagen, dass er keine Zeit für irgendwelche Spielchen hatte. Doch dann stellte er fest, dass es ihn interessierte, woher sie stammte. Einen Akzent hatte sie nicht, sie sprach reines Ouén, nur manche Worte kürzte sie ein wenig ab. Aber das machten im Alltag viele. »Hm, Khedira, die Küstenregion?«

»Ganz falsch. Einen Versuch hast du noch.«

»Larangva?«

»Weit daneben.« Sie streckte die Hand aus, reichte ihm irgendetwas, und er warf ihr einen fragenden Blick zu. »Eine kandierte Apfelblüte gefällig? Besonders köstlich, da wie vorgeschrieben bei Halbmond geerntet.« Er schüttelte schweigend den Kopf, und nach ein paar Momenten gab sie auf und sagte: »Na gut, es ist kein Geheimnis. Ich komme aus Khelgardsland. Aus dem Norden von Nirgendwo.«

»Khelgardsland?« Kiéran war ehrlich verblüfft. Doch dann erinnerte er sich, weswegen er hier war, und ihm war nicht mehr danach zumute, über ihre Heimat zu sprechen. »Lassen wir das. Du weißt, warum ich hier bin.«

»Ach wirklich? Na, da muss ich aber scharf nachdenken.« Sie klang sarkastisch, vermutlich war das die Rache für seinen abweisenden Ton. »Willst du womöglich rauskriegen, ob ich weiß, wer du bist?«

Kiéran stand noch immer mitten in der Laube, die Arme vor der Brust verschränkt. Xatos' Rache, was für eine miese Situation, und er war selbst schuld daran. »Nein. Wenn du mich hier erkennen konntest, hast du auch herausgefunden, wer ich bin. Mich interessiert viel mehr, wieso du überhaupt wusstest, wie ich aussehe. Im Badehaus war es völlig dunkel.«

»Tja, nicht ganz – eine Kerze, Escadrán, eine einzelne Kerze.« Sie zog ihn auf, und das gefiel ihm nicht sonderlich. Doch gleich darauf wurde sie wieder ernst. »Du hast sie nicht gesehen, oder?«

»Aha, dass ich so gut wie blind bin, weißt du also auch.« *Eine Kerze! Die beiden Turteltauben vor uns müssen vergessen haben, sie zu löschen. Aber wenn ich ehrlich bin – wahrscheinlich wäre es mir auch egal gewesen, wenn ich es gewusst hätte. In dieser Nacht war mir alles egal.*

»Tja, ich muss zugeben, ich habe am nächsten Morgen in der Quellenveste herumgefragt«, fuhr die junge Frau fort. »Und da du der Einzige bist mit solchen Narben im Gesicht …«

»Na gut«, sagte Kiéran und seufzte. »Du hast einen Vorsprung. Du weißt meinen Namen, ich deinen aber nicht. Alles, was ich über dich weiß, ist, dass du als Botin in der Quellenveste warst.« Er konnte nicht gut fragen, ob sie ein Kind von ihm erwartete, ohne ihren Namen zu kennen. So skrupellos fühlte er sich gerade nicht.

»Oh, die Eliscan kennen mich unter dem Namen Charis. Ein hübscher Name, nicht wahr?«

Wahrscheinlich nicht ihr richtiger, wenn sie es schon so betonte.

Sie ließ sich herabsinken, bis sie bequem auf dem Boden hockte, und warf die Blüte achtlos auf den Sand. Es kam Kiéran albern vor, dass er selbst noch stand; er setzte sich ebenfalls und schlang die Arme um die Knie. Schnell fand er heraus, dass auf dem Boden neben ihnen zwei

Schalen standen, die eine leer, die andere mit Gebäck gefüllt; was für ein Glück, dass er eben nicht daraufgetreten war. Ohne darüber nachzudenken, nahm er sich gleich zwei Stück. Köstlich, die Dinger schmeckten wie kleine Wolken aus Zucker und exotischen Gewürzen. »Ich wusste gar nicht, dass Fürst Ceruscan Boten einsetzt, die … äh …«

»Die hemmungslos sind statt moralisch?« Sie klang amüsiert.

»Die er nicht kennt, wollte ich sagen. Aber das ist Blödsinn, er kennt dich, nicht wahr?«

»Nicht persönlich. Aber sein Hofmeister weiß, dass ich nicht gleich vom Pferd falle, wenn jemand im Wald Buh ruft. Hin und wieder heuert er mich an, wenn ich in der Gegend bin.«

Trotz allem musste Kiéran lächeln.

»Was denkst du gerade?« Wahrscheinlich zog sie jetzt die Augenbrauen hoch.

»Dass ich Glück gehabt habe«, sagte er ehrlich und ahnte, dass er das jetzt nicht genauer erklären musste. Mit einer Unbekannten eine Nacht zu verbringen war die eine Sache – mit ihr danach noch reden zu können, sie vielleicht sogar sympathisch zu finden, eine ganz andere. Allmählich wurde er ruhiger, fühlte, wie seine Ängste sich legten. Wenn diese Nacht mit ihr Folgen gehabt hätte, hätte sie es ihm nicht schon längst entgegengeschleudert, gleich zu Anfang? Er war nicht arm, das war ihr sicherlich klar, und er hätte sie und das Kind – wenn es eins gab – großzügig unterstützt.

»O ja, du hast Glück gehabt, und nicht nur einmal«, sagte Charis. »Du hast meine Warnung bekommen, nicht wahr? Der Puka war leider ein bisschen konfus, aber ich konnte auf die Schnelle keinen anderen Überbringer auftreiben.«

Kiéran stutzte. »Die Warnung war von *dir*?« Doch er wusste im selben Moment, dass sie die Wahrheit sprach. Ihm fiel ein, dass das Ziegenwesen die Botschaft spontan Jerusha in die Hand gedrückt, ihr dann aber entrissen und an ihn weitergegeben hatte. *Da hat das Vieh seinen Irrtum bemerkt.* Und die Formulierung *»Du bist in großer Gefahr!«* … wieso war ihm nicht gleich aufgefallen, dass die Warnung nur einer Person galt, nicht ihnen beiden?

»Wir sind sofort aufgebrochen«, berichtete Kiéran. »Aber es war schon zu spät.«

»Das habe ich fast befürchtet. Aláes ist ein mächtiger Gegner, und inzwischen wird ihm klar sein, wer du bist. Ich hoffe, es wird nicht zu schlimm für dich. *Ke'syn ten Erieth.*«

»Was auch immer das heißt.« Abwesend nahm sich Kiéran noch ein paar Gebäckstücke, die Dinger waren wirklich lecker. »Sag mal, was machst du eigentlich beim Mondvolk? Wie lange bist du schon hier?«

»Lange genug, um ihren Lieblingsausdruck zu lernen. *Das liegt in der Macht des Mondes.*« Sie pflückte eine neue Rosenblüte und versenkte die Nase darin. »Seit ein paar Wochen bin ich hier. Als ich hergekommen bin, hatten wir Rhovei, den zunehmenden Sichelmond. Angeblich eine gute Zeit, um Reisen zu beginnen. Vielleicht mache ich mich zum nächsten Rhovei wieder auf den Weg. In Lyand, bei den Elis Jithra, beginnt bald ein großes Fest, sie geben es nur alle zehn Jahresläufe, das wird bestimmt ganz wunderbar. Und ich kenne da jemanden, bei dem ich wohnen kann.«

»Ich weiß noch nicht mal, wo Lyand liegt.«

»Kann ich dir zeigen. Kommst du mit?«

Ihre Finger streiften über seinen Arm, und Kiéran hasste sich dafür, dass sein Körper reagierte, sich an die wilde Lust von damals erinnerte. »Hör auf, Charis«, sagte er gepresst. »Du weißt, dass ich mit einer Frau hier bin. Und ich liebe diese Frau.«

Achselzuckend ging sie darüber hinweg. »Weißt du eigentlich, was Aláes macht, wenn er in Ouenda ist? Er lässt sich gehen. Mindestens einmal betrinkt er sich. Anscheinend schafft er ziemlich viel Met, ohne dass man ihm irgendetwas anmerkt, und danach schläft er eine Zeit lang wie ein Toter. Das ist es auch, was ihn an dem Zeug lockt, denn er hat normalerweise große Schlafprobleme.«

Ungläubig starrte Kiéran sie an, diese schmale schattenhafte Gestalt mit der intensiven, roten Aura. »Jetzt sag mir bitte nicht, dass er es war, der dich in Ouenda aufgegabelt hat.«

Sie lachte leise. »O nein, ich glaube, so einer ist er nicht. Der Arme trauert immer noch seiner toten Geliebten hinterher, die schon vor tausend Jahresläufen das Zeitliche gesegnet hat. Dafür hat Silmar, sein Neffe, es in sich. Zum Glück bin ich ihn ziemlich schnell losgeworden, und es gibt eine Menge wirklich netter Eliscan, das vorhin war übrigens Calánim, der ist einfach ein Schatz, und seine Musik – ich sage dir, nicht einmal Jaeso kann so mit seiner Flöte umgehen.« Er hätte wetten können, dass sie jetzt ziemlich unverschämt grinste.

Nein, sie war nicht hinter Geld her. Sie wollte vom Kelch des Lebens trinken, ihn leeren bis zum Grund.

»Freut mich für dich«, sagte Kiéran und stand auf. »Ich muss los. Xatos wache über dich.«

»*Gi sa wyín, ardesh k'ion*«, sagte sie, hob die Hand und spreizte die Finger. »Gesegnet sei dein Tag und voller Licht. Aber ganz schön gemein von dir, dass du mir das ganze Zuckerzeug weggegessen hast.«

* * *

Sobald Kiéran weg war, verbarrikadierte Jerusha die Tür mit einer edel geschnitzten Kommode und machte sich daran, ihre verstreuten Sachen wieder zu ordnen. Sie war schrecklich müde, und dieses Bett war so unglaublich weich. Doch eine Weile hielten ihre Gedanken sie noch wach. Sie musste an Koriónas denken, an seine gelben Katzenaugen in der Dunkelheit. Würde er ihr überhaupt sagen, wo der Rubin sich befand? Vielleicht war das ein Geheimnis, das die Drachen aus guten Gründen hüteten.

Irgendwann schreckte sie mit hämmerndem Herzen aus tiefstem Schlaf auf. Jemand schlug mit der Faust gegen ihre Tür. Ärgerlich warf sie ihren Umhang über das Nachtgewand aus weißer Seide, bugsierte die Kommode von der Tür weg – war das Ding schwer! – und öffnete.

Draußen stand eins der Wesen, die sie bei den Traumweberinnen gesehen hatte; es war etwas größer als ein Mensch, hatte dunkelbraune, behaarte Haut, eine flache, runzelige Nase und einen schlitzförmigen Mund, in dem nadelspitze Zähne schimmerten. Gelb-schwarze Augen beobachteten Jerusha mit einem Ausdruck, den sie nicht deuten konnte. Diesmal war der Anblick kein so heftiger Schock wie damals bei den Cinaya, und Jerusha hob nur fragend die Augenbrauen. *Anscheinend gewöhnt man sich an alles, auch an eine Vielzahl seltsamer Kreaturen.*

»Aláes warrrtet auf Eucccch.« Seine Stimme war halb Knurren, halb Fauchen.

»Ghalils Schande, es ist mitten in der Nacht!«

Verständnislos blickte das Wesen sie an. »Derrr Mond ssteht hocch am Himmel.«

»Ach so.« Vielleicht brachte das Glück. »Bitte warte einen Moment, damit ich mich anziehen kann.«

Bevor sich das Wesen versah, hatte Jerusha ihm die Tür vor der Nase zugeschlagen. Anscheinend hatte es damit nicht gerechnet, denn es dauerte einen Moment, bevor es wieder mit dem Gehämmer begann. Jerusha achtete nicht darauf und zog sich schnell an; die Königin hatte ihr freundlicherweise ein paar Sachen schicken lassen, darunter ein einfaches Reitkleid aus lila Samt, das war dem Anlass vermutlich angemessen.

In den Gängen waren erstaunlich viele Eliscan unterwegs – wann schliefen die eigentlich? Doch dann erinnerte sich Jerusha, wie ihr die großen Augen des Mondvolks aufgefallen waren. Womöglich sahen die Elis Aénor damit gut im Dunkeln und betrachteten die Nacht als wichtigste Zeit des Tages. Wahrscheinlich brauchten Eliscan auch deutlich weniger Schlaf als Menschen.

Jerusha fragte sich, ob Kiéran schlief und ob sie ihn wecken sollte. »Ich brauche noch etwas aus dem Zimmer des Lin'tháresh«, teilte Jerusha ihrem bedrohlichen Führer mit. Anscheinend wollte Aláes diesmal nur sie allein sehen, doch auf keinen Fall würde sie irgendwohin gehen, ohne dass Kiéran Bescheid wusste.

»Geht niiirrcht«, fauchte das Wesen sie an, doch Jerusha blieb einfach stehen und verschränkte die Arme vor der Brust. »Tja, schade. Dann gehe ich jetzt keinen Schritt weiter. Du wirst mich mitschleifen müssen.«

Das Wesen näherte seine Fratze ihrem Gesicht, kaum eine Handbreit waren ihre Nasen voneinander entfernt. Jerusha stellte fest, dass das Geschöpf nach überreifen Früchten roch, und war beruhigt. Womöglich war es nicht einmal ein Fleischfresser.

Aláes' Bote krümmte warnend die Finger, an denen plötzlich eindrucksvolle Krallen zu sehen waren. Jerusha hob die Augenbrauen. Nun gut, vielleicht doch ein Raubtier.

»Jetzzzzzt!«, zischte das Wesen.

»Nein!«

Es dauerte noch ein paar Minuten, bis Jerusha das Geschöpf so weit hatte, dass es nachgab. Wahrscheinlich war seine Angst, von Aláes wegen der Verspätung gescholten zu werden, inzwischen stärker als der Verdruss darüber, dass Jerusha vom Weg abweichen wollte.

»Ich beeile mich auch«, versprach sie, hastete zu Kiérans Zimmer, klopfte kurz an und schob die Tür auf.

Niemand da. Wieder einmal. Verwirrt sah Jerusha sich um; sie hatte keine Ahnung, wo er hingegangen sein könnte. Sein Bett war unberührt.

»Nimm, wasss du ssssucchst, dann komm.« Das Geschöpf klang jetzt ernsthaft gereizt.

»Sofort.« Jerusha widerstrebte es, Kiérans Gepäck anzurühren, doch jetzt holte ihr eigener Vorwand sie ein. Schließlich öffnete sie zögernd seine Schultertasche. Bei Shi, war das alles Geld in diesem Lederbeutel?

Da, seine Bücher und ein flacher Gegenstand, in Seide gewickelt. Ihr Spiegel! Der Spiegel, den Dario ihr geschenkt hatte. Kiéran hatte ihn heimlich ausgelöst, vom Pfandleiher zurückgekauft! Deswegen war er also noch einmal nach Cyr zurückgekehrt. Eine rührende Idee, aber wann hatte er eigentlich vorgehabt, es ihr zu sagen?

Jerusha ergriff den Spiegel, ohne ihn aus seiner Hülle zu nehmen. Einen Moment lang ließ er sie an Dario denken, und ihr Magen verkrampfte sich, als habe sie etwas Ungenießbares zu sich genommen. Noch immer war Dario ihr Verlobter, warum schaffte sie es nicht, ihm zu schreiben, ihm zu sagen, dass es vorbei war? Nein, so etwas gehörte nicht in einen Brief, er hatte es verdient, es aus ihrem Mund zu hören.

Es war Zufall, dass sie auf dem Weg zu Aláes noch einmal an der Rosenlaube vorbeikamen. Jerusha warf nur einen kurzen Blick durch den Eingang, der fast von Blüten zugewachsen war – und sah zwei Menschen in der Laube sitzen. Einen jungen Mann, der ihr den Rücken zuwandte, und die fremde Elis von vorhin. Ihre Finger strichen über seinen Arm.

Doch der Mann, der dort hockte, war nicht der Elis von vorhin. Das war – Kiéran! Selbst von hinten erkannte sie ihn, seinen langen, sehnigen Rücken, sein dunkles Haar, das ihm inzwischen fast bis auf die Schultern fiel.

Jerusha hatte das Gefühl, keine Luft mehr zu bekommen. Hier war er also, er hatte diese Frau gesucht und gefunden. Es war offensichtlich, dass die beiden sich kannten. Und nichts davon hatte er ihr gegenüber erwähnt. Jerusha öffnete den Mund, um etwas zu sagen, zu rufen, doch schon zog das Wesen sie weiter. Kiéran hatte sie nicht gesehen.

Jerusha war so durcheinander, dass sie sich ohne weiteren Widerstand zum Audienzzimmer führen ließ. Und dann stand sie auch schon vor Aláes. Er trug unauffällige, dunkle Kleidung mit eingearbeiteten Silberornamenten und fast kniehohe Stiefel aus Leder, auch diese mit Metall verziert. Diesmal war er bewaffnet, er trug ein leicht gebogenes Schwert mit einem Griff aus weißem, glänzendem Material, das von dunkelgrünen Äderchen durchzogen war. Aláes bemerkte ihren Blick. »Ein kleines Erinnerungsstück an Larangva. Das linke Vorderhorn einer Seeschlange, ein Kapitän hat das Tier für mich erlegt.«

Jerusha stellte fest, dass sich ihre Abneigung gegen Aláes immer weiter vertiefte. Waren Seeschlangen nicht mit Drachen verwandt? *Kein Wunder, dass die Drachen ihm bei seiner Suche nicht beigestanden haben*!

Sie versuchte, ihre vielen Fragen an Kiéran, die schmerzhaften Zweifel, in einen hinteren Winkel ihres Kopfs zu verbannen. Besser, sie überlegte sich stattdessen, wie sie sich Aláes gegenüber verhalten sollte. Was sollte sie ihm sagen, wenn er wissen wollte, ob sie sich schon entschieden hatte? Sie würde ihn irgendwie hinhalten müssen. Auf keinen Fall würde sie irgendetwas versprechen, ohne mit Koriónas geredet zu haben. Oder mit Kiéran.

Es war fast völlig dunkel, nur wenige Lampen erhellten den Raum mit der hohen Bogendecke. Und auch Aláes' Augen wirkten in diesem Licht nicht mehr grün, sondern nachtschwarz. Er trug sein helles Haar offen, glänzend lag es über seinen Schultern und seinem Rücken. Die Absätze seiner Stiefel klackten auf dem steinernen Boden, als er zu einem Sims ging, abwesend aus einem dort stehenden Kelch trank und ihn beiseitestellte. Ein Lichtstrahl fing sich im Mondsymbol an seiner Hand, ließ es kurz aufblitzen.

Aláes' Helfer mit der Affenfratze hatte sich still in den Hintergrund zurückgezogen.

»Es erstaunt Euch vielleicht, dass ich Euch noch einmal habe rufen lassen, Jerusha«, sagte Aláes, und mit einem kurzen »Danke, Czak« entließ er seinen Helfer. »Ich muss zugeben, die Neugier hat mir keine Ruhe gelassen.«

»Tatsächlich?«, gab Jerusha höflich zurück. »Ich dachte, Neugier wäre eine eher menschliche Eigenschaft.«

»Keineswegs. Und am meisten beschäftigt mich die Frage, wie man zu einem Tiefseher wird. Was ist das Geheimnis hinter der magischen Sicht Eures Gefährten? Sicherlich ist er nicht schon so geboren worden, das ist sehr selten und kommt meines Wissens nur in Khorat vor.«

»Am besten wäre, Ihr würdet ihn selbst fragen«, sagte Jerusha, und die Haut zwischen ihren Schulterblättern prickelte. Sie spürte die Gefahr so deutlich, als habe Aláes sein Schwert gezogen. »Ich weiß nichts darüber.«

Aláes trat noch ein paar Schritte näher, jetzt standen sie sich auf Armeslänge gegenüber. Seine Augen waren die eines Falken, dunkel und ohne jedes Mitleid. »Besser, Ihr denkt noch einmal genau darüber nach, Jerusha KiTenaro. Denn wenn Ihr mir meine Fragen nicht beantwortet, werde ich Euren Gefährten töten lassen.«

Verrat

»Ihr werdet *was?*« Jerushas Lippen fühlten sich taub an.

»SaJintar ist eine Gefahr für mich. Ich kann ihn nicht am Leben lassen. Doch wenn Ihr mir sagt, was ich wissen will, bin ich bereit, ihm Gnade zu erweisen.«

Aláes' Stimme war kühl und nüchtern; er sprach so beiläufig davon, einen Menschen umzubringen, wie andere darüber reden mochten, eine verdorbene Frucht wegzuwerfen. Doch Jerusha zweifelte nicht mehr daran, dass sie richtig gehört hatte. Und sie wusste, dass er seine Drohung wahr machen konnte. Auf einmal fühlte sie sich schwach und zittrig, ihr Mund war so trocken, dass sie kaum noch schlucken konnte. Wieso war sie nur hierher zu den Elis Aénor gekommen, wieso hatte sie sich dazu überreden lassen? Sie hatte doch schon gewusst, dass Aláes ohne jedes Gewissen war. Schlimmer als jede Viper.

»Ihr bittet mich darum, ihn zu verraten?«, flüsterte sie. War das tatsächlich ein verständnisvolles Lächeln, das Aláes jetzt aufsetzte, während er sich daranmachte, ihr Leben zum zweiten Mal zu zerstören? Am liebsten hätte sie ihn ins Gesicht geschlagen.

»Oh, ich glaube nicht, dass Ihr das so sehen solltet«, meinte er milde. »Wenn Ihr mir sagt, was ich über Euren Krieger wissen will, dann werde ich ihn am Leben lassen. Darauf gebe ich Euch das Wort eines Eliscanfürsten. Ihr rettet Eurem Gefährten den Hals, und eines Tages wird er es Euch danken.«

Und doch wäre es Verrat, dachte Jerusha hilflos. *Ich bin mir sicher, dass Kiéran niemandem außer mir erzählt hat, warum er noch etwas sieht. Es wäre zu gefährlich für ihn. Mir hat er es gesagt, weil er mich liebt.* So oft schon hatte sie sich geschworen, Kiéran niemals im Stich zu lassen, doch Aláes hatte all ihre Entschlossenheit wertlos gemacht, mit einem einzigen Satz. Wenn sie Kiéran nicht verriet, würde er sterben.

Was für eine grausame Ironie, die Aláes sich da für sie ausgedacht hatte! Bestimmt war er sehr stolz darauf.

»Wenn Ihr ihn tötet, dann schadet Ihr Euch selbst«, versuchte es Jerusha verzweifelt, und ihre Hand krampfte sich um Darios Spiegel. »Wieso sollte ich dann noch ein Interesse daran haben, den Fluch zu lösen? Wenn Kiéran tot ist, ist mir Euer Rubin so gleichgültig wie ein Flusskiesel. Und wenn Kiéran mir nicht hilft, den Rubin zu finden, schaffe ich es sowieso nie. Auch nicht mit Unterstützung der Drachen.«

Aláes wandte sich von ihr ab, blickte in die Ferne. »Ihr unterschätzt Euch, Lady KiTenaro. Es ist mir sehr wohl bewusst, dass Ihr bei den Cinaya nach mir gefragt habt. Das ist eigentlich auch nicht menschenmöglich. Und dort wart Ihr auch allein.«

Auch das hat er also herausgefunden. Wieso sind wir nicht geflohen, als noch Zeit war? Wieso bin ich noch einmal umgekehrt, um meinen Bogen zu holen? Tränen liefen Jerusha über die Wangen, aber irgendwie schaffte sie es, nicht laut zu schluchzen. Diese Befriedigung wollte sie ihm nicht geben. »Damit wird der Fluch an mir und Kiéran Wirklichkeit, nicht wahr?«

Aláes seufzte. »Mir scheint fast, als sei es Euch lieber, ich ließe Eurem Freund bei lebendigem Leibe das Herz heraustrennen. Eine Art des Tötens, die eigentlich die Elis Sarkorr bevorzugen, doch auch hier ließe sich das einrichten. Etwas subtiler ist Xdhiál, ein Gift, das seine Opfer erst nach zwölf Stunden äußerster Qualen zugrunde gehen lässt.«

»Hört auf!« Diesmal brüllte sie ihn an, mit wilder Wut, die durch ihren ganzen Körper tobte. Es war diese Wut, die sie dazu verleitete, ihre letzte Karte auszuspielen. »Königin Célafiora würde das niemals dulden, und Ihr wisst es.« Doch während sie es sagte, zweifelte sie schon daran. Wie weit reichte die schützende Hand der Königin? Und wäre sie wirklich bereit und fähig, sie vor Aláes' Rache zu bewahren? Sie kannte Jerusha kaum, verspürte wohl nur ein flüchtiges Mitleid mit ihr und ansonsten wenig Sympathie für die Bewohner Ouendas.

»Lady KiTenaro.« Aláes' Stimme war wie eine Klinge aus Eis. »Wenn irgendjemand – Mensch, Elis oder Anderwesen – von diesem Gespräch erfährt, werdet *ihr beide* sterben.«

Jerusha wusste, dass sie geschlagen war. Es gab keinen Weg mehr, aus dem Netz hinauszuschlüpfen, das Aláes für sie geknüpft hatte. »Und Ihr schwört, dass Ihr Kiéran verschonen werdet, wenn ich Euch alles verrate?«

»Keinen Tropfen seines Blutes werde ich vergießen«, bekräftigte Aláes, und seltsam – Jerusha glaubte ihm.

»Na gut«, sagte Jerusha bitter, und dann erzählte sie ihm, was sie wusste. Von Kiérans Blindheit nach dem Gefecht. Von seiner Zeit im Tempel der Schwarzen Spiegel. Von dem Amulett, das ihm seine ungewöhnliche Sehkraft gab. Als sie geendet hatte, war sie erschöpft, und es ekelte sie vor ihr selbst.

»Na also.« Aláes blickte wieder in die Ferne, er schien tief in Gedanken versunken und würdigte sie keines Blickes.

»Das ist alles? Kann ich jetzt gehen?«

»Ihr könnt gehen.«

Apathisch kehrte Jerusha in ihre Räume zurück und warf den Spiegel auf den Ankleidetisch, auf dem Früchte und köstlich duftendes frisches Brot bereitstanden. Doch ihr Magen hatte sich zusammengekrampft wie eine Faust, sie brachte es nicht über sich, jetzt etwas zu essen, und auch nicht, in dieses Bett zurückzukriechen. Am liebsten hätte sie nichts mehr von dem berührt, was den Eliscan gehörte. *Vielleicht denken sie, dass sie Götter sind. Dass sie mit uns machen können, was ihnen beliebt. Wir sind nichts für sie, nichts!*

Jerusha kauerte sich in einer Zimmerecke auf den Boden und presste die Hände auf das Gesicht. Ihr Körper krümmte sich wie ein Weidenzweig im Sturm, und ein Wimmern drang aus ihrem Mund, sie konnte es nicht mehr unterdrücken. *Ich habe ihn verraten. Ich habe es getan. Ich habe Kiéran an Aláes ausgeliefert.* Machte es jetzt überhaupt noch Sinn, den Rubin zu suchen? Der Fluch hatte sich ohnehin an ihr erfüllt. Doch Jerusha wusste, dass das noch längst nicht das Ende war. Solange der Fluch bestand, konnte es immer und immer wieder passieren, dass sie das zerstörte, was ihr am meisten bedeutete. *Außerdem schulde ich es Liri. Sie soll gar nicht erst zu spüren bekommen, was es heißt, unter einem Fluch zu leben.* Und da war ja auch noch Aláes' Andeutung, dass es den Krieg verhindern könnte, wenn sie ihm den Rubin übergaben.

Als es draußen langsam hell wurde, zwang sie sich, aufzustehen. Wenn Kiéran kam, durfte er nicht ahnen, dass etwas geschehen war. Sie wusste, dass Aláes seine Warnung ernst gemeint hatte. Wenn Kiéran etwas von ihrer Vereinbarung erfuhr, war alles aus.

Er klopfte wenig später und blieb betroffen stehen, als er sie förmlich und steif am Ankleidetisch sitzen sah. »Was ist passiert, Jerusha?«

Jerusha zwang sich ein Lächeln ab, bevor ihr einfiel, dass er das ohnehin nicht sehen konnte. Jetzt konnte sie ihn endlich fragen, mit wem er sich vorhin getroffen hatte. Mit etwas Glück würde er denken, dass sie einfach nur eifersüchtig war. »Sag mal, gibt es hier jemanden beim Mondvolk, den du kennst? Diese Elis in der Rosenlaube …«

»Ich schulde dir eine Erklärung«, sagte Kiéran verlegen und lehnte sich gegen den Ankleidetisch. »Es ist keine Elis, sie ist ein Mensch. Eine Vagabundin, die ich nach meiner Rückkehr in der Quellenveste kennengelernt habe. Wir haben eine Nacht miteinander verbracht.«

Tiefe Niedergeschlagenheit senkte sich über Jerusha. Sie blickte zur Seite. »Natürlich, du bist ein junger, freier Mann, es ist nichts dagegen zu sagen, dass du …«

»Ach, verdammt!« Er stieß sich von dem Tischchen ab, jetzt stand er ihr gegenüber. »Das sind doch nur Sprüche, Jerusha. Wenn ich dich verletzt habe, dann sag es mir, brüll mich an, los, tu es. Ich will nicht, dass etwas zwischen uns steht.«

Doch sie war nicht fähig, ihn jetzt anzuschreien. Das, was in Wirklichkeit zwischen ihnen stand, war um so vieles schlimmer – und dadurch nicht ungeschehen zu machen. »Du würdest es nicht tun, solange wir zusammen sind, oder? Mit einer anderen Frau?«

Er schüttelte den Kopf, ohne sie einen Moment aus den Augen zu lassen. »Dich will ich und sonst keine.« Kiéran streckte die Arme nach ihr aus, und Jerusha kam ihm entgegen – o ja, es würde so guttun, jetzt von ihm im Arm gehalten zu werden. *Dich will ich und sonst keine.* Das war so wunderbar, und zugleich tat es so weh, wenn sie daran dachte, was sie Aláes über ihn offenbart hatte. Würden die Elis Aénor sie endlich in Ruhe lassen, würden sie frei sein von ihrem Einfluss, wenn sie ihnen den Rubin beschafft hatten?

Doch Kiérans Arme schlossen sich nicht um sie, und Jerusha sah, dass sein Blick nicht mehr auf ihr ruhte, sondern auf dem Spiegel, der – noch immer in Seide gehüllt – auf dem Ankleidetisch lag. »Ist das der Handspiegel?«, fragte er verblüfft. »Woher hast du den?«

Verdammt, wieso habe ich den Spiegel nicht zurückgebracht in sein Zimmer? »Ich war gestern noch einmal in deinem Zimmer und wollte dir Gute Nacht sagen, da habe ich das Ding bemerkt.« *Schon muss ich ihn anlügen. Geht das jetzt so weiter? Vermutlich. Und nur die Götter wissen, was das zwischen uns anrichten wird.*

Auf irgendeine Art schien Kiéran zu spüren, dass sie eben nicht die Wahrheit gesagt hatte, mit gerunzelter Stirn blickte er sie an. Dann seufzte er tief und nahm sie doch noch in den Arm. »Ich wollte dich eigentlich damit überraschen. Mit dem Spiegel, meine ich. Anscheinend ist es der einzige, in dem ich mich sehen kann, das weißt du ja. Aber erst nachdem du ihn verpfändet hattest, kam mir eine Idee. Vielleicht eine ganz blöde Idee.«

»Sag schon.«

Er holte tief Luft. »Wenn du dich neben mich stellst und wir gemeinsam hineinblicken, dann könnte ich nicht nur mich sehen, sondern auch dich.«

Jerusha zuckte zusammen, sie konnte es nicht verhindern; wahrscheinlich fühlte sich ihr Körper jetzt steif und hölzern in seinen Armen an, denn hastig fuhr er fort: »Nur wenn du willst, natürlich. Wir machen es nicht, wenn du ein schlechtes Gefühl dabei hast, in Ordnung?«

Zum ersten Mal würde er sie sehen, sich ein Bild von ihr machen können, um es in seiner Erinnerung zu bewahren. Er würde ihr wahrhaftig in die Augen blicken können. Nein, das konnte und würde sie ihm nicht verweigern. Aber das Gefühl der Panik blieb. »Was ist, wenn ich nicht so bin wie in deiner Vorstellung?«, flüsterte sie.

»Keine Sorge. Ich liebe *dich* – was und wer du bist –, nicht dein Abbild.« Auch er hatte die Stimme gesenkt. Plötzlich umspielte ein Lächeln seine Lippen. »Aber ich glaube nicht, dass ich enttäuscht sein werde. Selbst Silmar hat gesagt, dass du zu schön bist für mich, also werde ich mich wahrscheinlich sehr schnell an dein Aussehen gewöhnen.«

Einen Moment lang vergaß Jerusha Aláes, und sie musste lachen. »Das hat Silmar gesagt? Ich, zu schön für dich? Er zieht dich auf, das ist dir doch hoffentlich klar.«

Sie stellte fest, dass sie sich trotz allem besser fühlte. Vorerst war Kiéran in Sicherheit, das war alles, was zählte.

»Komm, werfen wir einen Blick hinein.« Kiéran streckte die Hand nach dem Spiegel aus. Doch Jerusha nahm seine Hand, hielt sie fest. »Gib mir noch ein bisschen Zeit, in Ordnung? Es gibt eine Zeremonie … eine Zeremonie, um die Last der Erinnerungen zu erleichtern. Célafiora hat mir angeboten, dass ich daran teilnehmen darf.«

»Eine Eliscanzeremonie?« Kiérans goldbraune Augen blickten skeptisch. »Wann?«

»Ich weiß nicht. Sie hat es nur angedeutet, und seither habe ich nichts mehr von ihr gehört.« Hilflos zuckte Jerusha die Schultern. »Vielleicht hat sie es wieder vergessen. Oder nicht ernst gemeint. Oder es sich anders überlegt.«

»Ich gehe jetzt los, um Koriónas zu rufen«, sagte Jerusha, obwohl sie die fast gänzlich durchwachte Nacht spürte und furchtbar müde war. »Wir müssen die Suche nach dem Rubin mit ihm besprechen.«

»Außerdem müssen wir versuchen, ihm eine Nachricht mitzugeben – eine Nachricht für die Fürsten Ouendas und für die Priester der Schwarzen Spiegel«, sagte Kiéran leise, und sein Mund war nur noch eine schmale Linie. »Wir müssen sie irgendwie vor den Plänen der Eliscan warnen. Wenn sie jetzt alle Menschen zu den Waffen rufen, können wir das Kernland vielleicht eine Weile halten.«

»Aber werden sie uns – dir – glauben?«

»Ich hoffe eher, dass sie nicht vor Schreck tot umfallen, wenn ihnen diese Nachricht durch einen Drachen überbracht wird. Ja. Ich glaube, diesmal werden sie zuhören.«

Doch in diesem Moment schlüpfte ein Kobold ins Zimmer, drückte Kiéran ein Stück Pergament in die Hand und rannte wieder davon. »Was steht da?«, fragte er Jerusha, und sie las:

Denk nicht mal dran, Krieger.

Jerusha und Kiéran tauschten einen Blick. Also entging ihrem Feind nichts, was zwischen ihnen gesprochen wurde, nicht einmal wenn sie dem Anschein nach allein waren. Jerusha hatte keine Ahnung, wie Aláes das bewerkstelligte, und es war ein Gefühl, als lägen Eisenbänder um ihre Seele. *Wenn ich jemandem davon erzähle, wozu Aláes mich gezwungen hat, wird er es tatsächlich erfahren …*

Doch Jerusha konnte nicht mehr länger darüber nachdenken. So viel war in der kurzen Zeit bei den Eliscan geschehen, so viel hatten sie erlebt, so viel Neues war auf sie eingestürmt. Jetzt wollte sie nur noch eins, die Augen schließen und sich ausruhen. Kiéran war leicht zu überreden, ein paar Stunden Schlaf nachzuholen, er wirkte noch immer erschöpft.

Doch es fiel Jerusha schwerer als gedacht, einzuschlafen. Vor ihrem inneren Auge stand Liris Gesicht, sah sie Liri, wie sie die Hühner fütterte und sie neckte, bis sie aufgeregt herumflatterten. Wie sie vergeblich, aber vergnügt mit ihrer Freundin Pridi versuchte, auf dem Maultier der DoAlands zu reiten. Wie sie mit blitzenden Augen und gefürchteter Härte auf dem Markt um Fisch und Pristanbohnen feilschte. Wie sie mit höchster Konzentration den Bogen spannte.

»Liri«, flüsterte Jerusha, und ihre Augen wurden feucht. Wann konnte sie ihr endlich wieder schreiben? Den letzten Brief an ihre kleine Schwester hatte sie in Cyr abgeschickt, nicht einmal den Drachen hatte sie darin erwähnt.

Am späten Vormittag machten sie sich auf den Weg, um Koriónas in dem Wäldchen mit den graugolden schimmernden Blättern zu treffen. Nach und nach versammelten sich zwei Dutzend mit Schwertern, Bogen und Speeren bewaffnete Eliscan hinter ihnen, darunter auch Silmar. Schweigend, die edlen Gesichter ausdruckslos, hielten sie sich in einer Baumlänge Abstand, blieben aber immer in Sichtweite. Ihre Rüstungen und die Kettenhemden, fast so fein gewoben wie Stoff, schimmerten in unirdischem Glanz.

»Aláes zeigt deutlich, wie wenig er uns vertraut«, murmelte Kiéran. »Wahrscheinlich ist ihm nicht ganz recht, dass wir uns mit Koriónas beratschlagen, aber er muss es dulden. Aus Respekt vor den Drachen und weil er sonst nichts über den Rubin erfährt.«

»Könnten sie Koriónas töten, wenn sie es darauf anlegen?«, flüsterte Jerusha zurück.

Kiéran musterte die Eliscan unverhohlen, und keine der hochgewachsenen Gestalten wich seinem Blick aus. »Ich weiß nicht, ob Sternenstahl seine Schuppen durchdringen kann. Wenn ja, dann müssen wir alle sehr, sehr vorsichtig sein. Aber ich kann nicht glauben, dass Eliscan wirklich einen Drachen töten würden.«

Jerusha war nicht ganz so optimistisch. *Wer eine Seeschlange erlegen lässt, der vergreift sich vielleicht auch an einem Drachen*, ging es ihr durch den Kopf. Würde Koriónas überhaupt kommen, wenn er merkte, in welcher Gesellschaft sie sich befanden? Kannte ein Wesen wie er Angst oder so etwas wie Vorsicht? Jerusha schickte ihre Gedanken nach dem Drachen aus. *Koriónas, wir brauchen deinen Rat! Du findest uns am gleichen Ort, an dem du uns abgesetzt hast, aber es könnte gefährlich werden, Bewaffnete sind hier.* Sie versuchte ihren Geist für seine Antwort zu öffnen und spürte eine Art von Echo, ein wortloses Ja. Koriónas würde kommen.

»Hier etwa muss es gewesen sein, ich erkenne die Quelle wieder und diesen Felsen«, sagte Jerusha und ließ den Blick über den Boden schweifen. »Seltsam, hier sind überhaupt keine Klauenabdrücke mehr. Dabei können sie doch nicht einfach so verschwunden sein.«

»Siehst du noch geknickte Grashalme?« Kiéran beobachtete währenddessen den Himmel. Nein, auch geknicktes Gras sah Jerusha keines, sie schüttelte den Kopf und sagte es Kiéran. Wahrscheinlich hatten die Elis Aénor mit einer beiläufigen Handbewegung dafür gesorgt, dass diese Spuren getilgt wurden, damit das Wäldchen wieder so unberührt wirkte wie zuvor. Das war ihr gutes Recht, und doch bedrückte es Jerusha aus irgendeinem Grund. Vielleicht, weil die Schönheit um sie herum dadurch auf einen Schlag so unnatürlich wirkte, so gewollt. Oder weil ein sichtbares Zeichen ihres Drachen sie beruhigt, sie irgendwie getröstet hätte.

Die Wartezeit dehnte sich ins Unerträgliche. Schließlich setzten sie sich auf den Boden, um Kiérans verletztes Bein zu schonen. Es war so still, dass man jeden Laut weithin hörte, und Jerusha und Kiéran war die Lust vergangen, sich zu unterhalten. Wenn zwei Dutzend Bewaffnete jedes Wort mithörten, dann konnten sie sowieso nichts austauschen, was irgendwie von Belang gewesen wäre.

Die Sonne stand schon hoch am Himmel, als Aufregung Jerusha durchflutete. Sie ahnte, was das bedeutete. »Er ist in der Nähe«, flüsterte sie Kiéran zu, und hastig richtete er sich auf. »Wo? Siehst du ihn schon?«

»Nein, aber ich weiß es.« Und ein paar Augenblicke später sahen sie ihn auch, seine langen Fledermausflügel trugen ihn in weiten Bögen durch die Luft, und durch seine kupferfarbenen Schuppen wirkte er wie ein Geschöpf, das in der Esse eines Schmiedes das Licht des Daseins erblickt hat. Einmal umkreiste er sie, dann setzte er zur Landung an, streckte die Klauen vor und ließ sich auf den Boden herabsinken, keine Menschenlänge von Jerusha entfernt. Einen Moment lang sah sie die Sonne als hellen Fleck durch seine ledrigen Flügel, dann verdeckte er sie hinter seinem gewaltigen Körper. Als Koriónas witterte, schien die Luft um sie herum zu vibrieren.

Die Eliscan wichen nicht zurück; erleichtert sah Jerusha, dass sie den Kopf grüßend vor Koriónas beugten. Zur Antwort senkte Koriónas die hornige Schnauze um eine Winzigkeit. Seine gelben Katzenaugen beobachteten die Eliscan stetig, ohne ein einziges Blinzeln.

Das war eine eher kühle Erwiderung, ging es Jerusha durch den Kopf, als sie Koriónas eine Hand auf den Hals legte.

»Wie gut, dass du hier bist, mein Freund«, flüsterte sie, und seine Antwort schien durch ihren Kopf zu dröhnen. *Ich musste mich mit ein paar Frostdrachen herumschlagen, die zu denken scheinen, dass diese Gegend hier ihnen gehört. Aber ich bin gekommen, so schnell es ging. Was für ein Aufgebot! Habt ihr das Aláes zu verdanken?*

»Ja, leider«, sagte Jerusha und seufzte. Die Versuchung war übermächtig, auf Koriónas' Rücken zu klettern, sich von ihm wegtragen zu lassen, weit weg von diesem wundersatten, verfluchten Ort, quer über Berge, Wälder, Flüsse hinweg auf die andere Seite, in die ihr bekannte Welt. Doch sie wusste, dass ihnen das nur einen kurzen Aufschub verschaffen würde; vor Aláes' Rache waren sie nirgendwo sicher. Es fühlte sich an, wie durch unsichtbare Ketten gefesselt zu sein.

Bedroht er euch?, grollte Koriónas, und Jerusha wurde das Herz schwer, weil sie selbst ihm nichts offenbaren durfte. Doch es schien niemandem aufzufallen, dass sie schwieg, und schon schüttelte Kiéran als Antwort auf die Frage des Drachen den Kopf. »Nein. Aber er hat uns eine unschöne Bedingung gestellt, damit er den Fluch von uns nimmt und die Elis Aénor vielleicht darauf verzichten, Ouenda anzugreifen.«

Jerusha konnte ein schiefes Lächeln nicht ganz unterdrücken. *»Von uns« hat er gesagt! Wie lieb von ihm, dass er den Fluch nicht einfach als Problem der KiTenaros sieht.* Sie sprach weiter und senkte ihre Stimme zu einem Flüstern, denn sie hatte nicht vergessen, dass außer Koriónas niemand von Aláes Angebot erfahren durfte. »Er verlangt, dass wir ihm einen Rubin bringen, der an einem Ort in Ouenda verborgen sein soll. An einem Ort, an dem das Blut eines Eliscanherrschers vergossen wurde. Fürst Ruidan hieß er und der Rubin trägt den Namen Aélwelhor.«

Ah. Ich habe mir schon gedacht, dass Aláes irgendwann hinter dem her sein würde. Aláes ist der Meinung, dass er Anspruch auf den Thron hat, gerade jetzt, während König Qedyr krank ist. Denn wer den Rubin hat, der soll einer alten Prophezeiung nach über die Elis Aénor herrschen. Wenn Qedyr abdanken sollte und das Gezerre um die Nachfolge losgeht, dann kann Aláes mit Aélwelhor nicht mehr verlieren.

Jerusha und Kiéran tauschten Blicke. So war das also. Plötzlich zweifelte Jerusha daran, dass Célafiora – oder irgendjemand anderes bei Hofe – davon wusste, auf was für einer Suche sich Aláes schon seit Jahrhunderten befand.

»Na wunderbar«, sagte sie. »Wenn wir dieses Ding finden, dann wird Aláes Herrscher.«

Aber wahrscheinlich dauert es bis dahin noch ein paar Hundert Jahresläufe. Qedyr steht in der Blüte seines Lebens. Nur manchmal zieht er sich zurück. Meist arbeitet er dann an seinem Mosaik weiter.

»Dann habe ich ihn schon einmal gesehen – an dem Tag, als ich Aláes zum ersten Mal begegnet bin.« Jerusha dachte zurück an die einsame Gestalt an der Bergflanke. Dann konzentrierte sie sich auf die eine Frage, die sie Koriónas stellen musste. »Weißt du, wo der Rubin sein könnte? Und würdest du uns helfen, ihn zu beschaffen?«

Abrupt richtete der Drache sich auf, seine metallisch harten Schuppen schrammten Jerushas Hand entlang. Erschrocken holte Jerusha Luft, als Koriónas sich herumwarf. Seine riesige, hornige Schnauze fuhr herab, war plötzlich ganz dicht vor ihr. *Es ist ein Geheimnis, das wir schon so lange hüten. Ich darf es nicht preisgeben! Nicht einmal deinetwegen, Jerusha. Nicht einmal, um den Pakt mit den KiTenaros zu erfüllen!* Heftig wie Schmiedhämmer droschen seine Gedanken auf sie ein.

Jerusha fühlte sich wie erstarrt. Nicht nur, dass damit der Fluch in alle Ewigkeit auf ihrem Clan lasten würde und dass zwischen Menschen und Eliscan bald die Schwerter sprechen würden. Jetzt waren sie und Kiéran für Aláes nutzlos geworden. Es gab keinen Grund mehr, sie am Leben zu lassen. Vielleicht war es doch die bessere Möglichkeit, mit Koriónas zu fliehen, dann hatten sie wenigstens eine kleine Chance.

Zu spät. Schon breitete der Drache die Schwingen aus, um davonzufliegen. Sein heißer Atem streifte Jerusha, und dann fauchte eine Flamme aus seinem Maul den Eliscan entgegen, versengte das hohe Gras vor ihren Füßen zu Asche. Erschrocken zogen einige von ihnen die Schwerter, andere hoben ihren Bogen. Einen Moment lang fürchtete Jerusha, dass gleich Blut fließen würde, doch das Feuer war nur eine Art boshafter Abschiedsgruß des Drachen gewesen. Ein Windstoß fuhr in die Bäume, als Koriónas abhob, und Staub wehte Jerusha in die Augen.

»Warte!«, brüllte sie verzweifelt. »Bitte verlass uns nicht!«

Schon war der Drache nur noch ein Punkt am sonnendurchfluteten Mittagshimmel.

Möge der Atem der Dunkelheit euch gnädig sein, sprach Koriónas aus der Ferne in ihre Gedanken. *Denn der Tod kommt manchmal aus dem Abendschatten eines Brunnens.*

»Na wunderbar«, sagte Kiéran sarkastisch, während er dem Drachen hinterherblickte. »Das war's dann wohl mit eurer Freundschaft, oder? Kurz war sie, aber immerhin feurig.«

Doch Jerusha antwortete nicht, sie runzelte die Stirn. *Möge der Atem der Dunkelheit euch gnädig sein.* Vielleicht war es nur eine Abschiedsformel, die bei Drachen üblich war, doch Koriónas hatte sie nie zuvor benutzt. Und was hatte das mit dem Abendschatten eines Brunnens zu bedeuten?

Ganz plötzlich begriff Jerusha, was der Drache getan hatte, und ein schrilles Lachen brach aus ihr heraus. »Kiéran, er *hat* uns geantwortet!«

Kiéran wandte sich zu ihr um, und plötzlich waren seine Augen schmal. »Der Atem der Dunkelheit«, wiederholte er leise. »Ja. Du hast recht, es ist ein Rätsel, das wir lösen sollen. Komm, lass uns gehen. Wir brauchen jetzt Zeit zum Nachdenken, und das hier ist weder der rechte Platz dafür noch die rechte Gesellschaft.« Er warf den Eliscan einen düsteren Blick zu.

Auf dem Rückweg zur Residenz verschwanden die Eliscan nach und nach, ein Krieger nach dem anderen blieb zurück oder lenkte den Schritt einen anderen Weg entlang. Sie ließen ihre Gefangenen endlich allein mit ihren Gedanken.

* * *

Unter seinem Rücken fühlte er das dichte Gras, und ein Kieselstein drückte gegen seine Hüfte. Er wusste, dass ein paar Schritte vor ihnen die Felswand steil nach unten abfiel; ein rauer, kühler Wind fuhr über diese Kante hinauf, und der Schrei eines Bussards verriet ihm, wer in diesem Strom segelte.

Mit hinter dem Kopf verschränkten Armen blickte Kiéran in den Himmel über Khorat, der seinen neuen Augen erschien wie ein frisch gewaschenes Leinentuch, eine weiße Leere, und einen Moment lang kehrte so etwas wie Frieden in ihn ein. Es gab nichts, das er begehrte, nichts, das er brauchte – außer hier zu sein. Hier an ihrer Seite.

Er hörte das Rascheln, als Jerusha eine der Karten ausbreitete, die die Eliscan ihnen zur Verfügung gestellt hatten. Dann stieß sie einen überraschten Laut aus. »Kiéran, das sieht völlig anders aus als die Karten von Ouenda, die ich kenne. Was sind denn das für seltsame Fürstentümer? Und die Orte… es gibt kaum etwas, das mir bekannt vorkommt! An der Stelle, wo Jakobsburg sein müsste, ist nur irgendein Dorf eingezeichnet, das ganz anders heißt, ist daraus etwa unsere Hauptstadt geworden? Aha, und das da muss Evanis sein. Der Name ist nur anders geschrieben, *Khevánhis*, aber es liegt am Benar, dort wo der Fluss sich gabelt.«

Kiéran biss die Zähne zusammen. Was hätte er darum gegeben, diese Karte sehen zu dürfen. Doch er wusste, dass sie ihm nur als heller Fleck erscheinen würde. »Sie muss sehr, sehr alt sein. Sind Cym und Cyr drauf?«

»Nein.«

»Dann hat diese Karte mindestens tausendfünfhundert Sommer gesehen, denn damals sind die Zwillingsstädte gegründet worden.«

Der Atem der Dunkelheit. Kiéran ließ den Namen in sich hineinsinken, wartete, ob er irgendetwas in ihm wachrief. Ob es einen Ort gab, dessen Name eine ähnliche Bedeutung hatte. Eigentlich brauchten sie einen Elis, der ihnen half … was war, wenn es eine der Sprachen der Eliscan war, die sie zum Entschlüsseln der Botschaft brauchten? Doch es widerstrebte ihm zutiefst, Aláes zu fragen. Und jemand anderen konnten sie nicht um Hilfe bitten, Stillschweigen hatten sie geschworen, und Stillschweigen würden sie wahren.

»Sind dort auch die Orte eingezeichnet, wo es damals Gefechte gab?«, fragte er.

»*Rus* heißt Altes Schlachtfeld, oder? O ja, hier sind jede Menge eingetragen. *Rus Elven* in Yantosi und *Rus Saluie. Rus Ghent*, dort, wo die KiTenaros früher gelebt haben, und ach, *Rus Laerd*, das kenne ich, da sind wir in der Nähe vorbeigeritten. Alle Götter, in Kalamanca sind ja auch welche!«

Als Kiéran hörte, wie Jerushas Stimme erstarb, ahnte er, was sie entdeckt hatte.

»Genau bei Loreshom ist auch eins«, flüsterte sie schließlich. »*Rus Lintfurt.* An den Ufern des Lint. Falls ich jemals zurückkomme, kann ich dem alten Pacuro sagen, wie die Eliscan unseren Ort nennen. Und wer dort früher gekämpft hat. Pacuro gräbt seit mehr als einem Septagon alte Rüstungsteile aus den Äckern, aber er wusste nie, wem sie mal gehört haben.«

Plötzlich musste Kiéran lachen. »Und jetzt stell dir vor, wir finden diesen Rubin in der Nähe deines Dorfs. Wäre das nicht eine enorme Ironie des Schicksals?«

»Das wäre furchtbar!« Jerusha stützte den Kopf in die Hände, und Kiéran konnte nur raten, was ihr gerade in den Sinn gekommen war. Und warum sie nicht mehr heimkehren wollte. Vielleicht war es auch nur die Art des Heimkehrens, die ihr furchtbar vorkam; unter dem Schatten des Verderbens, begleitet von einem unberechenbaren Drachen und einem Terak Denar, der gegen seinen Willen aus dem Dienst entfernt worden war. Ein Triumphzug sah dann doch etwas anders aus.

»Ich kann mir denken, warum Aláes schon seit hundert Jahresläufen vergeblich sucht«, fuhr Jerusha fort. »Es sind einfach zu viele Orte, die infrage kommen. In Khelgardsland ist auch heftig gekämpft worden. *Rus Ewyborn, Rus Avantoc* …«

»Halt«, sagte Kiéran spontan und horchte in sich hinein, versuchte festzustellen, was an diesem Namen etwas in ihm zum Klingen brachte. »Avantoc… das Wort kommt mir bekannt vor. Ich glaube, das musste ich vor ewiger Zeit mal auswendig lernen, du wahrscheinlich auch, oder? Für die Zeremonie, in der man zum Ghaliljünger ernannt wird.«

»Meine Eltern haben mich nie offiziell in einen Ghaliltempel aufnehmen lassen«, gestand Jerusha verlegen. »Keine Ahnung, wieso. Vielleicht haben sie nicht mehr so recht an die Götter geglaubt nach dem, was ihnen geschehen ist. Aber jetzt los, sag, was heißt Avantoc?«

Kiéran strengte sein Gedächtnis an. Wie viel Schweiß es ihn damals als Kind gekostet hatte, das Wechselspiel zwischen Fragen und Antworten, das komplett in der alten Hochsprache Lingua Rejna stattfand, auswendig zu lernen. Niemand benutzte heute noch Lingua Rejna, und die meisten Kinder verstanden selbst nicht, was sie während der Zeremonie sagten. Doch sein Vater hatte sich große Mühe damit gegeben, ihm die Sprache zu vermitteln. Vieles hatte Kiéran längst vergessen, doch einige Sätze und ihre Bedeutung waren in seinem Gedächtnis hängen geblieben. »*Rescin avantoc kel prashesh za linjéus numin*«, zitierte Kiéran. »Mit jedem Atemzug will ich euch ehren.«

»Atemzug«, wiederholte Jerusha aufgeregt. »Aber wofür könnte *Dunkelheit* stehen?«

»Ein Gefecht ist jedes Mal ein Stück Düsternis«, sagte Kiéran langsam, und sofort waren die Erinnerungen da – an Daressal, an den Panrir Alié, an die vielen anderen Kämpfe. An blutende Körper, die Schreie der Verletzten. Wie hatte er all das jemals freiwillig auf sich nehmen können? Wie fern ihm das jetzt alles war. »Oder vielleicht haben an dieser Schlacht die Elis Sarkorr teilgenommen. Soweit ich mitbekommen habe, sind sie weitaus schlimmer als die Elis Aénor …«

»Also sind wir hier sozusagen bei den Guten«, unterbrach Jerusha seine Gedanken.

»Na, dann möchte ich nicht wissen, wie die anderen so sind«, entfuhr es Kiéran.

»Stimmt, das sind die, die einem bei lebendigem Leibe das Herz herausreißen«, bemerkte Jerusha. »Aláes hat so etwas erwähnt. Das Blutvolk.«

Kiéran runzelte die Stirn, doch bevor er nachhaken konnte, beugte sich Jerusha wieder über die Karte. »Mal sehen, was da für Orte in der Gegend sind. Hm, nicht viele. Khera und Dhan Miktr.«

Doch Kiéran hörte nicht mehr zu. Er war ganz sicher, dass Aláes bei ihrer gemeinsamen Audienz keine Elis Sarkorr erwähnt hatte. Irgendetwas lief hinter seinem Rücken ab, und das gefiel ihm ganz und gar nicht. »Wann genau hat Aláes das gesagt?«, fragte er und sah erschrocken, dass Jerushas Aura verlosch wie eine Kerze im Sturm.

Kiéran richtete sich auf, ging neben Jerusha in die Hocke und strich ihr über die Wange. Er zwang sich dazu, ganz ruhig zu sprechen, ohne jeden Vorwurf. »Ihr hattet also noch ein Treffen, von dem ich nichts weiß. Ging es um den Rubin?«

»Nein. Lass uns nicht mehr über Aláes sprechen. Bitte. Es ist gefährlich für uns beide.« Ihre Stimme klang furchtbar nervös, und jetzt sprang sie auch noch auf. Warum war sie auf einmal keine zwei Schritte mehr vom Rand der Klippe entfernt? Plötzlich erschien es Kiéran keine ganz so gute Idee mehr, dass sie sich ausgerechnet an diesen abgelegenen Ort zurückgezogen hatten.

Er wagte kaum zu atmen, als er ihren Ellenbogen ergriff und sie festhielt. Sie sanft wegzog von der Flanke des Berges. »Vorsichtig, ja?«

Kiéran spürte, dass Jerushas ganzer Körper bebte. Behutsam schloss er seine Arme um sie, versuchte sie mit all seiner Wärme zu umgeben, so wie damals nach dem Kampf im Wald von Sharedor. Doch diesmal schien es alles nur noch schlimmer zu machen, sie stemmte beide Hände gegen seine Brust, und schon nach wenigen Momenten ließ er sie los, gab sie wieder frei. Was hatte Aláes, dieser Mistkerl, zu ihr gesagt? Er wusste nur, dass sie über das Blutvolk gesprochen hatten. Würde es sich etwa an dem Feldzug gegen Ouenda beteiligen? Das wären sehr, sehr schlechte Nachrichten.

Ohne ihn anzusehen, beugte sich Jerusha wieder über die Karte. »Rus Avantoc ist ziemlich groß – wenn Ruidan tatsächlich dort gestorben ist, müssen wir noch genauer eingrenzen, wo. Dunkelheit – vielleicht in einer Höhle oder an einem anderen Ort, wo es den ganzen Tag über finster ist? He, nördlich von Khera steht etwas von einer Festung, Qirwen Cerak heißt sie, *Ceraks Thron.*«

»Und Cerak, Sohn des Mondes, ist der Gott der Nacht«, ergänzte Kiéran. Sah fast so aus, als hätten sie das Rätsel geknackt. Es kam ihm zwar seltsam vor, dass er noch nie von dieser Festung gehört hatte, doch er war schließlich nicht allwissend. »Ich wette mit dir, wir finden Aélwelhor im Schatten des ehemaligen Festungsbrunnens.«

Jerusha warf sich auf ihn und küsste ihn stürmisch. »Was für eine miese Wette«, murmelte sie, als sie wieder zu Atem gekommen waren. »Hast du denn überhaupt kein Gewissen?«

»Keine Ahnung«, sagte Kiéran grinsend und klopfte sich gegen den Schädel. »Wo genau soll das sein? Hier drin?«

»Hier.« Jerusha legte eine Hand über sein Herz und flüsterte ihm ins Ohr: »Lass uns heute Abend in den Spiegel sehen.«

Kiéran war nicht sicher, was er fühlte. Aufregung, Erwartung, Furcht, alles zugleich. »Und es macht dir nichts aus?«

Sie strich mit dem Zeigefinger über seine Stirn, seine Nase, verharrte einen Herzschlag lang auf seiner Nasenspitze. Dann fühlte Kiéran, wie ihr Finger federleicht seine Lippen streifte, hinunterglitt über sein Kinn zu seinem Hals. »Ich weiß es nicht«, sagte sie. »Um ehrlich zu sein, ich habe Spiegel immer gehasst. Aber jetzt will ich es tun. Ich will, dass du mich siehst.«

Das Gewicht ihres Körpers auf seinem, ihre Locken, die ihm kitzelnd ins Gesicht fielen. Kiéran grub die Finger in ihr Haar, seine Lippen suchten ihre und fanden sie.

Es dauerte eine Weile, bis sie sich wieder der Karte widmeten.

»Nicht weit von Qirwen Cerak ist ein Tempel eingezeichnet«, meinte Jerusha, als sie die Gegend von Avantoc noch einmal genau in Augenschein nahm. »Aber es steht nicht dran, wem er gewidmet ist. Ein schwarzer Kreis ist daneben gezeichnet.«

»Vielleicht ein Tempel der Schwarzen Spiegel«, flüsterte Kiéran, und ein Schauder durchlief seinen Körper.

Schon eine Stunde später teilten sie Aláes offiziell mit, dass sie Moranshir verlassen würden – in Richtung Khelgardsland.

Cadas Nawinh

Zum ersten Mal fühlte Jerusha wieder frischen Mut. Mit etwas Glück hatten sie diesen Albtraum bald überstanden, und wenn Aláes zufrieden war, würde ihnen nichts geschehen.

»Khelgardsland.« Aláes' Stimme war wie das Schnurren einer zufriedenen Katze. »Ja, dort hat König Ruidan gekämpft, aber ist er auf dem Rus Avantoc tatsächlich gestorben?«

»Wenn mein Verbündeter die Wahrheit gesprochen hat, ja«, sagte Jerusha fest. »Wir werden Pferde brauchen. Und Ausrüstung.«

»Pferde? Mir scheint, Euer Drache hat Euch übel genommen, dass Ihr ihn nach dem Rubin gefragt habt.« Aláes schien sich blendend zu amüsieren. »Ihr werdet erhalten, was Ihr braucht, außerdem eine Eskorte bis zur Grenze. Alles andere müsst Ihr selbst vollbringen.«

Ein Kobold lugte durch die Tür, und Aláes musterte ihn mit gerunzelter Stirn. »Was gibt es? Eine Nachricht für mich?«

Doch es war Jerusha, auf die das Wesen zuhuschte. Es drückte ihr ein Pergament in die Hand und lief dann im Zickzackkurs zur Tür – gerade noch rechtzeitig, um dem Tritt eines Stiefels zu entgehen.

Jerusha behielt das Pergament in ihrer schweißfeuchten Handfläche, sie wollte es nicht in Aláes' Gegenwart lesen, doch mit wenigen Schritten war der Elis bei ihr. »Öffnet die Botschaft!«

Widerwillig gehorchte Jerusha. Nur wenige Worte standen auf dem Pergament.

Bitte begebt euch beide in eure Zimmer, dort werden meine Helfer euch abholen. Célafiora.

Der Zettel wurde Jerusha aus der Hand gerissen. Aláes las, was darauf stand, schnaubte und zerknüllte das Pergament in der Hand. Er ließ es zu Boden fallen, dann schritt er auf eine verborgene Tür zu und war verschwunden. Sie waren wieder allein.

Kiéran schüttelte den Kopf. »Wo der sich wohl seine Umgangsformen erworben hat? Auf einer Sklavengaleere?«

Célafiora hat mich nicht vergessen! Es ist so weit! Jerusha packte Kiéran am Arm. »Wir müssen in unsere Zimmer, gleich lässt die Königin uns abholen.«

»Zu was?«, fragte Kiéran verblüfft, doch Jerusha eilte schon voraus.

* * *

Kiéran setzte sich auf sein Bett, das federnd unter ihm nachgab. Er war nicht lange allein, schon wenige Lidschläge später rief jemand lautstark *Yae'me?*, und die Tür flog auf. Zwei Eliscan drängten sich hindurch, anscheinend beladen mit Kleiderstapeln. Ohne Begeisterung sah Kiéran, dass er Besuch von Silmar und Colmarél hatte.

»Keine Sorge, diesmal fließt kein Blut«, sagte Silmar fröhlich, er schien seinen Groll gegen Kiéran völlig vergessen zu haben. »Wir sollen dich anständig einkleiden, Lin'tháresh, so wie jetzt kannst du unmöglich noch länger herumlaufen.«

»Was ist daran verkehrt?«, fragte Kiéran und blickte instinktiv an sich herunter. Soweit er wusste, trug er eng anliegende schwarze Sachen, und er fühlte sich wohl darin.

Die beiden Elis wandten sich kurz die Gesichter zu, anscheinend tauschten sie Blicke. »Nein, nein, nein, das geht nicht.« Silmar seufzte theatralisch. »Hast du nicht mitgekriegt, dass ihr an Aes Erieth teilnehmen dürft? Da holt jeder seine besten Gewänder aus dem Schrank. Also los, zieh das aus – ja, weg mit dem Schwert, das brauchst du jetzt nicht – und wie wäre es stattdessen damit?«

»Womit?« Kiéran versuchte erfolglos zu erkennen, was Colmarél gerade hochhielt.

»Ein weites bodenlanges Gewand, ganz in Gold, mit Stehkragen und Stickereien, die alle Jahreszeiten Khorats zeigen«, beschrieb Colmarél stolz.

»Vergiss es. Das ziehe ich nicht an.«

Bestürzt starrten ihn die beiden Eliscan an. »Aber warum nicht?«

Kiéran verschränkte die Arme. »Weil ich mir darin lächerlich vorkommen würde.«

»Wir könnten ihm das orangefarbene Wams geben, mit schwarzen

Beinkleidern und einem Umhang in Schwarz und Lila«, schlug Colmarél vor.

»Du glaubst doch nicht im Ernst, dass Lila ihm steht!« Silmar wühlte in dem Kleiderstapel, den er aufs Bett geworfen hatte, und zerrte etwas anderes hervor. »Er braucht etwas, was davon ablenkt, dass er so scheußlich kurze Haare hat, Hellblau zum Beispiel.«

Hellblau? Entsetzt hörte Kiéran zu. Er kam nicht einmal dazu, den Mund zu öffnen. Nach einer hitzigen Debatte hatten sich Silmar und Colmarél darauf geeinigt, dass er es mit Dunkelgrün und Orange versuchen sollte, und etwas Passendes hervorgekramt. Kiéran gab auf und legte seine schwarzen Sachen ab, ein kühler Luftstrom strich über seinen bloßen Oberkörper. Mit etwas Mühe streifte er das Gewand über. »Passt leider nicht. Zu eng an den Schultern.«

»Ach, ich finde, es sitzt wunderbar«, sagte Colmarél selbstzufrieden. »Dreh dich mal, und jetzt heb die Arme, du wirst sehen, es …«

Kiéran hob gerade vorsichtig die Arme, als mit einem *Ratsch* der Stoff nachgab. Laut stöhnten Silmar und Colmarél auf.

»Menschen sind seltsam gebaut«, beschwerte sich Silmar. »So viele Muskeln, und trotzdem schwächer als wir, da stimmt doch etwas nicht!«

Kiéran grinste, während er sich aus dem Gewand schälte. *Eigentlich ist Silmar ganz in Ordnung – jedenfalls solange er nicht versucht, mich umzubringen.* »Mir wird kalt. Habt ihr noch was anderes oder nicht?«

»Hier, das ist was ganz Schlichtes in Rot und Silber«, bot Colmarél verzweifelt an. »Es ist nur hier und da mit ein paar winzigen Edelsteinen besetzt, ganz ehrlich.«

Das war arg nah dran an einer Uniform der Terak Denar. »Nichts in Rot, bitte«, sagte Kiéran entschuldigend, und Colmarél schleuderte das Kleidungsstück quer durch den Raum.

Silmar tätschelte seinem Freund die Schulter. »Ganz ruhig, Col, wir kriegen das hin. So, letzte Chance, Lin'tháresh. Silber mit grauen Ornamenten? Hoher Kragen?«

»Einverstanden«, sagte Kiéran amüsiert. »Aber wehe, es steht mir nicht.«

»Keine Sorge. Deine Gefährtin wird dir zu Füßen sinken. So, und jetzt ins Bad, hier sind fünf verschiedene Duftessenzen, bedien dich. Und hier ist noch was für dein Gesicht. Es ist noch reichlich Zeit, deine Gefährtin ist schon jetzt bei Célafiora, und Aes Erieth, zu dem ihr beide eingeladen seid, beginnt erst bei Mondaufgang. Bis dahin haben wir das Gewand so ändern lassen, dass es dir passt.«

Einmal mehr war Kiéran verblüfft, wie freundlich die Eliscan – ihre Feinde – zu ihnen waren. Er war sich nicht sicher, ob er selbst es geschafft hätte, die Leute von Cerdus Maharir so zu behandeln.

Kiéran dachte an Jerusha, während er sich in das warme, duftende Wasser gleiten ließ. Ihm war eingefallen, was für eine Zeremonie die Eliscan mit ihr vorhatten – das mit den Erinnerungen. Wenn es gelang, endlich die Schatten der Vergangenheit zu besiegen, würde Kiéran nichts übrig bleiben, als den Elis Aénor ewig dankbar zu sein.

Dankbarkeit – davon schuldete er schon so viel. Was war das für ein Tempel da in Avantoc? Einfach einer, der Ghalil gewidmet war, oder tatsächlich ein Tempel der Schwarzen Spiegel? Kiérans Gedanken kehrten zurück zu seiner Zeit im Spiegeltempel von Daressal. Zu Gerrity und seinen Lektionen im Knacken von Türschlössern; zu Dinesh, dem Ersten Priester, der ihm vorgeworfen hatte, sich selbst zu zerstören; zu Rinalania und ihren Kräuterkaramellen. Erst jetzt wurde ihm klar, dass er Gerrity nicht ein einziges Mal geschrieben hatte. *Verdammt, ich bin wirklich ein treuloser Bastard! Dabei konnte ich ihn so gut leiden. Es war nicht einmal eine schlechte Zeit im Tempel. Wenn ich weniger verzweifelt gewesen wäre, hätte ich sie sogar genießen können.*

Kiéran legte den Kopf zurück und starrte zur Decke des Bades, an der tausend Sterne zu blinken schienen. Doch das täuschte, er hatte längst herausgefunden, um was es sich wirklich handelte. Da über ihm lebte, liebte und starb eine kleine Armee zahmer Leuchtkäfer, die er aus irgendeinem Grund sehen konnte. Und einer von ihnen war abgestürzt und gerade dabei, in Kiérans Badewasser zu ertrinken. Kiéran seufzte, ließ den Käfer auf seinen Finger klettern und half ihm in Sicherheit.

* * *

Schwarz war ihr Kleid und mit goldenen Blättern bestickt. Es lag so dicht an ihrem Körper, dass es sich kaum noch anfühlte wie Stoff, sondern eher wie die Essenz der Nacht.

Wie in Trance folgte Jerusha der Elis, die sie geleitete, hinaus aus der Residenz, über schmale Wege bis zum Ufer eines Flusses. Es war mit Weiden bewachsen, die ihre dichten Zweige über das Wasser hängen ließen, und darunter strömte das Wasser grün und klar und tief dahin.

Und dort, auf einem kleinen Strand aus Kies, stand Célafiora; Jerusha erkannte ihre zierliche Gestalt schon von Weitem, ihr Haar leuchtete rotgolden in der untergehenden Sonne. Sie trug ein weißes Gewand, das mit grünen Borten verziert war, und darüber einen leichten hellen Reisemantel mit Kapuze. Zwei Eliscan, die Jerusha nicht kannte – ein Mann und eine Frau –, standen schweigend an ihrer Seite.

Dieses Mal lächelte Célafiora nicht, sie war sehr ernst. Jerusha verbeugte sich tief vor ihr, und sie tat es nicht, weil es ihre Pflicht war. Sie hatte selten eine Frau getroffen, die eine solche Ausstrahlung von Kraft und Glanz und Güte besaß.

»Der Vethim ist für uns ein ganz besonderer Fluss«, sagte Célafiora und blickte hinaus über den Strom, über dessen Oberfläche die Libellen tanzten. »Er symbolisiert das Leben – ein ewiger Strom, der nie endet. Und er hat die Macht, mit sich zu nehmen, was wir ihm geben wollen. Zum Beispiel unsere Erinnerungen.«

Jerusha hätte in diesem Augenblick kein Wort herausbekommen, und glücklicherweise erwartete es auch niemand von ihr.

»Willst du die Zeremonie des Cadas Nawinh durchleben?«, fragte Célafiora, und Jerusha nickte. Die beiden Eliscan traten vor, je eine Schale in der Hand. Mit dem duftenden Wasser darin betupften sie Jerushas Stirn und wischten sie sanft wieder trocken, dann wiederholten sie das Ritual mit ihren Händen. Sie bedeuteten Jerusha, die mit Riemen geschnürten Sandalen auszuziehen, und wuschen auch ihre Füße mit Bewegungen, die genau festgelegt schienen. Mit einer Verbeugung zogen sie sich wieder zurück.

»Und ich sehe, du bist rein«, sagte Célafiora förmlich, streckte eine Hand aus, führte sie in einer langsamen, weit ausholenden Geste über das Wasser des Stroms und legte sie dann auf Jerushas Kopf. »*Obnan ed yellà wnai lasqeret.* Möge der Strom deine Last von dir nehmen.«

Die Helferin reichte Jerusha mit beiden Händen einen Stapel Baumblätter, seidig weich und doch fest fühlten sie sich an. Jerusha begriff erst, was sie damit anfangen sollte, als der Elis ihr eine Schreibfeder und ein kleines Fass schwarzer Tinte reichte.

»Rufe die Erinnerung in dir wach, dann ergreife sie und banne sie in Schrift«, wies Célafiora sie mit leiser Stimme an. »Und dann sprich zu jeder dieser Erinnerungen: *Verlasse mich für immer, ich gebe dich dem Strom.*«

Jerusha ließ sich auf einem Felsen nieder, der das Ufer säumte, und dann schrieb sie ihr erstes Blatt. Sie brauchte nicht nachzudenken, wie von selbst kamen die Worte ihr in den Sinn. *Leor KaoRenda, Perikhor. Etwas wird mir gestohlen, was ich nur herschenken will.*

Die Königin der Elis Aénor stimmte mit ihrer hohen klaren Stimme ein Lied an. Jerusha verstand kein Wort, doch der Klang der alten Beschwörungen vibrierte durch sie hindurch, berührte ihr Herz stärker als jede andere Musik, die sie je gehört hatte. Ihre Augen füllten sich mit Tränen.

Die Sonne begann gerade zu sinken, und der Himmel hatte das zarte, durchscheinende Blau des letzten Lichts. Mit bloßen Füßen watete Jerusha in den Strom hinaus und hob mit einer Hand den Saum ihres Kleides an, damit es nicht nass wurde. Vorsichtig legte Jerusha das beschriebene Baumblatt auf die Oberfläche des Wassers, und Momente später hatte die Strömung es erfasst und trug es mit sich. Trug die Erinnerung fort.

»Verlasse mich für immer, ich gebe dich dem Strom«, flüsterte Jerusha – und merkte, dass sie sich ausgeglichen fühlte wie selten zuvor. Im Einklang mit sich selbst. War es Magie oder einfach die Schönheit dieser Zeremonie, die das bewirkte? Egal. Sie sah zu, wie ein kleiner Wirbel das Blatt drehte, und kurz sah es aus, als würde es an einem Stein hängen bleiben, doch dann schwamm es weiter und trieb den Fluss hinunter. Bis es außer Sicht war.

Jerusha horchte in sich hinein. Die Erinnerungen an das, was der Gerhan ihr angetan hatte, waren noch da, jedes Detail stand ihr klar und deutlich vor Augen. Doch es war, als sei all das einer anderen geschehen. Konnte es wirklich sein, dass diese Bilder ihre Last an Gefühlen verloren hatten, dass Schmerz, Angst und Demütigung aus ihnen geschwunden waren?

Es fiel ihr nicht schwer, auszuwählen, welche Erinnerung sie noch loslassen wollte. *Amadera, diesen Tod hattest du nicht verdient*, schrieb Jerusha auf ein Blatt, und ihr Herz krampfte sich zusammen, als die Schrecken dieser Nacht in ihr wiederkehrten. Kühles Wasser umspülte ihre Füße, als sie das Blatt dem Strom übergab, und die Trauer, die sie erfüllte, wurde zu Dankbarkeit.

Noch ein drittes Blatt schrieb sie: *Die Angst, meiner Mutter zu gleichen.* Der Fluss nahm es mit sich, und Jerusha hoffte, dass die Macht der Eliscan stark genug war, um auch diese alte Wunde zu heilen. Bald würde sie es erfahren – der Spiegel, Darios Spiegel, würde ihr Zeuge sein.

Es gab so vieles, das auf diesen Blättern hätte Platz finden können.

Mein Vater, der mich nie mit dem gleichen Blick ansieht wie Liri.

Großvater, der mir voller Verachtung den Bogen aus der Hand nimmt.

Dario, der mir die Hilfe verweigert.

Doch diese Trauer konnte sie ertragen; sie gehörte zu ihr, war ein Teil von ihr. Höchstens die jüngsten furchtbaren Erinnerungen – daran, wie Aláes sie gezwungen hatte, Kiéran zu verraten – wären ein Blatt wert gewesen, doch dieses Entsetzen durfte sie nicht loslassen. Es gehörte noch zur Gegenwart, war wichtig für das Hier und Jetzt.

Mit einer kurzen Verbeugung reichte Jerusha die übrigen Blätter an Célafiora zurück. Sie fühlte die erstaunten Blicke der beiden Helfer auf sich, und auch die Königin wirkte verblüfft.

»Das ist alles?«, fragte Célafiora. »Manche von uns brauchen bis tief in die Nacht, bis sie alle Erinnerungen gebannt haben.«

»Ich habe erst einundzwanzig Sommer gesehen«, erinnerte Jerusha sie verlegen und strich sich eine Locke aus dem Gesicht. »Und vieles möchte ich nicht loslassen, auch die dunklen Erinnerungen sind mir wichtig. Sie haben mich zu dem Menschen gemacht, der ich bin.«

Lange und nachdenklich blickte Célafiora sie an. »Eine so weise Entscheidung hätte ich einem Menschen nicht zugetraut. Aber ich hätte es mir denken können – die Drachen erwählen nicht einfach irgendjemanden. Und du hast die Nachtlilien geachtet, statt sie zu zerstören.«

Jerusha errötete. Ihr fiel auf, dass um Célafioras grüne Augen ein Fächer von winzigen Fältchen lag. Es war eine Erleichterung, dass ihre Schönheit nicht vollkommen war, und seltsamerweise brachte es ihr Célafiora noch näher. »Ich danke Euch für die Zeremonie, Königin«, sagte sie. »Sie bedeutet mir viel.«

Sie machten sich auf den Rückweg, und als Célafiora an Jerusha vorbeiging, lächelte sie und berührte sie kurz am Arm. »Ich glaube, du wirst Aes Erieth genießen. Aber sei unbesorgt, du brauchst dir nicht die ganze Zeremonie anzuhören – sie dauert fast die ganze Nacht und ist selbst für uns anstrengend. Allein der Erzählgesang, den ich vortrage, umfasst die gesamte Schöpfungsgeschichte der Eliscan.«

Und ich werde kein Wort verstehen, dachte Jerusha bedrückt.

Es war Zeit, sich zu verabschieden. »*Gi sa wyín, ardesh k'ion*«, sagte Célafiora. »Gesegnet sei dein Tag und voller Licht.« Dann streifte sie plötzlich einen Armreif von ihrem Handgelenk und reichte ihn Jerusha.

Ein letztes Mal verbeugte sich Jerusha; der Armreif lag kühl in ihrer Handfläche. Im letzten Tageslicht betrachtete sie den Reif, der wie eine schmale, blattbesetzte Ranke aus Silber wirkte. Nachdenklich fuhr sie über die silbernen Ornamente, legte sich dann das Schmuckstück an – für immer würde es sie an das Cadas Nawinh erinnern.

Noch lange nachdem sie sich verabschiedet hatten, nagte irgendetwas an ihrem Herzen, etwas, das sie schon fast vergessen hatte. Etwas stimmte nicht. Aber Jerusha bekam das Gefühl nicht zu fassen. Stattdessen versuchte sie, sich abzulenken. In dem kleinen Saal, in dem sie auf den Mondaufgang warten durfte, war das nicht schwer; nicht nur edel geschnitzte Stühle und Tische standen darin, sondern auch eine Statue aus hellgrauem Marmor. Schemenhaft war das Gesicht einer Frau zu erkennen, doch ihre Gestalt löste sich auf in fließende Formen aus samtigweich poliertem Stein, in ein Wogen der Elemente. Nur von oben fiel Licht auf die Statue und kleidete sie in dramatische Schatten. *Die Herrin des Nordwinds,* dachte Jerusha spontan. Atemberaubend und fremdartig zugleich war diese Skulptur, und lange stand Jerusha bewegungslos vor ihr, nahm sie mit allen Sinnen in sich auf. Sie wusste, dass ihre eigene Kunst nie wieder die Gleiche sein würde, nachdem sie dies hier gesehen hatte.

»Neidisch?«

Jerusha erkannte Kiérans Stimme und musste lächeln. »Ja, irgendwie schon«, sagte sie, ohne sich umzuwenden. »Aber gerechterweise muss man sagen, dass ich mit ein paar tausend Jahresläufen Zeit zum Ausprobieren vermutlich auch so weit gekommen wäre.«

Dann stand Kiéran neben ihr, gekleidet in eine edle bestickte Robe aus silbrigem Stoff. Er sah so gut aus, dass Jerushas Herz schneller schlug. Doch in dieser Kleidung wirkte er auch einem Elis beunruhigend ähnlich, denn mit seiner hochgewachsenen, schmalen Gestalt fiel er in Moranshir nicht weiter auf, und sein Haar reichte ihm inzwischen schon bis zu den Schultern.

Erstaunt sah Jerusha, dass die Narben auf seinem Gesicht deutlich weniger auffällig wirkten als gestern. Wie konnte das sein? Täuschte sie sich? Nein, so schlechte Augen hatte sie nun auch wieder nicht. »He, was haben sie denn mit dir angestellt? Man sieht kaum noch etwas von deinen Verletzungen.«

»Was?« Kiérans Hand fuhr hoch zu seiner Wange, betastete völlig verblüfft seine Haut. »Oh. Das muss Silmar damit gemeint haben, als er mir noch etwas für mein Gesicht gab. Es war so eine Art Kräutersalbe.« Er schüttelte den Kopf. »Wie seltsam. Gerade kann ich mich gar nicht darüber freuen. Verstehst du das?«

»Ich glaube schon«, sagte Jerusha und musste daran denken, wie sie entschieden hatte, die meisten ihrer traurigen Erinnerungen zu bewahren. »Es gehörte zu dir.«

Kiéran schüttelte noch einmal den Kopf, dann atmete er tief durch und blickte mit einem breiten Lächeln auf. »Vergiss, was ich eben gesagt habe. Manchmal rede ich Blödsinn, wenn ich mich überrumpelt fühle. Die Wahrheit ist, dass mein Leben viel mehr Spaß machen wird, wenn ich mich nicht mehr entstellt fühlen muss.« Er wandte sich wieder ihr zu, das Lächeln wich aus seinem Gesicht, und in seinen Augen las sie die besorgte Frage, ob alles geklappt hatte. »Wie war es bei dir?«

»Wir waren am Fluss«, sagte Jerusha und merkte, dass sie nicht fähig war, zu beschreiben, was sie erlebt hatte.

»Äh – ja? Und?«

»Ich fühle mich anders.« Und, ja, schön fühlte sie sich. Einen Moment lang war sie enttäuscht, dass Kiéran sie in diesem herrlichen Kleid nicht sehen konnte. Ein blinder Gefährte hatte durchaus Nachteile. Doch als er sie zu sich heranzog, die Hände über den seidigen Stoff und die Formen ihres Körpers gleiten ließ, stieß er einen Pfiff aus. »Lady Jerusha, du fühlst dich vor allem gut an, unglaublich gut. Ich werde an diesem Abend nicht mehr von deiner Seite weichen.«

»Das kommt sowieso nicht infrage«, sagte Jerusha, stellte sich auf die Zehenspitzen, nahm sein Gesicht in beide Hände und küsste ihn. Und als ein Kobold am Saum ihres Kleides zerrte, wahrscheinlich um sie an den Beginn von Aes Erieth zu erinnern, achteten sie einfach nicht darauf, so lange, bis sie bereit waren, sich voneinander zu lösen.

Sie ließ Kiérans Hand nicht mehr los, während sie in der Dunkelheit Hunderten von Eliscan folgten, die in einem schweigenden Zug den Berg hinaufwanderten. Die Prozession wurde von Kugeln erhellt, die einige der Eliscan auf einem Stab mit sich trugen und die in einem sanften Grün leuchteten.

Dann waren sie da, und Jerusha konnte kaum glauben, was sie sah. Auf einem Plateau standen zwei Dutzend rechteckig zugehauene, gewaltige Steine, zu einem Kreis angeordnet. Doch es waren keine gewöhnlichen Steine, sondern Bergkristalle, jeder dreimal so hoch wie ein Mensch. Durch sie hindurch erkannte Jerusha einen zweiten, inneren Ring aus etwas kleineren Steinen. Im Schein des Halbmondes, der durch die Kristalle hindurchfiel, schimmerten sie unirdisch in der

Dunkelheit. Dunkel und lautlos wie Schatten schritten die Elis Aénor zwischen ihnen umher, während sie ihre Positionen einnahmen; nur hin und wieder fiel das grünliche Licht der Leuchtkugeln auf die Kapuze eines Umhangs, eine Hand. Und ein paarmal auch auf ein Gesicht. Es war ein Schock, als Jerusha ein paar Menschenlängen von ihnen entfernt die junge Frau erkannte, mit der Kiéran eine Nacht verbracht hatte.

Als Kiéran sie bemerkte, nickte er ihr zu, und sie schickte ein fröhliches Lächeln zurück.

Jerusha wandte sich ab. Es fühlte sich an, als würde ihr Herz ganz langsam von einer hauchfeinen Nadel durchbohrt. *Wäre dir lieber gewesen, er hätte sie überhaupt nicht gegrüßt?*, schalt sie ein Teil ihres Ichs. *Ein solcher Bastard ist er nicht.*

Um sich abzulenken, widmete sich Jerusha dem Sternenhimmel, der hier in Moranshir so kalt und prachtvoll leuchtete, wie sie es noch nie zuvor gesehen hatte. Sie legte den Kopf in den Nacken und ließ den Anblick auf sich wirken. Kaum zu glauben, dass hier in Khorat die gleichen Sternenbilder über ihr glänzten wie daheim. Der nördliche Widder. Die Katze. Der Reiter. Heftiges Heimweh überfiel Jerusha, als sie daran dachte, dass Liri und Kianna, all ihre Freunde daheim, jetzt vielleicht zu genau diesen Sternen hinaufblickten.

Plötzlich fühlte Jerusha, wie der Griff von Kiérans Hand sich verstärkte. »Was ist?«, flüsterte sie ihm zu, und sie blickte in die gleiche Richtung wie er.

»Das neben Célafiora muss König Qedyr sein«, murmelte er. »Sein Glanz ist sehr stark, ich kann kaum hinsehen.«

Der Mann, auf den Kiérans Blick gerichtet war und der neben Célafiora ging, war nicht sonderlich gutaussehend, dafür war seine Nase zu wuchtig, und sein Körper wirkte eher solide als feingliedrig. Er trug ein schlichtes, hochgeschlossenes Gewand mit weiten Ärmeln und einer Schärpe. Bis auf den goldenen Reif auf seiner Stirn gab es nichts, das ihn als einen König der Eliscan auswies, und doch wusste Jerusha instinktiv, dass Kiéran recht hatte. Das war Qedyr.

Als hätte Qedyr ihre Gedanken gespürt, streifte er sie und Kiéran mit einem kurzen Blick aus intensiven dunklen Augen, bevor er weiterging. Er wirkte nicht krank, wie Koriónas es behauptet hatte, sondern nachdenklich, aber voller Kraft und Entschlossenheit. Doch er sah auch aus, als habe er lange nicht mehr geschlafen, unter seinen Augen lagen tiefe Schatten.

»Ich muss mit ihm sprechen«, sagte Kiéran gepresst.

Jerusha war entsetzt. »Aber doch nicht jetzt! Aes Erieth ist eine wichtige Zeremonie, und du …«

»Sie haben noch nicht angefangen. Und so nah kommen wir vielleicht nie wieder an Qedyr heran.« Schon setzte sich Kiéran in Bewegung, drängte sich hartnäckig zwischen den Eliscan hindurch, und Jerusha blieb nichts übrig, als hilflos zuzusehen. Im fahlen Licht, das alle Farben verschluckte, hatte die ganze Szene etwas Geisterhaftes.

Und natürlich war auch Aláes da, er war Teil einer Gruppe, die etwas näher an den Kristallen stand. Seine Blicke waren vernichtend. Er würde denken, dass Kiéran vorhatte, seine Pläne zu durchkreuzen, und wahrscheinlich stimmte das sogar. Galt ihre Abmachung dann noch? Jedes Mal, wenn sie daran dachte, wie sie Kiéran verraten hatte, fühlte Jerusha sich sterbenselend.

Bevor Kiéran zu König Qedyr gelangen konnte, schloss sich ein Ring bewaffneter Eliscan um ihn, und das Mondlicht glänzte auf kaltem Stahl. *Niemals kommt er zu ihm durch*, ging es Jerusha durch den Kopf – und sie war verblüfft, als Qedyr seinen Leibwächtern mit einer Handbewegung bedeutete, zurückzutreten. Einen Moment lang standen sich die beiden Männer schweigend gegenüber, dann sank Kiéran auf ein Knie und beugte den Kopf. »König, ich bitte Euch um Gnade für Ouenda. Ich bitte Euch, diesen Entschluss noch einmal zu überdenken und nicht gegen uns ins Feld zu ziehen.«

Jerusha traute ihren Augen nicht. Sie hatte Kiéran noch nie vor jemandem knien sehen.

»Da gibt es nichts zu überdenken, Lin'tháresh«, sagte Qedyr knapp. »Ihr in Ouenda habt den ersten Schwertstreich gegen uns geführt. Wir dulden es nicht, dass man Pläne gegen uns schmiedet.«

»Wir? Den ersten Schwertstreich?« Kiéran wirkte ebenso verwirrt, wie auch Jerusha sich fühlte. »Ich war bis vor Kurzem Escadrán in den Diensten von Fürst AoWesta, und ich kann Euch versichern, dass zumindest wir nichts gegen Euch unternommen haben – und von einem Plan weiß ich nichts!«

Qedyr musterte ihn mit einem durchdringenden Blick. Dann wandte er sich ab und schritt mit wehendem Umhang weiter, zu seiner Position im Inneren des Kreises. Als er und die Königin außer Hörweite waren, mischte Aláes sich ein.

»Nehmt diese Menschen in Arrest, und bringt sie zurück in die Residenz«, befahl er kurz, und bevor Jerusha es sich versah, wurden sie und Kiéran von vier bewaffneten Eliscan den Bergpfad hinuntergestoßen. Den herrlichen Gesang hörten sie nur noch von Weitem. Ein letztes Mal konnte Jerusha sich noch umwenden, und was sie sah, brannte sich tief in ihr Gedächtnis ein. Nebel hatte sich zwischen den Kristallen ausgebreitet, wogte um die Gestalten auf dem Plateau – und in der Mitte des doppelten Steinkreises schwebte eine fahlgelb leuchtende Kugel, ein geisterhafter Zwilling des Mondes.

Eine Hand stieß sie voran, und der Anblick verschwand hinter einer Biegung des Pfades. Schon bald waren sie zurück in der Residenz, die jetzt still und verlassen wirkte. Die Eskorte brachte die beiden zu Kiérans Zimmer, doch Kiéran weigerte sich, hineinzugehen, denn die anderen Wachen machten sich schon bereit, Jerusha zum Frauentrakt zu geleiten.

»Lasst sie hier«, sagte Kiéran in befehlsgewohntem Ton. »Wir müssen noch unsere Reise planen, Aláes selbst hat das angeordnet – wir brechen im Morgengrauen auf.« Jerusha sah, wie die Wachen sich unsicher anblickten. Schließlich erlaubten sie, dass Jerusha mit ihm hineinging, und postierten sich vor der Tür.

Jerusha fühlte sich zutiefst niedergeschlagen. Keinen Moment lang hatte sie vorhin daran gedacht, dass Ouenda in Gefahr war. Sie hatte sich nur gewünscht, Célafiora noch einmal singen zu hören. Jeder Dorfbewohner von Loreshom wäre überzeugt gewesen, dass die Königin der Eliscan sie verhext hatte. War es so?

Rastlos ging Kiéran umher, mit langen, raumgreifenden Schritten, die nicht zu diesem schmalen Zimmer passten. »Tut mir leid, dass ich dir die Zeremonie verdorben habe. Ich weiß, dass du dich darauf gefreut hast.«

»Ich bin's, die sich entschuldigen muss – ich weiß nicht, was mit mir los ist.« Jerusha ging hinüber zum Waschbecken, füllte ihre Hände mit kaltem Wasser, ließ es über ihr Gesicht rinnen. »Schon beim Cadas Nawinh hätte ich Célafiora auf ihre Pläne ansprechen können. Aber ich habe es nicht getan, ich habe all die unangenehmen Fragen einfach dir überlassen. Vielleicht war ich zu gefangen in meinen eigenen Problemen.«

»Nein, es ist mehr als das. Gut, dass wir Moranshir verlassen. Wir … werden immer tiefer hineingezogen in die Welt des Mondvolks. Khorat ist Feindesland, wir dürfen das niemals vergessen.«

Jerusha dachte an Célafiora, und die Kehle wurde ihr eng. »Wahrscheinlich hast du recht. Aber kann man Feinden dankbar sein?«

»Keine Ahnung«, gestand Kiéran, setzte sich aufs Bett und stützte den Kopf in beide Hände. »Verdammt, ich wünschte, ich hätte das gleiche Talent wie mein Vater. Er konnte verhandeln, er hätte es geschafft, zwischen Khorat und Ouenda alles zum Guten zu wenden. Aber ich, ich fühle mich einfach nur hilflos.« Als Kiéran sich ihr zuwandte, sah Jerusha die Qual in seinen goldbraunen Augen. »Wenn Qedyr nur ein Tiefseher wäre, so wie ich. Dann hätte er gewusst, dass ich die Wahrheit sage. Vielleicht gibt es Eliscan bei Hofe, die die gleichen Fähigkeiten haben, die uns offiziell befragen könnten.«

»Warte.« Jerusha spürte, wie ihr das Blut in die Wangen stieg. »Verstehe ich das richtig? Du kannst mit deinen neuen Augen sehen, wann jemand die Wahrheit spricht und wann nicht?

Er nickte, und Jerusha stammelte: »Aber …« Es war zu demütigend, sie schaffte es nicht, es auszusprechen. Das hieß, dass ihm keine ihrer Unwahrheiten entgangen war. Jedes Mal hatte er es gewusst, wenn sie ihn anlog – und er hatte nichts gesagt.

»Du meinst, ob ich weiß, dass du mich hin und wieder anlügst?«

Das waren harte Worte, die sie verdient hatte. Er wusste nicht einmal, wie sehr. Sie schaffte es nicht, seinem Blick zu begegnen. »Wieso hast du mich nicht gleich darauf angesprochen? Gleich zu Anfang?«

»Du bist auch nur ein Mensch. Ich weiß nicht, wie oft ich in meinem Leben schon etwas verschwiegen habe. Oft. Irgendwann wirst du mir die Wahrheit sagen, die ganze Wahrheit, und dann sehen wir weiter.«

Wenn ich dir die ganze Wahrheit sage, stehen wir vor einem Scherbenhaufen, dachte Jerusha, und die Erinnerung daran, wie sie seine Geheimnisse an Aláes verraten hatte, brannte in ihr. Sie wollte fliehen, in den hintersten Winkel dieses Palastes, wollte nichts als allein sein. Doch Kiéran ergriff ihre Hand, zog sie zurück. »Geh jetzt nicht«, sagte er leise, doch sein Griff war eisern – er bat sie nicht hierzubleiben, er zwang sie –, und Jerusha wartete auf die Panik, darauf, dass die giftigen Erinnerungen an KaoRenda sie durchfluteten.

Nichts geschah, sie blieb ganz ruhig. Konnte das wirklich sein? Ja, es sah fast so aus. Plötzlich hatte Jerusha die Kraft, sich Kiéran zuzuwenden, ihm in die Augen zu sehen. Forschend musterte er sie, und sie wusste, dass er auf irgendein Zeichen von ihr wartete.

»Wie wäre es jetzt mit einem Blick in den Spiegel?«, sagte Jerusha, und Kiérans Ausdruck wandelte sich. War es Respekt, den sie darin las?

»Bist du sicher?«

Jerusha nickte. Kiéran ließ ihre Hand los, holte den kleinen Handspiegel, wickelte ihn vorsichtig aus seiner Seidenumhüllung … und zögerte. »Es kann sein, dass wir nicht viel Zeit haben. Aláes wird uns sofort nach Ende der Zeremonie aus Moranshir wegschicken, schätze ich. Damit wir ihm möglichst bald diesen mächtigen Rubin aus Avantoc holen und weil er befürchten muss, dass König Qedyr mir morgen eine Audienz geben wird. Vielleicht sollten wir das mit dem Spiegel also lieber ein andermal …«

Jerusha wurde klar, dass er genauso nervös war wie sie selbst. »Sei still«, sagte sie zärtlich, nahm ihm den Spiegel aus der Hand und bedeckte die glänzende Fläche mit der Hand, bis Kiéran sich hinter sie gestellt hatte und über ihre Schulter blicken konnte. Dann zog sie die Hand weg und gab ihnen den Blick in den Spiegel frei.

Ruhe vor dem Sturm

Ihr Herz machte einen Sprung.

Die junge Frau, die sie sah, hatte tiefblaue, herausfordernd glänzende Augen, und ihre Wangen waren gerötet wie nach einem Kuss. Dunkle Locken umrahmten ihr Gesicht, das schmaler wirkte als früher, aber auch reifer, nicht mehr so mädchenhaft weich. Ja, es gefiel ihr, was sie sah. Aber noch wichtiger war, dass es sie keine Mühe mehr kostete, ihren eigenen Anblick auszuhalten. Sie sah, wie ein Lächeln über ihr Gesicht glitt, ein Lächeln, so hell wie die Sonne. *Danke, Célafiora. Ich danke dir. Nie werde ich dir das vergessen.*

Kiéran musterte sein eigenes Gesicht nur kurz, dann ruhte sein Blick nachdenklich auf ihr. Jerushas Lächeln schwankte ein wenig, während sie sich fragte, was ihm jetzt durch den Kopf ging.

»Deine Augen – ich konnte sie mir nicht vorstellen«, flüsterte er schließlich. »Aber jetzt werde ich sie nie mehr vergessen. Sie haben fast die gleiche Farbe wie deine Aura. Nachtblau.«

Vorsichtig nahm er ihr den Spiegel aus der Hand, legte ihn auf den Seitentisch zurück. Dann schloss er sie in die Arme, hielt sie so fest, dass sie seinen Herzschlag spüren konnte.

»Ich werde gut auf dich aufpassen müssen«, sagte er, und auf einmal hatte seine Stimme einen weichen, neckenden Klang. »Wahrscheinlich beneiden mich alle Männer um dich. Sag ihnen, sie sollen dich meinetwegen aus der Ferne anhimmeln.«

Seine Lippen berührten ihren Hals, und Wärme strahlte von diesem Punkt in ihren ganzen Körper aus. Kiéran ließ die Fingerspitzen über ihren Körper wandern, und Jerusha konnte keinen klaren Gedanken mehr fassen – das Kleid war so eng anliegend und dünn, dass sie jede seiner Berührungen spürte wie auf der bloßen Haut. Ein Schauder durchlief Jerusha, sie öffnete den Mund für Kiérans Zunge und ließ ihre Hände sein Rückgrat hinunterwandern. Es dauerte eine Weile, bis sie die Verschlüsse ihrer Roben gefunden und geöffnet hatten, und er lachte leise darüber, bis sie ihm mit einem Kuss den Mund verschloss.

Der Stoff des Bettes fühlte sich kühl und glatt an auf ihrer erhitzten Haut. Unendlich zärtlich zog Kiéran sie aus und küsste jede Handbreit ihres Körpers mit der Ehrfurcht eines Entdeckers. Bis Jerusha es nicht mehr aushielt und ihn auf sich zog. Wie wunderbar er sich anfühlte. Als er in sie hineinglitt, stieß Jerusha unwillkürlich ein Seufzen aus und bog den Rücken durch. Nie wieder wollte sie ihn fortlassen, nie wieder.

Und die Dämonen der Vergangenheit hielten sich fern.

* * *

»Sie ist ein Teil deiner Vergangenheit. Lass sie los«, sagte sein Bruder Laric, doch Dario stieß seine Hand weg, die sich auf seine Schulter gelegt hatte.

»Was weißt du schon davon. Hast du jemals geliebt?«

»Du trinkst zu viel Schlangenmilch. Wo hattest du die Flasche diesmal versteckt?«

»Geht dich nichts an, Laric. Hast du endlich den Rahmen fertig, den für Muria UlPorím?«

»Die alte Kröte hat den letzten noch nicht bezahlt.«

»Wir dürfen es uns mit ihr nicht verderben, schließlich leben wir jetzt in ihrem verdammten Land«, knurrte Dario. »Mach den Rahmen fertig. Sonst kommt sie womöglich auf die Idee, Nachforschungen über uns anzustellen, und das könnte unangenehm werden.«

Auch ihr Vater war schon Spiegelmacher gewesen, doch er hatte auch mit schwarzer Magie experimentiert und so seinen Ruf ruiniert. Nach seinem Tod hatten Dario und Laric seine Experimente heimlich weitergeführt. Was sich nicht als gute Idee erwiesen hatte – denn dabei war ihr Haus in Larangva abgebrannt und ihre Mutter in den Flammen umgekommen. Laric war dafür gewesen, das Land sicherheitshalber zu verlassen.

Dario wusste, dass Laric recht hatte, er trank tatsächlich mehr Schlangenmilch, als gut für ihn war. Doch er hielt die langen, leeren Abende kaum noch anders aus. Der Gedanke an Jerusha verfolgte ihn, und in manchen Momenten war er davon überzeugt, dass sie eine Viper war, die ihn ins Verderben riss. In anderen Momenten, besonders nach dem reichlichen Genuss von Rauschmitteln, zerfloss er fast vor

Liebe zu ihr. Nein, niemals würde er sie aufgeben, niemals. »Du wirst sehen, eines Tages kommt sie zu mir zurück, Laric«, sagte er trotzig und schenkte sich nach. »Ich werde sie im Staub kriechen lassen für das, was sie mir angetan hat – aber natürlich erst, nachdem wir verheiratet sind.«

»Bist du sicher, dass sie dich überhaupt noch heiraten will?«

Eisige Ruhe erfüllte Dario. »Du wirst sehen, ich überzeuge sie davon. Genauer gesagt werde ich ihr keine Wahl lassen.«

Es war genau der Moment, in dem der Spiegel ihn rief. Der Zwilling des Handspiegels, den er Jerusha geschenkt hatte. Auch Laric spürte es, sein Kopf ruckte hoch wie der eines Jagdhundes, der das ferne Geräusch einer Beute vernommen hat.

Beim aufgeregten Versuch, zum Spiegel zu gelangen, schwankte Dario und musste sich an der Wand abstützen. Leise fluchend bekam er den Zwilling zu fassen.

Laric seufzte, während er ihn beobachtete. »Wahrscheinlich ist es gar nicht sie, sondern irgendjemand anders – sie hat das Ding verpfändet, erinnerst du dich?«

Ohne seinen Bruder zu beachten, warf Dario einen Blick in den Handspiegel. Noch war kein Bild zu sehen, doch er hörte die Stimme eines Mannes.

»Es kann sein, dass wir nicht viel Zeit haben. Aláes wird uns sofort nach Ende der Zeremonie aus Moranshir wegschicken, schätze ich. Damit wir ihm möglichst bald diesen mächtigen Rubin aus Avantoc holen und weil er befürchten muss, dass König Qedyr mir morgen eine Audienz geben wird. Vielleicht sollten wir das mit dem Spiegel also lieber ein andermal …«

Dario hatte keine Ahnung, wovon die Rede war. Moranshir? Er hatte nie davon gehört. Und einen König Qedyr gab es in Ouenda nicht. Avantoc, war das nicht in Khelgardsland? Und was war das für ein mächtiger Rubin?

Bevor er weiter darüber nachdenken konnte, tauchten zwei Gesichter vor ihm auf. Eine Jerusha, die schöner war, als er sie je gesehen hatte, frei und unbefangen blickte sie ihn an – und hinter ihr stand wieder dieser Kerl, der schon in Cyr die Frechheit besessen hatte, sich in diesem Spiegel zu betrachten. Nur waren die Narben auf seinem Gesicht kaum noch zu erkennen.

Es wurde noch schlimmer. Jemand legte den Spiegel auf eine Kommode, vergaß jedoch, ihn wieder in die Seidenhülle zu wickeln. Und

Dario konnte hören, was in diesem Zimmer geschah. Wut packte ihn, so stark, dass es sich anfühlte, als müsse sein Herz zerbersten. Er packte den Zwilling und schleuderte ihn gegen die Wand, sodass Scherben in alle Richtungen flogen. Jämmerlich verbogen blieb der silberne Rahmen auf dem Boden liegen. Schwer atmend betrachtete ihn Dario.

»Khorat«, sagte Laric staunend. »Ich weiß auch nicht, wie sie das angestellt haben, aber mir scheint, sie sind in Khorat.«

Konnte er nicht einen Moment den Mund halten? Hatte er nicht mitgekriegt, was Jerusha gerade tat? Sie betrog ihn! Dario fühlte sich elender als je zuvor in seinem Leben. Doch dann sickerte langsam zu ihm durch, was Laric gesagt hatte.

»Khorat? Bist du sicher?«, fragte er verblüfft.

»Nicht völlig. Aber eins ist klar, sie werden demnächst in Avantoc sein. Um für die Anderweltler irgendeinen Rubin zu suchen.«

Sie blickten sich an, und Dario wusste, dass seinem Bruder genau das Gleiche durch den Kopf ging wie ihm selbst.

Ganz langsam breitete sich ein Lächeln auf Darios Gesicht aus.

* * *

Ihr Körper fühlte sich warm und schwer an in seinen Armen, sie war eingeschlafen. Eine Weile lag Kiéran noch neben ihr, und das Glück erfüllte ihn ganz und gar, so stark, dass jeder Atemzug ein Fest war und jeder Gedanke ein Jubel. Nein, schlafen konnte er jetzt nicht. Zärtlich beobachtete er, wie sich ihre Brust im ruhigen Rhythmus ihres Atems hob und senkte, wie völlig entspannt sie neben ihm lag. Ihre Aura leuchtete stetig und umgab ihre ganze Gestalt mit Nachtblau und Sonnengelb. Alles, was er nicht sehen konnte, stellte er sich vor: die dunklen Locken, die ihr jetzt sicher über die Wange fielen; der helle Halbkreis ihrer geschlossenen Lider, gesäumt von dichten Wimpern; die Rundung ihrer Schulter. Ganz klar sah er ihr Gesicht vor seinem inneren Auge. Die meisten seiner Vermutungen darüber, wie sie aussah, hatten sich als völliger Blödsinn herausgestellt. Wieso war er eigentlich überzeugt davon gewesen, dass sie rote Haare hatte?

Ich hätte sie einfach fragen können. Aber dazu war ich wohl zu feige. Lange Zeit wollte sie eine leere Leinwand für mich sein, und ich habe ihr den Wunsch erfüllt.

Kiéran gab Jerusha einen Kuss – so vorsichtig, dass sie nicht aufwachte – und schob sich aus dem Bett. Auf einmal hatte er das Bedürfnis, an Santiago zu schreiben. Jetzt war nur die Frage, wie er das anstellen sollte. Er streifte sich ein paar Sachen über, dann ließ er sich an dem kleinen Tisch nieder, in dem er ein Fach mit Pergament, Schreibfedern, Tinte und Kohlestiften entdeckt hatte. Erfreut sah er, dass das Pergament der Eliscan mit einem eigenen Schein leuchtete, wie fast alles hier. Wenn er mit dem Kohlestift darauf schrieb, konnte er die Buchstaben erkennen. Das Schreiben funktionierte besser als erwartet.

Mein Freund,
seltsam, nicht wahr, dass man manchmal so lange warten muss, bis man weiß, wie sich Liebe wirklich anfühlt? Du hattest recht mit Marielle. Und jetzt – nun, ihren Namen kennst du schon. Ich kann nur hoffen, dass ich sie nicht wieder verliere.

Kiérans Herz krampfte sich zusammen, als er daran dachte, welche Gefahren ihm und Jerusha bevorstanden. *Der Atem der Dunkelheit.* Auch wenn die Eliscan sie beide geheilt hatten, er hätte Jerusha niemals überreden dürfen, mit ihm nach Khorat zu reisen.

Noch einmal ließ er den Kohlestift über das Papier gleiten.

Falls wir uns nicht wiedersehen, dann möchte ich dir viel Glück wünschen mit Melísan. Lass sie nicht zu lange auf dich warten, hol sie in die Nähe der Quellenveste! Xen wird ein Auge zudrücken, er ist nicht halb so herzlos, wie er manchmal wirkt.
Bring dich nicht in Schwierigkeiten, in Ordnung?
Es grüßt dich
Kiéran vom Clan SaJintar

Kiéran faltete die Nachricht zusammen, er würde sie noch heute Nacht einem Teodésh anvertrauen und hoffen, dass diese Botenvögel von hier aus den Weg nach Ouenda, zur Quellenveste, fanden.

Er setzte sich auf den Rand des Bettes und strich Jerusha über die Wange, bis sie sich regte.

»Was – bist du es?«, murmelte sie noch halb im Schlaf, und ihm fiel ein, dass sie ihn nicht sehen konnte, wahrscheinlich war es stockfinster im Raum.

»Ich bin's«, sagte er leise. »Ich fürchte, wir werden auch in dieser Nacht nicht viel Schlaf kriegen. Was ich den Wachen gesagt habe, war zwar ein Bluff, aber Aláes wird uns sicher trotzdem zwingen, bei Sonnenaufgang loszureiten. Und bis dahin müssen wir noch Pferde auswählen und unsere Ausrüstung zusammenstellen.«

Gähnend richtete Jerusha sich auf, und einen Moment lang sagte sie gar nichts, wandte ihm nur das Gesicht zu. Kiéran hätte viel dafür gegeben, jetzt erkennen zu können, welche Gefühle sich auf ihrem Gesicht spiegelten. Wirkte sie glücklich, nachdenklich, melancholisch? Tat es ihr womöglich leid, dass sie miteinander das Lager geteilt hatten? Nein, das konnte er sich nicht vorstellen.

Was auch immer ihr durch den Kopf ging, sie verbarg es hinter einem Scherz. »Ob sie für dich hier ein ebenso übellauniges Vieh auftreiben können, wie du es gewohnt bist? Vielleicht sollte ich dem Stallmeister schon mal einen Tipp geben.«

»Wehe«, sagte Kiéran, und in jeder anderen Situation hätte er vielleicht der Versuchung nachgegeben, sie einmal kräftig durchzukitzeln. Doch dafür war jetzt keine Zeit, und so zogen sie sich rasch an.

Keinen Augenblick zu früh, wie sich herausstellte, denn schon ertönte das inzwischen vertraute »*Yae'me?*«, und Silmar steckte den Kopf zur Tür herein. Vermutlich sah er jetzt das zerwühlte Bett und hob amüsiert die Augenbrauen, doch er verzichtete auf einen Kommentar und meinte nur: »Ihr wolltet aufbrechen? Das trifft sich gut, gerade sollte ich euch den Befehl dazu erteilen.«

Es ging Kiéran ernsthaft gegen den Strich, dass Aláes sich anmaßte, ihm etwas zu befehlen. »Kannst du uns zeigen, wo die Ställe sind?«, knurrte er.

»Ich wette, ihr werdet von unseren Pferden begeistert sein«, verkündete Silmar selbstzufrieden, doch er hatte unrecht. Ihre Schönheit, Grazie und Sanftmut ließen Kiéran vollkommen kalt. »Sind sie schnell?«, fragte er und musterte die leuchtenden Silhouetten der Tiere, die Silmar ihnen präsentierte.

»Wie der Wind, der von einer Bergflanke herabfegt.«

»Gut«, sagte Kiéran und deutete auf irgendein Tier, das halbwegs zu seiner Größe zu passen schien und sich als Brauner namens Corrum erwies. Mit Wehmut dachte Kiéran an Reyn, seinen Partner in vielen Gefechten. Sobald sie diesen verdammten Rubin gefunden und abgeliefert hatten, würde er Reyn aus Cyr zurückholen, und dann konnten sie es mit einem ganz normalen Leben versuchen. Kiéran hatte zwar keine Ahnung, was das war und wie es sich anfühlte, aber solange es bedeutete, mit Jerusha zusammen zu sein, würde es ihm vermutlich gefallen.

* * *

Jerusha suchte sich eine grazile Schimmelstute namens Laoma aus, ein herrliches Tier, das jedes ihrer Worte zu verstehen schien. Selbst bepackt mit Ausrüstung waren ihre Schritte leicht, als laufe sie nicht auf der Erde, sondern schwebe darüber.

Tief im Inneren der Satteltaschen hatte sogar noch die Grundausrüstung einer Bildhauerin Platz gefunden. Als Silmar sie gefragt hatte, ob sie noch etwas brauche, hatte sie spontan »Fäustelhammer und Eisen« gesagt, und zu ihrer Überraschung hatte er sofort gewusst, wovon sie sprach, und es innerhalb kürzester Zeit beschafft.

»Los geht's«, sagte Jerusha zu Kiéran und wunderte sich, dass auch Silmar sein Pferd – einen großen Apfelschimmel – gesattelt hatte und ebenfalls aufsaß.

»Ich erlaube mir, euch den Weg zu weisen«, sagte er mit einem Grinsen, das Jerusha nicht ganz geheuer war.

Natürlich. Aláes möchte nicht darauf verzichten, uns zu überwachen, und wer wäre dafür besser geeignet als sein Neffe?

Während sie durch das Tal von Moranshir ritten, war Silmar ihnen eine Baumlänge voraus, und sofort lenkte Jerusha ihr Pferd dicht neben das ihres Gefährten. »Vertraust du ihm?«, flüsterte sie ihm zu.

»Kein bisschen. Aber vielleicht ist es ganz nützlich, ein paar zusätzliche Hände zum Graben zu haben. Falls er überhaupt so weit mitkommt – Aláes hat uns ja nur eine Eskorte bis zur Grenze von Khorat versprochen.«

Am Ausgang des Tals sahen sie noch ein zweites Pferd, honigfarben mit weißer Mähne, und eine Gestalt in einem hellen Kapuzenmantel, die auf seinem Rücken saß. Als sie sich näherten, warf die Gestalt die Kapuze zurück, und Jerusha erkannte die junge Frau aus der Quellenveste. *Auch das noch*! *Was will die kleine Sumpfnatter hier?*

»Charis«, begrüßte Kiéran sie freundlich. »Wohin des Weges?«

Die junge Frau wirkte bestens gelaunt. Sie streifte Jerusha mit einem kurzen Blick und wandte sich dann Kiéran zu. »Tja, ich wollte heute sowieso abreisen, kann ich ein Stück mit euch kommen? Der Gharir – Aláes' Bediensteter, ihr wisst schon – hat gesagt, er habe in der Nähe der Grenze eine Menge Eisenfresser gesehen.«

Na wunderbar! Jetzt hatten sie kaum noch eine Wahl, sonst standen sie als rücksichtslose Egoisten da. Unschlüssig blickten sich Jerusha und Kiéran an. Silmar schien die ganze Situation zu genießen, er betrachtete Charis amüsiert und dachte nicht daran, sich einzumischen. Wusste er, dass Kiéran und die Frau sich kannten?

»Ich sage dir gleich, Eisenfresser zu erlegen ist nicht meine Stärke«, brummte Kiéran. »Einem Terak Denar aus unserer Truppe haben sie das Schwert einfach entzweigebissen. Sie sind sehr schwer zu besiegen.«

»Macht nichts, ich bin sicher, auch Silmar wird seine Klinge in den Dienst des guten Zwecks stellen, und Sternenstahl kriegen die nicht kaputt.« Charis gab ihrer Stute ein Zeichen, und ihr Pferd setzte sich in Bewegung, um sich der Gruppe anzuschließen. »Ich danke euch, ich weiß das wirklich zu schätzen.«

Silmar ritt voran, Kiéran blieb hinten, und plötzlich stellte Jerusha fest, dass sie neben Charis ritt. Unauffällig musterte sie sie von der Seite. Die junge Frau hatte ihre hellbraunen Haare zu einem praktischen Zopf gebunden, und ihre Augen, die die Farbe des Winterhimmels hatten, ein wenig mit Khol umrandet, ansonsten war sie ungeschminkt. Sie war kaum mittelgroß, und Jerusha wunderte sich, dass sie sie jemals mit einer Elis verwechselt hatte. Charis' Kleidung war ähnlich unscheinbar wie sie selbst, unter dem Kapuzenmantel trug sie eine braune Tunika, Hosen und Stulpenstiefel. In ihrem Gürtel steckte nur ein schmales Messer, und mit hochgezogenen Augenbrauen betrachtete Charis den Eschenholzbogen, den Jerusha auf dem Rücken ihres Pferdes befestigt hatte.

»Eine Bogenschützin? Wo habt Ihr Euer Handwerk gelernt?«

Das geht dich gar nichts an. »Ach, hier und da. In meiner Familie können alle ganz gut mit dem Langbogen umgehen.«

»Tatsächlich? In meiner Familie hatte niemand Zeit für so etwas, schon als Kinder mussten wir schwer arbeiten.« Ein herzliches Lächeln.

Jerusha war verblüfft. Auf einmal stand sie als faule Bürgerstochter da, die nichts Besseres zu tun hatte, als den lieben langen Tag Pfeile in Zielscheiben zu jagen. »Da war vermutlich auch keine Zeit, zur Schule zu gehen, nicht wahr?« *Kannst du überhaupt schreiben?*

»Nicht während der Erntezeit. Leider hatte ich nicht das gleiche Glück wie Kiéran, der vermutlich die besten Hauslehrer genossen hat.«

»Ja, er hat mir davon erzählt, als wir in Cyr gewohnt haben.« *Er gehört mir, merk dir das gleich!*

»Tatsächlich! War er da noch verlobt? Seine Zukünftige, Marielle MiTinho, soll eine sehr charismatische Frau sein.«

»Ich bin mir sicher, sie wird ihren beträchtlichen Charme in Zukunft anderweitig nutzen können«, gab Jerusha spitz zurück. Woher wusste diese Frau so beunruhigend viel über Kiéran? War zwischen ihnen doch mehr gewesen als eine kurze Affäre?

Sie hörte etwas, das verdächtig nach unterdrücktem Gelächter klang, und einen Moment später zügelte Kiéran sein Pferd neben ihnen. »Ich würde vorschlagen, wir galoppieren jetzt ein Stück. Wir haben keine Zeit zu verlieren.« Er wandte sich Jerusha zu, und einen Moment lang hoffte sie, dass er sie jetzt küssen würde. Das tat er zwar nicht, doch immerhin schenkte er ihr ein verschmitztes Lächeln.

Silmar drehte sich im Sattel um und tauschte einen Blick mit Kiéran, dann flüsterte er seinem Pferd etwas zu. Sein Schimmel galoppierte los und Jerusha und die anderen folgten ihm, so gut sie konnten. Es fühlte sich fast so an, wie auf Koriónas zu fliegen, das Grün um sie herum verschwamm und der Wind fegte ihre Haare nach hinten. Sie tauchten ein in die tiefen Wälder, die das Bergmassiv von Moranshir umgaben.

Bald bin ich frei. Frei von diesem alten Fluch, frei! So recht konnte Jerusha es noch nicht glauben. Doch Aláes hatte ihr sein Wort gegeben. Wenn sie ihm den Rubin brachten, würde er den Fluch lösen, der auf den KiTenaros lag. *Bald. Bald. Bald.*

Ohne Mühe hielten die Pferde der Eliscan das Tempo fast den ganzen Tag durch, und als Silmar am Abend beschloss, an einem kleinen Bach mitten im Wald ihr Lager aufzuschlagen, fühlte sich Jerushas Körper wund und verkrampft an. Steif ließ sie sich aus dem Sattel gleiten und wäre am liebsten an Ort und Stelle zusammengesackt. Charis dagegen wirkte so frisch, als sei sie eben erst aufgestanden.

Kiéran schien zu bemerken, was Jerusha durch den Kopf ging, denn er legte ihr kurz den Arm um die Schultern. »Ärger dich nicht – sie ist Kurierreiterin und macht so was jeden Tag«, flüsterte er ihr zu.

»Wenn sie nicht gerade bei irgendwelchen Eliscan zu Gast ist und Singvögel kitzelt«, murmelte Jerusha, gähnte – die beiden fast ganz durchwachten Nächte steckten ihr in den Knochen – und half Silmar dabei, trockene Äste für das Feuer zu suchen. Wie lange würde Charis überhaupt noch mit ihnen reisen? Womöglich bis Khelgardsland, wenn sie Pech hatten. Doch Silmar und Kiéran schienen das beide nicht sehr bedauerlich zu finden, denn Charis wusste, wie man einen Witz richtig erzählt. Später am Abend stellte sich zudem heraus, dass sie Dutzende von Balladen und Legenden im Kopf hatte. Die Männer drängten sie dazu, eine vorzutragen, und nachdem sie sich lange geziert hatte, gab Charis die Geschichte von Siníya und Kalas zum Besten, eine Legende des Mondvolks. Sie hatte eine wirklich schöne Erzählstimme und betonte geschickt die dramatischen Momente der tragischen Geschichte um Liebe und Tod. Jerusha begann zu ahnen, warum die Eliscan sie bei Hofe akzeptiert hatten.

Ob Charis sich zu Silmar gesellen würde? Silmar wäre darüber offenkundig nicht unglücklich gewesen, doch die junge Frau rollte sich allein am Rande des Lagers in ihre Decke.

Jerusha dagegen hätte man nur mit roher Gewalt dazu bekommen, noch einmal eine Nacht ohne Kiéran zu verbringen. Sie legten sich in die Nähe des Feuers, so eng aneinandergeschmiegt, dass ihr Atem sich vermischte.

Ceraks Thron

Am zweiten Tag sahen sie tatsächlich einen Eisenfresser. Sie bemerkten ihn erst im letzten Moment, und das auch nur, weil die Pferde scheuten. Jerusha hatte ihn für einen Stein gehalten, um ein Haar wäre sie an ihm vorbeigeritten. Die unförmige Gestalt, gut drei Menschenlängen hoch, saß bewegungslos auf einem Felsensockel, den klobigen Kopf in eine Hand gestützt, an der noch rötlich braune Erzkörner hafteten. Seine Haare hingen herab wie vertrocknete Kletterpflanzen, und seine metallisch glänzende Haut war stumpf geworden. Fast nachdenklich sah er aus, und nur seine Augen, die ihren Bewegungen folgten, verrieten, dass er überhaupt noch am Leben war. Kein anderer Eisenfresser schien in der Nähe zu sein.

»Er wartet auf den Tod, seine Gefährten haben ihn zurückgelassen«, sagte Silmar und ging vorsichtig auf das Geschöpf zu.

Grob riss Kiéran ihn zurück. »Mag ja sein, aber wenn es ihm nicht gefällt, dass wir ihn stören, dann kann er dich trotzdem in der Luft zerpflücken.«

Ärgerlich maßen sie sich mit Blicken, der Mann und der Elis. Dann drehte sich Silmar um und stapfte zu seinem Pferd zurück.

»Wieso hat er dich nicht zum Duell gefordert?«, erkundigte sich Charis interessiert, als Silmar außer Hörweite war. »Dir ist klar, dass du ihn ernsthaft beleidigt hast, oder?«

»Besser beleidigt als tot«, gab Kiéran nur zurück, bevor er wieder aufsaß.

Als Jerusha einen letzten Blick auf den Eisenfresser warf, sah sie, dass er ganz langsam die Augen schloss.

An diesem Abend bat Kiéran sie, ihm die Karte von Rus Avantoc genauer zu erklären. »Ich muss irgendwie einen Überblick über die Gegend bekommen. Es macht keinen Sinn, wenn du es mir nur beschreibst. Vielleicht könntest du mir die Karte mit dem Finger in die Handfläche zeichnen.«

»Ich habe eine bessere Idee«, sagte Jerusha und holte Hammer und Eisen aus ihrem Gepäck. Während die anderen sich um das Feuer, eine warme Mahlzeit und die Versorgung der Pferde kümmerten, meißelte sie mithilfe der Vorlage der alten Karte ein Relief in einen Felsen in der Nähe ihres Lagers. Es tat ihr gut, wieder den hellen Klang des Eisens zu hören, und die Steinstücke prasselten auf den Boden wie versteinerte Regentropfen. Als sie fertig war, winkte sie Kiéran heran. Doch zu ihrem Ärger ging Charis den anderen ein paar Schritte voraus, und so war sie die Erste, die ihre Hand über das Relief gleiten ließ. »Herrlich. Was für eine tolle Idee.«

Ich sollte ihr den Hammer auf den Fuß fallen lassen, dachte Jerusha gereizt. Doch dann kam schon Kiéran heran, und es war ein faszinierender Anblick, wie er voller Konzentration das Relief abtastete, jedes Detail in sein Gedächtnis aufnahm. »Danke«, sagte er schlicht, doch Jerusha hörte, dass es von Herzen kam. »Und jetzt zerstör es wieder.«

»Was?« Erschrocken blickte Jerusha ihn an.

»Zerstör es. Ich möchte nicht, dass es jemand, der uns womöglich folgt, sieht.«

Ohne ein weiteres Wort setzte Jerusha das Sprengeisen an, das dazu diente, große Stücke Stein zu entfernen, und ließ den Fäustelhammer niedersausen. Ungeachtet der herumfliegenden Splitter starrte Charis neugierig auf das, was von der steinernen Landkarte noch übrig war. »Wo ist das – oder eher *was* ist das?«, fragte sie schließlich.

Abrupt wandte sich Kiéran zu ihr um. »Das ist der Atem der Dunkelheit«, fuhr er sie an. »Überleg dir genau, ob du wirklich mitwillst.«

Charis wurde blass und wandte sich ab. An diesem Abend erzählte sie keine Legende, sondern zog sich früh zurück. Am nächsten Morgen nahm sie mit ihnen das Morgenmahl ein, als sei nichts geschehen, und ritt mit ihnen weiter. Sie gab nicht einmal mehr vor, ein eigenes Ziel zu haben. Jerusha fragte sich, ob Aláes sie gebeten hatte, mitzukommen, oder ob es ihre eigene Idee gewesen war.

Am darauffolgenden Tag sichteten sie ein halbes Dutzend Skraelings; Jerusha erkannte ihre Silhouette am Himmel sofort und erschrak so sehr, dass sie an den Zügeln des Pferdes zerrte und Laoma den Kopf hochwarf.

»Wir müssen in Deckung!«, schrie Jerusha, und Charis spornte erschrocken ihr Pferd an; Kiéran zog sein Schwert. Doch dann streifte Jerushas Blick Silmar, und wie von selbst hielten ihre Hände die Stute zurück. Vollkommen ruhig saß Silmar auf seinem Apfelschimmel, das

Gesicht zum Himmel gewandt, sodass sein langes blondes Haar sich über seinen Rücken breitete. Er lächelte und hob die Hand zum Gruß. Auf der Innenseite seiner Hand sah Jerusha das metallene Mondsymbol glänzen.

Verblüfft zügelten auch die anderen ihre Pferde.

Weitere fünf Skraelings, dann zehn. Schließlich waren es so viele, dass der Himmel wirkte, als sei er von Sturmwolken bedeckt. Ihr Gefieder schillerte grüngrau wie Schiefer, die langen Klauen hielten sie beim Fliegen nach hinten gestreckt. Hin und wieder schlugen sie mit den Schwingen, dann segelten sie wieder ein Stück, während der böige Wind ihre Federn zauste. Manche flogen so tief, dass Jerusha den steinernen Ausdruck auf ihren so menschlich wirkenden Gesichtern erkennen konnte. Ohne die Reisenden zu beachten, schienen sie einem unhörbaren Ruf zu folgen.

»Sie fliegen in Richtung Ouenda«, sagte Kiéran. Jerusha nickte schweigend und dachte an die schreckliche Nacht, die sie verbarrikadiert in der Höhle verbracht hatten. Die sie ohne Koriónas' Hilfe nicht überlebt hätten. Auf einmal hatte sie wieder diesen Geruch von Blut und kaltem Stein in der Nase.

»Noch überqueren sie nicht die Grenze«, sagte Silmar. »Aber bald.«

»Wann?«, fragte Jerusha herausfordernd.

Silmar blickte ihr direkt in die Augen. »Das hängt auch davon ab, ob ihr mit leeren Händen zurückkommt.«

»Das wird nicht geschehen«, schleuderte ihm Kiéran entgegen und ließ sein Pferd angaloppieren. Jerusha dachte an Aláes' Worte. *Wenn der Rubin nach Moranshir zurückkehrt, dann interessiert uns Ouenda nicht mehr sonderlich. Es wäre vermutlich nicht mehr der Mühe wert, es zu erobern.*

Und ihr wurde klar, dass sie nicht versagen durften. Es ging längst um viel mehr als nur diesen Fluch. Um so viel mehr.

Als sie sich der Grenze zu Ouenda näherten und die letzten Waldgebiete vor der großen Ebene durchquerten, sahen sie die Skraelings noch einmal. Diesmal hockten sie auf Bäumen, die Schwingen zusammengefaltet, die Klauen um Äste geklammert, die unter ihrem Gewicht ächzten. Zu Tausenden saßen sie dort, halb verborgen von den Zweigen, und warteten. Jerusha wusste, dass sie und Kiéran keine Wahl hatten, sie mussten mitten durch diese Armee hindurchreiten. Voller Abscheu blickte sie den Pfad entlang, und selbst ihr Eliscanpferd schien zu zögern.

»Langsam, immer schön langsam«, sagte Silmar. »Sonst könnte es sein, dass sie in Versuchung geraten.«

Und so ließen sie ihre Pferde im Schritt durch den gewaltigen Schwarm hindurchgehen, nur der Hufschlag auf dem feuchten Waldboden war zu hören und das Pfeifen des Windes in den Baumkronen. Die weißen Augen der Skraelings folgten jeder ihrer Bewegungen. Einmal flatterte einer von ihnen mit einem heiseren Ruf auf, und Jerusha zuckte zusammen. Doch sonst geschah nichts, und endlich stürmten ihre Pferde über die Ebene von Ymbod, auf Ouenda zu. Im Südwesten lagen die Gipfel von Khelgardsland vor ihnen.

Nach den warmen, blütenschweren Tagen in Moranshir wirkte Khelgardsland kühl und abweisend. Hier in Ouenda war der Herbst eingekehrt. An den Wegesrändern hingen Regentropfen im welken Gras, und der kühle Wind riss ein paar Blätter mit sich. Niedergeschlagen dachte Jerusha daran, dass es Frühling gewesen war, als sie in Loreshom losgeritten war. Fast drei Monde lang war sie jetzt schon unterwegs.

Und dann lag Rus Avantoc vor ihnen, am Fuße der Berge. Es war noch früh am Morgen, Nebel bedeckte die felsige Ebene und kleidete alles in einen grauen Schleier. Einige Schafe weideten das Gras ab, das den Boden wie ein dichter grüner Teppich bedeckte. Beklommen bat Jerusha ihr Pferd, anzuhalten, und blickte sich um. Das war also der Ort, an dem furchtbare Kämpfe zwischen Menschen und Eliscan stattgefunden hatten – und keine Spur war davon geblieben. Nichts deutete darauf hin, dass hier der Schlüssel zu ihrer eigenen Zukunft ruhte … und zu der Zukunft Ouendas.

In der Ferne, vom Nebel fast verborgen, erkannte sie ein rundes Gebäude. War das der Tempel? In der anderen Richtung war das Gelände hügelig und felsig, dort begannen die Bäume. Kein anderes Haus, keine Burg, nichts war in Sicht. Nicht einmal eine schlichte Hütte. »Aber müsste hier nicht irgendwo diese alte Festung sein?«, fragte Jerusha verwirrt.

Kiéran stöhnte. »Jetzt weiß ich, warum mir der Name Qirwen Cerak nichts gesagt hat. Es muss schon sehr lange her sein, dass sie hier gestanden hat.«

»Aber selbst dann muss es noch Ruinen geben.« Jerusha strengte ihre Augen an – vergeblich. In der Entfernung sah sie nur noch grüne und graue Flecken, die Bäume waren verschwommene Formen.

»Silmar, was ist hier passiert?«, fragte Charis fasziniert.

Leise zitierte der Elis:

»Qirwen Cerak, ein Ort der Fesseln es war
Gefangen im Dunkel, fern vom Licht des Mondes
Blieb Erythar und Nerénthoras nur das Erdulden
Bis die Gefährten kamen, sie zu befreien
Doch bittere Tränen brachte dieser Tag.«

»Hier wurden Eliscan gefangen gehalten? Gefoltert?« Kiéran klang abgestoßen, und als Silmar nickte, verfiel er in Schweigen.

Ihre Pferde trugen sie über die Ebene, dorthin, wo der Wald begann, und dort fanden sie, was sie gesucht hatten. Steine, die zu meterdicken Festungsmauern gehört haben mussten, ragten aus dem Boden, gefleckt von Moos und Flechten. An manchen Stellen waren die Mauerreste nur brusthoch, an einer anderen Stelle war sogar der Überrest eines Turms erhalten. Bäume, die fünf Menschen gemeinsam nicht hätten umspannen können, ragten zwischen den Resten von Qirwen Cerak auf, und über allem lag Nebel, der jetzt immer dichter wurde. Jerusha saß ab und strich mit der Hand über die uralten Steine. *Viel ist nicht übrig von Ceraks Thron. Er hat die Festung, die seinen Namen trägt, nicht beschützen können.* An einem Stein, der vor langer Zeit umgestürzt sein musste, fand sie eine verwitterte Inschrift. Nur noch etwa die Hälfte war zu lesen: … *die Gnade der Zeit.*

Jerusha fröstelte und war froh über den leichten, aber warmen Umhang, den die Eliscan ihr mitgegeben hatten.

Charis lief einige Treppenstufen hoch, die zu den Resten des westlichen Teils führten, und balancierte sicher wie eine Katze auf einem Mauerrest. »Hier war bestimmt der größte Teil der Gemächer. Was genau sucht ihr? Vielleicht könnte ich euch helfen.«

Jerusha hatte nicht die Absicht, ihr zu antworten. Doch Kiéran sagte: »Wir suchen einen Brunnen – einen, der schon lange kein Wasser mehr spendet, fürchte ich.«

»Kein Badetag heute? Schade.« Charis zog die Augenbrauen hoch. Doch als niemand reagierte, richtete sie die Augen auf den Boden und machte sich daran, die Mauern genauer in Augenschein zu nehmen. Jerusha blickte zu Kiéran hinüber. Sie spürte, dass er nervös war. Und sie hatte ihn noch nicht oft nervös erlebt. Zeit, den Bogen aufzuspannen. Als sie die Sehne an den Wurfarmen befestigt und sich den Köcher mit den Pfeilen über den Rücken gehängt hatte, fühlte sie sich wohler.

* * *

Seit sie wieder in Ouenda waren, umgab ihn Dunkelheit. Dichte, erstickende Dunkelheit. Nur wie Schemen in tiefster Nacht konnte Kiéran die Mauerreste erkennen, und er musste mit der Hand daran entlangfahren, um glauben zu können, dass es sie wirklich gab. Nach dem lichtdurchfluteten Reich der Eliscan fühlte sich all dies an wie ein Sumpf, der ihn hinabzog. Und warum hatte er das Gefühl, dass sie hier in großer Gefahr waren? All seine Sinne waren in Alarmbereitschaft, schrien ihm zu, sich in Sicherheit zu bringen – doch vor welcher Bedrohung? Selbst mit seinen neuen Augen konnte er nichts Ungewöhnliches entdecken.

»Silmar – spürst du das?«, fragte er, als der Elis neben ihm ging.

»Dies ist ein düsterer Ort«, murmelte Silmar und blickte sich um, als sei auch ihm nicht ganz wohl. »Wir sollten nicht zu lange hier verweilen.«

Kiéran nickte. Er versuchte, durch die Bäume noch einen Blick auf den Tempel zu erhaschen. Es schien tatsächlich ein Tempel der Schwarzen Spiegel zu sein – soweit er es erkennen konnte, sah das Gebäude dem Spiegeltempel in Daressal sehr ähnlich, und die Mauern schimmerten genau wie dort wie fließendes Wasser. Doch sie hatten sich schon so weit davon entfernt, dass er den Tempel nur noch als hellen Fleck in der Ferne wahrnehmen konnte. Es war ein seltsames Gefühl, einem dieser Tempel so nahe zu sein, und er meinte, dass das Amulett um seinen Hals sich nun anders anfühlte. Wärmer.

Die Priester dürfen auf keinen Fall erfahren, was wir hier suchen, ging es Kiéran durch den Kopf. *Sie sind die alte Schutzmacht gegen die Anderwesen aus Khorat, und wir sind im Auftrag der Eliscan hier.* Bitter schüttelte er den Kopf über sich selbst. *Xatos helfe mir, ich unterstütze den Feind!*

Doch bisher sah es aus, als hätten sie Glück. Im Tempel regte sich nichts.

»Kiéran!«, rief Jerusha, und Kiéran zuckte zusammen, wünschte sich, sie würde leiser sprechen. Er sprang von der niedrigen Mauer, auf der er gestanden hatte, und schritt zu ihr hinüber. »Was ist?«

Jerusha hatte sich auf die Knie geworfen und kratzte am Boden herum, schien irgendetwas wegzureißen, vielleicht Grasklumpen. »Ein Steinkreis! Alte Steine, zum größten Teil schon völlig überwachsen, ich habe sie nur durch Zufall gesehen.«

Mit neuer Hoffnung kniete sich Kiéran neben sie und tastete die Steine ab. Kühl waren sie und rau unter seinen Fingerspitzen. »Ja, könnte sein, dass hier früher mal der Brunnen stand. Lasst uns graben.«

»Ja, Herr.« Silmar verbeugte sich mit gespielter Ehrerbietung. »Ich gehe die Spaten holen.«

Und manchmal kommt der Tod aus dem Abendschatten eines Brunnens. Doch wo stand die Sonne hier überhaupt am Abend, wohin fiel der Schatten? Wieder einmal brauchte er Jerushas Augen – er selbst sah das Licht der Sonne nur noch in seinen Träumen. »Wahrscheinlich war der Brunnen früher hüfthoch, der Schatten wird ziemlich lang gewesen sein. Jerusha, wo müssen wir graben?«

Jerusha lachte; es klang nicht sehr fröhlich. »Der Himmel ist heute weißgrau wie das Fell eines Schneehasen – jeder darf mal raten, wo Westen sein könnte, ich jedenfalls habe keine Ahnung. Und meinen Kompass habe ich leider in Cyr verloren.«

Doch Silmar deutete schon in eine Richtung, und Jerusha schritt ab, wo der Schatten den Boden berührt haben könnte. Kiéran legte seinen Umhang ab und machte sich an die Arbeit. Auch Jerusha half mit, und Kiéran bewunderte, wie kräftig sie anpacken konnte – war das die gleiche Frau, die in Moranshir in seinen Armen gelegen hatte, diese zierliche Gestalt im schwarz-goldenen Kleid? Charis dagegen begnügte sich damit, Wache zu halten. Vielleicht war das besser so, dann kamen sie und Jerusha sich weniger in die Quere. Der Kleinkrieg zwischen den beiden wurde allmählich anstrengend.

»Sobald dir etwas auffällt, irgendetwas, dann melde dich«, schärfte er ihr ein. »Behalte den Tempel im Auge, der ist für uns am gefährlichsten.«

»Der Tempel?« Charis klang verblüfft – und ehrlich bedauernd, als sie hinzufügte: »Ich kann ihn nicht mehr sehen. Zu weit weg, und dann dieser Nebel.«

Mit seinen neuen Augen sah Kiéran den Tempel noch, und stillschweigend beschloss er, selbst einen Blick darauf zu halten. Zu dieser Uhrzeit widmeten sich die Priester und Novizen wahrscheinlich gerade der Meditation nach der Morgenbotschaft des Ersten Priesters, in dieser Zeit drohte keine Gefahr; aber danach war, wenn er sich richtig erinnerte, die Ertüchtigung dran, und dann würden die Priester den Tempel verlassen.

Sie arbeiteten hastig und schweigend. Schon nach kurzer Zeit hatten sie die Grasnarbe entfernt und stießen auf feste, mit Kieseln durchsetzte Erde.

Jerusha lehnte den Spaten gegen eine der alten Mauern und kletterte aus der Grube, die schon knietief war. Stattdessen nahm sie den Erdhügel genau unter die Lupe. »Einer von uns muss das Zeug hier durchsuchen, sonst werfen wir den … das Objekt, das wir suchen, womöglich mit auf die Halde und bemerken es nicht einmal.«

Sie hatte recht. Kiéran nickte und beförderte noch eine Schaufel voll aus der immer tiefer werdenden Grube. Obwohl es ein kühler Tag war, kitzelten Schweißtropfen auf seiner Stirn. Silmar dagegen schaufelte scheinbar mühelos, ohne jede Anstrengung, Erde beiseite. Wusste der Elis, was sie suchten, war das der Grund, warum er sie über die Grenze Khorats hinaus begleitet hatte? Und wenn ja, wie würde er darauf reagieren, wenn sie es fanden? Womöglich würde er versuchen, den Rubin für sich zu behalten. König Silmar – konnte er dieser Versuchung widerstehen?

Das Mondvolk würde ihn wohl kaum als Herrscher akzeptieren. Aber bis er das kapiert hat, sind wir vielleicht schon alle tot. Verbissen rammte Kiéran den Spaten in die Erde. Langsam wurde Kiéran mulmig zumute. Wenn der Rubin tatsächlich dort gewachsen war, wo das Blut dieses Eliscanherrschers in den Boden gesickert war, dann machte es keinen Sinn, noch tiefer zu graben. Dann hätten sie das Ding längst finden müssen. Wenn es denn tatsächlich hier war.

Ein unangenehmes Kribbeln durchlief ihn. *Wir waren uns zu sicher. Dabei hätten wir die Karte von Ouenda noch viel gründlicher unter die Lupe nehmen müssen. Womöglich gibt es noch andere Orte, die als der »Atem der Dunkelheit« infrage kommen – und wir sind einfach auf den erstbesten losgestürzt.* Mechanisch grub er weiter und verfluchte seine neuen Augen, mit denen er nur noch die Karten lesen konnte, die Jerusha für ihn schuf.

Es war Zufall, dass er genau in diesem Moment den Kopf hob. Charis stand auf einer der Mauern, blickte über die Ebene hinaus und sah anscheinend nicht, dass mehrere Gestalten direkt auf sie zugingen. Vermutlich war der Nebel noch zu dicht. Drei Menschen, einer von ihnen mit einer grün leuchtenden Aura und ein anderer mit einer rötlich orangefarbenen. Kiérans Herz machte einen Satz, denn einen Moment lang sah es so aus, als seien das Santiago, Bel und noch jemand aus seiner Escadron. Doch sofort schalt er sich einen Narren. *Wie blöd muss man sein, um an seine eigenen Wunschträume zu glauben? Santiagos Aura hat ein helleres Grün. Und er selbst ist größer und bewegt sich anders. Abgesehen davon ist Santiago gerade sehr, sehr weit entfernt von diesem verfluchten Ort.*

»Es kommt jemand«, sagte Kiéran grimmig, und die anderen schreckten von ihrer Arbeit auf.

»Wo?«, fragte Silmar. »Was siehst du, Lin'tháresh?«

»Drei Menschen. In zwei bis drei Baumlängen Entfernung, schätze ich.« Mit langen Schritten ging Kiéran auf Jerusha zu. Wenn es Ärger gab, dann war sie es, die er schützen würde. »Sie kommen direkt auf uns zu – vermutlich wissen sie, dass wir hier sind. Ich habe keine Ahnung, wo sie gerade hergekommen sind, aber aus den Toren des Tempels nicht, dann hätten wir sie früher bemerkt.«

»Vielleicht waren sie in der Nähe und haben uns gehört.« Silmar wirkte unruhig, sah sich um, womöglich nach einem Versteck. Wurde ihm erst jetzt klar, in welcher Gefahr er hier schwebte, dass diesmal er es war, der sich im Feindesland befand? Doch was auch immer ihm durch den Kopf ging, er blieb stehen, die Hand am Knauf seines Schwerts, und auf einmal war seine Haltung wieder selbstsicher, so großspurig wie gewohnt. *So wie jemand, der noch nie gekostet hat, wie bitter eine Niederlage ist,* dachte Kiéran und ließ die drei Fremden nicht aus den Augen. Jetzt waren sie schon so nahe, dass sie selbst durch den Nebel sichtbar sein mussten.

»Kiéran, sie tragen hellgraue Roben mit einer schwarzen Borte und auf ihrer Stirn … ich glaube, das ist eine Art Kopfschmuck aus schwarzem Metall mit silbernen Buchstaben und Symbolen«, flüsterte Jerusha ihm zu. »Keine Ahnung, was das ist.«

»Es wird Arithón genannt«, sagte Kiéran, und auf einmal fühlte sich sein Herz an wie ein Klumpen Blei.

Die Männer, die auf sie zukamen, waren Priester des Schwarzen Spiegels.

Zeit der Wölfe

Und jetzt wusste Kiéran auch wieder, woher er diese rot-orangefarbene Aura kannte. Einer dieser drei war Dinesh, der Erste Priester des Tempels von Daressal. Ghalils Schande, was machte er hier? Unter allen anderen Umständen hätte Kiéran sich über dieses Wiedersehen gefreut, doch jetzt und hier bewirkte es bei ihm nur eine üble Mischung aus Verwirrung, Nervosität und Selbstvorwürfen.

Die drei standen nun vor ihm, in gerader Linie waren sie auf ihn zugegangen, ohne seinen Begleitern Beachtung zu schenken. »Kiéran«, sagte Dinesh ruhig. »Ihr habt einen weiten Weg zurückgelegt, seit wir uns das letzte Mal sahen.«

»Weiter, als ich jemals gedacht hätte«, erwiderte Kiéran, und auf einmal wusste er, was er Dinesh schon seit so vielen Wochen sagen wollte. Was sich nur von Angesicht zu Angesicht sagen ließ, nicht in einer dürren schriftlichen Botschaft. »Und irgendwo auf diesem Weg habe ich auch gelernt, mich zu bedanken. Mein Abschied aus Eurem Tempel war unwürdig. Und Euer Geschenk war ein Segen, kein Fluch.«

Kiéran hörte die Wärme in Dineshs Stimme. »Kommt, lasst uns ein paar Schritte gehen, dann können wir alles besprechen, was sich seither zugetragen hat.«

Es schmerzte unerwartet heftig, sich an ihre Gespräche im Tempel zu erinnern. *Er hat an mich geglaubt, von Anfang an. Er hat nicht zugelassen, dass ich mich aufgebe.*

Kiéran schob den Gedanken weg. »Ich würde bevorzugen, hier zu reden«, sagte er. Keinen Schritt würde er sich von diesem Graben fortbewegen, von diesem Erdhügel, der womöglich den größten Schatz Khorats barg.

Dinesh ging über seine schroffe Antwort hinweg. »Auch wir haben Grund, uns zu bedanken. Wir haben Eure Botschaft erhalten, über die

Anderwesen an den Fürstenhöfen. Mit großer Sorge haben wir seither beobachtet, was geschieht. Gibt es noch etwas, das Ihr uns mitteilen wollt?« Auf einmal klang seine Stimme eindringlich.

Kiéran sah aus dem Augenwinkel, wie Silmars Aura sich veränderte, und ahnte, dass der Elis ihn bei einem einzigen falschen Wort niederstechen würde – mit der gleichen lichtschnellen Geschmeidigkeit, die Kiéran zu fürchten gelernt hatte.

»Eure Sorge ist berechtigt«, sagte Kiéran vorsichtig und vermied es, noch einmal zu Silmar hinüberzublicken. Hatten die Priester bemerkt, wer oder was sein Begleiter war?

O ja, sie hatten es bemerkt. »Seid Ihr eine Geisel?«, fragte Dinesh.

Eine Geisel? Ja und nein. Im Grunde war er freiwillig hier. Und genau das war das Schlimme daran. Er tat alles, was in seiner Macht stand, um den Eliscan das zu geben, was sie haben wollten. Dafür hatte er sich entschieden.

Bisher hatten sich die beiden anderen Priester nicht eingemischt, doch nun ergriff einer von ihnen, der mit der grün schimmernden Aura, das Wort. »Schluss jetzt. Es ist Zeit für offene Worte. SaJintar, was sucht Ihr hier?«

Das war kein Geplauder unter alten Freunden mehr. Kiéran griff nach einem der Spaten und stieß ihn in die lockere Erde. »Wir graben nach Überresten eines Gefechts, das vor langer Zeit stattgefunden hat. Die Geschichte Ouendas ist ein faszinierendes Forschungsfeld, ich denke, darüber sind wir einer Meinung, Dinesh.«

Steinernes Schweigen. Plötzlich hatte Kiéran das unheimliche Gefühl, dass die Priester wussten, was für eine Mission ihn und seine Begleiter hierher führte. Und dass Dineshs Worte vorhin nur ein letzter, vergeblicher Versuch gewesen waren, seinen ehemaligen Gast zu schützen. Aber das konnte nicht sein, nur einige wenige Eliscan wussten von dem Rubin und sonst niemand.

»An Lügen sind wir nicht interessiert«, sagte der dritte Mann, dessen Gestalt von einer grau-violetten Aura umgeben war.

Diesmal war es Jerusha, die antwortete. »Wir suchen etwas, das nicht in diese Welt gehört.«

Kiéran erschrak. Sie hatte tatsächlich preisgegeben, weshalb sie hier waren! Was sollte das? Doch bevor er einhaken konnte, ergriff wieder Dinesh das Wort, seine Stimme war nüchtern. »Ja. Das wissen wir. Doch es ist ein Objekt von großer Kraft. Wir können nicht dulden, dass es Ouenda verlässt.«

Sie wissen es. Woher können sie das wissen? Einen Wimpernschlag lang spürte Kiéran Silmars Verblüffung, Jerushas schockiertes Staunen, Charis' Neugierde. Dann zog er zur gleichen Zeit wie Silmar sein Schwert. Entschlossen, sich von den Priestern nicht aufhalten zu lassen, und ebenso entschlossen, Dinesh vor dem Elis zu schützen.

Doch bevor Silmar oder er handeln konnten, gab der Erste Priester ein kleines Zeichen … und der Wald schien lebendig zu werden. Hinter jedem Felsen im weiten Umkreis, hinter jedem Baumstamm, trat eine Gestalt hervor, mindestens fünfzig Priester waren es, und mit seinen neuen Augen erkannte Kiéran die Klingen unter ihren Roben.

Es war eine Falle! Wir sind in eine Falle getappt!

»Kiéran SaJintar, hiermit steht Ihr gemeinsam mit Euren Begleitern unter Arrest«, sagte Dinesh, und in seiner Stimme klang bittere Enttäuschung mit. »Die Anklage lautet auf Hochverrat.«

* * *

Jerusha warf einen verzweifelten Blick auf den Erdhaufen, in dem irgendwo der Rubin schlummern musste. *Wir sind gescheitert. Sobald die Priester den Rubin haben, kommen wir nie mehr dran!* Sie blickte sich nach einem Fluchtweg um und ließ den Bogen wieder sinken. Nein, es war aussichtslos. Es waren einfach zu viele Priester, die sie umringten. Silmar steckte sein Schwert in die Scheide zurück, doch sein Gesicht trug einen hochmütigen Ausdruck, der nichts Gutes ahnen ließ. *Niemals wird er sich einfach so in Gefangenschaft begeben*, ging es Jerusha durch den Kopf. *Aber er hat keine Wahl. Selbst er kann sich nicht mit fünfzig Kriegern anlegen.*

In Gedanken rief sie Koriónas, flehte ihn an, ihnen zu Hilfe zu kommen, doch sie spürte keine Antwort. War er zu weit weg? Oder war er nicht mehr bereit, ihnen zu helfen, nachdem er ihnen schon fast gegen seinen Willen das Versteck des Rubins preisgegeben hatte?

Abrupt kehrten ihre Gedanken in die Gegenwart zurück. Wer war denn das? Hinter den Reihen der Priester waren noch vier weitere Männer aufgetaucht, und sie trugen keine Priesterroben, sondern einfache, mit Leder besetzte Reisekleidung. Der eine war ein großer Blonder mit einer Lammfellweste, neben ihm ging ein etwas kleinerer Mann mit einem grünen Umhang. Dritter im Bunde war ein auffallend muskulöser Mann mit kurz rasierten Haaren, und der vierte ein Rotschopf. Jerusha konnte nur einen ganz kurzen Blick auf die vier

Männer erhaschen, denn nach einem verblüfften Blick auf das, was zwischen den Ruinen geschah, zogen sie sich sofort zurück und tauchten im Wald unter. *Wer bei allen Göttern ist das?*

Die Priester und Priesterinnen hatten nicht bemerkt, wer da hinter ihrem Rücken aufgetaucht war, doch Jerusha spürte, dass Kiéran die vier wahrgenommen hatte. Ein winziges Lächeln spielte um seine Mundwinkel und war gleich darauf wieder verschwunden.

Kiéran blickte zu ihr herüber, sah erst sie an, dann ihren Bogen. *Halt dich bereit, gleich geht's los*, sagte dieser Blick, doch Jerusha war nicht sicher, ob sie das richtig verstanden hatte. Meinte er das ernst? Gerade zog sich der Kreis um sie enger, da war nichts zu machen. Selbst wenn diese vier Fremden sie unterstützten. Und das war nicht einmal sicher, vielleicht waren es gewöhnliche Reisende, die zufällig hier vorbeigekommen waren und sich verdrückt hatten, als sie Ärger witterten.

»Folgt ihr uns freiwillig zum Tempel, oder ist es nötig, euch zu fesseln?« Noch immer standen sich der hagere Priester des Schwarzen Spiegels und Kiéran gegenüber, beide hielten ihre Waffen bereit.

»Dinesh, Ihr macht einen Fehler«, sagte Kiéran eindringlich. »Ihr wisst nicht, was auf dem Spiel steht. Ich helfe den Anderwesen nur deshalb, weil ich damit Schlimmeres verhindern kann.«

Der Priester ließ den Blick nicht von Kiérans Gesicht. »Vielleicht habe ich tatsächlich einen Fehler gemacht. Ich habe Euch vertraut, von Anfang an. War das ein Fehler, Kiéran? Sagt mir das.«

»Ich glaube nicht, dass es ein Fehler war. Vertraut mir nur noch einmal. Bitte. Lasst uns gehen. Ich will kein Blutvergießen, weder hier noch im ganzen Land.«

Jetzt war es wieder der andere Priester, der sprach. Sein Ton war höhnisch. »Ein Elitekrieger, der den Kampf ablehnt? Kämpfen ist eure Berufung, ihr tauft eure Waffen in Blut. Dinesh, bringen wir sie zum Tempel, es ist genug geredet worden.«

»Ich warne euch«, sagte Kiéran, und plötzlich war seine Stimme so laut und befehlsgewohnt, dass Jerusha zusammenzuckte. »Es ist meine letzte Warnung. Gebt uns frei! Oder ihr müsst die Folgen tragen.«

Ein paar der Männer lachten überrascht auf, die Worte wirkten allzu lächerlich im Angesicht der Übermacht. Doch einige der Priester und Priesterinnen stimmten nicht ein, und auf ihrem Gesicht stand eine seltsame Mischung aus Besorgnis, Furcht und etwas anderem, das viel schwerer zu greifen war. *Sie kennen Kiéran*, wurde es Jerusha schlagartig klar. *Das müssen Leute aus dem Tempel von Daressal sein!*

Jetzt blickte der Erste Priester zu diesen Männern und Frauen hinüber, es sah aus wie eine Aufforderung. Einer der Priester, ein magerer, O-beiniger junger Mann, kniff die Lippen zusammen und wandte den Blick ab. Er war sehr blass.

* * *

Kiéran fühlte sich, als habe jemand sein Herz mit einer Zange gepackt. Nicht nur, dass er auf keinen Fall gegen Dinesh kämpfen wollte, dort vorne standen auch Rinalania, die immer so freundlich zu ihm gewesen war, Thar, der Schmiedemeister, dessen derbe Ehrlichkeit ihm gefallen hatte, und Gerrity – ehemaliger Taschendieb, nicht allzu frommer Novize, sein Freund. Er hätte dessen violette Aura überall erkannt.

Hilflose Wut auf Dinesh stieg in Kiéran auf. *Gerrity kann in den letzten Monden unmöglich so viel gelernt haben, dass er als Kämpfer von irgendeinem Wert ist. Aber die Priester hoffen wohl, dass Gerrity mich beeinflussen kann, dass er mich dazu bringen wird, aufzugeben.*

Doch Gerrity sagte nichts, er schwieg hartnäckig. Ein kleiner, tapferer Protest. Kiéran blickte zu ihm hinüber, versuchte, all die Wärme und Dankbarkeit, die er fühlte, in diesen Blick zu legen. Wie sollte er Gerrity nur am Leben erhalten, wenn an diesem verfluchten Ort die Waffen sprachen? Silmar würde sich nicht damit begnügen, seine Feinde nur zu verletzen, das war klar. Und Santiago und die anderen waren nette Kerle, aber in einem Kampf absolut tödlich.

Dennoch schlug Kiérans Herz schneller, wenn er daran dachte, dass seine Freunde hier waren – er konnte es noch immer kaum fassen. Santiago, Ulíes, Tarxas und Bel! Wie hatten sie herausgefunden, wo er gerade war und dass er Hilfe brauchte? Er hatte nicht die geringste Ahnung. Aber irgendwie hatten sie es fertiggebracht, und mithilfe der vier Terak Denar hatten er und Jerusha eine – wenn auch kleine – Chance, gegen die Priester des Schwarzen Spiegels zu bestehen und aus dieser Falle zu entkommen. Mit einem scheußlichen Gefühl in der Magengegend wartete er darauf, dass seine Freunde losschlugen.

* * *

Jerusha zuckte zusammen, als sie ein Krachen und Splittern aus dem Wald hörte, und genau wie die meisten Priester wandte sie verblüfft den Kopf. Aber man konnte nicht erkennen, was dort passierte, und mit einer kurzen Geste schickte Dinesh einige Männer los, um nachzuforschen.

Plötzlich kamen von überall her rauchende Geschosse angeflogen, blieben qualmend auf dem Boden liegen. Eins davon nicht weit von Jerusha entfernt – es war aus Baumharz, mit Hemdstoff umwickelt. Dichter Qualm gesellte sich zu dem Nebel, der widerliche Geruch von verbrannten Haaren lag in der Luft – und von zwei Seiten tauchten plötzlich bewaffnete Gestalten aus dem Qualm auf, die ersten Schreie ertönten. Überall hörte Jerusha den hellen Klang von Stahl, der auf Stahl trifft. Nein, diese Fremden waren keine gewöhnlichen Reisenden! Hastig griff sich Jerusha einen Pfeil aus dem Köcher auf ihrem Rücken … und stutzte.

Sie sah, dass Kiéran losstürzte wie ein Wolf auf die Beute, ausgerechnet auf den kleinen O-beinigen Mann mit dem blassen Gesicht zu. Erschrocken, mit weit aufgerissenen Augen, blickte der junge Priester Kiéran entgegen, er schaffte es gerade noch, seine Waffe hochzureißen und den ersten Schlag abzuwehren, dann war es vorbei. Kiérans Schwert durchbrach seine Deckung und traf den Mann am Kopf. Schockiert sah Jerusha, dass der junge Priester zusammenbrach und liegen blieb. Der Angriff hatte so schnell und brutal gewirkt, dass Jerusha erst einen Herzschlag später begriff, was Kiéran getan hatte. Er hatte sein Schwert in der Luft gedreht, sodass er den Mann nur mit der flachen Seite der Klinge getroffen hatte. Jetzt war der junge Priester ohnmächtig, aber so gut wie unverletzt – und mit etwas Glück würde er das Gefecht überleben.

Auch Silmar reagierte sofort, als der Angriff begann. Er sprang hoch, ergriff einen Ast und schwang sich daran in die Luft. Sein Salto trug ihn über die erste Reihe der Priester hinweg, und dann sah Jerusha ihn nicht mehr, er verschwand im wilden Getümmel, nur hin und wieder sah sie seine gleißende Klinge aus Sternenstahl aufblitzen.

Jerusha sprintete zu einer kleinen Mauer und kletterte darauf, sodass sie freie Sicht und eine gute Schusslinie hatte. Sobald sie einen festen Stand gefunden hatte, nockte sie hastig einen Pfeil auf. Als ihre Finger, die die Sehne spannten, ihr Kinn berührten, merkte sie ärgerlich, dass ihre Hand zitterte. *Großvater hatte recht, für eine KiTenaro bin ich mit dem Bogen wirklich lausig,* ging es ihr durch den Kopf, und ihr war nach Lachen und Weinen gleichermaßen zumute. Diesmal waren das Problem nicht ihre Augen – sie brachte es nicht über sich, auf diese Menschen zu schießen, von denen jeder mitgeholfen haben könnte,

Kiéran gesund zu pflegen. Ihre Schultermuskeln begannen zu vibrieren, wehrten sich dagegen, dass sie die Sehne so lange gespannt hielt.

Doch die Priester meinten es ernst, zu dritt griffen sie Kiéran an, zwei Männer und eine Frau. Der größte der Männer schwang seinen Zweihänder mit so brutaler Kraft gegen Kiéran, dass jeder Treffer tödlich sein musste. Und plötzlich war Jerushas Hand wieder stetig genug für einen Schuss. Sie zielte auf den rechten Arm des Mannes und atmete aus. Wie von selbst lösten ihre Finger den Pfeil, gaben ihn frei.

Eine Windböe rauschte durch die Zweige, drückte ihren Pfeil zur Seite. Er schlug im Rücken des Mannes ein, und mit einem erstickten Laut taumelte der Priester ein paar Schritte, bevor er stürzte und liegen blieb. Ein eisiges Kribbeln durchlief Jerusha, und sie konnte den Blick nicht von diesem bewegungslosen Körper abwenden. *Wie leicht es ist, einen Menschen zu töten. Wie furchtbar leicht.*

Einen Herzschlag lang blickte Kiéran zu ihr hinüber – dankbar, vorwurfsvoll? –, und Jerusha erschrak. In diesem Licht wirkten seine Augen schwarz wie Obsidian.

Nie zuvor hatte sie Kiéran wirklich kämpfen sehen, und sie musste sich daran erinnern zu atmen, während sie ihn beobachtete. Die Priester waren offensichtlich geübt mit dem Schwert, doch gegen Kiéran wirkten sie plump und langsam. Jede seiner Bewegungen war fließende Eleganz, und seine Klinge schien überall und nirgends zu sein; gedankenschnell folgten Angriff und Konter aufeinander. Und zum zweiten Mal in der Geschichte Ouendas tränkte Blut die Ebene von Avantoc.

Am liebsten hatte Jerusha das Gesicht in den Händen vergraben, sie wollte das alles nicht sehen. *Wie hat es nur so weit kommen können? Diese verfluchten Eliscan, dieser verdammte Rubin!* Doch sie zwang sich, den Bogen wieder zu heben, ihr nächstes Ziel auszuwählen, Pfeil um Pfeil davonsirren zu lassen.

Nie verlor sie dabei Kiéran aus den Augen. Inzwischen kämpften er und der junge blonde Fremde Seite an Seite. Der Blonde hielt Kiéran den Rücken frei und nahm es lachend mit jedem auf, der ihn selbst angriff. Jerusha ahnte, dass er ein Terak Denar war, dass auch die anderen drei Männer zu Kiérans ehemaliger Escadron gehörten.

Wo war eigentlich Charis? Hastig blickte Jerusha sich um, entdeckte die junge Frau aber nicht. Auch unter den Verletzten schien sie nicht zu sein. War sie geflohen, war sie eingetaucht in den Wald, oder hatte sie hinter den Ruinenmauern Deckung genommen?

Doch Jerusha vergaß Charis, als sie bemerkte, dass jemand von der Seite auf sie zurannte – sie sah nur eine wehende graue Robe, ein wutverzerrtes Gesicht. Keine vier Menschenlängen war der Priester noch von ihr entfernt. Mit kühler Ruhe griff Jerusha hinter sich, um einen weiteren Pfeil aus ihrem Köcher zu ziehen – und ihre Finger spürten nur noch zwei Pfeile. *Ghalils Schande, nur noch zwei, und womit soll ich mich dann verteidigen?* Sie nockte den vorletzten Pfeil auf, zog die Sehne kräftig nach hinten, ließ los und verfehlte den Mann um eine Handbreite.

Jerusha merkte, wie sie nervös wurde. Kiéran konnte ihr jetzt nicht helfen, er wurde selbst unablässig angegriffen – sie musste schon allein zurechtkommen. Hastig legte sie ihren letzten Pfeil auf, immerhin, jetzt war der Priester so nah, dass sie ihn nicht mehr verfehlen konnte.

Erst im letzten Moment hörte Jerusha die Schritte hinter sich, doch da war der zweite Priester schon so nah, dass er sie an der Tunika packen konnte. Ihr letzter Pfeil wirbelte nutzlos davon, der Bogen flog in ein Gebüsch. Jerusha warf sich nach vorne, Stoff riss, dann war sie frei. Flüche dröhnten ihr in den Ohren. Keuchend rappelte Jerusha sich wieder auf und stellte fest, dass der große blonde Terak Denar den beiden Priestern den Weg abgeschnitten hatte. Sein Schwert beschrieb einen flirrenden Halbkreis in der Luft, und die beiden Männer begannen zu schwitzen.

Einen Moment später lagen die Priester stöhnend am Boden, und der Terak Denar wandte sich Jerusha zu. Er hatte ein Jungengesicht mit freundlichen blauen Augen, und jetzt verzog sich sein Mund zu einem herzlichen Lächeln. »Hallo, ich bin Santiago. Wollte dich schon lange mal kennenlernen. Ki hat gesagt, ich soll ein Auge drauf halten, dass dir nichts passiert.«

»Äh, danke«, sagte Jerusha verlegen. »Mir sind die Pfeile ausgegangen.«

»Seh ich. Sonst alles klar mit dir?«

»Ich glaube schon«, sagte Jerusha.

Santiago drückte ihr eine Art langen Dolch in die Hand – »Hier, ich hoffe, das hilft dir erst mal weiter« – und stürzte sich wieder ins Gefecht. Jerusha steckte sich das Ding in den Gürtel für den Notfall. Doch ihr Bogen war ihr lieber, sie schlich sich in der Deckung der alten Mauern entlang und zerrte ihn aus dem Gebüsch, in dem er vorhin gelandet war. Auch zwei ihrer Pfeile, die ihr Ziel verfehlt hatten, fand sie.

Als sie sich wieder aufrichtete, sah sie Charis, sie kauerte dreckverschmiert hinter den Erdhügeln, die sie heute früh bei ihrer Suche herausgeschaufelt hatten. Auf einen Schlag begriff Jerusha. Als der Kampf begonnen hatte, musste sich Charis flach in den Graben hinter dem ehemaligen Brunnen geworfen haben. Dort hatte sie in aller Ruhe weitergesucht, während um sie herum die Hölle losbrach. Jerusha kam nicht umhin, ihre guten Nerven zu bewundern.

Vorsichtig und auf der Hut vor den Kämpfen, die eine halbe Baumlänge entfernt tobten, kam Charis auf sie zu. »Ist es zufällig das, was ihr sucht?«, fragte sie und öffnete ihre Hand.

In ihrer Handfläche lag etwas, das auf den ersten Blick wie ein ganz gewöhnlicher schwarzer Kieselstein von der Größe einer Kulmesnuss wirkte. Doch dann schüttete Charis ein wenig Wasser aus ihrer Trinkflasche darüber, und Jerusha sah das tiefrote Glimmen im Inneren des Steins. Ja. Das war Aélwelhor, es gab keinen Zweifel.

»Ja, ja, stimmt«, stammelte Jerusha. »Wo war er?«

»In der Abraumhalde. Wundert mich nicht. Edelsteine sehen nun mal nicht besonders eindrucksvoll aus, solange sie ungeschliffen sind.«

Jerusha streckte die Hand aus. »Gib ihn mir bitte.«

Um Charis' Lippen spielte ein leichtes Lächeln. »Wieso sollte ich?«, sagte sie.

* * *

Als Jerusha angegriffen wurde, wäre Kiéran beinahe das Herz stehen geblieben, und der kurze Moment der Unkonzentriertheit wäre ihm fast teuer zu stehen gekommen. Doch Santiago fing den Schlag ab, der ihm ansonsten den Arm abgetrennt hätte, und alles Weitere erledigte Kiéran selbst, während Santiago hinübersprintete zu Jerusha. Wenn sie das alles überstanden hatten, würde Kiéran dem Jungen so viel Met ausgeben, wie er trinken konnte.

Bisher lief es besser, als Kiéran zu hoffen gewagt hatte. Zwar kämpften die Priester des Schwarzen Spiegels sehr entschlossen, doch anscheinend hatten sie nicht mit dermaßen heftigem Widerstand gerechnet, und fast die Hälfte von ihnen war schon außer Gefecht, während auf ihrer Seite nur Bel leicht verwundet war. Kiéran schätzte, dass es bisher nur wenige Tote gab – Schmiedemeister Thar, den Jerusha erstaunlich kaltblütig erschossen hatte, sowie Uram, der Herr der Fledermäuse, und drei fremde Priester, die alle Silmars tödlicher Klinge begegnet waren. Kiéran selbst achtete darauf, seine Gegner nur zu verletzen, und anscheinend taten seine Freunde das Gleiche. Sie hatten ja von seiner Zeit im Tempel gehört.

Doch er ahnte, dass die Glückssträhne vorbei war, als er sah, dass der Elis, Dinesh und die Zweite Priesterin Rinalania die Klingen kreuzten. Rinalania mit der weichen Stimme und dem Geruch nach Kräuterkaramellen. Sie hatte versucht, seine Augen zu retten, sie hatte ihm die Hände verarztet, als er in der Waffenkammer blind in ein Messer gegriffen hatte. Sie war es gewesen, die ihn durch die Zeremonie geführt hatte, bei der er sein Amulett bekommen hatte. *Bei Xatos, niemals werde ich das vergessen. Ihr Gesicht mit der azurblauen Aura war das Erste, was ich mit meinen neuen Augen gesehen habe.*

Er konnte nicht zulassen, dass Silmar sie umbrachte!

Kiéran versuchte, sich möglichst rasch in ihre Richtung durchzukämpfen – doch ein heiseres Flüstern hielt ihn auf. »Nett, dass wir uns auch mal wiedersehen.«

Wer bei allen Göttern war das? Doch dann kehrte die Erinnerung zurück an dieses Duell, das er blind ausgefochten hatte. *Irgendwann wird der räudige Wolf mal nicht merken, dass ich da bin – und dann wird ihm das Fell abgezogen.*

Es war dieser Novize, Farnek; mit seinen neuen Augen sah Kiéran ihn als Gestalt mit grauer Aura. Wer genau war es hier, der einem räudigen Wolf ähnlich sah? »Aus dem Weg«, schnauzte Kiéran ihn an, wehrte Farneks Schwertstoß ab und versetzte ihm einen Fußtritt gegen die Brust, der ihn zu Boden schickte. Dann arbeitete er sich weiter voran. Ulíes, der ein Stück entfernt focht, schien zu bemerken, was er vorhatte, und schloss sich ihm an.

»Ich muss schon sagen, du reist in seltsamer Gesellschaft«, sagte er, während sie nach rechts und links austeilten. »Das da vorne ist ein Elis, oder?«

»Allerdings«, erwiderte Kiéran grimmig.

»Heiliger! Hab seit gut zehn Jahresläufen keinen mehr gesehen.«

Das hieß, es war Ulíes in der Quellenveste nicht aufgefallen, dass Nonar ein Anderwesen war. Vielleicht war das besser für ihn gewesen.

Kiéran hoffte mit aller Kraft, dass er nicht zu spät kommen würde. Dinesh kämpfte mit der Eleganz dessen, der in seinem mächtigen Clan von Kindheit an Kampfunterricht bekommen hatte, und auch Rinalania hielt sich gut. Doch Silmar hatte beide schon mehrere Menschenlängen weit zurückgedrängt, und während Kiéran hinsah, durchbohrte seine Klinge Rinalanias Schulter, er hörte, wie die Priesterin nach Luft schnappte. *Er spielt mit ihnen. Wie mit mir in Moranshir.* »Halt! Nicht sie!«, brüllte Kiéran, drängte mit einem wuchtigen Schlag einen anderen Priester aus dem Weg und wäre selbst um ein Haar zu Boden gegangen, als sich ein Arm von hinten um seinen Hals klammerte, ihn würgte. Farnek schon wieder. »Du denkst wohl, ich bin dir nicht ebenbürtig, was?«, zischte der Novize ihm ins Ohr. »Na, du wirst schon sehen. Jetzt bekommst du, was du verdienst, Roter Wolf.«

Ein Griff von hinten – der gleiche dreckige Kniff wie beim Duell damals. Doch Kiéran hatte auch den einen oder anderen miesen Trick zu bieten, den er in den Gassen von Alegowa gelernt hatte. Er warf den Kopf nach hinten und hörte, wie Farneks Nase brach; unwillkürlich schrie Farnek auf und lockerte seinen Griff. Doch diesmal war es Kiéran, der seinen Arm festhielt; mit einem schnellen Ruck schleuderte er Farnek über seine Schulter nach vorne. Wie ein nasser Sack knallte der Novize ins Gras, und diesmal hatte er offensichtlich genug, denn er blieb liegen.

Ulíes hatte zu Recht angenommen, dass Kiéran mit diesem Problem alleine fertig wurde, er war schon vorausgestürmt, auf den Elis zu. Doch als Kiéran aufblickte und sah, was dort inzwischen geschehen war, verflüchtigte sich seine letzte Hoffnung. *Zu spät, zu spät!* Rinalania lag bewegungslos am Boden, ihre Aura war so gut wie erloschen, und Dineshs Bewegungen waren langsamer geworden, war auch er verletzt?

Während Ulíes darauf achtete, dass keine anderen Kämpfer an sie herankamen, warf sich Kiéran zwischen Silmar und Dinesh. »Halt!«, schrie er noch einmal und fragte sich, ob er als Nächster dran sein würde und ob er einen solchen Kampf noch einmal überstehen würde. Doch überrascht sah er, dass der Elis tatsächlich die Waffe senkte.

»Du hast einen merkwürdigen Umgang mit dem Feind, Lin'tháresh«, meinte der Elis milde, und die Spitze seines Schwerts zeichnete winzige, komplizierte Muster in die Luft – Schriftzeichen, Symbole? »Was sollte das eben heißen *Nicht sie*?«

»Ich hätte nicht gedacht, dass du für so was eine Übersetzung benötigst«, gab Kiéran scharf zurück. »Diese beiden brauchen wir unverletzt. Und die anderen Priester lebend.«

»Du hättest es mir früher sagen sollen.«

»Hätte schon gereicht, wenn du zugehört hättest, was ich und der Erste Priester besprochen haben!«

»Das war nicht für meine Ohren bestimmt.«

Das ist so ziemlich die eigenartigste Ausrede, die ich jemals gehört habe. Zumal er aufmerksam gelauscht hat, um mitzukriegen, ob ich etwas über die Elis Aénor verrate. Doch Kiéran war nicht in der Stimmung zu diskutieren. Er blickte den Elis einfach an – diese unheimliche leuchtende Gestalt –, bis dieser seufzte, die Schultern zuckte und das Feld räumte. Sofort wandte sich Kiéran zu Dinesh und Rinalania um und stellte erleichtert fest, dass zwei Männer die schwer verletzte Priesterin gerade zum Tempel zurückbrachten. Doch Dinesh stand noch am gleichen Ort. »Es tut mir wirklich leid, Kiéran«, sagte er. »Irgendwann wirst du uns verstehen, da bin ich mir sicher.«

Ohne eine Antwort abzuwarten, ging er mit schnellen Schritten davon.

Verblüfft blickte Kiéran ihm hinterher. Dann ertönte im Tempel der tiefe, vibrierende Klang eines Gongs, so laut, dass es über die ganze Ebene hallte – das musste ein Signal für den Rückzug sein. Sie gaben auf! Schon machten sich die Priester daran, ihre Toten und Verletzten zu bergen. Kiéran bat Xatos um Gnade und darum, dass er Rinalania nicht den Atemhauch des Lebens nahm.

Auf der Ebene von Avantoc kehrte wieder Ruhe ein, Kiéran hörte nur noch den Wind und das Rascheln von Blättern, die über das Gras fegten. Silmar kletterte mühelos auf die höchste Mauer der Ruine und trank dort einen Schluck aus seiner Feldflasche. Eine Baumlänge von ihm entfernt standen sich Kiéran, Santiago, Bel, Tarxas und Ulíes gegenüber und blickten sich an. Im ersten Moment schwiegen sie nur, und es war ein Schweigen tiefer Vertrautheit. *Wie seltsam sich das anfühlt*, ging es Kiéran durch den Kopf. *Wie nach Hause zu kommen.*

Dann ergriff Santiago das Wort, seine Stimme klang verlegen. »Es war dein letzter Brief über Jerusha, Melísan und mich. Verdammt, Ki, der klang wie ein Abschiedsbrief.« Er zögerte einen Moment, sprach dann weiter. »Erinnerst du dich noch daran, dass ich gesagt habe, ich würde sofort kommen, wenn du mich mal brauchst? Tja, nachdem ich diesen Brief gelesen hatte, fiel mir ein, dass du nicht allzu gut darin bist, um Hilfe zu bitten. Und dass ich vielleicht selber drauf kommen müsste, wann der rechte Zeitpunkt ist.«

Einen Moment lang konnte Kiéran nicht sprechen, der Kloß in seiner Kehle hinderte ihn daran. »Blieb nur das klitzekleine Problem, mich zu finden«, meinte er schließlich.

»Das war das Seltsamste an der ganzen Sache.« Tarxas war es, der nun sprach. »Ich habe dreimal hintereinander von diesem Ort hier geträumt, und jedes Mal warst du hier. Einmal bist du einfach über die Ebene gegangen, ganz allein, und du weintest. Einmal lagst du am Boden, eine Frau beugte sich über dich und noch jemand stand dort, aber ich konnte nicht sehen, wer, weil er dir und mir den Rücken zuwandte. Und einmal hatte ein weißer Drache – eins dieser Biester aus dem ewigen Eis – dich in den Fängen und trug dich davon.«

Kiéran überlief es eiskalt. Das waren vermutlich keine Träume gewesen, sondern Visionen. War das seine Zukunft?

»Bel sagte, ich soll mal meinen Kopf untersuchen lassen«, fuhr Tarxas fort. »Aber Santiago meinte, wir sollten besser herausfinden, wo diese Ruinen sein könnten. Ulíes hat's schließlich erraten, der kommt ja von hier.«

»Mein Clan lebt seit ein paar Hundert Jahresläufen nicht weit von hier, in früheren Zeiten waren wir äußerst erfolgreiche Schmuggler«, berichtete Ulíes gut gelaunt und befestigte seinen Umhang wieder über seinen Schultern. »Jillyan wollte übrigens auch mitkommen, aber sie leitet jetzt tatsächlich Escadron Blau und Xen hat sie nicht gehen lassen.«

Kiéran starrte seine Freunde an. Ihre Geschichte klang fast zu seltsam, um wahr zu sein. Doch er wusste ja schon lange, dass Tarxas schwache magische Fähigkeiten besaß, und dieses Amulett um seinen Hals stammte aus Khorat, das Ding war Kiéran nie ganz geheuer gewesen, obwohl Tarxas behauptete, es sei nur ein Glücksbringer, den ihm sein Pate geschenkt habe. »Ihr seid alle vollkommen verrückt. Ich frage wohl besser nicht, wie ihr Xen diese freien Tage aus den Rippen geleiert habt und in welchem Zustand eure Rauten in der Quellenveste jetzt ohne euch sind.«

»Nee, frag uns lieber, ob wir jetzt endlich mal dein Mädchen kennenlernen wollen«, sagte Bel und schielte hinüber zu den Ruinen. »Welche von den beiden da ist es denn?«

»Die Dunkelhaarige«, gab Kiéran zur Auskunft und musste lächeln. *Noch vor ein paar Tagen hätte ich auf diese Frage hin nur herumgestottert. Jetzt hoffe ich mal, dass Charis nicht auch dunkle Haare hat.*

Sie schlenderten zurück zu den Ruinen von Qirwen Cerak, und Kiéran freute sich schon darauf, Jerusha in die Arme zu schließen. Wenn sie jetzt noch den Rubin fanden, konnten sie von hier verschwinden, ehe den Priestern überhaupt klar wurde, was geschehen war.

* * *

»Du wusstest von Anfang an, dass wir eine Mission zu erfüllen haben«, sagte Jerusha wütend. »Wieso bist du überhaupt mitgekommen? Hast du deine eigenen Pläne mit dem Rubin?«

»Sind alle Leute aus Kalamanca so undankbar?« Charis warf noch einen zufriedenen Blick auf den Rubin und schloss dann die Hand wieder darum. »Habe ich das Ding für euch gefunden oder nicht?«

Für euch. Immerhin, das machte Hoffnung. »Ich danke dir dafür«, sagte Jerusha mühsam beherrscht. »Sicher wird sich so etwas wie Finderlohn …«

»Bist du wahnsinnig? Meinst du, es kommt mir auf so etwas an?« Charis wandte sich ab, blickte über die Ebene von Avantoc hinweg, auf der noch immer die Kämpfe tobten. »Ich habe einfach wenig Lust, *dir* diesen Stein zu geben.«

»Aha. Und wem dann?«

»Schwer zu raten, was?« Charis lachte, und Jerusha fragte sich, ob die junge Frau noch ganz richtig im Kopf war. Keine Baumlänge von ihnen entfernt floss Blut, starben Menschen, und ihr war noch immer nach irgendwelchen Spielchen zumute?

Jerusha zwang sich, einmal tief durchzuatmen. »Hör zu, ich weiß, dass du Kiéran magst, aber …«

»Was aber? Den Rubin gebe ich nur ihm und sonst keinem. Ende der Angelegenheit.«

Was genau erhofft sie sich davon? Ewige Dankbarkeit von seiner Seite? Immerhin, wir können froh sein, dass Charis nicht vorhat, das Ding Silmar zu schenken.

Und dann waren auf einmal Kiéran und seine Freunde da. Der Rothaarige stellte sich als Belnicorus NaGívan vor und küsste ihre Hand, als sei sie eine große Dame, Santiago lächelte verlegen, und der Mann mit den kurzrasierten Haaren und den schmalen Augen, der Tarxas hieß, erzählte etwas davon, dass er und Kiéran zusammen Novos gewesen seien. Dass sie Kiéran in der Quellenveste vermissten und AoWesta schon bereut habe, ihm seine Escadron weggenommen zu haben.

Jerusha lächelte mechanisch zurück und machte ein paar freundliche Bemerkungen, an die sie sich Momente später nicht mehr erinnern konnte. Nur eins zählte, und das war Kiéran – der jetzt stolz den Arm um ihre Schultern gelegt hatte, dessen Augen wieder so hell glänzten wie zuvor, dem nichts passiert war.

»Kiéran«, flüsterte sie ihm zu, sobald sie nicht mehr im Mittelpunkt der Aufmerksamkeit stand und die Terak Denar sich ein paar Schritte entfernt auf dem Boden niedergelassen hatten, um auszuruhen. »Sie hat ihn gefunden. Den Rubin.«

Überrascht wandte er sich Charis zu. Mit einem Lächeln hielt sie ihm ihren Fund hin, und Kiéran nahm ihn, betrachtete ihn fasziniert von allen Seiten.

»Kannst du ihn erkennen?«, fragte Jerusha, und Kiéran nickte. »Ja. Es ist ähnlich wie bei Koriónas. Der Stein tritt aus der Dunkelheit hervor. Bei allen Göttern, ich habe noch nie einen so großen Edelstein gesehen, weder AoWesta noch Ceruscan haben einen von diesem Kaliber. Aber man sieht auch, dass es kein gewöhnlicher Rubin ist, er ist dunkler.«

Erbittert stellte Jerusha fest, dass Charis' Rechnung aufging, Kiéran schenkte ihr ein dankbares Lächeln. »Gut gemacht. Du hast einfach weitergesucht, was? Es war ein großer Fehler der Priester, dass sie nicht sofort versucht haben, unsere Grabung zu besetzen. Willst du dir das Ding ansehen, Jerusha?«

Jerusha schüttelte den Kopf, sie hatte den Stein schon einmal gesehen, und das reichte. Sie wollte nichts weiter, als ihn möglichst schnell wieder loswerden. Sorgfältig brachte Kiéran den Rubin in einer Tasche seines Hemdes unter, doch dann stockte er, und auf sein Gesicht trat ein eigenartiger Ausdruck. Seine Hand fuhr zu dem Amulett um seinen Hals.

»Der Schwarze Spiegel«, flüsterte er, und Silmar auf seinem Felsen stieß einen Alarmruf aus. Doch das war schon nicht mehr nötig, jetzt spürte es Jerusha selbst.

Es fühlte sich an, als schwanke die Erde unter ihnen, aber es war nicht die Erde, die schwankte, sie war es selbst … und eine unsichtbare Kraft drückte ihr unbarmherzig die Luft aus den Lungen.

Die Macht des Todes

Als die Finsternis um ihn herum zu wogen und zu schwingen begann, überfiel Kiéran blankes Entsetzen. Denn dieses Gefühl kannte er, er hatte es schon einmal gespürt – im Tempel, als er versucht hatte, sich heimlich die Zeremonie der Priester anzusehen.

Und jetzt ist die Stunde des Schwarzen Spiegels gekommen. Wir hätten fliehen müssen, als es noch nicht zu spät war! Wieso habe ich nicht daran gedacht, dass sie das Oscurus auch als Waffe einsetzen können?

»Zu den Pferden!«, wollte Kiéran brüllen, doch er bekam kein Wort heraus, zu heftig brandeten die Wellen der Kraft gegen ihn. Mit seinen neuen Augen konnte er sie sogar sehen, der Himmel wirkte wie ein düsterer, vom Sturm aufgepeitschter Ozean. Oder wie ein schwarzer Teich, der über ihm hing und in den ein Gott einen halben Berg geworfen hatte – gewaltige Wellen breiteten sich kreisförmig um den Tempel herum aus.

Wir haben uns getäuscht. Das hier ist der wahre Atem der Dunkelheit!

Seine Freunde waren aufgesprungen, durch irgendein Wunder schafften sie es, sich auf den Beinen zu halten. Doch Silmar, der hoch oben auf den Ruinen balancierte, schwankte. Auch der Elis spürte die Kräfte, die die Priester entfesselt hatten, und während Kiéran zu ihm hochblickte, musste er hilflos beobachten, wie Silmar den Halt verlor und fiel. Konnte der Elis einen solchen Sturz überleben?

Jerusha und Charis krochen über den Boden, versuchten die Pferde zu erreichen, die sie im Wald angebunden hatten. Sie waren vorerst nicht in Gefahr. Doch Silmar brauchte sofort seine Hilfe.

Erstaunt stellte Kiéran fest, dass er sich bewegen konnte, dass er derjenige war, dem der Angriff des Schwarzen Spiegels am wenigsten ausmachte. Es fiel ihm nicht schwer, den Grund zu erraten – der winzige Tropfen Spiegelflüssigkeit, den er um den Hals trug, schützte ihn. Er rannte hinüber zu der Stelle, wo Silmar auf dem Boden aufgekommen war, und kniete sich neben den Elis. Er lebte nicht nur, er war sogar bei Bewusstsein. »*Fehr wyhan aled'hae qid*«, flüsterte er gerade, doch als er Kiéran bemerkte, schreckte er hoch. »Fürchte, mein Bein ist gebrochen, Lin'tháresh«, presste er hervor. »Ich kann euch nicht länger nützlich sein.«

Nur das Bein? Unglaublich. »Wir kommen schon klar.« Kiéran packte Silmar unter den Achseln und schleifte ihn durch eine schmale Türöffnung ins Innere des halb eingestürzten Turms. Das Dach war schon längst heruntergebrochen, die Treppen verschwunden, nur die äußeren Mauern standen noch. Kiéran bettete Silmar auf das Gras, das im Inneren des Mauerkreises wuchs; hier war er immerhin von drei Seiten geschützt. »Du bleibst hier, wir tun, was wir können.«

Silmar nickte und zog sein Schwert. »Ich rufe unsere Pferde. Sie werden gleich da sein. Vielleicht können wir noch rechtzeitig fliehen.«

Draußen sah es so aus, als löse die ganze Welt sich auf. Der Tempel schien viel größer als vorher, nicht nur seine Mauern schimmerten wie fließendes Wasser, sondern auch die Umgebung des Bauwerks, langsam kroch das Schimmern über die Ebene, auf die Ruinen von Qirwen Cerak zu. Und auch die Priester waren zurück, nur etwa fünfzehn waren es noch. Sie marschierten in einer Linie dicht nebeneinanderher, bewegten sich dann voneinander weg und nach außen, so als entfalte sich dort auf Rus Avantoc ein tödlicher Fächer.

»Sieht nicht gut aus für uns«, keuchte Santiago; er taumelte, schien sich kaum aufrecht halten zu können. Seine Aura war furchtbar schwach geworden. »Was meinst du, Kiéran?«

»Könnt ihr laufen? Dann nichts wie weg«, sagte Kiéran verzweifelt, doch nur er und Tarxas konnten sich rühren. Die anderen bewegten sich, als liefen sie durch Wasser.

Ulíes schrie ausgesucht derbe Flüche in seinem fast unverständlichen Khelgarder Dialekt, und Bel brüllte: »Was passiert hier eigentlich? Mir ist schwindelig, als hätte ich eine halbe Flasche Kattis getrunken.«

»Es ist der Schwarze Spiegel«, rief Tarxas zurück, außer Kiéran schien er als Einziger zu verstehen, was hier vor sich ging.

Viel Vorsprung hatten sie nicht mehr – und was dann? Es war unwahrscheinlich, dass die Priester ihn und seine Freunde einfach gefangen nehmen würden, und es machte auch keinerlei Sinn, sich zu ergeben. Auf Hochverrat stand in Ouenda die Todesstrafe.

Erleichtert sah Kiéran, wie die vier Eliscanpferde aus dem Wald auftauchten; Jerusha und Charis zogen sich auf ihre Rücken. Sie waren so gut wie in Sicherheit, sie würden es schaffen. *Ich hätte Jerusha den Stein geben sollen, dann hätte das alles hier wenigstens einen Sinn!*

Doch es war noch nicht zu spät. Jetzt galoppierten die Pferde auf sie zu und bäumten sich dicht vor ihnen auf, durch seine neuen Augen leuchteten sie wie Erscheinungen aus einem Traum. »Schnell!«, schrie die Gestalt auf ihrem Rücken – Jerusha – und beugte sich tief nach unten, reichte ihm eine Hand. »Wir können zu zweit auf ihnen reiten, sie sind stark genug.«

Kiérans Mund war so trocken, dass er kaum schlucken konnte. Er wandte den Kopf und sah, dass es zu spät war, die Priester hatten sie schon erreicht. Sie würden kämpfen müssen.

Seine Hand berührte Jerushas, ganz kurz verschränkten sich ihre Finger – dann ließ er los und hörte, wie Jerusha seinen Namen schrie, schrill, verzweifelt, während ihre Schimmelstute herumwirbelte, sich zur Flucht wandte. Hoffentlich hielt sie den Rubin gut fest, den er ihr in die Handfläche gedrückt hatte.

Schon zogen Tarxas, Ulíes und die anderen ihre Schwerter, um die ersten Hiebe abzufangen. Kiéran kämpfte wie ein Dämon, setzte jedes Quäntchen Kraft ein, das er noch hatte. Doch es reichte nicht aus. Eine Priesterin mit zwei Schwertern brach durch den Schutzwall, den er und Tarxas vor den anderen gebildet hatten, und Santiago – noch im Bann des Schwarzen Spiegels – konterte zu spät. Er schrie nicht, als das Schwert ihn durchbohrte, und Kiéran würde nie erfahren, was für ein Ausdruck in diesem Moment über sein Gesicht huschte – Verwunderung? Ratlosigkeit? Dann sackte er zusammen, sehr langsam, wie ein Baum, der sich widerwillig dem Sturm beugt.

Nein! Nein! Nein! Nicht Santiago! Nicht er!

Nur Augenblicke später wurde auch Ulíes getroffen, er keuchte auf und taumelte. Der Priester ließ seine Klinge vorschießen, um ihm den Rest zu geben, doch Kiéran fing den Schlag ab und hieb so heftig zurück, dass das Schwert des anderen Mannes mit einem trockenen Geräusch brach. Wut und Trauer rasten durch Kiéran hindurch, erfüllten ihn wie ein reißender Strom, der jeden Gedanken, jedes andere Gefühl wegschwemmte. Er hörte jemanden brüllen wie ein verwundetes Tier, begriff, dass er selbst es war. Die Spitze seines Schwerts fand sein Ziel und glitt durch die Kehle des Priesters, dann wirbelte Kiéran herum zu der Frau mit den beiden Schwertern. Nur ein paar Atemzüge lang konnte sie sich gegen ihn behaupten, dann tötete er sie mit einem Stoß durchs Herz.

Ein Schatten, der über sie hinweghuschte, ließ ihn aufblicken – ein gewaltiger kupferfarbener Leib glitt über den schwarzen Himmel. Fauchend stieß Koriónas auf die Priester herab, und wahrscheinlich schoss eine Flammenzunge aus seinem Maul, denn Brandgeruch breitete sich aus. Als der Drache aufsetzte, bohrten sich seine Klauen tief in den Boden, und sein peitschender Schweif fegte über die Ebene. Erschrocken liefen die Priester auseinander – und endlich verebbten die schwarzen Wellen aus dem Tempel, gaben sie frei.

Kiéran rannte hinüber zu Santiago, der zusammengekrümmt auf dem Gras lag, und kniete sich neben ihn, tastete an der Kehle nach seinem Herzschlag. Wie blutfeucht das Gras unter ihm schon war! Das Leben rann aus dem Jungen heraus, aber noch war er nicht tot. *Er ist so jung und stark – vielleicht schafft er es!*

Während Tarxas sich um Ulíes kümmerte, packte Bel bei Santiago mit an, und gemeinsam trugen sie seinen schweren, schlaffen Körper zu der Ruine des Turms. Als Kiéran sich durch die Türöffnung zwängte, zeigte die Metallspitze eines Pfeils genau auf sein Gesicht, doch dann rief Jerushas Stimme: »Alle Götter, du bist es! O nein … Santiago?«

Kiéran konnte nur nicken. Sofort ließ Jerusha den Bogen fallen, und zu dritt betteten sie den jungen Terak Denar auf eine ebene Stelle.

⋆ ⋆ ⋆

Jerusha rollte ihren Umhang zusammen und schob ihn Santiago unter den Kopf, damit er es bequem hatte. Er war bei Bewusstsein, und sie sah, dass sein Blick ihr folgte, doch er gab keinen Laut von sich. Hastig half sie dem Rothaarigen – wie hieß er noch? Ach ja, Belnicorus –, das blutdurchtränkte Hemd über Santiagos Brust und Bauch wegzuschneiden. Was konnten sie als Verband verwenden, sollte sie irgendetwas von ihren Sachen zerreißen? Doch als sie sah, dass der Junge direkt unterhalb der Rippen getroffen worden war, kam alles in ihr zum Stillstand, und auch Belnicorus hielt inne in seinen Versuchen, Santiago zu verarzten. Kurz trafen sich ihre Blicke, und sie wussten beide, dass es aus war – diese Wunde war tödlich.

»Wir hätten unsere Lederpanzer mitnehmen sollen«, sagte Belnicorus leise. »Aber wir wussten ja nicht, dass es dermaßen schlimm werden würde.«

Jerusha nickte wortlos. Nein, das hatten sie alle nicht gewusst.

Schweigend und nachdenklich beobachtete Silmar, was geschah; er lehnte mit dem Rücken gegen eine der Innenmauern des Turms, das verletzte Bein vor sich ausgestreckt, das Schwert griffbereit an seiner Seite.

Kiéran schien nichts mehr wahrzunehmen von dem, was um ihn herum geschah. Er hielt Santiagos Hand und strich ihm das verschwitzte Haar aus der Stirn. »Ich wünschte, ich hätte diesen verfluchten Brief niemals abgeschickt. Es tut mir so leid.«

Zum ersten Mal bewegten sich Santiagos Lippen. »Hör auf … dich zu entschuldigen, Ki. Standen … ein paar gute … Tipps drin in dem Brief …«

»Melísan wird mich umbringen, wenn sie erfährt, dass du wegen mir verletzt worden bist.«

Der Schatten eines Lächelns. »Ja, ich fürchte auch … besser, du tauchst eine Weile unter oder so … Bel, unter meinen Sachen ist auch eine Botschaft an sie …«

Er weiß, dass er stirbt, wurde Jerusha klar, und Tränen stiegen ihr in die Augen.

»Ich werde sie ihr schicken lassen, sobald wir wieder in der Quellenveste sind«, versprach der Rothaarige, und auch seine Stimme klang erstickt.

Kurz schloss Santiago die Augen, und Jerusha sah, dass er Kiérans Händedruck erwiderte.

»Geh nicht«, flüsterte Kiéran, und Jerusha sah, dass er weinte. »Verdammt, Kleiner, das kannst du doch jetzt nicht machen, bleib bei mir.«

Wieder huschte dieses kurze Lächeln über Santiagos Gesicht, einmal holte er noch tief und rasselnd Atem – dann war es vorbei. Jerusha senkte den Kopf, sprach das *Geleit des Par Teriada* für ihn, und in der schweren Stille danach hörten sie den Elis murmeln: »*Ardesh jue s'ar brir eliscah.* Das Licht begleite dich zu einem anderen Ort.«

Es berührte Jerusha, dass er Anteil zu nehmen schien, doch auf Kiéran wirkten die Worte, als habe Silmar ihn mit einem glühenden Eisen berührt. Er fuhr herum, und als er den Elis anblickte, war sein Gesicht so voller Hass, dass Jerusha erschrak. »Bist du jetzt endlich zufrieden, Silmar? Jetzt weißt du, wie das ist mit dem Sterben, war's wenigstens interessant? Hast ja auch selber genug Menschen ins Licht schicken können heute, das war die Reise wirklich wert, stimmt's?«

Silmar erwiderte nichts, wandte nur das Gesicht ab.

Sie begruben Santiago an der gleichen Stelle, an der vor vielen tausend Jahresläufen der Eliscanherrscher Ruidan gestorben war – im Abendschatten des Brunnens von Qirwen Cerak. Und Jerusha nahm Hammer und Eisen, um dem großen, alten Steinen eine neue Inschrift hinzuzufügen.

Ein paar Schritte ging Kiéran noch in die Ebene von Avantoc hinaus, ganz allein, während Jerusha mit den anderen bei den Pferden wartete; schweigend blickte er zu dem Tempel hinüber, und als er zurückkam, sahen sie, dass sein Gesicht tränenfeucht war.

Es gab keine Zeit mehr zu verlieren; wenn die Priester des Schwarzen Spiegels ahnten, dass Kiéran und Jerusha den Rubin hatten, dann würden sie sie womöglich verfolgen – obwohl über ihnen Koriónas schwebte und über sie wachte. So wie die anderen spornte Jerusha ihr Pferd rücksichtslos an, jagte es die Bergpfade hinauf, weg von diesem Ort, an dem sie etwas gefunden und so viel verloren hatten. Sie hielt schweigend Zwiesprache mit ihrem Drachen. Der selbst verletzt war, das hatte sie gesehen an der Art, wie er auf der Ebene gekauert hatte mit Wunden an den Flanken und an einem Vorderbein.

Es ging nicht früher, teilte er ihr lautlos mit. *Kurz nach der Grenze haben mich zwei Frostdrachen angegriffen und beinahe aus dem Himmel gebissen, es hat eine Weile gedauert, bis ich weiterfliegen konnte.*

Aber du bist gekommen, schickte Jerusha müde zurück. *Ohne dich wäre keiner von uns mehr am Leben. Du hast dir nichts vorzuwerfen. Wissen die anderen Drachen, dass du uns gesagt hast, wo der Rubin zu finden ist?*

Nein, und die Fehde mit den Frostdrachen ist sehr alt. Ein Seufzen. *Aber es ist nur eine Frage der Zeit, bis es herauskommt. Es hat sich herumgesprochen, dass mein Pakt mit den KiTenaros wieder mit Leben erfüllt ist.*

Warum nur muss jeder, der uns hilft, einen so hohen Preis bezahlen?

Jerusha beobachtete Kiéran, doch er wirkte verschlossen, schrecklich fern von ihr. Wann sie ihn wohl in den Arm nehmen durfte? Oder hinderte ihn dieser schreckliche Stolz, der ihnen gemeinsam war, daran, Trost bei ihr zu suchen? Würde er jemals darüber sprechen können, was geschehen war? Sie hatte seine Hand gehalten während Santiagos Totenzeremonie, doch nur kurz hatte er ihren Druck auch erwidert.

Inzwischen waren sie hoch in den Bergen, auf steilen Pfaden. Jerusha blickte über die Gipfel von Khelgardsland hinweg, scharfkantig wie die Zähne eines Xher wirkten sie, und die Luft hier oben roch schon nach dem ersten Schnee.

Silmar und Ulíes hatten beide Schwierigkeiten, sich im Sattel zu halten, und auf einem Plateau kümmerte sich Tarxas noch einmal um Ulíes' Verletzungen. Doch als er vorsichtig, mit fragendem Blick, auf Silmar zuging, war der Ausdruck des Elis wieder so überheblich wie beim ersten Mal, als sie ihm begegnet waren. »Ich benötige keine Hilfe«, sagte er in perfekt betonter Handelssprache, und sofort machte Tarxas kehrt. »Ist ja gut. Nur keine Aufregung. Wenn es Euch nichts ausmacht, mit einem gebrochenen Bein zu reiten, dann will ich Euch nicht davon abhalten.«

»Wohin reiten wir überhaupt, Kiéran?«, hakte Bel ein. »Sind wir hier in Sicherheit?«

»Vor den Priestern schon, glaube ich«, meinte Ulíes müde; er war der Einzige, der sich gegen die Kälte nicht die Kapuze seines Umhangs über den Kopf gezogen hatte. »Aber wir sind jetzt nahe an der Grenze zu Khorat.«

»Genau – wir reiten nach Khorat«, sagte Kiéran, und die anderen Terak Denar starrten ihn an. Jerusha konnte sich denken, was ihnen jetzt durch den Kopf ging, und sie rechnete es ihnen hoch an, dass sie nicht einfach ihre Pferde wendeten.

»Keine Sorge, ihr müsst keinen Fußbreit weiter als bis zur Grenze«, ergänzte Silmar, er blickte Jerusha und Kiéran an. »Aláes wird dort warten.«

Allein dieser Name ließ Jerusha zusammenzucken, aber sie war froh, dass Aláes ihnen entgegenritt. Auch sie wollte nicht mehr nach Khorat zurückkehren. Nur Charis wirkte, als sei sie gerne bereit, noch einmal einen Abstecher nach Moranshir zu unternehmen, doch auch sie war schweigsam seit ihrer Flucht vor den Priestern.

Am zweiten Tag verabschiedete sich Koriónas, und bald darauf trafen sie auf eine Waldlichtung an der Grenze, bunt getupft von den Blumen des Sommers. Blumen, die nach den Gesetzen der Natur längst verblüht wären, die nur noch hier wuchsen, weil es den Eliscan so gefiel. Ein leichter Wind fächelte über das Gras. Obwohl Jerusha den Waldsaum im Auge behielt, entging es ihr völlig, wie die Eliscan herangeritten kamen; sie waren plötzlich da, ihre Pferde schritten lautlos zwischen den Bäumen hervor.

Aláes war mit großem Gefolge gekommen, zehn bewaffnete Elis Aénor waren bei ihm. Kiéran, Jerusha und Silmar ritten ihm entgegen, ihre Freunde blieben zurück und warteten am Waldrand. Als ihre Pferde nur noch zwei Menschenlängen entfernt waren, stieg Aláes ab, und Kiéran und Jerusha folgten seinem Beispiel. Aláes war einfach gekleidet, in ein silbergraues Wams über einem weitärmeligen weißen Hemd; sein dunkelgrüner Umhang wurde am Hals von einer silbernen Schließe in Blattform zusammengehalten. Abwartend blickte er sie an, und seine langen blonden Haare wehten sanft im Wind.

»Hier ist er«, sagte Jerusha schlicht und streckte die Hand mit dem Stein aus. Vorsichtig nahm Aláes ihn, und in seinen Fingern leuchtete der Stein auf, der Funke in seinem Inneren wurde zu einem kräftigen, tiefroten Glühen. Echte Freude zeigte sich auf dem Gesicht des Elis. »Er ist es tatsächlich. Aélwelhor. Erstaunlich! Noch heute werde ich die Cinaya bitten, den Fluch von Euch zu nehmen, Jerusha KiTenaro, und von Eurem ganzen Clan. Ich halte meine Versprechen.«

Es fühlte sich an, als fiele eine gewaltige Last von ihr ab. *Endlich. Endlich! Niemals wird Liri erfahren müssen, wie bitter …*

»Und wird das Mondvolk nun darauf verzichten, Ouenda einzunehmen?«, unterbrach Kiéran ihre Gedanken. Seine Stimme war hart und nüchtern.

»Nun ja, das ist nicht allein meine Entscheidung. Wir werden sehen.« Als Aláes nun Kiéran seine gesamte Aufmerksamkeit zuwandte, veränderte sich der Ausdruck seines Gesichts. »Nun zu Euch, Kiéran SaJintar.«

Seine Hand schoss vor und ergriff das Amulett des Schwarzen Spiegels, das Kiéran trug. Kiéran stieß einen erstickten Laut aus, seine Hände flogen zu seinem Hals, doch es war zu spät – die Lederschnur riss und hinterließ eine tiefrote Spur in seiner Haut. Aláes warf das Amulett auf den Boden, rammte den Absatz seines Stiefels darauf und bohrte es in den felsigen Boden.

»Du – verfluchter – *Bastard!*«, presste Kiéran hervor und zog sein Schwert. Doch sofort war die bewaffnete Eskorte an Aláes' Seite, drängte Kiéran zurück.

Jerusha war so schockiert, dass sie kein Wort herausbrachte, verständnislos blickte sie auf den verbogenen Metallrest. *Aber er hat doch geschworen, dass – o nein. Nein! Aláes hat mir nur geschworen, dass er ihn am Leben lassen wird, sonst nichts!*

»Und falls es dich interessiert, SaJintar – es war deine Gefährtin, die holde Jerusha, die mir dein Geheimnis verraten hat. Die mir gesagt hat, was das Amulett für dich bedeutet.« Mit einem letzten Lächeln wandte sich Aláes um und ging davon. Silmar, der neben ihnen gestanden und sich mühsam aufrecht gehalten hatte, schien wie aus einer Trance zu erwachen. Mit einem Zögern, einem letzten Blick zu ihnen hin, hinkte er seinem Onkel nach.

Jerusha fühlte sich wie versteinert. Jetzt war Kiéran wirklich blind. Und es war ihre Schuld. Nie würde sie ihm sagen können, dass sie es getan hatte, um sein Leben zu retten, dass sie keine Wahl gehabt hatte. Niemals würde Aláes das dulden!

Ganz langsam wandte sich Kiéran zu ihr um, und sein Blick war furchtbar. »Jerusha. Ist das wahr? Hast du es ihm gesagt?«

»Es ging nicht anders, es ...«

»Hast du es ihm gesagt, was dieses Amulett für mich bedeutet?« Diesmal brüllte er.

»Ja«, sagte Jerusha und konnte ihn nicht mehr ansehen – das war jetzt auch gleichgültig, er konnte es sowieso nicht erkennen.

»Du hast mich an ihn ausgeliefert! Das hast du also hinter meinem Rücken mit ihm ausgemacht. Darüber hast du mich angelogen. Und ich war so dämlich, dir trotzdem zu vertrauen, zu glauben, du hättest irgendeinen guten Grund dafür!«

Den hatte ich. Den habe ich. Mit aller Kraft musste Jerusha die Lippen zusammenpressen, um nicht zurückzuschreien und alles noch viel schlimmer zu machen. Irgendwie würde Aláes es erfahren, wenn sie es Kiéran sagte, und dann wäre ihr beider Leben verwirkt.

Doch wahrscheinlich hätte Kiéran ihr sowieso nicht zugehört, eine rasende Wut flammte aus seinen Augen, sprach aus jeder Linie seines Körpers. »Ich habe teuer dafür bezahlt, dass ich dir geholfen habe – jetzt ist mein bester Freund tot, ich bin wieder ein Krüppel, und das Herz brichst du mir nebenbei auch noch. Alle Götter, ich hätte auf dich hören und mich von dir fernhalten sollen! Immerhin, du hast mich gewarnt, aber ich war schon immer ein Trottel, wenn es um Frauen ging.«

Seine Worte hämmerten auf sie herab, und jedes traf sein Ziel.

»Es tut mir so furchtbar leid«, war alles, was Jerusha erwidern konnte. »Es tut mir so leid.«

Kiéran spuckte aus. »Rattendreck, das sind doch nur Worte, die bedeuten nichts, spar sie dir! Ich kann es immer noch nicht fassen. Warum, verdammt noch mal, sag mir einfach nur, warum? Hat Aláes dir etwas dafür geboten?«

Jerushas Mund war so trocken, dass sie kaum noch schlucken

konnte. Er war so gefährlich nahe an der Wahrheit dran, dass ein Kopfnicken von ihr sie beide vernichten konnte. Sie musste ihm anders begreiflich machen, was geschehen war – aber wie, wie nur? Ihr Geist war vor Entsetzen erstarrt. Kiérans Zorn war so sengend und furchtbar. Sie hatte schon immer gespürt, dass er ein Mann starker Gefühle war, doch es war das erste Mal, dass sie ihn so außer sich erlebte.

Noch während Jerusha nach einer Antwort suchte, fuhr Kiéran schon fort. »Wirst du mir jetzt sagen, dass du einfach nicht stark genug warst, dem Fluch zu widerstehen, dass niemand es hätte verhindern können? Ich bin gespannt. Los, mach es dir leicht, sag es!«

»Du hörst mir doch sowieso nicht mehr zu«, flüsterte Jerusha.

»Stimmt, und das ist vielleicht das einzig Richtige. Du hast mir die ganze Zeit über so viel Unsinn erzählt – ja, du erinnerst dich, ich konnte erkennen, wenn jemand lügt –, wahrscheinlich wäre alles noch viel schlimmer, wenn ich wüsste, was du mir noch alles verschwiegen hast!« Verzweiflung und Trauer verzerrten sein Gesicht, und plötzlich zog er sein Messer aus dem Gürtel, das mit der schwarzen Klinge, und schleuderte es von sich. Es traf einen Baum in der Nähe, fast bis zum Heft blieb es im Stamm stecken.

»Ich habe dich geliebt, Jerusha«, sagte Kiéran, plötzlich wieder ganz ruhig. »Aber ich will dich nie mehr wiedersehen.« Seine goldbraunen Augen blickten an ihr vorbei, er konnte nicht mehr erkennen, wo sie stand.

Jerusha brachte kein Wort heraus. Sie wünschte, er hätte diesen Dolch auf sie geworfen. Er hatte recht gehabt mit dem, was er ihr eben vorgeworfen hatte. Nie hatte sie ihm gesagt, dass sie mit einem anderen verlobt war.

Dann war plötzlich Tarxas an seiner Seite, der muskulöse Terak Denar mit dem fast kahlrasierten Schädel. »Sagt mal, was ist hier eigentlich los? Was war das vorhin mit diesen Eliscan?« Vorwurfsvoll blickte er Jerusha an, und plötzlich wusste sie, was sie tun musste. Zum zweiten Mal musste sie verraten, was das Amulett Kiéran bedeutet hatte.

»Er ist jetzt wirklich blind – seit der Elis sein Amulett zerstört hat«, sagte sie eindringlich. »Bitte hilf ihm jetzt. Ich kann es nicht mehr. Aber du bist sein Freund. Versprich mir, dass du ihn nicht im Stich lässt!«

Aus seinen schmalen Augen sah Tarxas sie an, und dann nickte er. Mehr war nicht nötig.

»Ich brauche eure verdammte Hilfe nicht«, knurrte Kiéran und schüttelte die Hand ab, die Tarxas ihm auf den Arm gelegt hatte. Dann ging er mit langen Schritten davon, immerhin fast in die richtige Richtung.

Die anderen beiden Terak Denar – Bel und Ulíes – starrten zu Jerusha herüber. Wahrscheinlich hatten sie zumindest einen Teil von dem gehört, was Kiéran ihr entgegengeschleudert hatte. Jerusha wandte den Kopf ab, sie wollte die Verachtung in ihren Blicken nicht sehen müssen. Doch als sie hörte, wie die Männer aufsaßen und sich bereit machten, nach Benaris zurückzukehren, wandte sie noch einmal den Kopf. Ein letztes Mal wollte sie Kiéran noch sehen, auch wenn sie wusste, dass es unerträglich schmerzen würde.

Und so war es.

Zur gleichen Zeit wandte sich auch Charis noch einmal um, und ihre Blicke kreuzten sich. Dann ritt sie dicht an Kiérans Seite davon.

Rückkehr nach Loreshom

»Ich gebe dich frei, geh zurück zu deinem Herrn«, sagte Jerusha zu Laoma, und das Pferd der Eliscan schien sie zu verstehen, denn es blickte sie nur kurz mit geblähten Nüstern an, dann wendete es und galoppierte davon.

Lange saß Jerusha bewegungslos auf der Lichtung. *Ich habe ihn verloren. Ich habe ihn verloren.* Endlos kreiste dieser Gedanke in ihr, brannte seine Spur durch ihr Herz. Sie hob das zerstörte Amulett auf, fuhr mit den Fingern über das zerkratzte Metall und erinnerte sich daran, wie sie Kiérans Hand genommen hatte in Cyr, wie er ihr davon erzählt hatte, was es bewirkte. Er hätte es niemals tun dürfen. Seine Stimme hallte durch ihren Kopf, seine Stimme an diesem Abend, als sie endlich gewagt hatten, sich zu küssen. *Ehrlich gesagt, ich kann nicht glauben, dass du mir Unglück bringen könntest. Ich will es einfach nicht glauben.*

Als sei ein Damm gebrochen, strömten die Erinnerungen auf sie ein.

Das Glück in deinen Augen, als wir zusammen am Fluss sitzen. Mein Kopf liegt auf deinem Schoß, und du streichelst zärtlich meine Haare. Fröhlich streitest du ab, dass der Cantharit im Hof von dir ist. Du siehst mich zum ersten Mal, als wir gemeinsam in den Spiegel blicken …

Jetzt kamen auch die Tränen, und es war unmöglich, sie aufzuhalten.

Als die Dämmerung sich über das Land senkte, blieb Jerusha einfach sitzen. Vielleicht würde irgendeine der Kreaturen von jenseits der Grenze sie hier finden, sie als willkommene Beute sehen. Es war ihr gleichgültig.

Als die ersten Sterne aufblinkten, hörte sie das Geräusch von großen Schwingen, die die Luft zerteilten, und Koriónas setzte so leicht auf der Lichtung auf wie ein Herbstblatt, das zu Boden gleitet. Eine Weile schwiegen sie beide.

Du kannst nicht hierbleiben. In dieser Gegend sind zu viele Skraelings, du würdest die Nacht nicht überleben.

»Ich habe ihn verloren«, sagte Jerusha dumpf.

Ja, ich fürchte schon. Es war zu viel für ihn. Mehr als er ertragen konnte.

»Aláes hatte das alles die ganze Zeit über geplant, nicht wahr?«

Möglich. Er ist rachsüchtig, und wahrscheinlich hat Kiéran ihn durch irgendetwas gereizt.

Jerusha machte sich nicht einmal mehr die Mühe, ihre Gedanken auszusprechen. *Vielleicht wäre es besser gewesen, wenn du dich geweigert hättest, uns nach Khorat zu bringen.*

Nein, ich glaube nicht. Von Anfang an hast du gewusst, dass Aláes niemandes Freund ist. Aber du musstest trotzdem zu den Elis Aénor, Jerusha. Solange der Fluch auf den KiTenaros lag, hättest du niemals deinen Frieden gefunden.

Dieser Frieden fühlt sich an wie der Tod, Koriónas.

Die ganze Nacht über spürte sie den Körper des Drachen neben sich, so nah, dass sie seine metallharten und doch so warmen Schuppen berühren konnte.

Es fühlte sich an, als habe jemand ihre Gefühle mit einem glühenden Eisen ausgebrannt. Aber sie durfte sich nicht aufgeben, es gab noch einen letzten Weg, den sie antreten musste – sie musste zurück nach Loreshom. Die einzigen Menschen, die ihr noch etwas bedeuteten, lebten dort. Liri. Seit mehreren Monden hatte sie Liri nicht mehr gesehen. Und sie sehnte sich so nach ihr. Sie musste zurück. Um ihrer Familie – und auch Dario – zu sagen, dass der Fluch von den KiTenaros genommen worden war.

Sie bat Koriónas, sie mitzunehmen nach Kalamanca. Tief in der Nacht an einem Jilderstag im Frühherbst setzte er sie im Wald außerhalb von Loreshom ab. Der schreckliche Streit mit Kiéran war zwei Tage her. Jerushas Bluse, der Rock und ihr Umhang waren dreckverschmiert und trugen noch Spuren des Kampfs, dunkelbraune Flecken von Santiagos Blut. Sie hatte nichts mehr außer ihrem Eschenbogen, dem silbernen Handspiegel und einem zerstörten Metallkreis, der einmal ein Amulett gewesen war. So machte sie sich auf den Weg ins Dorf.

Jerusha zwang sich, einen Fuß vor den anderen zu setzen, die altvertrauten Waldpfade entlang. Der Morgen dämmerte gerade, als sie Loreshom schließlich erreichte. Ein paar Bauern arbeiteten schon auf den Feldern, und aus der Ferne sah sie eine Gruppe von Kindern, die johlend Kulmesnüsse nach einander warfen. Niemand bemerkte Jerusha.

Auf einem der Höfe am Rand des Dorfes sah sie Nill, die Tochter des Ortsvorstehers Pacuro; sie war gerade dabei, eine Schar von Hühnern zu füttern. Mit einem lockeren Schwung des Handgelenks streute sie das Getreide zwischen die gackernden Vögel. Neben ihr arbeitete ihre Schwiegermutter gebückt im Gemüsegarten. Nill bemerkte Jerusha sofort, und ihre Augen weiteten sich.

Jerusha hob die Hand zum Gruß, hielt aber nicht an und ging an Nills Hof vorbei, immer weiter, auf das Haus ihrer Familie zu. Der kleine Hof aus grauem Feldstein sah genauso bedrückend aus, wie sie ihn in Erinnerung hatte, die Wiesenblumen, die sie entlang des Eingangs gepflanzt hatte, waren längst braun und vertrocknet, und auf dem niedrigen Dach lag eine Schicht verrotteter Blätter von der Craune hinter dem Haus. Nur die Nachtlilien, ihre Nachtlilien, blühten nach wie vor, ein letzter Hauch von Duft ging noch von ihnen aus, obwohl die Morgendämmerung schon gekommen war. Jerusha hielt einen Moment inne, schloss die Augen und atmete ihren Geruch ein. Eine Erinnerung – schön, aber traurig. Wieso hatte sie nie geahnt, dass diese Blüten nicht von dieser Welt waren? Für den Rest ihres Lebens würden die Nachtlilien sie an die Eliscan denken lassen – und an ihre Zeit mit Kiéran.

Am Lichtschein einer Kerze, der durch die Fenster drang, sah Jerusha, dass jemand daheim war. Und von drinnen hörte sie Stimmen. Liris Stimme.

»Ich glaube, da waren Schritte draußen. Vielleicht Gorias, der wollte uns doch einen Eimer Wasserkresse vorbeibringen.«

»Besser, du machst ihm auf, vielleicht hat er beide Hände voll.«

Und dann stand sie vor ihr. Liriele, ihre kleine Schwester. Die Kerze, die auf dem Tisch stand, warf einen goldenen Schimmer über ihr Haar. Sie war gewachsen in den letzten Monden, und ja, sie war jetzt tatsächlich größer als Jerusha, schmal und schlank wie eine Gazelle. Sprachlos starrte Liri sie an, dann brüllte sie »Shani!« und warf sich ihr entgegen, so heftig, dass Jerusha taumelte. Ganz fest zog Jerusha sie an sich, nie wieder wollte sie Liri loslassen, nie wieder, viel zu lange war sie weg gewesen.

Doch es war Liri, die sie schließlich wegschob. »Bäh, du riechst irgendwie komisch«, sagte sie und kräuselte grinsend die Nase. »Nach Eidechse oder so was.«

Nach Drache, dachte Jerusha, und fast verlegen ließ sie sich von Liri an der Hand hineinziehen ins Haus. »Ja, ich freue mich schon auf ein Bad, das kannst du dir aber denken.«

Ihre Mutter hatte wohl gerade am Herd gestanden, dem Geruch nach kochte sie Maisbrei mit Ziegenmilch, doch jetzt eilte sie zur Tür. Ein echtes, herzliches Lächeln breitete sich auf ihrem Gesicht aus, das erste seit langer Zeit, doch in ihren Augen stand auch eine bange Frage.

»Ja«, sagte Jerusha ruhig. »Der Fluch ist aufgehoben.«

Und sie sah, dass Tränen in die Augen ihrer Mutter stiegen – diese Augen, die jetzt nicht mehr leer wirkten, sondern nur noch unendlich traurig, unendlich froh. Sie nahm Jerushas Hände, hielt sie einen Moment lang sehr fest. »Irgendwie wusste ich, dass du nicht vorher zurückkommen würdest.«

»Du hast es geschafft? Wirklich geschafft?« Liri jubelte und wirbelte Jerusha herum, bis sie beide außer Atem waren. Dann keuchte Liri: »Wer war denn nun dieser widerliche Fremde, der uns verflucht hat?«

»Einer der Eliscan. Sein Name ist Aláes. Ich musste bis nach Khorat, um ihn zu finden.«

»Khorat? *Khorat!* Jetzt verulkst du uns aber, Shani, oder?«

Schweigend schüttelte Jerusha den Kopf, und dann streifte sie sich den schmalen Armreif ab, den Célafiora ihr geschenkt hatte, und legte ihn auf den Tisch. Sofort nahm Liri ihn und betrachtete ihn. »Er sieht aus, als sei er aus lebenden Pflanzen gewoben worden und dann zu Silber erstarrt.«

»Kann gut sein. Eine Elis hat ihn mir geschenkt.«

Doch es war nicht mehr der Armreif, den Liri ansah, sondern Jerushas Gesicht, und auf einmal wirkte sie nachdenklich. »Was hast du erlebt, Jerusha? Es war schlimm, nicht wahr?«

Jerusha musste an Kiéran denken, und auf einmal kostete es sie alle Kraft, die sie noch hatte, die Tränen zurückzuhalten. *Wo ist er jetzt? Wie geht es ihm, wie kommt er ohne das Amulett zurecht? Und werde ich das jemals erfahren? Ist seine Liebe wirklich umgeschlagen in Hass?*

»Ja, es war schlimm«, sagte Jerusha schlicht und stand auf. »Gleich erzähle ich euch alles. Jetzt würde ich wirklich gerne ein Bad nehmen, und vielleicht hebt ihr mir ein bisschen von diesem Maisbrei auf?«

In diesem Moment kam ihre Großmutter ins Haus, und auch sie lauschte gebannt, wie Jerusha während des Frühstücks, bei einer Tasse Cayoral, von den Anfängen ihrer Suche berichtete, von Jikena Pir und den Cinaya. Dabei fiel Jerushas Blick auf die Narbe an ihrem Arm, wo sie sich die Scherbe hineingerammt hatte, um Kiérans Namen nicht preiszugeben. *Wieso ahnt er denn nicht, dass ich ihn in Moranshir niemals verraten hätte, wenn nicht sein Leben auf dem Spiel gestanden hätte? Wie lange wird es dauern, bis seine Wut so weit verflogen ist, dass er ruhig darüber nachdenken kann?*

Jerusha konnte nicht weitersprechen, und sie schob die Schale mit dem Maisbrei von sich.

»Hast du gerade an Dario gedacht?«, fragte Liri vorsichtig, und Jerusha schüttelte den Kopf. »Nachher gehe ich zu ihm. Wahrscheinlich hat er sogar schon gehört, dass ich wieder in Loreshom bin. Aber meine Neuigkeiten werden ihm nicht gefallen. Ich habe mich in jemand anderen verliebt.«

Und dann erzählte sie ihrer Familie von Kiéran. Höflich interessiert hörte ihre Mutter zu; ihre Großmutter wirkte eher skeptisch, vor allem als Jerusha berichtete, dass Kiéran im Dienste der AoWestas gestanden hatte. Doch Liri wirkte beeindruckt. »Ein Schwertkämpfer! Aber er ist nicht brutal, oder?«

Jerusha schüttelte den Kopf. »Nein, er ist ein unglaublich lieber Mensch. Nur, es ist viel geschehen zwischen uns, auch Schlimmes. Ich weiß nicht, ob ich ihn wiedersehen werde.«

Liri rutschte auf die Bank neben Jerusha und legte den Arm um sie. »Neulich habe ich mich auch mit Alef gestritten. Wenn ich ihn am Tempel besuche, tut er manchmal so, als würde er mich kaum bemerken, dabei unterhalten wir uns auf dem Markt immer lange und da freut er sich, mich zu sehen.«

Wie seltsam und wie schön es sich anfühlte, dass ihre kleine Schwester *sie* tröstete und nicht umgekehrt wie früher so oft. Jerusha schloss die Augen und genoss es einen Moment. »Wahrscheinlich ist es ihm peinlich, mit dir zu reden, während alle Steinmetze zusehen. Und besonders Goram TeRulius, er ist sehr streng. Hast du Alef schon vorgeschlagen, dass ihr euch an einem anderen Ort trefft?«

»Nein. Ich weiß ja nicht einmal wirklich, wie gern er mich hat.« Liri seufzte tief, und diesmal war Jerusha es, die ihre Schwester an sich drückte.

Es gab so viel zu erzählen. Stunde um Stunde verstrich, und noch immer waren längst nicht alle Neuigkeiten ausgetauscht. Liri berichtete, was in Loreshom geschehen war:

Das Kind der DoAlands wäre bei der Geburt beinahe gestorben und war wie durch ein Wunder gerettet worden; Irini hatte jemanden beleidigt und war deswegen von einem Tarhan – dem Bezirksrichter – zu einer Geldstrafe verurteilt worden; im Hochsommer war der Weiher ausgetrocknet und das ganze Dorf hatte mitgeholfen, die Fische zu retten; ihre Mutter hatte Arbeit als Wäscherin gefunden und wieder verloren.

Jerusha erzählte von den Eliscan, und Liri war sofort fasziniert, tausend Fragen hatte sie über die Elis Aénor. »Ich würde ihnen so gerne einmal begegnen – glaubst du, das geht?«

In Jerushas Mund war der Geschmack von Asche. »Sei froh, wenn du niemals einen von ihnen triffst. Glaub mir, es ist besser so.«

Es war schon später Nachmittag, und Jerusha wusste, dass sie sich nun nicht länger vor der Begegnung mit Dario drücken konnte. Jetzt war es an der Zeit, all die Vorwürfe zu ertragen, mit denen er sie überhäufen würde. Und zu sehen, ob da noch etwas zwischen ihnen war – oder ob ihre Liebe zu Kiéran alles ausgelöscht hatte.

»Heute Abend reden wir weiter, in Ordnung?«

Sie wollte sich auf den Weg zu Dario machen, doch als sie die Haustür öffnete, kam ihr jemand entgegen – jemand, der schon von Weitem nach Eichenteer roch und einen Eimer mit Wasserkresse trug. Gorias. Als Jerusha sein heiteres, altersloses Gesicht sah, erinnerte sie sich plötzlich an ihren Verdacht, er könne ein Elis sein, der von seinem Volk ausgestoßen worden war. Unauffällig blickte sie auf seine linke Hand und ja, sie war genau an der Stelle verdorrt, an der das Mondvolk das silberne Symbol in der Haut trug.

Gorias lächelte sie an. »Ich grüße Euch, Lady Jerusha. Wie schön, dass Ihr zurück seid.«

»*Gi sa wyín, ardesh k'ion*«, sagte sie leise und sah, wie er zusammenzuckte. Ganz langsam stellte er den Eimer mit der Wasserkresse vor die Tür des Hofs, dann richtete er sich wieder auf, ohne den Blick von ihr zu lassen. Jerusha fiel auf, dass seine Augen die gleiche schwarzgrüne Farbe hatten wie die Rinde seiner Eichen.

»Wie der Zufall will, muss ich genau in die Richtung, in die auch Ihr wollt«, sagte Gorias und überprüfte schnell, ob jemand sie beobachtete. »Gehen wir ein paar Schritte zusammen?«

Jerusha nickte, und sie gingen schweigend nebeneinanderher, bis sie auf einem Weg angelangt waren, der über Felder und Wiesen um das Dorf herumführte bis zu Darios Haus, das in der Nähe der Craunenwälder lag.

»Ihr habt Euch also tatsächlich zu den Elis Aénor gewagt«, sagte Gorias plötzlich. »Ich war nicht sicher, ob Ihr es schaffen könntet.«

»Aber Ihr habt mir doch Mut gemacht. Sonst wäre ich vielleicht nicht einmal losgeritten.«

Gorias sah sie von der Seite an. »Aber habe ich Euch damit einen Gefallen getan, Lady Jerusha? Ihr habt bitter dafür bezahlt, dass Ihr so viel gewagt habt, nicht wahr?«

Jerusha blickte über die grünen Hügel jenseits von Loreshom. »Ja. Aláes hat uns eine Falle gestellt, wir konnten uns nicht wehren. Dadurch habe ich jemanden verloren, der mir sehr viel bedeutet.«

Seufzend entfernte Gorias einen Klumpen Eichenteer von seinem Hemd. »Ich kenne Aláes von Kindheit an. Er wurde mitten in den Wirren des Zweiten Eliscankrieges geboren. Seine Mutter musste gemeinsam mit ihm und anderen Eliscan vor euren Truppen flüchten, mehrere Monde lang haben sie sich verborgen. Und Aláes' Vater ist damals in der Nähe von Rus Saluie gefallen.«

»Rus Saluie?« Jerusha erinnerte sich daran, was der Wirt in Cyr ihnen erzählt hatte. »Hat das etwas mit dem Aláesfelsen zu tun?«

»O ja. Aláes war noch ein Kind damals. Wochenlang saß er jeden Tag auf diesem Felsen und blickte zu dem Ort hinüber, an dem sein Vater gestorben war; niemand konnte ihn bewegen, seine Wache aufzugeben. Irgendwann haben wir diesen Stein nach ihm benannt.«

Einen kurzen Moment lang überlagerte ihre Vorstellung davon, wie dieses Kind auf dem Felsen saß, das schreckliche Bild von Aláes, wie er Kiérans Amulett mit dem Stiefelabsatz in den Boden rammte. Auf einmal fühlte sich Jerusha sehr müde. »Wieso haben sie Euch verstoßen aus Moranshir? Was ist passiert?«

»Oh, es gab mehrere Schwierigkeiten«, gestand Gorias verlegen. »Eine davon war, dass ich mich in eine Frau verliebt hatte, die ich nicht haben konnte, das hat mir viel Ärger eingebracht. Vielleicht habt Ihr sie ja kennengelernt. Ganz zufällig, es könnte ja sein. Irissalia ist ihr Name. Ich wüsste so gerne, wie es ihr geht.« Voller Hoffnung blickte der Elis sie an.

Schon wollte Jerusha den Kopf schütteln, doch dann bremste sie sich. An irgendetwas erinnerte sie dieser Name, sie hatte ihn schon einmal gehört. Aber wo in Moranshir? Viele Möglichkeiten gab es nicht, sie hatte ja nur eine Handvoll Eliscan getroffen. Irissalia – irgendwas hatte sie mit Aláes zu tun. Ja, jetzt erinnerte Jerusha sich! Es war an dem Tag gewesen, an dem sie Aláes zum ersten Mal begegnet war. »Hat Irissalia lange helle Locken, die ihr bis zur Hüfte reichen?«

»Ja, das ist sie, ich bin sicher, sie muss es gewesen sein!«

Jerusha ertrug es kaum, wie plötzliche Hoffnung in seinen Augen schimmerte. Sollte sie sich eine Geschichte für ihn ausdenken, die ihn tröstete, die weniger grausam war als die Wirklichkeit? Nein, nichts war grausamer, als ihn in die Irre zu führen.

»Ich habe sie nur kurz erblickt«, sagte Jerusha leise. »Sie ging mit Aláes einen Bergpfad entlang und scherzte mit ihm.«

Gorias nickte und blickte zu Boden. »*Ke'syn ten Erieth.* Das liegt in der Macht des Mondes. Danke für Eure Ehrlichkeit, Lady Jerusha. Und mögen Eure Götter Euch beistehen bei dem, was Ihr jetzt tun müsst.«

»Ihr wisst, was ich jetzt tun werde? Natürlich, wir gehen ja gerade zu Darios Haus, das war leicht zu erraten.«

Doch Gorias schüttelte den Kopf. Unvermittelt klang seine Stimme eindringlich. »Das meine ich nicht, Lady Jerusha. Macht nicht den gleichen Fehler wie ich, lasst Euch nicht einfach so in die Verbannung schicken. Lohnt es sich, um ihn zu kämpfen – um diesen Menschen, den Ihr verloren habt?«

Jerusha musste die Zähne zusammenbeißen, sonst hätte sie ihre Qual herausgeschrien. »Ja«, brachte sie schließlich heraus. »Tausendfach. Aber er hat gesagt, dass er mich nie mehr wiedersehen will. Und den Blick, mit dem er das sagte, werde ich bis zum Tag meines Todes nicht vergessen.«

»Macht nicht den gleichen Fehler wie ich«, sagte Gorias, und dann hatten sie auch schon Darios Haus erreicht und mussten sich verabschieden. Ruhig hob er die Hand und spreizte die Finger im Gruß der Elis Aénor, dann ging er hinunter zu den Ufern des Lint.

Jetzt stand Jerusha vor Darios Tür. Ihr Herz hämmerte wie nach einem schnellen Lauf, und es dauerte lange, bis sie sich dazu überwand anzuklopfen. Zu ihrer Überraschung öffnete Dario sofort.

Jerusha erschrak. Er sah schrecklich aus. Sein Haar war dünner geworden, seine Haut wirkte teigig und tiefe Schatten lagen unter seinen Augen. Wie fremd er wirkte, und im ersten Moment schien er kaum zu begreifen, wer vor ihm stand, er wirkte völlig verblüfft. Doch dann erhellte ein Lächeln sein Gesicht. Es war wie eine Blüte, die sich den ersten Sonnenstrahlen öffnete, und plötzlich erkannte Jerusha in ihm den Mann wieder, den sie im Frühling hatte heiraten wollen. Den sanften Künstler, mit dem zusammen sie durch Wälder und Wiesen gestreift war. Und ein Echo seines Lächelns formte sich auf ihrem Gesicht.

»Ich wusste, dass du zu mir zurückkehren würdest«, sagte er. »Komm rein.«

Verlegen trat Jerusha über die Schwelle und sah gerade noch Larics Füße, die die Treppe hinaufeilten, auf sein Zimmer zu. »Hallo, Laric«, rief sie ihm hinterher, und ein kurzer Gruß scholl zurück, dann war Darios Bruder verschwunden. Alles war hier wie gewohnt.

Etwas verlegen stiegen sie hintereinander die Treppe zum Wohnraum hoch, an dem großen Spiegel vorbei; Dario ging hinter ihr her. Seine Schritte wirkten schwer und schlurfend, und sie fragte sich, ob er krank war oder sich schon zu dieser frühen Stunde berauscht hatte. Nach Aertiskraut roch sein Atem jedoch nicht.

Dario beobachtete sie, als sie sich auf dem Diwan niederließ, dann setzte er sich neben sie und nahm ihre Hand. »Du warst so lange weg. Es fühlt sich ganz seltsam an, dass du plötzlich wieder hier bist.«

»Ja, ich weiß«, sagte Jerusha, und eine tiefe Scham überkam sie, als sie ihn anblickte. Zwei Männer hatte sie in diesem Sommer unglücklich gemacht. »Ich habe dich schändlich behandelt. Es war nicht recht von mir, dass ich aufgehört habe, dir zu schreiben.«

»Es hatte einen Grund, oder?«

Er hatte ein Anrecht darauf, es zu erfahren. »Ja. Ich habe auf meiner Reise jemanden kennengelernt, und das hat mich sehr durcheinandergebracht.«

Schweigend blickte Dario sie an. Seltsamerweise hatte sie nicht den Eindruck, dass er besonders überrascht war. Vielleicht hatte er es sich gedacht, als ihre Briefe ausgeblieben waren. »Warum sagst du es mir erst jetzt? Hättest du dir nicht denken können, dass ich auf dich warte?«

»Ich wollte es dir selbst sagen. Von Angesicht zu Angesicht. Ganz schön dämlich, ich weiß. Es wäre besser gewesen, ich hätte es dir geschrieben. Aber ich wusste selbst nicht, *wie* lange ich weg sein würde.« Jerusha wartete auf die Vorwürfe – doch es kamen keine. Ganz ruhig, mit dem gleichen Lächeln wie vorhin, blickte Dario sie an. »Aber du bist zu mir zurückgekehrt. Ihr seid nicht mehr zusammen, oder?«

»Nein.«

»Ist er womöglich tot?«

Jerusha schüttelte den Kopf. *Aber so gut wie*, dachte sie, und das Herz tat ihr weh. Alles drängte sie danach, auf dem schnellsten Weg zu Kiéran zu gelangen, ihm zu helfen, doch sie wusste, dass er es nicht zulassen würde.

»Dann vergessen wir das doch einfach. Fangen wir noch einmal neu an, Jerusha.«

Nie hätte sie Dario eine solche Großmut, eine solche Gelassenheit zugetraut. Dankbar blickte sie ihn an und drückte seine Hand. Doch als Dario nun ein Stück auf sie zurückte und sie in seinen Augen sah, dass er sie gleich küssen würde, stieg Panik in ihr auf. Dafür war sie nicht bereit, und sie ahnte, dass sie es auch nie wieder sein würde. Dieser Tanz voll überströmender Lebensfreude, den sie miteinander geteilt hatten – er war vorbei, die Musik war verstummt. Ja, da war noch etwas zwischen ihnen, aber es war eher eine ganz besondere Wärme, die Jerusha für ihn fühlte. Mit Kiéran – das ging tiefer, viel tiefer, und ihn zu verlieren fühlte sich an, als habe ihr jemand einen Arm abgehackt. Vielleicht würde es nie wieder jemanden geben, der ihr so viel bedeutete.

»Noch mal neu anzufangen – ich weiß nicht, ob das geht, Dario«, sagte Jerusha und zog ihre Hand vorsichtig aus der seinen. »Würdest du mich wirklich heiraten, obwohl du weißt, dass mein Herz einem anderen gehört? Es wäre schrecklich für uns beide, glaub mir.«

»Wer ist diese Ratte eigentlich?« Dario holte aus einer Nische ein Fläschchen mit einer bläulich weißen Flüssigkeit und trank es halb aus. *Er nimmt also Schlangenmilch, und das nicht gerade wenig!* »Hat er dich verhext? Womit hat er dich gewinnen können? Sag's mir, es interessiert mich trotz allem.«

Tief aus Jerusha stieg eine Antwort hoch, doch sie sprach sie nicht aus, denn diese Antwort gehörte ganz allein ihr. *Ich glaube, am Anfang waren es seine Augen. Die Art, wie sie mich anblickten, in mich hineinblickten. Seine Ausstrahlung, wegen der ihn die Menschen für einen Earel halten. Die Art, wie er sich bewegt, ja, auch das. Später seine Verletzlichkeit. Seine Selbstironie. Seine Geduld. In Cyr hat er mich zurückgeholt vom Abgrund.*

Als sie merkte, wie ihr die Tränen kamen, wandte sie sich ab. »Nenn ihn nicht Ratte. Er wusste nicht mal, dass wir verlobt sind. Wenn du jemanden beleidigen willst, dann bin *ich* dafür die Richtige.«

»Wie du willst. Aber ich hatte eigentlich nicht vor, dich zu beleidigen. Ich will dich nur zurück.«

Jerusha zögerte. »Ja. Das verstehe ich. Aber es wäre besser für uns beide, wenn wir uns nichts vormachten.«

»Denk noch mal ein paar Tage drüber nach, in Ordnung? Du bist gerade erst zurückgekommen.« In der Art, wie er sie anlächelte, lag ein Hauch seines alten Charmes. »Aber jetzt erzähl! Was ist mit dem Fluch? Bedroht er uns noch? Wer war der Mistkerl, der ihn ausgesprochen hat?«

Das war ungefährliches Terrain, und während Jerusha zum zweiten Mal an diesem Tag von ihrer Reise berichtete, merkte sie, dass ihr wieder etwas wohler ums Herz wurde.

»Ich hätte dich begleiten sollen«, sagte Dario schließlich. »Es war unglaublich dumm von mir, es nicht zu tun. Vielleicht kannst du es mir irgendwann verzeihen. Ich selbst jedenfalls verzeihe es mir nicht.«

Mit gemischten Gefühlen blickte Jerusha ihn an. Gut, dass ihm inzwischen klar war, was er mit seinem Verhalten bei ihrer Abreise angerichtet hatte. Doch wenn Dario sie begleitet hätte, dann hätten sie und Kiéran sich nie kennengelernt. Was für ein entsetzlicher Gedanke! Auch wenn sie Kiéran verloren hatte, die Zeit mit ihm würde sie nie vergessen, sie war ihre kostbarste Erinnerung.

Dario stellte sein Glas beiseite und brühte ihnen eine Tasse Cayoral auf. Sie prosteten sich mit den schweren bemalten Steinguttassen zu. »Auf uns«, sagte Dario, und Jerusha schwieg verlegen. *Er will es nicht wahrhaben. Oder er rechnet tatsächlich damit, dass er mich umstimmen kann.*

Und womöglich gelang ihm das sogar. Sie hatte ihm so schwer geschadet – wenn sie ihn doch noch heiratete, konnte sie das alles wenigstens ein Stück weit wiedergutmachen. Unglücklich würde sie so oder so sein. Nach dem, was Kiéran gesagt hatte, konnte es für sie kein Glück mehr geben.

Aber vielleicht war das alles auch völlig unwichtig. Denn womöglich begann in ein paar Tagen, in einer Woche oder einem Mond die Eroberung. Und dann war Ouenda schon bald der Gnade der Eliscan ausgeliefert. *Wir werden ganz andere Probleme haben als die Frage, wer wen heiratet.*

Als sie wieder hinaustrat auf die Straße, war es schon fast Mittag. Jerusha blinzelte, aus dem nebligen Morgen war ein klarer, sonniger Herbsttag geworden. Als ihr Blick auf die bläulichen Schatten der Bäume fiel, beschloss sie, Grísho auf dem Fir Evarn zu besuchen. War er überhaupt schon zurück? Es war ein weiter Weg von Cyr hierher.

Die Baumgesichter blickten stolz in die Ferne, sie hatten keinen Blick übrig für Jerusha.

Jerusha ließ sich zwischen ihnen nieder, legte die Arme um die Knie und blickte über die Höfe hinaus, die sich im Tal zusammenkauerten, über die abgeernteten Äcker, das glitzernde Band des Lint. Bis ihr das leichte Flimmern ihres eigenen Schattens verriet, dass sie Gesellschaft hatte. »Grísho«, flüsterte sie, und seine heisere Stimme hauchte: »Meine Liebe, wie schön, dass du herkommst, um dir deine Seele stehlen zu lassen.«

»Bedien dich – falls von der noch was übrig ist«, sagte Jerusha bitter und erzählte ihm, was in Khorat und Avantoc geschehen war, wie Aláes Kiérans Amulett vernichtet hatte. Sie trug das verbogene Stück Metall noch immer in der Tasche mit sich herum. Wochenlang hatte er dieses Amulett auf der bloßen Haut getragen, und wenn sich nun ihre Finger darum legten, kam es ihr jedes Mal so vor, als sei Kiéran ihr nahe …

Als sie geendet hatte, war es lange still. »Ich erinnere mich an das Amulett, das Kiéran getragen hat«, sagte Grísho. »Und o ja, auch ich wusste, dass es aus einem Tempel der Schwarzen Spiegel stammt und was es bewirkt.«

Wild starrte Jerusha in die Richtung, in der sie Grísho vermutete. »Wer hat es dir gesagt?«

Ihr Freund lachte leise. »Meine Liebe, manche Dinge muss man einem Anderwesen nicht sagen, und ganz besonders keinem Schattenspringer. Du hast mich nie gefragt, wie ich geboren wurde, oder?«

Stumm schüttelte Jerusha den Kopf. *Ich wusste ja nicht einmal, dass ihr geboren werdet.*

»Es fühlt sich an, als seien wir plötzlich da. Neu und frisch auf der Welt, ohne Erinnerung, aber mit einem wachen Geist.« Seine Stimme war wie ein Windhauch in den Bäumen. »Meine Brüder haben mir erzählt, wie es geschieht. Jedes Mal, wenn ihr Menschen einen Tropfen Flüssigkeit aus einem Schwarzen Spiegel entnehmt und dafür verwendet, einen neuen Spiegel wachsen zu lassen, dann entsteht zugleich auch ein Wesen unserer Art und bewegt sich in die Welt hinaus.«

»Du bist ein Geschöpf der Schwarzen Spiegel?«

»Das bin ich.«

Jerusha fühlte sich schockiert, abgestoßen, fasziniert – alles zugleich. Doch dann schloss sie die Finger so fest um das zerstörte Amulett in ihrer Tasche, dass das scharfkantige Metall in ihre Hand schnitt. »Grísho, kannst du das Amulett heilen, sodass es seine Macht zurückgewinnt?«

»Ich bedaure. Leider nein. Das kann nur ein Bewahrer – derjenige im Tempel, der den Spiegel hütet.«

Noch war Jerusha nicht bereit, lockerzulassen. »Glaubst du, es macht Sinn, die Priester einfach um ein neues Amulett zu bitten?«

»Nein. Jedenfalls nicht für Kiéran. Kein Mensch bekommt mehr als ein einziges solches Amulett in seiner Lebenszeit. Außerdem ist Kiéran nach dem, was du erzählt hast, für die Priester nun ein Feind.«

So schnell war die Hoffnung wieder verflogen. Auf einmal fühlte sich Jerusha sehr müde. »Habe ich dir schon erzählt, dass ich Dario besucht habe? Er will noch immer, dass ich ihn heirate.«

Gríshos Stimme klang amüsiert. »Dann erzähl ihm lieber nicht, in welcher Gesellschaft du dich herumtreibst. Heute hast du dich ja nicht nur mit ihm, sondern auch mit einem Elis Aénor und einem Schattenspringer getroffen, und bestimmt will Koriónas dich auch bald wiedersehen.«

»Grísho! Du hast spioniert!«

»Verzeih mir, meine Liebe. Die Versuchung ist manchmal groß.« Immerhin, er hatte den Anstand, beschämt zu klingen.

Nachdenklich kehrte Jerusha zurück nach Loreshom, und in ihr formte sich zaghaft eine Idee, wie sie Kiéran vielleicht helfen konnte – aber es war eine Idee, die ihr Angst machte. Nein, vielleicht war es doch zu verrückt.

Am nächsten Morgen dachte sie noch immer darüber nach.

Fast hätte sie in Gedanken versunken das Fuhrwerk überhört, das rasselnd und knarrend auf dem Weg herankam. Schon an den schwerfälligen Hufschlägen erkannte sie den grauen alten Wallach der DaEwinhs. Es war tatsächlich ihre Freundin Kianna. Ihre glänzenden, schweren braunen Haare hingen ihr wohlfrisiert über die Schultern, und wie üblich saß auf ihrem Kopf keck ein Hütchen mit einer spitzen, bunten Feder. Als sie Jerusha sah, lachte sie auf. »Na, wen sehe ich da? Los, komm rauf, du Napfschnecke.«

Flink kletterte Jerusha zu Kianna hoch auf den Kutschbock, und sie umarmten sich stürmisch. »Hab schon gehört, dass du wieder da bist«, sagte Kianna und rückte ihren Hut zurecht. »Was für eine Unverschämtheit, du bist ja noch dünner geworden, und ich habe seit Neustem diesen Speckring um die Hüfte, den ich zum Verrecken nicht loswerde.«

»Oh, dagegen kenne ich ein tolles Rezept – ein paar Monde fast ohne Geld durch Ouenda reiten«, gab Jerusha trocken zurück.

Kianna klatschte mit den Zügeln auf den Rücken ihres Wallachs, der sich ohne Begeisterung wieder in Bewegung setzte. »Du warst gerade bei Dario, stimmt's? Erzähl!«

»Wir sind uns nicht um den Hals gefallen.«

Ihre Freundin seufzte tief. »Und was machen wir jetzt mit deinem Hochzeitskleid?«

»Kianna, es tut mir so leid.« *Der Mann, den ich liebe, könnte dieses Kleid nicht sehen. Und heiraten würde er mich nicht einmal mehr, wenn man ihn mit einem Messer an der Kehle dazu zwänge.*

»Schon gut. Du kannst es einfach behalten, und falls du zu einem Ball an einem Fürstenhof eingeladen wirst oder so was, dann hast du wenigstens was Edles anzuziehen.«

Wie gut es tat, mit Kianna zu reden. Dabei konnte Jerusha sogar für einen kurzen Moment ihren Schmerz vergessen, der dunkel und schwer wie eine Gewitterwolke auf ihr lastete.

»Übrigens bin ich gerade auf dem Weg nach Mandeth, um Stoffe zu kaufen«, meinte Kianna. »Da ich nicht annehme, dass du mir ein paar Stunden lang beim Befingern von Samt, Taffet und Spinnenseide zusehen möchtest, setze ich dich am besten beim Ghaliltempel ab.«

Jerusha nickte, und zum ersten Mal wandten sich ihre Gedanken wieder der Tempelbaustelle zu. Ihrer täglichen Arbeit als Bildhauerin. Ihrer Statue der Shimounah. »Goram TeRulius wird auch nicht gut auf mich zu sprechen sein.« Sie seufzte. »Wahrscheinlich hat er mich längst ersetzt. Und was mache ich dann? Meine Taschen sind so leer wie ein Vorratskeller im Vorfrühling.«

»Hm. Hast du eigentlich daran gedacht, dass Dario, wenn du die Hochzeit endgültig abbläst, eine Entschädigung von deinem Clan verlangen könnte?«

Auch das noch. »Ghalils Schande, Kianna, das mag ich mir gar nicht vorstellen. Aber so was würde Dario nicht tun.«

»Hoffentlich nicht. Aber ich fand es schon arg kleinlich, dass er in all der Zeit, in der du weg warst, deiner Familie nur ein paarmal ein Brot oder ein Bündel Saftwurz vorbeigebracht hat. Dabei wusste deine Mutter oft nicht, was sie am Abend auf den Tisch bringen soll, und Liri hat jeden Tag Wildkräuter gesammelt, damit die Suppe nicht nur nach heißem Wasser schmeckt.«

Jerushas Gewissen fühlte sich an wie ein Messer, das sich tiefer und tiefer in ihr Fleisch bohrte. *Wegen mir hat Liri hungern müssen.* »Bestimmt war er entsetzlich wütend auf mich – aber das hätte er nicht an meiner Familie auslassen dürfen.« Sie dachte an Kiérans beiläufige Großzügigkeit. Ja, auch das hatte ihr an ihm gefallen. Nie wäre Dario auf die Idee gekommen, mit einer hungrigen Magd in einem Gasthaus sein Essen zu teilen.

Es gab noch viel zu erzählen, und ehe Jerusha es sich versah, waren sie in Mandeth angekommen. Schon von Weitem hörte sie den Klang der Hämmer und die Rufe der Arbeiter, roch den vertrauten Geruch nach Steinstaub. Als sie vom Kutschbock herabkletterte, hatte sie Kianna schon halb vergessen, und als ihre Freundin rief: »Ich hole dich in ein paar Stunden wieder ab!«, antwortete Jerusha nur mit einem beiläufigen Winken.

Shimounah und Xatos

Fasziniert wanderte Jerusha auf der Baustelle herum und sah sich an, was sich während ihrer Abwesenheit alles verändert hatte. Goram hatte die beiden Greife fertig, jetzt wachten sie grimmig über das Tor des Tempels. Der Dachfries war wunderschön geworden und erzählte selbst Menschen, die nicht lesen konnten, von Ghalils Reise in die Götterwelt. Und dort drüben war ihre Shimounah. Neben den anderen vollendeten Statuen stand sie auf einem Sockel aus Stein vor dem Tempel, und der helle Marmor schimmerte im Licht der Mittagssonne.

Jerusha konnte den Blick nicht von Shimounah abwenden. Wie sie dort stand, noch gebeugt von ihrem Kummer, gezeichnet von tiefem Schmerz. Nie hatte sie eine so tiefe Verbindung zu ihrer Skulptur, zu dieser Göttin, gefühlt wie jetzt, und sie versank in den Anblick ihres Gesichts, fühlte sich getröstet davon, dass die Nachricht in ihren Händen ihr Vergebung brachte.

»Na, Kleine? Gefällt sie dir noch?« Es war Zig, der rothaarige Vorarbeiter, auf einmal stand er neben ihr und grinste sie von der Seite an.

»Ja. Sie gefällt mir noch«, sagte Jerusha und schickte ein Lächeln zurück. »Nur der Drache – der ist dämlich. Da hattet ihr ganz recht.« *Koriónas wäre beleidigt, wenn er dieses mickrige Vieh zu sehen bekäme.*

»Schön, dass du wieder da bist. Muss jetzt weitermachen, das gute Wetter ausnutzen, bevor der Winter kommt und hier nix mehr los ist. Aber lass uns bald mal plaudern.« Zig klopfte ihr auf die Schulter und kletterte geschickt das Gerüst hoch, um an den Dekorationen rund um die Eingangspforte weiterzumachen.

Ich hätte ihn fragen sollen, wer den Xatos macht, dachte Jerusha, und auf einmal stand es klar und scharf vor ihrem inneren Auge, wie ihre Statue des Xatos – des stolzen Kriegergotts, des rastlosen Wanderers – ausgesehen hätte. Nicht muskelbepackt und kühn und in einer prächtigen Rüstung hätte sie ihn dargestellt. Sondern hochgewachsen und schlank, fast hager; in einfacher Kleidung, ohne Rüstung und Schild. Plötzlich sah sie Kiéran vor sich, wie sie ihn einmal in Cyr bei seinen Übungen beobachtet hatte. Sah seine tiefe Ruhe und Konzentration, während er mit beiden Händen den Griff des Schwerts umfasste, den Kopf gesenkt – es war eine fast demütige Haltung, und doch ahnte man, welchen Sturm er einen Herzschlag später entfesseln würde, spürte man schon etwas von der furchtbaren Schönheit seines Tanzes.

Ja. Jetzt war sie fähig, den Xatos zu erschaffen. Auch wenn es sie tausend Meilen und ihr Herz gekostet hatte.

Auf einmal fühlte es sich an, als sei alles verloren, wenn sie den Xatos nicht übernehmen durfte. Doch die Chancen, dass es klappte, waren miserabel – schließlich war es mehrere Monde her, dass Goram TeRulius jemanden für diesen Auftrag gesucht hatte. Unruhig wanderte Jerusha über das Gelände des halbfertigen Tempels und spähte in die Bildhauerwerkstätten, die zum Teil schon in feste Schuppen umgezogen waren, damit die Steinmetze auch während der kalten Jahreszeit arbeiten konnten. Überall klopften die Hämmer, prasselten Steinbrocken und Splitter zu Boden. Jerusha grüßte nach rechts und links, teilte hier ein Lächeln aus und dort einen Scherz und konnte doch nur an diese Skulptur denken, durch die die Erinnerung an Kiéran ihren Tod überdauern konnte.

Niedergeschlagen betrachtete sie einen großen Block, an dem anscheinend Terémio gerade arbeitete – ihr ehemaliger Lehrherr war nicht da, doch sie sah seine abgewetzte Lederschürze über einem Werkzeugtisch liegen. Die Umrisse, die er schon herausgemeißelt hatte, sahen nach einer männlichen Figur aus, und weder Jaeso noch Cerak konnten es sein, die waren beide schon fertig. Einen Moment lang fühlte Jerusha nichts außer brennendem Neid. *Wieso haben sie Terémio dafür ausgewählt? Er ist wirklich gut und hat viel mehr Erfahrung als ich, aber seine Menschen sehen immer so furchtbar würdig aus.*

»Du dreimal verfluchte Sumpfnatter! « Es war die Stimme von Goram TeRulius, und interessiert hielt Jerusha Ausschau nach demjenigen, dem die Flüche galten. Leicht verblüfft stellte sie fest, dass diesmal sie selbst gemeint war. Mit langen Schritten hielt der Erste Baumeister auf sie zu, und der Ausdruck auf seinem groben Gesicht verhieß nichts Gutes. »Du treuloses Stück Käferdung. Was genau hast du dir dabei gedacht, als du einfach untergetaucht bist? Dachtest wohl, du könntest die ganze Zeit auf einer Sommerwiese herumtollen, während wir hier schuften, was?«

Jerusha war noch nie mit einem Stück Käferdung verglichen worden und fand es ausgesprochen originell.

»Was grinst du so?«, fuhr Goram sie an. »Während du weg warst, sollte Ressec deine Arbeit übernehmen, aber er hat immer unverschämtere Forderungen gestellt, die Ratte. Ich habe ihm gesagt, er soll sein Bündel packen, und da hatte er auch noch die Stirn, mich einen Tyrannen zu nennen.«

»Seltsam, dabei weiß doch jeder, dass Ihr der Schutzgeist dieses Tempels seid, Goram«, erwiderte Jerusha, ohne eine Miene zu verziehen, und im Hintergrund prusteten ein paar ihrer alten Kollegen los.

Zu ihrer Überraschung nahm Goram ihr die Dreistigkeit nicht übel, im Gegenteil, er beruhigte sich langsam. »So. Reden wir über die wichtigen Dinge. Wann kannst du wieder hier anfangen?«

Jerusha atmete tief durch. Die Arbeit am Stein würde ihr guttun, sie ablenken von ihren düsteren Gedanken. »Morgen. Was steht denn an?«

»Der zweite Altar für die Ernteopfer. Mir schwebt da etwas vor, was die Leute wirklich beeindrucken wird.«

Ein Altar. Das war ein großer Auftrag und ein wichtiger, doch beim Gedanken daran, dass sie damit zwei Jahresläufe oder auch mehr verbringen würde, fühlte es sich an, als müsse sie ersticken. »Wer macht eigentlich den Xatos?«, fragte Jerusha mit gespielter Gleichgültigkeit. »Arbeitet Terémio daran?«

»Nein, das ist eine Ghalilfigur, die die Fürstin in letzter Minute für das Innere Heiligtum gewünscht hat. Den Xatos, da hatten wir Pech. Yorn soll ihn machen, aber er war nicht zufrieden mit dem Marmorblock, und wir haben noch keinen neuen aus den Steinbrüchen bekommen, der geeignet wäre.«

»Habt ihr den Block noch? Kann ich ihn sehen?« Jerusha hörte, dass ihre Stimme rau klang. Goram deutete auf ein großes, mit einem Leinentuch abgedecktes Objekt im hinteren Teil der Werkstatt, und mit den Händen in den Taschen sah er zu, wie sie die Verschnürungen löste und die Hülle beiseitezog. Jerusha ahnte sofort, warum Yorn den Block abgelehnt hatte – er war einfach nicht hoch genug für eine Figur des Xatos im traditionellen Stil, und auch die Struktur des hellgrauen Steins war nicht so feinkristallin, wie sie es zum Beispiel für die Shimounah gebraucht hatte. Aber für den Xatos, der ihr vorschwebte, waren die Abmessungen des Blocks perfekt, und die Struktur … Jerusha erinnerte sich an die Narben auf Kiérans Körper, die Spuren vieler

Kämpfe. Zu perfekt, zu glatt durfte die Oberfläche der Statue ohnehin nicht sein.

Jerusha wandte sich Goram zu und sah, dass er sie beobachtete. »Bitte, Goram«, sagte sie heiser. »Bei allem, was dir heilig ist – lass mich den Xatos machen. Aus genau diesem Block. Gib Yorn den Altar, er wird nicht traurig sein über den Tausch.«

Das Klopfen im Hintergrund war verstummt, die anderen Bildhauer lauschten gespannt. Gorams Blick ruhte auf dem großen Stein, dann auf ihr; nachdenklich strich er sich durch den Bart, der wie immer grau war von Steinstaub. »So, du hast also eine Idee, was du draus machen willst? Ich werde Yorn fragen. Glaube nicht, dass er wirklich was dagegen hat.«

Es war, als luge zum ersten Mal die Sonne zwischen den Wolken hervor. Jerusha fühlte sich ganz schwach vor Erleichterung. »Ich danke dir, Goram. Willst du die Skizzen und das Tonmodell sehen, wenn ich sie fertig habe?«

»Nein, nein, mach du nur. Das wird schon, glaube ich.« Goram sah zufrieden aus – doch nur kurz, dann blickte er an Jerusha vorbei, und Zornesröte stieg ihm ins Gesicht. »Alef, du dämliches Utz, sind das etwa die neuen Eisen, die du geschmiedet hast? Die taugen doch höchstens zum Behauen von Pflastersteinen!«

Die nächste Stunde verbrachte Jerusha vor dem Marmorblock und betrachtete ihn von allen Seiten, versuchte seine Eigenheiten kennenzulernen und plante, wie viel Material sie an welchen Stellen abtragen musste, damit ihr Xatos daraus hervortrat.

Doch als sie wieder neben Kianna auf dem Kutschbock saß, verließ die Hochstimmung sie langsam wieder. Wenn die Eliscan tatsächlich versuchten, Ouenda zu erobern, dann war auch das, was sie im Tempel tat, sinnlos. Und als sie in den nächsten Tagen mit den Skizzen für die Skulptur begann, kehrten die Gedanken an Kiéran und sein Schicksal mit solcher Macht zurück, dass ihre Hand, die den Kohlestift hielt, zitterte und sie nicht weiterarbeiten konnte. Sie blickte auf die Abbilder seines Gesichts, seiner Gestalt hinunter, die sie auf Pergament gebannt hatte, und alles, was sie vor sich sah, war sein Entsetzen, als er begriff, dass er auch seine neuen Augen verloren hatte, dass er jetzt für immer blind sein würde. Die Wut und Verzweiflung auf seinem Gesicht, als er ihr diese furchtbaren Anschuldigungen entgegengeschleudert hatte – sie hielt es kaum aus, daran zurückzudenken. *Was nutzt es ihm, dass ich ihm die Ewigkeit schenken will? Während ich das hier zeichne, irrt er irgendwo durch Ouenda und denkt, dass ich ihn verraten habe! Ich wünschte, ich könnte ihm nur noch einmal sagen, dass ich ihn liebe.*

Plötzlich merkte Jerusha, dass Alef, Gorams Lehrling, vor ihr stand – er wirkte schrecklich verlegen. Gerade begann er mit kleinen Schritten rückwärts zu gehen, um sich wieder aus dem Staub zu machen.

Hastig wischte sich Jerusha die Tränen aus den Augen und setzte eine freundliche Miene auf. »Was ist, Alef?«

»Könnt Ihr Eurer Schwester etwas von mir geben, Meisterin Jerusha?«, meinte er und lief so rot an wie eine reife Yannisbeere.

Verblüfft nahm Jerusha das kleine Stoffsäckchen entgegen, das er ihr hinhielt. Doch er hatte es nicht richtig zugebunden, und der Inhalt fiel heraus, weil Jerusha das Säckchen falsch herum hielt. Es war eine winzige Steinfigur, ein Vogel aus weißem Marmor. Jedes Detail des Tieres war liebevoll und mit großer Kunstfertigkeit herausgearbeitet worden.

»Hast du das gemacht?«, fragte Jerusha erstaunt. »Eine herrliche Arbeit.«

Die Röte zog sich jetzt bis über seinen Hals. »Ich habe den Marmor nicht gestohlen, ganz ehrlich. Es war nur ein Brocken, den Terémio von der Ghalilfigur abgemeißelt hat.«

»Ist schon in Ordnung. Und ich werde es Liri gleich heute Abend geben.«

Alef ergriff die Flucht, und Jerusha blickte ihm nachdenklich hinterher. Wusste Goram eigentlich, was für Talente in seinem Lehrling schlummerten? Vielleicht wirkte Alef nur deswegen so faul, weil die Aufgaben, die Goram ihm gab, ihn zu Tode langweilten und ihm die riesigen Greifenskulpturen gleichgültig gewesen waren.

Jerusha brachte das Geschenk sorgfältig in der Tasche ihrer Tunika unter; sie freute sich für Liri. *Sieht so aus, als habe meine kleine Schwester mehr Glück in der Liebe als ich. Und bei allen Göttern, ich gönne es ihr!*

Jeden Tag kam Dario vorbei, und sie unternahmen lange Spaziergänge durch das Hügelland und hin und wieder Kutschfahrten nach Selwys. Sie gingen herzlich miteinander um, und Jerusha konnte wieder daran glauben, dass sie Freunde bleiben könnten. Doch zugleich begleiteten sie die Gedanken an Kiéran, wohin auch immer sie ging, und manchmal war ihre Sehnsucht nach ihm so stark, dass sie spät in der Nacht ihr Gesicht ins Kopfkissen grub und seinen Namen schrie.

Vielleicht spürte Dario es, denn es dauerte nicht lange, bis er die

Geduld verlor. Zu Einkehr, bei einem dieser Spaziergänge durch den Wald, in dem immer wieder einzelne gelbe Blätter vom Himmel taumelten, wandte er sich ihr plötzlich zu. »Jerusha«, sagte er und ergriff ihre Hände. Die kühle Herbstluft gab seinem Gesicht eine jugendliche Frische, der Wind zauste seine braunen Locken und er wirkte fast wie damals, als sie sich kennengelernt hatten. »Tu es mir nicht an, dass du mich noch länger warten und hoffen lässt. Ich brauche dich, Jerusha. Ohne dich bin ich nur ein halber Mensch.«

Er strich ihr über die Wange, und Jerusha ließ es zu. Doch es sandte keinen Schauder durch sie hindurch wie jede von Kiérans Berührungen. Und auf einmal erschien ihr der Gedanke, ihn trotz allem zu heiraten, damit wenigstens er glücklich war, unerträglich und lächerlich noch dazu – wie hatte sie jemals auf eine solche Idee kommen können?

»Dario«, sagte sie fest. »Vielleicht wäre es besser, wenn wir jetzt einen Schlussstrich ziehen.«

Zu ihrer Überraschung blickte er sie weiterhin mit einem Lächeln an, als habe er überhaupt nicht gehört, was sie gesagt hatte. »Laric hat mir geraten, eine Entschädigung von deinem Clan zu verlangen«, sagte er. »Aber ich fand das äußerst herzlos von ihm. Nur im äußersten Notfall, habe ich ihm gesagt, aber dieser Notfall wird sicher nicht eintreten.«

Ungläubig blickte Jerusha ihn an, und Kiannas Warnung fiel ihr wieder ein. »Ich hätte nie gedacht, dass du so etwas tun würdest!«

»Jerusha, für mich steht alles auf dem Spiel. Alles.«

»Alles?«, echote Jerusha, und Zorn loderte in ihr hoch, als sie an Kiéran dachte und wie es ihm jetzt wahrscheinlich ging. »Nein, Dario WiTanek. Längst nicht alles.«

Dann wandte sie sich einfach um und ging davon, bevor sie noch mehr sagte, was sie später bereuen würde. Und Dario folgte ihr nicht.

Na wunderbar, dachte Jerusha bitter. *Alle Götter, jetzt habe ich die Wahl zwischen einer Heirat mit einem Mann, den ich nicht mehr liebe, und dem Ruin meines Clans. Wie viel werden wir wohl zahlen müssen – zwanzig Silber, dreißig, hundert? Auf jeden Fall heißt es, dass wir den Hof verlieren werden.*

An diesem Nachmittag ging sie zu der Wiese, auf der Liri immer übte, setzte sich auf einen umgestürzten Baumstamm und sah ihrer kleinen Schwester dabei zu, wie sie aus sechzig Schritt Entfernung einen Pfeil nach dem anderen in den schwarzen Kreis in der Mitte der Zielscheibe jagte. Jerusha versuchte nicht daran zu denken, wie viele Menschen sie selbst in Avantoc verletzt oder getötet hatte – nie würde sie dieses Geräusch vergessen, mit dem ihr Pfeil in den Rücken des Mannes eingeschlagen war. Würde auch Liri bald um ihr Leben kämpfen müssen, gegen Eliscan, die ebenso gute Bogenschützen waren wie sie?

Mit einem stolzen Lächeln, ihren Bogen aus Eibenholz locker in der Hand, lief ihre kleine Schwester auf sie zu, und Jerusha zwang sich zu einem Lächeln. »Hat Alef dich schon mal beim Üben gesehen? Ich wette, die Augen würden ihm rausfallen.«

Liri strahlte. »Ich habe ihn neulich gefragt, und wahrscheinlich kommt er zu Einkehr mal vorbei.«

»Gut«, sagte Jerusha, und dann konnte sie nicht mehr verbergen, wie es ihr ging. Besorgt blickte Liri sie an, und Jerusha sagte einfach: »Es gibt schlechte Nachrichten. Besser, du kommst jetzt heim.«

Als sie gemeinsam mit ihrer Mutter daheim am Küchentisch saßen, erzählte Jerusha ihnen, was Dario gesagt hatte. Liri sah schockiert aus, dann wurde sie wütend. »Was sind denn das für Methoden? Sein Clan ist doch viel reicher als unserer, warum besteht er jetzt auf Entschädigung?«

Ihre Mutter wirkte weniger überrascht. »Er ist nicht der richtige Mann für dich, Jerusha, ich weiß es seit Langem. Wir werden das Geld schon irgendwie auftreiben. Vielleicht geben sie dir im Tempel einen Vorschuss für deine Arbeit.«

»Darauf lässt sich TeRulius nicht ein, fürchte ich, aber ich werde ihn natürlich fragen.«

Grimmig blickten sie sich alle drei über den Tisch hinweg an, und Jerusha dachte: *Ich kann ihnen das nicht antun. Es geht hier nicht mehr um mich. Liri soll nicht als Magd auf einem fremden Hof aufwachsen, mit leerem Bauch und einem Bogen, der im Schrank verstaubt. Sie ist eine KiTenaro. Und inzwischen weiß ich, was das heißt.*

Jerusha setzte sich in den Schuppen, in dem sie ihre Bildhauerwerkstatt eingerichtet hatte, und spürte ihren Gedanken nach – umgeben von ihren Skulpturen, die im Halbdunkel kaum zu erkennen waren. Es war vollkommen still, nur der Wind brachte hin und wieder das schlecht ausgebesserte Fenster zum Klappern. Sie hatte so lange nicht mehr hier gearbeitet, dass es nicht mehr nach Stein roch, sondern nur nach altem Holz, Politur und Leinöl.

Doch Jerusha nahm es kaum wahr, die Wucht ihrer Gedanken

drückte sie nieder. *Wie es aussieht, habe ich keine Wahl. Retten wollte ich die KiTenaros, und jetzt trage ich wohl meinen Teil dazu bei, sie endgültig zu vernichten.*

Sie wartete darauf, dass ihr die Tränen kamen wie so oft in den letzten Wochen, doch es geschah nicht. Ihr Inneres fühlte sich an wie eine Wüste, ausgedörrt und leer. Abwesend nahm sie eins der schweren Bildhauereisen, drehte es in den Fingern und dachte darüber nach, wie ihr Leben an Darios Seite wohl aussehen würde. Immerhin, er wusste ihre Berufung zu schätzen. Vielleicht würde er sich nicht darüber wundern, wenn er nicht viel von ihr zu sehen bekam während ihrer Ehe. Jerusha hatte vor, jeden Tag bis spät in der Nacht auf der Tempelbaustelle zu bleiben und an ihrem Xatos zu arbeiten.

Draußen flüsterte jemand, sie hörte es kaum durch die Holzwände des Schuppens. Es dauerte eine Weile, bis sie schließlich darauf kam, dass es Grísho sein könnte – er näherte sich so gut wie nie ihrem Haus. Ihr war nicht wirklich nach Gesellschaft zumute, doch schließlich stand sie auf und drückte mit der Schulter die klemmende Holztür auf. Soweit sie erkennen konnte, sprang Grísho in den Schatten der fallenden Herbstblätter hin und her, schneller, als ein menschliches Auge ihm folgen konnte. »Jerusha, hör mich an«, stieß er hervor, und es klang fast wie ein Fauchen, so dünn und schrill war seine Stimme. »Jetzt sofort!«

Noch nie hatte sie Grísho dermaßen aufgewühlt erlebt. Mit einer Handbewegung erlaubte sie ihm, ihr ins dämmrige Innere des Schuppens zu folgen, und setzte sich wieder, so langsam wie eine alte Frau.

Doch als Grísho erzählte, was für ein Gespräch er gerade zufällig belauscht hatte, riss es Jerusha auf die Füße. »Und du bist sicher, dass du das alles richtig verstanden hast?«

»Da gab es nicht viel falsch zu verstehen«, zischte es aus der Dunkelheit hinter einer Skulptur zurück.

Jerusha knallte die Holztür des Schuppens hinter sich zu und marschierte, so wie sie war – ohne Umhang, in ihrem alten Hemd und den derben Arbeitsschuhen, das schwere Zahneisen noch in der Hand –, zu Darios Haus. Ein paar Bewohner von Loreshom grüßten sie, als sie vorbeistürmte, und hoben die Augenbrauen, als sie Jerushas Gesichtsausdruck sahen.

Dann war sie am Ziel, und als sie mit dem Eisen an die Tür der WiTaneks hämmerte, gab es ein paar prächtige Dellen. »Dario! Lass mich rein, und zwar jetzt sofort!«

Etwas verwirrt, aber mit einem halben Lächeln öffnete er ihr – vielleicht hoffte er, dass das nur eine etwas stürmische Antwort auf seinen neuesten Antrag war.

Als Jerusha ihn anblickte, konnte sie auf einmal nur zu gut verstehen, wie Kiéran sich gefühlt haben musste, als er ihr an der Grenze von Khorat gegenübergestanden hatte. Die gleiche rasende Wut war jetzt auch in ihr, es gelang ihr nur mit Mühe, sie zu zügeln. »Ist es wahr, dass du mir mit diesem silbernen Handspiegel hinterherspioniert hast? Ist es wahr, dass ihr – du und Laric – die Menschen in Cyr gegen uns aufgehetzt habt? Dass ihr den Priestern des Schwarzen Spiegels mitgeteilt habt, was wir in Rus Avantoc suchen?«

»Ich weiß gar nicht, wie du darauf kommst, das ist völlig absurd«, sagte Dario, doch er sagte es einen Moment zu spät, und seine Augen verrieten die Wahrheit. Er wusste genau, wovon sie sprach.

»Ihr seid belauscht worden«, teilte ihm Jerusha kalt mit. »Was für ein Pech, nicht wahr? Ausgerechnet ihr, die ihr doch selbst so gut im Lauschen seid.«

Darios Augen wurden schmal, und von einem Moment zum anderen war es Hass, der aus seinem Blick sprach. »Du bist nichts als eine Hündin, die sich dem erstbesten entgegenwirft. Ich habe es schon geahnt, als du mich einfach hast sitzen lassen, aber der Spiegel hat es mir bestätigt. Wenn jemand Rede und Antwort zu stehen hat, dann du, Jerusha.«

»Weißt du eigentlich, wie viele Menschen dort in Rus Avantoc gestorben sind?«, schrie Jerusha ihn an und schleuderte das Zahneisen in einen Spiegel mit vergoldetem Rahmen, der an der Wand hing. Glitzernde Splitter regneten auf den Boden. »Jeder Tropfen Blut, der dort vergossen wurde, möge zu Gift in deinem Becher werden!«

Als das Eisen den Spiegel traf, japste Dario auf und ergriff den schwankenden Rahmen, damit er nicht zu Boden krachte. Es knirschte, als er dabei auf die Glasscherben trat. »Du Miststück! Weißt du, für wen dieser Spiegel bestimmt war?«

»Ist mir so egal wie eine Karrenladung Schweinedung! Hast du überhaupt gehört, was ich gesagt habe?«

»Das Einzige, was mir leidtut, ist, dass dieser Kerl – das Narbengesicht – nicht auch in Avantoc unter der Erde liegt!«

Jerusha betrachtete den Mann, mit dem sie verlobt gewesen war, und fühlte nichts als Abscheu. »Das hattest du also vor. War es dir tatsächlich egal, ob ich bei der Gelegenheit auch getötet werde?«

Auf einmal bemerkte sie, dass Laric, der sonst so scheue, schweigsame Laric, auf der obersten Stufe der Treppe stand. »Ihr habt euch selbst zuzuschreiben, was in Avantoc passiert ist«, sagte er, und die Nüchternheit in seiner Stimme war Jerusha unheimlicher als Darios Wut. »Es war vermessen, dass ihr versucht habt, diesen mächtigen Rubin aus Ouenda herauszuschmuggeln.«

»Wir haben es nicht *versucht*, du mieser Wurm!«, brüllte Jerusha, hob ihr Bildhauereisen auf und schleuderte es in den Spiegel, der über der Treppe hing. Glas flog in alle Richtungen, bis hoch zu Laric. »Wir haben es *getan!*«

Sie wirbelte herum, wandte sich ein letztes Mal Dario zu. »Und ich sage euch eins: Gnade euch Xatos, wenn ihr jemals versuchen solltet, eine Entschädigung von den KiTenaros zu verlangen!« Dann marschierte sie mit langen Schritten hinaus und ignorierte den Chor von Flüchen, der ihr hinterhergesandt wurde.

Auf dem Rückweg zu ihrem Haus gingen ihr wieder einmal Gorias' Worte durch den Kopf.

Macht nicht den gleichen Fehler wie ich, lasst Euch nicht einfach so in die Verbannung schicken. Er hatte recht. Ja, verdammt noch mal, er hatte recht! Und auf einmal war die irrsinnige Idee, die sie vor ein paar Tagen gehabt hatte, wieder da.

Ich mache es, beschloss Jerusha. *Es ist unsere einzige Chance. Vielleicht wird es übel enden für mich. Aber Kiéran ist es wert. Ich muss es wenigstens versuchen.*

Jerusha änderte die Richtung ihrer Schritte.

»Was gibt's?«, fragte Kianna erstaunt, als sie öffnete. »Irgendwas passiert, Jeru? Kann ich dir helfen?«

»O ja, das kannst du«, sagte Jerusha entschlossen. »Du könntest mit mir das Blindsein üben.«

* * *

Dunkelheit um ihn herum, furchtbare Dunkelheit. Ewige Schwärze. Stimmen und Geräusche waren alles, was ihm geblieben war, doch er wollte nicht lauschen, und selbst Tarxas und Charis zu antworten kostete ihn Mühe.

Es wäre besser gewesen, ich wäre in Rus Avantoc draufgegangen. Der Gedanke kehrte immer wieder zurück, Kiéran konnte nichts dagegen tun. *Beim Versuch, Santiago zu beschützen. Dann wäre er vielleicht noch am Leben. Und ich hätte nie erfahren, was Jerusha mir angetan hat. Ja. Das wäre besser gewesen. Viel besser.*

Noch in Khelgardsland verabschiedeten sich Bel und Ulíes, um zur Quellenveste zurückzureiten. Viel zu sagen gab es nicht, doch sie tauschten den Brudergruß, und das hatten sie noch nie zuvor getan.

In den ersten Tagen nach der Katastrophe fühlte sich Kiéran stumpf und weit entfernt von der Welt, er nahm kaum wahr, was um ihn herum vorging. Tarxas und Charis waren immer um ihn, und selten war es nötig, um etwas zu bitten. Hatte er Durst, stand Charis ganz zufällig mit einem frisch gefüllten Schlauch Wasser neben seinem Ellenbogen. Hatte er Hunger, roch er schon, dass einer der beiden etwas über dem Lagerfeuer brutzelte. Wenn sie ritten, nahmen sie ihn in die Mitte, und er – der den Pfad nicht sehen konnte – ließ die Zügel locker, damit sein Pferd begriff, dass es sich seinen eigenen Weg suchen und den anderen folgen sollte. Wenn sie nicht gerade unterwegs waren, dann schlief er viel; er fühlte sich furchtbar erschöpft, und es war eine Erschöpfung, die bis auf die Knochen ging. Das Einzige, zu dem er sich aufraffte, war, Tarxas Briefe an Santiagos Eltern und an Melísan zu diktieren. Es kostete ihn zwei ganze Tage, nach den richtigen Worten zu suchen, und selbst dann war er nicht sicher, ob er sie gefunden hatte. Er hatte Santiago unter seine Fittiche genommen, und der Junge hatte es mit dem Leben bezahlt. Neben dieser Schuld mussten alle Worte der Erklärung und des Mitgefühls wie blanker Hohn wirken.

Kiéran hielt es kaum aus, an Jerusha zu denken, doch auch diese Gedanken ließen sich nicht unterdrücken. *Vielleicht habe ich sie nie wirklich gekannt. Die Art, wie sie Thar hinterrücks erschossen hat … ich hätte es ihr nicht zugetraut. Eigentlich war das kaltblütige Töten doch meine Rolle – wie hat sie das noch mal ausgedrückt? »Dein Beruf ist es schließlich, Leute in Stücke zu hacken!«*

Wie viel da hinter meinem Rücken ablief. Sie hat mich Aláes preisgegeben, vielleicht war das seine zweite – geheime – Forderung dafür, dass er den Fluch von ihrem Clan nimmt. Der Clan geht vor, was zählt da die Liebe, so ist das nun mal in Ouenda. Gemerkt habe ich ja schon früh, dass da etwas ist, aber immer wieder habe ich mir gesagt, es wird schon in Ordnung sein, schließlich liebt sie dich. Wie dumm, wie naiv kann man eigentlich sein? Und so ein gutgläubiger Idiot war mal Escadrán bei den Terak Denar, um Xatos' willen!

Das Schlimme war, dass er sie noch immer liebte. In manchen Momenten sehnte er sich so stark nach ihr, dass es ihm schien, als stünde sie in der Dunkelheit neben ihm. Sogar ihren Nachtlilienduft hatte er in der Nase. Doch jedes Mal, wenn er die Hand ausstreckte, war da nichts, und ihm war danach zumute, diesen ganzen Schmerz herauszubrüllen.

Er versuchte, sich so wenig wie möglich anmerken zu lassen, aber eines Nachts hörte er, wie Tarxas und Charis flüsternd darüber debattierten, ob sie ihm zur Sicherheit sein Schwert abnehmen sollten. Doch Tarxas war dagegen: »Das können wir nicht machen. Kein Roter Wolf trennt sich jemals von seiner Waffe! Es ist einfach undenkbar. Er würde es uns nie verzeihen.«

»Wäre dir lieber, er bringt sich um? Er ist drauf und dran, merkst du das nicht?«

»Doch, ich weiß. Aber er wird es nicht tun. Es wäre ein furchtbarer Verrat an Santiago. Und er wird es erst recht nicht mit diesem Schwert tun, das ihm seine Escadron zum Abschied geschenkt hat.«

Und natürlich hatte Tarxas recht.

Erst nach mehreren Tagen – als er das Pferd zu den Eliscan zurückgeschickt und sich ein anderes Reittier gekauft hatte, einen ruhigen, nicht mehr ganz jungen Braunen namens Louc – fragte Kiéran seinen Freund, wohin sie überhaupt unterwegs waren. Nach Yantosi, aus dem er stammte, war es viel zu weit, und in die Quellenveste wollte er nicht zurück.

»Wir reiten nach Larangva«, brummte sein alter Freund. »Mir gehört ein kleiner Hof in der Nähe von Queres. Hab ich von 'ner Tante geerbt. Ist 'ne schreckliche Hütte, aber dort können wir erst mal bleiben.«

Larangva! Kiéran hätte beinahe gelacht. Er war auf dem Weg nach Larangva gewesen, als ihn Jerushas Botschaft erreicht hatte und er Hals über Kopf nach Cyr geprescht war. Jetzt gelangte er doch noch an diesen Ort seiner Jugend zurück, und es war ihm nicht ganz klar, ob das einfach ein Zufall war oder Schicksal. »In Ordnung«, sagte Kiéran, zog sich wieder in die Dunkelheit zurück und überließ seinem neuen Pferd Louc die Aufgabe, den anderen zu folgen. Ihm blieb viel Zeit, um nachzudenken.

Ist das, was geschehen ist, überhaupt ihre Schuld? Ich wusste ja Bescheid. Sie hat mich gewarnt, dass es der Fluch der KiTenaros ist, die Männer zu verraten, die sie lieben. Genau das hat sie getan, aber konnte sie überhaupt etwas dafür? Das Schicksal ist stärker als wir. Wahrscheinlich hatte sie keine Wahl. Ja, so wird es gewesen sein. Jerusha war und ist keine gewöhnliche Verräterin, und unsere Liebe war keine Einbildung. Ein so schlechter Menschenkenner bin ich nun auch wieder nicht.

Manchmal hatte er nach all diesen Grübeleien das Gefühl, dass er verstand, was Jerusha getan hatte, und warum. Doch er war noch weit davon entfernt, ihr wirklich zu verzeihen. *Vielleicht schaffe ich es irgendwann, ohne Wut und Trauer an sie und ihren Familienfluch zu denken*, ging es Kiéran durch den Kopf. *Dann bleiben mir wenigstens die guten Erinnerungen.*

⋆ ⋆ ⋆

An der Grenze gab es Probleme, die Wachsoldaten von Rhakan SiManao waren misstrauisch, wollten sie nicht durchlassen. Tarxas zuckte einfach die Schultern, saß ab und sagte im dicksten Larangvadialekt zu Kiéran: »Speis und tränk schon mal die da Pfard, währ'n wir warten.«

Kiéran begriff, was sein Freund vorhatte, und raffte sich dazu auf, mitzuspielen. Der Dialekt war kein Problem, den hatte er als Kind schnell aufgeschnappt. »Naturlisch, hurtig ens. Soll ek auch etwis Proviant schaffn?«

»Gut Idea. Hier is en Silber.« Gönnerhaft drückte Tarxas ihm ein Geldstück in die Hand, das Kiéran ihm erst am Tag zuvor gegeben hatte, damit ihre kleine Reisegruppe versorgt war.

Kiéran hatte keine Ahnung, wie die Grenzsoldaten jetzt dreinblickten, aber gleich darauf sagte einer anscheinend zu ihm: »He, Burscha, du bist nik zufälligt von't Blütenküste?«

»Machst witzig ens?«, gab Kiéran zurück und zwang sich zu einem Grinsen. »Zeig mi 'na Gasse in Alegowa, die ek nich kenn.«

Wenige Momente später konnten sie über die Grenze reiten.

»Alle Götter, das klang geradezu scheußlich echt«, hörte Kiéran Charis' Stimme, als sie außer Hörweite der Truppen waren. »Nach der Sprache der Eliscan war das eine echte Beleidigung für die Ohren.«

»Du kannst uns ja weiterhin Verse der Eliscan zusäuseln, während wir in Larangva mit den primitiven Einheimischen reden«, schoss Tarxas zurück. »Kann es sein, dass du zu lange in Moranshir warst?«

»Ich glaube nicht«, sagte Charis und lachte. »Aber wehe, es gibt in der Hütte deiner Tante keine goldenen Teller.«

Kiéran lachte nicht mit, so weit war er noch lange nicht. Immerhin, allmählich wich der erste, betäubende Schock von ihm und er war wieder fähig, klare Gedanken zu fassen. Er fragte sich, wo Jerusha jetzt war. War sie nach Loreshom und auf die Tempelbaustelle zurückgekehrt, von der sie ihm in Cyr einmal erzählt hatte? Bereute sie, was geschehen war? Litt sie ebenso wie er? Wahrscheinlich schon. Ihre Liebe zu ihm war echt gewesen, er zweifelte nicht an ihren Gefühlen – nur an seiner eigenen Fähigkeit, ihr zu verzeihen.

Als sie den Hof von Tarxas' Tante erreichten, stöhnte Tarxas auf.

»Was ist los?«, fragte Kiéran misstrauisch.

»Du wirst es nicht glauben, aber vor der Tür steht ein Fresspaket von meinen Eltern. Vielleicht hätte ich ihnen nicht schreiben sollen, dass ich unterwegs bin nach Larangva. Ab jetzt werden sie wieder versuchen, mich zu Tode zu mästen.«

Trotz allem musste Kiéran lächeln. Bei den Terak Denar waren diese Fresspakete schon legendär, und wenn eines eintraf, hatte anschließend die halbe Escadron Bauchweh von der Schlemmerei. Bel vertrat die Theorie, dass das die Versuche Uskajas waren, die Streitkräfte von Benaris zu schwächen.

»Ist doch wunderbar, zu dritt schaffen wir das schon«, sagte Charis und half Tarxas, das Paket nach drinnen zu schleppen.

Im Inneren des Hofs stank es nach Staub und Moder, Spinnweben streiften Kiérans Gesicht. Charis kündigte an, aufs Dach zu klettern, um ein Vogelnest aus dem Kamin zu entfernen, Tarxas wollte zu einem Händler in Queres reiten, um Futter und Heu für die Tiere zu bestellen, und Kiéran sagte: »Ich kümmere mich um die Pferde.«

»Soll ich dir zeigen, wo alles …«, begann Charis, doch anscheinend deutete sie Kiérans Gesichtsausdruck richtig, denn sie stockte und fuhr dann fort: »Na, dann mache ich schon mal ein Feuer und heize hier ordentlich ein.«

In den Ställen roch es auch nicht besser – nach altem Stroh und Mäusekot. Noch konnten sie die Pferde hier nicht unterstellen, Kiéran band sie erst einmal draußen an. Es dauerte eine Weile, bis er sich mithilfe seiner Hände orientiert hatte, dann machte er sich mit dem Besen, den er mehr durch Zufall entdeckt hatte, im Stall ans Aufräumen. Wider Willen stellte er fest, dass seine Gedanken sich Charis zuwandten, doch er wurde nicht schlau aus seinen Gefühlen ihr gegenüber. Mochte er sie? Ja, das tat er. Doch er war nicht sicher, ob es ihm recht war, dass sie weiterhin mit ihm und Tarxas reiste – er wollte nicht noch tiefer in ihre Dankesschuld geraten.

Als Tarxas zurückkehrte, kam er in den Ställen vorbei und pfiff anerkennend, als er sah, wie viel Dreck Kiéran schon nach draußen geschafft hatte. Einen Moment lang lehnten sie gemeinsam an der Stalltür.

»Ich glaube, als Nächstes werde ich Reyn holen lassen«, sagte Kiéran.

Tarxas zögerte. »Bist du sicher, dass das eine gute Idee ist?«

»Ja, natürlich. Reyn ist nun mal mein Pferd, er ...« Mit Verspätung fiel Kiéran ein, was Tarxas gemeint, aber nicht ausgesprochen hatte. Und er dachte daran, dass er in seinen ersten Tagen im Tempel kaum gewagt hatte, sich Reyn zu nähern. *Wahrscheinlich werde ich jetzt nicht mehr imstande sein, mit einem so temperamentvollen Hengst zurechtzukommen.*

»Ich bin nicht sicher, ob jemand außer dir ihn reiten kann«, wich Tarxas aus.

»Blödsinn«, erwiderte Kiéran schroff. *Sei wenigstens du ehrlich mit mir, Tarxas!* »Ich bin nicht der einzige Mensch in Ouenda, der sich länger als ein paar Augenblicke auf einem buckelnden Pferd halten kann. Solange man ständig damit rechnet, gebissen zu werden, kann man mit Reyn klarkommen.«

Charis' Stimme erklang hinter ihnen. »Wenn sich in Cyr niemand findet, werde ich ihn für dich holen. Ich bin schwierige Pferde gewohnt, als Kurierreiterin muss man sowieso jeden Gaul nehmen, den man kriegt.«

»Glaube ich dir gerne«, sagte Kiéran. »Aber ist dir klar, wie weit das von hier aus ist? Je nach Wetter könntest du bis Cyr und wieder zurück fast drei Wochen brauchen.«

»Drei Wochen?« Charis klang amüsiert. »Ich dachte, dein Pferd ist schnell.«

»Ist es auch. Lass mich darüber nachdenken, ja?«

Als im Kamin die Holzscheite loderten, war es im Haus schon wesentlich gemütlicher. An diesem Abend zog Kiéran sich zum ersten Mal nicht halb besinnungslos vor Trauer zurück, sondern ließ sich ein Glas Blauwein in die Hand drücken und leistete Tarxas und Charis Gesellschaft. Sie sprachen über ihre Escadron, über Xen TeRopus, über das, was man als Kurierreiterin alles erleben konnte, über Larangva, über die Gefahr eines neuen Eliscankrieges – und alle drei vermieden krampfhaft, den Kampf um Qirwen Cerak oder Jerusha zu erwähnen.

Wie Kiéran erwartet hatte, hielt Charis bis spät in die Nacht durch, bis selbst Tarxas zu gähnen anfing und zu Bett ging. Jetzt waren er und

Charis allein, und das war gut so. Er musste offen mit ihr reden und hoffte, dass sie dazu bereit war.

»Charis«, sagte er. »Wie sind deine Pläne? Wieso bist du noch hier? Und erzähl mir jetzt bitte nicht, dass du schon immer mal nach Larangva wolltest.«

»Komisch, genau das wollte ich sagen«, meinte sie mit einem Anflug von Trotz. »Nein, im Ernst, Kiéran, ich glaube, wir wissen beide, warum ich noch hier bin.«

Also hatte er sich nicht getäuscht. »Es tut mir leid. Alles, was ich zu geben hatte, habe ich Jerusha gegeben. Es kann viele Sommer dauern, bis ich überhaupt bereit bin, mich wieder neu zu verlieben. Wenn du Reyn zurückholen könntest, dann würde mich das sehr freuen, aber ich möchte dich dafür bezahlen.«

Kiéran hörte, dass sie aufstand, ihre Schritte kamen auf ihn zu. Er rechnete mit allem – dass sie ihn küssen oder ihm ins Gesicht schlagen würde. Doch sie tat weder das eine noch das andere. Sie blieb nur eine Weile vor ihm stehen, sah ihn vielleicht einfach an. Schweigend blickte er in die Dunkelheit und lauschte ihren Atemzügen.

»Das hab ich auch gehört, als ich mich über dich erkundigt habe«, meinte sie schließlich. »Du seist ein stolzer Bastard manchmal, haben sie mir gesagt. Es stimmt.«

Kiéran wusste, dass sie jetzt gehen würde, und er kam sich wie ein Schuft vor, weil er darüber erleichtert war. »Danke für alles«, sagte er. »Ohne dich und Tarxas wäre ich verloren gewesen.«

Und dann küsste sie ihn doch noch. »Denk nicht, dass ich so leicht aufgebe«, flüsterte sie, doch Kiéran schüttelte nur stumm den Kopf. *Und du brauchst nicht zu denken, dass du mich so leicht umstimmen kannst.*

Nur noch einmal wandte sie sich um. »In welchem Stall steht dein Schwarzer?«

Kiéran sagte es ihr, und wahrscheinlich nickte sie. Ein leises Knarren verriet ihm, dass sie die Haustür geöffnet hatte. Ein kalter Luftzug von draußen streifte ihn.

»Charis?«

»Ja?«

»Wegen Reyn. Versuch, ihn zu akzeptieren, so wie er ist. Sonst wird er dich auf jedem Schritt des Weges bekämpfen.«

»Ich weiß«, sagte Charis, und er hörte, wie sie die Tür hinter sich schloss.

Ein Geschenk

Es fühlte sich nicht mehr fremd an, Koriónas durch die Luft zu begleiten, und die Verbindung zwischen ihnen war so eng geworden, dass sie sich den ganzen Weg nach Yantosi ohne Worte unterhielten. Besser denn je zuvor konnte Jerusha sich vorstellen, wie es für Dheran KiTenaro gewesen sein musste, dieses mächtige Geschöpf Bruder nennen zu dürfen.

Doch allmächtig waren auch Drachen nicht. *Du weißt, dass es nicht in meiner Macht steht, dir zu helfen, wenn dein Plan schiefgeht?*, gab Koriónas zu bedenken.

Ich weiß es, erwiderte Jerusha grimmig. *Aber ich glaube nicht, dass mich einer von ihnen erkennen wird. Und ich werde keine Probleme haben, verzweifelt zu wirken, glaub mir.*

Eisige Luft flutete über sie hinweg, als sie ins Bergland von Yantosi vordrangen, und Jerusha wickelte sich enger in ihren Umhang. Es war tiefste Nacht, und nur die Sterne begleiteten ihren Weg, sie glänzten am Himmel wie achtlos verstreute Diamanten.

Koriónas setzte sie auf einer Wiese in der Nähe von Corris Yant ab. *Es ist besser, du gehst das letzte Stück zu Fuß, sonst könnten sie misstrauisch werden. Der Tempel ist dort oben auf dem Berg. Mögen deine Götter mit dir sein!*

Weil Jerushas Augen schon an die Dunkelheit gewöhnt waren, erkannte sie im Mondlicht Mauern, die sich streng und abweisend erhoben. Soweit sie erkennen konnte, war es ein großes, kreisförmiges Gebäude, gemauert aus dunklem Stein. Ja, das war ein Tempel der Schwarzen Spiegel, er sah dem in Avantoc fast zum Verwechseln ähnlich. Ein Schauder überlief Jerusha.

Ich danke dir, Koriónas, sagte sie, und wortlos verabschiedete sich der Drache, eine warme Berührung von Geist zu Geist. Dann breitete er die Schwingen aus und verschmolz mit dem Nachthimmel, so lautlos wie eine Fledermaus. Kiérans zerstörtes Amulett nahm er mit sich, sie hatte es ihm anvertraut.

Es war Zeit, in ihre Rolle hineinzuschlüpfen. Jerusha schnitt sich mit dem Messer einen Stock, mit dem sie den Boden abtasten konnte, dann band sie sich ein altes Tuch um die Augen und begann den Aufstieg über den Bergpfad, manchmal auf Händen und Knien, um nicht abzustürzen. Als sie nach schier endlos langer Zeit den Tempel erreicht hatte, tastete sie die erstaunlich glatt verfugte Mauer mit den Fingerspitzen ab, bis sie das Tor gefunden hatte. Es musste kurz vor Sonnenaufgang sein, jedenfalls hörte sie einen Zeredith, diesen Sänger der Morgenröte, in der Nähe pfeifen.

Mit dem ersten Licht kam auch die Angst. Es war leicht, blind zu wirken, wenn man tatsächlich nichts sehen konnte, doch wenn ihr gelang, in den Tempel hineinzukommen, würde sie das Tuch abnehmen müssen. Und dann durfte sie sich keinen einzigen Fehler erlauben.

Du bist das doch gewohnt, redete Jerusha sich gut zu. *Es gehört zu deiner Berufung wie das Fell zum Ochsenhirschen. Einmal das Eisen im falschen Winkel angesetzt, ein Stück Stein zu viel entfernt, und alles ist zunichte. Terémio hatte recht: Genauigkeit und Geduld, das hat der Stein mich gelehrt.*

Und tatsächlich, der Gedanke machte ihr Mut.

Sobald sie im Tempel Geräusche und Stimmen hörte, pochte sie ans Tor, und nach einer Weile öffnete jemand. Die Stimme einer Frau ertönte, sie klang leicht erstaunt. »Was begehrt Ihr, Fremde?«

Jerusha warf sich auf die Knie und senkte die Stirn auf den staubigen Weg. »Mein Name ist Eris GiWelad. Ich habe gehört, dass ihr einige der besten Heiler Ouendas habt – ihr seid meine letzte Hoffnung!« Sie hatte recht gehabt, es war nicht schwer, verzweifelt zu klingen. Wenn sie hier scheiterte, würde niemand mehr Kiéran helfen können.

»Erhebt Euch«, sagte die Frau, und Jerusha ahnte, dass sie jetzt genau gemustert wurde. Sie versuchte sich vorzustellen, was die Priesterin sah – keine junge Bildhauerin, sondern eine in grobes Tuch gekleidete Magd, deren Augen bandagiert waren. Ihr Haar wurde züchtig von einer Haube verborgen, ihr Gesicht wirkte nicht allzu sauber und ihre Finger waren von Steinen zerkratzt, von Dornen blutig gestochen.

Absichtlich hatte Jerusha einen Tempel gewählt, der möglichst weit weg war von Khelgardsland, von Avantoc – sicher hatte kein Priester dieses Tempels an den Gefechten teilgenommen. Sie machte sich keine Illusionen darüber, was geschehen würde, wenn doch irgendjemand hier sie als die Frau mit dem Eschenbogen erkannte. *Die Anklage lautet auf Hochverrat,* sie hatte die Worte noch im Ohr.

»Was ist Euch denn passiert, Mädchen?«, fragte die Priesterin.

»Ich bin angegriffen worden, und seither – meine Augen ...«

»Na gut. Kommt rein, vielleicht können wir etwas für Euch tun. Aber Ihr werdet noch eine Weile warten müssen. Wir befinden uns gerade in der Ersten Meditation, einer Zeit des Schweigens, und erst nach der Mittagsvesper dürfen Bittsteller vorsprechen.«

Und dann stand Jerusha im Inneren dieses seltsamen Orts, der eigenartigerweise nach Seifenlauge und rostigem Eisen roch. Sie klammerte sich an ihrem Stock fest und tastete damit nach Hindernissen, während sie dem Geräusch der sich entfernenden Schritte folgte. Selten hatte sich Jerusha so unsicher gefühlt. Es war noch nicht lange her, dass sie bis aufs Blut mit Priestern des Schwarzen Spiegels gekämpft hatte, dass Santiago von ihnen getötet worden war. Und jetzt war sie hier, mitten unter ihnen. Was war eigentlich, wenn die Priester oder auch nur einige von ihnen fähig waren, Lügen genauso zu erkennen, wie es Kiéran mit seinen neuen Augen möglich gewesen war?

Eine schwielige Hand wies ihr einen Platz auf einer Steinbank zu, und dann begann das Warten. Jerusha lauschte. Das Schaben von Schuhen auf dem Boden, das Klappern von Tellern. Eine Stimme, die sich in ernstem Ton erhob, es klang nach einer Verkündung. Später der ferne Klang von Schwertern und Schmiedehämmern. Jerusha stellte sich vor, wie Kiéran den Tempel in Daressal erlebt hatte – er hatte sicher fast die gleichen Geräusche gehört wie sie jetzt.

Wie seltsam, einen Moment lang hatte sie das Gefühl, dass er ihr nahe war, dass er keine Armlänge entfernt neben ihr saß. Bildete sie es sich nur ein, seine Atemzüge zu hören? Vorsichtig streckte sie die Hand aus, doch dort war nichts, nur kalter Stein. Natürlich. Eine furchtbare Sehnsucht nach Kiéran überfiel sie, nach seinen Armen, die sie umschlossen, nach seiner Stimme, nach der Art, wie er sie anblickte.

»Sicher habt Ihr Hunger.« Jerusha zuckte zusammen; sie hatte völlig überhört, dass sich aus der anderen Richtung jemand genähert hatte. Eine Schale wurde ihr in die Hand gedrückt. Jerusha schnupperte an den Speisen wie ein Tier, das Witterung aufnimmt, dann hob sie den Löffel zum Mund.

Und dann war es endlich so weit, jemand kam zu ihr, nahm sie vorsichtig an der Hand und führte sie durch den Tempel bis zu einem Raum ohne Echos.

»Gelobt sei das Oscurus, möge seine Kraft nie versiegen«, sagte eine kräftige, entschiedene Stimme. »Wenn Ihr einverstanden seid, nehme ich nun Euren Verband ab.«

Der Atem des Priesters roch nach frischem Brot, und seine Robe duftete ganz leicht nach Eulengras. Jerusha spürte, wie seine Finger vorsichtig den Knoten lösten, dann wurde es hell um sie. Ihr ganzer Körper verkrampfte sich. *Vergiss, dass du Augen hast. Konzentrier dich auf das, was du hörst. Denk nur daran, was du hören und fühlen kannst!* Ohne zu blinzeln, wandte Jerusha dem Mann das Gesicht zu und starrte an seinem Ohr vorbei.

Der Priester war kaum älter als Kiéran, doch er hatte schon den Leibesumfang eines Mannes, der gerne gut lebt. Er setzte sich auf einen Hocker neben sie, beugte sich dann näher, um ihre Augen genauer zu betrachten. »Verletzungen sind keine zu sehen«, sagte er erstaunt. »Wie ist es passiert?«

»Ich wurde …« Jerusha stockte. Noch immer war es nicht leicht, darüber zu reden, trotz des Cadas Nawinh. »Ein Mann hat mich auf sein Lager gezwungen. Er hat mich so heftig geschlagen, auch auf den Kopf, dass ich ohnmächtig wurde. Als ich zu mir kam, konnte ich nichts mehr sehen. Und so ist es geblieben. Könnt Ihr mir helfen?«

Es war das erste Mal, dass sie überhaupt darüber sprach, und vielleicht spürte der Priester den Kern der Wahrhaftigkeit darin. Als er mit einem »Vielleicht« antwortete, war seine Stimme voller Mitgefühl. Wieder einmal stach Jerusha das Gewissen. So freundlich wurde sie – eine Betrügerin, eine Feindin – hier aufgenommen.

Eine Kerze wurde langsam an ihr Auge herangeführt, immer näher, und Jerusha mühte sich, sie völlig zu ignorieren.

»Immerhin, die Öffnung des Auges reagiert normal«, murmelte der junge Priester. »Könnt Ihr das Licht erkennen?«

»Nein«, log Jerusha.

Nach einigen weiteren Untersuchungen stand der Priester schließlich auf. »Ich muss mich mit den anderen Heilern besprechen – wartet hier«, sagte er und ging hinaus.

Alarmiert hörte Jerusha, dass er die Tür von außen verriegelte. *Shi sei mir gnädig, er hat gemerkt, dass ich ihm nur etwas vorspiele!* Schnell wie eine Katze war Jerusha bei der Tür, zerrte an der Klinke. Vergeblich. Und der Raum hatte kein Fenster. Es gab keinen Weg, hier rauszukommen – diese Mauern waren mindestens eine Armspanne dick! Vielleicht konnte sie dem Priester auflauern. Irgendwann würde er sie holen kommen, und wenn sie ihn von hinten ansprang, konnte sie ihn vielleicht überraschen und fliehen. Aber was war, wenn gleich mehrere Priester auftauchten? Diese Männer und Frauen waren erfahrene Kämpfer – wie sollte sie es anstellen, auch nur einen von ihnen zu überwinden? Sie hatte ja nicht einmal ein Messer bei sich.

Jerushas gehetzter Blick blieb an den Glasflaschen mit Arzneien hängen. Wenn sie die zertrümmerte, dann konnte sie die Scherben als Waffe benutzen. Mit wenigen Schritten war sie bei dem hölzernen Regal, in dem die Fläschchen lagerten. Mit beiden Händen riss Jerusha eine der Flaschen herunter – und stolperte über eine kleine Stufe im Boden. Ein lautes Klirren, und ein erstickender Geruch breitete sich im Raum aus. Scherben lagen überall, fast wie geplant, nur leider hatten sich einige davon in ihre Hände gebohrt, als Jerusha versucht hatte, ihren Sturz zu bremsen.

»Moment, ich helfe Euch!« Eine Stimme – verdammt, woher war der Priester so plötzlich aufgetaucht? Jetzt ergriff er ihren Arm, zog sie vom Boden hoch und ließ sie dann wieder los, ohne jede Feindseligkeit, ohne einen Versuch, sie an der Flucht zu hindern.

»Es tut mir leid, ich hätte Euch nicht allein lassen sollen«, sagte der Mann.

Erleichterung durchflutete Jerusha und Scham darüber, dass sie eben so in Panik geraten war. *Ghalil sei Dank! Noch bin ich für ihn blind. Vielleicht war es nur eine ganz gewöhnliche Vorsichtsmaßnahme, dass er mich hier eingeschlossen hat.* Ihre Hand öffnete sich und gab unauffällig eine große Scherbe, die sie gepackt hielt, frei.

»Verzeiht mir, Priester!« Jerusha beugte den Kopf, so wie eine ungeschickte Magd es getan hätte. »Ich bekam plötzlich Angst, und dann muss ich versehentlich gegen das Regal gelaufen sein.«

»Nicht weiter schlimm, kaputt ist nur ein *spiritus campherum.*« Nachdem er ihre zerschnittenen Hände verarztet hatte, zögerte der junge Priester. »Nun aber wieder zu Euren Augen. Da gibt es leider schlechte Nachrichten. Es wird nicht möglich sein, sie zu heilen, weder Salbe noch Tropfen werden etwas an Eurer Blindheit ändern können.«

Das hatte Jerusha erwartet, und sie bemühte sich, tief enttäuscht zu wirken. Gleich, endlich, würde der Priester das Amulett erwähnen, die Kraft der Schwarzen Spiegel.

Doch er tat nichts dergleichen. »Ich bringe Euch zum Ausgang des Tempels«, sagte er und nahm ihren Arm, um sie zu geleiten.

Diesmal war ihre Enttäuschung nicht gespielt. Was sollte das? War eine Magd nicht das Gleiche wert wie der Offizier einer Elitetruppe? Wieso hatte Kiéran damals dieses Angebot bekommen und sie nicht? Vielleicht hatten die Priester in Daressal erkannt, dass er ein ganz besonderer Mensch war. Aber das half ihr jetzt natürlich nicht weiter. »Wartet bitte, Priester!«, presste Jerusha hervor und blieb einfach stehen. »Ich habe etwas gehört, ein Gerücht. Dass eure Schwarzen Spiegel einem Menschen das Augenlicht wiedergeben können.«

»Wo habt Ihr das gehört?«, fragte der junge Priester tonlos.

»Ein Mann hat es mir in einem Wirtshaus in Cyr erzählt.« Jerusha wusste, dass sie sich jetzt auf dünnem Eis bewegte. Aber sie hatte keine Wahl.

»Kommt mit«, sagte der junge Priester, jetzt offensichtlich nervös.

Kurze Zeit später stand Jerusha einer kleinen Frau mit kurzen braunen Haaren gegenüber, wahrscheinlich der Ersten Priesterin. Ihr scharfer Blick und die Selbstbeherrschung, die sie ausstrahlte, verrieten Jerusha, dass diese Frau weitaus weniger leicht zu täuschen war als der junge Heiler. »Könnt Ihr mir den Mann beschreiben, der Euch von den Schwarzen Spiegeln erzählt hat?«, fragte die Priesterin.

»Er hatte eine klangvolle Stimme, und ich glaube, er war noch nicht alt«, erwiderte Jerusha vorsichtig. »Seinen Namen weiß ich nicht, er hat ihn mir nicht gesagt. Ich konnte erst gar nicht glauben, dass es stimmt, was er erzählt. Aber es war meine letzte Hoffnung, und so bin ich hergekommen.«

Sie achtete darauf, ihre Augen unter Kontrolle zu behalten, sich nicht dadurch zu verraten, dass sie dem Blick der Frau oder des Priesters begegnete. Es war schwieriger, als sie gedacht hatte – ihre Augen bewegten sich fast ohne ihr Zutun, fixierten Dinge, die sie eigentlich nicht hätten wahrnehmen dürfen. Wirkten wahrscheinlich viel zu lebendig, viel zu *sehend*.

Noch einmal musste Jerusha erzählen, wie sie blind geworden war, und diesmal ging es um jedes Detail, Schlag auf Schlag kamen die Fragen. Wann? Wo? Wer? Jerusha entschied sich für die Wahrheit. »Es war der Gerhan Leor KaoRenda«, sagte sie voller Hass. Nein, sie war noch längst nicht fertig mit KaoRenda. Irgendwann würde sie sich rächen für das, was er ihr angetan hatte.

Die Priesterin und der junge Heiler tauschten einen Blick, und Jerusha wurde klar, dass sie schon von den Vorlieben des Gerhan gehört hatten. Dass KaoRenda hier im Tempel kein hohes Ansehen genoss, im

Gegenteil. Und dass sein Name ihr genau die Glaubwürdigkeit gegeben hatte, die sie brauchte.

»Wir bitten tausendfach um Entschuldigung für die zahlreichen Fragen«, sagte die Erste Priesterin mit vollendeter Höflichkeit. »Es ist sehr schwierig, mithilfe der Spiegel zu heilen, und nicht einmal in jedem Tempel beherrschen unsere Priester diese Kunst. Besser, Ihr erwartet nicht zu viel, es könnte sein, dass es nicht gelingt.«

»Aber es ist möglich?«, stieß Jerusha erleichtert hervor. »Wann?«

Die Priesterin zögerte einen Moment, sagte dann: »Möglicherweise noch heute Abend. Wie der Zufall will, müssen wir für die Zeremonie nicht mehr viel vorbereiten.«

So schnell? Jerusha konnte es kaum glauben. *Ich bekomme ein Amulett, ein neues Amulett für Kiéran. Er wird wieder sehen können!* Vor Erleichterung kamen ihr die Tränen.

Mit verständnisvollem Blick reichte die Erste Priesterin ihr ein Stofftuch. »Hier, für Euer Gesicht.« Ohne nachzudenken, streckte Jerusha die Hand danach aus – und ein eisiger Schreck fuhr ihr durch den ganzen Körper. Im letzten Moment ließ sie ihre Hand am Tuch vorbeigreifen und tastete in der Luft danach, wie sie es bei Kiéran schon so oft beobachtet hatte. Sie war nicht in die Falle getappt. Aber es war knapp gewesen, sehr knapp.

Offensichtlich zufrieden schob die Priesterin ihr das Tuch zwischen die Finger, und halb betäubt vor Schreck tupfte Jerusha sich das Gesicht ab.

Die Zeremonie erlebte Jerusha wie im Traum. Der Schwarze Spiegel mit seiner wogenden Oberfläche, die unheimlichen Kräfte, die sie schon in Avantoc gespürt hatte und die ihr den Boden unter den Füßen wegzuziehen schienen. Vorsichtig wurde dem Spiegel ein Tropfen Flüssigkeit entnommen, der sich mit dem Metall des Amuletts verband – und dann kam die Erste Priesterin auf sie zu, den schimmernden Silberkreis in beiden Händen tragend.

Erst jetzt wurde Jerusha klar, auf was sie sich da eingelassen hatte. *Was genau wird dieses Ding mit mir machen, mit meinen normalen Augen? Und was ist, wenn sich das Amulett irgendwie mit mir verbindet, sodass niemand anderes es tragen kann?*

»Eris GiWelad. Es ist vollbracht. Seid bereit, das Amulett zu empfangen.«

Der fremde Name klang so falsch. Wie konnte das Amulett seine Wirkung entfalten, wenn es von Anfang an mit einer Lüge verbunden war? Doch es war viel zu spät, um es sich anders zu überlegen. Jerusha schloss die Augen und beugte den Kopf; sie spürte, wie eine Lederschnur um ihren Hals gelegt wurde.

Ein Pfeil schlägt in den Rücken eines Priesters ein. Blut färbt das Gras dunkel. Gestalten in grauen Roben, von Nebel umflossen. Flüsternd durchschneidet eine Klinge die Luft.

Die Visionen waren so unerwartet und heftig, dass Jerusha aufkeuchte und in die Knie sank. Ihr Herz schien schmerzhaft gegen die Rippen zu hämmern. *Hat jeder hier das spüren, das sehen können? Ist ihnen jetzt klar, wer ich bin?*

Dunkelheit um sie herum, wieso sah sie nichts? War das die Strafe dafür, dass sie den Atem der Dunkelheit herausgefordert hatte?

Erst als Jerusha schwankend wieder auf die Füße kam, wurde ihr klar, dass sie ihre Lider noch immer krampfhaft zugepresst hielt. Vorsichtig öffnete sie die Augen – und sandte einen lautlosen Dank an Shimounah und alle anderen Götter, die sich dazu herabließen, ihr zuzuhören. Um sie herum erkannte sie den von Fackeln beleuchteten Zeremoniensaal, die Priester, die sie abwartend anblickten. Ihre normalen Augen versahen ihren Dienst wie gewohnt. Doch jetzt wusste sie endlich, was Kiéran gemeint hatte, als er von einer Aura gesprochen hatte. Alle Gestalten waren von einem Hauch von Licht umgeben, einem farbig leuchtenden Schatten. War das die innere Energie, das Wesen dieser Menschen, das sie nun erkennen konnte? Ja, es sah fast so aus. Wie eigenartig und doch so schön.

»Alles sieht so seltsam aus«, flüsterte sie, und die kleine Erste Priesterin legte ihr mit einem Lächeln die Hand auf den Arm. »Du wirst dich schnell daran gewöhnen, Eris.«

Scheußlich, diese Menschen täuschen zu müssen, die sie so freundlich aufgenommen hatten. Doch das war eine Schuld, mit der sie leben musste.

»Ich danke Euch von ganzem Herzen«, sagte Jerusha, und sie fühlte sich beschämt und tief bewegt zugleich. »Möge Euer Clan und Euer Orden gedeihen!«

Wie im Traum verließ sie den Tempel, und staunend wie ein Kind erforschte sie die eigenartigen Farben und Konturen der Dinge um sie herum. Auf dem Rückweg ins Tal schleuderte Jerusha die Haube, die ihr Haar bedeckte, und den Stock, den sie sich zurechtgeschnitten hatte, ins Gebüsch. Ihr war nach Singen zumute, und so schmetterte sie ein Lied nach dem anderen, bis ihr die Kehle wehtat. Zum Glück kam ihr niemand entgegen, denn für ihren Gesang waren die KiTenaros eher berüchtigt als berühmt.

Auf halbem Weg nach Corris Yant fand sie den Pfad versperrt vor – von einem Drachen, der mitten auf dem Weg lag, die riesigen Vorderpranken zusammengerollt wie die Pfoten eines Kätzchens. Seine gelben Augen betrachteten sie amüsiert. *Wie ich höre, hast du Erfolg gehabt, Schwesterchen.*

Und ob. Sieh mal hier. Mit blitzenden Augen hielt ihm Jerusha das Amulett entgegen, das noch um ihren Hals lag. »Jetzt muss ich Kiéran nur noch finden – und das kann dauern, fürchte ich.« Schon verflüchtigte sich ein Teil ihrer Hochstimmung wieder. »Ich habe keine Ahnung, wo er sein könnte. Hoffentlich verliert Goram TeRulius nicht irgendwann die Geduld mit mir, er weiß nur, dass ich unterwegs bin, um an lebenden Modellen meinen Xatos zu skizzieren.«

Das kannst du wirklich tun, wenn du willst. Ich weiß, wo Kiéran ist.

»Wo?« Jerusha brüllte ihn an, sie konnte nicht anders. »Wo ist er, Koriónas?«

Du klingst gerade wie ein junger Drache. Wie ein schlecht erzogener junger Drache, wandte Koriónas ein, und seine Schwanzspitze zuckte belustigt. *Aber ich verzeihe dir. Du wolltest irgendwas wissen, was war es noch mal? Ach ja, jetzt fällt es mir wieder ein. Ich habe ihn ein bisschen im Auge behalten.*

Und plötzlich war alles wieder da. Wie Kiéran vor ihr gestanden hatte. Die rasende Wut, der Schmerz, der sein Gesicht verzerrte. *Ich habe dich geliebt, Jerusha. Aber ich will dich nie wiedersehen.*

»Sei's drum«, flüsterte Jerusha. »Du wirst mich noch einmal sehen, ein letztes Mal.«

* * *

Es war ein kühler Morgen, aber der Regen hatte aufgehört. Koriónas zog sich unter einen überhängenden Felsen zurück, legte den langen Hals über seine Flanke und schloss demonstrativ die Augen. *Viel Glück, Drachenschwester*, flüsterte es in Jerushas Gedanken.

Jerusha kletterte über eine kleine Anhöhe und kämpfte sich durch ein Flirgesträuch, das sich in sie verkrallte wie tausend unruhige Gedanken. Die erste Strecke rannte sie, doch dann wurden ihre Schritte immer langsamer, und schließlich lehnte sie sich gegen die feuchte Rinde eines Baumstamms und atmete tief ein.

Von der Anhöhe aus blickte sie auf den kleinen Hof mit den moosigen Dachschindeln herunter, und als sie Tarxas' Pferd auf der Koppel erkannte, wusste sie, dass sie den richtigen Ort gefunden hatte. Also hatte der Terak Denar sein Versprechen gehalten. Sie war ihm dankbar dafür. Ein zweites Pferd – ein brauner Wallach, den Jerusha nicht kannte – graste ebenfalls auf der Koppel. Charis' Pferd und die Reittiere von Ulíes und Bel waren dagegen nirgendwo in Sicht, waren die beiden Terak Denar in die Quellenveste zurückgekehrt?

Dann sah Jerusha, wie Kiéran auf den Hof trat. Ja. Er war es!

Von einem Moment auf den anderen fiel es ihr schwer zu atmen. Glück und Angst und Trauer zerrten an ihr, bis es sich anfühlte, als würde sie von innen zerrissen. Mit brennenden Augen beobachtete sie Kiéran. Er war dünner geworden, mager wie ein Wolf nach einem langen Winter, und seine Bewegungen waren langsamer, unsicherer als früher. Seine Hände tasteten nach dem Tor des Pferdestalls, schlossen es, dann machte er sich auf den Weg zurück zum Haus. Um die Richtung zu halten, führte er die Finger an der Wand entlang.

Wilde Freude tobte durch Jerusha hindurch. Sie wollte zu ihm rennen – und tat es einfach, rannte so schnell, dass sie immer wieder stolperte, ein paarmal fast gestürzt wäre.

Kiéran stutzte. Er hatte sie gehört. Ganz langsam wandte er sich um, und sie sah, wie er lauschte.

Jetzt waren sie nur noch zwei Menschenlängen voneinander getrennt. Ruhig stand er auf den Steinplatten des Hofs, durch deren Zwischenräume das Gras wucherte, und blickte ihr mit diesen goldbraunen Augen entgegen, die nichts mehr sehen konnten. Doch dann geschah etwas in seinem Gesicht, was Jerusha nie würde beschreiben können.

»Jerusha?«, sagte er ungläubig. Er musste sie allein an ihren Schritten erkannt haben, am Geräusch ihres Atems. Am Duft der Nachtlilien.

»Ja«, erwiderte Jerusha leise – und sein Gesicht verschloss sich, wurde zu einer Mauer.

Kiéran wandte sich um, drehte ihr den Rücken zu. »Ich weiß nicht, wie du mich gefunden hast, aber das ist mir auch egal. Ich will nicht mit dir reden«, sagte er und ging einfach weiter.

Er hatte seine Meinung nicht geändert. Wie sollte er auch. Sie hatte ihn verraten, ihn tiefer verletzt als wahrscheinlich jemals ein Mensch vor ihr, und das war nichts, was man so einfach vergaß. Nicht in einem Jahreslauf und nicht in zehn. Vielleicht ein ganzes Leben lang nicht.

Gleich würde er verschwunden sein. Verschwunden in diesem Hof und endgültig verschwunden aus ihrem Leben.

Jerusha schloss die Hand um das Amulett, das sie um den Hals trug, das die Welt für sie verändert hatte. »Deine Aura, Kiéran«, flüsterte sie. »Man kann sie kaum noch erkennen. Aber sie ist blau … es ist ein ganz dunkles Blau.«

Bewegungslos, wie erstarrt, blieb er stehen. »Besser, du kommst rein«, sagte er dann, und ohne sich umzudrehen, verschwand er im Haus.

Drinnen im Wohnraum saß Tarxas, den muskulösen Körper in einen zu kleinen Sessel gequetscht, einen Becher Cayoral in der Hand. Völlig verblüfft blickte er Jerusha an, dann sah er zu Kiéran hinüber, der mit undurchdringlichem Ausdruck nach einem zweiten Becher tastete, heißes Wasser aus einem Kessel aufgoss, Kräuter hinzufügte.

»Ich glaube …«, stammelte Tarxas, »ich glaube, ich sehe mal nach den Pferden.«

»Gute Idee«, sagte Kiéran abwesend.

Als Tarxas nach draußen gepoltert war, blickte Kiéran an Jerusha vorbei ins Leere. »Wie kannst du das wissen? Wie eine Aura aussieht?«

»Es gibt etwas, das ich dir sagen muss. Wirst du mir zuhören?« Es war fast unerträglich, dass er so nah war und sie ihn nicht berühren konnte, dass sie ihn wahrscheinlich nie wieder küssen würde. Doch es gab Dinge, die sie ihm sagen musste. Die sie ihm schon viel früher hätte sagen müssen. Deswegen war sie hier.

Kiéran nickte nur, und noch immer sah er sie nicht an, er starrte blicklos durch das verstaubte, von einer alten Spinnwebe verhangene Fenster des Hofs.

Jerusha holte tief Luft. »Als wir uns trafen, war ich mit einem Mann aus Loreshom namens Dario WiTanek verlobt. Kurz vor der Hochzeit bin ich losgeritten – ich wollte versuchen, den Fluch zu lösen. Während meiner Reise ist mir Dario immer ferner geworden, und dann habe ich dich getroffen. Du wurdest mir schnell so wertvoll, dass ich Angst bekam, dich zu verlieren, deshalb habe ich über meine Verlobung geschwiegen.«

Nichts rührte sich in seinem Gesicht, aber das hatte sie auch nicht erwartet. Jerusha fuhr fort: »Aber ich hätte es dir sagen müssen. Das hätte ich. Lange habe ich, als wir uns immer näher kamen, mit meinem Gewissen gekämpft, mit den Gedanken an Dario. Dabei hat er mir – uns – auf Schritt und Tritt geschadet: Mithilfe des silbernen

Handspiegels hat er erfahren, wo wir sind und was wir vorhaben. Wahrscheinlich interessiert es dich nicht mehr, aber ich habe die Verlobung inzwischen gelöst. Dario ist schon lange nicht mehr der Mann, den ich liebe.«

Schweigend hatte Kiéran zugehört. Jetzt endlich drehte er ganz langsam den Kopf, wandte sich ihrer Stimme zu.

Jerusha sprach einfach weiter. Die Wahrheit drängte mit der Gewalt einer Flutwelle aus ihr heraus, sie hätte nicht mehr aufhören können, selbst wenn sie es gewollt hätte.

»Auf dem Weg nach Cyr bin ich vergewaltigt worden. Ein Hoher Richter, der Gerhan Leor KaoRenda, hat mir aus der Patsche geholfen, als mir die Börse gestohlen worden ist, und er hat mir einen Auftrag in Aussicht gestellt, ein Porträt in Grünem Marmor. Es war alles nur ein Vorwand, um mich nach Perikhor zu locken, dort ist es dann passiert. Dieser Brief, den ich dir geschrieben habe, das war direkt danach. Es ging mir schlechter als jemals zuvor in meinem Leben. Bis du nach Cyr gekommen bist.«

Draußen hörten sie Tarxas' Schritte, Hufschläge. Keiner von ihnen achtete darauf, es war, als seien sie hier in diesem kleinen Zimmer außerhalb der Zeit. Noch immer hatte Kiéran kein Wort gesagt, doch sie spürte, dass er zuhörte. Und sein Gesicht war sanfter geworden, die schreckliche Kälte war daraus geschwunden.

»Ich hätte dir schon viel früher sagen sollen, was du mir bedeutest«, sagte Jerusha und kämpfte darum, nicht in Tränen auszubrechen. »Schon im Gasthaus, schon im Wald von Sharedor habe ich mich in dich verliebt. Niemals hätte ich freiwillig etwas getan, was dir Schaden zufügt.«

Jetzt sprach er zum ersten Mal. Seine Stimme klang heiser. »Niemals hättest du freiwillig etwas getan …«

»Frag mich noch einmal«, sagte Jerusha, und auch ihr war es, als müsse ihr jeden Moment die Stimme versagen. »Bitte, Kiéran, frag mich noch einmal.«

»Warum hast du mich verraten?«, flüsterte Kiéran. »Warum?«

Und Jerusha sagte das, was sie schon an der Grenze zu Khorat hätte sagen sollen. »Wenn ich diese Frage beantworte, sterben wir beide. *Ke'syn ten Erieth.* Das liegt in der Macht des Mondes.«

Sie sah, dass er begriff. Ein Ruck ging durch seinen Körper. »Jerusha, ich – es war Aláes, nicht wahr? Er hat dich erpresst und dir dann verboten, darüber zu sprechen. Sag ›Nein‹, wenn ich falsch liege.«

Jerusha schwieg. Sie schwieg so lange, dass es keinen Zweifel mehr geben konnte.

Schritt für Schritt ging er auf sie zu. Bis er vor ihr stand. Langsam, suchend, hob er die Hand, und seine Fingerspitzen berührten ihre Wange. Strichen darüber, ganz sanft.

»Ich habe dir etwas mitgebracht«, flüsterte Jerusha und nahm das Amulett um ihren Hals mit beiden Händen ab. »Etwas, das aus Corris Yant stammt, aus dem Tempel der Schwarzen Spiegel.«

Ungläubig stieß er den Atem aus. »Du hast …?«

»Ja. Wirst du es annehmen?«

Wieder durchlief ihn ein Schauer. »Ich nehme es an«, sagte er. »Denn diesmal ist es dein Geschenk, nicht das der Priester.«

* * *

Kiéran schloss die Hand um das Amulett, und doch legte er es nicht an. Wie seltsam – es war ihm nicht mehr so lebenswichtig, wie es ihm einmal erschienen war. Wichtig war nur, dass Jerusha zurückgekommen war. Dass sie ihn nicht hintergangen hatte. Was war die Blindheit im Vergleich dazu?

Er spürte, wie ihm Tränen in die Augen stiegen, und einen Moment lang konnte er sich nicht rühren, nicht sprechen. Mühsam holte er Atem und sandte all seine Sinne in die Dunkelheit hinaus, Jerusha entgegen. Er sog ihren Duft ein, lauschte auf ihren Atem, der verdächtig ungleichmäßig klang, versuchte die Wärme ihres Körpers zu spüren, der dem seinen so nahe war. Dann streckte er die Arme aus, holte sie zu sich, und diesmal war sie kein Schatten mit einer Aura für ihn. Es war, als habe er einfach nur die Augen geschlossen. Klar und deutlich sah er ihr Gesicht vor sich, wie er es im Spiegel gesehen hatte. Und sie war so warm und wirklich in seinen Armen.

Fast verzweifelt klammerten sie sich aneinander, es war undenkbar, sich wieder loszulassen, mit aller Kraft hielten sie sich fest. Jerushas Lippen schmeckten salzig, waren es ihre Tränen oder seine?

Schließlich, nach einer langen Zeit, flüsterte Jerusha: »Willst du es denn gar nicht ausprobieren? Dein neues Amulett?«

Gut, dass es aus Metall war, sonst hätte er das Ding vermutlich zwischen den Fingern zerdrückt, fast ohne es zu merken. »Doch«, sagte Kiéran, und auf einmal musste er lachen, er wusste selbst nicht, warum. »Aber ich habe ein bisschen Angst davor. Was ist, wenn es nicht wirkt?«

»Untersteh dich, es tief in deiner Satteltasche zu vergraben. Es war ziemlich mühsam, es zu bekommen.«

Was wäre gewesen, wenn es nicht geklappt hätte? Wärst du trotzdem zu mir gekommen? Oder hätte ich es irgendwann nicht mehr ausgehalten, hätte ich noch einmal versucht, mit dir zu reden? Kiéran sprach es nicht aus. Er nahm die Lederschnur des Amuletts in beide Hände, legte sie sich vorsichtig um den Hals … und unterdrückte mit knapper Not ein Stöhnen. Das neue Amulett schien auf seiner Haut zu brennen, und ein dumpfer Schmerz erfüllte seinen Kopf. Es war nicht mehr dunkel um ihn herum, im Gegenteil, leuchtende Schlieren zogen sich durch sein Blickfeld, verdeckten alles andere. Wo war Jerusha, wo ihre vertraute Aura?

»Was ist?«, fragte Jerusha alarmiert, an seinem Gesichtsausdruck musste sie gemerkt haben, dass etwas nicht stimmte. Kiéran spürte ihre Hand auf seinem Arm.

»Ich glaube, das Oscurus wehrt sich gegen mich«, stieß er hervor.

»O nein, wahrscheinlich hätte ich es nicht so lange tragen sollen! Was ist, wenn es sich dadurch auf mich geprägt hat?«

»Nein. Es ist von vornherein für dich gemacht worden, ich fürchte, das ist das Problem.« Die Welt schwankte um ihn herum, Kiéran musste sich an der Wand abstützen. Was war, wenn das Oscurus eine Art von Bewusstsein hatte, wenn es spürte, dass Kiéran zu einem Feind der Schwarzen Spiegel geworden war? Würde dieses Ding versuchen, ihn zu vernichten? Seine Hände fuhren hoch, bereit, das Amulett wieder von seinem Hals zu reißen, doch dann merkte er, dass die bunten Schlieren ein wenig verblassten. Unendlich erleichtert sah Kiéran, dass nach und nach die vertrauten Umrisse aus dem Dunkel hervortraten. Ein geisterhaftes Netz von Linien, das er längst zu lesen gelernt hatte. Er begrüßte den Anblick erleichtert wie einen alten Freund, der zur rechten Zeit wiedergekehrt ist. Hoffentlich schwand auch irgendwann der Schmerz. »Xatos sei Dank. Ich kann wieder etwas erkennen.«

Nach und nach wagten sich seine Gedanken zurück zu dem, was Jerusha gesagt hatte, dass ihr Gewalt angetan worden war. Noch einmal zog er sie an sich, hielt sie ganz fest. Es war ein Schock gewesen, es aus ihrem Mund zu hören, aber es war gut, dass sie die schlimme Wahrheit endlich mit ihm teilte. Als er daran dachte, was Jerusha hatte ertragen müssen, loderte Wut in ihm hoch, heftig und heiß. »Ein Gerhan war es? Diese miese Ratte. Morgen mache ich mich auf den Weg nach Perikhor. Ich schwöre bei Xatos, dieser Kerl wird Mittwinter nicht erleben.«

Doch Jerusha überraschte ihn. Sie schüttelte den Kopf. »Nein, Kiéran. Einen Gerhan kann man nicht zum Duell fordern. Wenn du ihn tötest, würdest du im Kerker landen, das ist es nicht wert. Ich muss eine andere Art finden, mich an ihm zu rächen. Und ich muss es selbst tun, du kannst es mir nicht abnehmen.«

Kiéran versuchte, seinen Zorn zu bändigen; es fühlte sich an, als versuche er mit bloßen Händen einen Drachen niederzuringen. Schon so oft hatte er diesen Kampf verloren – als er dem Tempel der Schwarzen Spiegel den Rücken gekehrt hatte, als Santiago getötet worden war, als er Jerusha vorgeworfen hatte, dass sie ihn verraten hatte. Doch diesmal gewann er, und irgendwie schaffte er es, zu nicken. Sie hatte recht, und wahrscheinlich hätte er an ihrer Stelle genauso reagiert. Doch er wusste, dass er den Namen dieses Richters nie wieder vergessen würde; von nun an hatte KaoRenda einen Todfeind. Und wenn der Kerl gedacht hatte, dass er sich straflos an Jerusha vergreifen konnte, weil sie nicht den Schutz eines einflussreichen Clans besaß, dann hatte er sich getäuscht. Noch immer hatte der Name SaJintar einen guten Klang in Yantosi.

Er spürte Jerushas Hand auf dem Arm. »Ich will nicht an all das denken – nicht jetzt«, flüsterte sie, und der Hauch ihres Atems streifte seine Wange. »Wir sind wieder zusammen, nur das zählt.«

Wieder küssten sie sich, und diesmal nahm der Kuss kein Ende, sie setzten ihn zwischen den Laken des alten geschnitzten Bettes fort. Kiéran spürte, wie die Schatten der Trauer sich von ihm hoben, diese eine Nacht lang ließen sie ihn in Frieden und wichen der tiefen Freude, die ihn erfüllte.

»Nie wieder gebe ich dich auf«, flüsterte er Jerusha ins Ohr, als sie in der Dunkelheit nebeneinanderlagen, Haut an Haut. »So dämlich bin ich kein zweites Mal.«

Jerusha schmiegte sich noch enger an ihn. »Heißt das, du kommst mit mir nach Loreshom?« Ihre Stimme hatte einen neckenden Ton, doch Kiéran ahnte, dass es ihr ernst war.

»Wenn du willst«, sagte er ohne Zögern. Larangva war die letzten zehn Jahresläufe ohne ihn ausgekommen, es würde auch noch ein bisschen länger warten können. Irgendwann würde er an die Küste zurückkehren, aber es war ihm nicht eilig damit.

»Ich will«, sagte Jerusha. Dann küsste sie ihn so tief und übermütig, dass das Feuer noch einmal in ihm erwachte.

* * *

Und so kamen sie nach Loreshom. Voller Dankbarkeit hatten sie sich von Tarxas und Koriónas verabschiedet und waren nach Kalamanca geritten. Jerushas Familie hieß Kiéran herzlich willkommen – vielleicht spürten Liri, ihre Mutter und ihre Großmutter, dass er ein anderer Mensch war als Dario. Ein Mensch, dem Jerusha ihre Seele und ihr Herz anvertrauen konnte, ohne sich vor den Folgen fürchten zu müssen.

Dario war, wie Liri und ihre Mutter erzählten, heimlich und bei Nacht aus Loreshom verschwunden, mitsamt seinem Bruder. Ob er Angst gehabt hatte, dass Jerusha ihn wegen des Handspiegels der schwarzen Magie bezichtigen würde? Es war ihr gleichgültig, Dario hatte keinen Platz mehr in ihren Gedanken.Das Glück, wieder bei Kiéran zu sein, erfüllte Jerusha ganz und gar. Was für ein Geschenk es war, hier auf dem Dachboden ihres Hauses in Loreshom neben ihm einzuschlafen, seinen ruhigen Atem an ihrer Wange zu spüren. *Wie schön es ist, dass das Gefühl des Vertrauens zwischen uns wieder zurückgekehrt ist, schon nach so wenigen Tagen*, ging es ihr durch den Kopf, während sie wegdämmerte, und ein Lächeln schlich sich auf ihre Lippen.

Noch vor der Dämmerung erwachte sie. Vorsichtig, um Kiéran nicht zu wecken, schob Jerusha sich unter seinem Arm hervor, glitt aus dem Bett und tappte die Holzstufen hinunter ins Erdgeschoss. Sie hüllte sich in ihren schweren, nach alter Wolle riechenden Umhang und stieg mit bloßen Füßen in ihre Lederschuhe. Auf der Bank in der Küche schlief ihre Mutter, ihr Bett hatte sie Liri gegeben. So leise wie möglich entzündete sich Jerusha eine Laterne, klemmte sich eine alte Decke unter den Arm und zog die Haustür hinter sich zu.

Liri hatte sich gut um die Nachtlilien gekümmert, so wie sie es versprochen hatte. Keine war abgeknickt worden, und dass sie so spät im Jahr noch blühten, hieß, dass es ihnen gut ging. Zärtlich ließ Jerusha ihre Finger über die seidigweichen, dunkelvioletten Blütenblätter gleiten, die sich beim ersten Licht schließen würden.

Du bist eine Hüterin der Nachtlilien, ich wusste es gleich.

Du hast die Lilien geachtet, statt sie zu zerstören.

»Ihr bewahrt die Erinnerung der Eliscan – und nun auch die meinen«, flüsterte Jerusha ihren Blumen zu. Und sie wusste, dass sie mit diesem Band, das es zwischen ihr und den Elis Aénor gab, leben konnte.

Sie breitete die Decke auf dem Boden aus und setzte sich neben die Lilien, um noch eine Weile bei ihnen zu bleiben, ihre Gedanken schweifen zu lassen, zurückzublicken auf das, was geschehen war.

»Woran erinnert dich ihr Geruch?«, flüsterte jemand.

Jerusha fuhr zusammen. Doch dann erkannte sie Kiérans Stimme, und als sie die Laterne hob, trat seine große, schmale Gestalt aus der Dunkelheit hervor. Ihr Herz machte einen Satz.

»Er ist wie eine Erinnerung an vergangenes Glück«, antwortete sie ihm leise. »Entsetzlich traurig und doch kostbar. Etwas, das man nie vergisst.«

Kiéran setzte sich neben sie, so nah, dass sie die Wärme seines Körpers spüren konnte. Das Licht der Lampe fiel in seine Augen, ließ sie goldbraun schimmern. »Manchmal glaube ich, dass es keine Zufälle gibt. Weißt du, was für einen Wunsch ich an die Cerakeiche in Cyr geheftet hätte?«

»Ich dachte, du hättest eine ganze Liste.«

»Eigentlich war es doch nur ein einziger.«

»Sag schon.«

Doch er sagte nichts mehr, griff nur in die Tasche seines Hemdes und holte ein zerknittertes, verdrecktes Stück Pergament hervor. Jerusha faltete es vorsichtig auseinander und hielt es ins Licht, sodass sie das Gekritzel darauf entziffern konnte.

»*Gnädiger Cerak, lass es mehr werden als eine schöne, aber traurige Erinnerung.*«

Ihre Finger tasteten sich zueinander, fanden sich, hielten sich sehr fest.

Als sie aufstanden, um ins Haus zurückzugehen, fegte ihnen ein kühler Herbstwind ins Gesicht. Silbergraue Wolken glitten über den Himmel wie Schiffe unter vollen Segeln. Und mitten zwischen ihnen, hoch über der Erde, schwang sich ein kupferfarbener Drache durch die Luft und zeichnete Muster an den Himmel, die kein menschliches Auge je gesehen hatte.

Epilog

Auf dem Rückweg nach Moranshir war Aláes in heiterer Stimmung, und er ließ Vaydir an der Spitze ihres Trupps voranstürmen, bis die Mähne des Schimmels nach hinten strömte wie ein weißes Banner. Der Rubin ruhte in einem Lederbeutel an seiner Brust, Aláes konnte die Kraft, die er ausstrahlte, deutlich spüren. Es fühlte sich an wie das Pulsieren eines zweiten Herzens, und jeder Schlag war wie eine warme Welle, die über ihn hinwegströmte. Oder war das nur die Hochstimmung des Erfolges? Der Ausdruck auf dem Gesicht der beiden Menschen hatte ihn für den Ärger der letzten Wochen ausnehmend gut entschädigt.

Während sie durch den Wald ritten, winkte Aláes seinen Neffen zu sich, und eine Weile ritten sie schweigend nebeneinander. Silmar wirkte seltsam niedergedrückt, und wirklich erklären konnte Aláes sich das nicht. »Schmerzt dein Bein noch?«

»Kaum«, sagte Silmar knapp. »Ich danke dir für die Heilung, Onkel. Was wirst du tun, wenn du zurück bist – wirst du Qedyr den Thron streitig machen?«

»Streitig machen ist das falsche Wort, Neffe. Mit Aélwelhor steht es mir zu, über das Mondvolk zu herrschen. Qedyr wird abtreten müssen, seine Zeit ist vorbei. Ich bin sicher, alle haben sein ewiges Zögern ohnehin satt.«

»Mag sein«, sagte Silmar, doch es klang eher kühl. Ärgerlich schickte ihn Aláes zurück nach hinten, zu seiner Eskorte. Der zweite Ausflug ins Reich der Menschen schien seinem Neffen nicht gut bekommen zu sein, aber in Moranshir würde er schnell zu seiner alten Unbekümmertheit zurückfinden. Gemeinsam mit Colmarél und den anderen jungen Eliscan würde er sich wieder den zahlreichen Zerstreuungen des Hofes widmen. Und es gab nichts Besseres als eine kleine Eroberung, um ihn auf andere Gedanken zu bringen.

Als sie ins Reich der Elis Aénor zurückgekehrt waren, entließ Aláes seine Eskorte mit einem kurzen Dank und schickte Vaydir ins Tal, wo er weiden konnte. Dann schlenderte er tief in Gedanken versunken durch den Orchideengarten, nur in Begleitung des Gharir, der sich einen Schritt hinter ihm hielt. Wie sollte er den Elis Aénor am besten verkünden, was geschehen war, dass er den Rubin in seinem Besitz hatte? Eins war klar, er musste es bald tun, damit es sich nicht schon zuvor herumsprach.

Ärgerlich furchte er die Stirn, als eine Elis es wagte, ihn in seinen Gedanken zu stören. Doch dann bemerkte er den geflochtenen Kranz aus purem Gold, den sie auf der Stirn trug – sie gehörte zum Gefolge von Qedyr und Célafiora.

»Eure Anwesenheit wird gewünscht«, teilte sie ihm mit.

»Wann?«

»Sofort. Und allein.«

Also sofort. Was hatte das zu bedeuten? Hatte das Königspaar schon jetzt von seiner Trophäe erfahren, wollte Qedyr verhandeln? War ihm klar, dass der Mond für ihn nicht mehr lange leuchten würde? Mit langen Schritten machte Aláes sich auf den Weg zum Thronsaal und trat einen Kobold aus dem Weg, der ihm nicht schnell genug Platz machte. Jaulend flüchtete sich das Geschöpf hinter eine Statue. Missgelaunt wandte sich Aláes an Czak. »Du hast es gehört. Ich soll allein hineingehen. Warte in meinen Gemächern auf mich.«

Zu seiner Überraschung sah sich Aláes im Thronsaal dem versammelten Rat der Sieben gegenüber, und seine Gedanken kamen zum Stillstand, als er ihre Gesichter sah. Und da – dort stand Silmar, was machte er hier? Seine Haltung war sehr aufrecht, und sein Gesicht war gerötet. Er sah aus, als wäre er am liebsten tausend Meilen von diesem Ort entfernt.

Doch er war nicht wichtig, nicht jetzt. Aláes wandte sich dem König zu und sah beunruhigt, dass der Blick in Qedyrs Augen nicht mehr in die Ferne ging, dass seine Lebenskraft zurückgekehrt schien. War die Schwermut wieder von ihm gewichen? Ausgerechnet jetzt?

»Es gibt einige Dinge, über die wir sprechen müssen, Aláes«, sagte Qedyr ruhig. »Es ist beunruhigend, was mir zu Ohren gekommen ist. Zuallererst diese Worte des Lin'tháresh zu Aes Erieth. Ihr selbst habt uns immer wieder von den Plänen der Menschen berichtet, die ihr verlorenes Fürstentum Zelad zurückerobern möchten, die Berichte Eurer Kundschafter erzählten von schändlichen Taten gegen Eliscan und Kriegsvorbereitungen in Ouenda. Doch dieser Mensch hat behauptet, dass nichts dergleichen stattfindet.«

Aláes ließ sich seine Unruhe nicht anmerken. Er hatte damit gerechnet, dass ein Teil seiner Täuschungen irgendwann auffliegen könnte, aber jetzt, so kurz vor der Eroberung, war es eine Katastrophe. »Messt Ihr den Worten eines Menschen Bedeutung bei? Natürlich hat er versucht, uns in Sicherheit zu wiegen.«

Doch jetzt ergriff Célafiora das Wort. Ihre grünen Augen blitzten herausfordernd, als sie ihn anblickte. »Aláes, Ihr versteht doch sicher, dass wir das überprüfen müssen. Ich persönlich werde dafür sorgen, dass weitere Späher nach Ouenda ausgeschickt werden, um die Lage zu erkunden. Bis das geschehen ist, wird das Heer der Eliscan ruhen, und auch die Qem, von den Menschen *Skraelings* genannt, schicken wir vorerst nicht aus.«

Hasserfüllt blickte Aláes sie und den König an, ließ dann den Blick über den Rat der Sieben schweifen. Doch selbst die Ratsmitglieder, die den Krieg bislang befürwortet hatten, schienen nicht die Absicht zu haben, sich gegen diese Unvernunft zur Wehr zu setzen. Irissalia, die er auf seiner Seite geglaubt hatte, mied seinen Blick. Und Atadriel, der wichtigste Ratgeber des Königs – bisher war er Aláes' Argumenten gefolgt, doch jetzt sah es so aus, als sei auch er skeptisch. Ganz in Blau gekleidet stand er dicht neben Qedyr, und seine Augen verrieten nichts.

Aláes tröstete sich mit dem Gedanken, dass er den Rubin ohnehin schon hatte; er war nicht mehr auf diesen Krieg angewiesen. Sobald er mit Aélwelhor in der Hand selbst die Herrschaft angetreten hatte, würde der Rat der Sieben sich seinen Plänen nicht mehr verweigern.

Doch was Qedyr nun sagte, versetzte Aláes einen Schock. »Uns ist bekannt, dass Ihr Aélwelhor in Eurem Besitz habt«, fuhr der König fort, sein Gesicht war grimmig und ernst. »Silmar, wollt Ihr jetzt sprechen?«

Verblüfft blickte Aláes den jungen Elis an. »Silmar, was bei der Gnade des Lichts?«

Silmars Gesicht wirkte anders als noch vor Kurzem, klarer, die Züge schärfer, mit ruhiger Würde stand er da. Nie hatte Silmar ihn so an sein jüngeres Ich erinnert wie jetzt, doch der Ausdruck in seinen Augen beunruhigte Aláes, und er begriff nicht, was geschehen war.

»Ich war Euch immer ein treuer Verbündeter«, sagte Silmar, fast schmerzlich klang es. »Doch was sich in Rus Avantoc zugetragen hat und danach, an der Grenze unseres Reichs, das war nicht recht.«

»Was soll das heißen?«, unterbrach Aláes ihn schroff.

Einen Moment lang suchte Silmar nach Worten, dann sprach er weiter. »Es gibt eine Grenze dessen, was sich noch mit der Ehre der Eliscan vereinbaren lässt. Und Ihr habt sie überschritten mit der Art, wie Ihr den Lin'tháresh und die Drachenschwester behandelt habt.«

Aláes ahnte, dass sein Gesicht totenblass geworden war. »Ich höre wohl nicht richtig!«

Silmar wich seinem Blick nicht aus. Klar und ruhig durchdrang seine Stimme den Saal. »Seither bin ich davon überzeugt, dass Ihr nicht dazu geeignet seid, über die Elis Aénor zu herrschen.«

»Nachdem ich seinen Bericht vernommen hatte, schloss ich mich dieser Meinung an«, sagte Qedyr kalt. »Noch vor Kurzem hatte ich vor, mich zurückzuziehen aus diesem Amt, die Königswürde einem anderen zu überlassen. Doch dann würde der Thron Euch gehören, denn Ihr habt Aélwelhor. Genau aus diesem Grund werde ich weiter regieren, so lange ich es vermag.«

Mit drei Schritten war Aláes bei Silmar, die Hand schon erhoben, um ihm ins Gesicht zu schlagen. Doch die Mitglieder des Rates reagierten schnell, zwei Klingen fuhren zwischen ihn und seinen Neffen. Rasend vor Wut wollte Aláes sie mit der bloßen Hand beiseiteschlagen, doch Célafiora flüsterte ein Wort, und Aláes war es, als senke sich der Mond selbst auf ihn herab, als webe sein Licht eine durchscheinende Mauer, die er nicht passieren konnte.

Aláes wirbelte auf dem Absatz herum und verließ den Thronsaal. Niemand versuchte, ihn daran zu hindern.

Kam es ihm nur so vor, oder hörte er tatsächlich ungewöhnlich viele Trinksprüche, während er durch den Palast eilte? *Máe wyr arudh!* »Möge der König bewahren, was ist!« Wie Hohn klang es ihm in den Ohren. Und einen kurzen, flüchtigen Moment lang dachte er an einen Gasthof in Benaris und die Empörung im Gesicht der jungen Wirtin, wünschte er, er hätte sich nie die Mühe gemacht, sie zu verfluchen. Von all seinen Ideen hatte sich diese als eine der schlechteren herausgestellt. Doch wie hätte er das ahnen sollen?

»*Obnan yellà wnai lasqeret* – Die Zukunft ist ein ferner Ort«, murmelte Aláes erbittert und kehrte in seine Gemächer zurück.

Danksagung

Etwa in der Mitte des Manuskripts war mir danach zumute, mich mitten im Winter in den Olchinger See zu stürzen (mit oder ohne Wiederauftauchen), weil ich mich so furchtbar allein fühlte mit meinem Roman, von dem ich nicht wusste, ob er etwas taugt. Aber zum Glück gab's da noch Isabel Abedi, meine Fischeschwester mit dem großen Herzen und der weisen Autorinnenseele. DANKE, Isabel – für das Mutmachen, für das unbestechlich genaue Testlesen und dafür, dass du mich in Hamburg zum »Dialog im Dunkeln« mitgenommen hast, wo ich das Blindsein ausprobieren konnte!

Doch auch meine anderen Testleser haben mir wertvolle Hinweise gegeben: Nina Kunze – der das Buch gewidmet ist –, Jana Henck, Diana Kinne, Diana Hillebrand, Hans-Peter Ziemek, Kathi Mevissen, meine Schwester Sonja und mein Mann Christian. Danke auch meinen Praktikantinnen Katha Erfling, Katharin Tai und Isabella Bönisch, die sich willig für Brainstormings und Diskussionen zur Verfügung gestellt haben. Edith Wiegel, Helga Gruschka und Claudia Ruß gaben mir wunderbare Tipps zu einer Szene, die ich ihnen mit dem Kommentar »Irgendwas stimmt daran noch nicht, aber ich weiß nicht, was« präsentieren musste. Ihnen danke ich ebenso wie David Nagel, der kurz vor Torschluss noch ein paar letzte Ungereimtheiten aus der Story fischte.

Eine wichtige Rolle dabei, Jerusha und ihre Welt in mir lebendig werden zu lassen, spielten bei der Recherche die Steinmetzmeisterin und Bildhauerin Franziska Kreipl-Poller sowie Steinmetz Eike Salberg, die mir beide geduldig Rede und Antwort gestanden haben. Es war eine sehr spannende Erfahrung, Jerushas Handwerk selbst einmal auszuüben, wenn auch nur einen Tag lang.

Ein großes Dankeschön auch an Carsten Polzin vom Piper Verlag für sein Vertrauen und den Titel »Nachtlilien«, an Michelle Gyo (ebenfalls Piper) für die angenehme Zusammenarbeit und an meinen Agenten Gerd Rumler für seine gelassene und kompetente Betreuung in der Bücherwelt.

Vielen Dank auch der Musikerin Loreena McKennitt, die mit ihrer Musik die Eliscan für mich lebendig werden ließ – als Hommage an sie habe ich zwei Zeilen aus einem ihrer Songs entliehen und sie Königin Célafiora vortragen lassen *(»Du botest eine Adlerschwinge mir, dass ich zur Sonne fliegen möge«)*. Alle anderen Lieder und Verse in diesem Buch stammen von mir.

Nebelwüste
JIL´QUANOR
Isdyr
Port Enthis
Fjordküste
THORAM
Buccan Túm
Miros
Kristallsee
Thyma
Rus Laerd
Tholus
Wald von Sharedor
Quellenveste
Burg Maharir
Alim
Tempel der Schwarzen Spiegel
Daressal
Falkenschlucht
Raxa
Steinbrüche von Amyr Jibbeth
Ger Iena
Perikhor
Wasserfälle von Kesting
Evanis
Ellsmere
Xaldas
Dharquan
Keil-see
Hohe Nefl
KHELGARDS LAND
Spiegel-tempel
Rus Avantoc
Gipfelmassiv des Panrir Alié
Roynéar
Khera
Ymbod
Dhan Miktr
Lyand (Elis Finhar)
Fluss Ruád
Festung Sark (Elis Sarkorr)
Wanis Redyr
Blutsümpfe
Tal von Namaria
Moranshir (Elis Aénor)
Wald von Mae Thim
KHORAT
Xark
Zeldans Rast
BENARIS
Quinlan
Queamanden-Gebirge
Cym
Cyr
Timish
Straße der Giganten
Fluss Benar
Castael
YANTOSI
Regandhas-Gebirge
Wald von Atordar
Mandeth
Fürstin-Jolissa-See
Fluss Lint
Loreshom
KALAMANCA
Queres
Ebene von
Qema
Zeladus
Vier Schwestern (Elis Aénor)
KHEDIRA
Regis
Spiegel-tempel
Jakobsburg
Sieben Mühlen
Rivini
Elis Rast
LARANGVA
Corris Yant
Spiegeltempel
USKAJA
Reshan Julis
Alegowa
Yonnisfeld
Spiegeltempel
Tempel der Schwarzen Spiegel
Ebenholzwald
Ufardi
Insel Sendell
Süd Sümpfe
Blütenküste
ELISONDO
N
W
O
S
Quenda